드래곤
라자

5

이영도 판타지 장편소설

드래곤 라자

5

별은 바라보는 자에게 빛을 준다

황금가지

차 례

제9부

별은 바라보는 자에게 빛을 준다

7

제10부

약속된 휴식

295

일러두기

드래곤 라자 신판에서는 구판에서 활용된 단어 중 일부 단어를 저작권 문제로 인하여 수정하게 되었습니다.
독자분들의 양해 부탁드립니다. 감사합니다.

제9부

별은 바라보는 자에게 빛을 준다

……할슈타일 공은 말한다. '당신의 입에서 나오는 말이 당신의 원수다. 그것은 당신을 억제하고 억누르며 억압한다. 당신의 말에서 자유로울 수가 없게 된다. 또한 말은 겨울 가지에 피어나는 설화와도 같다. 순백의 아름다움은 앙상한 나뭇가지를 숨긴다. 그것은 시체에 더하는 치장이며 수의에 놓아진 자수, 관에 던져진 꽃송이와 같은 것. 말은 당신을 끝없이 쫓아다닌다.' 그러자 지혜로운 핸드레이크는 말한다. '역시 설명은 실례를 보면서 듣는 것이 이해하기 쉽군요.'

"품위 있고 고상한 켄턴 시장 말레스 추발렉의 도움으로 출간된, 믿을 수 있는 바이서스의 시민으로서 켄턴 사집관으로 봉사한 현명한 돌로메네 압실링거가 바이서스의 국민들에게 고하는 신비롭고도 가치 있는 이야기" 돌로메네 지음, 770년. 제4권 7쪽.

1

“지독한 밤이군.”

콰광! 제레인트의 말이 끝나자마자 천둥소리가 요란했다. 네리아는 바닥에 주저앉은 채 베개를 꽉 부둥켜안고 벌벌 떨고 있었다. 그녀는 조금 전 방 안에서 베개를 껴안은 채 거실로 튀어나와서는 이렇게 벌벌 떨고 있는 것이다. 네리아는 거의 울먹이는 목소리로 말했다.

“샌스은! 어떻게 좀 해봐아!”

샌슨은 황당한 얼굴로 네리아를 바라보았다.

“폭풍우를 나보고 어쩌란 말이야?”

샌슨은 이 엄청난 폭풍우 속에서도 여유로운 얼굴로 검을 닦고 있었다. 게다가 간혹 기품 있는 손놀림으로 찻잔을 입으로 가져가기까지 하고 있었다. 도대체 저 작자의 신경은 얼마나 굵은지 상상도 안 되는걸.

신경 굵은 사람이라면 두 명 더 있다.

이루릴은 폭풍우가 몰아치는 창밖을 무슨 정물화 감상하듯 평온한 얼굴로 내다보고 있는 것이다. 그리고 그 옆에선 제레인트가 전혀 다른 얼굴을 하고 창밖을 바라보고 있었다. 제레인트는 이 폭풍우를 자연이 베푸는 참으로 희한하고도 볼 만한 어떤 잔치라고 생각하는 모양이다. 그래서 그는 감탄한 얼굴로 바깥을 바라보고 있었다. 참, 대단해.

칼마저도 이 해양성 폭풍에는 어처구니없는 얼굴이 되어 있었다. 우리 바이서스에서 폭풍이라는 것은 그저 사나운 바람이다. 그런데 여기 일스에서의 폭풍이라는 것은 바람이 아니라 무슨 무기를 휘두르는 느낌이다. 지금 당장이라도 바람은 사물을 때려부술 것 같았다. 지금 칼은 의자에 앉아서 책을 보려고 노력하고 있었지만 천둥소리와 낙뢰 때문에 집중을 하지 못하고 있었다. 어쨌든 굉장한 폭풍의 소리에 모두들 잠이 들지 못하고 전부 거실에 모여 있었다.

꽈르르릉! 번쩍!

"꺄아아아악!"

"켁! 케엑. 이거 못 놔!"

네리아는 죽을 힘을 다해 샌슨의 목에 달라붙었다. 그녀는 거의 착란 상태에서 엉엉거리며 말했다.

"잘못했어요, 잘못했어요! 전 싸구려 도둑이에요. 엉엉. 주로 통행세만 받았고 담 위로 날갯짓은 좋아하지도 않아요. 꺄악! 예. 했어요. 하지만 열 번도 안 돼요! 꺄악꺄악! 아니에요. 사실 열두어 번쯤……. 잘못했다구요! 제발 좀 그만해요! 아악!"

"네가 좀 그만해! 이건 그냥 바람이라구!"

그냥 바람? 말이 좋다. 난 바닥에 주저앉아서 샌슨의 흉내를 내어보려고 숫돌을 꺼내어 바스타드를 갈고 있었다. 하지만 천둥이 칠 때마다 숫돌을 내 손톱에 대고 갈아버렸다. 난 한숨을 쉬고는 숫돌을 내려놓으며 말했다.

"네리아. 벼락을 무서워해요?"

네리아는 내 말을 듣고 있지 않았다. 샌슨은 그녀를 떼어내려고 무진 애를 쓰고 있었다. 하지만 네리아가 아무리 날씬하고 가벼운 체구라 해도 지금 그녀는 필사적으로 매달려 있었고 그렇게 매달린 채 발작적으로 엉엉거리는 사람을 떼어놓는 것은 쉬운 일이 아니었다. 다시 한번 온 세상이 허옇게 바뀌는 순간, 네리아는 찢어지는 비명과 함께 사납게 몸부림치며 샌슨에게 엉겨들었고 샌슨은 그만 뒤로 넘어지고 말았다. 쿠당!

"윽……, 머리 깨졌겠다."

샌슨은 누운 채 투덜거렸고 샌슨 덕분에 직접 바닥에 부딪히지 않은 네리아는 죽어라고 샌슨의 목을 감고 늘어졌다. 레니는 그 모습을 보며 입을 가리고 큭큭거렸다. 난 레니에게 말했다.

"레니. 넌 무섭지 않아?"

"난 항구에서 자랐는걸. 내 방 창문을 통해 바다 속으로 침몰하는 배를 본 적도 있어."

"배가 침몰한다구? 어, 어떻게?"

레니는 손을 들어 바람에 비틀거리며 항해하는 배처럼 어지럽게 움직였다.

"바람이 심할 때……, 풋내기 조타수가 접안 시설에 배를 들이받는 거지. 이렇게 말이야."

레니는 그렇게 말하며 움직이던 손을 다른 손에 부딪혔다. 그러곤 가라앉는 배처럼 손을 뒤집으며 천천히 아래로 내렸다.

"간혹 그런 일이 일어나. 아무리 항구라고 해도 이렇게 심한 바람이 불 때는 정신 바짝 차리지 않으면 가라앉는걸."

"그, 그럼 타고 있는 사람들은?"

"응? 아무 일 없어. 항구 근처니까 모두들 구출되지."

"이렇게 날씨가 사나운데 구출이 돼?"

레니는 히죽히죽 웃으며 말했다.

"바이서스는 초원의 나라지. 그래. 후치도 헤엄은 칠 줄 모르겠구나?"

"어, 헤엄? 글쎄. 개울에서 개헤엄 치는 것 외에는……. 그러고 보니 난 바다에 던져두면 꼼짝없이 죽겠군. 레니는 헤엄 잘 쳐?"

레니는 눈이 동그래져서 날 바라보았다.

"어머? 수영은 남자들만 하는 거야."

어라? 수영이 왜 남자들만, 남자들만……. 윽. 그렇군. 옷 입고 헤엄치지는 않지. 난 머쓱한 표정을 지으며 말했다.

"아, 미안. 잘 몰라서 그런 거야."

"응. 대신 바이서스 사람들은 말을 잘 타겠지?"

말……, 으윽. 괴로웠던 말타기 훈련이 생각나는구나. 난 대충 미소를 지으며 고개를 끄덕였다. 하긴 우리 일행들은 모두들 말을 잘 타지. 난 바스타드를 매끈하게 닦아서 검집에 꽂아두고는 자리에서 일어섰다.

"어디, 얼마나 심한지 볼까? 내일 아침엔 출발해야 되는데……."

오늘 느닷없이 폭풍우가 몰아치는 바람에 우리의 출발이 지연되고 말았다. 아침 나절, 스카일램 트리키 대장의 성화 속에 출발 채비를 마친 우리들을 향해 마차 속의 운차이가 중얼거리듯 말했다.

"오늘은 못 가. 지독한 폭풍우가 올 거야."

우리는 의아한 표정으로 운차이를 바라보았고 스카일램 트리키는 콧방귀를 뀌었다.

"네가 날씨를 어떻게 짐작한다는 것이냐?"

그때 내가 말했다.

"잠깐만요. 운차이? 전에도 비가 올 것을 맞췄지요?"

사람들은 날 바라보았다. 난 세들레스 마을에서 운차이가 비가 올 것이라고 말하자 곧 비가 내린 사실을 이야기했다. 운차이는 고개를 끄덕이며 말했다.

"자이펀은 메마른 사막이다. 그래서 자이펀의 모든 동물들은 비에 민감하지. 그건 사람도 마찬가지야. 게다가 자이펀 남자들은 모두 능숙한 뱃사람이나 다름없다. 바다의 날씨에 대해서라면 갑옷을 걸치고 마차 안에 갇힌 사람에게 으스대는 누구보다는 내가 더 정확할걸."

갑옷을 걸치고 마차 안에 갇힌 사람에게 으스대던 스카일램 트리키는 불같이 노하게 되었다. 그때 나우르첸 성의 사람들도 폭풍우가 칠 것이라는 말을 전해 주지 않았다면 스카일램은 아마도 운차이를 끄집어내어 치도곤을 안길 기세였다.

스카일램은 '고국에 대한 위험 신호를 가지고 불타는 충성심으로 달려갈 자신을 그까짓 바람이 가로막을쏘냐.' 하는 태도로 출발을 고집했다. 그리고 그 같은 고집에 대한 적절한 대처 방안이 없던 우리들은 모두 '좀 고생하면 되겠지.' 하는 태도로 출발에 동의했다. 하지만 성 밖으로 얼마 나오지도 않아서 우리는 그 폭풍우라는 분을 만나게 되었는데, 여기 일스의 땅에 불어닥치는 폭풍우는 내가 알고 있던 폭풍우와는 이름만 같고 성질은 전혀 다른 분이었다. 바다는 뒤집힐 것처럼 몸부림쳤고 실키안 레이크는 끓어오르는 것 같았다. 마차가 넘어질 뻔하고 짐이 모두 바람에 날려갈 뻔한 소동 속에서 악다구니를 쓰다가 우리는 간신히 성으로 되돌아왔고 운차이는 싸늘하게 웃었으며 스카일램은 운차이를 바라보지 않았다.

내가 일어서자 레니도 따라 일어섰다. 방 저쪽에서는 아직도 샌슨과 네리아가 엉겨 뒹굴고 있었고 그 옆에선 칼이 초연하게 책을 읽는 척하고 있었다. 난 이루릴의 옆에 서서 밖을 바라보았다.

이루릴은 내가 다가서자 조용히 말했다.

"저분 참 무모하시네요."

난 창밖을 내다보았고 곧 한숨을 쉬었다. 제레인트 역시 창밖을 바라보며 히죽거리고 있었다. 그는 혼잣말처럼 말했다.

"온몸으로 세계에 맞서는 전사군."

스카일램이 컴컴한 마당 한가운데에 서 있었다. 그는 거친 폭풍우를 묵묵히 참고 견디며 시선을 먼곳에 보내고 있었다. 온 몸이 축 젖었을 텐데도 아랑곳하지 않고 그의 뜨거운 심장이 향하는 저 서편, 그의 고국만을 노려보고 있었다. 아마도 지금 그의 볼에는 뜨거운 눈물이 차가운 빗방울과 뒤섞여 흐르고 있지나 않을까 생각된다.

호위 대원들이 그를 안으로 끌어들이려 애쓰는 모양이었지만 스카일램은 꼼짝도 하지 않았다. 아마 고국으로 달려가려는 자신을 가로막는 폭풍우에 대해 무언의 저주를 퍼붓고 있는 모양이다.

"저건 무모하다기보다는, 글쎄요. 폭풍우에 대해 항거하는 거지요."

"항거……? 저렇게 서 있는다고 해서 폭풍이 잠들지는 않아요."

"예. 물론이죠. 그저 기분이나마 항거하는 기분을 내는 거죠."

"왜 그런 쓸모없는 행동을?"

"사실 사람이 하는 짓에 쓸모 있는 행동이 몇 개나 될까요. 그저 그중 몇 가지에 자신이 생각해서 적당한 쓸모를 붙이는 거죠."

이루릴은 어두운 얼굴로 말했다.

"저 자이펀의 사람들이 그런 무서운 무기를 만든 것에도 쓸모가 있나요? 사람들은 그렇게 생각하나요?"

"솔직히 말하자면, 아마 그럴 거예요."

이루릴은 어두운 얼굴로 날 바라보다가 다시 바깥을 바라보았다. 제레인트와 레니는 제각기 다른 표정으로 나와 이루릴의 대화를 듣고 있었다. 흠. 난 이미 이런 대화에 익숙해. 난 다시 바깥을 바라보며 말했다.

"그래도 저건 좀 심하군요. 나가서 뭐라고 좀 말해야겠군요."

난 몸을 돌려서 방을 나왔다. 제레인트가 내 뒤를 따라 나왔다. 성 안의 복도를 걸으며 제레인트는 말했다.

"이봐, 후치. 왜 엘프에게 그렇게 말했지?"

"왜? 사실을 말하는 데 왜라는 게 무슨 필요가 있어요?"

제레인트는 이상한 눈으로 날 바라보았다. 그는 턱을 쓰다듬으며 말했다.

"인간은 불안한 것. 유피넬도 헬카네스도 모두 따를 수 있다는 것은 동시에 유피넬과 헬카네스 양자로부터 버림받은 아이지. 유피넬의 어린 자식인 엘프가 그런 이야기를 이해할 수 있을 것 같아?"

"글쎄요? 어려운 이야기는 머리 아파요. 지금은 우리의 관심사를 스카일램 대장을 끌어들이는 것으로 좁히고 싶네요?"

제레인트는 싱긋 웃으며 내 말에 찬성한다는 표정을 지었다. 우리는 정문으로 나섰다.

휘우우우웅!

문을 열자 갑자기 몰아치는 바람에 뒤로 쓰러질 뻔했다. 갑자기 숨이 턱턱 막히고 눈을 뜰 수가 없었다. 팔을 들어올려 얼굴을 가리면서 몸은 앞으로 조금 기울였다.

"우와, 이거, 저기까지 걸어갈 수 있을지 의문인걸. 하하하!"

제레인트는 싱글거리며 그렇게 말했다. 농담처럼 들리지가 않는걸? 바람의 방향과 그 세기는 숨쉴 사이 없이 바뀌었고 그래서 제레인트와 나는 비틀거리며 걸어갔다. 스카일램은 저쪽에서 꿈쩍도 하지 않고 서 있었다.

"이봐요! 스카일램 대장!"

이 험악한 빗발과 바람 속에서라도 내 고함소리는 충분히 들렸을 것이다. 하지만 스카일램은 돌아볼 생각을 하지 않았다. 그때 제레인트가 외쳤다.

"보시오, 트리키 공!"

그러자 스카일램은 몸을 돌렸다. 그는 얼굴에 달라붙은 머리카락을 걷어내고는 마치 세수하듯이 얼굴을 주욱 훑어내렸다. 그리고 우리들의 모습을 보더니 당황해서 말했다.

"제레인트, 왜 여기까지 나오셨습니까?"

"그러는 당신은, 여기서 뭘 하고 있는, 겁니까?"

제레인트는 지독한 바람에 헐떡이며 말했다. 그의 펑퍼짐한 로브는 비에 젖어서 그를 몹시 거추장스럽게 만들고 있었다. 스카일램은 묵묵히 고개를 가로저으며 말했다.

"제게 신경 쓰시지 마시고 들어가십시오."

"나 이거 참, 신경 안 쓰게, 만들어놓고 그렇게, 말하시죠!"

스카일램은 다시 고개를 가로젓고는 몸을 돌려 서쪽을 바라보았다. 그의 시선은 강풍이 몰아치는 실키안 레이크를 바라보고 있었지만 그의 마음은 아마도 바이서스를 바라보고 있을 것이다.

"안타깝습니다."

"예?"

스카일램의 주먹이 부르르 떨리고 있었다. 꽉 쥐어 하얗게 변한 그의 주먹은 마치 단련된 강철처럼 빗방울들을 튕겨내고 있었다.

"너무도, 너무도 안타깝습니다. 고국이 위기에 처했는데 제가 이렇게 머나먼 땅에 발이 묶이다니. 게다가 제게는 고국에 알려야 될 위급한 보고가 있는데. 그런데 여기서 움직일 수 없다니. 비통합니다!"

스카일램은 감동적으로 말하려는 의도인 것 같았다. 아니, 그의 의도야 어쨌든 분명히 감동적으로 들으며 숙연한 기분을 느껴야 될 것이다. 하지만 이 미친 바람 때문에 이리 흔들리고 저리 비틀거리다 보니 감동에 앞서 먼저 짜증부터 치밀어 오른다. 젠장.

"비 맞으셔서 몸 상하면, 가시는 길이 더 어려워질 거예요!"

스카일램은 들은 척도 하지 않았다. 어떻게 저렇게 서 있을 수 있는 건지. 원 참. 발디딤이 정말 좋은 모양이군. 얼굴을 무자비하게 때리는 빗방울을 걷어내며 난 다시 고함을 질렀다.

"스카일램 대장, 지금 근무 태만이라는 것, 몰라요!"

스카일램은 의아한 얼굴로 날 돌아보았고 제레인트는 결국 내 팔에 매달리기 시작했다. 내가 제레인트보다야 강단이 좋으니까. 난 제레인트를 부축하며 외쳤다.

"대장은 전하로부터, 호위 임무를 부여받았잖아요! 호위 임무를 팽개쳐두고, 이렇게 폭풍 가운데 서 있으면, 그게 근무 태만이지요!"

스카일램의 얼굴이 딱딱해졌다. 그의 얼굴로 흐르는 빗물이 그의 표정을 더욱 어떤 무생물 같은 것으로 바꾸어놓았다. 나는 숨을 몰아쉬었다가 다시 외쳤다.

"벌써 밤이에요! 폭풍우가 그쳐도, 지금은 출발 못해요! 내일 아침에 출발할 준비도 해야지요!"

그는 말했다.

"알았다. 들어가자."

크하! 해냈다. 스카일램은 제레인트를 부축하며 성 안으로 들어갔다. 성 안에 들어서자 호위 대원들이 수건을 들고 달려왔다.

머리에 수건을 뒤집어쓴 채로 우리 방으로 돌아왔다. 문을 여니 겨우 네리아를 뿌리치고는 원래의 자세로 돌아와 있는 샌슨의 모습이 보였다. 그리고 네리아는 괴성을 지르며 샌슨 대신 레니에게 달려들었고 레니는 쓰러진 채 파닥거리며 이것 좀 놓으라고 비명을 질렀다. 칼은 여전히 책장을 넘기며 초연한 척하고 있었다. 천둥이 칠 때마다 책장을 넘기는 손가락이 조금씩 움찔거렸지만.

제레인트와 나는 아쉽게도 인간들 중에서는 온전한 대화의 상대를 발견하지 못했고, 그래서 이루릴에게 다가갔다. 이루릴은 우리를 보더니 생긋 웃었다.

"어떻게 들어오게 한 거죠?"

"잘 설득했지요."

"설득……? 아, 예. 조화를 이뤄가는 인간의 특기 말이지요?"

"읔. 예. 그거요."

엘프는 서로 설득하고 할 일도 없겠지? 모두들 조화로울 테니까.

"레니야, 레니야! 나 좀 막아줘, 저거 좀 멈춰줘요, 칼 아저씨! 책만 보지 말고 저거 좀 멈춰달라구……, 꺄아아! 으아아앙! 잘못했어요오오! 으아! 내가 아냐, 내가 아냐! 나보다 나쁜 놈도 많아요오오!"

뒤통수를 되게 쥐어박아서 기절시키자는 샌슨을 말린 다음, 이루릴은 한숨을 쉬고 샌드맨을 불러내어 네리아를 잠들게 했다. 그리고 잠시 후 네리아는 잠든 채로 이를 박박 갈면서 간혹 잠꼬대로 비명을 질러대었고 우리는 넌덜머리를 내며 그녀를 방 안에 집어던짐으로써 모든 사태를 종결시켰다.

밤이 깊어감에 따라 기분은 더욱 이상해졌다.

지독한 바람소리와 천둥 소리, 그리고 눈알이 튀어나올 정도로 번쩍거리는 번개는 잠시도 쉬지 않고 세상을 흔들어대었고 번개의 섬광, 밤의 암흑, 천둥의 단속음, 바람의 지속음, 어쨌든 총체적인 소리와 색채의 불협화음에 귀가 먹어버리고 눈이 멀어버릴 것 같았다. 침대에 드러누운 채 시트를 머리 끝까지 뒤집어썼지만 이 얇은 시트는 세계의 횡포로부터 날 보호하지는 못했다.

하지만 그것 때문만은 아니었다. 자꾸만 기분이 이상해지는 이유는 그것 때문이 아니었다.

뭔지 모를 불안감에 자리가 편하지 않았다. 침대 속은 마치 빨래더미에 들어와 있는 것처럼 눅눅하고 거북했다. 성벽을 때리는 바람과 빗소리는 마치 내 몸을 때리는 것 같았다. 그때였다.

"무슨 소리지?"

샌슨의 목소리다. 나와 샌슨은 한 방을 쓰고 있었다. 난 시트 밖으로 머리를 내밀었다. 바로 그때 번개가 쳤고 순간적으로 침대에 일어나 앉아 있는 샌슨의 모습이 보였다.

"무슨 소리긴. 밖엔 소리가 너무 많아."

"조용히 해봐! 잠깐……."

샌슨의 목소리가 심상치 않았다. 왜 이러지? 난 입을 다물고 조용히 천둥소리와 빗소리 사이에서 무슨 소리가 들리는지 집중해 보았다. 하지만 그게 어디 집중한다고 될 일인가.

"아무런 소리도…… 이거!"

나와 샌슨은 동시에 침대 밖으로 뛰쳐나왔다. 갑옷을 걸칠 사이도 없이 각자 검만 들고 뛰어나왔다. 분명히 비명소리였다. 그것도 여자의. 문을 열어젖힌 순간, 엄청난 바람이 우리를 뒤로 밀어붙였다. 샌슨은 벽을 짚으며 외쳤다.

"뭐야, 이건! 베란다의 문이 열렸잖아?"

거실 안의 집기와 테이블, 의자 등이 마구 쓰러져 뒹굴고 날리고 있었다. 난 욕지거리를 뱉어내며 베란다로 달려갔다. 그때 샌슨이 다시 외쳤다.

"레니!"

난 놀라서 고개를 돌렸다. 레니의 방문이 열려 있었고 그 방문은 지금 거세게 여닫히고 있었다. 샌슨은 레니의 방문으로 달려가서 안을 들여다보더니 곧 외쳤다.

"없어졌어!"

그렇다면 누군가 베란다로 침입? 난 베란다 문을 닫는 대신 밖으로 뛰어나갔다. 아래를 내려다보려 했지만 쏟아지는 비와 암흑에 아무것도 보이지 않았다. 그때 번개가 치며 온 세상이 하얗게 변했다.

그 순간 난 아래에서 말을 달려가는 한 사나이를 보았다. 그리고 그 사나이가 허리에 끼고 있는 한 여자아이의 모습도. 마치 폭풍 속을 뚫고 어린 소녀를 납치해 가는 화렌차의 기사 같은 모습이었다. 붉은 머리가 번개 빛에 이상하게 빛났다. 레니였다.

"마당이다! 침입자다!"

난 고함을 지르며 문 쪽으로 달려갔다. 샌슨도 악을 쓰며 달려나왔다. 하지만 내 고함소리는 폭풍우의 소리에 다 묻혀버리고 아무도 깨어나지 않았다. 샌슨과 난 계속해서 악을 지르며 1층으로 뛰어 내려갔다.

"말을 타고 달려가고 있었어!"

"젠장, 이 날씨에 얼마나 달려갈 수 있는지 보자! 후치, 마구간으로!"

문을 발로 걷어차 열면서 뛰어나왔다. 사나운 바람에 몸을 가눌 수가 없다. 게다가 하루종일 쏟아진 비 때문에 성의 마당엔 엄청난 양의 빗물이 고여 있었다. 해안 절벽에 서 있는 성에 이토록 빗물이 고이다니. 우리는 철벅거리며 미끄러져 뒹굴고 하면서 마구간으로 달려갔다. 폭풍에 대비하여 잠겨 있는 마구간 문을 보더니 샌슨은 두말하지 않고 롱소드로 후려쳤다. 콰광. 그리고 나 역시 옆에서 바스타드로 후려쳤다.

조금 뒤 문은 부서졌고 우리는 마구간 안으로 뛰어들었다. 안장을 찾을 겨를도 없이 맨몸으로 말 위에 올랐다. 우리는 둘 다 갑옷도 없이 검 하나씩만 든 채 안장도 없는 말을 달려나왔다. 그리고 비바람은 미친 것처럼 몰아쳤다.

성의 마당을 가로지르다가 샌슨은 욕설을 뱉었다. 나우르첸의 병사들이 빗속에 쓰러져 있었고 그들의 몸에서 흘러나오는 피가 빗줄기를 타고 퍼져나가고 있었다. 그 침입자에게 당한 정문 경비병인 모양이다. 이런 칠흑 같은 밤에는 정문 경비병들도 어쩔 수 없었겠지. 샌슨은 악을 쓰며 정문을 돌파했다. 난 안장도 없는 말 위에서 떨어지지 않기 위해 다리로 제미니를 꽉 감싸며 달려나왔다. 샌슨이 고함을 질렀다.

"깜깜해서 아무것도 안 보여!"

"잠깐! 기다려, 헉헉, 번개가 칠 때……."

콰르릉! 쾅쾅!

"저기다!"

멀리서 달려가는 말의 뒷모습이 망막에 확 떠올랐다가 사라졌다. 우리는 곧 죽어라고 달려가기 시작했다. 말들은 겁에 질렸는지 콧김을 푸르릉거렸지만 이 쏟아지는 빗속에서 반항함으로써 우리를 난처하게 만들지는 않았다. 이윽고 달려가는 말발굽 소리가 들려왔다. 바닥이 온통 물이라서 철벅거리는 소리는 잘 들렸다. 우리는 이제 소리를 들으며 정확히 달려가기 시작했다.

날아와서 온몸을 때리는 빗줄기는 몽둥이 같다. 그리고 숨을 제대로 쉴 수 없는 세찬 바람에 정신이 하나도 없다. 머리카락은 통째로 뽑혀나가는 것 같고 헐렁한 셔츠는 젖은 채로 마구 철벅거린다. 숨을 쉴 때마다 목구멍이 아파온다. 속눈썹마저 눈을 찔러대고 있었다.

납치자는 나우르첸의 시내를 달려가고 있었다. 젠장! 이 도시의 지리에 대해서는 아무것도 몰라! 우리는 말들이 미끄러지지 않기만을 바라며, 동시에 우리가 말 위에서 미끄러지지 않기만을 바라며 달려갔다. 그런데 갑자기 말발굽 소리가 사라졌다. 우리는 멈춰 서고 말았다.

"후우, 후우. 뭐야? 소리가 안 들려?"

"잠깐……, 후우. 여기 있다."

"응?"

샌슨은 극도로 목소리를 낮췄다. 쏴아아아! 빗소리 사이에서 샌슨의 목소리가 가늘게 들려왔다.

"놈도 멈추었다. 여기 어딘가에 있다."

등골이 쭈뼛하는걸? 달려가던 것을 멈추자 비는 이제 우리 머리를 때리기 시작했다. 시내라서 그런지 바람은 조금 약했지만 번개와 천둥은 여전히 요란했다. 콰우웅, 꾸르릉! 우리는 긴장한 채로 주위를 둘러보았다. 그 납치자는 아마도 추적자가 둘인 것을 깨달았으니 우리를 처치하고 도망갈 속셈일 것이다. 얼굴을 타고 흘러내리는 빗줄기에 숨이 막히려 하면서도 난 눈을 부릅떴다. 그때였다.

"살려줘……."

우리 눈앞의 사거리 쪽에서 고함소리가 들려왔다.

"레니!"

난 고함을 지르며 달려가려고 했다. 그때 누군가 내 어깨를 붙잡았다. 돌아보니 말 위에 올라타 있는 스카일램이었다.

그 역시 갑옷 하나 걸칠 새가 없었는지 평상복에 검 하나 든 채로 달려나와 있었고 우리들처럼 엉망으로 젖어 있었다. 나와 샌슨이 놀란 얼굴로 말하기도 전에, 스카일램은 입술 앞에 손가락을 세워보이더니 내 귀에 대고 말했다.

"일부러 비명을 지르게 한 거다. 달려가면 당한다."

난 입을 꽉 다물었다. 샌슨 역시 날카로운 눈으로 앞을 바라보았다. 스카일램은 조용히 검을 뽑아들더니 말했다.

"내가 우회할 테니 조심해서 앞으로 걸어가라."

그리고 스카일램은 옆의 골목으로 들어갔다. 샌슨과 난 서로 쳐다보며 고개를 끄덕이고는 앞으로 걸어갔다. 걸어가면서 난 고함을 질렀다.

"레니! 어디 있어!"

"……지 마!"

"뭐! 어디야!"

"아……, 오지…… 오면 안……."

그때였다. 채챙! 검 부딪히는 소리가 요란했다. 나와 샌슨은 말에서 뛰어내리며 앞으로 달려갔다. 철벅철벅. 발이 미끄러질 뻔했지만 우리는 간신히 사거리에 뛰어들었다.

옆을 보니 스카일램이 누군가와 싸우고 있는 모습이 보였고 그 옆에는 다른 남자 하나가 레니를 붙잡고 있었다. 두 사람 모두 복면을 하고 있어 얼굴을 볼 수가 없었다. 나와 샌슨은 동시에 소리없이 달려들려고 했지만 비가 이렇게 쏟아지는 가운데 소리를 내지 않을 수가 없다. 레니를 붙잡고 있던 남자는 우리가 달려들자 곧장 레니의 목에 검을 가져갔다. 레니는 하얗게 질리더니 그만 기절해 버렸다.

"오지 마!"

나와 샌슨의 발이 굳어버렸다. 스카일램과 싸우던 남자 역시 검을 거세게 휘둘러 물러났다. 스카일램은 재빨리 걸어와 우리와 함께 섰다. 쏴아아아! 비는 미친 것처럼 쏟아지고 있었다.

레니의 목에 검을 겨눈 남자는 젖어버린 복면을 풀어던졌다. 그리고 그 아래에서는 넥슨 휴리첼의 얼굴이 나타났다.

"제기랄! 네놈이!"

나와 샌슨은 분통을 터뜨렸다. 그리고 스카일램은 검을 강하게 부여잡았다. 눈앞이 하얗게 바뀌며 콰광! 천둥소리가 요란했다. 샌슨은 고함을 질렀다.

"여기까지 따라왔느냐!"

넥슨은 빙긋 웃으며 뒤로 물러났고 그가 물러나는 것에 맞추어 우리 세 명은 앞으로 걸어갔다. 그러자 넥슨은 레니의 목에 댄 롱소드에 눈길을 보내어 우리를 멈추게 했다. 그는 말했다.

"자네들이 왜 일스에 왔는지 궁금하더군."

우리는 아무 말도 하지 않고 그를 바라보았다. 쏴아아아! 지독한 바람에 실린 폭우는 온 세상을 파괴할 듯이 쏟아져내렸다. 넥슨은 눈을 껌뻑거리며 말했다.

"그리고 자네들이 그날 아침 이 계집애를 데리고 다니던 것도 꽤 이상하게 보였고. 사실 뻔한 이야기이지. 자네들이 데리고 다니는 붉은 머리의 소녀라……. 간단한 이야기였지."

얼굴에 달라붙는 빗방울 때문에 얼굴 가죽을 뜯어내고 싶은 느낌이 든다. 빌어먹을 녀석! 넥슨은 유유히 말했다.

"이 소녀가 할슈타일 가문의 후계자, 적통의 마지막 드래곤 라자일 테지. 맞는가?"

"왜 묻는 거냐!"

"이봐. 이러지들 말라구. 우리들이 그 동안 사귀어 왔던 세월의 길이가 짧긴 하지만, 그 짧은 세월 동안 참 많은 우의를 다져오지 않았나?"

우의? 허, 말도 안 되는 소리. 우리가 기가 막혀 말을 못하는 사이에 스카일램은 조용하지만 강하게 말했다.

"넥슨 휴리첼! 감히 국가 전복을 꾀한 죄만도 능지처참을 면치 못할 것이다. 너의 죄과를 씻을 길은 절대로 없다. 하지만 그 소녀를 내려놓는다면 우리는 널 추적하지 않겠다."

"크하하하! 이 소녀를? 왜? 내가 미쳤어?"

스카일램은 넥슨을 날카롭게 쏘아보았고 넥슨은 껄껄거리며 말했다.

"자이펀이든 바이서스든, 아니 헤게모니아까지라도. 저 루트에리노 대왕과 핸드레이크마저도 이루지 못한 대륙의 통일! 그것이 가능한데 내가 왜?"

"무슨 말이냐!"

꽈광! 다시 번개가 쳤고 그 하얀 빛 속에서 넥슨의 얼굴은 괴이한 은색으로 빛났다.

"최강의 드래곤! 저 크라드메서, 바로 우리 가문의 드래곤이었던 크라드메서를 다시 획득하게 된다. 휴리첼의 드래곤 크라드메서를!"

난 악에 받쳐서 고함을 질렀다.

"멍청이! 드래곤 라자는 아무런 일도 하지 않는다! 드래곤과 인간이 대화하는 거야! 크라드메서가 네 미친 계획 따위를 들어줄 리가 없어!"

넥슨은 싸늘하게 날 노려보았다.

"그렇게 생각하나?"

"그래! 당연하지. 크라드메서는 선의 율법도, 악의 율법도 따르지 않는다. 오로지 조화만을 원할 뿐이지! 대륙을 하나로 만든다는 그 멍청한 계획을 따라줄 것 같아앗!"

"드래곤은 기억한다."

"뭐라구?"

넥슨은 클클거렸다. 그 충실한 마부 녀석이 말을 끌고 오더니 넥슨의 팔을 잡아끌었지만 넥슨은 사납게 뿌리치며 오히려 우리 쪽으로 한발 다가섰다. 그는 이를 갈듯이 말했다.

"드래곤은 기억한다. 절대로 잊을 수가 없는 불행한 종족이 몇 있지. 그중 하나가 드래곤이야. 드래곤은 절대로 망각의 축복을 향유하지 못한다."

"무슨 말을 하려는 거야!"

"크라드메서는 그의 드래곤 라자였던 카뮤 휴리첼의 죽음을 기억할 거라는 말이지."

말문이 막히고 말았다. 저 자식! 크라드메서를 충동질할 생각인가? 넥슨은 계속해서 말했다.

"크라드메서는 복수를 원할걸? 그리고 나도 마찬가지야. 물론 난 삼촌에 대한 복수, 별로 관심 없어. 하지만 나는 바이서스의 파멸을 원하고, 크라드메서도 그럴 거야. 대화가 잘 통할 거라고 생각되지 않아?"

"마, 말 같지 않은 소리!"

"말이 안 될 거 같아? 난 충분히 가능성이 있다고 보는데. 하하하!"

그때 마부는 다시 한번 넥슨의 팔을 잡아당겼다. 넥슨은 화난 얼굴로 그를 돌아보았지만 마부는 고개를 가로저었다. 넥슨은 이를 악물더니 곧 웃으며 말했다.

"할 수 없군. 긴 이야기 나누지 못해서 말이야. 아, 그리고 자네들에게는 좋은 선물 한 가지 남겨두었네."

"선물이라구?"

"내일 아침 해가 뜨면 흥미로운 일이 발생할 거야."

샌슨은 멍한 얼굴이 되었지만 난 소스라치고 말았다.

"세이크럴라이즈!"

넥슨은 싱긋 웃으며 말했다.

"자이펀인들은 재미있는 것을 만들어낼 줄 알더군. 이만 가보겠어. 따라오려고 들지 마."

그리고 넥슨은 축 늘어져버린 레니를 가볍게 말 위에 올리더니 말에 올라탔다. 우리는 꼼짝도 못하고 그 모습을 바라보아야 했다. 넥슨은 다시 한번 우리들을 바라보며 웃고는 달려가 버렸다.

샌슨은 악을 쓰기 시작했다.

"젠장! 말로 달려!"

나와 스카일램은 황급히 샌슨의 뒤를 따랐다. 샌슨은 슈팅스타에 올라타자마자 외쳤다.

"후치! 일행을 끌고 와! 내 짐도 챙겨오고! 난 저놈들의 뒤를 따라가며 흔적을 남기겠다. 그리고 스카일램 씨, 당신은 나우르첸 영주에게 이 도시가 세이크럴라이즈 되었다고 말해요! 자세한 것은 칼이나 제레인트가 말해 줄 겁니다!"

샌슨은 그렇게 말하자마자 곧 달려가 버렸다. 저 멍청한! 맨몸에 검 한 자루 들고서 추적을 하겠다고? 저렇게 앞뒤 없는 작자가 다 있나. 그러나 내가 고함을 질렀을 때는 이미 샌슨의 모습은 보이지 않았다. 난 그가 사라져간 방향을 향해 고래고래 욕설을 퍼붓고는 곧 제미니에 올라타서 스카일램과 함께 성으로 달려갔다.

칼은 내 말을 듣자마자 곧 손으론 짐을 챙겨들면서 동시에 말을 했다.

"트리키 공. 명령을 내리는 것 같아 미안하지만 잘 들어요. 당신은 나우르첸 영주에게 이 도시의 중심부, 흙이 있는 곳에 묻힌 디바인 마크를 회수하라고 전하시오. 그 디바인 마크를 오늘밤 안에 회수하지 않으면 이 도시의 모든 것이 병에 걸려 죽어갈 것이며 죽은 자들이 일어날 것이라고 전하시오."

스카일램은 허옇게 질린 얼굴로 뭐라고 말하려 했지만 칼은 쉼 없이 말했다.

"그리고 나우르첸 성주를 돕든지, 아니면 오늘밤 내로 이 도시를 벗어나든지 당신 자의에 따라 결정하시오. 하지만 내 생각으론 지금 당장 벗어나는 것이 좋겠소. 당신이 이 도시의 지리에 대해 알지 못하는 바에야 특별한 도움이 되지는 못할 것이고, 게다가 이 무기는 자이펀에서 개발한 것으로 한시바삐 전하께 이 사실을 알려야 하니까."

"헬턴트 님은 어쩌실 겁니까?"

"전하께 믿음을 저버려 죄송하다고 전해 주시오. 사절의 임무는 실패였다고. 그리고 언젠가 반드시 바이서스 임펠에 돌아갈 테니 죄를 묻겠다면 그때 물어달라고 전하시오. 나는 사절의 지위를 버리고 지금부터 우리 일행과 함께 레니 양을 구출하기 위해 넥슨을 추적할 것이오."

"레니 양을요?"

"그렇습니다. 그녀는 자이펀과 바이서스의 전쟁의 승패보다도 더 중요한 것을 결정지을 수 있는 사람이니까요. 꼭 그녀를 되찾을 겁니다."

"알겠습니다."

"그리고 운차이에 대해 잘 말해 주시길 부탁합니다. 비록 임무는 실패했지만, 당신도 봐서 알듯이 바란 탄에서 그는 우리가 원하는 대로 성실히 답변했습니다. 전하께 그를 잘 대해 달라고 부탁해 주시길 바랍니다."

스카일램은 한참 동안 칼을 바라보다가 곧 고개를 끄덕였다. 그러자 칼은 재빨리 주위를 돌아보며 말했다.

"침버 씨. 당신은 어쩌겠습니까? 당신은 바이서스로 가고 싶어 했으니 트리키 공과 함께 행동하면 될 것 같습니다만."

제레인트는 별 생각도 하지 않고 말했다.

"여러분과 함께하겠습니다. 그 편이 더 재미있을 것 같다고 말하면 화내시겠습니까?"

칼은 빙긋 웃으며 말했다.

"테페리의 성직자가 결정한 일에 대해서 화낼 수는 없어요."

그리고 칼은 이루릴과, 그녀에게 매달린 채로 벌벌 떨고 있는 네리아를 바라보았고 두 사람 모두 고개를 끄덕였다. 칼은 재빨리 짐을 들어올리며 스카일램에게 다가가 손을 내밀었다. 스카일램은 망연히 칼의 손을 내려다보다가 그 손을 붙잡았다.

"짧은 기간이었지만 함께해서 기뻤습니다."

스카일램은 몇 번이나 뭐라고 말하려고 애쓰다가 포기해 버렸다. 그는 칼의 손을 놓더니 곧 경례를 붙였다.

"헬턴트 님을 호위했던 것을 영광으로 생각합니다."

"수고해 주시오."

그리고 칼은 곧장 달려나왔다. 난 샌슨의 짐까지 둘러메고는 끙끙거리며 그의 뒤를 따랐고 이루릴은 네리아를 달래며 걸어오느라 힘들어했다.

밖으로 나와 마구간으로 달려가는 길은 몹시 힘들었다. 휘우우웅! 무시무시한 비바람은 도대체 그칠 줄을 모르고 있었다. 우리는 힘들게 마구간까지 걸어가 말들을 꺼내었다. 네리아는 부들부들 떨면서 번개가 칠 때마다 성안으로 도로 달려 들어가려는 자세였고 그래서 이루릴은 그녀와 함께 에보니 나이트호크에 올랐다. 이루릴은 네리아의 등 뒤에 앉은 채 제레인트에게 말했다.

"래셔널 셀렉션 위에 타세요."

"어, 전 말을 탈 줄 모릅니다만……."

"당신을 낙마시키지는 않을 겁니다."

제레인트는 아쉬운 표정으로 자신의 노새에게 작별을 고하고는 래셔널 셀렉션 위에 올라탔다. 역시 저 엘프의 말은 얌전히 제레인트를 받아들였다. 칼은 곧장 출발했다.

"이랴아, 하아!"

나와 칼이 선두에 섰고 그 뒤로 네리아와 이루릴이 탄 에보니 나이트호크와 제레인트를 태운 래셔널 셀렉션이 뒤따랐다. 거친 비바람과, 새벽이 가까워오면서 가장 어두워지는 암흑 속에서 난 간신히 샌슨과 헤어진 위치까지 일행을 인도했다. 그리고 우리는 샌슨이 마지막으로 달려간 방향으로 달려갔다.

그러나 그 방향이라는 것은 별로 도움이 안 되는 것이었다. 그것은 그저 나우르첸을 벗어나는 외곽으로의 방향이었고, 그래서 도시를 통째로 날려버릴 듯한 폭풍우를 간신히 뚫고 나우르첸을 나선 우리는 바로 그때부터 어디로 가야 될지 모르게 되어버렸다. 칼은 사납게 몰아치는 비바람을 자신의 손바닥으로 막아내듯이 팔을 들어올려 얼굴을 가리고는 잠시 생각에 잠겼다. 그는 곧 고개를 끄덕이며 내게 말했다.

"자네가 크라드메서의 드래곤 라자를 데리고 있다면 어디로 가겠는가?"

쉬운 질문이군.

"갈색 산맥으로."

칼은 말을 달리기 시작했다. 천둥과 번개가 요란했고, 그때마다 터져나오는 네리아의 구성진 비명소리를 들으면서 우리는 수면 전체로 흐느끼고 있는 실키안 레이크 옆을 달려갔다.

2

난 주의 깊게 바라보며 말했다.

"샌슨이 남긴 신호겠지요?"

"다른 추측을 하긴 어렵겠군. 하지만 뜻을 알아내기가 쉽지 않은데."

칼은 고개를 끄덕이며 나무를 바라보았다. 나무에는 누군가 칼로 급히 새긴 자국이 남아 있었다. 우리는 곧은 길을 쭉 따라오다가 산 속에서 갈림길을 만났고, 그래서 양쪽 중에서 어디로 갈까 제레인트에게 물어보려고 했다. 그때 이루릴은 밤에도 보이는 그 눈으로 이 자취를 발견한 것이다.

나무에는 'S-R' 이라고 적혀 있었다. 이게 무슨 뜻일까?

"샌슨 씨가 루미너스가 질 때 여기를 지나갔다는 말인 것 같군요."

우리는 놀란 눈으로 이루릴을 바라보았다. 허헛? 정말 그럴 듯한데? 칼은 고개를 끄덕이며 말했다.

"지금은 새벽녘이니……, 한두 시간 전에 지나갔다는 말이군요. 좋습니다. 계속 달려갑시다."

제레인트는 기진맥진한 얼굴이었지만 칼의 말을 듣자마자 곧 고개를 끄덕이며 말했다.

"예. 샌슨 씨는 아무런 장비도 준비도 없이 떠났으니, 빨리 따라가야겠습니다."

"이랴아!"

산으로 다가감에 따라 비바람은 차차 멎어가기 시작했다. 하지만 밤새도록 비를 맞으며 달려온 우리 일행은 새벽녘의 살을 에는 추위에 모두들 무섭게 떨고 있었다. 지속적으로 뺏긴 체온은 어디서도 보충되지 않았다. 해가 뜨면 좀 나을까. 그러나 겨울밤은 길었다.

고원을 넘고 산등성이를 타고 돈다. 끝없이 펼쳐진 낮은 산들. 주위에는 몇 아름도 넘어보이는 거대한 나무들이 기둥처럼 서 있어 하늘엔 지붕이 펼쳐진 것 같다. 그러나 그런 거대한 숲 속에까지도 빗방울은 사납게 몰아치고 있었다.

나뭇잎을 훑고 지나가는 바람의 소리가 날카롭다. 우리는 숲을 지나 조금 높은 지형에 올라섰다. 끝없이 펼쳐진 고원. 수목 한계선 위로 올라왔나 보다. 우리는 어찔어찔한 산등성이를 따라 달렸다.

시선이 몽롱해진다. 주위의 나무들과 풀, 산등성이들이 밤하늘과 엉겨버려 윤곽을 잃고 있다. 들려오는 소리는 귓가를 스치는 바람소리와 연속적으로 계속되는 말발굽 소리.

다가닥, 다가닥, 다가닥, 다가닥, 다가닥, 다가닥…….

손발의 감각은 점점 사라지고 난 아무데서도 나의 존재를 느끼지 못했다. 지독한 밤이 흘러가고 있었고 흔들리는 주위의 환상. 우리를 제외하고 주위의 세계 전체가 마구 흔들리고 있었고 그 흔들리는 세계 속에서 우리는 암흑의 허공을 쉼없이 느릿하게 달려가고 있었다.

다가닥, 다가닥, 다가닥, 다가닥, 다가닥, 다가닥…….

"후치! 정신 차려!"

네리아의 날카로운 고함소리. 난 퍼뜩 정신을 차렸고, 덕분에 급한 산비탈로 달려가던 걸음을 멈출 수 있었다. 미칠 것 같은 밤이다.

네리아가 외쳤다.

"칼 아저씨! 안 되겠어요. 여기서 멈춰요. 비 맞으면서 너무 오래 달렸어요."

칼은 잠시 멈추더니 다시 고개를 저었다.

"저 산등성이까지만 올라갑시다. 시야를 확보하기 위해서라도."

"안 돼요, 이 상태로선……. 무리라구요."

"넥슨도 마찬가지일 거요. 그도 더 이상은 달려가기 힘들 테지. 퍼시발 군도 그렇고. 그러니 조금만 더 무리합시다. 퍼시발 군이 이 상태에서 아침을 맞이하기는 쉽지 않을 거요."

네리아는 할말이 없어졌다. 저것은 평소의 칼이 아니다. 그는 다른 사람의 의견을 절대로 수용하지 않으며 달려갔다. 그 단호한 인도에 따라 우리는 보슬비가 흩뿌려지는 밤의 숲 속을 달려갔다. 온몸은 이제 뻣뻣해져 더 이상 습기는 습기가 아니었고 주체할 수 없이 떨리던 몸도 더 이상 떨리지 않게 되었다.

간신히 우리는 주위보다 조금 높은 산등성이까지 올라섰다. 모두들 힘에 겨워 말에서 뛰어내렸지만 칼과 이루릴은 여전히 주위를 돌아다녔다. 잠시 후 칼은 돌멩이 하나를 주워들었다.

"이게 무슨 뜻이지?"

칼의 목소리가 잘 들리지도 않는다. 난 간신히 고개를 들어올려 칼을 바라보았고, 고개를 갸웃거리며 돌멩이를 들여다보는 칼의 모습이 마구 흔들리는 것을 깨닫고는 머리를 힘없이 떨구었다. 그때 이루릴의 근심스러운 목소리가 들려왔다.

"불을 피우죠."

칼의 목소리가 들려왔다.

"예?"

"모두들 체온을 너무 많이 빼앗기셨군요."

그러곤 이루릴은 칼의 대답도 기다리지 않고는 주위의 나무를 모으기 시작했다. 폭풍우 때문에 부러진 나뭇가지들이 가득 널려 있었다. 네리아는 땅바닥에 앉은 채 부들부들 떨고 있었다. 그리고 제레인트는 하얀 얼굴로 가쁜 숨을 몰아쉬며 바위에 기대앉아 있었고, 난 앉지도 못한 채 허리를 꺾어 무릎을 짚은 자세로 헉헉거리고 있었다. 그래서 이루릴과 칼 두 명이서 나뭇가지를 모았다. 칼은 나뭇가지를 주워모으면서 말했다.

"넥슨이 가까이 있다면 불을 피우는 것은 위험할 텐데."

"불을 피우지 않으면 더 위험할 것 같아요."

"……알겠소."

두 사람이 모아온 나뭇가지를 쌓아놓고, 이루릴이 샐러맨더를 불러내어 불을 피웠다. 이 지독하게 젖은 나뭇가지들에 불이 붙는 것이 신기했다. 난 없는 힘이나마 내어 네리아를 부축해 불가로 옮겨와서 앉혔다. 모두들 우울한 얼굴이 되어 불가에 모여앉았다.

칼은 불가에 앉아서 자신이 발견한 돌멩이를 보여주었다. 거기엔 반반한 돌멩이 표면을 칼끝으로 긁어 만든 것 같은 자취가 나 있었는데 'SH'라고 적혀 있었다. 샌슨도 정말 답답하군. 이게 무슨 뜻이지?

"퍼시발 군은 군대 암호를 사용하지 않았군. 우리들이 그걸 읽을 줄 모른다고 생각한 모양이지. 하지만 이건 정말 이해하기가 어려운데."

난 쾅쾅 울리는 것 같은 이마를 짚으며 말했다.

"'샌슨이 여기 있었다.'."

"그게 적당할 것 같기는 한데."

그때 다른 목소리가 들려왔다.

"그건 '여기 멈춰라.' 하는 뜻이야."

우리는 황급히 목소리가 들려온 쪽을 돌아보았다. 샌슨이 서서 씨익 웃고 있었다.

"샌슨!"

네리아는 힘없이 웃었다. 샌슨은 약간 낮은 산등성이에서 이쪽으로 올라오고 있었다. 그때 태양이 떠오르며 주위는 환하게 바뀌었다. 샌슨은 태양빛을 받으며 정상에 올라왔다.

샌슨의 옷은 완전히 젖어버린 데다가 무엇에게 걸려 찢어졌는지 너덜너덜해져 있었다. 산기슭을 급하게 달리느라 그렇게 된 모양이다. 팔다리에도 곳곳에 상처가 나거나 흙이 묻어 있거나 했다. 하지만 샌슨은 그저 조금 피로한 표정을 지으며 우리에게 다가왔다. 우리는 일어나지도 못한 채 그를 맞이했다.

"샌슨? 괜찮아?"

"그런 대로."

샌슨은 싱긋 웃으며 앉았다. 우리는 환한 얼굴로 그를 바라보았고 그는 칼에게 설명했다.

"넥슨과 그의 종복은 저 앞쪽 산 너머에서 야영중입니다. 레니는 몹시 지친 것 외에는 별일 없어 보였습니다. 야영에 들어가는 것을 확인하고 돌아오는 길입니다."

"훌륭하네, 퍼시발 군!"

"뭘요. 지독하게 피곤하긴 하지만……. 다른 분들도 모두 많이 지쳐 보이는군요."

칼은 뭔가 물어볼 것이 많다는 얼굴이었지만 자신을 억제하며 말했다.

"자네, 우선 옷부터 어떻게 해야겠네. 짐 안의 마른 옷을 꺼내어 갈아입게나. 그리고 다른 분들도 모두 몸을 닦고 옷을 갈아입읍시다."

잠시 후, 옷을 들고 조금 떨어진 수풀로 걸어갔던 이루릴과 네리아가 돌아오자 칼은 본격적으로 질문했다. 네리아와 나는 모포 속으로 들어가 머리만 내놓은 채 두 사람의 대화를 들었다.

"그래, 납치범은 그 둘뿐인가? 넥슨과 그 말없는 종복?"

"아니오. 그렇지 않습니다."

"그렇지 않아?"

샌슨은 고개를 끄덕이며 말했다.

"예. 넥슨과 그 마부 녀석을 따라 저 앞의 산을 넘어갔는데 거기서 다른 녀석들이 기다리고 있는 것을 보았습니다. 대략 20여 명 되는 무리들이 캠핑 준비까지 해놓고서 그들을 기다리더군요."

"이런……."

"넥슨은 레니를 그 녀석들에게 넘겨주고는 잠들었습니다. 그 마부 녀석도 마찬가지고요. 둘 다 밤새도록 비 내리는 산속을 달려서 대단히 힘들어하더군요. 레니 역시 잠들어 있는 것을 보고 저는 우선 돌아와서 아까의 그 표시를 남겨두었습니다. 혹시 뒤따라 오는 여러분들이 거기까지 다가왔다가 들킬까 싶어서였지요."

"아아, 그런가?"

"예. 그리고 다시 돌아가서 그 녀석들을 정탐했습니다. 무슨 특징이 될 만한 기장이나 계급장, 장식 등은 없이 모두 제멋대로에 가까운 복장을 하고 있는 것으로 보아 정규군의 모습은 아니었습니다. 최소한 단체 생활을 하던 놈들은 아니더군요. 지휘 체계도 보이지 않고 엉성했습니다. 지금 그들은 그저 캠핑 준비를 하는 것 외에 다른 활동은 하지 않고 있습니다. 아마도 넥슨이 일어나면 무슨 활동에 들어갈 모양입니다."

"그래? 흠. 정말 수고가 많았네, 퍼시발 군. 어디 보자. 정규군이 아니지만, 어쨌든 일단의 무리가 넥슨을 따른다는 말이지. 그는 바이서스 임펠의 길드 마스터였으니까, 어쩌면 도둑 길드 쪽의 인원일지도 모르겠군."

모포 속에서 엎드려 있던 네리아가 팔 위로 힘들게 머리를 들어올리며 말했다.

"아아……, 그럼 제가 가서 보면 되겠어요. 음냐. 여기서 멀어, 샌슨?"

"산을 넘어가니까."

"죽을 각오를 해야겠네."

칼은 잠시 고민하다가 말했다.

"푹 쉬고 움직입시다. 넥슨은 몰라도 나머지 무리들은 별로 피곤하거나 하지는 않을 겁니다. 게다가 20여 명이나 되는 많은 인원이니 섣불리 다가가는 것도 고려할 일은 못 됩니다."

"그럼 어떻게 하지요?"

"퍼시발 군. 자네 생각에 그들이 오늘 내로 움직일 것 같던가?"

"모르겠습니다. 그들은 짐은 별로 없이 모두 개인 물품을 지니고 있더군요. 그래서 움직이려고 들기만 한다면 당장 움직일 수 있을 겁니다."

"그런가. 음. 골치 아픈 일이군."

나는 힘들게 고개를 들어 말했다.

"어떨지는 모르겠지만, 어쨌든 놈들은 갈색 산맥으로 향하지 않을까요?"

"그렇겠지, 네드발 군."

"그렇다면……, 그들의 방향을 아니까 계속 따라가다가 밤에 기습하지요. 그래서 레니를 구출하는 겁니다. 어떻든 낮에 그들을 습격해서 레니를 빼내오는 건 어려울 테니까."

칼은 고개를 끄덕였다.

"그게 낫겠군. 여기서 갈색 산맥까지의 거리는 꽤 되니까……. 좋네. 어차피 우리는 레니 양을 갈색 산맥으로 데리고 가려 했으니 방향이 틀려지는 것도 아니군. 추적을 계속하면서, 적당한 기회를 노리도록 하세나. 하지만 저들이 갈색 산맥이 아닌 다른 방향으로 갈 경우도 생각해 봐야겠어."

그러자 이루릴이 말했다.

"제가 어떻게 감시할 수 있을 겁니다."

그리고 제레인트도 쇠약한 목소리로나마 유쾌하게 말했다.

"테페리의 프리스트는 레인저만큼 빠르지는 못하지만 레인저보다 정확한 추적자입니다."

칼은 미소를 띠며 말했다.

"예. 엘프의 눈은 별빛 아래에서도 수천 큐빗 떨어진 지빠귀와 박새를 구별한다 했지요. 게다가 테페리의 가호가 함께하시니 우리는 길을 어긋날 염려도 없겠군요. 음. 일단 여기서 피로를 풀고 추적을 계속합시다. 그런데 우리는 급하게 달려와 여행 준비가 퍽 부실하군, 그래."

"제가 조사해 보겠습니다. 쉬십시오."

샌슨은 그렇게 말하고 곧 짐이 있는 곳으로 걸어갔다. 대단한 철골이야. 난 좀 부끄러웠지만 도저히 쏟아지는 졸음을 어쩔 수 없었다. 진저리를 치고 나서 곧 잠에 빠져들고 말았다.

타이번은 하늘을 올려다보고 있었다.

"뭐가 보이세요?"

타이번은 피식 웃어버리더니 내 귀를 붙잡아 끌어당겼다. 그는 내 얼굴을 자기 얼굴 옆에 바짝 붙이더니 시선의 방향을 일치시키고는 말했다.

"임마, 하늘이 보이냐?"

"보이죠."

"난 안 보인다. 하지만 내가 볼 수 없다고 해서 하늘이 없겠느냐?"

아무르타트는 그 말에 고개를 끄덕였다. 그는 점잖게 꼬리를 깔고 앉더니 그 기다란 목을 우아하게 휘어서는 타이번의 반대쪽 볼에 얼굴을 가져다대어 역시 시선의 방향을 일치시켰다.

"보이는군."

그래서 나와 타이번과 아무르타트는 얼굴을 나란히 한 채 하늘을 올려다보고 있었다.

박쥐로 변한 시오네가 하늘을 날아가다가 아래를 내려다보았다.

"뭐해?"

그녀는 망연히 위를 바라보고 있는 우리들을 이상하게 쳐다보았다. 타이번은 시오네를 바라보다가 말했다.

"난 박쥐가 보이지 않는다. 하지만 그렇다고 박쥐가 없겠느냐?"

아무르타트는 브레스를 확 뿜어 시오네를 떨어뜨렸다. 시오네는 잘 구워진 박쥐 구이가 되어 떨어졌다. 난 말했다.

"박쥐가 안 보이는데요?"

타이번은 당황한 얼굴이 되더니 다시 그 허연 눈을 하늘로 향했다.

"야! 내가 보이지 않는다고 해서 존재하지 않는 것이 아니란 말이다. 저기 박쥐가 있지 않아?"

"안 보여요."

타이번은 턱을 긁적이다가 고개를 끄덕였다.

"역시 그렇군."

아무르타트는 고개를 갸웃했다가 다시 하늘을 바라보기 시작했다. 그래서 나와 타이번, 그리고 아무르타트는 얼굴을 나란히 한 채 하늘을 바라보았다.

"크르르릉!"

굉장한 콧김 소리를 내며 크라드메서가 하늘을 날아갔다. 타이번은 하늘을 올려다보기만 했다.

"크라드메서가 날아가는데요?"

내가 말하자 타이번은 고개를 가로저었다.

"안 보이면 없는 거야."

"없다고요?"

"인식할 수 없는 것은 존재하지 않는 거야."

"아버지는 보이지 않아요. 그렇다면 난 아버지가 없나요?"

"그렇지."

아무르타트는 씩 웃더니 역시 브레스를 확 뿜었다. 그러나 크라드메서는 꿈쩍도 하지 않았다.

"크르르릉!"

"크르르릉!"

눈을 떠보니 크라드메서가 아니라 샌슨이 코를 골고 있었다. 샌슨은 내 모포 속에 들어와 열렬한 동작으로 날 껴안은 채 잠들어 있었고 난 몸부림을 쳐 간신히 그의 포옹에서 벗어났다. 으으으! 아무래도 앞으로 사흘은 재수가 없을 것 같다.

네리아는 내 모습을 보더니 낄낄 웃었다. 그러고 보니 칼은 나무에 기대어 자고 있었고 나머지 사람들도 아직 잠들어 있었다. 하늘을 보니 해가 흘끔흘끔 서쪽을 곁눈질하는 시간이었다.

"일어났어?"

"저 상태에서 네리아라면 잘 수 있겠어요?"

"나? 좋지. 까르르르. 샌슨도 괜찮은 남자니까. 어젯밤엔 정말 멋지지 않았어?"

"아, 샌슨이 멋지다는 것은 나도 인정하겠는데, 난 남자라구요!"

네리아는 히죽히죽 웃더니 불 위에 얹어둔 주전자를 들어올렸다.

"차 마실래?"

"예."

나와 네리아는 찻잔을 든 채로 주위에 펼쳐진 고원과 산악을 바라보았다. 산 정상의 지독한 바람에 난 옷깃을 끌어올렸다. 주위는 온통 헐벗은 나무들이 끝없이 펼쳐진 고원과 산의 분수령들. 사방 어디를 보아도 산이고 산이며 산이다. 우리 위치가 꽤나 높은 모양인데. 난 부스스한 머리를 쓸어넘기며 말했다.

"물 구하기 어렵겠는데. 물통이 어떤지 모르겠어요."

"아, 걱정 마. 샌슨은 물통도 다 채워놓고 잠든 거니까."

"그래요? 흐음. 역시 멋지네."

난 잠들어 있는 샌슨에게 따스한 시선을 보냈다. 그러곤 곧 얼굴을 굳히며 외면하고 말았다. 이를 바악바악 갈아대며 잠들어 있는 샌슨을 바라보며 미화된 정서를 불러일으킨다는 것이 너무도 고통스러웠기 때문이다. 난 불길을 바라보다가 퍼뜩 정신을 차렸다.

"아, 이런. 산 정상에서 이렇게 불 피우면 엘프가 아니라도 누구나 볼 수 있을 텐데."

"할 수 없지, 뭐. 이렇게 싸늘한 날씨인데 불 피우지 않고 견디다간 동사할 거야."

그건 그렇군. 난 갑옷을 꿰어입고 검을 바싹 당겨놓았다. 움직일 때마다 뼈마디가 아파왔다. 난 머리를 가로저으며 요리 도구를 꺼내었다.

"모두들 어젯저녁부터 제대로 먹지도 쉬지도 못하고 달려왔으니……."

"흐음. 기대할 테니 만들어봐."

"빈말로라도 좀 도와주겠다고 하면 안 될까요?"

"내가? 요리? 싫어. 잘하는 사람이 해라."

네리아는 날 돌아보지도 않은 채 말했다. 내가 밀가루를 반죽하는 동안 네리아는 멀리 고원을 스쳐 지나가는 구름을 바라보았다. 어제의 지독한 날씨는 온데간데없고 하늘은 희푸르게 반짝이고 있었다. 마치 얼음장 같은 하늘이다.

달그락. 떼구르르.

난 실수로 그릇 하나를 걷어찼고 굴러가던 그릇을 주워든 네리아는 날 바라보았다. 난 탁한 목소리로 말했다.

"레니가 걱정되는군요."

네리아는 고개를 끄덕이고는 그릇을 도로 집어던졌다. 내가 그릇을 받아들자 네리아는 말했다.

"할 수 없지. 넥슨에게도 레니는 소중한 사람이야. 그러니 별일은 없겠지."

"그렇긴 하지만……. 지금 얼마나 불안하고 무서울지."

네리아는 대답하지 않고 어깨를 으쓱였다. 난 다시 말했다.

"이런 말 우습지만, 우리가 그녀를 찾아가기 전까지 그녀는 그야말로 행복했겠지요. 세상은 단순했고, 아마 즐거웠겠지요."

네리아는 미간을 좁히더니 다시 고개를 돌려 펼쳐진 산을 바라보았다.

"어지러운 세상에 모든 사람이 행복할 순 없어."

콰당, 풀썩.

"이, 이런. 내가 졸았군……."

나무에 기대앉아 자고 있던 칼의 목소리다. 나와 네리아는 고개를 돌려 칼을 바라보고는 빙긋 웃었다.

"졸다니요? 저언혀. 완전히 잤다고 말해야 되지요."

칼은 겸연쩍게 머리를 가로젓더니 하늘을 보고는 크게 당황했다.

"이런! 벌써 이렇게 늦었다니. 안 되겠군, 모두들 깨워요들."

"아니, 잠깐……. 먹을 건 먹고 움직이지요. 나 요리 끝날 때까지만 모두 자게 두는 게 좋지 않을까요?"

칼은 눈을 비비며 내 프라이팬을 바라보더니 잠시 고민하는 얼굴이 되었다. 그는 한숨을 쉬며 고개를 끄덕였다.

"서둘러주게. 네드발 군."

칼은 그렇게 말하고는 자리에서 일어서 멀리 산 쪽을 바라보았다. 그는 눈을 가늘게 뜨고는 멀리 바라보았다. 그리고 그 다리 옆에선 네리아가 무릎을 모으고 앉아서 역시 비슷한 시선으로 멀리 바라보고 있었다.

치이이익.

"음? 냄새가 난다."

말과 함께 샌슨이 몸을 일으켰다. 웃음밖에 안 나오는걸. 잠시 후 이루릴도 일어나더니 잠에 취한 얼굴로 미소를 지었다.

"흐으음. 잘들 잤어요?"

그러나 제레인트는 끝까지 모포 속에서 나오지 않았기 때문에 결국 몹시 흔들어 깨워야 했다. 제레인트는 이를 사납게 부딪치며 말했다.

"멋지군요. 눈을 뜰 때 요리가 준비되어 있다니. 그리고 식후엔 아마도 격렬한 추격전이 준비되어 있겠지요? 어쩌면 목숨이 조금 위험할지도 모르는. 하하! 음식 맛나겠어요."

칼은 고개를 갸웃거렸고 샌슨은 콧김을 핑핑거리며 음식을 쑤

서넣었다.

즐거움보다는 그 실용적 의미에의 접근에 보다 더 주안점을 두었던 식사가 끝나고, 우리는 서로에게 아무런 말 없이도 재빨리 짐을 챙겨 말에 올랐다. 샌슨은 원기 왕성하게 앞장을 섰다. 수목 한계선 위에까지 올라왔기 때문에 주위는 그저 짧은 풀이나 노출된 흙들이었고 그래서 우리는 고원 지형을 따라 앞으로 죽죽 나아갔다. 말들이 아직 지쳐 있었고 주위의 풀들도 말들 먹기엔 별로 좋지 않다는 점이 문제였다. 말도 황소처럼 풀만 먹는다면 얼마나 좋을까. 여기서는 길시언처럼 황소를 타는 것이 더 나을까나?

"조만간 마을에 들르긴 해야겠군요."

"레니를 구출하고 나서 가지."

"그래야죠."

우리는 힘차게 30분쯤 달려갔다. 오른쪽 멀리로는 넓게 펼쳐진 황야가 아스라하게 보였고 왼쪽으로는 까마득한 준령들이 늘어서 있었다. 그 사이로 작은 구릉을 넘어가면서 샌슨은 말없이 손을 들어 속도를 늦추도록 지시했다.

"마구 노출된 지형이니 척후가 있다면 곤란해."

우리는 말에서 내려 천천히 걸어갔다. 구릉 정상을 넘어서자 샌슨은 곧 혀를 찼다.

"제길! 벌써 출발했군."

그리고 샌슨은 다시 말에 올라서 달려 내려갔다. 우리들도 그 뒤를 따랐고, 잠시 후 우리는 거대한 침엽수림이 형성된 숲을 따라 내려가다가 계곡 사이에 위치한 공터에 내려설 수 있었다.

공터 주위를 돌아보며 샌슨은 혀를 찼다. 우리들도 우울하게 주위를 둘러보았다. 주위에는 불 피운 자리라든지 풀 베어낸 자리 등이 보였고 천막을 쳤던 것으로 추측되는 말뚝 자국도 보였다. 네리아는 불을 피운 자리로 걸어가더니 돌을 만져보았다.

"온기가 약간 남아 있는데. 그렇게 많이 지나지는 않았을 거야."

"어디로 향했을까?"

이루릴은 눈을 깜빡이더니 한 방향으로 걸어갔다. 우리가 달려온 방향과 반대쪽이다.

"풀들이 꺾였고, 그리고 비 때문에 발자국도 잘 남아 있군요."

이루릴이 가리키는 곳을 보니 과연 젖은 흙 위에 발자국이 남아 있었다. 숲 사이로 난 길, 아마도 짐승의 길이 아닌가 싶은 험한 길이었다. 험하다 해도 이 거대한 숲의 아래쪽에는 관목이나 잡목 등이 거의 나 있지를 않아서 걸어다니기엔 수월해 보였다. 칼은 물었다.

"퍼시발 군. 그들은 말을 이용하던가?"

"아니오. 말은 넥슨과 그 마부 녀석이 타던 것뿐이더군요."

"좋아. 그러면 따라잡을 수 있겠군. 갑시다, 여러분."

다시 숲 사이로 걸어가기 시작했다. 산 가운데 있다고 믿기엔 신기할 정도로 평탄한 길이어서 말들을 가볍게 달리게 하는 것은 간단했다. 다시 말없는, 그러나 숨가쁜 추적이 계속되었다.

지붕처럼 펼쳐진 나뭇가지와 잎들 사이로 간혹 광선이 내리비추는 것 이외엔 숲 속은 대체로 컴컴했다. 어두운 숲 속의 검은 나무들은 묵묵히 선 채 지나가는 우리들을 내려다보고 있었고 커튼처럼 늘어선 광선들은 곧고 날카롭게 어둠을 절단하고 있었다. 숲 속에서 스며나오는 특유의 산뜻한 내음. 그리고 단속적으로 들려오는 말발굽 소리. 우리는 아무도 말하지 않았고, 변함없이 일정한 속도로 달려가는 동안 속도감은 상실되어 사라져버렸다. 달리는 것인지 서 있는 것인지 구분이 되지 않을 정도였다.

도대체 얼마나 지났을까.

"이상하군. 잠깐 멈춰볼까."

칼의 말이었다. 우리 모두는 조용히 멈추었다. 칼은 주위를 둘러보며 말했다.

"해가 보이지는 않지만……, 아무래도 방향이 이상해. 우리가 바이서스에서 여기로 넘어오는 동안 이런 수해(樹海)를 보았던가?"

수해라. 그러고 보니 정말 끝도 없는 숲이군. 아까 식사를 하던 산봉우리만 해도 헐벗은 산들뿐이었다. 그런데 우리는 어느샌가 끝도 없이 거대한 숲 속에 들어와 있는 것이다. 우리 모두는 거의 동시에 불안감을 느꼈다. 그리고 칼이 그 불안감을 간단하게 말했다.

"여기가 도대체 어디지?"

이런 맙소사.

우리는 우리가 어디에 있는지 모르고 있다. 방향도 모르겠고 위치도 모르겠다. 샌슨은 안간힘을 써서 생각하기 시작했다.

"분명 나우르첸에서 서쪽으로 달려왔습니다. 에, 바이서스 쪽으로 향해 오고 있었던 것이 아닐까요?"

네리아가 불안한 목소리로 말했다.

"아냐, 아냐. 햇살의 방향이 이상해."

"햇살이 이상하다고?"

"지금 이 시간에 우리가 서쪽으로 달려가고 있다면, 햇살은 정면 쪽에서 우리에게 뻗어와야 돼."

어라? 우리는 머리를 들어 숲 속으로 내려꽂히는 광선의 각도를 바라보았다. 광선은 모두 왼쪽 위에서 오른쪽 아래로 쏟아지고 있었다. 그렇다면 우리는…….

"북쪽으로 달려가고 있었어?"

우리는 혼란에 빠지고 말았다. 제레인트는 황급히 말했다.

"잠깐, 중간에 다른 길 같은 것은 보이지 않았는데요? 우리는 곧장 달려왔는데……."

"아, 분명 다른 길은 보이지 않았고, 무엇보다 발자국 방향이 그대로인데?"

"그렇다면 넥슨은 북쪽으로 가고 있다는 말이잖아?"

"갈색 산맥으로 가는 것이 아니야?"

우리는 모두 저마다 한마디씩 하며 우왕좌왕하고 있었다. 넥슨을 계속 따라간다 해도, 우리가 어디로 가는지도 모르면서 무작정 끝까지 따라갈 수야 없다. 나우르첸을 떠날 때 워낙 급하게 떠났기 때문에 우리 짐 속엔 보급품도 별로 없다. 그때 이루릴이 말했다.

"일스의 북쪽엔 뭐가 있지요?"

우리는 모두 입을 다물고 이루릴을 바라보았다. 일스의 북쪽엔 뭐가 있지? 그러다가 우리는 다시 고개를 돌려 제레인트를 바라보았다. 제레인트는 모든 사람이 자신을 바라보자 잠시 당황하다가 말했다.

"어, 어. 일스의 북쪽에는 헤게모니아가 있지요. 영원의 숲 너머로……."

제레인트는 갑자기 입을 딱 벌렸다. 그는 질린 얼굴로 주위를 둘러보았다. 네리아가 동그래진 눈으로 말했다.

"영원의 숲?"

"어라? 잠깐, 북쪽이라고 했습니까? 그렇다면 우리가 영원의 숲 쪽으로 다가가고 있다는……?"

제레인트는 얼빠진 얼굴이었다. 칼이 질문했다.

"영원의 숲이 무엇입니까?"

제레인트는 얼빠진 얼굴로 주위를 둘러볼 뿐 대답이 없었다. 그래서 칼은 한 번 더 질문해야 했다. 제레인트는 여전히 불안한 얼굴로 주위를 둘러보며 더듬더듬 말했다.

"예? 아, 예. 그건, 그건 드래곤 로드와 핸드레이크의 맹약으로 영원히, 영원히 존재하기로 된 숲입니다. 핸드레이크는 다레니안을 치료하는 대가로 그 숲을 드래곤 로드에게……."

"잠깐, 뭐라구요!"

칼은 비명 비슷한 소리를 내었다. 그리고 그것은 우리들 대부분이 마찬가지였다. 우리들이 얼빠진 얼굴로 바라보자 제레인트는 그제야 우리들을 바라보았다. 그는 놀란 얼굴로 고개를 갸웃거렸다.

"잠깐만요. 여러분들은 모른다는 말입니까?"

"예? 아, 예. 모릅니다. 핸드레이크와 드래곤 로드의 맹약이라니요?"

제레인트는 기가 막히다는 얼굴을 하고선 피식피식 웃기 시작했다.

"허허, 이런. 바이서스 분들이 핸드레이크의 이야기를 일스 사람에게 묻는다는 말입니까? 그것 정말 우습군요. 이게 도대체 어떻게 된 일인지. 여러분들은 그럼 대미궁에 대한 이야기도 모릅니까?"

칼은 창백한 얼굴로 말했다.

"아, 대미궁이야 영광의 7주 전쟁의 마지막 날, 루트에리노 대왕에게 패퇴당한 드래곤 로드가 숨은 곳 아닙니까? 할슈타일 공이 아마 그를 그곳으로 데리고 갔지요?"

"그렇습니다. 그런데 거기가 어디에 있는지 모른다는 말씀입니까?"

칼은 당혹한 얼굴로 말했다.

"예? 아, 그건 아무도 모르는 장소라고……."

제레인트는 껄껄거리기 시작했다.

"아, 아무도 모르는지는 몰라도 전 압니다. 대미궁은 영원의 숲에 있지요."

"예?"

칼은 어이없는 얼굴이 되었다가 혼잣말 하듯이 말했다.

"잠깐……. 분명히 할슈타일 가문이 바이서스에 귀속된 것은 제4대 에리네드 대왕의 북방 정벌……, 북방 정벌 때였지. 그렇지! 할슈타일 가문은 원래 북쪽의 호족이었지."

제레인트는 주위를 둘러보며 누가 엿듣기나 하듯이 나직하게 말했다.

"정확하게는 이 영원의 숲이 원래 그들의 영지입니다."

"여기가요?"

"예. 그렇습니다. 그래서 그들은 이곳에 있는 대미궁에 드래곤 로드를 숨겨주었고……. 아니, 그런데 정말 이 이야기를 모른다는 말입니까?"

"전혀 모릅니다. 금시초문인데요?"

제레인트는 고개를 심하게 갸웃거렸다. 샌슨은 입을 딱 벌리고 있었다. 그때 이루릴이 말했다.

"이야기가 길어질 듯하군요. 조금 더 달린 후 해가 진 다음에 듣는 것이 어떻겠습니까? 지금도 레니 양은 계속해서 우리에게서 멀어지고 있을 텐데."

"아, 예. 일단은 계속 따라가 봅시다."

"안 됩니다. 아니, 됩니다."

제레인트가 황급히 말했다. 우리는 어이가 없는 얼굴로 제레인트를 바라보았고 제레인트는 자신의 말에 놀라는 얼굴이었다. 칼은 의아쩍은 얼굴로 물었다.

"무슨 말씀입니까?"

"이……, 이건 정말 이상한데?"

"아, 그런 거 같군요?"

"이런, 죄송합니다. 영원의 숲은 드래곤 로드와 핸드레이크의 맹약에 의한……. 이곳엔 들어가면 안 됩니다. 일스 사람이라면 아무도 들어가지 않을 겁니다. 하지만……, 들어가야겠군요."

샌슨은 어이없는 얼굴로 말했다.

"들어가야 된다는 말입니까, 들어가면 안 된다는 말입니까?"

"들어가면 큰일 나지요. 하지만, 하지만 들어가야 됩니다."

우리는 의심스러운 눈으로 제레인트를 바라보았지만 제레인트 스스로도 의심스러운 표정을 짓고 있었다. 그때 칼이 조심스럽게 물었다.

"침버 씨의 말은 테페리의 말이지요?"

우리는 다시 놀란 얼굴로 칼을 바라보았다가 제레인트를 바라보았다. 제레인트는 크게 당혹한 얼굴로 어쩔 줄을 모르고 있었다.

"여긴 들어가면 안 되는데……, 그런데 들어가야 된다는 느낌이 강력하게 오는군요. 이런, 젠장!"

제레인트는 이제 화를 내기 시작했다. 네리아는 불안한 눈으로 주위를 둘러보다가 다시 제레인트를 바라보았다. 제레인트는 씹어뱉듯이 말했다.

"이건 말이 안 돼!"

"침버 씨?"

"이건, 이건 정말 웃기지도 않은……."

그러다가 제레인트는 황급히 손을 모아 기도에 들어갔다. 우리는 어쩔 줄을 모른 채 그를 바라보았다. 잠시 후 제레인트는 단호한 어조로 말했다.

"전 테페리의 지팡이입니다."

그의 굳은 얼굴은 처음 보는 것 같다. 칼은 엄숙하게 그를 바라보았지만 제레인트는 거의 자신에게 말하듯이 말했다.

"따라서, 전 그분의 의지대로라면 죽음의 길을 가도 상관은 없습니다. 하지만 여러분들은 안 됩니다!"

칼은 잠시 창백한 얼굴로 제레인트를 바라보다가 곧 미소를 띠며 말했다.

"이렇게 물어볼까요. 저희들이 들어가면 안 됩니까?"

제레인트는 대답하지 않았다. 그렇다면 그것은 무슨 의미인가.

칼은 고개를 끄덕였다.

"알겠군요. 침버 씨는 우리가 들어가면 보나마나 죽을 거라고 생각하나 보군요. 하지만 침버 씨를 이끄는 테페리께서는 우리가 들어가야 된다고 말씀하시나 보군요?"

제레인트는 이제 처량한 얼굴로 칼을 바라보았다.

"칼 씨……."

"그렇지요?"

우리는 묵묵히 두 사람을 바라보았다. 제레인트는 불안한 목소리로 말했다.

"테페리께서…… 절 통해서 여러분들을 죽음에 이르도록 하시는지도 모릅니다."

"알 수 없지요. 테페리께서는 우리들을 영광의 길에 이끄는 것인지도."

"영원의 숲에서 영광이란 없습니다."

"지금까지 없었다는 말로 고칩시다."

칼은 확고부동한 얼굴이 되었다. 제레인트는 깊은 한숨을 쉬며 고개를 끄덕였다. 칼은 제레인트를 보며 말했다.

"침버 씨는 이곳에 가공할 위험이 있다고 생각합니까?"

제레인트는 침울하게 칼을 바라보다가 웅얼거리듯 말했다.

"위험? 위험이지요. 허헛! 그게 무엇인지도 모르면서 우리는 영원의 숲을 무서워합니다."

"무엇인지 모르신다고요?"

"예! 흔히 그러하듯이 '영원의 숲으로 들어가면 아무도 돌아오지 않는다.', 뭐 그런 것도 아닙니다. 몇 명은 돌아오지 못하지만, 몇 명은 돌아옵니다. 그것은 다른 곳으로 여행을 떠나는 사람들도 다 마찬가지지요. 그 점에선 영원의 숲도 다를 바가 없습니다."

"그럼 무엇을 무서워하는 겁니까?"

"돌아온 사람은 사라져요."

"예?"

제레인트는 음울한 목소리로 말했다.

"그건 지독한 공포입니다. 영원의 숲에 들어갔던 사람들 중엔 분명히 돌아오는 사람도 있습니다. 그들은 아무런 사고도 당하지 않고 건강하게 돌아옵니다. 하지만 그들은 사라져갑니다."

"사라지다니……."

"잊혀진다구요! 하핫! 믿을 수 있겠습니까?"

제레인트는 상쾌하게 웃었지만 그의 눈은 무서운 공포를 나타내고 있었다. 빠르게 깜빡거리는 그의 눈 주위로는 지독한 열기가 끓어오르는 모양이다.

"사라지고, 잊혀집니다. 어쩌다가 부모가 그를 못 알아봅니다. 자식들이 그를 못 알아볼 경우도 있지요. 그 주위의 사람들은 서서히 그와 함께했던 옛 추억을 잊어갑니다. 왠지 주위에 있는데도 시선에 잘 들어오지 않습니다. 그에게 완전히 주의를 기울이지 않으면 거의 보이지 않습니다. 몸이 없어진다거나 하는 것도 아닙니다. 그렇지요. 여러분의 방에 있는 기둥의 나뭇결은 어떤 모양이지요? 대개 신경 쓰지 않으면 모릅니다. 바로 그런 일이 사람에게 일어납니다."

나는 덜덜 떨기 시작했다. 그게 무슨 말이야? 말도 안 돼!

"이해할 수 없겠지요? 하지만 정말 그렇게 됩니다. 영원의 숲에 들어갔다가 돌아온 남자가 있습니다. 그에겐 사랑하는 애인이 있습니다. 이야기를 나누죠. 별로 달라진 것도 느끼지 못하지만 어느샌가 서서히 기억들이 사라져갑니다. 남자가 묻지요. '그때 같이 거닐었던 길 기억나?' 여자는 '아니, 모르겠어. 그게 언제였지?' 라고 대답합니다. 이 정도는 누구에게나 일어날 수 있지요? 하! 예. 그저 사소한 추억에서부터 시작됩니다. 그러다가 기억이 희미해지는 것이 차츰 더 심해지기 시작합니다."

제레인트의 목소리는 점점 높아졌고 우리들의 숨소리는 점점 낮아졌다.

"그의 생일은 언제더라? 뭘 좋아하더라? 첫 만남은 언제였지? 그리고 다른 중요한 일들이 그녀의 앞을 막습니다. 왠지 그와 함께하는 시간이 줄어들게 됩니다. 그러면서도 느끼지 못하지요. 매일 만나지던 것이 일주일에 한 번, 한 달에 한 번으로 줄어듭니다. 그러다가 완전히 잊어버리게 됩니다. '그 사람이 누구였지?' 이렇게까지 되어버립니다. 그 남자 주위의 모든 사람들이 그런 반응을 일으키게 됩니다. 심지어 그 자신까지도!"

칼은 휘둥그레진 눈으로 제레인트를 바라보았고 제레인트는 피식피식 웃으며 말했다.

"예! 그렇습니다. 그 자신도 자신을 잊어갑니다. 어릴 때 친구의 얼굴이 떠오르지 않게 되다가, 차츰 주위의 사람들을 잊어가게 되고, 끝내 자신의 이름도 기억나지 않게 되고, 자기가 존재하는 것인지도 느끼지 못하게 됩니다. 분명히 존재하는데, 아무도 모릅니다. 그러면 없는 것과 마찬가지 아닙니까? 그렇게 없어집니다! 아무도 그를 모르고, 심지어 그 자신도 그를 모르는데 어떻게 그가 존재하는 사람이 됩니까? 그러다가 아주 드물게, 거의 일어나지 않는 행운을 통해 누군가가 간신히 그의 기억을 떠올립니다. '이봐, 어떤 친구가 있었는데……, 그 왜 있잖아? 이름이 잘 기억나지 않아.' '누구 말이야?' 이렇게 되어버리면 이제 그는 이미 세상에 없는 것이 됩니다. 아무도 몰라요."

칼은 도저히 믿지 못하겠다는 눈으로 제레인트를 바라보았다.

"아니, 그게 말이 됩니까?"

"말이 안 되죠. 절대로 말이 안 됩니다. 하지만 그렇게 됩니다."

"잠깐, 이상한데요. 그렇게 아무도 모른다면 그가 사라졌다는 것은 어떻게 안다는 말입니까?"

"기록은 없어지지 않으니까요."

"예?"

"기억은 없어집니다. 하지만 기록은 남아요. 아까 그 남자의 예를 듭시다. 그 애인이 일기를 썼다면? 그 기록은 남아 있습니다. 그가 완전히 사라진 다음, 그 애인이 어느날 옛 일기를 뒤적거립니다. 그러곤 처음 보는 이름이라든지 도저히 기억도 안 나는 사건들을 읽으면서 당황하게 되지요. 이게 도대체 뭐야? 그제야 우리는 알아차립니다. 또 누군가가 사라졌던 것이구나. 어쩌면 그 사람은 나의 부모이거나 형제, 혹은 내 자식일지도 모릅니다. 하지만 절대로 알 수 없습니다."

"그런 어처구니없는……."

제레인트는 낄낄거리기 시작했다.

"하하하! 그런 일이 얼마나 자주 일어나는지, 처음 일어난 것이 얼마나 오래 되었는지조차도 모릅니다. 어쩌면 300년 전 영원의 숲이 처음 생겼을 때인지도 모르지요. 하지만 분명 그런 이상한, 믿을 수도 없는 일이 일어난다는 것을 알게 되고부터 우리는 영원의 숲에 들어가지 않습니다. 혹 누군가 배짱 있는 사람들이 계속 들어갔는지도 모르지요. 하지만 우리는 모릅니다! 우리는 어쩌면 존재했을지도 모르는, 하지만 우리는 절대로 모르는 친지들로 둘러싸인 셈이지요. 하하!"

"그런……, 그런 일이 왜 다른 곳에 알려지지 않았……."

"모르니까요!"

"예?"

"모르니까요! 우리는 모릅니다. 누가 사라졌는지. 원래 있었는지조차 모른단 말입니다! 누군가는 사라졌습니다. 그건 확실합니다. 하지만 모릅니다. 그래서 우리는 우리들 스스로 영원의 숲에 대해 이야기하기를 꺼리게 되었습니다. 아예 다가가지 않는 것이지요. 그래서 다른 나라에는 알려지지 않았을 겁니다. 하지만 일스의 사람들은 전부 다 압니다. 혹시 다른 나라의 여행자들이 찾아왔다가 이런 이야기를 듣고 영원의 숲에 들어갔을 수도 있지요. 하지만 그들 역시 사라졌을 겁니다. 그러니 누가 압니까? 우리들도 기록에 의지해서, 존재하지도 않은 사람들의, 있지도 않았던 사람들의 당황할 정도로 낯선 기록에 의지해서 간신히 알아차리는 일인데 어떻게 다른 곳에 알립니까?"

우리는 모두 심한 추위를 느꼈다. 낮아진 오후의 햇살에 한기를 느끼고, 제레인트의 말에 한기를 느꼈다.

"그럼에도 불구하고, 테페리는 우리들이 들어가기를 바란다는 말입니까?"

제레인트는 다시 대답하지 않았다. 칼은 굳은 얼굴로 말했다.

"그렇군요. 그렇다면 전 가겠습니다."

"예?"

"침버 씨도 물론 들어가시겠지요? 다른 분들은 어떻습니까?"

다른 분들은 서로를 바라보았다. 이게 도대체 무슨 말인지 이해도 되지 않는 상황에서 무엇을 결정하라는 거야? 그때 이루릴이 말했다.

"어차피 스스로 믿지 못한다면 존재하지 않는 것입니다."

우리는 이루릴을 바라보았다. 이루릴은 침착하게 말했다.

"다른 사람들의 기억에 남아 있는 것으로 자신을 확인하는 것은 아닙니다. 자신은 자신이 만들어가는 것입니다. 난 레니 양을 구출하려는 내 자신을 압니다. 난 들어가겠습니다."

칼은 쓰게 웃으며 질문했다.

"자아가 사라질지도 모르는데도?"

"시간 아래 영원한 것은 없어요."

바로 그 말이 우리의 행동 지침이 되었다. 샌슨은 손바닥을 딱 치며 말했다.

"하핫! 어차피 우리가 죽고 나서 100년, 200년쯤 지나면 우리는 존재하지 않는 거나 마찬가지죠. 우리에 대한 기억은 아무데도 남아 있지 않을 테니. 그렇다면 현재 내가 하고 싶은 것을 하렵니다."

그리고 내가 그 뒤를 이었다.

"우리는 지금을 사는 거니까요. 난 갑니다. 내가 사라지면 우리 아버지는, 우리 아버지는……."

말이 맺어지지 않는다. 갑자기 눈물이 핑 돌아서 눈앞이 흐려졌다. 샌슨은 묵묵히 내 어깨를 짚었고, 바로 그때 난 악쓰듯이 외쳤다.

"술주정꾼 아들 하나 완전히 사라지는 거지요!"

샌슨은 웃음을 터뜨렸고 나도 눈을 쓱 닦으며 웃었다. 칼은 빙긋 웃으며 말했다.

"그래도, 우리에겐 테페리의 인도라는 담보가 있다네. 해볼 만하지 않은가? 누구는 신의 권능을 무기로 사용하는 이 마당에,

우리도 신의 권능을 한번 담보물로 삼아보세나. 하하하."

제레인트는 입을 딱 벌린 채 칼을 바라보았지만 칼은 신경 쓰지 않는다는 얼굴이었다. 우리는 아직까지 의사 표현을 하지 않은 사람을 바라보았다.

네리아 역시 주위를 둘러보았다. 칼은 강요하지는 않겠다는 얼굴로 그녀를 바라보았고, 네리아는 어깨를 으쓱거렸다.

"하긴, 뭐. 난 황야 어디서 죽어버리면 아무도 내가 살아 있었다는 것을 기억 못할 거야. 내가 세상을 살아갔고, 사람을 좋아했고, 반짝거리는 것을 몸살나게 좋아했다는 거, 아무도 기억하지 못하겠지. 그렇다면 좋아하는 사람들이랑 함께 사라져보는 것도 괜찮아."

우리는 서로를 보며 웃어버렸다. 제레인트는 어이가 없다는 얼굴이 되었다.

"사라져도 좋습니까?"

칼은 미소를 지으며 대답했다.

"어차피 사라집니다. 남는 것은 아무것도 없어요. 하지만 사라질 때까진, 제대로 살아보렵니다."

제레인트는 울 것 같은 얼굴이 되어 주위를 두리번거렸다. 잠시 후 그는 고개를 푹 숙였고, 그러곤 고개를 들고 일그러진 미소를 지었다. 그는 갑자기 고함을 질렀다.

"좋아요!"

"예?"

칼이 반문했지만 제레인트는 거의 듣지도 않은 채 외쳤다.

"그렇다면 자기가 걸린 모험이군요. 끝내줍니다. 사상 최대의 모험이군요! 최소한 자아를 가진 개인에게 있어서 이보다 더한 모험은 없겠군요. 하핫! 지성을 가진 존재 최후의 모험입니다!"

"아, 예. 그렇긴 하군요."

제레인트는 갑자기 팔을 들어올려 앞을 가리켰다.

"남겨진 사람의 기억에는 신경 쓰지 말고, 우리 뜻에 따라, 갑시다! 영원의 숲으로."

그리고 제레인트는 힘차게 달려갔다.

"이랴아, 히하! 아우우우우우!"

우리는 그 미친 듯이 흔들리며 달려가는 뒷모습을 얼떨떨하게 바라보다가, 그냥 히죽 웃어버렸다. 그러곤 곧 그의 뒤를 따라서 출발했다.

"이랴아아!"

3

밤이 깊었다.

우리는 약 한 시간 거리를 두고 넥슨의 뒤를 따라왔다. 그들은 많은 인원이었고, 그래서 흔적을 많이 남겼다. 뒤를 따르는 것은 어렵지 않았다.

게다가 그들도 밤에는 잘 것이다. 그럼 우리는 안 자면 되지.

우리는 주의 깊은 동작으로 말을 묶어두고 각자의 무장을 챙겨 들었다. 그런데 여기서 곤란한 문제가 발생했다.

이 엄청나게 울창한 숲 때문에 달빛도 별빛도 비치지 않았다. 저녁마다 하는 일, 그러니까 장작은 충분히 해두었지만 혹시나 넥슨 쪽에서 우리를 볼까 싶어서 불은 피우지 않았다. 그래서 주위는 너무도 캄캄해서 우리들도 서로가 안 보일 지경이다. 그러니 몰래 넥슨의 무리에 다가가 레니를 구하기는커녕 제대로 움직이지도 못할 지경이 되었다.

그래서 이루릴이 앞장을 섰다.

"보고 올게요."

이루릴은 말소리만 남기고 스르르 사라졌다.

우리는 어떻게든 주위를 살펴보려고 애썼지만 사실 바로 옆에 있는 사람도 보이지 않을 정도의 어둠이라 꼼짝도 할 수 없었다. 그저 가만히 앉아서 기다릴 수밖에 없었다. 주위는 지독하게도 캄캄했고 앉은 채로 꼼짝도 하지 않으려니 지루하기 짝이 없었다. 하지만 조금이라도 움직이면 바로 우리 일행을 놓쳐버릴지도 몰랐다. 게다가 소리도 낼 수 없었고, 그래서 우리들은 지독하게 지루한 기분을 느꼈다.

주위에는 우석거리는 숲 특유의 소리들도 들리지 않았다. 이거 참! 도대체 어떻게 되어먹은 숲인지 모르겠다. 고요, 정말 인간이 만든 거대한 건물 안에 들어와 있는 듯한 짓누르는 고요만이 있을 뿐이다. 바람소리도 없고, 바로 옆에 있는 사람의 숨소리도 들리지 않았고, 심지어 나 자신의 맥박소리도 들리지 않는 것 같았다.

"핸드레이크와 드래곤 로드의 이야기를 해주십시오."

우화! 허, 하. 놀래라. 칼이 느닷없이 말을 꺼내는 바람에 뒤로 쓰러질 뻔했다. 갑자기 어둠 속 곳곳에서 커다란 숨소리들이 들려오는 것을 들어보니 다른 사람들도 대개 나와 비슷하게 놀랐던 모양이다.

어둠 속에서 느껴지는 시간의 연장감 때문에 제레인트의 대답은 꽤 늦다고 생각되었다.

"제게 하신 말씀입니까?"

"그렇습니다. 이 숲이 왜 생겨났는지 알고 싶습니다."

"아, 예. 허허. 이것 참. 말하는 대상이 보이지 않으니 허공에 대고 이야기하는 기분이 듭니다?"

제레인트는 아마도 자세를 바꾼 모양이다. 부스럭거리는 소리가 들려오고 조금 후, 제레인트는 이야기를 시작했다.

"예, 그러니까, 루트에리노 대왕께서 드래곤 로드와 싸울 때, 그러니까 영광의 7주 전쟁이라고 하지요? 그 전쟁 초반기에 그

천재적인 핸드레이크에게 크게 밀리던 드래곤 로드는 비상 수단으로서 핸드레이크의 연인인 페어리퀸 다레니안을 인질로 삼았지요."

"예? 인질이오?"

칼의 대답은 그의 당황을 잘 나타내고 있었다. 이게 도대체 무슨 이야기야? 제레인트는 계속해서 이야기했다.

"예. 그렇습니다. 인질입니다. 드래곤 로드도 어지간히 급했으니까요. 드래곤 로드는 페어리퀸 다레니안을 인질로 붙잡아 핸드레이크의 진격을 막았습니다. 그래서 핸드레이크는 자신 때문에 바이서스 군의 패배를 불러올 수도, 그렇다고 해서 사랑하는 다레니안의 목숨을 돌보지 않을 수도 없는 진퇴양난에 빠지게 됩니다. 아. 아마 이 이야기는 잘 모르실 수도 있겠군요. 워낙 잘 알려지지 않은 이야기니까요."

"그래서……, 그래서요?"

"아, 예. 결국 핸드레이크는 단신으로 다레니안을 구출할 것을 결심했지요. 그가 성공한다면 당연히 좋고, 실패한다 해도 페어리퀸 때문에 약점 잡히는 사람은 자신뿐이므로 자기가 죽으면 끝난다고 생각했던 모양입니다. 조금 통속적인 데가 있지요? 뭐 통속적인 것들에도 많은 진리가 숨어 있긴 합니다만."

"아, 예……. 그래서 어떻게 되었습니까?"

"핸드레이크는 페어리퀸을 구출해 냅니다만 그 탈출 과정에서 페어리퀸은 분노한 드래곤 로드의 저주를 받게 됩니다. 그 저주를 위해 오크 100마리가 희생되었다던가요. 어쨌든 그 저주 때문에 페어리퀸은 여왕의 권능의 상징인 날개를 잃게 됩니다. 페어리의 여왕의 권능은 그 날개에서 나온다나 봐요."

뭐, 뭐야 이건? 이야기가 전혀 다르잖아? 데미 공주님께 들은 이야기와는 전혀 다른 이야기인데? 아, 결과야 비슷하기는 한데 전개가 너무 다르다? 어느 게 사실이지?

제레인트는 계속 낭랑하게 말했다.

"그런데 페어리에게 있어 그 여왕이 권능을 잃게 된다는 것은 종족 전체의 비극입니다. 자칫 종족 전체가 멸망의 길로 들어설 수도 있는 문제지요. 인간들도 왕을 자신의 대표자로 하고 페어리도 그렇지만, 인간들은 말로만 자신들의 대표자라고 할 뿐 왕이 죽든, 아니 왕이 바뀌든 어쨌든 종족으로서의 인간은 영원합니다. 그렇지 않습니까? 뭐, 나라야 바뀔 수도 있고 왕조가 바뀔 수도 있지만 종족은 영원하지요. 따라서 인간의 왕은 나라를 대표할 뿐이지 인간의 대표는 아닙니다. 하지만 페어리들은 그러하지 못합니다. 그들은 그야말로 자신들의 대표자로서 페어리퀸을 가지는 것입니다. 그래서 페어리퀸이 자신을 잃게 되면 페어리 전체가 위험해집니다."

"어머나……."

네리아의 탄성이었다. 제레인트는 신난다는 듯이 말했다.

"다시 원래의 이야기로 돌아가서, 에, 결국 드래곤 로드는 인질을 잃게 되고 또 그 무리한 저주 의식 때문에 힘을 많이 소모하여 영광의 7주 전쟁 후반기에 지리멸렬, 결국 그 마지막 날, 그 해의 첫눈이 내리던 날 그 처절한 전쟁의 끄트머리에서 루트에리노 대왕의 검 아래 쓰러지고 말았지요. 그러나 루트에리노 대왕 역시 그를 끝장낼 힘은 남아 있지 못한 상태였고, 그래서 할슈타일 공은 드래곤 로드를 수습해 갈 수 있었습니다."

"예. 그건 우리나라 사람이면 누구나 아는 이야기군요. 그런데 이 숲은?"

"아, 예. 에, 그리고 바이서스가 건국되고 나서입니다. 핸드레이크는 다른 사람에게 알리지 않고 단신으로 북쪽으로의 여행을 떠납니다."

"여행이오? 그야 원래 여행을……."

"예. 여행을 많이 하는 마법사였지요. 마법 수련과 재료 채집도 그렇고, 뭐 마법사답게 아티팩트나 고서적들을 찾기 위해서도 그랬습니다만 건국 초기의 나라라 곳곳이 어수선하던 그 시절에는 주로 감찰 여행이었습니다. 공무적인 여행으로 많이 돌아다녔던 시절이지요. 그리고 북쪽 여행도 명목상으로는 북쪽 국경 지대의 감찰 여행이었지요. 하지만 그 여행은 뭐랄까, 좀 다른 면이 있었지요. 우선 단신이라는 점이 그렇고, 정확한 여정과 장소가 나타나지 않는다는 점이 그렇지요. 그는 사실 드래곤 로드를 만나러 왔던 것입니다."

"드래곤 로드를요?"

제레인트는 잠시 말을 멈추었다가 말했다.

"예. 그는 저주의 주체인 드래곤 로드를 만나서 페어리퀸에게 내려진 저주를 해소해 줄 것을 부탁하기 위해서 북쪽으로 온 것입니다."

"허어……, 이런."

칼은 놀란 목소리였다. 이런 젠장. 캄캄해서 아무도 표정을 볼 수가 없잖아? 난 눈살을 찌푸리며 제레인트의 이야기를 들었다. 아무래도 저 이야기는 너무, 에, 뭐랄까. 음…….

"당시 이 북쪽 황야는 할슈타일 공의 세력이 막강했던 장소입니다만 대마법사 핸드레이크는 무인지경을 걷듯이 아무런 방해도 받지 않고 찾아올 수 있었습니다. 할슈타일 공을 만난 핸드레이크는 단도직입적으로 드래곤 로드를 만나고 싶다고 말했지만 기사의 본보기라 할 만한 할슈타일 공이 그것을 허락할 리가 없지요. 그는 자신의 맹세를 지키기 위해서 인간의 적이 되면서까지 드래곤을 지켰던 기사 아닙니까. 핸드레이크가 드래곤 로드를 암살하기 위해 찾아온 것일지도 몰랐으니까요."

"예, 예. 그래서요?"

"핸드레이크는 드래곤 로드가 죽으면 다레니안에게 내려진 저주는 영원히 풀 수 없으며, 그렇게 될 경우 페어리족 전체가 멸망하게 될지도 모른다고 말했던 것 같습니다. 어쨌든 여러 가지 설득으로 간신히 할슈타일 공으로 하여금 그를 대미궁으로 안내하도록 했지요. 하지만 할슈타일 공은 말했습니다. '당신이 날 설득할 수 있었던 것처럼 드래곤 로드를 설득하기를 바란다. 그렇지 않으면 당신은 대미궁에서 육신을 잃은 혼이 되어버릴 것이다.' 뭐 이렇게 말했다지요."

네리아가 듣기 싫을 정도로 할딱거리고 있었다. 몹시 긴장하는 모양인걸.

"어쨌든 그 말만 남기고 핸드레이크와 할슈타일 공, 이렇게 두 사람만이 대미궁으로 들어갔습니다. 그리고 오랜 시간이 지나고 나서 두 사람은 다시 나왔다지요. 그때, 그때 핸드레이크의 얼굴은 그야말로 사람의 얼굴 같지가 않았답니다. 할슈타일 공도 대단히 창백한 얼굴이었고요. 어쨌든 두 사람은 아무 말도 하지 않고 헤어졌습니다."

"아무 말도 없이?"

"예. 그런데 핸드레이크는 그날 할슈타일 영지를 떠나기 전에 영지를 가리키며 말했답니다. 이 땅에는 무한을 가둘 수 있을 정도의 숲이 자라나 시간을 희롱하며 영원할 것이다."

"무한을……."

"예. 그러고는 바로 이 숲이 생겨났답니다."

"허어……."

제레인트는 진지한 목소리로 말했다.

"그러므로, 이렇게 생각해 볼 수 있습니다. 드래곤 로드는 핸드레이크의 부탁을 들어주었으며 그 대가로 핸드레이크는 영원의 숲을 만들어 그를 보호한 것입니다. 그는 아마도 할슈타일 공의 바이서스 귀속을 미리 내다본 것인지도 모르지요. 그리고 몇 대가 흘러, 할슈타일 가문은 과연 바이서스에 귀속되었습니다. 그러나 할슈타일 가문 역시 드래곤 로드로부터 드래곤 라자의 혈통을 약속받았기 때문에 별로 나쁜 취급을 당하지는 않을 수 있었습니다. 결국 3자 모두가 좋은 결과를 얻었다고나 할까요? 핸드레이크는 페어리퀸의 저주를 풀었고 할슈타일 공은 가문에 영광을 더할 수 있게 되었고 드래곤 로드는 영원히 평화로울 수 있는 휴식처를 얻었으니까요."

"합리적인 생각인 것 같군요."

"예."

"그런데 페어리퀸은? 그녀가 저주에서 풀려났다면 그녀는 계속해서 페어리의 여왕이며 페어리족 역시 존속할 수 있게 되는 겁니까?"

"아, 아마 그럴 거라고 생각됩니다만. 그런데 제가 들었던 이야기에서는 페어리퀸은 아마도 완전히 저주에서 풀려나지는 못했던 모양입니다. 아니, 한 번 저주에 걸렸던 부작용이 크다고 할까요. 어쨌든 그래서 그녀는 활동을 삼가고 영원의 호수 아래에 은거하게 된 것이죠."

그때 갑자기 투박한 목소리가 들려왔다. 물론 샌슨이 입을 연 것이다.

"그런데 그거 우리가 아는 이야기와는 많이 다른데요?"

"예?"

제레인트가 반문하고 나자 칼은 재빨리 말했다.

"아니, 퍼시발 군. 300년의 간격이 있다네. 흐음. 침버 씨. 그 이야기는 어떻게 아시게 되었습니까?"

"아니, 뭐 다른 점이 있습니까? 전 그 이야기를……, 에, 어린 시절 어른들에게 들었습니다. 일스 국민들은 대부분 잘 아는 이야기인데요. 노래도 몇 개 남아 있지요. '낡은 대지 위에 새로운 바람이 분다.' 뭐 이렇게 시작하는 노래인데."

그러자 샌슨이 다시 말했다.

"그 노래는 전에 들어보았습니다. 그 노래에 그 내용이 담겨 있습니까?"

제레인트는 의아한 목소리로 말했다.

"예? 들어보셨다면서 내용을 물으시는 겁니까?"

"끝까지 듣지를 못했습니다."

"아, 그래요? 예. 그런 내용이 담겨 있습니다. 결국 이득을 본 것은 인간뿐이다, 뭐 그런 내용으로 이해하시면 됩니다. 드래곤 로드는 영원의 숲에 잠들게 되었고, 페어리퀸은 영원의 호수 아래 잠들게 되었다. 그리고 핸드레이크는 나라를 만들었고, 할슈타일 가문은 드래곤 라자의 가문으로 영광을 계속 누리게 되었다. 그런 내용일 겁니다, 아마."

"영원의 호수라. 레브네인 호수를 말씀하시는 겁니까?"

"예."

이거 정말 이상한 이야기이다. 칼도 입을 다물었고 샌슨도 말을 멈추었다. 그러자 다시 침묵이 우리를 감싸게 되었다. 모두들 방금 들은 이야기를 되짚어보고 있는 모양이다. 나 역시 그 이야기를 생각해 보았다.

앞뒤가 맞지 않는 것은, 데미 공주의 이야기에서는 핸드레이크와 다레니안의 관계는 일방적인 것이었다. 다레니안 혼자서 행동했던 것이다. 그리고 그것은 당시의 전사와도 맞아떨어진다. 핸드레이크는 정말 암살이라도 계획해 보지 않으면 안 될 정도로 몰렸으니까.

반면 제레인트의 이야기는 그 뒷부분이 상당히 맞아떨어진다. 실제로 영원의 숲이라는 이 숲도 있고, 할슈타일 가문의 이야기도 맞아떨어진다. 그렇다면 도대체 어떻게 된 거지? 왜 같은 사람들의 이야기인데 바이서스와 일스의 이야기가 이렇게 다른 거지? 방언이라는 그것처럼 이야기도 300년쯤 지나버리면 많이 바뀌어버리는 것일까? 혹시 루트에리노 대왕의 이야기들도 일스에서는 이상하게 전해지는 것이 아닐까?

난 너무도 이상한 이야기에 얼굴을 일그러뜨려 이상한 표정을 지었다. 그래 봐야 아무에게도 보이지 않을 테니까. 난 캄캄한 허공을 향해 오크의 얼굴을 흉내내어 보았다. 흠. 그거 재미있네. 난 계속해서 트롤의 얼굴을 만들어보고 그 다음에 샌슨의 얼굴…… 어, 그러니까 오거의 얼굴을 만들어보았다.

"후치, 왜 그러죠?"

이루릴의 목소리였다. 윽. 벌써 왔나? 난 보이지도 않는 이루릴에게 머쓱한 표정을 지었다. 이루릴은 잠시 조용히 있더니 곧 캐스팅을 시작했다.

"자신의 적 속에서 가장 아름다운 정령, 그를 감추는 어둠은 오히려 그의 먹이, 나와서 어둠을 삼켜요."

파아앗! 지독한 암흑 속에 한참 동안 앉아 있었더니 윌로위스프의 빛에 눈물이 찔끔할 지경이다. 주위를 둘러보니 모두들 눈을 비비면서 고개를 돌리고 있었다. 칼의 당황한 목소리가 들려왔다.

"아, 세레니얼 양, 불빛을 비춰도 괜찮습니까?"

"예. 넥슨의 무리와 우리들 사이에는 언덕이 가로놓여 있습니다. 불빛은 보이지 않을 것입니다."

윌로위스프의 파르스름한 빛은 마치 맥박치듯이, 아니 춤을 추듯이 이리저리 흔들렸지만 그 빛으로도 다른 사람들의 모습은 충분히 볼 수 있었다. 다만 파르스름한 빛이라 모두들 창백하게 보인다는 점이 문제였지만. 샌슨은 고개를 돌리다가 네리아의 얼굴을 보고는 기겁하는 표정을 지었고 그 표정을 본 네리아는 소리없이 웃었다. 이루릴은 말했다.

"그들은 정확히 우리 앞쪽에 있더군요. 약 30분쯤 걸어가면 되겠어요. 보초들이 몇 명 서 있지만 그저 야외라서 불침번을 서는 정도입니다."

"헤엣? 이루릴은 얼마 걸리지도 않아서 갔다왔잖아요?"

네리아의 놀라는 목소리에 이루릴은 대답했다.

"숲 속이니까요."

아, 역시 엘프는 숲 속에서 엄청난 속도를 내는구나. 그때 칼이 말했다.

"그런데 불을 켜들고 접근하면 들키지 않겠습니까?"

"그렇겠지요."

"그렇다면 우리들은 접근할 수가 없을 텐데요. 이런 암흑 속에서 30분 동안 정확히 걸어갈 수는 없습니다."

이루릴은 곰곰이 생각하다가 말했다.

"그럼 제가 혼자 잠입해 볼까요?"

"아니, 그건 위험합니다. 세레니얼 양 혼자서라니, 말도 안 됩니다."

"하지만 저들도 인간이니 이런 암흑 속에서는 제가 훨씬 유리합니다. 저쪽 야영장의 불을 꺼버리고 침입하면 거의 잡힐 일이 없을 것 같습니다만."

그때 네리아가 말했다.

"아니, 그렇진 않을 거예요. 칼 아저씨 말대로 저 사람들이 길드 사람이라면 밤눈이 무시 못하게 좋을 텐데. 어림없어요."

샌슨은 심각한 표정을 짓다가 말했다.

"새벽녘이 어떻겠습니까? 초병들도 그 시간이면 가장 해이해집니다. 그리고 새벽이면 우리들도 보다 접근하기 쉽지 않을까요?"

"일리 있는 말이네만, 그렇다면 달아날 때가 문제 아닌가. 그들도 우리들을 추적하기가 쉬울 텐데."

"그들은 말이 없습니다."

"아, 그렇군. 전속력으로 달려간다면 우리 쪽이 유리하겠군."

칼은 고개를 끄덕였다.

"그렇다면 우리들은 일단 잠을 자두도록 하세나. 그리고 새벽녘이 되기 직전에 움직이기 시작하도록 하지. 저, 그런데 세레니얼 양. 확실히 저쪽에서는 경계하는 눈치가 없었습니까?"

"예. 말씀드렸다시피 일상적인 경계였습니다."

"그렇다면 아직 우리들을 눈치채지 못한 것이로군. 음. 좋네. 일단 자도록 하세나. 아, 먼저 불을 피우지. 주위가 싸늘해서 이렇게 자다간 내일 아침에 일어나지도 못하겠군."

그래서 우리는 먼저 모닥불을 피웠다. 싸늘한 어둠 속에 앉아 있다가 모닥불을 피우자 정말 살 것 같은 기분이 들었다. 기주를 해야 되는 이루릴과 제레인트는 먼저 잠들었고 나머지 네 사람이 교대로 불침번을 서기로 했다.

먼저 네리아가 불침번을 서고 나머지 사람들이 잠자리에 들었다. 나 역시 모포 속으로 기어들어갔다. 이젠 정말 단단한 땅, 나뭇가지와 돌멩이들이 등에 배기는 이런 땅에서 잠드는 것에도 익숙해져 버렸어. 음, 나도 이만하면 경험 많은 모험자 아닌가?

난 머리 위까지 모포를 뒤집어썼다. 하지만 이 컴컴한 숲 속에서 다시 암흑 속으로 들어간다고 생각하니 그것도 이상했다. 그래서 난 머리를 내밀고 팔베개를 한 다음 하늘을 올려다보았다. 사실 하늘이라는 것은 전혀 보이지 않았다. 오로지 나뭇잎들뿐이었다. 게다가 그것은 아래쪽의 모닥불 때문에 밑동은 검붉게 물들어 있었고 위쪽으로 올라갈수록 시커멓게 변하는 나무들이었다. 간혹 나뭇잎들이 바알간 불빛에 물들어 춤추는 모습이 보이긴 했지만 위쪽은 대부분 캄캄한 장막처럼 보였다.

그것은 나름대로 안온해 보이기도 했다. 지금껏 야외에서 잔 일이 허다했지만 이 숲처럼 밀폐된 느낌의 장소에서 잠든 적은 없었다. 겨울로 넘어가는 야외의 숲은 대부분 헐벗은 나무들뿐이었고 이토록 울창한 침엽수림은 보지를 못했다.

위쪽은 마치 검고 단단한 천장 같았고 아래로 내려올수록 붉어지는 주위의 모습은 퍽이나 따스하게 느껴졌다. 난 눈을 깜빡거리다가 옆을 돌아보았다.

네리아는 느긋한 자세로 나무에 기대어 앉아서는 간혹 나뭇가지를 부러뜨려 넣거나 했다.

그녀의 얼굴엔 음영이 깊게 패어 있었다. 모닥불의 일렁거림에 따라 그녀의 얼굴에서 그림자가 춤을 추었다. 그것은 마치 그녀가 계속해서 표정을 바꾸는 것처럼 보였다. 하지만 그녀는 별로 표정이 없었다.

"뭘 보니?"

"범죄에 속할 만큼 아름다운 나이트호크."

네리아는 방긋 웃으며 여전히 고개를 숙인 채 말했다.

"그런데 왜 나 사랑하는 남자는 어디에도 없을까?"

"에엣?"

네리아는 여전히 고개를 숙인 채 끅끅 웃었다. 허어, 참.

"시집가고 싶어요?"

"아니. 거, 시집은 안 가도 상관 없고. 그냥 나 좋다는 남자 있으면 좋겠네."

"그런 사람이 아무도 없어요?"

"응."

"잘 관찰하지 않아서 그렇겠죠. 또 직업도 문제고."

"응? 직업이 문제야? 어떻게?"

그녀는 갑자기 고개를 들고 비상한 관심이 담긴 시선을 보내었다. 이봐, 이봐! 아가씨! 지금 하는 질문이 사춘기를 간신히 통과하고 헉헉거리고 있는 17세 소년에게 물어볼 만한 거라고 생각한다면 당신도 정말 큰일이야!

"숨어다니는 직업이잖아요."

"그렇긴 하지만……, 나 담장 위로 날아다닌 적은 별로 없는데. 아, 물론 성실한 나이트호크로서 조심하긴 했지만……. 음. 그거 때문인가?"

"실례일진 모르겠는데, 사귀는 도적은 없어요?"

"도둑놈들은 싫어."

"아, 그러시군요."

네리아는 고개를 빼꼼히 내밀어 잠든 사람들을 바라보다가 말했다.

"음, 음. 후치야?"

"예?"

"너희네 마을 사람들은 모두 너희들 같으니?"

"예? 글쎄요. 아니, 잠깐. 나와 칼과 샌슨을 하나로 묶어서 너희라고 할 수 있어요? 우리가 무슨 공통점이 있나?"

네리아는 해죽 웃으며 말했다.

"설명할 수 없는 공통점이 있어."

"그렇다면, 음, 이렇게 대답하지요. 난 우리 마을 사람들이 괴상하다고 생각한 적은 없어요. 그렇다면 그건 아마도 나와 우리 마을 사람들이 비슷하기 때문이겠죠?"

"음. 옳지. 옳은 말이다."

네리아는 갑자기 하늘로 올라가는 붉은 기운을 바라보며 말했다.

"나, 이 생활 걷어치우고 너희 마을에나 정착할까?"

"정착? 좋지요. 그런데 정착해서 뭘 할 건데요?"

"뭘 하냐고? 글쎄. 음. 농사는 못 짓고, 기술은 싸우는 기술하고 도둑질하는 기술밖에 없는데. 히잉. 너도 알다시피 요리도 못해."

"요리를 못하는 거였어요?"

"응."

"흐음. 의외로군요. 뭐, 상관은 없겠죠. 천천히 배우면 되니까. 나도 어머니 없는 집안에서 아버지에게 구박받다 보니 늘어난 요리 솜씨인데요. 뭐."

갑자기 네리아의 눈에서 엄청난 빛이 번뜩였다.

"너희 아버지 미남이시니?"

맙소사! 안 돼!

"지, 지금 무슨 말을 하고 싶은 거죠?"

"멋지다. 음, 정말 멋져."

"예. 멋진 것은 알겠는데, 중요한 것은 그 멋지다는 감정에 내가 동참하지 못하는 거예요."

"남편은 초를 만들고, 아들은 요리를 만들고. 음, 완벽해. 난 할 일이 없겠네?"

"이거 보세요오오."

"괜찮아, 괜찮아. 널 보면 네 아버지도 짐작이 가. 음. 나이가 무슨 상관이람."

"예, 사랑엔 나이도 국경도 없다지만."

"너희 아버지 혹시 사귀는 여자분 계시니? 아, 괜찮아. 우히히. 용모가 받쳐주니까 경쟁을 해도 자신 있어."

오, 순결한 소녀와 엘프를 돌보시는 그랑엘베르여! 아, 참 오래간만입니다. 그 동안 별일 없으셨는지? 아니, 도대체 이 무슨 망발입니까! 도대체 당신이 돌보시는 여자들은 전부들 왜 이 지경입니까? 예? 네리아는 순결한 소녀가 아니라구요? 이거 보세요. 신이시니까 그렇게 쩨쩨하게 굴지 맙시다. 내가 보기엔 네리아는 순결한 소녀, 아니 처녀인가? 어쨌든 그렇단 말입니다. 레니처럼 시집도 안 가겠다는 소녀만 순결한 소녀라고 하신다면 그것도 참 곤란해요. 아악! 그러고 보니 당신 근무 태만이야! 당신은 레니를 돌보지 않았어!

난 하늘에서 느닷없이 벼락이나 운석 등이 떨어진다 해도 피할 수 있도록 주의 깊게 하늘을 보면서 말했다.

"그럼 도대체 뭘 할 건데요? 돈은 남편이 벌고 밥은 아들이 하면? 아마 빨래나 집안 청소도 모조리 아들 몫이 될 거라는 점은 미루어 짐작되는데?"

"집안에 어머니가 있음으로써 생기는 따사로움을 선사하지."

"졌군요."

네리아는 턱을 들어올리더니 하늘을 향해 소리없이 웃었다. 난 자리에서 일어나며 말했다.

"자요, 자. 난 잠이 다 달아났어요. 네리아는 수면 부족인 것 같아. 이런 캄캄한 암흑 속에 잠자리에 드러누워 머리가 돌아버릴 정도로 황당한 말을 듣는 한 순수한 소년의 가슴을 헤아려봐요."

"그게 누군데?"

"……누워요!"

네리아는 히죽거리며 모포 속으로 들어가 버렸다. 난 그녀가 기대어 있던 나무로 다가가 기대앉았다.

네리아는 모포 속으로 들어가면서 혼잣말처럼 웅얼거렸다.

"난 좋은 어머니가 될 수 없겠지?"

난 잠시 침울한 눈으로 네리아를 바라보았다. 하지만 네리아는 모포 속에 얼굴을 묻은 채 내다보지 않았다. 난 역시 혼잣말하듯이 말했다.

"네리아는 네리아의 아이에겐 좋은 어머니가 될 수 있겠지요. 그러니 내 어머니가 될 생각은 하지 말아요."

잠시 후 다시 네리아의 잠꼬대 같은 말이 들려왔다.

"하아……, 모르겠어. 내가 과연 뭘까. 난 서툰 손재주를 가진 나이트호크일 뿐이고, 이날 이때까지 이룩한 것이 없어. 내가 과연 무엇이 될 수 있을까."

"미래는 다가오지 않았어요."

"그러니."

그리고 네리아는 더 이상 말하지 않았다.

난 왜 네리아에게 희망을 줄 수 있는 대답을 못했을까.

앉아 있자니 조금 싸늘했다. 난 모포를 들고 와 어깨 위로 둘러쓰고는 주위를 천천히 둘러보았다. 주위는 여전히 캄캄했다. 간혹 그 검은 장막 사이로 뭔가가 움직이는 느낌이 들지만 움직이는 것은 아무것도 없다. 굳이 따지자면 바람이 움직이고 있다고 할까? 밤바람은 모닥불 주위로 조심스럽게 접근하다가 모닥불의 열기에 휘말려 위로 솟구쳐버리는 것 같았다.

낮은 가지들에 생기는 그림자는 묘한 모양이었다. 나무들에 생기는 기기묘묘한 그림자들은 흡사 날 바라보는 얼굴이나 스쳐지나가는 동물의 모습처럼 보였다. 난 피식거리며 나뭇가지를 부러뜨렸다.

우드득, 뚝.

잠깐. 이상하다? 나뭇가지는 한 번 부러뜨렸는데 소리는 두 번

나네?

뚜둑.

난 슬그머니 다리를 뻗어 샌슨의 어깨를 차면서 나직하게 말했다.

"말하지 말고 들어. 뭔가 다가오는 것 같아."

샌슨은 움직이지 않았지만 분명히 정신을 차린 모양이다. 그는 천천히 손을 움직여 롱소드를 당겨 쥐었다.

뚝. 뚜둑.

이젠 확실하다. 나는 오른쪽으로 달렸고 샌슨은 왼쪽으로 몸을 굴렸다. 그러나 그때까지도 우리는 한 마디도 하지 않았다. 우리는 말없이 황급한 동작으로 주위의 사람들을 두드려 깨우기 시작했다. 그리고 바로 그때 공격이 시작되었다.

채챙!

"습격이다!"

두 가지 소리가 동시에 났다. 샌슨이 무언가의 공격을 검으로 막아내는 소리, 그리고 내 고함소리다. 사람들은 속속 일어났지만, 저쪽에서도 속속 들이닥쳤다. 나무들 사이로 무엇인가가 빠르게 움직이는 소리가 요란했다. 두두두, 버석버석. 그때였다.

"으아아악!"

피가 얼어붙을 것 같다고 하나? 샌슨은 무시무시한 비명을 질렀다. 놀라버린 난 뒤를 돌아보았다.

"어어어억!"

샌슨이 둘이다!

두 명의 샌슨이 서로 롱소드를 맞댄 채 밀어붙이고 있었다. 그들은 서로의 얼굴을 확인하고는 놀라움에 떨면서 서로 물러났다. 얼어붙은 얼굴까지도 똑같았다. 이게 어떻게 된 거야? 그때였다. 다른 쪽에서 고함소리가 들려왔다.

"테페리여!"

"맙소사, 저건 나잖아!"

제레인트? 고개를 돌려보았다. 서로 디바인 마크를 꺼내어 들다가 상대를 보고 놀라는 제레인트들의 모습이 보였다. 이게 무슨 말도 안 되는 장면이야? 그때 하늘 위에서 고함소리가 들려왔다.

"트라이던트의 네리아!"

뭐라구? 젠장, 우습지도 않아! 난 간신히 일자무식으로 바스타드를 들어올려 위에서 내려지르는 트라이던트를 막아내었다. 상대는 나에게 막힌 다음 뒤로 훌쩍 뛰다가 외쳤다.

"으악! 후치? 너 여기서 뭐해?"

맙소사, 날 공격한 사람은 역시 네리아였다. 그리고 그 뒤쪽에서 또 다른 네리아가 외쳤다.

"넌 뭐야?"

날 공격했던 네리아는 뒤를 돌아보고는 경악에 질려버렸다. 그건 저쪽의 네리아도 마찬가지였다.

"꺄악!"

"나잖아?"

내 뒤에서 칼이 달려나오며 외쳤다.

"이건 도대체……, 으억?"

난 앞을 보고 질려버렸다. 저쪽엔 내가 바스타드를 든 채 날 바라보고 있었다. 그리고 그 뒤에선 황급히 활을 내리는 칼의 모습이 보였다. 난 나의 모습을 보며 부들부들 떨었다. 이게 무슨!

그때였다. 이쪽과 저쪽의 칼이 동시에 외쳤다.

"도플갱어?"

그들은 서로 상대의 말을 듣고 놀라는 표정을 지었다. 난 나와 똑같이 생긴 놈을 바라보며 어처구니가 없었다. 그건 저쪽도 마찬가지였다. 저쪽의 후치가 어이없다는 듯이 말했다.

"이거 무슨 말도 안 되는 장면이야? 이봐, 너, 나야?"

저 자식이 도대체 누구에게 질문하는 거야? 잠깐, 마음을 가라앉히자.

"잠깐, 이렇게 결정하자구. 샌슨의 애인 이름은 뭐지?"

"어? 너라면 대답했겠어?"

"대답을 안했어……. 저건 나잖아?"

저쪽의 샌슨은 저쪽의 후치를, 그리고 이쪽의 샌슨은 날 후려쳤다.

"이 자식아!"

딱! 아이고 머리야. 음. 이 상태에서도 의리를 지켜 대답하지 않은 것을 보니 저건 확실히 나다. 저쪽에서 서로를 멀뚱히 바라보고 있던 이루릴들도 마찬가지였다. 젠장! 어느쪽이 우리(?) 이루릴인지 모르겠다! 어쨌든 한쪽 이루릴이 말했다.

"당신은 나인가요?"

"이상하군요. 당신은 나로군요?"

"그렇군요. 음. 놀라운 일이군요."

"예. 이해할 수가 없군요."

맙소사. 이루릴들은 서로 예의 바르게 이야기를 나누고 있었다. 그 광경을 보자니 머리가 돌아버릴 것 같다. 칼들도 허둥거리며 말했다.

"잠깐! 싸움을 멈추시오! 아무도 공격하지 마시오!"

"그래요! 일단 이 사태를 설명해 보도록 하십시다!"

정말 똑같군. 칼들은 서로를 흘끔거리며 고개를 갸웃거렸다.

"모닥불 주위에 원래 잠들어 있던 자들은 내 옆으로 모이시오!"

"그렇지! 멈추시오! 넥슨 일행을 기습하려던 사람들은 내 옆으로 모이시오!"

저쪽과 이쪽의 칼은 그렇게 외치면서 다시 서로의 말에 기가 찬 표정을 지었다. 뭐라구? 넥슨 일행을 기습하려고 했다구? 그럼 바로 우리잖아?

잠시 후 우리는 대치 상태로 서로를 마주보게 되었다. 젠장, 이 무슨 괴상망측한 일이야? 저쪽의 네리아는 우리를 보면서 얼빠진 얼굴이 되었다가 다시 자기 일행을 바라보며 의혹에 찬 표정을 지었다. 샌슨들은 서로를 노려보며 검을 사납게 들어올리고 있었고 이루릴들은 차분히 서로를 관찰하고 있었다. 나는 나와 똑같이 얼떨떨한 표정을 짓고 있던 후치에게 말을 걸었다.

"이봐, 에, 일단, 후치라고 부르지. 네가 나라면 예절 차릴 필요는……, 젠장! 머리가 아파."

"얼씨구, 이봐. 누가 머리가 아프다는 거야? 말해 두겠는데 네 녀석이 진짜라느니 하는 주장을 받아들이기엔 난 나에 대한 자의식이 너무나 투철하다구."

"저 말버릇……, 맙소사. 징그러울 정도로 닮았어. 이봐! 너 헬턴트 마을의 뭐야?"

"너 설마 나처럼 초장이 후보라고 대답할 생각은 아니겠지?"

우와, 우와! 이거 미치겠다. 아무리봐도 저건 나다. 똑같잖아?

네리아는 의아한 얼굴로 네리아를 바라보며 말했다.

"이, 이거 봐. 무, 묻겠는데……. 아니, 관둬."

"어, 어? 너 설마 나와 똑같은 질문을 떠올린 거야?"

"어머나!"

"어머나!"

네리아들은 서로 얼굴을 붉혔다. 도대체 무슨 질문들을 떠올린 거야? 저쪽의 일행은 저쪽의 네리아를, 그리고 우리 일행은 우리 네리아를 멀뚱히 바라보았다. 우리 쪽의 칼이 먼저 말했다.

"아무리 봐도…… 도플갱어는 아닌 것 같소. 에, 헬턴트 씨라고 불러야 되나?"

저쪽의 칼은 눈살을 찌푸리며 말했다.

"그건 적합하지 않을 듯하오. 아무리 생각해 보아도 자신에 대한 호칭으로는 부적합하지 않겠소?"

"그렇군요. 음. 그러나 시의 적절한 호칭이 생각나지를 않는구려."

미치겠군! 저쪽의 샌슨은 머리를 벅벅 긁다가 말했다.

"이봐! 어, 너! 너 여기서 뭘 하고 있었지?"

이쪽의 샌슨은 이를 박박 갈면서 말했다.

"우린 넥슨에게 납치당한 레니를 구출하기 위해 여기서 대기중이었다. 넌 뭐냐?"

"젠장. 우리는 레니를 구출하기 위해 뛰어든 거야!"

그러자 우리 쪽 샌슨이 환호를 질렀다.

"야하! 그래? 너 이 자식, 잘 걸렸다. 네가 가짜지?"

"뭐야? 입조심하시지!"

"네가 가짜가 아니라면 20명이나 되는 도적들에게 이렇게 무모하게 뛰어들 리가 없어! 적어도 나라면 절대로 그러지 않아!"

"웃기네! 이루릴이 샌드맨을 부르고 슬리프로 다 재우기로 했단 말이다! 그리고 잠들지 않은 녀석들은 우리가 공격해서 끝내고!"

그러자 이쪽의 이루릴이 놀란 표정이 되었다. 우리 이루릴은 저쪽 이루릴에게 고개를 돌리며 말했다.

"그렇군요. 그런 방법이 있군요. 하지만 그 방법을 시행하려면 넥슨의 무리에게 접근할 수 있어야 될 텐데, 어떻게 밤눈이 좋지 않은 인간 일행을 데리고 접근할 수 있었지요?"

그러자 저쪽의 이루릴이 고개를 갸웃거리며 대답했다.

"밤눈이 어둡기는 하지만 이쪽의 모닥불은 멀리서도 잘 보이던걸요."

"아, 그렇습니까? 이해가 됩니다. 이 모닥불을 넥슨의 모닥불로 생각하셨군요?"

"네. 제레인트 씨의 말에 의하면 이 숲에는 절대로 사람들이 들어오지 않는다고 하더군요. 그래서 저희는 다른 사람이 있을 거라고는 생각하지 못했습니다."

"아. 그러시군요. 사실 저희들도 그런 계획을 생각했지만 넥슨의 일행이 너무 멀리 있어서 어둠 속에서 접근할 수가 없더군요. 그래서 시야가 좋아지는 새벽까지 기다렸던 것입니다."

"아아……, 그러시군요. 이해했습니다."

아무래도 너무 이상한 대화다. 이루릴들은 서로를 향해 살포시 미소를 짓기까지 했다. 하지만 그 덕분에 우리들은 서로 칼부림을 일으키고 싶은 기분을 억누를 수 있었다. 저쪽의 칼이 진지한 얼굴로 말했다.

"오가는 말들로 미루어보아 우리는 동일인이군요. 기이합니다. 우리는 일스 공국의 나우르첸에서 이곳까지 추격해 오는 동안의 모든 기억이 완전합니다. 아마 그쪽도 그럴 것 같은데?"

"예상하시는 대로요. 물론 그 이전의 모든 기억이 확실하시겠지요?"

"그렇습니다."

"이 현상을 설명할 만한 이론이 있으십니까?"

"당신이 나라면?"

"없습니다."

"그렇군요."

제레인트는 나에게 바싹 다가서면서 말했다.

"잠깐, 그렇다면 우리 서로를 해치는 일은 삼가도록 하지요? 에, 우리가 공존할 수도 없는 노릇이지만 일단은 서로 무기를 치우고 대화해 보지요?"

저쪽의 제레인트 역시 고개를 끄덕이며 저쪽의 칼을 바라보았다. 이쪽과 저쪽은 서로 암묵적인 약속 하에 무기를 다시 집어넣었다. 샌슨들이 마지막으로 불평섞인 표정을 지으며 무기를 꽂아 넣는 것까지 똑같았다.

그리고 우리들은 다시 서로를 노려보았다. 젠장! 저 후치놈, 보면 볼수록 기분이 나쁘군. 눈, 코, 입 어디 한 군데 다를 것 없이 똑같이 생겼잖아? 저쪽의 후치는 팔짱을 끼면서 못마땅하다는 듯이 날 바라보았다. 칵! 네가 날 노려봐? 녀석아, 네가 날 의심하다니. 내가 진짜인데? 윽. 그런데 아무리 생각해 봐도 저쪽의 후치 녀석도 그런 생각을 하고 있을 듯하다.

이쪽의 칼이 크게 심호흡을 하며 말했다.

“분명 도플갱어는 아니군. 서로의 기억까지 똑같을 수는 없으니. 그렇다면 이건 도대체 무엇이지?”

“으아아악!”

네리아, 왜 이래요? 칼의 말이 그렇게 마음에 들지 않아? 난 네리아를 바라보았다. 그런데 네리아는 엉뚱한 방향을 바라보고 있었다. 우리는 네리아가 바라보는 방향을 바라보았다.

“허, 허허…….”

칼은 실성한 듯이 웃고 말았다. 뭐 별로 탓하고 싶지는 않았다.

모닥불의 가녀린 빛이 퍼지는 경계 저쪽에서 나타나서는 파랗게 질린 얼굴로 우리들을 바라보고 있는 것은 우리 일행이었다.

세 명의 칼은 서로 심각하게 쳐다보았고 세 명의 샌슨은 서로에게 으르렁거리고 있었다. 세 명의 이루릴은 두 명이나 되는 자신과 이야기를 할 수 있는 이런 진귀한 상황에 퍽 기뻐하기라도 하는 것처럼 보였다. 뭐 실제로 기뻐하지는 않았지만 그 침착하고 차분한 모습이 나에겐 꼭 그렇게 보였다.

세 명의 네리아는 서로를 못 볼 것처럼 쳐다보면서 떨고 있었고 세 명의 제레인트는 서로를 의심스럽게 바라보았다. 그리고 세 명의 나는…… 퍽 재미가 없었다. 농담을 걸려고 해도 전부들 나이기 때문에 도대체 농담이 통하지가 않는 것이다. 아니, 일단 농담하고 싶은 기분이 아니다!

어느 칼인지는 모르지만 칼이 일단 말했다.

“자, 설명은 천천히 하고, 일단 서로 섞이지 않도록 구분합시다. 마지막에 여기로 걸어온 사람들은 내 옆으로 모이세요. 그리고 모두 오른쪽 소매를 걷어올려요.”

음, 저 칼은 마지막에 나타난 칼인가 보군. 그러자 다른 칼이 또 말했다.

"모닥불 옆에서 자고 있던 일행들은 모두 왼쪽 소매를 걷읍시다. 하지만……."

조용히 있던 칼이 그 말을 받았다.

"나를 나와 구분하다니, 그것도 정말 이상한 일이군요."

"그렇소. 하지만 대화의 편의를 위해선 어쩔 수 없구려."

그래서 나는 일단 왼쪽 소매를 걷어붙였다. 정신이 나가버릴 듯한 광경 속에서 사람들은 서로의 소매를 흘끔거리다가 곧 끼리끼리 모였다. 난 뒤죽박죽인 머리를 감싸며 왼쪽 소매를 걷어붙인 칼 옆으로 걸어갔다.

"아무래도 무슨 마법에 걸린 듯하오. 이 숲이 우리에게 주는 마법일까요?"

"예. 그것 참. 음. 일단 서로의 기억을 비교해 보십시다."

"그러지요. 제가 먼저 물어볼까요?"

어떻게 칼들은 저리도 싹싹하게 이야기를 잘도 주고 받을까! 미치도록 존경스럽군, 그래. 세 무리나 되는 우리들은 칼들의 대화에 주의를 기울이기 시작했다.

한 칼이 말했다.

"에, 그럼 묻겠소. 헬턴트 영지의 영주의 이름은 무엇이오?"

"그야 나의 형님이신……."

한 칼이 대답하려다가 갑자기 머뭇거렸다. 어라? 저건 왼쪽 소매를 걷어붙인 칼, 그러니까 우리 칼인데? 왼쪽 소매를 걷어붙인 샌슨이 놀라서 물었다.

"어, 이, 이봐요! 칼. 왜 그래요?"

우리 칼은 절망적인 얼굴이 되었다.

"기억이 안 나……. 맙소사! 내가 형님의 이름을 기억하지 못해!"

당장 다른 무리들의 우리들이 우리들을 쏘아보기 시작했다. 아니, 젠장! 나에게 날 의심받게 되다니! 오른쪽 소매를 걷어붙인 샌슨이 씩씩거리며 말했다.

"하아! 이건 말도 안 되지. 칼이 우리 영주님의 이름을 잊을 리가 있나?"

우리 샌슨은 당장 욱하고 나서려 했다. 바로 그때 내가 외쳤다.

"잠깐! 너, 이봐, 후치! 젠장. 이게 무슨 노릇이람. 날 불러야 되다니. 어쨌든, 우리 아버지 이름이 뭐지?"

소매를 걷지 않은 후치가 피식 웃었다.

"자식아, 장난치냐? 우리 아버지는……, 아버지는……."

소매를 걷지 않은 후치의 얼굴이 갑자기 창백해졌다. 저 후치가 갑자기 괴로운 표정을 짓는 것을 보는 것은 통쾌하면서도 동시에 나까지 괴로워지는 일이었다. 정말 지금 누군가 나에게 미쳐버리는 기분에 대해 질문한다면 난 아주 상세하게 대답해 줄 수 있을 거 같다. 소매를 걷지 않은 후치는 질린 목소리로 말했다.

"자, 잠깐! 이건 말도 안 돼. 내가 우리 아버지 이름을 기억 못하다니……."

그러자 소매를 걷지 않은 제레인트가 오른쪽 소매를 걷은 제레인트에게 질문했다.

"저, 이보세요. 나 이거 참. 야! 너, 결국 나니까 기분 나쁠 거 없지? 말해 봐. 우리 수도원에서 기르는 오리의 숫자는 모두 얼마지?"

참 대단한 질문이다. 오른쪽 소매를 걷은 제레인트는 턱을 치켜들면서 대답했다.

"그야 열두 마리지."

"틀렸어! 저번에 그 수련사……가 아플 때 그 오리를 잡았어! 그걸 기억 못하는군? 그런데, 잠깐. 그 수련사가 누구더라?"

그러자 왼쪽 소매를 걷은 제레인트가 대답했다.

"혹스였어. 그래. 혹스가 아팠지. 그런데 그때 오리를 잡아 먹였나?"

왼쪽 소매를 걷은 샌슨이 외쳤다.

"이런, 말도 안 돼! 야! 너! 우리 경비대 대원 총수가 얼마야?"

지적을 받은 자는 소매를 걷지 않은 샌슨이었다. 그는 턱을 부들부들 떨더니 힘없이 말했다.

"이 무슨 웃기는……. 기억이 안 나."

"말도 안 돼! 이 자식아! 경비 대장이 대원 총수를 모른다구!"

"제기랄, 기억이 안 나! 이 자식아, 그럼 너도 말해 봐라. 대원들 중에 은도금 롱소드를 가진 사람은 누구누구야?"

"뭐야? 그거야 해리와 터너지!"

그러자 오른쪽 소매를 걷은 샌슨이 믿을 수 없다는 얼굴로 말했다.

"어? 잠깐. 자렌과 터너 아니야?"

그러자 소매를 걷지 않은 샌슨이 머리를 짚으며 말했다.

"맙소사……, 이 멍청한! 잠깐. 내가 날 욕하는군. 해리, 자렌, 터너 전부 다야!"

우리는 서로를 얼떨떨하게 쳐다보았다. 그때 오른쪽 소매를 걷은 이루릴이 말했다.

"그렇다면, 지금 여기에 있는 세 명의 자신들은 각자 상대가 가지지 못한 기억들을 가지고 있군요. 바꿔 말하자면 각자 자신의 얼마씩은 잃은 상태이군요."

뭐라구? 목소리가 나오지 않는다. 우리들은 말을 잃은 채 이루릴을 바라보았다. 그때 왼쪽 소매를 걷은 이루릴이 고개를 끄덕이며 말했다.

"그런 것 같군요. 그렇다면 우리는 현재 세 개로 분리되어 있는 셈이군요. 서로 상대가 가진 것은 가지지 못한 부분들이 된 셈이군요."

"멈춰!"

어느 칼인지는 모르겠지만 칼이 갑자기 고함을 질렀다. 그리고 다른 칼들도 허옇게 질린 얼굴로 서로를 바라보았다.

"당신……, 내가 생각하는 걸 생각하는 모양이군요?"

"역시 같은 사람이라 서로 잘 통하는군요."

오른쪽 소매를 걷은 네리아가 질린 얼굴로 오른쪽 소매를 걷은 칼에게 말했다.

"칼 아저씨, 뭐예요? 왜 그러죠?"

오른쪽 소매를 걷은 칼은 입술을 깨물면서 말했다.

"서로에게 질문하지 마시오. 그럴수록 잊어버리게 됩니다. 난 방금까지 어떤 기억을 가지고 있었소. 그런데 여러분들이 서로 이야기를 나눌 때마다 내 기억을 잊어가고 있다는 것을 느꼈단 말이오."

"예?"

"잠깐 기억을 되짚어 보시오. 중요한 기억일 수도 있고, 아닐 수도 있소. 어쨌든 뭔가 도저히 떠오르지 않는 기억이 있을 거요."

"맞소."

그 대답은 칼의 것이었다. 하지만 여기 있는 칼들은 모두들 입을 다물고 있었다. 세 무리의 우리들은 기절해 버리고 싶은 심정으로 목소리가 들려온 쪽을 바라보았다.

네 번째의 우리가 다가오고 있었다.

4

네 번째의 무리들 역시 세 명이나 되는 자신들을 보며 커다란 충격을 받았다. 네 번째의 네리아는 그만 기절해 버렸고 네 번째의 샌슨은 눈을 심하게 비볐다. 그러나 네 번째의 이루릴은 역시 침착했다.

오른쪽 소매를 걷은 칼이 씁쓸한 어조로 말했다.

“당신들은 소매 둘을 모두 걷어야겠군. 우리들은 현재 그렇게 서로를 구분하고 있소.”

“그래요? 알겠소. 세 명이나 되는 나에게서 명령을 받는 것이니, 따르지 않을 수 없군. 허허.”

네 번째의 칼은 양쪽 소매를 모두 걷어올리며 말했다.

“세레니얼 양이, 그러니까 이쪽의 세레니얼 양이 당신들을 발견하고 우리를 이끌어왔소. 난 처음에 도플갱어인가 생각했지. 하지만 세 무리나 되는 도플갱어라니. 그리고 그 순간, 난 어이없게도 도플갱어가 뭔지 모르게 되었다는 것을 알게 되었소. 나에게 묻겠으니, 도플갱어가 뭐였지요?”

왼쪽 소매를 걷은 칼이 한숨을 쉬며 대답했다.

“사람을 죽이고 그 모습을 훔치는 몬스터요. 그러곤 그 사람 행세를 하지.”

“아……, 그랬군.”

양쪽 소매를 모두 걷어붙인 칼은 고개를 끄덕였다. 그러더니 그는 몸을 돌려서 자신의 무리, 그러니까 소매를 모두 걷어붙인 우리들에게 설명을 시작했다. 젠장! 저 광경을 보고 있자니 내가 영혼이라도 되어버린 것 같잖아?

"여보게들. 아무래도 우리 각자의 기억이 쪼개지면서 갈라진 우리들이 생겨나고 있는 것 같네. 결국 우리는 모두 진짜인 셈이지."

"예? 뭐라구요? 잠깐, 그럼 저기 있는 저것들이 모두 나란 말입니까?"

양쪽 소매를 걷어붙인 샌슨은 기막히다는 표정을 지었다. 그리고 양쪽 소매를 걷어붙인 제레인트는 이루릴과 함께 네리아를 부축해 걸어왔다.

"다 우리들이니, 좀 비켜주시오. 네리아 양이 기절했거든."

우리들이 비켜주고 나자 네 번째의 제레인트와 네 번째의 이루릴은 네리아를 불가에 눕혔다. 세 명의 네리아들은 기절한 네리아를 내려다보면서 측은한 표정 반, 공포에 질린 표정 반이 되었다.

소매 두 개를 걷어붙인 칼은 다른 칼들에게 물어보았다.

"그럼 다 나라는 말인데, 나한테 묻자니 참 기이하군요. 어쨌든 여러분들은 서로 이야기를 했을 테니 뭔가 이유라든가 하는 것을 밝혀내셨소?"

"이유는 잘 모르겠소. 우리들은 서로가 서로에게 질문하는 순간 다른 우리들이 생겨난다는 것만을 알아내었을 뿐이오."

"질문? 무슨 질문 말이오?"

"그러니까 서로가 서로를 확인하려는 순간 그렇게 되는 것 같소."

그러자 오른쪽 소매를 걷어붙인 이루릴이 흠칫하면서 말했다.

"바로……."

그러자 왼쪽 소매를 걷어붙인 이루릴 역시 흠칫하면서 말했다.

"자신에게……."

그리고 또 다른 이루릴이 말을 이었다.

"의심을……."

그리고 마지막 이루릴이 말을 맺었다.

"가졌을 때."

파아앗!

공간이 마구 일그러지면서 난 잠시 몸의 중량을 모두 잃었다. 시간은 멈추어 있었으나 동시에 지독하게 빠르게 흘렀다. 마치 내가 태어나서 지금까지 살아온 17년이 순식간에 다시 지나가는 기분이 들었다. 하늘은 낮이었으며 동시에 밤이었고 주위는 허공이었으며 우주였다. 하지만 주위엔 아무것도 없었고 쓸모 없는 것들이 무한하게 많이 쌓여 있었다. 그것들은 모두 제각기의 시간을 흘러갔다. 그러나 아무것도 움직이지는 않았다.

그리고 나는 나였다.

난 오른쪽 소매를 걷어붙인 후치였고, 왼쪽 소매를 걷어붙인 후치를 쏘아보던 소매를 걷지 않은 후치였다. 그리고 마지막으로 나타나서 세 명이나 되는 나를 보던 후치였다.

나는 조금 전, 샌슨과 함께 걸어오면서 넥슨 패거리들을 습격할 계획을 짜내던 날 떠올릴 수 있었다. 그리고 두 명이나 되는 날 보며 놀라던 기억을 떠올릴 수 있었다. 그리고 난 칼에게 설명을 들으며 세 명이나 되는 날 바라보던 나였다.

그러나 난 하나였다.

모두들 하나였다. 칼도, 샌슨도, 이루릴도, 네리아도, 제레인트도. 그리고 나 역시.

우리는 얼떨떨한 표정으로 서로를 바라보았다. 샌슨은 믿지 못하겠다는 표정을 떠올리며 말했다.

"다, 다 기억나. 난 날 쳐다보았고, 그리고 난 나였고, 젠장! 말을 못하겠어! 어쨌든 그게 전부 다 나였어!"

네리아 역시 얼떨떨한 표정이었다.

"난…… 기절했는데. 아냐, 난 기절한 날 내려다보고 있었고……. 어엉? 뭐가 어떻게 된 거야?"

이루릴은 차분하게 말했다.

"원래의 나로 합쳐졌군요."

칼은 한숨을 내쉬었다.

"그렇군요. 우리는 다 원래대로 돌아왔소."

털썩. 옆을 돌아보니 땅에 주저앉은 제레인트의 모습이 보였다. 그는 상당히 편안할 것이라 추측되는 자세로 땅에 주저앉은 채 넋빠진 얼굴로 말했다.

"이런……, 젠장. 기억이 정리가 안 되는데? 하하. 네 명의 제레인트의 기억이 모두 다 나야. 이런, 도대체 앞뒤를 맞출 수가 없는데요."

"모두들 그런 것 같소. 하긴, 모두들 자신이었으니."

"그렇다면 우리가 우리 자신을 의심했을 때 우리들이 분리되었다는 겁니까?"

"그런 것 같소."

"그리고, 그리고 이루릴 양이 그것을 알아차렸기 때문에 원래대로 합쳐진 것이고?"

"그러하오. 고맙습니다, 세레니얼 양."

칼은 이루릴에게 고개를 숙이며 인사했다. 이루릴은 고개를 끄덕였다. 그러나 그녀는 곧 날 바라보았다.

"후치."

"예?"

"확인하고 싶군요. 후치가 불침번이었죠. 혹시 자신을 의심했나요?"

그러자 모두들 날 바라보기 시작했다. 뭐야? 내가 날 의심하다니.

"예? 아뇨. 말도 안 되는……."

순간 나와 네리아는 서로 눈길을 마주쳤다. 네리아는 질린 얼굴로 말했다.

"그거였어!"

우리는 모두 네리아를 바라보았다. 네리아는 창백한 얼굴에 울 듯한 눈이 되어 말했다.

"그거였어. 나였어요. 나 때문이었어요!"

"네리아 양?"

"난, 난 내가 형편없다고 생각했어요. 도대체 여기서 뭘 하고 있는 것인지 모르겠다고 생각했어요. 그리고, 그리고 이 숲에 들어오기 전에, 그때 말했던 것처럼, 난, 난 지금 당장이라도, 지금 당장이라도 어디서 죽어도, 그래도 아무도 모르는, 신경 쓰지 않는……. 으흐흑!"

샌슨은 눈을 끔뻑거리며 네리아를 바라보았다. 칼은 크게 심호흡을 하더니 곧 따뜻하게 웃으며 네리아에게 다가가 그 어깨를 짚었다.

"네리아 양."

갑자기 네리아는 와락 칼에게 안겨들었다.

"우와아아앙!"

칼은 난처한 웃음을 지으며 네리아의 등을 두드렸다. 네리아는 숨막힐 듯이 울었고, 칼은 차분하게 말했다.

"네리아 양. 우리가 함께 있잖소. 그런데 그런 슬픈 생각이라니."

"예. 어, 어헉, 흑. 그래요. 그래서, 그래서 여기까지 드, 들어왔어요, 꺽, 꺼억, 여러분들과, 여러분들과 함께라면 사라져도 좋다고, 그건 진심이었어요! 끅, 으흑! 난, 도대체 무엇인지, 내가 무언지, 아무도 사랑해 주지 않고, 아무에게도 사랑 주지 않고, 않고…… 어컥, 끅."

우리는 모두 조용히 그 둘을 바라보았다. 샌슨은 뒤통수를 긁적거리기 시작했고, 제레인트는 마치 기도하는 듯한 얼굴로 네리아를 바라보았다.

"네리아 양. 우리가 있어요. 우리는 네리아 양을 사랑하오."

"으흑, 흑! 미안해요, 미안해요. 나 때문에. 으아아아! 나, 난 여러분들이 너무 좋아요. 너무, 너무 좋다구요! 그래서, 으헉, 헉. 그래서 난 더 비참했어요. 난, 난 싸구려 도둑이고, 요리도 못하고, 하는 일이 전혀 없는, 흑, 으흐흑. 그래도 여러분들은, 날 따스하게 대해 주었고, 새, 샌슨은, 그날 아침 날 그렇게도 친절하게, 친절하게……, 크으억, 크."

"우리는 당신의 재주를 사랑한 것이 아니오. 네리아 양."

"그래서! 예, 컥, 여러분들은 필요에, 필요에 의해 사람을 고르지 않았, 어헝! 어허허허! 컥! 비참하게, 사람을 비참하게도 필요하냐에 따라…… 으흐흑!"

칼은 조용히 네리아의 등을 쓸었고 네리아는 쉼없이 울었다. 네리아는 그리고도 한참 동안 칼의 품에서 울다가 마침내 지쳐서 잠들었다.

이봐요. 그랑엘베르. 난 '내가 그랬잖아요.' 하는 식의 말투 별로 좋아하지는 않지만, 지금은 그렇게 말해야겠어요. 내가 뭐랬어요? 네리아는 순결한 소녀, 아니, 처녀라고 그랬지요? 할말 있으면 지금 당장 내 앞에 나타나서 말해 보라구?

난 지금 당장 신께서 현신하더라도 놀라지 않을 정도로 마음을 가라앉혔지만 다행히 그랑엘베르께서는 현신하지 않았다. 휴우.

칼은 이루릴과 함께 네리아를 눕혔다. 모두들 너무 놀라서 잠이 다 날아나 버렸다. 칼은 누구에게랄 것도 없이 말했다.

"네리아 양은 의외로 섬세하고 가냘픈 데가 있군 그래."

샌슨은 입술을 삐죽거리다가 잠든 네리아를 바라보았다. 나도 돌아보았다. 몹시 운 탓에 네리아의 얼굴은 홀쭉해 보였고 머리카락은 마구 엉킨 채 잠들어 있었다. 샌슨은 말했다.

"쩝. 하아, 그거. 말괄량이처럼 굴더니."

제레인트는 그 과격한 표현에 빙긋이 미소를 지었다. 나도 어깨를 으쓱였다.

하지만 난 기억한다. 그날, 바이서스 임펠의 도둑 길드에서 네리아와 함께 갇혔을 때. 그녀가 그 어둠 속에서 상처 입은 인간의 모습을 보여주었던 것을. 왜 그걸 지금껏 잊었던 것일까.

칼은 주위를 둘러보며 말했다.

"모두들 잘 알겠지만, 이 일은 오늘 밤으로 잊어버리십시다. 내일 아침 해가 뜨면 네리아 양은 그대로 네리아 양인 것이오. 지금까지처럼 대합시다. 그녀가 이 사건으로 특별히 더 상처 입는 것은 바람직하지 않소."

"예. 당연하신 말씀입니다."

제레인트는 씨익 웃으며 말했다. 나 역시 코를 문지르며 고개를 끄덕였다. 그런데 이루릴을 바라보자 이루릴의 얼굴은 수심에 가득차 있었다.

"이루릴?"

"아, 네?"

"아, 별건 아니고, 물어볼 게 좀 있어서요. 아까 이루릴은 전혀 놀라거나 하지 않던데요?"

"네? 저도 놀랐답니다."

"아, 뭐 놀란다기보다는 무섭다거나 화가 나는, 그런 기분 없었어요?"

"네? 왜 무서워하거나 화를 내는……? 아, 이해하겠어요. 여러분들은 모두 다르지요."

칼이 끼어들었다.

"여보게, 네드발 군. 엘프는 유피넬의 어린 자식이 아니신가."

그리고 이루릴도 대답했다.

"네. 여러분들은 여러분들과 똑같이 생각하고 똑같이 행동하는 존재를 만날 일이 절대로 없으시겠군요. 저희들은 모두가 조화롭기 때문에 놀랄 만큼, 그러니까 여러분들의 경우라면 놀랄 만큼 의견이 일치되거나 하는, 그런 존재감의 위협이라는 것을 느낄 일이 없지요."

존재감의 위협이라. 어렵군.

"음. 그러니까 우리 인간들은 서로가 다르다는 데서 존재감을 느낀다는 말이죠?"

"예. 개성이라고 하던가요? 정확하게 말한 것인지는 모르겠습니다만."

"아, 네. 그렇군요. 이해하겠어요. 그런데 말이죠? 한 가지 더 물을 게 있는데."

"그게 뭐지요?"

"왜 그렇게 불안한 얼굴을 하고 있었지요?"

그러자 다른 사람들도 모두 나와 이루릴을 바라보았다. 이루릴은 조용히 말했다.

"아……, 전 넥슨의 일행이 걱정됩니다."

"어엇!"

칼은 비명 같은 신음소리를 내었다. 이루릴은 갑자기 몸을 일으켰다.

"여기 계세요. 아무래도 가보고 와야겠습니다. 그들이 자신을 의심할지 않을지 알 수는 없지만, 어쨌든 이 숲에서 그런 일이 생긴다는 것을 안 이상 가봐야겠습니다."

칼은 창백한 얼굴이 되어 말했다.

"예. 큰일이군요."

"뭐가 큰일인데요? 뭐, 기분이 좀 나쁘긴 하겠지만……."

샌슨은 눈을 굴리며 물었다. 그러자 칼은 혀를 차며 대답했다.

"여보게! 아까 퍼시발 군 자네는 상대쪽 퍼시발 군을 죽이고 싶지 않던가?"

"예? 아……, 그 정도까지는 아닌……. 그렇군요. 예. 사실 그랬습니다."

"나도 마찬가지였다네."

"칼도요? 아니 아까는 전혀 그런 모습이……."

"스스로의 언동은 조절할 수 있네! 퍼시발 군! 하지만 나 역시 맹렬한 살의를 느꼈다네. 그렇지 않다면 그게 사람인가?"

살의. 살의? 자기 자신에 대한? 자기를 죽이고 싶어하는 느낌?

솔직히 부인할 수가 없다. 나와 똑같이 생긴 모습, 죽이도록 싫었다. 내가 사라져버리는 느낌이 들었다.

난 OPG를 가졌을 때의 기억을 떠올렸다. OPG를 가진 자는 오거를 피해 다녀야 된다. 젠장. 서로의 존재감을 위협하게 되니까! 서로의 자아를 위협하니까! 이제 알겠다. 이루릴이 말한 존재감의 위협이라는 말이 무엇인지를 확실히 알았다.

샌슨도 곧 창백한 얼굴이 되었다. 그래, 맞았어. 난 또 다른 날 보면서 지독하게 무서운 기분이 들었고 동시에 녀석들을 다 없애버리고 싶었어. 그런데도 우리가 맹렬한 싸움부터 벌이지 않은 이유는, 그렇지. 다행히도 우리들 중엔 이루릴과 칼이 있어 그야말로 침착하게 대응했기 때문이다. 하지만 넥슨 일행에게도 그런 인물이 있을까?

이루릴은 곧 몸을 돌렸다.

"다녀오겠습니다."

남아 있는 우리들은 모두 서로의 불안한 얼굴이 보기 싫어 제각기 하늘을 보거나 모닥불을 바라보거나 했다. 젠장. 20명이나 되는 녀석들이, 만일 우리들과 똑같은 일이 생긴다면 80명으로 늘어날지도 모른다. 그 상태에서라면 무서운 전투가 일어날 것이다. 그러면 그 와중에서 레니는 어떻게 될까. 이런 빌어먹을!

제레인트는 안절부절 못하다가 말했다.

"횃불을 들고 가십시다. 만일 아무 일이 없다면 도망오면 됩니다. 하지만 무슨 일이 있다면 레니 양을 구출해야 됩니다. 거친 전사들이 그토록 싸우는 과정에서 레니 양이 어떻게 될지는 아무도 모를 겁니다."

"하지만……, 여기서 만일 도망치게 된다면 레니 양을 구출하기는 더욱 어려워질 겁니다. 지금은 우리의 추적이 들키지 않아서 가능성이 높습니다만 우리의 추적이 들켰을 때는 저들의 경계가 훨씬 심해질 것입니다."

칼의 신중한 대답에 제레인트는 불만이 가득한 표정을 지었다. 칼은 갑자기 조심스러운 어조로 질문했다.

"잠깐. 혹시 테페리의 지팡이로서 말씀하시는 겁니까?"

제레인트는 고개를 가로저었다.

"아니, 아닙니다. 저에게 확신이 없군요. 테페리께서 답을 주시지 않는 모양입니다. 전 가고 싶습니다만, 확신이 오지 않습니다. 그건 확실히 구분할 수 있습니다. 테페리께서는 아무 언질도 주시지 않는 것입니다."

"그렇습니까? 으음. 그럼 불안하지만, 세레니얼 양이 돌아올 때까지 기다려봅시다. 하지만 준비는 해야겠지요. 여보게, 퍼시발 군, 네드발 군."

"알겠어요. 곧장 출발할 수 있도록?"

샌슨과 나는 모포를 말고 짐을 챙겼다. 말들 역시 잠들어 있는 것을 깨워 안장을 얹었다. 말들은 모두 푸르릉거리며 항의했지만 지금 말들의 항의를 들어줄 여유가 없다. 말들을 달래가면서 짐을 다 챙기고 출발 준비를 갖추었다.

그리고 잠시 후, 어둠 속에서 미끄러지듯 이루릴이 나타났다.

"모두들 일어나세요. 심상치가 않습니다."

이루릴은 나타나자마자 그렇게 말했다. 우리들은 모두 놀란 눈으로 이루릴을 바라보았다. 이루릴의 표정은, 뭐랄까, 마치 곧장 울음이라도 터뜨릴 듯한 표정과 공포에 질린 표정을 적당히 반반씩 섞어둔 듯했다. 희미한 표정이긴 했지만 항상 익숙하던 이루릴의 얼굴은 아니었다. 우리는 아무 말 없이 네리아를 깨운 다음 말에 올랐다. 네리아는 눈을 비비며 말했다.

"음? 뭐지? 밤인데……."

샌슨이 당장 대답했다.

"넥슨 쪽이 심상치 않아. 어서 가봐야겠어."

네리아는 동그란 눈이 되더니 곧 말 위에 올랐다. 모두들 말 위에 올라타자 이루릴은 샌슨과 나에게 검을 뽑아들게 했다. 그리고 그녀는 빠르게 캐스팅했다.

"라이트!"

두 번에 걸쳐 라이트 주문이 외워졌고 곧 샌슨의 롱소드와 나의 바스타드는 눈부신 빛을 뿜어내었다. 검에서 나오는 빛의 밝기는 그것으로 숲을 달릴 수 있을 정도였다. 이루릴과 네리아가 탄 에보니 나이트호크가 앞장을 서고 그 다음에 나와 샌슨이 검을 뽑아든 채 섰다. 그리고 칼과 제레인트가 뒤를 따랐다.

우리들이 달려감에 따라 검에서 뿜어나오는 청백의 빛은 주위의 숲을 무시무시한 모습으로 바꾸어놓았다. 그리고 그런 무서운 숲 사이로 달려가는 우리 일행은 사람의 일행 같지가 않았다. 선두엔 빛나는 검을 곤두세운 두 명의 기사. 그리고 그 뒤론 공포스러운 얼굴을 한 남자와 여자. 마치 망령의 질주처럼 느껴졌다.

그렇게 소리없이 얼마를 달렸을까.

멀리서 미약한 신음소리 같은 것이 바람을 타고 들려왔다. 신음소리라니? 우리는 더욱 속력을 높였다. 그리고 갑자기 눈앞이 팍 밝아지며 우리는 숲 속의 공터에 들어서게 되었다.

"우으윽!"

앞에 있던 네리아가 신음을 뱉었다. 우리들은 지독한 참극의 현장 바로 옆에 나란히 서게 되었다.

그것은 자신이 자신들을 죽여버린 현장이었다.

현기증이 일 지경이다. 모닥불은 엉망진창으로 헤쳐져 있었지만 주위의 많은 것들이 불타고 있어서 공터는 환했다. 그중 몇 개의 불은 끔찍하게도 사람을 장작으로 삼아 불타고 있었다. 넓은 공터 가득 뿌려진 피에서는 지독한 피비린내가 풍겨와 숨을 쉬지 못할 정도였다.

하지만 무엇보다도 눈 뜨고 볼 수 없는 것은 똑같이 생긴 수십 구의 시체였다.

그것은 마치 수십 쌍의 쌍둥이들이 싸움을 벌인 것 같은 모습이었다. 똑같이 생긴 자들이 서로의 가슴을 찌른 채 죽어 쓰러져 있었다. 똑같이 생긴 자들이 이곳과 저곳에 누워 있었다. 게다가 다른 사람이었다면 하지 못했을 지독한 짓들을 자기 자신에게는 저질러버린 모양이다. 많은 시체들의 얼굴이 엉망이었다.

그래. 눈 뜨고 볼 수 없었을 것이다. 자신과 똑같이 생긴, 세상에서 가장 무섭고도 증오스러운 적의 모습을. 하지만 이건 뭐란 말이냐. 어떤 자는 쓰러진 상대의 얼굴을 난도질하다가 등에 칼을 맞은 모양인지 쓰러진 자의 엉망이 된 얼굴에 키스하듯이 쓰러져 있었다. 그런데 그 얼굴들이 똑같았다.

네리아는 말에서 뛰어내리더니 곧 뒤돌아 달려갔다.

"우웨에에엑!"

이런, 너무 잘 들려! 나도 토할 것 같잖아! 난 간신히 속을 억누르면서 말에서 내렸다. 샌슨은 이미 휘적휘적 걸어가고 있었다. 샌슨은 주위를 둘러보고는 곧장 쓰러진 자들 속으로 손을 집어넣었다.

난 샌슨이 시체를 뒤지는 줄 알았다. 구토증이 치밀어오르는 순간, 샌슨의 목소리가 들려왔다.

"살아 있어! 제레인트!"

제레인트는 창백한 얼굴로 비틀거리며 걸어갔다. 그는 샌슨이 가리키는 사람에게 다가가더니 곧 기도를 올렸다. 땀을 뻘뻘 흘리던 그는 말했다.

"이런……, 수면이 부족해서 정신이 집중되지 않는군요……. 그리고 너무 위중합니다."

"할 수 있는 데까지 해주세요. 제발요."

나와 칼도 그 옆으로 다가갔다. 과연 시체들 사이에서 아직도 숨을 쉬는 남자의 모습이 보였다. 하지만 도저히 가망이 없어 보이는 모습이었다. 그는 심장을 맞은 모양인지 아직도 가슴에서 피를 흘리고 있었다. 제레인트의 빛나는 손이 그의 가슴에 닿자 그는 펄쩍 튀어올랐다. 놀라서 뒤로 몇 걸음 물러났다가 다시 보니 그는 발작을 일으키고 있는 것이었다. 제레인트는 절망에 찬 목소리로 말했다.

"그는 이 이상 생명의 끈을 붙잡고 있을 수 없습니다."

그러자 샌슨은 곧장 고함을 질렀다.

"이봐! 레니, 레니는 어떻게 되었어? 붉은 머리 소녀 말이야!"

"커허헉!"

남자는 한 차례 무서운 기침을 하더니 눈을 떴다. 하지만 그는 아무것도 보이지 않는 모양이다. 눈의 초점이 전혀 맞지가 않았다. 남자는 가느다란 목소리로 말했다.

"도…… 도플…… 갱어가…… 흐으윽."

"멍청아! 그건 도플갱어가 아니야! 너희들 자신이었다구! 붉은 머리 소녀, 붉은 머리 소녀는 어떻게 되었어?"

샌슨이 바락바락 고함을 질렀지만 남자는 제대로 들리지도 않는 모양이었다. 그는 계속해서 신음을 흘렸다. 샌슨이 입술을 깨무는 순간, 남자는 갑자기 팔을 확 뻗더니 샌슨의 멱살을 붙잡았다.

"도, 도플갱어! 나, 나가. 이 숲을 나가! 이 숲은 죽음의……."

남자가 토한 피가 샌슨의 얼굴에 튀었다. 그러나 남자는 말을 끝까지 맺지 못하고는 쓰러져버렸다. 제레인트는 손을 거두며 고개를 가로저었다.

"제기랄!"

샌슨은 주먹으로 땅을 후려쳤다. 그는 다시 재빨리 일어서더니 시체들을 뒤지기 시작했다. 칼은 크게 숨을 쉬면서 호흡을 고르더니 말했다.

"흩어져 찾아보세. 무슨 흔적이 남아 있는지."

그리고 칼은 걸어가 버렸다. 이루릴도 조용히 움직였다. 하지만 난 발걸음이 떨어지지 않았다. 자신이 자신을 죽여버린 이 거대한 시체의 무리에서 흔적을 찾아보라니. 제기랄!

샌슨이 투덜거리는 소리가 들려왔다.

"도플갱어 좋아하시네. 멍청한 녀석들! 죽고 나서도 원래 모습 그대로인 도플갱어라니. 그걸 보면서도 끝까지 서로를 죽였단 말이야! 아니, 자기를 죽였단 말이야!"

"퍼시발 군. 조용히 못하겠나?"

칼이 낮은 목소리였지만 윽박지르는 의미가 분명하게 말했다. 샌슨은 이를 갈아대었지만 어쨌든 입은 다물었다. 모두들 신경이 날카로워질 대로 날카로워져 있었다.

"제기랄 녀석들, 전부 자기 자신을 가장 심하게 공격했……."

"퍼시발 군!"

돌아버릴 것 같다. 코로 들락거리는 공기 중의 절반은 피인 것 같다. 입 안에서까지 피맛이 느껴진다. 심할 정도로 숨소리를 내며 앞으로 걸어간다. 레니는? 항구의 소녀는?

물컹.

발에 무엇이 밟힌다. 난 어느 남자의 손을 밟고 있었다. 그러나 손 위쪽의 팔은 보이지 않았다.

난 고개를 들었다. 끔찍스러울 정도의 불기운은 밤의 숲을 검붉게 물들이고 있었다. 고개를 더 들어올렸다. 날 내리누르고 있는 나뭇잎과 가지들마저도 붉다.

"으아…… 으아아…… 으아아!"

"네드발 군?"

머릿속이 웅웅거린다. 아무런 말도 들리지 않는다. 하늘마저도 빙빙 도는 것 같다. 난 머리를 쥐어뜯으며 하늘을 향해 비명을 질렀다.

"으아아아아아!"

"넥슨의 시체는 있었습니다. 하지만 철저히 난자당해 있더군요."

"모두 세 구였지?"

"예. 다른 남자들은 최대 다섯 구까지 똑같은 시체가 발견되었습니다. 그것으로 미루어보아 이들은 최소 다섯 번 분열되었던 것 같군요."

칼은 눈을 비비며 피곤한 음색으로 말했다.

"음. 그렇다면 최소한 두 명의 넥슨은 남아 있다는 말이로군."

"그런데 기이한 점은 마부의, 예, 그 마부 기억하시죠? 넥슨의 충복 말입니다. 그 녀석의 시체는 전혀 발견되지 않았습니다. 그리고 레니의 시체도 없었습니다."

칼은 잠시 고개를 돌렸다. 나도 그의 시선을 따라 고개를 돌렸다.

이미 해가 떠올랐다. 숲에는 어제처럼 광선들의 기둥이 곳곳에 서 있었다. 아침녘의 낮은 태양 때문에 햇살의 기둥은 비스듬히 허공을 가로지르고 있었다. 그리고 그 아름다운 숲 가운데 공터에는 우리가 어젯밤 밤새도록 모아들인 시체 더미가 있었다.

제레인트는 그 옆에 서서 무언가 기도를 하고 있었다. 그리고 이루릴은 제레인트의 옆에서 기도가 끝나기를 기다리고 있었다. 잠시 후 제레인트는 기도를 끝내었고, 그러자 이루릴은 캐스팅에 들어갔다.

"파멸을 통해 영생을 구가하는, 파괴하지 못하면 존재할 수 없는 힘이여. 이들의 불운한 몸을 받아들여 그대의 존재 속으로 함께하라."

부아아악! 마치 지푸라기와 불쏘시개 사이에 있던 불씨가 바람을 만난 것처럼 시체 더미는 갑자기 불타오르기 시작했다. 제레인트는 불기운에 놀라 황급히 물러났고 이루릴은 천천히 물러났다. 매캐한 연기와 살 타는 냄새에 속이 뒤집어질 것 같았다.

칼은 그 모습을 보며 혀를 찼다.

"저 연기는 주위 어디서든 보이겠군. 할 수 없지. 그래도 야생동물의 먹이가 되도록 내버려두는 것보다는."

샌슨은 감탄한 표정으로 그 모습을 바라보다가 다시 고개를 돌렸다.

"레니도 없고 그 마부도 없었으니, 그들은 아마 분리되지 않은 것이 아닐까요?"

"아니네, 퍼시발 군. 우리도 어제 경험했지만, 일행 중 한 사람이라도 자신을 의심하면 일행 전체가 그런 현상을 겪게 되지 않았던가?"

칼은 그렇게 말하며 내 무릎을 베고 누운 네리아를 흘끔 바라보았다. 네리아는 어제 밤새도록 실성한 것처럼 울고 구토하고 비명을 지르다가 지금은 실신한 상태다. 난 그녀의 볼에 달라붙은 머리카락을 걷어내며 말했다.

"예. 그리고 일행 중 한 사람이라도 그 이유를 알아차리면, 우리는 이루릴이었지요? 예. 그러니까 원상태로 돌아갔어요."

"그렇지. 그렇다면 어떻게 생각해 보아야 할까. 레니와 그 마부 역시 분리되었지만, 전투가 막바지에 이르렀을 때 누군가 이유를 알아차렸고, 그래서 원상태로 돌아갔다?"

"그럴듯합니다. 그래서 싸움을 멈추게 되었던 것이군요."

샌슨은 고개를 끄덕였다. 난 씁쓸한 얼굴로 손에 낀 OPG를 내려다보았다. 넥슨의 시체에서 회수한 것이다. 넥슨의 시체는 모두 세 구였고 그중 두 구의 손에서는 장갑이 벗겨져 있었지만 나머지 한 구에는 남아 있었다. 그 한 구의 시체는 공터 가장자리 잘 보이지 않는 곳에서 등에 화살을 맞은 채 쓰러져 있었다. 아마도 그래서 손에 OPG가 그대로 남아 있었던 것이 아닐까 생각된다. 도저히 낄 마음이 들지 않았지만……

난 OPG를 낀 손을 들어올리며 말했다.

"두 명의 넥슨에게서는 OPG가 벗겨져 있었어요. 무슨 의미일까요?"

그때 이쪽으로 걸어오던 이루릴이 말했다.

"생존자들이 가져갔을 테지요. 아마 세 명이 아닐까요?"

우리는 이루릴을 바라보았다. 이루릴은 별로 피곤한 기색을 찾을 수 없는 얼굴이었다. 그녀는 여느 때와 같은 부드러운 몸놀림으로 우리 옆의 바위에 앉으며 말했다.

"전투가 거의 종결되던 시점에서 누군가 사태를 파악했을 듯합니다. 어쩌면 샌슨의 말대로 죽어도 모습이 바뀌지 않는 것을 보고는 도플갱어가 아니라 그들 자신인 것을 깨달았을 수도 있지요."

"일리 있는 말씀이군요."

"네. 그렇게 사태를 파악함에 따라 더 이상의 분리가 일어나지 않았던 것이라고 추측됩니다. 아마 다시 하나가 되었을 테지요. 하지만 이미 죽은 자들은 그렇게 되지 못했고. 우리가 올 때까지 살아 있었던 남자를 기억하십니까? 그 남자는 하나였습니다."

칼은 연신 고개를 끄덕였다. 이루릴은 차분하게 말했다.

"아마 그 상황에서 생존자가 넥슨 이외에 세 명 더 있었던 것 아닐까요? 전 레니 양의 시체가 없었던 것으로 보아 먼저 레니

양이 살아 있을 것으로 추측합니다. 그리고 그 마부의 시체 역시 보이지 않았습니다. 따라서 두 명. 그런데 OPG는 두 개가 없어진 상태입니다. 포로인 레니 양에게 OPG를 주지는 않았을 테니 마부와 또 한 명의 누군가에게 OPG가 건네졌을 듯합니다. 넥슨은 원래 가지고 있었을 테고."

"예. 하지만 생존자가 더 있을 수도 있겠지요."

"그렇다면 왜 OPG 하나를 남겨두었을까요?"

"그 마지막 시체는 으슥한 곳에 있었습니다."

"음……. 찾지 못했을 거라고 생각하십니까?"

"예. 아마도 이 진저리쳐지는 광경에서 한시라도 빨리 달아나고 싶었던 것일 수도 있지요. 차분히 뒷정리를 할 기분은 아니었을 겁니다."

"아. 그렇겠군요."

칼과 이루릴의 대화를 듣고 있자면 세상에 어려운 일이란 아무것도 없을 듯하다. 그냥 차분히 이야기만 나누면 모든 사건이 해결되고 모든 의문이 해소되는 것 같다. 아니, 결과야 어쨌든 일단 마음이 그럴 수 없이 차분해지는걸.

샌슨은 코를 벌름거리다가 말했다.

"음. 어쨌든 이들은 꽤 많은 숫자가 줄어들었습니다. 이제 우리 쪽에 승산이 있습니다. 빨리 그들을 추격하여 레니 양을 구출하는 것이 어떨까요."

"옳은 말이네. 그런데 난 아직까지도 풀리지 않는 하나의 의문이 있다네."

"예? 그게 뭔데요?"

"넥슨은 왜 갈색 산맥으로 가지 않고 이 영원의 숲으로 들어온 것일까?"

"약간 동물적이지만 그래서 간단한 해결책이 있습니다. 붙잡아서 두들겨놓고 물어보지요?"

"허헛. 참. 알겠네. 퍼시발 군."

우리는 시체 더미에서 수거한 무기들을 한곳에 쌓아두었다. 모두들 자신의 무기가 있어 무기는 별로 챙기지 않았고 돈과 식량 등을 좀 챙겼다. 기운 없이 일어난 네리아는 대거와 나이프 몇 자루를 가졌다. 그녀는 단검들을 들여다보며 우울한 얼굴로 말했다.

"그 사람들 길드원 맞아요. 아는 얼굴들이 있었어요."

"그렇습니까."

"예. 이 대거들도 기억이 나네요. 후우. 이 먼 땅까지 와서 밤의 신사들이 떼죽음을 당하다니. 그것도 자기 자신에게."

네리아는 갑자기 사나운 얼굴로 말했다.

"넥슨이라는 녀석. 죽이고 싶어요!"

별로 대답할 말은 없었다. 네리아 역시 대답을 기대하지는 않은 듯 우울하게 말에 올랐다.

"이루릴. 내가 뒤에 탈게요. 말 달릴 힘이 없어요."

"알았어요."

그래서 이루릴이 고삐를 잡고 네리아가 뒤에 탔다. 우리들 모두 말에 오른 다음 아직껏 불타오르고 있는 시체 더미를 뒤로 하고 천천히 흩어져 흔적을 찾기 시작했다.

"이쪽이군요."

이루릴은 부러진 나뭇가지와 칼로 베어버린 듯한 관목들을 가리켰다. 우리는 고개를 끄덕인 다음 그쪽 방향을 향해 천천히 나아갔다.

이루릴은 가끔 멈춰 서서 말에서 몸을 옆으로 늘어뜨려 땅을 바라보았다. 참 멋진 재주다. 이루릴은 상체를 거의 전부 내밀다시피한 채로 땅을 바라보다가 말했다.

"예. 작은 발자국은 확실히 레니일 듯하군요. 말에 타지 않았나 봐요."

"발로 달려갔다는 말이군요."

"예. 그리고 서로 다른 몇 개의 발자국이 보이는군요. 레니는 몇 명의 남자들에게 끌려간 상태라고 말씀드릴 수 있어요."

"음. 우리가 시체를 수거하느라 걸린 시간이 있지만, 그래도 저쪽이 발로 걸어가고 있다면 따라잡는 것은 어렵지 않겠군요. 모두들 힘들겠지만 기운냅시다."

모두들 앞으로 달려갔다.

난 잠시 뒤를 돌아보았다. 숲의 나무들 위로 뭉게뭉게 솟아오르는 검은 연기가 보였다. 오크와 복수의 화렌차여. 자기 자신에게 죽음당한 자들의 복수는 어떻게 해야 할까요.

명복이나 빌어주지요. 슬픈 죽음에 대해.

추적하는 동안 내내 제레인트는 나로 하여금 신경을 쓰이게 만들었다. 제레인트는 한참 동안이나 '난 지금 대단한 생각을 하고 있다.'는 듯한 표정을 지어보이다가 마침내 말했다.

"생각난 것이 있는데요."

칼은 계속 말을 걷게 하면서 말했다.

"말씀해 보십시오."

"예. 저, 분리되는 것 말입니다. 어제 우리에게 일어났고 저 불쌍한 사람들에게 일어났던 거요."

"예. 그런데요?"

"에, 그러니까, 아, 분명히 기억들이 분리되었습니다. 그러니까 여러 개로 분리되면서 각자 자신의 기억들의 일부만을 가지게 되었지요?"

"그랬습니다."

제레인트는 말을 건게 하면서 말하는 것이 힘들어 보였다. 그는 앞을 주의 깊게 바라보느라 칼의 얼굴을 보지 않은 채 말했다.

"그렇다면 넥슨은 어떻게 되었을까요?"

"무슨 말씀인지?"

"그, 왜, 세 명의 넥슨은 죽지 않았습니까? 그렇다면 남은 넥슨은 그 세 명의 넥슨에 해당하는 기억은 영원히 잃게 된 것일까요?"

칼은 눈을 흠칫 치켜떴다. 그리고 잠시 후 그의 눈이 가늘어졌다.

"음. 일리 있는 말씀이오. 최소 다섯 번 분리되었을 테니, 그가 생존해 있다면, 어쩌면 그는 자신의 생의 5분의 3의 기억을 잃어버렸을 수도 있겠군요."

"예. 그런 상태에서 그가 과연 정상인처럼 행동할 수 있을까요."

"어렵겠지요."

"음. 아무래도 빨리 추적하는 것이 좋겠습니다. 사슴을 노리는 레인저처럼, 꾀꼬리를 노리는 매처럼."

제레인트는 그렇게 말하며 앞서 달리기 시작했다. 참, 참. 저 사람은. 하핫.

꼿꼿하게 곧두선 빛살에서 오후임을 느낄 수 있었다. 우리는 그 빛살들 사이로 달려갔다. 이루릴은 완전히 확신하는 모양이다. 그녀는 두 번 돌아보지도 않고 곧장 달려갔다.

"이 방향이 확실합니다. 그리고 얼마 지나지도 않았어요."

그리고 이루릴은 거의 날아갈 듯 말을 달렸다. 그녀의 뒤에 앉은 네리아가 숨을 몰아쉬는 것이 보였다. 샌슨과 나 역시 씩씩거리며 달려갔지만 사슴을 노리는 레인저처럼 달려가는 제레인트야말로 정말 장관이었다. 펑퍼짐한 로브를 펄럭거리며 극명한 명암 사이로 달려가는 그의 모습은 감동을 불러일으킬 정도였다. 그의 창백하게 질린 얼굴에 대해서는 생각지 말기로 한다면.

"이, 이런. 왜 난 모험이 시작부터, 어, 어려운 거야. 세이크리드 랜드로 시작하더니, 영원의 숲이고, 기마는 숲에서부터 시작해."

그의 불평도 일리는 있었다. 숲을 달린다는 것은 지독하게 힘든 일이었다. 특히 제미니는 꽤나 고생하게 되었는데, OPG를 되찾은 내가 다시 힘에 익숙해지지도 못한 상태에서 고삐를 잡아당겨 대었기 때문이다.

아름드리 나무들은 거대한 장애물이었고 땅의 기복도 고르지 않았다. 말들은 콧김 소리를 거칠게 내면서 달려갔다. 에보니 나이트호크는 날씬한 아가씨 두 명 정도는 별로 부담이 되지도 않는 모양이다. 아니, 엘프가 타서 그런가? 저 흑마는 다른 말들을 인도하면서도 오히려 여유가 있어 보인다.

휙휙 지나치는 아름드리 나무들과 번쩍거리며 나타났다 사라지는 햇살들 사이로 달려간다. 귓가를 스치고 지나가는 바람은 아우성을 지르고 있었고 가슴을 떠미는 바람은 살갗을 죄어들게 만든다. 그런 굉장한 속도로 한참 동안 달려갔을 때였다.

콰콰콰콰콰.

굉장한 물소리가 들려왔다. 땅이 흔들리는 느낌도 전해졌다. 마치 하늘이 땅을 북으로 삼아 최악의 불협화음을 연습하는 듯했다.

이루릴이 멈추어 섰다. 그리고 그 뒤로 나머지 네 명이 차례대로 멈추어 섰다.

우리들은 숲의 끝부분, 높은 절벽 위에 서 있었다. 절벽 아래부터 시작해서 지평선까지 뻗어나간 숲은 푸른 융단을 깔아둔 것 같았다. 그리고 그 가운데로 흐르는 강의 모습이 보였다.

절벽 위로 부는 바람이 포효했다. 쏴아아아아!

일종의 계곡이었다. 아래에서는 그제의 비 때문에 불어난 것인지 거세게 흐르는 강물의 모습이 보였다. 음? 이상하군. 그제의 비가 아직까지도? 아, 아니다. 이런 엄청난 숲이라면 굉장한 양의 물을 품고 있었겠지. 아니면 원래 세차게 흐르는 강일까? 강 또한 웅장한 소리를 퍼뜨리고 있었다. 콰콰콰콰콰.

그러나 우리는 끝없이 펼쳐진 숲의 전경도, 세차게 흐르는 강의 모습도 바라보지 않았다. 우리는 우리 바로 왼쪽에서 떨어지는 폭포를 바라보고 있었다.

우리 왼쪽은 우리들이 서 있는 절벽보다 훨씬 높은 절벽이었다. 그 절벽은 왼쪽에서 저 앞쪽까지 끝도 없이 펼쳐져 있는 듯했다. 그리고 그 넓은 절벽 중간에 난 동굴에서 폭포가 시작되고 있었다.

폭포는 엄청나게 컸다. 하지만 너무도 넓은 절벽 때문에 폭포의 크기가 작아 보였다. 마치 거대한 성벽의 배수로에서 가냘프게 흘러내리는 빗물처럼 보일 지경이었다. 하지만 실제론 엄청난 폭포였다.

폭은 적게 잡아도 수십 큐빗, 높이는 수백 큐빗은 되어 보였다. 저 아래 까마득한 연못으로 떨어져내리는 물은 대지를 두드려 부술 것 같았다. 아래에서 자욱하게 피어오르는 물안개 때문에 우리 발 아래는 완전히 농무에 휩싸여 있었고 그 구름 사이로 언뜻언뜻 연못의 모습이 보였다. 그리고 그 연못에서 강이 시작되어 흐르고 있었다.

동굴은 자연적인 것이었다. 하지만 그 입구는 분명 사람의 손이 더해졌던 모양이다. 양쪽으로 서 있는 거대한 돌기둥과 입구 위쪽으로 대들보처럼 쌓여져 있는 석재들을 보며 기막힌 기분을 느꼈다. 저런 가파른 절벽에서 어떻게 공사를 했던 것일까. 게다가 저런 폭포가 쏟아지는 곳에서.

칼은 고함을 질렀다.

"……!"

"예? 뭐라구요?"

"……!"

분명히 칼은 아까보다 더 크게 고함을 지른 모양이다. 하지만 폭포 소리 때문에 칼의 말은 전혀 들리지 않았다. 이루릴은 칼을 바라보더니 잠시 고개를 숙이고 캐스팅을 시작했다. 이루릴의 캐스트하는 소리도 전혀 들리지 않았다. 그런데 잠시 후 갑자기 폭포 소리가 확 줄어들었다. 그리고 그때 칼이 얼굴이 시뻘게진 채로 고함을 질렀다.

"폭포가 참 크다고오옷!"

고함을 지른 칼은 자기 목소리에 놀라서 흠칫했고 나머지 사람들은 모두 놀란 눈으로 칼을 바라보았다. 네리아는 깔깔거리기 시작했고 이루릴은 싱긋 웃더니 말했다.

"실프의 도움으로 소리를 좀 줄였습니다."

칼은 얼굴이 벌겋게 된 채로 말했다.

"아, 예. 감사합니다. 그런데 어느쪽으로 가야 하지요?"

이루릴은 잠시 양옆을 바라보더니 곧 폭포의 옆으로 올라가는 길을 가리켰다.

"이쪽이군요. 저기 돌이 구른 것이 보이시죠? 원래의 위치에서 빠져나와 아래에 흙이 묻어 있는."

보이지도 않는 것을 보면서 아는 척을 해야 하니 죽겠군. 어느 돌멩이 말이지? 샌슨은 고개를 끄덕이고 있었지만 그도 아마 틀림없이 어느 돌멩이인지 모르는 것이리라. 그렇지 않다면 왜 이루릴의 손가락과 전혀 다른 방향을 바라보고 있는 것일까. 칼은 말했다.

"예. 그럼 위로 올라가십시다."

그러자 이루릴은 실프를 돌려보냈고 곧 가만히 서 있어도 몸이 울리는 폭포 소리가 들려왔다. 아무래도 귀가 이상해질 것 같아.

절벽 옆의 길은 꽤 가파르고 돌멩이가 많아서 말들이 걸어 올라가기 힘들었다.

그래서 우리는 말에서 내려 말들을 끌고 올라갔다. 간혹 돌멩이가 구르고 말들이 발을 헛짚어 간담을 서늘하게 만들었다. 폭포 쪽으로 굴러 떨어진 돌멩이는 그대로 짙은 안개 사이로 사라져버렸다. 만일 내가 저기 떨어진다면? 아래에 도착하기도 전에 죽어버릴 것 같아.

말들을 끌어당기듯이 하면서 간신히 정상까지 올라가자 우리는 기진맥진하고 말았다. 하지만 난 OPG를 되찾았다는 실감을 느낄 수 있었다. 저 멍청한 제미니 녀석은 아예 나만 믿겠다는 듯이 거의 자기 힘을 쓰지 않았다. 고약한 말 녀석!

5

욕설, 비명, 기합소리. 어쨌든 별의별 소리를 다 질렀지만 폭포 소리에 묻혀 아무 소리도 들리지 않았다. 다른 사람들 역시 별별 말을 다했던 모양이고 말들도 제각기 취향대로 푸르릉거렸을 듯하다. 아무 소리도 들을 수 없었지만.

폭포 위쪽의 절벽 위로 올라가게 되자 우리는 모두 땅바닥에 주저앉았다.

"허억, 허억."

샌슨의 거친 호흡소리가 제대로 들려왔다. 후우, 여기 위로 올라오니까 폭포 소리가 좀 줄어드는군. 말들도 모조리 땀으로 범벅이 되어 몸에서 김을 올리고 있었다. 네리아는 역시 몸이 가벼운지라 별로 피곤한 표정도 아니었고 이루릴도 마찬가지였다. 하지만 제레인트는 그대로 땅에 드러누워 버렸다.

"헤엑, 헥! 하늘 색깔이 원래 저러했던가?"

"간혹 그렇게 바뀌기도 한대요."

"응, 그래? 후욱, 후우우. 어느때?"

"주로 죽을 때가 가까울 때 그렇대요."

"안 돼! 허억! 아직 키스도 못 해봤는데."

"……당신 프리스트 맞아요?"

"프리스트는 입술이 없냐?"

그러자 네리아는 웃으면서 쓰러져 누운 제레인트의 위로 허리를 굽히고는 '내 눈엔 대단한 의미가 담겨져 있지요?' 하는 듯한 시선을 보내었다. 제레인트는 헛바람을 삼키며 얼굴을 급격히 감쌌고 그래서 사레가 들려 고생했다. 제레인트를 그런 지경에 빠뜨린 네리아는 킥킥 웃으며 주위를 둘러보고 있었다. 그녀는 갑자기 한쪽 방향을 가리키며 말했다.

"저거 봐!"

"안 봐! 고개 돌릴 힘도 없어!"

샌슨은 그렇게 말했지만 역시 고개를 돌렸다.

우리가 앉아 있는 곳은 절벽 위의 넓은 평지였고 저 끝쪽의 산봉우리와 맞닿은 곳에는 건물의 폐허가 서 있었다. 무너진 담장과 잔해 사이로 힘겹게 서 있는 기둥 등이 보였다. 그리고 몇 개의 방은 아직도 제대로 남아 있는 것처럼 보였지만 그 위로는 덩굴풀들이 잔뜩 덮여 있었다.

비록 무너져 볼품없었지만 그 남아 있는 잔재만 보아도 원래는 엄청나게 거대한 건물이었던 것이 느껴졌다. 그러고 보니 땅바닥엔 건물의 기초였을 것으로 짐작되는 이리저리 꺾인 직선들이 보였다. 그리고 그 직선은 우리들이 주저앉아 있는 곳 근처까지 뻗어 있었다. 그 말은, 원래 절벽 바로 위에 엄청나게 거대한 건물이 서 있었다는 말이로군?

칼은 어안이 벙벙하다는 듯한 표정으로 말했다.

"이거, 원래는 얼마나 큰 건물이지?"

"굉장했겠는데요? 웬만한 성곽과 맞먹었을 것 같아요. 아, 그렇군요. 성일지도 모르겠네요. 이 뒤쪽은 절벽으로 막혔으니 성곽으로 괜찮긴……. 잠깐. 하지만 이런 숲 속에 뭐하러 성을 짓지요?”

“성을 지을 필요가 없는 곳이잖아. 마을도 없고 도로도 없고. 이런 끝도 없는 숲에……. 아!”

칼은 갑자기 제레인트를 돌아보았다.

“침버 씨. 이곳이 원래는 숲이 아니었다고 하셨지요?”

“예? 아, 300년 전에는 그렇습니다.”

그러자 칼은 고개를 끄덕였다.

“그럼 여기는 300년 전 할슈타일 가문의 성일 가능성이 높군.”

우리는 갑자기 장엄한 기분에 휩싸여 버렸다. 갑자기 저 루트에리노 대왕과 핸드레이크가 질풍처럼 말을 달리며 꿈을 노래하던 시절로 돌아가 버린 느낌이 들었다. 여기가 바로 300년 전 할슈타일 공이 있었던 곳이구나. 그리고 아마도 루트에리노 대왕에게 패퇴당한 드래곤 로드를 이곳으로 데리고 왔겠지. 그때는 이곳이 숲이 아니었을 것이며, 크게 상처 입은 드래곤 로드는 힘겹게 이곳 천애의 성곽으로 옮겨졌겠지. 마법의 가을을 넘기고 그 해의 첫눈이 내려 루트에리노 대왕은 끝내 이곳까지 추적하지 못하게 되었고. 그러나 300년이 지나고, 비록 쫓는 대상은 다르지만 우리는 마침내 이곳까지 도달했군.

우리는 잠시 그 무너진 성곽을 뚫어지게 바라보았다. 드래곤 로드는 이곳에서 지독한 고통과 무한한 복수심을 다스렸겠지. 하늘에서는 아마도 눈이 내리고 있었겠지. 그는 저 남쪽을 노려보며 불타는 시선을 보내고 있었겠지. 이 끝없는 폭포의 위쪽에서.

칼은 크게 한숨을 쉬고는 말했다.

“자, 일어나세나. 레니 양을 찾아야지. 세레니얼 양?”

“흔적을 찾아보겠습니다. 여러분들은 숨을 좀 돌리세요.”

그리고 이루릴은 곧 날렵하게 걸어갔다.

나는 무너진 성곽을 바라보다 고개를 돌려 저 아래로 끝없이 펼쳐진 수해를 바라보았다. 지평선이 있는 곳까지 모두가 나무들이었다. 노출된 흙도 보이지 않았고 바위도 보이지 않았다. 모든 것이 푸른 나뭇잎들뿐이었다. 아마 우리가 앉아 있는 이곳이 아니라면 하늘을 볼 수 있는 장소가 없을 듯했다. 저렇게 많은 상록수라니. 마치 계절이 거꾸로 돌아가는 기분이 든다. 영원의 숲이라.

"여기 나무들은 죽지도 않는가 보지요. 어디 한 군데라도 땅이 제대로 보이는 곳이 없어요."

제레인트는 몸을 일으켜 앉으며 대답했다.

"영원의 숲이니까. 아! 그렇지."

제레인트는 칼을 바라보며 말했다.

"어제의 일 말입니다. 제가 영원의 숲에 들어온 사람은 점점 사라진다고 말했지요?"

"예. 그렇습니다."

제레인트는 헛기침을 몇 번 하고는 말했다.

"아마 이런 것이 아닐까요? 여기에 들어왔다가 나간 사람은 자신을 의심할 때마다 점점 분리되는 것입니다. 그래서 기억은 낱낱이 흩어져 파편이 되고 마침내 사라져가는 것이 아닐까요?"

"사실은 나도 그렇게 생각하고 있었소."

"예. 그런데 우리는 이루릴 양의 도움으로 다시 우리 자신을 되찾을 수 있었습니다. 그렇다면 우리는 이제 이 숲에서 나가도 아무런 일이 없는 것 아닐까요?"

"허허. 예. 그렇게 된다면야 정말 좋겠지요. 확실한 증거가 없는 마당에 뭐라고 말할 수는 없지만, 아무래도 테페리께서 우리를 사지로 인도하시는 것이 아니라면, 우리들 중에 엘프가 있었다는 것을 감안하시지 않았을까 짐작해 봅니다."

"예. 그럴 것 같습니다. 다행이군요!"

"많이 불안하셨겠군요."

"예. 여기 들어와야 된다고 주장한 사람이 저니까요."

"아아……, 괜찮습니다. 우리는 레니 양을 구출하기 위해 자의로 이곳에 들어왔습니다. 신경 쓰지 마십시오."

"고마운 말씀입니다. 하하하."

샌슨은 자신의 아랫입술을 잡아당기면서 두 사람의 대화를 듣더니 곧 안도하는 표정이 되었다. 음. 그게 그렇게 되는 것이구나. 다행이야. 우리들 중에 이루릴이 있어서 정말 다행이군.

그때 이루릴의 목소리가 들려왔다.

"흔적을 찾았습니다."

우리는 무너진 성벽들 사이에 서서는 난감한 표정으로 아래를 바라보았다. 난 자신 없는 목소리로 말했다.

"내가 한번 해볼까?"

"네가 아니라 진짜 오거 열 마리가 와도 이건 어렵겠어."

하긴 그렇겠다. 이런 엄청난 바위라니.

우리는 무너진 성의 지하실쯤으로 짐작되는 곳에 서 있었다. 원래부터 지면보다 낮았을 테지만 무너진 돌들과 300년의 세월이 그 위에 쌓여 지하실은 거의 묻힌 상태였다. 그런데 이루릴은 바로 여기서 흙먼지 사이로 나 있는 발자국을 발견했다.

발자국을 따라가 보자 곧 엄청난 바위들이 우리를 가로막고 있었다. 바위들은 한두 개가 아니었고 원래 건물의 일부였을 것으로 짐작되는 석재들도 가득 쌓여 있었다. 그 높이는 사람 키의 몇 배였다. 아무래도 이 아래에 어떤 구멍이 있었고, 누군가가 거기로 들어간 다음 그 위로 건물의 잔해와 바위가 무너져버린 모양이다.

이루릴은 고개를 끄덕이며 말했다.

"네. 이 돌들은 무너진 지 얼마 되지 않습니다. 무너지면서 바위에 생긴 흠집들, 하얀 흠집들이 그대로 남아 있군요. 아무래도 넥슨의 일행이 이 아래에 있는 어딘가로 들어갔고, 그때 뭔가 충격이 일어나면서 위쪽의 담장과 건물의 잔해가 무너진 모양입니다."

칼은 눈살을 있는 대로 찌푸리면서 말했다.

"큰일이군요. 이 아래까지 다 무너졌다면 그들은 살아날 가망이 없겠는데."

이루릴은 잠시 눈을 감고 캐스팅을 시작했다. 그녀는 잠시 후 말했다.

"실프에게 물어보았습니다. 바위들 틈으로 들어가 본 실프의 말에 의하면 이 아래에는 상당히 넓은 공간이 있는 것 같습니다. 그리고 아래의 공간은 거의 파손되지 않았습니다. 이 위쪽만이 그냥 막혀버린 모양입니다."

"그렇습니까? 음. 그렇다면 일단 압사당하지는 않았겠군요. 다행입니다. 하지만 그래도 나올 출구가 없다면 이 아래에서 죽는 것은 마찬가지일 텐데요."

이루릴은 고개를 끄덕였다.

"이 바위는 도저히 치울 방법이 없겠군요. 마법을 써서 바위를 파괴한다면 아래쪽이 너무 위험합니다. 아래쪽이 붕괴되어 버릴지도 모르지요. 게다가 바위가 너무 크고 많아서 파괴할 수 있을지조차 의문입니다."

하긴 그래. 이게 도대체 뭐야? 거의 산이구먼. 우리는 답답한 표정으로 그 바위를 노려보았다. 이걸 다 안전하게 치우려면 수백 명의 일꾼을 불러다가 몇 년 동안 공사를 해야 되겠는데?

할 수 없이 우리는 주위를 둘러보면서 다른 입구가 있는지 찾아보았다. 하지만 그런 것은 보이지 않았다. 한 시간쯤 후 우리는 다시 바위더미 앞에 모여서는 서로의 얼굴을 바라보며 풀이 죽어버렸다.

그때 네리아가 손가락을 튕겼다.

"저 아래의 폭포!"

"응?"

"저 아래의 폭포는 땅속에서 나오는 거잖아? 아마 틀림없이 이 지하의 어딘가와 연결되어 있을 거야. 그런 세찬 폭포라면 아마 꽤 거대한 공간이 있어야 될 테니까. 폭포 구멍으로 들어가 보자."

난 한숨을 푹 쉬고 말했다.

"예. 잠시 기다려요, 네리아. 지금부터 열심히 언덕 위에서 뛰어내리는 연습을 할게요. 저녁 무렵이면 아마 내 겨드랑이에 틀림없이 날개가 돋아나겠지요. 폭포 위로 비상하는 한 마리 아름다운 새가 되어……."

"이런, 살펴나 보자구! 들어갈 수 있을지 없을지! 내 생각엔 저 아래의 폭포 구멍에도 무슨 길이 있을 것 같아. 기둥 쌓고 기타 등등 손본 것 봤잖아?"

칼은 잠시 고민하더니 말했다.

"하지만 어떻게 살펴본단 말이오?"

네리아는 신나게 짐을 뒤지기 시작했고 잠시 후 우리는 절벽에 몰려서게 되었다.

우리는 정확하게 폭포가 쏟아지는 구멍 바로 위쪽에 섰다. 샌슨과 내가 한참 동안 티격태격하다가――'조금 왼쪽이야!' '아냐! 여기라구!' '눈이 비뚤어졌어?' '지금 누구 이야기를 하는 거야!'――이루릴의 조용한 말에 의해 위치가 정해졌다. "조금 오른쪽이에요."

그리고 네리아는 밧줄을 내게 건네었다. 나는 밧줄을 허리에 묶고 나머지는 둥글게 말아서 한 손에 쥐었다. 밧줄의 반대쪽 끝은 네리아의 허리에 단단히 묶었다. 그리고 샌슨과 제레인트, 칼 등이 내 몸을 붙잡았다. 이루릴은 혹시 네리아가 추락할 때를 대비해서 절벽 옆에서 마법을 준비한 채 서 있었다.

"그런데 왜 네리아가 내려가지요?"

"내가 가볍잖아?"

네리아는 간단히 대답하고는 곧 밧줄을 붙잡았다. 그녀는 잠시 절벽 끝에서 아래를 내려다보고는 입술을 오므렸다.

"휘익!"

그리고 네리아는 곧 밧줄을 붙잡고 절벽에 매달렸다.

"자, 됐어. 후치! 줄 풀어."

그리고 네리아는 절벽을 놓았다. 난 밧줄을 단단히 붙잡고는 조금씩 풀어내리기 시작했다. 다행히 네리아의 무게는 거의 두레박 늘어뜨리는 정도로밖에 느껴지지 않았다. 하지만 자칫하면 큰일이 난다. 난 신중하게 밧줄을 풀었다.

이루릴은 절벽 끝에서 아래를 내려다보며 말했다.

"천천히. 네. 조금만 더……. 방향은 정확해요. 네. 그대로, 흔들리지 않도록 천천히……."

그리고 잠시 후 이루릴은 손을 들어올렸다. 난 밧줄을 그대로 감아쥐고 멈추었다.

한참 동안 그렇게 서 있었다. 내가 지루해져서 뭐라고 물어보려고 할 때 아래를 내려다보던 이루릴은 다시 손짓을 했다.

"올리세요. 천천히."

난 밧줄을 끌어당겼다. 네리아도 밧줄을 끌어당기면서 올라오는지 굉장히 빠르게 올라왔다. 잠시 후 절벽 끝에서 네리아의 얼굴이 올라왔다. 그녀는 올라오면서 바로 말했다.

"으와, 추워서 얼어죽는 줄 알았네."

네리아는 부들부들 떨고 있었고 그녀의 바지는 폭포에서 쏟아지는 물방울 때문에 젖어 있었다. 샌슨은 고개를 끄덕이며 말했다.

"절벽에 바람이 엄청나지? 물보라도 대단했을 테고."

"으으, 그래. 얼어죽는 줄 알았네. 어쨌든 다행이야."

"뭐가?"

"아래에 길이 있어. 물이 흘러나오는 수로 양옆으로 약간 높게 선반처럼 길이 나 있던데. 안은 캄캄해서 안 보였지만 길 모양새를 봐서 확실히 꽤 멀리까지 뚫려 있는 길인 거 같아."

"그래? 그렇다면 됐군!"

이 아래의 공간이 얼마나 거대할지 알 수가 없다. 절벽의 어마어마한 크기로 봐선 도시 하나를 넣어도 상관없을 정도의 공간이 있을 수도 있다. 우리는 연료로 쓸 장작개비를 주워모았다. 혹시 이 안에서 굶어죽을지도 모르니까.

그 다음은 말들이 문제였다. 하지만 그것도 간단히 처리되었다. 이루릴은 래셔널 셀렉션에게 다가가 말했다.

"친구들을 데리고 안전한 곳을 찾아 기다려요. 하지만 내가 부르면 다시 달려와 줘요."

래셔널 셀렉션이 고개를 끄덕였지만 우리는 별로 놀라지도 않았다. 다만 제레인트가 크게 놀란 표정을 지었을 뿐이다.

"말이 말을 알아듣다니! 나는 말의 말을 모르는데!"

그리고 내려갈 준비다. 이게 어려운 부분이었다. 내려가려면 밧줄을 묶어야 되는데 주위는 공터여서 밧줄을 묶을 장소가 없었다. 멀리 떨어진 숲에 있는 나무에 묶으려니 밧줄의 길이가 모자랐다. 난 잠시 한숨을 쉬고는, 손가락을 좀 꺾은 다음, 근처 숲에서 나무를 꺾어와 말뚝으로 만들어서는 절벽 위에 꽂아놓았다. 제레인트는 나의 인간성을 의심하기 시작했다.

말뚝의 단단함을 확인하기 위해 샌슨이 몸을 들이박고는 비명을 좀 질렀다. 그 다음엔 밧줄을 단단히 감아매고는 아래로 늘어뜨렸다. 샌슨은 밧줄을 바라보며 한숨을 푹푹 쉬었다.

"이 밧줄이 끊어지면 우리는 오도가도 못하게 되는군. 젠장."

칼은 빙긋 웃으며 말했다.

"이 밧줄이 있는 이상 우리는 언제든 저 아래에서 나올 수 있겠군."

우리는 서로에게 씨익 웃음을 지어주었다. 먼저 네리아가 밧줄을 허리에 묶고는 아래로 내려갔다. 우리는 절벽에 늘어서서 아래를 내려다보았다.

네리아는 가볍게 통통 튀듯이 아래로 내려갔다. 절벽을 내려가는 것인지 평지를 걷는 것인지. 음. 대단하군. 그대로 폭포 속으로 떨어질 것처럼 위태로워 보인 순간, 네리아는 절벽 속으로 사라져버렸다.

그리고 밧줄이 풀렸다. 제대로 내려간 모양이군. 그 다음 칼, 이루릴, 제레인트의 순서로 내려갔다. 그 순간까지도 내려가지 않고 버티고 있던 두 사람은 서로의 눈치를 살폈다. 샌슨은 심각한 표정으로 말했다.

"동전을 던질까?"

"관둬. 내가 내려갈 테니."

난 밧줄을 허리에 묶고는 나머지를 절벽에 늘어뜨렸다. 그러곤 밧줄을 단단히 붙잡고 절벽으로 내려섰다. 절벽을 차면서 밧줄을 번갈아 쥐면서 아래로 내려갔다. 중력 때문에 거의 힘을 쓸 필요도 없이 쉽게쉽게 내려갔다. 다만 아래쪽에서 들려오는 무시무시한 폭포의 굉음 때문에 목덜미에 털이 곤두서는 것이 기분 나빴을 뿐이다.

왼손을 놓고, 오른손의 아래 부분을 쥐고, 오른손을 놓고, 왼손의 아래 부분을 쥐고, 발로는 가볍게 절벽을 차면서 충돌하지 않도록, 이윽고 귀가 멀어버릴 듯한 폭포의 굉음이 바로 아래로 들리고 세차게 뿜어나오는 물보라가 바지를 적셨다. 그리고 눈앞에는 거대한 동굴이 입을 벌렸다.

동굴의 가운데로는 물이 쏟아져나오고 있었지만 그 양편에는 확실히 길이 나 있었다. 그리고 거기엔 먼저 내려간 일행이 나에게 손을 내밀었다. 난 칼의 손을 붙잡고 간단히 안으로 들어갔다. 바로 왼쪽으론 무서운 물줄기가 흘러내리고 있어 아무 소리도 들리지 않았다. 그래서 난 그저 미소를 지어주고는 밧줄을 풀었다.

밧줄은 슬금슬금 올라갔다. 음. 이제 샌슨만 내려오면 되는군. 우리는 귀를 틀어막고는 샌슨의 모습이 보이길 기다렸다. 그런데 한참을 기다려도 샌슨의 모습이 나타나지 않았다.

난 궁금함을 참다 못해 동굴에서 몸을 내밀어 위를 바라보았다. 샌슨은 이제야 절벽 끝에서 조금 내려온 상태였다. 고함을 질러주려고 해도 하나도 들리지 않을 테니 소용이 없다.

샌슨은 철저히 안전하게 내려오려고 작정한 모양이다. 발을 한 번 디디는 데 1분씩 걸릴 지경이었다. 손을 바꾸는 데도 거의 비슷한 시간이 걸렸다. 좀 적당히 하라구!

기나긴 기다림 끝에 간신히 샌슨은 동굴 앞에 몸을 나타내었다. 난 샌슨의 팔을 잡아 안으로 끌어당겼다. 난 샌슨에게 굉장한 분노의 표정을 지어주었지만 곧 관두고 말았다. 샌슨은 파랗게 질려 있었던 것이다.

미리 준비한 장작에 불을 붙였다. 그러곤 내가 그것을 들고 앞장섰다.

폭포수가 뿜어나오는 수로는 상당히 곧고 길었다. 한참을 걸어가도 굉음은 줄어들 줄을 몰랐다. 하긴 절벽 전체가 울릴 테니 절벽 안에 있는 우리가 조용해지긴 어렵겠지. 그래도 한참 안으로 걸어들어가자 간신히 서로 대화를 나눌 정도는 되었다. 난 먼저 샌슨에게 말했다.

"이봐요, 퍼시발 군. 도대체 왜 그렇게 시간을 끈 거야?"

별로 크게 말하지도 않았는데 목소리가 잘 울려서 놀랐다. 샌슨은 투덜거리며 말했다.

"녀석아! 난 밧줄타기가 항상 서툴단 말이야. 제기, 고향에서 훈련할 때도 항상 밧줄타기에서 부하 녀석들에게 조롱을 받았는데."

하지만 곧 샌슨은 자랑스러운 얼굴이 되었다.

"하지만 그놈들도 지금의 날 보면 그런 조롱은 못할걸? 그 녀석들 중에 누가 이런 엄청난 폭포 위에서 밧줄을 탈 수 있을까."

"여기 그런 일을 한 사람 많아. 자랑할 거 없어."

샌슨은 험악한 표정을 지어 보였다.

기다란 동굴은 우리들이 걸어감에 따라 밝아졌다 어두워졌다 했다. 차츰 우리 옆으로 흐르는 물의 흐름이 평온해지기 시작했다. 뒤를 돌아보니 우리가 들어온 입구는 이미 손톱만 하게 작아져 있었다.

칼은 혼잣말처럼 말했다.

"이거 엄청난 동굴인가 본데."

그 말의 울림을 뒤로 한 채 우리는 다시 말없이 걸어갔다.

동굴의 윗부분은 거의 자연석이었다. 하지만 우리가 걷는 길과 양쪽의 벽은 확실히 가공이 되어 있었다. 들어간 부분은 그대로 내버려두었지만 튀어나온 곳은 깎아내고 다듬어두었다. 그래서 한참을 걸어도 계속 동굴은 곧기만 했다.

이제 수로의 유속은 거의 잔잔한 시냇물 정도였다. 꽤 오랫동안 걸어온 모양인데. 하지만 그 시커먼 물은 꽤나 깊을 것 같았다. 어두컴컴한 동굴 속에서 먹물 같은 물을 바라보고 있자니 섬뜩하기 짝이 없었다. 난 앞만 보면서 걸어갔다.

조용히 아무 말도 없이 일정한 속도로 걷자니 지루한 느낌이 들었다. 그래서 앞쪽에서 갑자기 시커먼 그림자가 나타났을 때는 크게 놀랐다. 길 앞쪽에 쌓여 있는 돌무더기가 나타난 것이다.

"이게 뭐지?"

돌무더기라고 말한다면 좀 이상하고, 원래 무슨 구조물이 있다가 무너진 자취처럼 보였다. 그것은 우리가 걸어가는 길의 바닥에서부터 시작되는 몇 개의 작은 돌기둥과 벽에 나오는 몇 개의 돌기둥의 흔적이었다. 그리고 바닥에는 역시 원래는 잘 다듬어졌던 것이 분명한 돌의 조각들이 흩어져 있었다. 그것이 원래는 무엇이었을지 짐작하는 것은 어렵지 않았다. 우리들이 걸어가는 길의 반대편 길, 그러니까 수로의 왼쪽 길에는 거의 원형이 남아 있었기 때문이다. 칼은 그것을 곰곰이 바라보다가 말했다.

"돌 격자로군."

음. 돌로 된 격자였다. 아마 원래는 길 양쪽을 다 막고 가운데 수로에도 돌 격자가 설치되어 있었을 것처럼 보인다. 칼은 말했다.

"아무리 단단하게 설치된 돌 격자라도 수백 년 동안 계속된 이 빠른 물의 흐름을 견디기는 어려웠겠지. 그래서 먼저 가운데가 파괴되고, 그리고 그 충격으로 가장자리까지 무너지게 된 모양이군."

샌슨은 고개를 끄덕였다.

"다행이군요. 오른쪽으로 들어와서. 그런데 그렇다면 여긴 원래 통행할 수 없는 길이었다는 말이군요?"

"그렇게 보이는군. 하지만 길을 막던 돌 격자가 무너졌으니, 한번 끝까지 가보세나."

무너진 돌 격자를 넘어서자 다시 아까와 똑같이 죽 곧은 길, 그리고 어두운 길이었다. 우리는 다시 말없이 조용히 걷기 시작했다.

한참을 걷고 나서 칼이 다시 말했다.

"이상하군. 우리가 걸어온 거리를 봐서는 이미 위쪽 폐허에 있는 그 입구를 지나쳐왔을 텐데. 갈림길 같은 것이 전혀 안 보이는데."

그리고 제레인트가 말했다.

"예. 그리고 이 수로를 만든 솜씨, 아무래도 예사롭지가 않군요. 할슈타일 가문이 강대했다고는 하지만 이런 엄청난 공사라니."

"무엇보다 이상한 것은……."

네리아의 말이었다. 네리아는 벽을 바라보면서 말했다.

"이 동굴이 300년이 넘은 동굴처럼 보이나요? 아, 아까 무너진 돌 격자가 있기는 했지만 나머지 다른 벽들은 모두 정말 깨끗한데요?"

칼은 그 말에 고개를 끄덕였다.

"하긴 그렇소. 내 생각을 말하자면, 아무래도 여기는 거기인 것 같소."

"맞아요. 그리고 거기는 여기고요."

내 대답에 칼은 피식 웃으며 제레인트에게 말했다.

"대미궁인 것 같지 않소?"

제레인트는 침울하게 고개를 끄덕였다.

"아무래도 그럴 것 같습니다. 영원의 숲 안에 있는, 게다가 할슈타일 저택의 폐허 아래에 있는 이토록 큰 동굴이라면 그것 이외엔 생각하기가 어렵겠군요."

"허억?"

샌슨은 숨이 턱 막히는 소리를 질렀다. 그는 손짓 발짓을 다 동원하여 자신의 감정을 표현하려다가 결국 말을 하는 데 성공했다.

"그럼 여기 어딘가에 드래곤 로드가 있다는 말이잖아요?"

칼은 고개를 끄덕였다. 횃불 빛에 비치는 그의 얼굴은 표정을 읽기 힘들었다.

"그럴 수도 있겠지. 드래곤 로드 역시 드래곤이니 그 수명은 말도 못하겠지. 300년은 인간의 세대로는 몇 세대가 지나갔겠지만 드래곤에겐 그다지 긴 세월이 아니겠지."

칼은 그렇게 무덤덤하게 말했다. 샌슨은 그러한 칼의 태도에 당혹스럽다는 듯이 말했다.

"그럼 이렇게 들어가서 '식사 대령이오.', 이렇게 말해야 됩니까?"

"우리가 뭐 먹을 게 있겠나. 어쨌든 레니 양을 찾아야 되니 별 수가 없지."

그때 이루릴이 근심스러운 얼굴로 말했다.

"혹시 넥슨은 크라드메서가 아니라 드래곤 로드를 노리는 것이 아닐까요?"

"예?"

"레니 양은 드래곤 라자입니다. 드래곤 라자는 드래곤과 인간을 연결시켜 줄 수 있지요. 넥슨은 레니 양을 이용하여 드래곤 로드와 자신을 연결짓기를 원하는 것이 아닐까요?"

"허헛. 그런 말도 안 되는!"

"그렇지 않다면 그는 왜 갈색 산맥으로 가지 않고 이곳으로 온 것일까요?"

그러자 칼은 대답할 말이 없어진 모양이다. 그리고 잠시 후, 칼은 이루릴과 똑같은 표정을 짓게 되었다.

"아무리……. 그가 설마 그런 말도 안 되는 생각을 할 리는 없을 텐데."

네리아는 동그래진 눈으로 칼을 보면서 말했다.

"칼 아저씨. 그게, 어, 가능하기는 하나요?"

"말도 안 되오. 네리아 양. 드래곤 라자의 권능은 드래곤 로드가 주는 것이오. 그 권능을 거꾸로 드래곤 로드에게 쓴다는 것은 어불성설이오."

"하지만 드래곤 로드도 결국 드래곤이잖아요."

"그렇긴 하지만. 이거 참! 그게 어떻게 말이 되는지. 이봐요, 네리아 양. 각 영지의 영주들은 사실 국왕을 대신해서 백성을 다스리는 것이오. 그런데 영주가 그 권한으로 국왕을 다스릴 수가 있소?"

"그건 안 되는 것 같네요. 음. 하지만……."

그리고 이루릴이 말했다.

"그것은 인간의 경우지요."

칼은 다시 할말이 없어진 모양이다. 역시 비유란 위험한 거다. 그는 관자놀이를 심하게 문지르면서 말했다.

"안 되겠군. 아무리 생각해도 그건 말이 안 돼. 여러분! 걸음을 재촉합시다. 넥슨이 정말 그런 어처구니없는 생각을 하고 있다면 그가 드래곤 로드를 만나기 전에 따라잡아야 합니다."

우리는 걸음을 바삐 옮기기 시작했다. 그러자 곧 기다란 동굴 속엔 우리들의 발소리가 우렁차게 울렸다. 아무리 생각해 보아도 이런 식의 접근은 좋지 않을 듯하다. 우리는 기겁한 다음 다시 발소리를 죽여 천천히 걸어가게 되었다.

쏴아아아.

앞쪽에서 다시 물소리가 요란하게 들려오기 시작했다. 뭐지? 우리는 그 물소리 때문에 우리들의 발자국 소리가 잘 들리지 않는 것을 다행으로 여기며 발걸음을 바삐 놀렸다. 걸어가면서 샌슨은 투덜거렸다.

"그런데 이게 무슨 미궁이람? 쭉 곧은 길인데."

"곧아서 불만이야? 난 길을 잃을 염려가 없어서 정말 기쁜데."

"하긴 그렇군."

그런데 바로 그 순간, 횃불 빛이 도저히 닿지 않을 정도로 거대한 공간이 나타났다.

우리는 지하의 거대한 공동 속에 들어와 있었다. 굉장히 넓은 이 암흑의 공간은 횃불 빛을 모조리 흡수해 버리고 있었다. 양옆으로 둥글게 돌아가는 길이 보였고 정면에는 거대한 지하 호수가 있었다. 그 호수의 물이 우리들이 들어온 수로를 통해 바깥으로 흘러나가는 모양이었다.

그리고 저 맞은편에서는 규모가 좀 작은 폭포가 보였다. 그것은 맞은편의 벽에서 쏟아져나와 지하 호수에 떨어지고 있었고 그 호수의 물이 다시 우리가 들어왔던 수로를 통해 바깥으로 흘러나가는 모양이다. 우리들이 다가오면서 들었던 물소리는 바로 저 지하 폭포의 소리였다.

이루릴은 주위를 둘러보다가 말했다.

"여러분들은 주위가 잘 보이지 않겠군요. 후치? 횃불을 높이 들어요."

그리고 이루릴은 캐스트를 시작했다. 부아아아. 내 손에 들려 있던 횃불이 갑자기 굉장한 소리를 내면서 거세게 불타올랐다. 장작개비 하나에서 나오는 불빛이 아니라 거대한 장작더미에서 나오는 불꽃 같았다. 난 갑자기 내 키의 두 배는 될 정도로 커져 버린 횃불에 놀라서 자칫 횃불을 떨어뜨릴 뻔했다. 머리카락이 그슬릴 것 같은 기분이 들어 난 횃불을 최대한 높이 들어올렸다.

그러자 지하에 숨어 있던 엄청난 비경이 순식간에 우리 눈앞에 폭로되었다.

주위의 공간은 거의 완전할 정도로 둥글었고 까마득한 위쪽은 둥그스름한 것이 돔처럼 생겼다. 그리고 그 돔에서 삐죽삐죽 튀어나온 종유석들이 보였다. 주위의 벽들은 각양각색의 종유석들이 이리저리 쌓여서 형성되어 있었다. 마치 오랫동안 불을 켜둔 양초처럼 종유석들이 켜켜로 쌓여 있었다.

그러나 가장 아래쪽, 그러니까 우리들이 서 있는 지면 높이로 내려오면서 벽의 모습이 바뀌어 있었다. 마치 거대한 홀에라도 들어온 것처럼 벽은 벽돌로 잘 다듬어져 있었고 둥근 벽을 따라 일정한 간격으로 횃불걸이까지 있었다.

그리고 그 횃불걸이들 사이로 여러 개의 통로가 보였다. 우리가 들어온 오른쪽부터 세어보니 모두 세 개의 통로가 있었다. 그리고 통로들의 위치상 네 번째의 통로가 있어야 할 위치에서는 폭포가 쏟아지고 있었으며 그리고 다시 왼편으로 넘어가서 세 개의 통로가 일정한 간격으로 있었다. 그리고 우리들이 들어온 수로가 있었다. 따라서 통로들의 위치는 팔각형을 그리고 있는 셈이다. 너무너무 큰 팔각형이었지만. 아무래도 달려서도 10분은 걸려야 한 바퀴를 돌 수 있을 것 같다.

그리고 그 넓은 공간 가운데 있는 호수는 참으로 거대했다. 널시언 전하에게는 미안한 말이지만 바이서스 임펠에 있는 궁성 임펠리아를 옮겨다가 이 호수에 집어넣어도 다 들어가 버릴 것이다. 물 아래가 전혀 보이지 않아서 깊이를 알 수는 없었지만 이 새카만 호수는 아무래도 무한히 깊어 보였다. 빠져들기라도 하면 영원히 가라앉을 것 같은 기분이 들어 나는 나도 모르게 뒤로 한 발자국 물러났다.

그 새카만 수면 위로 내가 들고 있는 횃불이 길게 뻗었다. 횃불의 크기도 엄청났지만 호수의 크기는 더 엄청나서 물에 비치는 횃불은 그렇게 커보이지 않았다.

칼은 감탄한 목소리로 말했다.

"이렇게 커다란 공간이……. 그런데 어떻게 절벽이 붕괴되지 않았을까?"

칼의 목소리는 낮았다. 이 공간은 커다란 목소리를 용납하지 않는 어떤 분위기가 있었다. 옷깃을 여미게 하는 분위기랄까. 게다가 지금까지와는 달리 칼의 목소리는 조금도 울리지 않았다. 그 목소리는 그저 허공 속으로 사라져버렸다. 흐음. 정말 넓기는 넓은 모양이다.

이루릴은 벽을 빼곡히 메워버린 종유석들을 바라보다 말했다.

"저 차곡차곡 쌓인 종유석들이 생각 외로 튼튼한 기둥의 역할을 하고 있는 것 같습니다."

"아, 그렇구려. 대미궁을 만들기 위해 드워프들의 노커 익시노아 크레벤이 10년 동안 설계를 했다지. 게다가 완성에는 50년이 걸렸고. 정말 대단하구려. 이건……, 뭐라고 평해야 좋을까. 자연적인 장점을 최대한 살리면서도 그 공간에 완벽한 대칭미와 조화미를 더했다고 말할까? 정말 엄청난데."

샌슨은 주위를 둘러보다가 고개를 가로저었다.

"그런데 어디로 가야 하지요? 어차피 우리가 온 곳이 오른쪽이라 오른쪽에 있는 통로 세 군데밖에 못 들어가긴 하겠지만."

그러고 보니 오른쪽에서 왼쪽으로 넘어갈 방법이 없다. 우리가 걸어온 수로는 가운데가 물살이라 건너갈 수 없었고 이 넓은 호수를 헤엄쳐 건널 수도 없다. 이 호수 주위의 길이 정말 둥글다면 저쪽 맞은편에서 왼쪽으로 넘어갈 수 있겠지만 저쪽은 또 다른 폭포로 막혀 있다. 그러니 우리들이 갈 수 있는 곳은 오른쪽에 있는 세 통로로 제한된다.

"이상하군. 그렇게 서로 통행을 하지 못하도록 만들어 두었을 리가 없는데. 여기 들인 노고를 보아하니 가운데 어디에 다리를 만드는 것도 어렵지는 않았을 텐데. 저 커다란 호수에야 다리를 놓기 어렵겠지만 여기 좁은 수로 쪽에는 얼마든지 다리를 놓을 수 있을 텐데."

정말 그런데? 왜 다리를 놓지 않았을까? 우리는 잠시 고민하다가 곧 앞을 바라보았다. 칼은 별로 거리낄 것도 없다는 듯이 말했다.

"차례대로 들어가 보세."

그래서 우리는 지하 호수 가장자리를 따라 둥글게 걸어 첫 번째 통로로 걸어갔다. 이루릴은 간단히 무슨 말을 중얼거렸고 그러자 10큐빗 크기로 늘어났던 횃불은 다시 원래대로 돌아왔다.

첫 번째 통로까지 걸어가서 우리는 잠시 통로를 살폈다. 통로의 높이는 약 10큐빗 정도였고 넓이도 그 정도 될 것 같았다. 꽤 거대한 통로인걸. 이루릴은 통로의 입구 위쪽을 가리켰고, 횃불을 높이 들어올리자 입구 위에 적힌 글자가 보였다. 네리아는 소리내어 읽었다.

"회상."

회상이라? 무슨무슨 방, 이런 것도 아니고 그저 '회상'이라니? 입구 위쪽에 적혀 있을 글로는 너무 이상하게 보이는걸? 우리들은 어깨를 으쓱거린 다음 안으로 들어갔다.

앞쪽에 눈이 좋은 이루릴과 나, 샌슨이 섰고 그 다음 칼과 제레인트, 네리아가 섰다. 통로가 넓어서 얼마든지 세 명이 나란히 걸을 수 있었다.

통로는 우리가 걸어 들어왔던 수로처럼 아무런 갈림길이 없이 그냥 죽 곧게 뻗어 있었다. 얼마 걷지도 않아서 앞쪽에 거대한 문이 보였다. 우리는 문 앞에 멈춰 섰다.

문은 돌인지 금속인지 재질을 짐작하기 힘든 재료로 만들어져 있었다. 불빛이 전혀 반사되지 않는 윤택 없는 모습은 돌처럼 보였지만 그 모양새나 재질은 마치 금속처럼 매끈하면서 차가웠다. 꽤 커다란 문이었는데 사실 문이라 부르기 어려운 것이었다. 샌슨은 그 점을 이렇게 표현했다.

"손잡이가 없잖아?"

문은 손잡이가 없이 그저 매끈하고 평평한 직사각형일 뿐이었다. 문 맞나? 그저 벽에 구멍을 뚫고는 그 구멍에 딱 맞는 돌을 끼워둔 것처럼 보였다. 샌슨은 미심쩍은 표정으로 그것을 바라보다가 말했다.

"당길 수 없다면 밀어보지. 모두 무기를 준비하고 약간 떨어지십시오."

그리고 나와 샌슨이 문으로 다가섰다. 가까이 와서 보아도 역시 매끈한 판일 뿐이었다. 샌슨은 어깨를 으쓱거리더니 손을 내밀어 문을 밀었다.

잠시 후, 샌슨은 우리들에게 벽을 밀어보려고 애쓰는 사람의 모습을 보여주게 되었다.

"뭐야, 이건?"

"이거 들고 있어봐. 내가 해보지."

난 샌슨에게 횃불을 건네주고는 손바닥에 침을 뱉은 다음 힘껏 문을 밀어보았다. 그런데 꼼짝도 하지 않았다. 뭐가 걸려서 움직이지 않는다거나 하는 그런 것도 아니고 완전히 벽을 미는 기분이 들었다. 난 손을 뗀 다음 샌슨에게 말했다.

"자, 손잡이 없는 문을 당기는 방법에 대해 토론을 시작할까?"

"크게 고함을 지른다. 문 열어!"

"그건 안에 누가 있을 경우이고."

우리가 이런 시답잖은 소리를 주고받는 동안 우리 일행은 모두 가까이 다가왔다. 네리아는 꼼꼼하게 문을 관찰했지만 역시 벽에 틀어박힌 돌처럼 보이는 모양이다. 네리아는 입술을 삐죽거리더니 말했다.

"이 뒤가 벽이라고 해도 별로 이상하진 않을 거 같은데?"

이루릴 역시 이곳저곳을 살펴보고는 말했다.

"생각해 볼 수 있는 것은, 어떤 약속어가 있는 것이 아닐까요?"

"아, 마법으로 닫힌 문이라는 말씀입니까?"

"예."

그러자 제레인트가 손가락을 튕기며 말했다.

"아! 그렇지! 간단하군. 열쇠는 문제의 옆에 있지! 여러분, 잠시 비켜주십시오."

그러고 나서 제레인트는 목소리를 가다듬어 문을 향해 엄숙하게 말했다.

"회상!"

제레인트가 그렇게 말하자마자 문이 스르르 열리지는 않았다고 해서 제레인트를 너무 나무라지는 말아야겠다. 문은 쌀쌀맞게도 꼼짝도 하지 않았고 제레인트는 머쓱한 표정이 되었다. 칼은 푸념처럼 말했다.

"이 문은 헬카네스의 율법엔 관심이 없나 보오."

우리는 잠시 더 궁리하다가, 시간 낭비를 할 필요는 없다는 결론에 도달했다. 그리고 우리는 미련 없이 발걸음을 돌렸다.

그 통로를 빠져나와서 우리는 두 번째 통로 쪽으로 걸어갔다. 우리는 입구로 들어서기 전에 모두 위를 살폈다. 과연 입구의 위쪽엔 글자가 새겨져 있었다. '복수'. 네리아는 그것을 바라보다가 말했다.

"회상……, 복수……. 뭐 공통점이나 연상되는 뭔가가 있을까?"

샌슨은 고개를 가로저었다.

"저언혀."

그러자 네리아는 입술을 크게 삐죽거렸다.

우리는 다시 통로 안으로 들어가보았다. 얄궂게도 거의 비슷한 깊이를 들어가자 첫 번째 통로에 있던 것과 똑같이 생긴 문이 나타났다. 나와 샌슨은 혹시나 해서 문을 밀어보았지만 여전히 꼼짝도 하지 않았다. 제레인트는 주위의 눈치를 살피다가 조심스럽게 말했다.

"복수."

그리고 우리는 몸을 돌려 통로 밖으로 나왔다.

세 번째 통로로 다가감에 따라 폭포 소리가 더욱 커졌다. 세 번째 입구에 도착하자 우리는 약속이나 한 듯이 고개를 들어 입구 위쪽을 바라보았다. 입구 위쪽에는 역시 단어가 적혀 있었다. '순결'.

칼은 눈살을 찌푸리며 말했다.

"이건 전혀 맥락이 닿지가 않는 단어들이군. 회상, 복수, 순결이라니. 무슨 공통점 같은 것이 떠오르지가 않는데."

네리아는 고개를 크게 가로저으며 혼잣말처럼 중얼거렸다.

"아냐 아냐. 뭔가 서로 통하는 말이 있을 텐데. 에, 순결을 빼앗긴 것에 대한 복수를 회상하니……."

우리는 아무도 네리아를 바라보지 않았고 네리아는 벌겋게 된 얼굴로 땅만 바라보게 되었다. 그리고 우리는 통로를 따라 들어갔으며, 비슷한 깊이에서 똑같은 문을 발견하게 되자 차라리 안도감을 느꼈다.

우리들은 모두 제레인트를 바라보았고 제레인트는 별로 말할 기분이 아니었는지 퉁명스럽게 말했다.

"순결."

그리고 제레인트는 바로 몸을 돌렸다. 우리들도 모두 짜증을 느끼며 몸을 돌렸다. 그때였다. 갑자기 내 머리에 어떤 생각이 스쳤다.

"잠깐, 잠깐 기다려봐요."

일행은 의아한 눈으로 날 바라보았지만 난 일행에 신경 쓰지 않고 몸을 돌려 문을 향했다. 그러고는 별로 희망이 담겨 있지는 않았지만, 그런 대로 들어줄 만한 목소리로 문을 향해 말했다.

"그랑엘베르."

문은 소리도 없이 밖으로 열렸다.

6

"네드발 군! 자네에게 경의를 표하네! 그렇군. 역시 열쇠는 문제 옆에 있었군!"

칼은 크게 기뻐했고 샌슨은 내 어깨를 두드렸다. 네리아는 숨쉴 새 없이 손가락을 튕겨대었고 제레인트는 숨쉴 새 없이 자기 머리를 치고 있었다. 하하. 뭐, 별 거 아니지. 순결이라고 하니 그런 생각이 들더라구.

잠시 소란을 벌인 다음 우리는 문 쪽으로 다가섰다. 문 안쪽은 무슨 방인 모양인데 안은 캄캄했다. 먼저 나와 샌슨이 횃불을 들고는 문에 접근했다.

열린 문으로 접근하자 뭔가 쾨쾨한 냄새가 났다. 샌슨은 곧 험악한 얼굴이 되더니 황급히 뒤로 물러났다. 그는 날카로운 목소리로 말했다.

"잠깐, 혹시 독이라도?"

그러자 곧 뒤에서 칼의 목소리가 들렸다.

"음. 책은 독일 수도 있겠지. 책 냄새로군."

곧 샌슨은 네리아에 의해 책을 독으로 여기는 남자가 되어버렸다. 난 어깨를 으쓱거리며 안으로 들어섰다.

파아앗.

갑자기 빛이 쏟아져 눈을 꽉 감아버리고 말았다. 으윽! 눈이 멀어버릴 것 같아. 난 눈물을 찔끔거리며 실눈을 뜨고는 주위를 둘러보았다.

빛은 천장에서 뿜어나오고 있었다. 마치 닐시언 전하의 서재처럼 천장 전체가 빛을 뿜고 있었다. 그리고 방은, 이걸 방이라고 부를 수 있을까? 어쨌든 굉장히 넓은 공간이었다. 중간중간에 천장을 받치는 기둥들이 서 있는 것이 보였다.

그리고 그 넓은 공간은 온통 책장이었다. 사방 벽은 말할 것도 없고 방 가운데에도 책장들이 열을 지어 서 있었다. 하나의 열은 책장 열 개씩 서로 등을 맞대고 서 있었으며 그러한 열이 최소한 쉰 개는 되어 보였다. 그러니까 가운데 있는 책장들만 해도 모두 일천 개. 현기증 나게 많은 책들이었다.

칼은 탄성을 질렀다.

"이런!"

그는 곧 책장으로 달려갔다. 우리들도 흩어져서 책장의 이곳저곳을 훑어보았다. 잠시 후 칼의 탄성이 들려왔다.

"맙소사! 이 책이 남아 있었어! 크라이제의 『문명 비평』! 이 책은 이미 200여 년 전에 모두 사라져버렸지. 200년 전에 남아 있던 마지막 한 권이 루스휴레인 전쟁 때 소실되었다구. 그런데 여기 남아 있어! 게다가 이 깨끗한 상태라니."

그리고 곧 제레인트의 탄성도 들려왔다.

"맙소사! 이거 보십시오, 칼. 헤트로이처의 『신에게로의 사색적 산책』 초판본입니다."

"예? 뭐라구요?"

나도 역시 책을 한 권 뽑아들었다. 순간 나는 경악하고 말았다.

"히, 히야아!"

"응? 뭔가? 왜 그러는가, 네드발 군!"

칼은 다시 기대감 넘치는 표정으로 나에게 황급히 달려왔다. 난 감동적인 표정으로 손에 들고 있던 책을 보여주었다.

『따사로움과 즐거움이 가득한 주방을 위한 요리 100선』

칼은 책 제목을 읽더니 곧 한심스러운 얼굴이 되었다. 하지만 난 기쁘게 말해 주었다.

"나도 이 책 있는데, 여기도 있어요! 우와!"

"그, 그런가? 허허, 기쁘겠군, 네드발 군."

칼은 그 말만 남겨놓고는 곧 부리나케 걸어가 버렸다. 그러곤 또다시 제레인트와 더불어 비명을 올리며 책 구경을 계속했다. 난 책을 꽂아놓고는 혹시 요리 1000선이나 1만 선 같은 책은 없는지 찾아보았다.

제레인트와 칼은 모두들 즐거워하며 책을 뽑아들고 있었다. 우리는 왜 저 아름다운 경악에 동참하지 못하는 것일까. 음. 옆을 보니 이루릴도 책 한 권을 뽑아들고는 미소를 지은 채 읽고 있었다. 나와 샌슨, 그리고 네리아는 매우 익숙하다는 태도로 서가에서 책을 뽑아들어 펼쳐보았지만 곧 거의 동시에 책을 꽂고 말았다. 탁탁탁!

모두들 아름다운 장식이 되어 있어 책장만 치더라도 대단한 고가일 것 같았다. 일급의 장인이 달려들어 1년 내내 만들었다고 말한다 해도 믿어줄 만한 책장들이었다. 게다가 책들의 정리 상태는 완벽했다. 책들마다 장정의 화려함이라든가 크기, 두께 등은 다 달랐지만 이렇게 주욱 꽂혀 있는 모습이 그렇게 조화로울 수가 없었다. 제레인트와 칼은 내키는 대로 뽑아보고 있었지만.

칼과 제레인트가 진정하게 되는 데에는 꽤 시간이 걸렸고 그래서 그 동안 샌슨과 네리아는 퍽 지루해했다. 칼은 사방의 책들에 탐욕스러운 눈빛을 보내면서 말했다.

"이거 정말 굉장한 곳일세. 몇 백 년 묵은 고서들이 모여 있군, 그래. 그것도 이렇게나 많다니."

"몇 백 년 묵은 고서라구요?"

"그렇다네. 이것 좀 보게나."

그리고 칼은 손에 든 책을 들어올렸다. 그는 굉장하지 않느냐는 듯한 표정을 지으며 책을 보여주었는데, 아무래도 좀 이상했다. 왜 책의 표지를 보여주지 않고 책등을 보여주는 거지? 너무 흥분해서 칼의 머리가 이상해진 것이 아닐까? 우리가 의아한 표정을 짓자 칼은 혀를 차면서 말했다.

"여보게. 이런 제책 방식을 본 적이 있는가? 이건 까마득하다고 말할 정도로 오래된 제책 방식이라구!"

윽. 그게 그런 의미였군. 하지만 난 봐봐야 책들의 제책 방식을 구분 못하겠다. 이루릴은 조용히 말했다.

"여긴 도서관인 모양이군요. 그랑엘베르의 도서관을 흉내낸 모양입니다."

"예. 그 도서관은 사실 책들의 도서관이라 하긴 어렵지만, 어쨌든 비슷하기는 하군요. 허어, 이거 참!"

"칼. 저, 그런데."

"아, 그래. 나가세. 그거 참."

차마 발걸음이 떨어지지 않아하는 칼을 붙잡아 끌고 나오는 데 꽤나 고생해야 되었다. 칼은 몇 권이라도 가져가고 싶다는 눈치였지만 차마 그런 말을 꺼내진 못했다. 이 환하고 아름다우며 정숙한 도서관은 도저히 책 도둑질을 감행할 분위기가 아니었다.

밖으로 나오자 방 안의 불은 꺼졌으며 다시 문이 스르르 닫혔다. 신기하군. 아마 안에 사람이 하나도 없을 경우에 닫히도록 되어 있나 보다. 갑자기 어두운 바깥으로 나오자 앞이 잘 보이지 않았다. 잠시 시력을 회복하기 위해 머뭇거린 다음, 우리는 다시 앞서의 통로로 돌아갔다.

앞쪽의 통로는 복수였지. 우리는 두 번째 문 앞에 섰다. 난 제레인트를 바라보며 싱긋 웃었고, 제레인트는 쾌활한 목소리로 멋들어지게 말했다.

"화렌차."

문은 우리들의 기대를 저버리지 않았다. 오크와 복수의 화렌차의 이름이 불려지자 문이 스르르 열린 것이다. 다시 나와 샌슨이 앞장섰다.

"방 안에 들어가면 불이 켜지겠지?"

"확인하자구. 눈 조심하고."

난 눈을 가늘게 뜬 다음 방 안으로 발을 디뎠다. 파아앗!

방 안은 곧 환해졌다. 미리 준비를 하고 있었지만 역시 눈이 부셨다. 눈물을 찔끔거린 다음 안으로 들어갔다. 뒤에서는 일행들이 조바심을 참지 못하고는 우리들을 밀어붙일 태세였다.

방 안으로 들어가자마자 우리는 모두 몸이 굳어버리고 말았다. 그러나 네리아는 몸을 날렸다.

"보물이다!"

네리아는 산더미처럼 쌓인 금화와 금관, 금반지, 보석 팔찌와 귀고리, 브로치 등의 금 장식 액세서리, 보석 홀과 보석 상자, 각양각색의 부채와 값비싸 보이는 검, 방패들 속에서 헤엄을 칠 자세였다. 물론 보물이라는 것은 대개가 단단한 것이다. 네리아는 틀림없이 몸에 멍이 들었을 테지만 괘념치 않는 모양이다. 네리아는 웬만한 언덕이라고 불러주어도 이상할 것이 없는 보물더미 앞에 무릎을 꿇더니 곧 손가락이 부러져라 그 속으로 손을 밀어넣었다. 그녀는 힘든 내색도 하지 않고 그 무거운 금화를 집어들더니 곧 황홀한 표정으로 금화들을 떨어뜨렸다.

좌르르…… 딸랑딸랑.

금화에서는 저런 소리가 나는구나. 음. 저렇게 많은 금화가 떨어지는 것은 처음 보니, 그 소리도 역시 처음 듣는 셈이다. 어쨌든 다음에 누군가에게 '금화가 떨어질 때는 어떤 소리가 나느냐 하면 말이야.', 이런 식으로 이야기는 꺼낼 수 있게 되었군.

우리는 일제히 주욱 늘어서서는 턱이 빠진 얼굴로 앞을 바라보았다.

눈앞에 쌓여 있는 보물을 세어본다는 것은 아무래도 웃기는 일이 될 것 같다. 굳이 세어야 된다면 무슨 됫박이나 커다란 저울 같은 것을 가져와서는 부피로 되든지 무게로 달아야 될 것 같다. 물론 이 보물들을 다 셀 때까지 됫박이나 저울이 부서지지 않는다는 조건 하에. 아냐. 그걸로는 안 되겠어. 정말 웃기는 말이지만 아무래도 이렇게 세어야 될 것 같군. 보물 몇 수레 하는 식으로.

그리고 그것은 다른 쪽에 견고하게 쌓여 있는 금괴의 경우도 마찬가지였다. 대단히 무겁다는 점만 제외한다면 저 금괴를 벽돌로 삼아 아담한 집 한 채는 지을 수 있을 것 같다. 샌슨은 넋빠진 얼굴로 금괴 무더기로 걸어갔다. 그는 질린 표정으로 손을 뻗어 금괴를 집어들려다가, 곧 당혹한 얼굴이 되어서는 두 손으로 들어올렸다. 그러고도 무거워서 낑낑거렸다.

"진짜 금이야?"

맙소사. 드워프들이라면, 이 광경을 볼 수 있다면 자신의 수염을 깨끗이 면도해도 좋다고 말할지도 모르겠다. 이런 상상도 할 수 없는 보물이라니. 금괴가 쌓인 곳의 반대편 벽은 더 기가 막혔다. 벽에는 커다란 선반들이 줄을 서 있었고 그 위에 옷상자 정도로 보이는 상자 수십 개가 얹혀 있었다. 그런데 상자들의 색깔이 다채롭기 그지없었다. 푸른색, 붉은색, 노란색, 검정색, 흰색 등 별의별 색깔이 다 있었다. 제레인트가 상자로 다가가며 말했다.

"뭐가 들었는지 볼까요?"

제레인트는 상자들 중에 푸른 상자 하나를 들어올리려다가 곧 당황한 얼굴이 되었다. 내가 다가가서 그를 도와주었다. 하지만 OPG를 끼고 있는데도 허리가 휘청했다. 뭐가 이렇게 무거워?

쿵. 묵직한 소리를 내면서 상자를 바닥에 내렸다. 상자는 잠겨 있지 않았다. 뚜껑을 여는 순간 휘황찬란한 빛에 눈이 멀어버릴 것 같았다. 보석, 셀 수도 없이 많은 푸르스름한 보석들이 들어 있었다. 상자에서 뿜어져나오는 푸른 빛이 얼굴을 후려갈기는 기분이 들었다. 난 얼빠진 얼굴로 제레인트를 바라보았다. 제레인트의 얼굴은 푸르게 물들어 있었다. 이런 엄청난 빛이라니.

"그거 무슨 빛이야!"

네리아는 누가 본다면 원래 네 발 짐승이었을 거라고 말할 정도의 몸짓으로 상자로 다가왔다. 그녀는 상자 안을 들여다보더니 곧 졸도하는 표정을 지었다.

"사, 사, 사파이어야! 이렇게 많은 블루 사파이어라니!"

네리아는 곧 무서운 속도로 몸을 돌렸다.

"후치야, 후치야! 사랑하는 후치야! 제발! 저기 하얀색 상자 좀 꺼내줘. 응? 제발!"

난 후들거리는 다리를 다잡으며 하얀색 상자를 들어내렸다. 일행들은 모두 상자 주위로 모였고 네리아는 침을 꿀꺽꿀꺽 삼키며 상자를 열어젖혔다.

이번에야말로 정말 눈이 멀어버릴 것 같았다. 상자 속에서 번개가 튀어나오는 느낌이었다. 네리아는 말도 제대로 못했다.

"다, 다, 다…… 다, 다, 다……."

칼이 그녀를 도와주었다

"다이아몬드."

"예. 다, 다, 다……."

이거 이름이 다이아몬드인가? 그것은 다른 것과는 달리 투명한 보석이었는데 거의 스스로 빛을 뿜어내는 것처럼 보였다. 흐음, 이거 반짝거리기는 하지만 아까의 블루 사파이어가 파르스름한 것이 더 예쁘던데. 어쨌든 그 다이아몬드라는 보석이 상자 가득히 쌓여 있었다. 네리아는 신음을 흘렸다.

"아무나 날 잡아. 쓰러질 거야."

이루릴은 곧 네리아의 어깨를 붙잡았고 네리아는 한숨을 쉬며 이루릴을 바라보았다. 칼은 어이가 없다는 얼굴로 주위를 둘러보았다.

"허어. 이토록 많은 보물이라니. 나라 한두 개쯤 사고도 기념품이 몇 개는 남겠는걸?"

"네? 칼 아저씨, 이걸로 나라도 살 수 있어요?"

네리아의 숨막힌 목소리를 듣자 칼은 곧 빙긋 웃었다. 그는 상자 속으로 손을 집어넣더니 곧 다이아몬드라는 보석을 하나 들어올렸다. 칼이 들어올린 것은 직경이 손가락 두 마디쯤 되어 보이는 보석이었다. 그 아름다운 가공이라니, 도대체 몇 개나 되는 면이 있는지 셀 수조차 없었다.

"이거 하나로도 웬만한 성채 하나는 살 수 있소."

"됐군요! 칼, 챙기죠!"

"응? 무슨 말인가, 네드발 군?"

"아무르타트에게 줄 보석이요!"

"아, 그렇군. 하지만 이 보석들의 임자는 드래곤 로드일 텐데."

"그거 하나로도 성채 하나는 살 수 있다면서요? 그럼 몇 개만 들고 나가면 아무르타트에게 줄 10만 셀은 우습게 되겠는데요? 이렇게 많은데 몇 개 없어진다고 누가 알 수 있을까요."

내 말이 끝나자 네리아는 곧 칼에게 간절한 시선을 집중시키기 시작했다. 그러나 칼은 고개를 가로저었다.

"'길바닥에 보석이 굴러다닌다 해도 저녁 약속은 지켜야 되는 법이다.' 누구의 말이지, 네드발 군?"

"루트에리노 대왕의 말이지요. 하지만 저녁 약속이 아니잖아요, 이건."

나와 네리아의 안타까운 표정에도 불구하고 칼은 여전히 딱딱한 얼굴이었다.

"그건 약속의 귀중함을 얘기하는 말이 아니었다네, 네드발 군. 자네도 잘 알지 않는가? 그건 자기 것이 아닌 것에 대한 욕심을 경계하는 의미였네."

제레인트와 이루릴은 정말 화나게도 고개를 끄덕였다. 미치겠네! 이런 엄청난 보석을 앞에 두고, 그중 몇 개가 없어진다 해도 도저히 셀 수가 없어서 모를 정도의 보석을 앞에 두고 무슨 구름 잡는 이야기람. 그러나 칼은 완고했다.

"이 보석의 주인을 정확히 알 수 없는 바에야 절대로 취할 수는 없다네. 여보게, 네드발 군. 아버님을 생각하는 자네의 마음은 짐작할 수 있네. 나 또한 형님의 일이 걸려 있지 않은가. 그러니 이렇게 하세."

이런, 포기해야겠군. 나는 시무룩하게 말했다.

"'이렇게 하세.' 다음에 나오는 말은 대개 받아들이는 것이 좋을 경우가 많지요."

칼은 싱긋 웃었다.

"우리들이 할 수 있는 한 이 동굴을 완전히 탐사해 보세. 그리고 양심에 비추어 한점 티끌도 없이 저 보석을 취할 수 있도록 해보세나."

"칼 아저씨이이이!"

네리아의 앙탈에 가까운 말에도 칼은 요지 부동이다.

"네리아 양. 이건 차라리 우리의 안전을 위해서요. 네리아 양도 사람이 들어오면 빛이 들어오는 이 방을 보지 않았소?"

네리아는 퍼뜩 정신을 차리는 표정이 되었다. 그리고 다른 사람들도 모두 질겁을 했다. 맞다! 이런, 그 생각을 못했어. 보석에 눈이 멀어버렸나 보군.

"난 이다지도 많은 보물을 보니 욕심보다는 차라리 두려움이 앞서는구려. 여기에 빛의 마법 외에 어떤 마법이 걸려 있는지 알 수 없소. 남의 물건에 손을 대는 자에게 경계나 징벌을 줄 만한 무서운 마법이 있다면 어떻게 하시겠소?"

그러자 네리아는 곧 안색이 창백해지더니 윗옷 속으로 손을 집어넣었다. 저 아가씨, 뭐하는 거야? 잠시 후 네리아의 가슴에선 꽤나 큼직해 보이는 보석들과 금화가 나왔다. 칼은 기막힌 어조로 말했다.

"그새 챙겼소?"

네리아는 멋쩍은 표정으로 장화에도 손을 집어넣었다. 소매 속에서도, 혁대에서도 보석과 금화들이 쏟아져나왔다. 아이고 맙소사. 이렇게 많은 사람들이 보는 가운데 참 많이도 챙겼다. 샌슨은 '다람쥐 도토리 챙기듯' 어쩌고 하다가 네리아에게 꼬집히고 말았다. 네리아는 온몸에서 수십 개나 되는 보석들을 꺼내어 원래 위치에 돌려놓았다.

네리아는 사방으로 안타까운 표정을 보내었다.

"그래두우……, 보는 건 괜찮겠지요? 음, 후치후치후치야. 저기 검은 상자 좀 내려봐. 블랙 다이아몬드는 가장 비싼 보석 중의 하나라구. 혹시 흑진주가 있을까?"

"네리아 양. 우린 급하오."

"이이이잉!"

내가 상자를 원위치에 돌려놓고 모든 사람들이 방 밖으로 나왔을 때까지도 네리아는 나오지 않았다.

"저, 동굴 탐사에서 한 사람쯤 빠져도 상관없지 않을까요? 난 여기서 기다릴 테니……."

"네리아 양!"

"어어어어!"

결국 네리아는 칼에게 정신적으로 귀를 붙잡힌 듯한 모습으로 시무룩하게 끌려나왔다. 네리아마저 나오고 나자 역시 불이 꺼지며 문이 스르르 닫혔다. 제레인트는 그 닫히는 모습을 보더니 턱을 만지작거리며 말했다.

"이런 말 우습지만, 어째 보안이 너무 부실하다는 생각이 들지 않습니까? 저 안에 있는 저 엄청난 보물에 비해 볼 때 말입니다."

"예. 내 생각도 그러하오. 약속어만 말하면 그냥 열리는 문이라든지, 사방으로 갈림길 하나도 없이 뚫려 있는 통로들이라든지. 아무래도 우리 눈에 보이지 않는 어떤 마법이 있을 거라는 의심이 점점 확실성을 띠는데요."

"예. 그럴 거 같습니다. 눈에 보이는 것이 없으니 확실히 눈에 보이지 않는 함정이 있을 가능성이 높지요. 아무 물건도 가지고 나오지 않기로 한 것은 잘한 결정인 것 같습니다. 어쩌면 이 통로를 나서자마자 죽음을 당하게 될지도……."

"화렌차!"

우리는 모두 네리아를 돌아보았고, 네리아는 열린 방 안으로 뛰어들었다. 질린 표정으로 방 안을 들여다보니 네리아는 바지춤을 뒤적거리고 있었다. 아이고 맙소사. 잠시 후 네리아는 손을 탁탁 털더니 겸연쩍은 얼굴로 걸어나왔다. 샌슨은 콧구멍을 벌름거리며 말했다.

"이젠 더 없냐?"

네리아는 허리에 손을 얹으며 샌슨을 똑바로 쳐다보았다.

"벗어볼까?"

"됐어. 만일 가지고 있다면 네가 위험해지는 거야. 알겠지?"

"아니까 도로 돌려놓았잖아."

우리는 웃으며 다시 통로를 빠져나왔다. 그리고 첫 번째 통로로 걸어갔다. 걸어가면서 칼은 심각한 얼굴로 말했다.

"그런데 이 방마저도 무슨 창고나 그런 것이라면 우리의 탐색은 무위로 돌아가게 되는데. 그것 참 큰일이로군. 세 번째에는 행운이 있어야 될 텐데."

제레인트는 싱긋 웃으며 대답했다.

"필요할 때엔 작은 행운이 있을 겁니다."

우리는 그 필요할 때를 위한 작은 행운을 기대하며 첫 번째 통로의 첫 번째 문 앞에 늘어섰다. 이 통로의 입구 위쪽에는 회상이라고 적혀 있었지? 제레인트는 씩씩한 얼굴로 말했다.

"시무니안."

대지와 회상의 시무니안의 이름이 불려지고, 곧 시무니안의 아들들에게 문이 열렸다.

방문이 열리고 역시 불이 밝혀졌다. 우리는 침착한 걸음걸이로 안으로 들어섰다.

이번엔 샌슨의 입이 딱 벌어졌다.

"이게 다 뭐야? 음식이잖아?"

맙소사. 엄청난 공간 안에 쌓여 있는 것들은 모조리 먹을것과 마실것이었다. 벽 가득히 쌓여 있는 통은 아마 술통일 것 같다. 그리고 반대편 벽에 쌓여 있는 통들은 밀가루나 기타 등등 곡식류를 저장한 곳인 듯하다. 벽 위쪽으로는 선반이 있었고 선반엔 갖가지 병들이 놓여 있었다. 잼, 마멀레이드인가? 그리고 양념거리, 조미료 계통이 엄청나게 쌓여 있었다. 향초는 무더기 무더기로 쌓여 있었다. 그리고 천장에 주렁주렁 매달린 햄과 훈제육 등은 기가 막힌 냄새를 풍겨대었다. 방 구석에는 거대한 수조 비슷한 것이 만들어져 있었고 그 안에선 생선들이 퍼덕거리는 소리가 들려왔다. 가득 쌓여 있는 채소들은 말할 것도 없었다. 일행 모두가 순식간에 꼴깍거리는 소리를 내었다 해도 별로 겸연쩍어할 필요가 없었다. 그리고 방 다른 부분에는 엄청난 식기들이 놓여 있는 찬장이 보였다.

샌슨은 황당한 얼굴로 말했다.

"이건 뭐야? 헬턴트 주민을 모조리 데리고 와도 여기 있는 거 반도 못 먹겠네."

그리고 칼은 기막힌 어조로 말했다.

"그것 참. 300년 묵은 술이라면 혹 모르겠지만 이 음식들은 마치 오늘 아침에 장만해 둔 것 같은데?"

이루릴은 차분하게 주위를 둘러보더니 말했다.

"보존의 마법을 사용했나 보군요."

"아, 그렇군요."

샌슨은 척척 걸어가더니 통 하나를 열었다. 그러고는 곧 환한 얼굴이 되더니 사과 하나를 꺼내어들었다. 그의 손이 입으로 움직이기 전에 재빨리 말리느라 부리나케 움직여야 했다.

"샌슨! 건드리면 안 된다는 팻말이 꼭 있어야겠어?"

"어? 아, 그렇지. 음. 하지만 이 계절에 사과라니. 허엇!"

샌슨은 멋쩍은 표정으로 사과를 도로 집어넣었다. 으음. 도서관, 보물 창고 다음으로 여기는 음식 창고인가?

"대지의 시무니안, 무한한 음식 창고를 가지고 있다는 그녀에 대한 전설이 기억나는군. 음. 그걸 상기시키는 데가 있군 그래."

칼은 그렇게 평했다. 그런데 이 기가 막힌 음식들을 보는 것이 즐겁긴 하지만 이렇게 되면 우리 탐색은 끝이 아닌가. 그것 참.

그때 네리아가 말했다.

"저거!"

20큐빗 떨어진 곳, 그러니까 방 전체의 중간쯤 되는 곳에 갑자기 희뿌연 모습이 떠올랐다. 차츰 뚜렷해지는 영상은 두 개의 다리와 두 개의 팔, 그리고 몸이 있었고 그 위엔 머리가 있었는데 머리엔 눈이 두 개고……. 그것은 사람의 모습이었다.

우리는 후다닥 물러나며 제각기 손을 검으로 가져갔다. 샌슨은 허리에, 난 어깨에. 그리고 네리아는 트라이던트를 앞으로 내밀었다. 완전한 긴장 상태를 유지한 근육. 모두들 완벽한 대응이었다. 우리는 매서운 눈으로 그 영상을 바라보았다. 그리고 그 영상은 우리들에게 말했다.

"주문은 무엇입니까?"

우리를 퍽 한심스럽게 만드는 질문인데 그래. 이 질문을 듣고도 계속 긴장 상태를 유지하는 것은 쉬운 일이 아니었다. 난 나도 모르게 맥이 풀려서 스르르 손을 내려버렸다. 샌슨은 이를 악물면서 낮게 속삭였다.

"긴장을 풀게 하고 덤빌 작정인지도 몰라. 조심해!"

난 정신이 퍼뜩 들어서 다시 바스타드의 칼자루를 움켜쥐었다. 그때 칼이 앞으로 나서며 말했다.

"아, 특별한 주문은 없소. 식사 시간은 아니구려."

그러자 그 남자의 영상은 고개를 조아리며 그럴 수 없이 다정하고 충성스러운 어조로 말했다.

"간단히 음료라도 대접해 드릴까요? 다과라도 준비할까요?"

"아, 고맙지만 괜찮습니다. 그것보다 묻고 싶은 것이 있는데."

"예. 준비 가능한 음식의 목록에는……."

"아, 아니오. 뭐가 준비될 수 있느냐는 질문이 아니오."

그러자 영상은 고개를 갸웃하더니 다시 충성스러운 어조로 말했다.

"현재 보관중인 재료의 목록에는……."

"어, 그게 아니오. 부탁이니 내 말을 먼저 듣고 대답해 주지 않겠소?"

"네, 알겠습니다."

이런 지경까지 와서 긴장 상태를 유지한다는 것은 더 우스웠지만 난 끝까지 바스타드의 손잡이를 단단히 쥐었다. 하지만 샌슨은 뒤통수를 긁적거리더니 다시 편한 자세를 취했다.

"야, 후치. 긴장 풀어라."

이잇! 나도 긴장을 풀고 똑바로 섰다. 제레인트는 앞으로 걸어가더니 신기해서 못 견디겠다는 듯이 영상을 바라보았다.

그것은 공중에 살짝 비치는 아지랑이 같은 것이었다. 제복으로 짐작되는 단순하면서도 딱딱한 선의 옷을 입고 있었으며 선량해 보이는 얼굴을 하고 있었다. 게다가 점잖게 칼의 말을 기다리는 그 모습은 완전한…….

"시종이다."

그래. 맞아요, 네리아. 우리는 네리아의 말에 고개를 끄덕이고는 느긋하게 그 시종의 영상을 바라보았다. 제레인트가 먼저 참지 못하고 말을 걸었다.

"어, 난 제레인트 침버라는 사람으로 테페리의 지팡이요. 당신은 누구시오?"

"원하시는 이름으로 절 부르십시오."

칼은 고개를 끄덕였다.

"이름이 없나 보군. 하긴 이건 필요에 따른 영상이니까 특별히 개성을 주지 않을 수도 있겠지. 음. 내가 묻겠는데, 이곳의 주인은 누구요?"

"이곳의 주인은 접니다."

"예?"

"제가 이 주방의 책임을 맡고 있습니다. 손님 여러분들이 원하시는 것이 있다면 무엇이든지 하명만 하시면 제가 즉각……."

칼은 난처하게 웃으며 말했다.

"아, 아니. 이 동굴과 이 모든 것의 주인이 누구냐고요."

그러자 시종의 영상도 난처한 웃음을 지었다. 그는 겸손한 얼굴로 말했다.

"하늘 아래, 땅 위에 있는 모든 것들의 주인은 한 분이시지 않습니까?"

"예?"

"위대하신 드래곤 로드가 만물의 주인이십니다."

드래곤 로드. 역시! 우리는 동시에 고개를 끄덕였다. 제레인트는 심호흡을 하면서 말했다.

"아, 그럼 여기는 대미궁입니까?"

시종은 갑자기 쌀쌀맞은 얼굴로 제레인트를 바라보았다. 제레인트가 의아한 표정이 되었을 때 칼이 말했다.

"여보시오. 묻겠는데, 여기가 드래곤의 안식처, 카르 엔 드래고니안입니까?"

시종은 즉각 고개를 조아리며 말했다.

"그 영광된 이름이 이곳을 지칭합니다."

칼은 고개를 끄덕이며 우리들에게 나직한 목소리로 말했다.

"드래곤 로드가 드워프들에게서 이 대미궁을 빼앗은 다음 그런 이름을 붙였다네. 그건 추악한 사기극이었지만 지금은 그걸 거론할 때가 아니로군. 시종은 드래곤 로드에게만 충성을 바칠 테니 모두들 입을 조심하게."

네리아는 겁먹은 표정으로 말했다.

"어, 음. 우리는 가만 있을 테니 칼 아저씨가 말해요."

칼은 진지하게 고개를 끄덕이더니 다시 몸을 돌려 시종에게 말했다.

"저희들은 그 위대한 드래곤 로드께 경배를 바치기 위해 이곳을 찾았습니다만, 이 위용 있는 모습에 감탄하다가 그만 길을 잃고 말았군요."

새빨간 거짓말이지만 어쨌든 칼의 말은 시종의 얼굴에서 동정의 빛이 떠오르게 만드는 데는 성공했다.

"아, 그러십니까? 안내자가 불성실했던 모양이군요. 전 미거한 주방 담당인이지만 항상 그 오크들을 쫓아내고 인간이나 엘프들을 고용하자고 드래곤 로드께 상주했지요. 하지만 드래곤 로드께서는 그 추악한 피조물들에게도 애정을 거두시지 않으시는 관대한 성품을 지니셔서……."

"아, 예. 고충을 이해하겠습니다."

아하. 원래는 오크들이 이 대미궁을 찾아오는 사람들을 안내하기로 되어 있었나 보군. 그렇다면 저 시종이 말하는 안내자는 아마 하얀 백골이 되어 있겠군. 시종은 계속해서 말했다.

"예. 안내도 없이 이 최하층까지 오시느라 정말 고충이 대단하셨겠군요. 저 추악한 오크들을 대신하여 제가 사과드리겠습니다. 여러분들은, 아, 테페리의 프리스트께서 함께하셨군요. 그래서 이 아래까지 내려오실 수 있으셨던 모양이군요."

내려온다고? 어, 아차, 그렇지. 우리들은 통로가 바위로 막히는 바람에 수로로 들어왔지. 그렇다면 우리는 지름길로 온 셈이군. 칼은 미심쩍은 얼굴로 말했다.

"고생이라니요? 음, 저희들은 별로 고생 없이 이곳까지 내려올 수 있었습니다만, 위쪽에 뭔가 위험한 것이 있었습니까?"

시종은 크게 감탄한 얼굴로 말했다.

"아아. 여러분들께는 테페리의 가호가 함께하셨군요. 정말 다행입니다. 이 위쪽엔 저 욕심 사납고 추잡스러운 드워프들이 지독한 함정들을 설치해 두었답니다. 드래곤 로드께서는 그 함정들을 침입자에 대한 징계용으로 남겨두기로 결심하셨지요. 그것은 세련된 결정이었다고 생각합니다. 허락 없이 찾아드는 무례한 침입자들은 그 목숨을 내놓는 것이 당연하겠지요. 하지만 골치 아픈 것은, 저 저능하고 미련스러운 오크들이 오가다가 자주 함정을 작동시킨다는 점입니다. 그럴 때는 정말 카르 엔 드래고니안 전체가 소란스러워집니다. 통로가 봉쇄되고 갈림길의 위치가 바뀌어버리니 참으로 곤란합니다. 땅강아지처럼 지하를 돌아다니는 드워프들마저도 이곳을 대미궁이라 부르는 것은 당연한 일이지요."

땅강아지라. 허헛. 우리는 뭐라 할말이 없어서 그냥 웃어버렸다. 한 가지 확실한 것은, 아마 엑셀핸드가 여기 있었다면 저 영상을 향해 무서운 욕설을 뱉으며 배틀 액스를 집어던져 버렸을 것이라는 점이다.

그러나 칼은 웃지 않았다. 그는 근심스러운 얼굴이 되었다가 빠르게 말했다.

"저런, 그렇습니까? 이거 큰일이군요. 사실 저희들의 일행 중 일부가 아직도 여기로 내려오지 않았습니다. 함정이 있다면 정말 큰일이군요. 미안합니다만 위로 올라갈 방법을 좀 알려주시겠습니까? 저희들은 내려오기는 내려왔는데 도대체 어떻게 내려왔는지도 모르겠군요."

우리는 무슨 소리인지 몰라 칼을 바라보다가 퍼뜩 정신을 차렸다. 칼은 넥슨 일행을 이야기하고 있는 것이다. 우리는 길이 아닌 곳으로 들어와서 다행히도 함정을 피할 수 있었지만 넥슨 일행은 위쪽의 입구로 들어왔을 테니 이 시종이 말하는 엄청난 함정들에 걸려 있을지도 모른다. 제길, 큰일이군!

시종은 근심스럽기 짝이 없는 얼굴이 되었다.

"그렇습니까? 이런. 하지만 전 주방 담당인이라 이곳을 나갈 수 없습니다. 밖으로 나가서 통로 양쪽에 있는 가고일들에게 말씀해 보십시오. 그들이 여러분을 안내해 드릴 겁니다."

통로 양쪽의 가고일이라구? 어, 미안하지만 당신이 말하는 가고일은 이미 세월의 풍상에 묻힌 존재일 거라구. 칼은 난처한 얼굴로 말했다.

"아, 죄송합니다만 저희들이 좀 소심한지라 가고일에게 말을 거는 것이 저어되는군요. 그렇지 않아도 가고일에게 혹시 대화하기 편한 사람을 만날 수 없냐고 물어보자 여기로 가보라고 하더군요."

저, 저 엄청난 거짓말 구사 능력! 칼은 꼭 진짜처럼 이야기했고 그러자 시종의 영상은 이해했다는 표정을 지었다.

"하하. 그러셨군요. 음. 어떻게 하지요? 전 나갈 수가 없는데."

"말씀으로 설명해 주실 순 없겠습니까?"

"예. 음. 중앙 폭포 뒤편에 있는 통로로 내려오셨지요? 그 위에 있는 중앙 홀에서 가장 왼쪽 끝에 있는 통로로 가시면 됩니다. 그 다음부터는 지나가는 오크들 아무 놈이나 붙잡고 물어보면 대답해 줄 것입니다. 아, 위압적인 어투를 쓰시는 것이 좋을 겁니다. 오크들은 도저히 예의라는 것을 가르칠 수가 없는 놈이라서요. 그러한 피조물에게까지 차별 없는 사랑을 베풀어주시는 드래곤 로드를 다시 한번 칭송할 일입니다."

"예. 정말 그러합니다. 친절히 알려주셔서 감사합니다."

"카르 엔 드래고니안에 있는 모든 기쁨을 느끼시길."

그 말을 마지막으로 영상은 희미하게 변하더니 곧 사라져버렸다. 우리는 칼을 쳐다보았고 칼은 어깨를 으쓱거렸다. 네리아는 가느다란 눈으로 칼을 바라보며 말했다.

"거짓말 잘하시네요?"

칼은 미소 띤 얼굴로 말했다.

"이왕이면 상대와의 의견 조절을 위한 자기희생 능력이 충분하다고 말씀해 주시겠소?"

우리는 모두들 피식피식 웃으면서 밖으로 나왔다. 우리들이 나오자 불이 꺼지며 문은 조용히 닫혔다. 나는 횃불을 다시 높이 들었다. 네리아는 뒤를 돌아보며 말했다.

"그 이름도 없는 영상, 참 불쌍하네요. 저 안에서 나오지도 못하니 세월이 얼마나 지났는지도 모르고 있어요."

칼은 빙긋 웃었다.

"그것은 영상일 뿐이오. 네리아 양."

"하긴 그렇지만."

이루릴은 이해할 수 없다는 눈으로 네리아를 바라보았다. 흐음. 원래 사람이라는 것이 좀 그래요. 이루릴.

밖으로 나온 우리들은 호수 옆을 따라 중앙 폭포라는 그 폭포로 걸어갔다. 이 뒤에 통로가 있다고? 다가감에 따라 폭포 소리는 굉음으로 바뀌었고 수면에 그려지는 파문은 더욱 커졌다. 횃불 빛에 비친 폭포의 모습은 환상적이었다. 수많은 금실, 은실이 풀어헤쳐지는 것 같다.

샌슨은 잠시 주위를 둘러보다가 곧 폭포 쪽으로 걸어갔다. 그는 폭포 뒤를 바라보더니 곧 손을 들어 우리를 불렀다. 그쪽으로 걸어가 보니 과연 폭포 뒤쪽으로 계속해서 길이 나 있었으며 거기엔 폭포의 물살로 숨겨진 통로가 보였다. 음. 이게 네 번째 통로로군. 그렇다면 확실히 통로의 위치는 팔각형이 맞는데.

네리아는 귀를 막으며 고함을 질렀다.

"저 방들에는 안 가봐요?"

그러고 보니 폭포 뒤쪽에 길이 있어서 왼쪽에 있는 세 개의 통로에도 걸어갈 수 있었다. 그러나 칼은 고개를 가로저으며 역시 고함을 질렀다.

"레니 양을 먼저 찾아야 하오. 저 방들도 아마 무슨 창고들이겠지. 가볼 필요는 없소."

네리아는 바로 저기가 창고이기 때문에 가보고 싶다는 표정이었지만 별말은 하지 않았다. 음. 사실 궁금하기는 하네. 저 방들에는 과연 뭐가 쌓여 있을까.

그런 궁금증을 남겨두고는 우리는 폭포 뒤에 있던 통로 안으로 들어갔다. 통로를 조금 걸어가자 지금까지와는 달리 거대한 계단이 나타났다.

계단을 따라 올라갔다. 잠시 후 층계참이 나타나면서 왼쪽에는 반대 방향으로 올라가는 계단이 있었다. 계단을 따라 올라가자 다시 층계참이 있었고 왼쪽으로 중앙 폭포의 위를 지나가는 다리가 나타났다. 다리는 위치상 아래쪽에서는 보이지 않게 되어 있었다.

발 아래로 빠르게 지나가는 물을 바라보다가 우리는 계속 걸어갔다. 다리 건너편에는 다시 계단이 있었고 계단을 따라 올라가자 우리는 갑자기 넓은 홀에 서 있게 되었다.

홀 주위를 둘러싸고 기둥들이 도열해 있었다. 그리고 기둥마다 무슨 조각들이 새겨져 있었다. 천장은 별로 높지는 않았지만 횃불을 비춰보자 그림이 그려져 있었던 흔적을 알아차릴 수 있었다. 그러나 무슨 그림인지 도저히 알 수 없을 정도로 훼손되어 있었다. 그리고 홀 바닥에는 먼지가 가득 쌓여 있었으며 지저분하게 흩어진 나뭇조각, 천조각, 부러진 칼 등이 보였다. 곳곳에 걸린 거미줄은 덩어리져 늘어져 있었다. 바닥은 온갖 지저분한 것들이 기어다닌 모양이다. 별의별 얼룩들과 무엇의 시체인지도 구분하지 못할 썩은 시체가 뒹굴고 있었다.

"이상하군. 여기는 확실히 300년은 묵은 느낌이 나는데."

칼은 먼지를 들이마시지 않으려 애쓰면서 말했다. 칼이 말하자마자 '푸드드득!' 하는 소리가 들려왔다. 우리들은 주춤하며 고개를 들었고 곧 복도 저편으로 날아가는 박쥐의 모습을 보았다.

샌슨은 손수건을 꺼내어 얼굴을 가리면서 말했다.

"아니, 어떻게 지하 동굴에 먼지가 이렇게도 많이 쌓여 있지요?"

"아마도 환기 시설이 되어 있다는 말이겠지. 그러한 환기구를 통해 외부의 먼지들이 들어와 쌓였을 테고. 하긴 이런 지하에 환기 시설이 되어 있지 않다면 큰일이겠군."

우리는 모두 샌슨을 따라서 손수건을 꺼내어 복면을 만들었다. 칼은 복면이 가장 안 어울리는 얼굴이었고 두 아가씨들은 복면을 해도 예뻤다. 제레인트는 천장화를 바라보며 말했다.

"그런데 저 그림은 왜 저리 훼손되어 있을까요? 이 아래에는 음식 재료마저도 신선하지 않았습니까?"

이루릴은 고개를 끄덕였다.

"이 아래는 주로 창고로 이용되는 공간이라 보존의 마법을 부여한 것일 테지요. 우리가 들어온 수로를 생각하지 않는다면 이 아래는 대미궁의 최하층일 테니까 중요 물품을 보존하는 창고의 위치로는 적당하겠지요. 그리고 여기는 원래 거주 공간이라 그런 것을 걸어두지 않았고. 우리는 대미궁의 아래쪽에서부터 거꾸로 들어온 셈이군요."

"음. 그렇군요. 그런데 가장 왼쪽 통로로 가라고 했던가?"

우리가 올라온 계단 맞은편으로 긴 통로가 보였다. 그리고 왼쪽과 오른쪽에도 긴 통로가 있었다. 우리는 그중에서 왼쪽 통로로 들어섰다.

통로 바닥에는 원래 카펫이 깔려 있었을 듯했다. 하지만 지금은 형체를 짐작하기 어려운 넝마가 깔려 있을 뿐이다. 먼지와 수많은 얼룩, 게다가 발자국이 덮이고 쌓인 모습, 그리고 수많은 세월이 더해져 거의 돌바닥처럼 굳어 있었다. 여름철에 들어왔다면 각종 곤충들과 뱀들이 우리를 성대히 환영해 주었을 듯하다.

"저게 뭐야?"

샌슨이 낮은 목소리로 말했다. 우리들은 통로 앞쪽에 뭔가 희끄무레한 것이 보이는 것을 깨닫고는 바짝 긴장했다. 그러나 이루릴은 말했다.

"유골입니다."

유골? 조금 더 다가가 보니 과연 통로 옆벽에 기대어 앉은 백골의 모습이 보였다. 내가 횃불을 가까이 비추자 우리 일행들은 유골을 조사했다.

그것은 누가 봐도 오크의 유골이었다. 손을 대면 바스라져버릴 지경이지만 저 갑옷은 그런 대로 원형을 가지고 있었으며 그것은 오크식이었다. 두개골의 모양을 봐도, 손이나 발을 봐도 확실했다. 칼은 나직하게 말했다.

"여기가 대미궁, 드래곤 로드의 거처였으니 오크가 있는 것은 이상하지 않아. 그런데 이 오크는 참 이상하군."

"예?"

"왜 통로에 죽어 있지? 통로라는 것은 죽어 있기에 좋은 장소는 아니지. 그건 둘째치더라도, 이 통로를 지나다니던 다른 오크들에게 거치적거렸을 텐데 왜 그대로 놔두었지?"

"어? 그러네요. 음. 뭔가 난투가 일어난 것이 아닐까요?"

"어쩌면 내분 같은 것일지도 모르지. 하지만 이상하군. 드래곤 로드가 그런 것을 용납할 리가 없는데."

그 순간 우리들은 모두 전율을 느끼며 주위를 둘러보았다.

낡은 공간, 도대체 누군가 손본 흔적이 남아 있지 않은 통로와 홀과 계단, 이 아래쪽의 창고엔 보존의 마법이 있었다. 하지만 이곳은 도대체 누군가 현재 거주하는 꼴이 아니다. 제레인트는 이 광경에서 유추할 수 있는 결론을 빠르게 말했다.

"우리는 드래곤 로드의 묘지에 들어와 있는 것일까요?"

"글쎄요. 수면기일까? 음. 어쨌든 현재 이곳은 전혀 관리되고 있지 않소. 그리고 관리가 소홀한 틈을 타서 어떤 내분 같은 것이 일어났을 수도 있겠지요. 좀더 둘러봅시다."

우리는 다시 앞으로 걸어갔다. 통로 양쪽에는 간혹 방이 보였고 문짝이 떨어져 나간 방도 있었다. 우리들은 문짝이 떨어져 나간 방 안을 보고는 크게 의아해하게 되었다.

방 안의 가구들은 모조리 없어져 있었으나 우리는 그것들이 어디로 사라졌는지 알아차릴 수 있었다. 방 한가운데에는 오랜 기간에 걸쳐 불을 피운 자리가 남아 있었다. 그리고 그 주위에는 원래 화려하고 아름다웠을 것으로 짐작되는 가구들의 파편이 남아 있었다.

"가구를 부숴 불을 피웠군."

게다가 사방에 흩어져 있는 모포 쪼가리들, 그리고 흩어진 취사 도구들은 아무래도 야영을 했다는 느낌이 들었다. 불룩한 모포를 들춰보니 그 아래에서는 오크의 유골이 우릴 보고 불평하듯이 턱을 달각거렸다. 물론 모포를 들어올리자마자 곧 부서져버렸지만. 그러니까 뭐냐? 이 공간 전체가 한꺼번에 야만으로 돌아가버렸다는 말이렷다? 제레인트는 어이가 없다는 듯이 말했다.

"이상하군요. 이 아래에 막대한 창고가 있었는데 왜 거기서 살지 않고 여기서 이렇게 옹색하게 살았을까요?"

"역시, 그 창고의 물건은 건드릴 수 없는 것이오."

칼은 고개를 끄덕이며 그렇게 말했고 그러자 네리아는 가슴을 쓸어내렸다. 칼은 추리를 계속했다.

"확실히 이곳은 관리되지 않았소. 이런 지하에서는 굶어죽기 십상이겠지. 우선은 가구와 남아 있던 물자들을 가지고 생활했겠지만 곧 물자는 바닥났고, 이 아래의 창고는 도저히 건드릴 수 없었던 것이오. 아래에 약탈의 흔적이 전혀 없었던 것으로 보아 틀림없소. 어쨌든 그런 궁핍한 생활 끝에 모조리 대미궁 밖으로 달아나 버렸겠지. 그 와중에 생긴 무법 상태에서 살육이 있었을 테고."

우리는 어두운 기분을 느끼며 방 바깥으로 나왔다.

다른 방들도 몇 개 들여다보았지만 사정은 비슷했다. 거의 모두가 휑뎅그렁한 공간이었을 뿐이고 어쩌다가 몇 개의 파편들이 흩어져 있을 뿐이다. 발견할 수 있는 것이라고는 네리아가 주워든 금화 하나뿐이었다. 금화는 지금 사용되는 것과는 모양이 전혀 달랐다. 칼은 고개를 끄덕이며 말했다.

"드래곤 로드 시대의 화폐로군. 우리가 배운 소중한 지식들 중엔 드래곤 로드에 기인하는 것도 많지. 화폐 제도도 그렇고."

"마법도 그렇지요."

이루릴의 말에 칼은 고개를 끄덕였다. 네리아는 그것을 튕겼다가 받아내며 말했다.

"이건 가져도 되겠지요? 음, 여기는 심한 약탈을 당했잖아요. 그래도 안전한 것을 보니 무슨 마법은 없겠지요?"

"그렇겠지요."

네리아는 금화를 주머니에 집어넣으면서도 아쉬운 얼굴이었다.

"에휴, 산더미 같은 금화 다 제쳐두고 겨우 요거 한 닢이라니."

우리는 피식 웃으며 걸어갔다.

통로 끝에 도달하자 오른쪽으로 계단이 나타났다. 위로 올라가는 계단이었다. 칼은 일행에게 말했다.

"자, 이 아래는 창고, 그리고 여긴 거주 공간이었으니 상관없지만, 이 위쪽부터는 정말 대미궁일 거야. 모두들 조심하십시다. 그 영상이 말했던 엄청난 함정이 있겠지."

그래서 선두에는 이루릴과 네리아가 섰다. 이루릴은 날카로운 눈이 있었고 네리아는 나이트호크였으니까.

7

계단은 꽤 높았다. 그리고 계단을 다 올라서자 지금까지와는 전혀 다른 분위기가 느껴졌다.

길은 크고 단단한 돌로 만들어져 있었으며 벽과 천장도 모두 마찬가지였다. 횃불에 비치는 거무튀튀한 돌벽에는 장식이라는 것은 눈을 씻고 찾아봐도 없이 투박했다. 트롤이라도 마음대로 뛰어다닐 수 있을 정도로 넓은 공간이었는데도 답답한 느낌이 앞섰다. 붉은 횃불 빛에 물든 회색의 돌은 구릿빛으로 빛났다. 사방의 벽엔 거미줄이 흉하게 늘어져 있었지만 계절이 계절인지라 이곳에서도 동물의 흔적은 보이지 않았다. 하긴 그러니 퇴락한 기분이 더욱 강하게 들었지만.

"을씨년스럽네."

네리아는 중얼거린 다음 트라이던트를 앞으로 내밀어 사방을 툭툭 건드리면서 걷기 시작했다.

얼마 가지 않아 세 갈래 길이 나타났다. 음. 세 갈래 길이라. 이래가지고서야 제레인트에게 물어볼 수도 없잖아? 네리아는 잠시 고민하더니 왼쪽 길을 가리켰다.

"무조건 왼쪽으로 꺾어요. 알겠지요?"

그리고 그녀는 대거를 꺼내어 왼쪽 통로의 옆벽을 긁어 동그라미를 그렸다. 칼은 무슨 의미인지 알겠다는 듯이 고개를 끄덕였다. 저게 무슨 기술이지?

왼쪽 통로로 들어간 지 얼마 되지 않아 다시 두 갈래 길이 나타났다. 우리는 어깨를 으쓱인 다음 제레인트를 바라보았다. 그런데 제레인트는 멀뚱히 우리들을 바라보았다. 칼은 말했다.

"어느쪽으로 갈까요?"

"모르겠는데요?"

뭐? 모르다니? 우리는 의아한 얼굴로 제레인트를 바라보았다. 그러나 칼은 고개를 끄덕이더니 말했다.

"그럼 여기는 완전히 다른 길이로군. 돌아나가세나."

음. 그런가? 우리는 들어갔던 길을 되짚어서 다시 세 갈래 길로 돌아나왔다. 그러고는 이번엔 다른 길로 들어섰다. 네리아는 또 들어가기 전에 동그라미를 표시했다.

그리고 얼마 있지 않아 우리는 어디가 어딘지 헷갈리게 되었다.

통로는 오직 통로였을 뿐 무슨 문이나 방으로 연결되는 공간이 없었다. 도대체 이게 뭐람. 두더지도 아니고 왜 쓸모없는 통로들만 여기저기로 뚫어둔 거지? 그야말로 들어온 사람 길 잃어먹게 만들려는 의도가 뻔뻔스러울 만큼 드러나는 장소였다. 제레인트는 두 갈래 길이 나타나면 왼쪽이다, 오른쪽이다, 모르겠다 등으로 말했지만 주로 모르겠다는 대답이 많았다. 그리고 세 갈래 길이 나타나면 네리아가 유쾌하게 기호를 새겨대었다. 그녀는 처음 들어갈 때마다 기호를 새겼고, 만일 돌아다니다가 기호가 있는 갈림길을 만나게 되면 기호가 없는 통로로 들어섰다. 이건 한 번 가본 장소는 다시 들어가지 않는다는 말인 것 같은데.

그러나 잠시 후 우리는 교차로에서 네 갈래 길에 모두 기호가 새겨진 광경을 보게 되었다. 네리아는 휘파람을 불며 그중 하나에 다시 기호를 더한 다음 들어섰다. 샌슨은 드디어 못 참고 말했다.

"잠깐, 전부 다 가봤다면 왜 또 들어가는 거야?"

"이 안쪽에 다른 갈림길이 있겠지, 뭐. 걱정 말고 무조건 기호가 가장 적은 곳으로만 다니면 돼. 넌 미로 빠져나가는 기초기술도 모르니?"

"미로 빠져나가는 기술을 내가 왜 배워! 원 참, 머리 아픈 장소도 다 있네. 도대체 이 넓은 공간을 왜 이렇게 낭비하는 거야?"

칼은 싱긋 웃으며 말했다.

"들어오는 자를 경계하는 거라네, 퍼시발 군. 그리고 과거엔 드워프들이 자신의 건축 기술을 과시하기 위해 이런 미로를 만드는 풍조도 있었지. 인간들도 그런 풍조를 좀 답습했지만 인간이 만든 그 어떤 미궁도 여기 대미궁의 축소판에 지나지 않는다는 평가가 있다네. 마음을 단단히 먹게나."

샌슨은 마구 투덜거렸지만 어쨌든 우리는 앞으로 나아갔다.

갑자기 처음 와보는 대단히 긴 통로에 접어들게 되었다. 네리아는 멈칫하더니 말했다.

"길다. 무슨 기관 장치를 하기 적절한 장소야."

샌슨은 눈살을 있는 대로 찌푸리며 말했다.

"기관?"

"응. 뭐 밟으면 꺼진다든가 화살이 휙휙 날아온다든가 하는 그런 거 있잖아?"

"이거 지금 무슨 난롯가의 옛이야기야!"

"옛이야기라면 옛이야기지. 우리는 300년이 넘은 미궁에 들어와 있다는 거 아직도 실감 못해? 300년짜리 이야기라구."

샌슨은 입을 다물었다. 네리아는 주의 깊게 주위를 둘러보며 한 발 한 발 내딛으며 투덜거렸다.

"히잉. 난 나이트호크라구. 자물쇠 기술자가 아니란 말이야."

그녀의 말이 채 끝나기도 전이었다.

철컹, 덜컹! 갑자기 굉음이 울려퍼졌다. 네리아는 질겁하면서 물러났다. 네리아가 트라이던트로 툭 건드리자 바닥이 갑자기 양쪽 벽을 중심축으로 빙글 뒤집혔던 것이다. 바닥이 한 바퀴 휙 돌면서 잠시 아래의 시커먼 공간이 언뜻 보였다.

우리는 모두 잔뜩 굳어버린 채 바닥을 바라보았다. 바닥은 조금 전과 똑같은 모양이었다. 어느 불운한 희생자가 이 아래에 빠졌다 하더라도 흔적도 남지 않겠는걸. 네리아는 어깨로 숨을 쉬며 샌슨을 돌아보았다. 그녀는 샌슨에게 눈을 찡긋했지만 샌슨은 아무 말도 하지 않은 채 입을 쩍 벌리고 있었다.

"자, 어느 정도의 폭일까?"

네리아는 다시 트라이던트로 바닥을 찔렀다. 그러자 바닥은 휘익 뒤집히며 바람이 훅 일었다. 바닥이 뒤집힐 때의 크기를 보니 뒤집히는 부분은 대충 6큐빗 정도는 되는 것 같았다.

"잠깐 기다려봐요."

네리아는 대거로 벽에 T라고 새겨두고는 뒤로 물러났다. 네리아는 뒤에서 힘껏 달려오더니 함정 위를 뛰어넘어 정확히 함정이 끝나는 장소에 착지했다. 그녀는 땅에 닿자마자 몸을 굽히며 꼼짝도 하지 않았다. 우리는 함정 이쪽에서 초조한 눈초리로 그녀를 바라보았다. 그녀는 무릎을 꿇은 채 트라이던트를 내밀어 주위를 찔러보았다. 벽을 찔러보고 바닥을 주의 깊게 찔러본 그녀는 곧 몸을 일으켰다.

"좋아요. 2차 함정은 없네. 뛰어와요."

먼저 샌슨이 뒤로 물러나더니 멧돼지처럼 달려와서 뛰어넘었다. 쿠궁. 샌슨이 착지하는 소리에 네리아는 입을 크게 벌렸다. 그리고 칼이 뛰었으며 이루릴은 가볍게 떠가듯이 넘어갔다. 제레인트는 비참한 얼굴로 날 바라보더니 말했다.

"던져줘."

샌슨은 제레인트를 잘 받아내었다. 제레인트는 땅에 내려서자 이마를 닦으며 말했다.

"그런데 그렇다면 여기를 잘 아는 사람도 항상 이렇게 다녀야 되나? 그거 정말 체력 단련에 도움되겠는걸."

네리아는 피식 웃으며 말했다.

"이 길로는 안 다녔겠지요. 하지만 우린 모든 길을 다 가봐야 되니 어쩔 수 없고."

다시 지루한 미궁 답사가 계속되었다. 제레인트는 두 갈래 길에서 간혹 조언을 했고, 네리아는 세 갈래 이상의 길에서 계속 표시를 했다.

중간중간에 드디어 통로가 아닌 다른 것들도 나타났다. 간혹 넓은 광장이 나타나는가 하면 계단이 나타나기도 했다. 캄캄한 허공 속에 놓인 다리를 건널 때도 있었는데 다리 아래를 내려다보자 저 아래 까마득하게 물결의 일렁임이 보였다. 지하에 있는 중앙 호수인가 보다. 높이 30큐빗쯤 되는 사다리를 타고 올라가야 할 때도 있었는데, 사다리는 모든 종족의 다리 길이를 고려한 것인지 단이 매우 조밀했다.

아직 아무도 불평을 말하지는 않았지만 점점 지루해지고 기분이 나빠진다. 우리는 눈먼 쥐새끼처럼 여기서 저기로, 저기서 여기로 닥치는 대로 걸어다니고 있는 것이다. 걷는 것만도 상당히 힘들었다. 지하에 묵은 공기 냄새도 기분 나빴지만 도대체 얼마나 넓은 공간인지 짐작도 되지 않는다는 게 더욱 신경 쓰였다. 네리아에게 물어보자 그녀는 간단히 대답했다.

"으응. 원래 넓기도 한데에, 이리저리 꼬아놓아서 더 긴 거야. 긴 실이라도 꽉꽉 뭉쳐놓으면 작지? 그런 거야. 지하에 여기저기로 길을 뚫어놓아서 길 모르는 사람은 굉장히 많이 걷게 만드는 거지."

목적지를 모른다는 것 때문에 전체의 여정을 머릿속에 그릴 수가 없었고 그저 한없이 걷기만 해야 되었다. 게다가 언제 함정이 나타날지 몰라 긴장하고 있어야 되니 정신적으로 꽤나 피로했다. 횃불 빛이 일렁임에 따라 커졌다 작아졌다 하는 우리 그림자들도 대단히 신경을 거슬리게 만들고 있었다.

간혹 함정에 치여버린 시체들을 볼 수 있었다. 도대체 어떻게 작동하는 것인지는 모르겠지만 천장에서 커다란 돌덩이가 떨어져 복도를 막고 있었다. 그리고 그 돌 아래로 무엇인가의 다리뼈가 비죽 나와 있었다. 가운데로 나와 있는 꼬리뼈로 보아 아마 가고일이 아닐까 생각된다.

바닥에 뚫린 구멍의 가장자리에 서서 아래를 내려다보는 것도 별로 소화에 도움될 듯한 장면은 아니었다. 아래에 삐죽삐죽 나와 있는 쇠꼬챙이들에 걸려 있는 유골은 아마도 오크인 것 같다. 멍청한 녀석들! 왜냐고? 어떻게 같은 함정에 스물도 넘는 오크들이 빠져 있느냔 말이야.

"오크들은 어깨 위가 허전해서 머리를 얹고 다닌다고 하지?"

제레인트의 농담에 우리는 피식 웃었다.

어쨌든 우리는 서서히 위로 올라가고 있었다. 그 영상이 말하던 무시무시하다던 함정들은 별로 우리들에게 위험이 되지는 못했다. 오크들이나 기타 다른 몬스터들이 파손시킨 함정들이 꽤나 많았던 것이다. 그리고 두 갈래의 길에서는 제레인트가 대단히 많은 시간을 절약시켜 주었다. 우리는 원래의 최하층에서 꽤나 높이 올라왔다.

난 걸어가면서 칼에게 질문했다.

"드래곤 로드가 이 대미궁을 차지한 것은 사기극이라고 하셨는데, 그게 무슨 뜻이죠?"

"응? 아, 그것말인가? 말 그대로네."

"역시! 내 예상대로 그건 사기극이군요! 그런데 그게 무슨 뜻이죠?"

칼은 빙긋 웃으며 말했다.

"음. 그러니까 오래 전, 드래곤 로드가 이 북부의 땅과 대륙의 거의 대부분을 지배하던 시절이었지. 잘들 알겠지만 드래곤 로드는 같은 드래곤들마저도 무자비하게 살육하면서 그 철권을 휘둘렀지만 몇몇 자유스러운 종족들, 대표적으로 엘프와 드워프들은 건드리지 못했지. 유피넬의 어린 자식인 엘프는 말할 것도 없거니와 드워프들은 지배당할 바에는 죽어버리는 성질을 가지고 있으니까. 게다가 귀금속을 채취할 수 있는 능력에서 드워프들을 따를 수 있는 종족은 없지 않은가. 그래서 드래곤 로드는 지금의 인간과 마찬가지의 방식으로 엘프와 드워프들을 대할 수밖에 없었다네. 믿을 수 없는 맹방이자 견제하지 않는 적."

"믿을 수 없는 맹방……, 견제하지 않는 적……. 그럼 뭐, 결국 아무 사이도 아니라는 말을 좀 어렵게 한 거뿐이군요?"

"그렇지. 그런데 드래곤 로드는 언젠가 드워프들에게 제의했지. 이 북방의 땅에 아비스의 미궁에 대응하는 미궁을 건설하는 것이 어떻겠느냐는 제안이었다네."

"아비스의 미궁에?"

"물론 오크들의 노동력에다 드래곤 로드의 재화와 그의 권능을 투입하고 거기에 드워프들의 기술을 더한다면, 신의 손으로 암흑을 봉인하기 위해 만들어졌다는 저 아비스의 미궁에 상응하는 미궁을 건설하는 것도 불가능하지 않아 보였던 게지. 미궁을 건설하는 것은 드워프들에게는 남다른 긍지를 주는 일이었고, 또한 드래곤 로드는 그 미궁을 전폭적으로 노커와 드워프들의 것으로 제공하겠다고 말했네. 그는 드워프들에 대한 선의의 선물로서 그것을 제공하며, 그 대가로 자신의 우방이 되어줄 것을 요구했다네. 그것은 세련된 교섭으로 보였고, 그래서 드워프들의 노커 익시노아 크레벤은 승낙했지."

또 다른 갈림길을 만나게 되었고 네리아가 기호를 새겼다. 칼은 부드럽게 말을 이어나갔다.

"익시노아 크레벤은 드워프들을 설득하기 위해 퍽 고생했지. 드워프들은 드래곤 로드와 조약을 맺는다는 것이 마음에 들지 않았거든. 하지만 아비스의 미궁에 상응하는 대미궁이라는 것은 드워프들을 크게 유혹했지. 사실 아비스의 미궁, 그토록 거대한 미궁이 하늘 아래 있다는 것은, 게다가 그것이 드워프들의 손으로 만들어진 것이 아니라는 것은 드워프들에게는 끔찍한 치욕이었거든."

"그게 치욕이에요?"

"자네 정도는 새발의 피로 여기는 초장이를 만나면 기분이 어떻겠는가, 네드발 군? 눈 감고도 초를 만들어낸다든가 하는 사람 말일세."

"좋지는 않겠지요. 음. 알았어요. 그래서?"

"결국 드워프들은 그 조건을 수락했네. 하지만 그것은 아무리 좋게 표현해도 일종의 교만이지. 미망이라고까지 표현할 수도 있겠지. 지상 최후의 감옥이자 슬픔과 고통만이 새어나오는 저 아비스의 미궁을 흉내낸다는 것은 말이야. 어쨌든 그들은 승낙했고, 정이 바위를 때리며 공사는 시작되었지. 하지만……."

칼은 갑자기 천장을 바라보았다. 나는 마치 그때의 정과 망치 소리가 들려오는 듯한 착각에 빠졌다. 부지런히 오가는 드워프들, 동굴 곳곳에 굉음이 울려퍼지는 가운데 웃고, 노래하고, 휘파람을 불었겠지. 칼은 마치 그들 솜씨의 흔적을 찾듯이 천장을 바라보다가 말했다.

"그들은 오크들과 함께 작업한다는 것에 대해서는 탐탁지 않게 여겼어. 물론 현실적으로 그 노동력을 거부할 수는 없었지만. 그래서 이 대미궁의 공사는 처음부터 내재된 불안 요소를 가지고 시작되었던 것이야."

제레인트는 번쩍거리는 눈빛으로 칼의 이야기를 들었다. 샌슨은 퍼뜩퍼뜩 정신을 차리며 주위를 경계하곤 했지만 어느새 칼의 이야기에 빨려 들어오고 있었다. 난 아예 주위에 신경 쓰지 않고 칼의 이야기를 들었지만.

"길고, 어려웠지. 결국 완성은 되었지만, 그것은 지하에서 일어난 업적 가운데서도 가장 난해하고도 위대한 업적이 되었다네. 결국 우리가 지금 걷고 있듯이 대미궁은 완성되었어. 그러고는 예정되었다고도 볼 수 있는 배신이 있었지."

칼은 한숨을 쉬며 말했다.

"미궁의 공사가 끝나고도 오크들은 나가지 않았네. 그들은 이 넓은 대미궁 곳곳의 으슥하고 후미진 장소에 흩어져 살았지. 사실 완성에 50년이 걸릴 정도였으니 그 동안 여기에 아예 거주하게 되어버리는 것도 당연하다면 당연하겠지. 그래서 오크들은 이곳을 그들의 은신처로 삼았고 그들의 지저분한 재화를 쌓아두는 장소로 활용했지. 그리고 동료들을, 글쎄, 그것도 동료라 할 수 있을까? 괴물들을 끌어들였지. 그리고 이곳으로 운반되던 드워프들의 보물을 좀도둑질하기도 하고."

자박자박 발자국 소리. 칼이 말을 멈출 때마다 우리들의 발자국 소리만 울려퍼진다.

"드워프들은 그들 때문에 골머리를 썩이게 되었다네. 드워프와 오크들 서로간의 반목은 나날이 심해져 갔고 드워프들은 드래곤 로드에게 항의했지만 드래곤 로드는 그저 퉁명스럽게 말할 뿐이었지. 당신들의 집에 빌붙어 사는 식객에 대해 나에게 따지지 말라는 태도였지. 사실 대미궁의 소유권은 전폭적으로 드워프에게 있는 것이잖은가. 그러니 드워프들은 자신의 집을 단속하지 못해서 이웃에게 투덜거리는 꼴이 되었다네. 게다가 드래곤 로드로서는 선물을 준 것으로 모자라 뒤처리까지 해주어야 되냐고 윽박지를 수도 있었지. 그러니 드워프들은 할말이 없었지."

마침내 칼의 이야기에 빠져 있던 제레인트가 발을 헛디디고 휘청거렸다. 그는 겸연쩍은 얼굴로 뒤통수를 긁적거렸고 칼은 미소를 지은 채 말했다.

"그리고 어느날, 밤인지 낮인지도 알 수 없는 이 지하의 어느

곳에서 비명이 들려왔지. 그리고 비명소리는 갈수록 커졌고. 말할 것도 없이 그것은 오크들에 의해 살해당하는 드워프들의 것이었네. 노커인 익시노아 크레벤은 가장 먼저 살해된 드워프들 중의 하나였지. 반란이라고 표현할 수 있을까? 글쎄. 그것은 손님이 주인을 내쫓는 격이었지. 폭동, 그게 정확할 듯하군. 드워프들은 어느새 자신들이 지상 최고의 미궁 안에 오크들과 가고일, 트롤, 코볼드, 놀 등과 함께 갇힌 것을 깨닫게 된 것이지. 음울한 역사일세. 폭동이 완전히 끝날 때까지 무려 1년이 걸렸다고 하더군. 드래곤이라 하더라도 드워프를 몰아붙일 때는 빠져나갈 곳을 마련해 두고 밀어붙인다고 하지. 궁지에 물린 드워프는 필사적으로 저항했다네. 그들은 이 대미궁의 곳곳을 모르는 곳이 없었고 모든 비밀 통로를 알고 있었으니까."

칼은 한숨을 쉬었다.

"하지만 소용없는 투쟁이었다네. 결국 드워프들은 대미궁에서 도망쳤네. 아, 물론 살아난 드워프들의 경우이지. 그리고 그 후로 이 대륙의 지하 곳곳에서, 혹은 지상에서도 드워프들과 오크는 피로 피를 씻는 관계가 되어버린 것이지. 그리고……."

"그리고?"

칼은 야유의 뜻이 분명한 웃음을 지으며 말했다.

"그리고 오크들은 자신들로서는 이 거대한 대미궁을 감당할 수 없음을 겸허히 시인하고는 그들이 생각하는 합당하고 온당한 주인, 드래곤 로드에게 이곳을 바친 거지."

"휴우. 무슨 말인지 대충 알겠군요. 결국 드래곤 로드가 그 모든 것을 배후 조종한 것이군요?"

"그렇다네. 50년에 걸친 사기극이지. 그의 인내심에 경의를 표할까? 글쎄. 그의 50년과 우리의 50년은 많이 다를 테니 우리의 경의는 모욕이 될지도 모르겠군. 어쨌든 결국 드래곤 로드로서는 이런 대성과을 소유하게 되었고 껄끄러운 대상이던 드워프들은 매우 약화되었으니까 기분 좋은 결말이었겠지."

제레인트는 고개를 끄덕거리며 뭔가 자신의 생각에 잠긴 모양이다. 그리고 나머지 사람들도 모두 엄숙한 기분을 느꼈다. 검붉은 횃불 빛에 물든 지하 동굴에서 듣는 낮게 울려퍼지는 칼의 목소리는 옛시대에서 그대로 울려나오는 것 같았다.

네리아는 귓바퀴를 만지작거리더니 어깨를 으쓱거렸다. 그녀는 다시 앞으로 걸어갔다. 잠시 후 우리는 또 다른 갈림길에 마주쳤다. 네리아는 주위를 둘러보며 표시를 할 준비를 했다. 그런데 갑자기 그녀는 놀란 목소리를 내었다.

"이게 뭐야?"

우리는 네리아가 가리킨 방향을 보았다. 벽에 누군가가 숯으로 동그라미를 하나 그려놓은 것이다. 샌슨은 당황한 얼굴로 그것을 보다가 말했다.

"이게 뭐야? 네리아, 너 칼로 긁어놓지 않았어?"

"물론이야! 그리고 난 이렇게 크게 그려놓지 않았다구. 이게 도대체 뭐지?"

칼은 그것을 보더니 곧 안도하는 표정이 되었다.

"됐군! 지금 이 대미궁 안에 들어와 있고, 또 표시를 함으로써 길을 찾으려 애쓰는 사람이라면 누군지 확실하지. 이건 넥슨 일행이로군."

제레인트는 기운 난 목소리로 말했다.

"그렇군요. 어느새 가까이 다가왔나 봅니다. 아, 그들은 우리

보다 훨씬 일찍 들어왔지요?"

"그래요. 아마 위쪽에는 더 많은 미궁이 있었겠지만 그들은 어쨌든 그 사이에 여기까지 온 거요. 이 표시를 따라갑시다."

우리는 부쩍 기운이 났다. 이제야 넥슨과 가까워지고 있는 것이다. 우리는 숯으로 표시된 통로를 따라 들어갔다.

콰광! 우르르르릉!

갑자기 동굴이 울렸다. 우리는 제각기 벽을 짚으며 간신히 균형을 잡았다. 지나고 보니 그렇게 큰 충격은 아니었다. 하지만 느닷없는 일이라 놀라버린 것이다. 네리아가 말했다.

"뭐, 뭐지? 이게 무슨 소리지?"

샌슨은 말했다.

"동굴 어디가 무너지는…… 것 같은데?"

칼이 앞으로 나서며 말했다.

"서두릅시다!"

우리는 모두 무기를 뽑아든 다음 빠르게 걸어갔다. 벽에 비치는 우리들의 그림자가 무서운 속도로 뒤로 사라져갔다. 또 하나의 갈림길, 우리들이 잠시 주춤하고 있을 때 제레인트가 먼저 왼쪽으로 접어들었다. 네리아는 급히 대거로 벽을 긁어놓으며 그 뒤를 따랐다.

"서두르지 말아요! 여긴 미궁이라구요!"

네리아의 말에 제레인트가 주춤했다.

"우리들도 길을 잃어버리면……."

쾅쾅콰광!

다시 육중한 진동음. 이번에는 퍽 가까웠다. 우리는 귀를 막고 벽에 기대어 섰다.

"이게 도대체 뭐야? 여기 드래곤이 들어오기라도 했……, 허어억?"

샌슨은 자신의 말에 숨을 삼켰다. 그리고 우리들은 질린 얼굴로 그를 돌아보았다. 샌슨은 침을 꿀꺽 삼키며 말했다.

"설마, 아니겠지? 드래곤 로드가……."

"빨리!"

칼의 재촉이었다. 우리들은 황급히 앞으로 걸어갔다. 설마 우리가 들어온 것을 깨닫고 드래곤 로드가 움직이기 시작했다는 말인가? 그래서 동굴이 이렇게……. 꽈르르릉!

우리는 쓰러질 듯 흔들리며 힘겹게 앞으로 나갔다. 다시 세 갈래 길. 우리는 황망하게 좌우를 둘러보았고, 네리아는 손으로 가리키며 외쳤다.

"저기!"

네리아가 가리킨 곳에는 역시 숯으로 그려진 동그라미가 있었다. 우리는 그쪽으로 접어들었다. 횃불을 든 채 달리려니 불티가 얼굴로 튀었다. 미치겠는걸. 탁탁탁탁탁! 우리들이 모두 빠르게 달려가자 제레인트는 뒤로 처지기 시작했다. 앞에 푹 꺼진 구덩이가 보였다. 네리아는 달려가던 자세 그대로 뛰어넘었다. 또 망가진 함정인가? 우리들 모두 그 위를 훽훽 뛰어넘었다. 내가 뛰어넘고, 그리고 마지막으로 제레인트가 뛰어넘었을 때였다. 쾅쾅!

난 뒤를 돌아보았다. 흔들림 때문에 제레인트는 발을 헛딛고 말았다. 그의 몸이 뒤로 젖혀지는 순간, 난 있는 힘껏 그의 팔을 붙잡아 당겼다. 덕분에 나와 제레인트는 통로에 뒹굴어버렸다.

"헥, 허억! 고마워, 후치."

"아, 다행이에요. 휴우."

제레인트에게 깔린 채로 나는 히죽 웃었다. 그때 고개를 들어 올린 제레인트가 비명을 질렀다.

"으아가각!"

뭐지? 난 재빨리 누운 채로 몸을 뒤집어서 정면을 바라보았다.

정면의 갈림길에서 벽이 무너져 있었다. 조금 전의 충격은 저 벽이 무너진 것 때문일 것이다. 커다란 벽돌들이 힘없이 무너지며 자욱한 먼지가 흩날렸다. 그리고 그 무너진 구덩이에서 누군가가 걸어나왔다.

먼지 때문에 숨도 못 쉴 정도였지만, 우리는 복면을 끌어내리고 구멍으로 걸어나온 사람을 바라보았다. 당연히 만나리라고 예상한 자였기 때문일까? 제레인트와는 달리 난 비명도 나오지 않았다. 샌슨은 이를 갈며 쉰 목소리로 말했다.

"넥슨!"

구멍으로 걸어나온 것은 넥슨 휴리첼이었다. 그리고 그 뒤로 마부 녀석과 그 녀석에게 붙잡힌 레니의 모습이 보였다. 레니는 우리들을 보더니 곧 비명 같은 울음을 터뜨렸다.

"후치! 후치!"

마부는 사나운 동작으로 레니의 팔을 잡아당겼다. 그리고 그의 손이 빠르게 움직이며 레니의 목에는 롱소드가 겨누어졌다. 레니는 파랗게 질려버렸다. 그리고 그 뒤로 다시 한 명의 남자가 나타났다. 남자는 우리들을 보자 모두 놀라며 대거를 뽑아들었는데 우리가 아는 얼굴이었다. 바이서스 임펠의 길드에서 보았던 청년 자크였다.

그는 네리아를 보고는 놀랐다.

"어라? 누님?"

그러나 그는 곧 당황하며 입을 다물었다. 그리고 넥슨은 우리들을 바라보며 아무 말도 하지 않았다. 네리아는 마침내 더 이상 참지 못하고 외쳤다.

"멍청한 새끼! 그 잘난 OPG로 미궁을 부수고 다녔군! 두더지 같은 놈! 네놈 때문에 수많은 밤의 신사들이 이 별빛마저 낯선 곳에서 개죽음을 당했어! 그리고 너 자크! 이런 놈을 끝까지 따라다녔단 말이야!"

자크는 창백한 얼굴로 발뺌하듯이 말했다.

"마스터니까. 그리고 난 길드원이고. 어쩔 수 없잖아."

"잘한다, 잘해! 그래서 이런 녀석을 끝까지 따라다녔단 말이지? 길드원들을 모조리 사지로 끌고 온 이런 녀석을? 길드 일 때문도 아니고, 시커먼 자기 뱃속 때문에 너희들을 끌고 다니는 거라는 것을 몰라!"

청년 자크는 대답하지 않았다. 네리아는 목소리를 죽이며 으르렁거렸다.

"동그라미는 네가 그렸지?"

"응."

"그런데 갑자기 왜 벽을 부수고 난리지?"

"마스터께서…… 길 찾기 귀찮으시다고."

저 녀석도 상황 판단을 못하는 축인가 보군. 넥슨이 바이서스의 배반자든 쫓기는 입장이든 신경 쓰지 않고 한 번 마스터면 끝까지 마스터로 모신다는, 마스터의 성격이 어떠냐 하는 것에는 신경 쓰지 않고 권위에 복종하는 그런 성격인 모양이군. 도둑들은 약삭빠른 줄 알았는데.

그렇다면 넥슨 일행 중에서 살아남은 것은 역시 세 명이었나 보군. 없어진 OPG는 두 벌. 나는 얼른 마부와 자크의 손을 보았다. 역시 그 두 명이 OPG를 끼고 있었다. 아무리 오거라도 이런 돌벽은 부수지 못하겠지. 하지만 세 명이나 되니까 돌벽도 부술 수 있었던 모양이다. 젠장. 만만치 않겠는걸. 샌슨과 나, 네리아는 완전히 긴장한 채로 앞을 쏘아보았다.

넥슨은 서늘하게 웃으며 네리아를 바라보았다. 마침내 넥슨은 입을 열었다.

"너희들은, 내 적인가?"

"그럼 우리가 네 친구냐!"

샌슨은 마주 고함을 질렀다. 넥슨은 고개를 갸웃거리더니 말했다.

"적인가 보군. 그런데 이곳까지 날 따라온 것을 보니 대단한 친구들인가 본데. 아니면 나에 대한 원한이 엄청난 것일지도."

그럼, 그럼 우리가 네놈에게 원한 말고 무슨 감정을 가질 수 있단 말이야! 난 입이 떨려서 말이 나오지 않았고 그래서 대신 넥슨을 뚫어져라 노려보았다. 그러나 넥슨은 여전히 침착하게 말했다.

"내가 저 아가씨의 애인이라도 죽였나 보군. 애인이 밤의 신사였나?"

우리는 모두들 한꺼번에 뒤통수를 두드려맞는 기분을 느꼈다. 이게 무슨 말이야? 넥슨은 고개까지 끄덕이며 말했다.

"아마 틀림없이 쓸 만한 녀석이었겠지. 난 멍청한 녀석은 적이라도 죽이지 않아."

넥슨의 옆에 있던 마부는 미동도 하지 않았지만 넥슨에게 안타까운 표정을 보내었다. 넥슨은 이마를 짚으며 피곤한 음색으로 말했다. 그는 마치 백치처럼 멍청한 표정을 짓고 있었다.

"잠깐……, 미안해. 과거를 돌이키면 머리가 아파."

그는 괴로운 표정으로 머리를 짚으며 말했다.

"희다……. 이런 기분, 너희들은 알 수 있을까? 달도 별도 없는 하얀 밤하늘을 보는 기분이야. 미칠 것 같은 기분이 들지……. 그래, 어떤 녀석이었지? 그 밤의 신사라는 작자는?"

"뭐라구?"

네리아는 그야말로 어이가 없다는 얼굴로 넥슨을 바라보다가 자크를 바라보았다. 자크는 침울한 얼굴이었다. 넥슨은 키들키들 웃더니 야유의 의미가 분명한 제스처로 허리를 숙여 보이며 공손하게 말했다.

"소개하지. 내 이름은 넥슨 휴리첼. 당신들의 이름을 알려주겠어?"

저 자식이 지금 우리를 놀리는 건가? 그때 칼이 낮게 말했다.

"침버 씨의 추측이 맞았군. 당신, 자신을 죽여버림으로써 기억을 잃었구려?"

넥슨의 눈이 번뜩였다. 그는 잡아먹을 듯한 시선으로 칼을 바라보았다. 칼은 고개를 끄덕이며 말했다.

"그렇군. 가련한 자. 또 다른 자신을 인정하지 못하고 모조리 죽여버렸군. 그러곤 그 대가로 인생의 많은 부분을 잃으셨군."

"너……, 넌 누구냐! 어떻게 알고 있지! 넌 나의 뭐였어!"

"나 말이오? 난 아무도 아니오. 당신이 나에 대한 기억을 잃은 순간 난 당신에게 있어 아무것도 아니게 되었소. 하지만 굳이 알고 싶다면 말해 드리지. 난 칼 헬턴트. 거기 있는 붉은 머리 소녀를 쫓아 당신을 추격하던 사람이외다."

넥슨의 눈이 더욱 번질거렸다. 그는 사납게 롱소드를 뽑아들며 말했다.

"그렇군. 네놈들은 할슈타일의 개로군. 아니, 바이서스 왕가의 개인가?"

넥슨은 앞으로 척척 걸어나왔다.

"누구라도 상관없어. 나에게 방해된다면 죽일 뿐이고, 그렇다면 너희들에 대해 알 필요가 없지. 죽어랏!"

넥슨은 걸어나오던 그대로 선두에 섰던 네리아를 후려쳤다. 무슨 기법도 없고 아무것도 없이 그냥 걸어와 후려치고 있었다. 그래서 네리아는 트라이던트를 들어올리지 못했다. 채챙!

내가 그의 검을 막았다. 샌슨, 제자를 자랑스럽게 여겨도 좋아.

"까불지 마!"

난 그의 눈을 쏘아보며 힘껏 밀어붙였다. 넥슨은 뒤로 휘청거리며 물러나더니 놀란 목소리로 말했다.

"어떻게 된 거지? 넌 뭐냐, 어떻게 내 검을 막았……, 그거! 내 장갑!"

"내 장갑? 웃기고 있군. 이 자식아! 네가 내게서 뺏어간 것이잖아!"

넥슨은 다시 백치 같은 얼굴이 되었다. 그는 얼떨떨하게 날 내려다보았다. 그러나 그는 갑자기 분통을 터뜨리며 말했다.

"교활한 꼬마 같으니라구! 기억을 잃었다고 해서 날 속이려드는 거냐?"

그때 마부가 황급히 그를 잡아당겼다. 마부는 어느새 레니를 자크에게 넘기고 다가왔던 것이다. 넥슨은 주춤거리며 물러났고 우리들도 뒤로 물러났다.

"왜 그래, 하슬러?"

맙소사. 정말 이름이 하슬러였나? 그럼 우리는 지금껏 저 친구의 이름을 정확하게 부르고 있었군. 하슬러는 넥슨을 끌어당기며 말했다.

"저 꼬마의 말이 맞습니다."

처음 들어보는 목소리로군. 차갑고 고저가 없는 저음이었다. 넥슨은 혼란스러운 표정이 되어 하슬러를 바라보았다.

"뭐야……, 내가 저런 꼬맹이의 물건을 뺏었다고? 내가 그런 녀석이었어?"

"저놈들은 모두 끈질기고 지독한 녀석들입니다."

우리는 이 평가에 대해 심히 불쾌했지만 아무 말 없이 넥슨을 바라보았다. 넥슨은 의혹이 가득한 눈으로 하슬러를 바라보다가 다시 우리들을 바라보았다. 그러다가 그는 고개를 심하게 가로저으며 하슬러에게 외쳤다.

"빌어먹을, 저건 엘프잖아! 난, 난 엘프의 적이었나?"

"그렇습니다."

"모르겠어……. 제기랄! 그럼 저 프리스트는 또 뭐야? 난 프리스트에게도 쫓기는 작자였던가?"

제레인트는 자신을 지적하는 넥슨의 손가락에 움찔하는 표정을 지었다. 하슬러는 체념한 표정으로 고개를 끄덕였고, 그러자 넥슨은 악에 받친 목소리로 말했다.

"아무것도 모르겠다구! 기억나지 않아! 제기랄, 난 뭐였어? 내가 내 소망을 이루기 위해 무슨 짓을 하고 돌아다녔던 건가!"

하슬러는 대답하지 않았다. 넥슨의 눈 주위의 근육들이 떨리는 것이 보였다. 그는 외쳤다.

"말해라, 하슬러! 저놈들은 내 방해물인가?"

"그렇습니다."

넥슨은 다시 우리를 노려보았다. 그는 발작적으로 외쳤다.

"좋아, 그럼 아무 상관 없어. 엘프든 뭐든, 그래. 하! 유피넬의 어린 자식? 웃기는군. 진실과 선과 미덕은 글쟁이의 펜 끝에만 있는 것, 그렇다면 내가 글쟁이를 고용하면 돼! 그럼 내가 진실이며 내가 선이며 내가 미덕이 되는 거지. 프리스트? 잘난 제단에 경배를 표하지. 엘프든 뭐든 다 덤벼! 다들 죽여버리겠다. 그럼 되는 거지!"

그러면서 넥슨은 사납게 검을 휘둘렀다. 제레인트는 움찔하면서 물러났지만 샌슨은 기죽은 태도도 없이 싸늘하게 웃으며 말했다.

"자식아, 너 혹시 다리에 상처 없냐?"

넥슨은 멈칫 하더니 곧 무서운 눈으로 샌슨을 바라보았다.

"네놈의 소행이냐?"

"그렇지. 너 그때 내게 죽을 뻔한 거 기억 안 나나 보군. 이번에야말로 끝장을 내주지."

그러면서 샌슨은 롱소드를 넥슨의 가슴으로 겨냥했다. 넥슨은 흠칫거리며 다시 고개를 돌려 하슬러를 바라보았다.

"저…… 저 녀석들, 그렇게도 강한가?"

"말씀드린 대로 무섭고 끈질긴 녀석들입니다."

넥슨은 머리를 움켜쥐며 신음을 흘렸다.

"제기랄……, 제기랄! 그런데도 생각이 안 나! 생각이! 텅 비었어! 머릿속이고 뭐고 모조리 비었어! 너무 희다. 너무 하얗단 말이다! 제길, 제길, 제길! 도대체 내가 뭐야! 내가 뭐냔 말이야!"

머리를 움켜쥐며 괴로워하던 넥슨은 갑자기 광기 어린 눈으로 우리들을 바라보았다. 그 눈에서 흘러넘치는 빛에 온몸이 오싹해지는 것 같다. 그러나 칼은 차분히 말했다.

"우리는 당신이 알지 못하는 당신과 관계된 인물이오. 우리를 죽이고 싶소? 그래서 떠오르지 않는 과거를 그냥 묻어버리고 싶은 거요? 당신이 알지 못하는 당신과 만나게 될 가능성을 없애버리고 싶은 것이오?"

넥슨은 움찔하더니 웃기 시작했다.

"하, 하하, 하핫하하! 당신에 대해선 기억나지 않지만, 틀림없이 날 여러 번 화나게 했을 거 같군. 이름이 칼이라고 했던가?"

"그렇소."

"죽어랏, 칼!"

넥슨은 포효하며 달려들었다. 그러나 그의 검은 이번에도 내 검에 가로막히고 말았다. 그리고 네리아가 사납게 트라이던트를 찔러왔다. 넥슨은 다시 후다닥 뒤로 물러났다.

물러나는 동작들이 엉성하기 짝이 없었다. 이상하군, 조금 전의 공격들이 계속 막히는 것도 그렇고, 또 네리아의 공격을 피하는 저 동작도 그렇고. 우리 둘은 그대로 앞으로 돌격하려고 했다. 그러나 그때 레니를 붙잡고 있던 자크가 사나운 고함을 질러 우리들을 멈추게 만들었다.

"서툰 짓 하지 말아요, 누님!"

네리아는 이를 갈면서 말했다.

"잘하는 짓이다! 네 녀석이 그러고도 밤의 신사야? 아무런 무장도 없는 젖내 나는 계집애를 붙잡고 날 협박해? 엉?"

자크는 어깨를 크게 들썩거리며 심호흡을 하더니 말했다.

"제기, 나도 좋은 기분은 아니야. 계속 내 신경을 건드리지 마."

네리아는 가만히 선 채로 자크를 무섭게 쏘아보았다. 나는 넥슨을 쏘아보았고, 샌슨은 고개를 끄덕이며 말했다.

"완전히 초보는 아니고, 대충 알겠군."

넥슨은 의아한 얼굴로 말했다.

"무슨 말이냐?"

"너, 검술도 잊었군?"

넥슨의 눈에서 불똥이 튀었다.

"이 자식!"

"그렇군. 분열된 넥슨들 중에서 검술을 기억하던 넥슨은 죽은 모양이군. 아니, 지금 칼 쥐는 것이나 흔드는 것을 보니 그중 일부를 잊어먹었군. 하지만 검술이라는 것이 일부만 기억해서 되는 게 아니지. 다리 놀리는 것은 완전히 잊어먹었군? 가장 중요한 것인데 말이야."

샌슨은 고개를 끄덕이며 의기양양하게 말했고 넥슨은 그런 샌슨을 시선으로 꿰뚫어 죽여버릴 태세였다. 샌슨은 비아냥거리듯이 말했다.

"꽤나 여러 번 분열되었나 보지? 하긴 그렇게 많은 인원이었으니까. 하지만 이상한데? 검술 중 가장 중요한 부분들, 그 요체를 기억하는 넥슨이 살아날 가능성이 높은 거 아닌가? 왜 너처럼 모자라는 녀석이 살아남았지?"

놀라워! 샌슨이 저렇게 날카롭게 지적하다니. 우리는 모두 입을 벌린 채 넥슨을 바라보았다.

넥슨은 갑자기 움찔거렸다. 그는 고개를 돌려 하슬러를 바라보았고, 그러자 칼은 재빨리 말했다.

"하슬러, 저자가 그 넥슨들을 죽였군?"

넥슨은 마치 몰리는 짐승처럼 칼을 바라보았다 하슬러를 바라보았다를 반복했다. 그의 초조하고 불안한 얼굴에는 어느새 땀이 배어나오고 있었다. 하슬러는 침착한 표정이었다.

"난 선택을 해야 했습니다. 주인님. 당신은 내 이름을 정확하게 부르며 나에게 살려달라고 말했고, 다른 넥슨을 모두 죽이라고 말했습니다."

그랬군. 하지만 그거야 저 넥슨이 하슬러에 관계된 기억을 가졌다는 단순한 우연 때문이지. 그런데 하슬러 저 작자는 그 작은 이유만으로 주인과 똑같은, 아니 또 다른 주인들을 모조리 죽여버렸단 말인가? 무서운 작자로군.

하슬러의 말을 들으며 넥슨은 벌벌 떨었다. 그는 그의 일부, 아니 그 자신을 죽인 자와 이야기를 나누고 있는 것이다. 그의 충성스러운 종복이 그를 죽였던 것이다. 그는 휘청거리며 뒤로 물러났고 그러자 하슬러는 그를 부축했다. 그러나 넥슨은 하슬러의 손을 뿌리쳤다.

"이거 놔!"

"주인님."

"제기랄……. 그래, 하슬러……."

넥슨은 흐느끼듯 말했다. 하슬러는 조용히 그를 바라보았고 넥슨은 이를 악물어가며 말했다.

"제길, 그래. 이왕 이렇게 되어버렸어. 이젠 돌이킬 수도 없어. 내게 남겨진 것은 나의 조각뿐이야. 그래, 가는 거야. 그것 이외엔 없어. 내게 남겨진 가장 작은 조각, 그걸 실현하기 위해 발버둥치는 수밖에 없어. 난 바이서스를 멸망시킬 거야. 그것 말고는 아무것도 남은 것이 없어!"

"가장 고약한 부분이 살아남았군……."

칼은 고개를 가로저으며 말했다. 그러나 넥슨은 칼의 말이 들리지 않는 모양이다.

"아무런, 아무런 의미도 없어. 이건 벌레만도 못해. 먹이를 향해 나아가는 것, 적을 피하는 것밖에 모르는 벌레야. 그래? 그렇다면 난 벌레가 되겠어. 그렇다면 벌레의 가치관에 따라, 벌레의 철학에 따라 움직이겠어! 충실한 벌레가 되겠어! 바이서스라는 먹이를 먹어치우겠어!"

칼은 음울한 눈으로 넥슨을 바라보았다.

"왜지요? 왜 바이서스를 파멸시키겠다는 거요?"

"그것 외엔 아무것도 기억나지 않으니까. 이유를 묻지 마! 고귀하신 인간께서 벌레에게 무슨 이유를 묻는 거냔 말이다!"

"불쌍하기 짝이 없는 천치로군!"

칼은 씹듯이 말했다. 넥슨은 혼란스러운 눈으로 칼을 바라보았다.

"잊혀진 것은 과거일 뿐이오. 당신은 현재를 살고 있고, 그리고 미래는 오지 않았소. 많은 것을 잃었지만 동시에 앞으로 가질 수 있는 많은 것들이 남아 있단 말이오. 왜 그걸 못 보는 거요!"

넥슨은 목울대를 울렁거리며 칼을 노려보았다. 칼은 차분하지만 강하게 말했다.

"검을 버리시오, 넥슨 휴리첼! 차라리 잘된 일이오."

"뭐야?"

"과거를 잊음으로써 이제 과거는 당신과는 별개의 것이 되었소. 당신은 바이서스에 대한 증오만 기억할 뿐 그 이유는 잊었단 말이오. 그렇다면 이유 없는 증오를 버리시오. 그것 외엔 아무것도 없다고? 그렇다면 새로운 것을 받아들이시오. 다시 자신을 만들면 되오. 이해할 수 없소? 우리들도 당신이 기억하지도 못하는 과거를 추궁하지는 않겠소. 그건 없어진 것이오. 우리는 이제부터의, 지금부터의 당신만을 받아들이겠소."

넥슨의 눈이 움푹 들어간 것처럼 보인다. 그는 고개를 약간 떨군 채 칼을 노려보고 있었다. 그의 입술이 슬쩍 올라갔다.

"남의 일이라고 쉽게도 말하는군."

"그래, 남의 일이지. 하지만 당신의 그 이유 없는 증오, 그걸 폭발시켜 버리고 나면 당신에겐 뭐가 남겠소? 당신은 이유도 모른 채 맹목적으로 바이서스를 파멸시키고 나서 만족감을 느낄 수 있을 거 같소? 어림없지! 적어도 그것은 짐작할 수 있어. 그러고 나서 무엇을 할 생각이오?"

넥슨의 얼굴 근육이 일제히 풀어져버렸다. 그는 얼빠진 얼굴로 칼을 바라보며 힘없이 말했다.

"무엇을 하냐고? 그러고 나서…… 무엇을?"

"그렇소. 당신 스스로도 이해를 못하는 그 증오를 불태우고 난 다음엔, 그 다음에 당신은 뭐란 말이오? 당신은 조금 전 조각이라고 말했소. 바이서스를 증오하는 넥슨의 조각, 그 조각의 사명을 완수하고 난다면 당신은 뭐냐 말이오?"

넥슨은 어깨를 들썩거리며 칼을 바라보고 있었다. 그의 얼굴은 칼을 향해 있었지만 시선의 초점은 전혀 맞지가 않았다. 그는 허공을 바라보며 흐느끼듯 말했다.

"조각의 사명을 완수하고 나면? 그럼 아무것도 없지."

"그렇소! 당신은 다시 넥슨이 되어야 하오. 완전한 넥슨이 되어야 한단 말이오. 비뚤어진 증오심 외엔 아무것도 가지지 못한 넥슨으로서 앞으로 어떻게 살아갈 거냔 말이오? 그것마저 버리시오! 그것은 당신 아닌 다른 넥슨, 과거의 넥슨의 파편일 뿐이오! 이제 당신은 새로운 넥슨이 되어야 하오. 과거의 파편을, 이해하지도 못하는 파편을 계속 가지고 있을 수는 없소! 그건 당신의 몸에 박힌 과거의 가시 같은 것이오, 빼서 던져버리시오!"

넥슨은 고개를 떨구었다. 우리는 초조한 눈으로 그를 바라보았다. 하슬러는 아무 말도 없이 그의 주인의 등을 쳐다보았고 그 뒤의 자크는 불안한 시선으로 여기저기를 쳐다보았다. 자크에게 붙잡혀 있는 레니는 과도한 흥분에 까무러칠 듯한 표정으로 흐느적거리고 있었다.

넥슨은 얼굴을 들었다. 갑자기 그는 환한 표정을 지었다.

8

그는 환하게 웃으며 칼을 바라보았다.

"좋은 말을 들려줘서 고맙군. 널 죽이겠어."

칼은 움찔하며 물러났다. 넥슨은 하얗게 웃으며 즐거운 듯이 말했다.

"죽이겠어. 너도, 그 옆의 다른 녀석도. 그래. 하하하! 너희들은 내 과거와 관계된 녀석들이야. 과거의 난 죽었어. 난 과거를 잃었는데, 이제 그것은 존재하지 않는 우주인데, 왜 사라진 과거의 인물들이 나의 지금에까지 영향을 미치려고 들지? 제기랄! 난 없어졌어! 그런데 왜 너희들은 거기 서서 날 바라보냔 말이다!"

"넥슨 휴리첼!"

"그것마저 버리라고! 가진 자의 위선들도 이것보단 덜 뻔뻔하겠군. 그것마저 버리라고! 왜 목숨마저 버리라고 말하지는 않는거냐!"

갑자기 횃불 빛마저도 어두워지는 것 같았다. 그는 울지 않았지만 그의 눈에서는 눈물이 흐르는 듯했다. 그는 상처 입은 야수처럼 포효했다.

"그것마저 버리라고! 망해 버린 상인에게 말해 보시지? 남겨진 마지막 재산마저 버리라고! 그리고 다시 일어서라고! 전쟁으로 가족을 모두 잃은 여인에게 말해 보시지? 하나 남은 젖먹이 아들마저 버리라고! 그리고 새로운 가정을 꾸며보라고! 내가 살아 있다는 것을 확인할 수 있는 단 하나를! 내가 자살해 버리지 않는 단 하나의 이유를 버리라고? 그리고 완전히 사라져버리라고? 이, 추악한 위선자!"

칼은 음울하게 그를 바라보았다. 넥슨은 갑자기 손을 뻗어 칼을 가리켰다. 칼을 가리키는 그의 손가락은 덜덜 떨리고 있었다.

"넌 무엇을 버렸어?"

"뭐요?"

"넌 지금의 네가 되기 위해 무엇을 버렸냐고? 무엇을 포기했고, 무엇을 망각했나! 네가 완전히 잊어버린 것이 무엇이냔 말이다! 죽어버린 부모에 대한 기억이 필요없다고 해서 버렸나? 사랑하던 친구들에 대한 기억이 필요없다고 버렸나? 지금의 네가 있기 위해 도대체 무엇을 버렸느냔 말이다!"

"……아무것도 버리지 않았소. 추억은 모두 소중하지."

넥슨은 불타는 눈으로 칼을 노려보며 발악했다.

"난 그 모든 것을 버렸어! 아니, 뺏겼지! 내 의지와는 상관없이 이 빌어먹을 숲이 내게서 빼앗아 갔지! 그런데, 그런데 나에게 남아 있는 하나마저 버리라고? 새로운 내가 되라고? 왜? 그렇다면 왜 넌 새로운 네가 되기 위해 그것들을 버리지 않았느냐! 엉?"

칼은 고개를 가로저으며 말했다.

"난 그 추억들을 다룰 수 있고, 거기에 사로잡히지 않을 수 있소. 당신처럼 추억 때문에 자신을 소진시켜 버리려 들지는 않소. 난 현재를 살아갈 줄 아오."

"가졌으니까! 넌 과거의 널 모조리 가졌으니까 현재를 마음대로 살아갈 수 있겠지! 하지만 내가 가진 과거는 하나뿐이고, 따라서 내가 현재를 살아가는 방법도 오로지 하나뿐이다!"

"당신은 마치 눈먼 말 같은 사람이 되었군. 방향도 모른 채 계속해서 달리거나, 아니면 멈춰 서 죽어버릴 수밖에 없는."

"이젠 비난하는가? 말문이 막히니 날 비방하는가? 과거를 가지지 못했다고, 반편이 인간이 되었다고 날 비난하는 것이냐!"

칼은 찌푸린 눈으로 넥슨을 바라보았다.

"여기는 왜 들어왔소?"

넥슨은 갑작스러운 질문에 지금까지의 분노를 잠시 잃으며 당황했다.

"뭐라구?"

"그게 계속 궁금했지. 당신은 아직까지도 바이서스를 파멸시키겠다는 생각은 그대로 가지고 있을 테니, 대답해 보시오. 당신은 왜 갈색 산맥으로 가서 크라드메서를 만나려 하지 않고 이곳으로 온 거요?"

넥슨은 창백한 얼굴이 되어 눈을 굴렸다. 그는 어지러운 듯이 머리를 휘젓더니 말했다.

"크라드메서? 크라드메서……. 아, 그렇군. 저 계집애의 드래곤 말인가? 물론 그 드래곤도 만나러 갈 것이다. 그리고 그 드래곤을 이용하여……."

"그런데 여기는 왜 왔느냐는 거요?"

넥슨은 이상하다는 얼굴이 되었다. 그는 드디어 당황한 어투로 말했다.

"넌 그것을 모르는 거야? 왜 모르지? 모르면서 날 쫓아온 것인가?"

그러자 하슬러가 조용히 말했다.

"저들은 그저 이 계집애를 되찾기 위해 우리들을 쫓아왔을 겁니다."

넥슨은 고개를 끄덕였다.

"아, 그래? 내가 설명해 줄 이유는 없군. 모르는 채로 죽도록."

샌슨은 고함질렀다.

"그렇게 할 수 있다면 해봐! 기억을 잃었으니 말해 주지만, 넌 항상 우리들에게서 도망다녔어! 바이서스 임펠에서는 저 이루릴 양 앞에서 도망쳤고 델하파에서는 내 검 앞에서 도망쳤다. 네가 우리를 어떻게 할 수 있을 것 같아!"

"그래? 그랬나? 알았어. 복수해 주지."

넥슨은 고개까지 끄덕이며 앞으로 걸어나오려 했다. 그때 하슬러가 넥슨의 팔을 잡아당겼다. 그는 고개를 가로저으며 말했다.

"무익한 일입니다. 저들을 상대할 필요는 없습니다."

"놔라, 하슬러! 저놈들을 죽일 거야!"

하슬러는 넥슨을 우울하게 바라보다가 우리 쪽으로 고개를 돌렸다.

"물러나라. 저 소녀의 목숨이 아깝다면."

"개자식!"

샌슨은 고함을 질렀지만 하슬러는 꿈쩍도 하지 않았다. 그는 한 손을 들어올렸으며, 그러자 레니를 붙잡고 있던 자크가 대거를 바싹 당겨대었다. 하슬러는 말했다.

"내가 손만 내리면 저 계집애는 죽는다. 무기를 놓고 물러나라."

지금 이 순간까지도 하슬러의 목소리는 침착했다. 제기랄. 하지만 이 좁은 동굴에서 무기를 놓아버리면 어떻게 하라는 거야? 도망갈 곳도 없는데, 얌전히 죽으란 말인가?

그때 네리아는 나지막하게 말했다.

"자크!"

순간 자크는 불안한 눈으로 네리아를 바라보았다. 네리아는 말했다.

"넌 아냐."

자크는 불안한 눈으로 네리아를 바라보았다. 넥슨은 사납게 고개를 돌려 자크를 노려보았고, 그러자 자크는 움찔거렸다. 하지만 네리아는 계속 말했다.

"넌 아냐. 넌 단순히 깃발 날리고 싶은 욕심밖에 없는 철부지야. 넌 사람들을 좋아했고 나처럼 잘 싸우고 싶었고 우쭐해하고 싶었던 착한 바보 녀석일 뿐이야. 너, 너 정말 그 소녀를 죽일 수 있어? 그 시체더미에 너의 모습은 없었어! 넌 자신을 죽이지 않았던 녀석이야. 그러니까 다시 하나로 합쳐졌겠지. 그런 네가 정말 그 가련한 소녀를 죽일 수 있어?"

자크는 멈칫거렸다. 그는 우물거리며 말했다.

"마스터의 명령이라면……."

"닥쳐! 네가 어린애야? 마스터의 명령이 어째?"

자크는 더욱 우물거렸다. 넥슨과 하슬러는 모두 자크에게 매서운 눈길을 보내었다. 우리들 모두도 손을 축축이 적시는 땀을 느끼며 그 광경을 바라보았다.

넥슨이 우리들 쪽으로 돌진해 왔기 때문에 넥슨과 하슬러는 자크와 꽤 많이 떨어져 있다. 만일 자크가 레니를 죽이지 않겠다고 말한다면 그들이 자크에게 돌진하기 전에 우리가 먼저 그들을 덮칠 것이다. 반면 자크가 레니를 죽이겠다고 굴면 우리들로서는 속수무책이다. 넥슨과 하슬러를 뚫고서 레니를 구출할 수가 없다. 결국 이들 두 무리의 운명이 자크의 심중에 따라 결정되게 된 것이다.

자크는 괴로운 표정이 되었다. 그때 레니가 부들거리는 입술을 열었다.

"자크 오빠……."

자크는 질린 얼굴로 레니를 내려다보았다. 레니는 흐느끼며 말했다.

"살려주세요……. 제발. 흑, 으흑. 예? 제발 살려주세요……."

"어…… 이런, 입 닥쳐!"

"제발……, 죽고 싶지 않아요……. 제발……."

모두들 입을 꽉 다물고 있었다. 호흡소리도 들리지 않는 고요 속으로 레니의 흐느낌이 울려퍼졌다.

"바다가 보고 싶어요……. 아빠를 만나고 싶어요……. 아빠가 절 기다리실 거예요. 제발, 제발 자크 오빠……, 살려주세요."

"입 닥치란 말이다!"

자크는 고함을 질렀지만 그 목소리엔 힘이 하나도 없었다. 그때 갑자기 넥슨이 걸어가기 시작했다. 자크는 멍한 눈으로 넥슨을 바라보았고 레니마저도 숨을 죽였다. 넥슨은 걸어가며 말했다.

"날 배신하려는 거냐?"

자크는 퍼뜩 정신을 차렸다.

"가, 가까이 오지 마시오!"

넥슨은 멈추어 섰다.

"그래……. 배신하겠다는 말이로군?"

자크는 혼란스러운 얼굴이었다. 나는 더 참지 못하고 튀어나갔다.

"멈춰, 넥슨!"

그러나 곧 하슬러의 검이 앞을 가로막았다. 눈앞이 번쩍 하는 느낌이 들었다. 어느새 내 바스타드와 하슬러의 롱소드가 공중에서 엇갈렸다. 난 고함을 질렀다.

"샌슨! 넥슨을 잡아! 이야아아아!"

고함을 지르며 하슬러를 밀어붙였다. 그러나 하슬러 역시 OPG를 가지고 있었다. 그는 교묘히 손목을 뒤틀었으며 그러자 곧 내 바스타드가 미끄러지며 난 앞으로 휘청거리고 말았다.

"후치!"

바람 가르는 소리가 들려오며 네리아의 트라이던트가 찔러 들어왔다. 날 노리던 하슬러는 물러났으며 간신히 내 목이 달아나진 않았다. 난 앞으로 휘청거린 김에 아예 몸을 쓰러뜨리며 하슬러의 다리를 노리고 후려쳤다. 하슬러는 다리를 살짝 들어 피했다.

"거기 서라! 넥슨!"

샌슨이 달려갔다. 그러나 넥슨은 샌슨을 상대하지 않고 그대로 기합을 지르며 자크에게 달려들었다.

"둘 다 죽여버리겠어!"

그때 난 못 볼 것을 보고 말았다. 칼의 손이 바람처럼 움직였다. 이 좁은 통로에서, 이 많은 사람들 사이로? 칼! 미쳤어요? 쉬우우웃!

달려가던 넥슨은 덜컥 멈춰 서며 온몸에 경련을 일으켰다. 나, 네리아, 샌슨, 하슬러의 네 명이 난동을 부리는 사이로, 그 작은 틈을 비집고 날아간 화살은 넥슨의 등을 맞추었다. 네리아는 기회를 놓치지 않고 외쳤다.

"달아나! 자크, 달아나! 그 소녀에게 아빠를 만나게 해줘!"

자크는 이 모든 광경이 이해가 가지 않는 듯한 얼굴이었다. 그는 멍하니 멈춰 서서 우리들을 바라보고 있었다. OPG를 낀 그의 팔은 레니를 단단히 붙잡고 있었지만 그는 꼼짝도 하지 않았다.

그는 갑자기 찢어질 듯 외쳤다.

"마스터를 건드리지 마!"

모든 사람들의 동작이 멈추었다. 자크는 희번덕거리는 눈으로 우리를 바라보고 있었다. 어느 누구도, 심지어 화살을 맞고 무릎을 꿇은 넥슨마저도 꼼짝을 하지 못했다. 마치 어린 꼬마들이 싸움을 벌이다가 어른의 고함소리에 놀라 멈춰 서는 형국이었다. 우리는 초조하고 불안한 눈으로 자크를 바라보았다.

자크는 숨을 고르지도 못하며 힘겹게 말했다.

"젠장! 계집애 하나 때문에! 계집애 하나 때문에 다 포기할 순 없어! 난 자크야! 자크 3대의 마지막 자크라구! 아버지도, 할아버지도 모두 죽었어! 교수대에 목이 매달렸다구!"

무슨 말이야? 그러나 네리아는 음울하게 말했다.

"반란자의 수하였으니까……."

그랬던가? 우리들이 바이서스 임펠을 떠나고 나서, 그렇겠군. 궁성 경비대가 총출동하여 반란자 색출에 나섰을 테지? 우리는 질린 표정으로 자크를 바라보았다. 그러나 네리아는 아직 포기하지 않는 듯했다.

"그건 다 저 녀석 때문이야! 귀족 주제에 길드를 집어삼키고 밤새들을 반란으로 끌어들인 게 누구야! 그리고 이 숲까지 끌고 와서 생존자들마저도 다 죽여버린 게 누구야! 머리가 있다면 생각해 봐!"

자크는 갑자기 음울한 눈으로 네리아를 바라보았다.

"네리아, 당신 입술이 항상 탐났었지."

네리아는 굳은 얼굴로 자크를 바라보았다. 자크는 힘겨운 목소리로 말했다.

"말을 참 잘해. 제길. 그렇다면? 우리가 반란을 일으키지 않았다면? 그럼 밤새들은 떳떳한 바이서스의 국민이라는 말이야? 우리가 반란을 일으키지 않았다면 우리는 떳떳하게 밤일을 할 수 있기라도 하냔 말이야?"

네리아는 대답하지 않았다. 자크는 무서운 눈으로 우릴 쏘아보며 말했다.

"마스터는 약속했어. 우리들이 목숨을 걸고 평생을 밤일해도 절대로 훔칠 수 없는 거, 떳떳하게 하늘을 바라보며 이름을 말할 수 있는 권리를 약속했다구! 제길, 나도 한 번은 윗대가리에 서서 다른 놈들을 호령하고 싶었어. 목숨을 걸고 쫓겨다니는 밤새가 아니라. 마스터가 그것을 약속했고 자크 가문은 그것을 받아들였어! 그리고 아버지는 길드장의 자리를 넥슨에게 주었고! 난 아버지의 뜻을 따르겠어. 따르겠다구!"

"걸리는 놈들을 다 죽여버리고 말이야! 아무곳이나 세이크리드랜드로 만들고 무고한 사람 다 죽여가면서!"

"제길! 루트에리노 대왕도 걸리는 놈들 다 죽여버리고 대왕이 된 거 아냐? 내가 하면 어때서? 썅! 몇 백 년쯤 지나면 난 휴리첼 대왕의 여덟 별이 될지도 모른다 이거야. 다들 그렇고 그런 거잖아!"

칼은 고개를 가로저으며 말했다.

"꽤나 심하게 설득당했군."

자크는 무섭게 외쳤다.

"물러나! 난 이 계집애를 죽이고 싶진 않아. 하지만 우릴 귀찮게 군다면 죽이겠어! 하슬러! 마스터를 부축해요."

하슬러는 고개를 끄덕이며 넥슨을 일으켰다. 넥슨은 신음소리를 뱉으며 일어났다. 하슬러는 나직하게 말했다.

"이를 꽉 깨무십시오."

그리고 하슬러는 곧장 넥슨의 등에서 화살을 뽑았다. 넥슨은 진저리를 치더니 하슬러의 품속에 쓰러졌다. 하슬러는 화살을 내팽개치고 말했다.

"모두들 그 뒤의 구덩이 너머로 건너가라."

우리는 꼼짝도 하지 않았다. 그러나 칼이 먼저 체념한 어투로 말했다.

"할 수 없군."

그리고 칼이 먼저 뒤로 돌아 구덩이를 뛰어넘었다. 네리아는 머리 끝까지 화가 난 태도로 구덩이를 뛰어넘었다. 그리고 이루릴이 차분히 건넜으며 그 다음 내가 뛰어넘었다. 샌슨은 그때까지도 건너지 않고서 넥슨들을 쏘아보았다. 그러나 하슬러는 낮게 외쳤다.

"건너가!"

샌슨은 심호흡을 크게 하면서 자신을 가라앉히려 애썼다. 그는 화가 난 것이 명백한 태도로 몸을 돌리며 말했다.

"제레인트. 건너십시오."

제레인트는 아까 빠질 뻔한 구덩이를 내려다보더니 눈을 꽉 감고는 뒤로 물러났다. 그러고는 달려오다가 훌쩍 뛰었다. 아니, 뛰려고 했다.

슈우웃!

"허어억!"

갑자기 제레인트는 숨막히는 비명을 지르며 구덩이 바로 앞에서 멈춰 섰다.

"아아악!"

비명소리는 레니의 것이었다. 레니는 그대로 기절해 버렸다. 우리는 모두 굳어버렸다. 제레인트의 공포와 경악에 질린 눈과 내 눈이 마주쳤다. 그리고 제레인트는 스르르 아래로 쓰러졌다. 마치 무슨 장난을 치는 것처럼 보인다. 하지만 제레인트는 아래로 사라졌고 다시는 보이지 않았다. 아래로 떨어지기 직전, 그의 등에 꽂힌 대거가 눈에 들어왔다.

"제레인트!"

난 몸을 날렸지만 이미 늦었다. 구덩이는 바닥이 보이지 않는 검은 어둠이었다. 제레인트는 흔적조차 보이지 않았다. 뒤에서 샌슨의 고함소리가 들려왔다.

"너 이 자식!"

하슬러는 질린 표정으로 자신이 부축하고 있는 넥슨을 바라보았다. 넥슨은 하슬러의 품에 안긴 채로 대거를 던진 자세 그대로였다. 그는 천천히 팔을 내리며 쇠약한 목소리로 말했다.

"갈림길의 수호자가 내 뒤를 따라다니는 것은 곤란해."

"이 개자식아!"

"너도 건너가. 그러지 않으면 레니는 죽는다."

샌슨은 죽일 듯한 눈으로 넥슨을 바라보다가 우리 쪽으로 뛰었다. 자크는 벌벌 떨면서 우리들과 넥슨을 번갈아 쳐다보았다. 넥슨은 하슬러의 팔을 밀어내며 뒤로 물러나 벽에 기대어 섰다.

"하슬러, 바닥을 부숴라."

하슬러는 무표정하게 걸어오더니 구덩이 반대편에 섰다. 그리고 그는 잠시 호흡을 고르더니 훌쩍 뛰어올랐다가 그대로 주먹으로 바닥을 내리쳤다. 쾨아아앙!

구덩이 저쪽편이 붕괴되고 말았다. 돌들이 무너져 아래로 떨어졌다. 하슬러는 몇 번 더 그 짓을 계속했고 우리들은 아무런 일도 못한 채 그 모습을 바라보았다. 마침내 도저히 건너뛰지 못할 커다란 구덩이를 만들어놓은 하슬러는 뒤로 물러났다.

넥슨은 벽에 기대어선 채 고개만 돌려 우리들에게 말했다.

"너희들, 기억은 안 나지만 정말 날 많이도 괴롭혔을 듯하군. 쫓아오지 마라. 쫓아오면 이 계집애를 죽여버릴 테다."

그러곤 넥슨은 하슬러의 어깨에 몸을 기댔다. 자크는 아직까지도 어리둥절한 얼굴로 입술을 깨물며 우리들과 넥슨을 번갈아 쳐다보았다. 넥슨은 말했다.

"그 계집애를 업고 따라와."

자크는 잠시 도전적인 눈으로 넥슨을 바라보았다. 그러나 오랫동안 그러지는 않았다. 그는 체념한 얼굴로 레니를 업더니 그의 뒤를 따랐다. 잠시 후 네 명의 모습은 갈림길에서 사라지고 말았다.

우리 일행들은 그때까지도 아무 말도, 아무 행동도 못한 채 그 모습을 바라보았다. 그들이 다 사라지고 나자 우리들은 아무 말도 없이 구덩이 쪽으로 다가섰다. 모두들 구덩이 주위에 몰려서서 망연한 눈으로 아래를 내려다보았다.

제레인트, 제레인트! 단순히 재미있을 것 같다고 우릴 따라온 낙천적인 프리스트가, 여기서 이렇게 허무하게! 네리아는 무릎을 꿇었다. 그녀는 오열했다.

"으흐흐흑! 제레인트!"

칼은 눈을 닦으며 외쳤다.

"슬픔은 평화롭게 그를 되새길 시간을 위해 남겨둡시다. 어서들 갑시다. 넥슨 일행을 뒤쫓아야 합니다."

우리는 모두 힘없이 몸을 돌렸다. 네리아는 펑펑 울면서 이루릴에게 매달려 있었고 이루릴은 그녀의 어깨를 그러안고는 고개를 숙인 채 걸었다. 샌슨은 벽을 쥐어박았다. 젠장!

차마 떨어지지 않는 발걸음을 옮겼다. 우리는 계속 뒤를 돌아보았다. 지금이라도 저기서 도로 올라올 것 같은데. 당장이라도 투덜거리면서, 혹은 웃으면서 올라올 것 같은데. 하지만 그것은 부질없는 생각이다. 바닥이 보이지 않는 함정이었다.

테페리의 프리스트는 자신이 죽을지도 모르는 길을 걸어간다. 그들은 예언자가 아니다. 다만 현재에 존재하는 두 개의 길 중 하나를 선택하는 데 있어 남보다 빠르다는 것뿐이다. 사고나 추리가 필요없이 선택할 수 있다는 것. 그러나 그것은 우리들처럼 잘못된 선택일 수도 있다. 신의 뜻에 따라 틀릴 수도 있다는 점이 우리와는 다르지만. 그리고 그는 결국 이렇게 우리 곁을 떠났다. 그 스스로 선택한 길에 따라. 하지만 이건 말도 안 돼!

"으흐흐흑!"

네리아의 통곡 소리. 우리는 축 처진 걸음걸이로 걸어갔다. 목에서 치밀어 오르는 뜨거운 것 때문에 입안이 몽땅 녹아버릴 것 같다. 머릿속이 웅웅거리고 귀가 떨어져 나갈 듯이 뜨겁다. 제레인트, 제레인트!

지하라서 밤인지 낮인지 구분이 되지도 않았다. 하지만 우리들은 가혹한 정신적 충격에 지쳐버렸다. 그래서 적당히 넓은 공간이 나오자 모두들 말없이 주저앉았다.

나와 샌슨은 힘없는 동작으로 짐에서 장작을 풀어내었다. 연기에 질식해 버리지나 않을지 걱정이 된다. 하지만 불을 피워보니 연기는 그런 대로 잘 빠져나갔다. 우리들은 모닥불 주위에 조용히 몰려앉았다.

모두들 아무 말이 없었다. 나는 모닥불을 바라보았다.

'헤엑, 헥! 하늘 색깔이 원래 저러했던가?'

'간혹 그렇게 바뀌기도 한대요.'

'응, 그래? 후욱, 후우우. 어느때?'

'주로 죽을 때가 가까울 때 그렇대요.'

나는 진저리를 쳤다. 죽을 때가 가까울 때, 죽을 때가 가까울 때라고? 기어코 죽고야 말았군. 기쁜가? 후치 네드발? 넌 정확했어. 그래, 기쁜가? 제기랄!

쿠르릉!

멀리서 울려퍼지는 진동음이 들려왔다. 꽤나 먼 거리인지 희미하게 들려왔다. 네리아는 표독스럽게 외쳤다.

"저 개 같은 새끼! 대미궁을 다 부숴버릴 작정인가!"

칼은 한숨을 쉬며 말했다.

"거리가 많이 떨어졌나 보오. 빨리 따라가야 할 텐데."

모두들 말이 없었다. 지금은 일어나 움직이고 싶은 생각이 전혀 없었다. 칼도 그러했는지 별말을 하지 않았다. 이루릴이 말했다.

"아래로 내려가서 기다리는 것이 어떨까요."

"예?"

"넥슨이 대미궁의 어디로 향하겠습니까. 아마 최하층이나, 아니면 중간의 그 거주 구역 어디일 것 같습니다. 어떤 목적이 있는지는 알 수 없지만 미궁 자체에 어떤 볼일이 있지는 않을 듯합니다."

"그렇겠군요. 하지만 문제는 넥슨 일행이 과연 제대로 찾아올까 하는 것입니다. 저렇게 길을 부순다고 해서 길을 찾을 수 있을지. 또 문제는 아까의 그 거주 구역과 이 미궁 사이에 연결 통로가 또 있을지 모르겠다는 것입니다."

네리아는 붉어진 눈을 비비며 시무룩하게 말했다.

"미궁이니까……, 통로를 여러 개 만들어놓지는 않았겠지요."

칼은 고개를 끄덕였다.

"좋습니다. 그럼 잠시 휴식한 다음 표시를 따라 돌아 내려가서 기다려보십시다."

그래서 우리들은 선잠에 빠져들었다. 먼저 샌슨이 불침번을 섰다. 난 모포를 몸에 두르고 불안한 잠에 빠져들었다. 그러나 얼핏 잠이 들려고 할 때마다 멀리서 쿠르릉거리는 소리가 들려왔다. 그리고 그때마다 네리아의 욕지거리가 들려왔다. 완전히 다 부수고 싶은 모양이군, 망할 녀석. 동굴이 무너져서 확 깔려버려라!

다시 한번 우르릉거렸고 네리아는 어김없이 투덜거렸다.

"두더지 녀석! 지칠 줄도 모르는군!"

칼은 불편한 신음소리를 좀 내었다.

"큰일이군. 저렇게 부수고 다니면 정말 위험할 텐데. 동굴이 무너지기라도 하면 어쩌지."

"콱 깔려버렸으면 좋겠어요."

"레니 양은 어쩌고?"

네리아는 입을 다물었다. 젠장, 젠장!

웅크리고 앉은 샌슨의 등 뒤로 벽에는 거대한 그림자가 만들어지고 있었다. 나는 그 그림자를 바라보았다. 제레인트는 거대한 암흑 속으로 사라졌다.

'제가 모험을 성공적으로 끝내면 틀림없이 대미궁의 침범자 제레인트, 혹은 아비스의 승리자 제레인트라고 불릴 겁니다.'

예. 당신은 정말 대미궁의 침범자. 하지만 대미궁이 당신의 무덤이 되었군요.

마지막 햇살이 산봉우리를 비추고
테페리의 집에도 밤이 찾아오면
밝은 눈의 현자 제레인트가
눈을 뜬다. 그의 손엔 술병?

샌슨은 음울하게 킥킥거렸다. 칼은 몸을 돌려 누우며 내 쪽을 바라보았다. 난 천장을 바라보며 나도 모르게 입술을 놀렸다.

어느 저녁 여느때처럼 해가 질 무렵
서녘으로부터 불어온 알 수 없는 바람
희망 하나를 위해 달리는 나그네들이

그를 부른다. 제레인트는 일어선다.

그의 앞을 가로막는 갈림길은 없었고
그의 앞을 가로막는 비극도 없었다.
쾌활하게 웃으며 말을 달렸고
언제나 선두로 출발하지만 항상 뒤처졌지.

인생은 그렇게 멋있는 것도 아니고
자신의 인생엔 서사시도 없었지.
하지만 흐르는 시간에 던져진 것은
세월을 멈추는 그의 웃음소리.

드래곤 로드로부터 300년, 묵은 그림자
대미궁의 암흑은 무한을 단속한다.
쾌활한 그의 미소 변함이 없건만
필요할 때를 위한 작은 행운은 없다.

최후의 갈림길을 돌아 들어간 그를
땅이 삼키고 암흑이 뒤덮는다.
웃음은 사라진다. 비탄은 한이 없다.
시간은 흘러 그를 덮는다.

주위가 어지러웠다. 깨어 있는 것인지 잠들어 있는 것인지 구분이 되지 않았다. 아무래도 잠들어 있는 쪽인 것 같다. 미궁이 빙빙 도는 것을 보니. 마구 회전하던 미궁은 곧 뒤죽박죽이 되어

버렸다. 모든 곳이 통로고 모든 곳이 벽이었다. 우리는 난감한 표정을 지었지만 제레인트는 당황한 기색도 없이 말했다.

"이쪽이야. 걱정 마!"

"이렇게 갈림길이 많은데 어떻게 선택하는 거예요?"

"그거? 어렵지 않지. 이건 제레인트의 선택이야. 하하하."

그리고 제레인트는 구덩이에 빠져버렸다. 추락하는 제레인트를 보며 네리아는 발을 동동 구르며 웃었다.

"까르르르!"

정신없이 떨어지던 제레인트의 로브 자락에서 갑자기 하얀 날개가 돋아났다. 제레인트는 날개를 푸드득거리며 위로 솟아올랐다. 우리는 가벼운 실망을 느끼며 제레인트를 바라보았다.

제레인트는 우리들을 보며 웃더니 계속해서 날갯짓했다. 우리는 불안감을 느꼈다. 제레인트는 이미 충분히 올라왔다. 그런데도 날갯짓을 계속하고 있었다. 네리아가 갑자기 외쳤다.

"제레인트!"

제레인트는 우릴 돌아보며 하얗게 웃었다. 갑자기 동굴 천장이 쫘악 갈라지며 눈부신 빛이 아래로 쏟아졌다. 우리는 모두 눈이 부셔서 위를 바라보지도 못했다. 하지만 제레인트는 마치 햇살에 이끌리듯 점점 속력을 더해가며 위로 위로 솟아올랐다. 난 고함을 질렀다.

"어디로 가는 거예요! 돌아와요, 제레인트!"

그러나 제레인트는 여전히 맑은 웃음만 흩뿌리며 솟아올랐다. 햇살은 완전히 미쳐버렸다. 점점 강해지는 햇살은 제멋대로 춤을 추었다. 그러나 난 볼 수 있었다. 그 하늘 위, 제레인트의 머리 위에 팬텀 스티드를 탄 수십 명의 넥슨이 기다리는 것을. 제레인트는 아래를 내려다보느라 넥슨들을 보지 못했다. 누군가가 고함을 질렀다.

"제레인트!"

그리고 수십 명의 넥슨은 제레인트를 붙잡아 태양 속으로 집어던져 버렸다. 제레인트의 날개에 불이 붙었고 그의 로브에 불이 붙었다. 제레인트는 온몸이 불에 휩싸인 채 아래로 떨어져내렸다. 마치 유성처럼 기다란 꼬리를 이끌며 제레인트는 떨어졌다. 그리고 그 아래에는 드래곤이 입을 쩍 벌리고 기다리고 있었다. 난 고함을 질렀다.

"제레인트!"

"뭐, 뭐야? 제레인트가 어디 있어?"

정신을 차려보니 난 벽에 기대어앉은 채 고함을 지르고 있었다. 불길이 사그라들고 있는지 주위는 컴컴했고 샌슨은 놀란 얼굴로 날 바라보고 있었다. 졸고 있었음에 틀림없다. 난 한숨을 쉬었다. 갑자기 코끝이 찡해왔고, 난 두 손으로 얼굴을 가리고 말았다.

샌슨은 눈을 비비더니 말했다.

"꿈을 꿨군?"

"으응……, 그래. 꿈이었어."

샌슨은 기지개를 펴더니 불을 뒤적거리기 시작했다. 갑자기 불길이 확 살아나며 샌슨의 얼굴을 붉게 물들였다. 그리고 벽에는 샌슨의 거대한 그림자가 그려졌다. 나는 어지러운 눈으로 그 그림자를 바라보았다. 샌슨은 모닥불을 바라보며 말했다.

"무슨 꿈이었는데?"

"여느때처럼, 말도 안 되는 꿈이지. 뭐."

샌슨은 고개를 끄덕였다. 그는 불길을 잡으면서 말했다.

"이제 일어나야겠군. 시간이 많이 지났어. 모두들 깨워."

다시 무거운 걸음을 계속했다. 우리는 표시해 둔 길을 따라 되짚어 걸었다. 표시를 찾는 것은 별로 어렵지 않은 일이었지만 샌슨과 네리아는 말다툼을 일으켰으며 칼은 깊은 한숨을 토했다. 네리아는 쉴새없이 짜증을 부렸고 샌슨은 쉴새없이 투덜거렸다. 우리는 표시를 제대로 보지도 않고 걸어가다가 몇 번이나 되짚어 돌아와야 했다. 심지어는 표식이 있는데도 표식을 믿지 않고 우리들의 기억에 따라 걸어가려다가 낭패를 보기도 했다. 그리고 그 와중에 간혹 멀리서, 혹은 어쩌다가 가까이서 동굴을 울리는 소리가 들려오곤 했는데, 그럴 때마다 네리아는 반드시 저주의 말들을 외쳤으며 마침내 샌슨은 네리아를 저주하게 되었다. 그러한 일들을 겪으며 걷는 상태인지라 다시 거주 구역으로 내려가는 긴 계단을 발견하게 되었을 때는 이루릴을 제외한 모두가 지쳐빠진 상태였다.

우리는 한마디도 하지 않고 그 계단을 내려갔다. 계단 바닥에 이르자 칼은 말했다.

"여기서 기다리는 것이 좋겠지?"

샌슨은 주위를 둘러보다가 말했다.

"음, 저기 복도 옆에 있는 방에서 기다리도록 하지요. 방 안에서 계단을 감시하는 겁니다. 그리고 그 녀석들이 우리 방 앞을 지나가면 뒤에서 살그머니 나와서 덮치는 겁니다."

"그러도록 하세나. 조용히 감시하는 것은 모두들 입을 다무는 데도 도움이 되겠지."

칼의 말에 네리아와 샌슨은 입을 다물었다.

이 대미궁 안에서는 횃불만 끄면 곧 칠흑 같은 어둠이 찾아온다. 이루릴 같은 엘프나 박쥐가 아니라면 아무도 우리를 볼 수 없을 것이다. 그래서 우리들은 횃불을 끄고 복도를 감시할 준비를 갖추었다. 모두들 자리를 잡은 다음 마지막으로 내가 횃불을 끌려고 했을 때였다.

그때 다시 우르릉거리는 소리가 들려왔다. 네리아는 발작적으로 '윽!' 하는 소리를 내었지만 투덜거리지는 않았다. 그런데 이루릴이 자리에서 일어났다.

"불을 끄지 마세요, 후치."

"예?"

"이 소리, 방향이 이상하군요."

"방향이 이상해요?"

"네. 아무래도…… 이 층에서 나는 소리입니다. 넥슨은 이미 거주 구역에 내려와 있습니다."

"뭐요?"

칼은 황급히 일어났다. 우리들은 모두 방 바깥으로 튀어나왔다. 샌슨은 다시 롱소드를 뽑아들었고 나도 횃불을 왼손으로 옮기며 바스타드를 뽑아들었다. 이루릴은 방향을 잡으며 말했다.

"저쪽! 저쪽 방향이었어요. 가지요."

이루릴은 스르르 움직여나갔다. 칼은 안타까운 소리를 질렀다.

"이런! 벌써 내려오다니, 우릴 앞질렀나?"

달려가며 네리아도 말했다.

"그런 흔적 없었어요! 녀석, 틀림없이 바닥을 부수고 내려온 걸 거예요!"

"맙소사! 그 생각을 못했군."

다시 우르르릉! 이번엔 나도 확실히 느낄 수 있었다. 소리가 들려오는 곳은 우리와 같은 층이었다. 동굴을 울리는 충격이 발바닥에 바로 느껴졌다. 우리는 황급히 달려갔다. 횃불 빛이 어지럽게 흔들렸고 탁탁거리는 우리들의 발자국 소리가 복도를 울렸다. 복도의 벽을 휙휙 지나치는 우리 그림자가 어지러웠다.

통로는 죽 곧았으며 우리는 어느새 최하층으로 내려가는 계단까지 돌아와 있었다. 샌슨은 주위를 둘러보았다. 이곳은 세 갈래길이며 넥슨이 지하로 내려가려면 이곳으로 와야 할 것이다. 샌슨은 바로 옆의 방을 가리키며 말했다.

"모두들 저기로!"

우리는 황급히 방 안으로 들어갔다.

"후치! 불을 꺼!"

급한 나머지 횃불을 바닥에 던지고 밟아버렸다. 삽시간에 무서운 어둠이 다가왔고 망막에 희뿌옇게 남아 있던 다른 사람의 모습이 어지러웠다. 난 눈을 꾹 감았다가 다시 떴다. 하지만 내가 도대체 어디에 서 있는지 알 수가 없었다. 난 손을 옆으로 뻗어 간신히 벽을 짚었다. 어둠 속에서 샌슨의 숨가쁜 목소리가 들려왔다.

"모두들 조용히! 녀석들이 다가오면 불빛이 보일 겁니다. 녀석이 최하층으로 내려가려면 틀림없이 저 계단을 지나쳐야 할 테니까."

네리아의 목소리.

"확실히 최하층으로 내려갈까? 혹시 거주 구역에 볼일이 있는 거 아닐까?"

"아니오, 네리아 양. 대충 둘러보았지만 거주 구역은 모두 황폐화되어 있었소. 그러니 그곳엔…….”

칼은 말을 맺지 못했다. 갑자기 발소리가 들려온 것이다.

저벅저벅저벅.

나는 숨을 죽이며 발소리가 들려오는 방향에 집중했다. 캄캄한 어둠 속이라 제대로 서 있기조차 힘들 정도였고 그 상태에서 다른 곳에 정신을 집중하려니 몸이 흔들려왔다. 그때 눈앞에 미세한 빛이 느껴졌다. 앞쪽에서 사각형의 빛이 조용히 떠오른 것이다. 문 쪽이었다.

샌슨은 희미하게 말했다.

“이쪽으로 오고 있다.”

그 빛이 보이며 간신히 똑바로 설 수는 있었다. 우리는 방문 옆에 몰려섰다. 앞쪽의 빛이 점점 강해지며 발소리도 점점 강해졌다. 우리는 침을 삼키며 앞쪽을 주시했다.

저벅저벅저벅.

그리고 느닷없이 넥슨의 모습이 나타났다.

넥슨의 옆얼굴은 귀신 같았다. 그는 창백한 얼굴로 무서운 표정을 떠올린 채 앞으로 걸어가고 있었다. 칼의 화살에 맞은 것 때문에 지독한 고통에 시달리는 모양이다. 하지만 그의 발걸음은 흐트러짐이 없었다. 뒤이어 하슬러가 횃불을 든 채 따라왔고 그 뒤로 자크가 레니의 어깨를 붙잡은 채 뒤따르고 있었다. 그들의 모습은 눈깜짝할 사이에 방문 앞을 지나치려 했고 그 동안 우리는 숨도 제대로 못 쉬는 채 그 모습을 바라보았다. 갑자기 넥슨이 멈춰 서자 나는 기절할 뻔했다.

“계단이로군. 좋아.”

넥슨은 아래로 내려가는 계단을 본 것이다. 그러자 뒤에 있던 하슬러가 탐탁찮은 어조로 말했다.

"정말 저 아래로 내려가실 생각이십니까?"

"이제 와서야 그런 말을 하는 것인가? 여기까지 왔는데 돌아간다는 것은 말도 안 돼."

"이 아래엔 드래곤 로드가 있을지도 모릅니다."

"그리고 내가 찾는 그것도 있을 거야."

넥슨의 모습은 반쯤 가려서 보이지 않았지만 하슬러의 모습은 잘 보였다. 그리고 그 뒤에서는 자크가 불안한 얼굴로 두 사람을 보고 있었다. 자크의 손에 잡혀 있는 레니는 초췌하고 힘없어 보였다.

갑자기 레니는 이쪽으로 고개를 돌렸다. 난 숨이 막히는 기분을 느꼈다.

레니는 멍한 얼굴로 우리들이 숨어 있는 방을 쳐다보았다. 우리를 본 것인가? 안 돼! 지금 들키면 구출 계획이고 뭐고 끝이야! 그때 자크가 말했다.

"뭘 보는 거야?"

레니는 별 표정이 없었다. 그녀는 잠시 의아한 얼굴로 방을 바라보았을 뿐이다. 곧 다시 그녀의 고개가 힘없이 아래로 꺾였다. 가슴이 쿵쿵거리는 소리가 넥슨에게 들릴 것 같았다. 우화, 정신없어! 자크는 의아한 얼굴로 우리들이 숨어 있는 방을 바라보았다.

"뭘 본 거야, 레니?"

레니는 입술을 우물거렸다. 그때 넥슨이 말했다.

"과거의 망령이라도 보았겠지. 핸드레이크의 망령인가? 꾸물거릴 시간이 없어. 가자!"

그리고 다시 네 명의 모습은 사라졌다. 계단을 내려가는 발소리가 들리며 잠시 후 문 쪽은 다시 캄캄해졌다. 나는 암흑 속 곳곳에서 들려오는 긴 한숨소리를 들었다.

이루릴이 조용히 캐스트를 시작했다. 잠시 후 허공에선 윌로위스프가 떠올랐으며 나는 이마의 땀을 닦거나 하는 우리 일행들을 볼 수 있었다.

"도대체 무엇을 찾고 있는 거지?"

칼의 말에 샌슨이 대답했다.

"살금살금 뒤를 따라가지요. 그리고 붙잡아서 레니 양도 구출하고 칼의 의문도 풀도록 하면 어떻겠습니까."

"그렇지. 하지만 계단에서 발소리가 들릴 텐데. 좀더 기다리세. 놈들이 아래의 중앙 폭포 근처까지 내려가면 우리 발소리를 못 들을 거야."

칼의 신중론이었다. 샌슨은 고개를 끄덕이며 말했다.

"좋아요. 그런데 어떻게 하면 될까요? 인질이 있으니……."

이루릴이 말했다.

"조심스럽게 다가가서 슬리프를 사용해 보겠습니다."

칼은 고개를 가로저었다.

"아니, 안 됩니다. 세레니얼 양이 안 계실 때 아프나이델이 저들과 싸운 적이 있습니다. 슬리프 주문은 거의 통하지 않았습니다."

"그런가요. 음. 칼과 제가 각자 한 명씩을 저격할 수 있을 텐데요. 칼, 하슬러를 저격하실 수 있겠지요?"

칼은 고개를 끄덕였다. 그러자 이루릴은 말했다.

"네. 그러면 제가 매직 미사일로 자크라는 그 청년을 저격하겠습니다. 자크를 완전히 무력화시킬 수 있을 겁니다. 그때 나머지 분들이 달려가서 레니 양을 구출하며 동시에 넥슨을 저지하시면 되겠습니다. 그는 조금 전 상처를 입었으니 동작이 빠르지는 못할 겁니다."

"위태로운 작전이지만 할 수 없군요. 갑시다!"

우리는 방을 나왔다. 이미 그들은 중앙 폭포 부근까지는 내려갔을 것이다. 하지만 우리는 발뒤꿈치를 들고 살금살금 내려갔다. 계단을 내려가기 위해선 할 수 없이 윌로위스프의 빛이 필요했다. 제레인트의 복수다. 넥슨. 절대로 용서하지 않아. 난 바스타드를 힘 있게 쥐었다. 사람을 죽이고 싶지는 않아. 난 네 녀석을 죽이지는 않겠어. 제레인트가 그것을 원할 것 같지도 않고. 하지만 네 녀석의 입에서 제레인트에 대한 사과의 말을 들어내고야 말겠다! 그의 죽음 앞에 무릎 꿇고 사죄하게 만들겠어!

중앙 폭포의 물소리가 다시 거세지자 이루릴은 윌로위스프를 돌려보냈다. 우리는 벽을 짚은 채 조심스럽게 내려왔다. 캄캄한 어둠 속이라 위태롭기 그지없었다. 옆에서 들려오는 물소리는 몸을 통째로 집어삼킬 것 같았다. 우리는 서로를 걷어차거나 하면서 힘겹게 내려갔다.

마지막 계단을 돌아내려오자 우리 눈앞에 빛나는 물살이 보였다. 콰콰콰콰콰.

넥슨! 여기 있구나! 넥슨 일행에게서 나오는 불빛인 모양이다. 그리고 그 불빛 때문에 폭포의 물살은 빛의 장막처럼 보였다. 우리는 조용히 폭포 뒤에서 고개를 내밀었다. 하슬러, 우리들을 끈질기고 지독한 녀석들이라고 말했던가? 그래. 우리는 다시 여기까지 쫓아왔어. 잠시만 기다려라!

멀리서 움직이는 횃불이 보였다. 이 넓은 공간에는 장애물이 없기 때문에 아무리 멀리 떨어져 있어도 단번에 눈에 들어왔다. 넥슨 일행은 우리들이 들어온 방향의 반대쪽, 그러니까 지금 우리들이 보았을 때 오른쪽 반원 지대에 가 있었다. 그들은 아마도 오른쪽 첫 번째 통로에서 나오는 모양이었다. 우리는 몸을 가릴 마땅한 장소가 없어 폭포 뒤에 몸을 숨겼다. 휘우듬하게 굽은 호수 옆의 길이었기 때문에 그들의 모습은 간신히 보였다. 그때 이루릴이 말했다.

"'도대체 어떻게 되어먹은 문이야?'."

우리는 놀라서 이루릴을 바라보다가 곧 그녀가 넥슨 일행의 말을 전달해 주고 있다는 것을 알았다. 대단하군! 이루릴은 폭포 바로 뒤의 이곳에서 저쪽에 있는 넥슨 일행의 말을 듣고 있는 것이다. 이루릴은 계속 말했다.

"'부술 수도 없고 열 수도 없어!' '젠장, 이건 또 뭐야? 파괴? 파괴할 수도 없는 문인데 뭐가 파괴란 말이야?'."

칼은 히죽 웃으며 말했다.

"저 방은 검과 파괴의 레티의 방인 모양이군."

폭포 소리 때문에 칼의 말은 잘 들리지 않았다. 이루릴은 계속해서 말했다.

"'파괴라는 것이 약속어가 아닐까요.'."

"'그래? 음. 다시 들어가 보자.'."

그리고 그들은 다시 통로로 들어갔다. 칼은 활을 꺼내었다.

"좋아. 됐어. 세레니얼 양. 녀석들이 나와서 두 번째 통로로 걸어갈 때 쏘도록 합시다. 그리고 나머지 사람들은 모두 달려갈 준비를 하시오."

"알겠습니다."

나와 샌슨, 그리고 네리아는 앞쪽에 일렬로 서서는 한쪽 무릎을 꿇은 채 대기했다. 네리아의 이를 가는 소리가 폭포 소리를 뚫고 들려왔다.

"복수야! 바이서스 임펠의 그 아이와, 그날 밤의 시민들, 그리고 델하파에서 죽은 자들, 밤의 신사들과, 젠장! 너무 많아서 이름도 다 못 대겠어."

"그리고 제레인트의 복수다."

샌슨 역시 사납게 말했다. 난 아무 말도 하지 않고 다만 바스타드를 세게 쥐었다. 손잡이에 감아둔 가죽끈이 손바닥에 달라붙는 느낌이 들었다. 나는 캄캄한 허공 속에서 앞쪽을 뚫어져라 바라보았다.

그리고 뒤에선 칼과 이루릴이 서서 준비를 했다. 칼이 활에 화살을 거는 소리가 들려왔다. 이루릴은 아마도 캐스트를 준비하는 것인지 아무런 소리를 내지 않았다.

잠시 후 다시 불빛이 보이며 녀석들이 걸어나왔다. 이루릴이 말을 전해 주지 않아서 알 수는 없었지만 이렇게 빨리 나온 것이라든지 횃불 빛에 비친 그들의 모습을 보자 문을 열지 못했다는 것을 짐작할 수 있었다.

넥슨은 뭔가 분명히 불평을 토하고 있는 모양이다. 그리고 그 옆엔 하슬러가 묵묵히 서 있었고 자크와 레니는 조금 떨어진 위치에 서서 둘을 불안하게 바라보고 있었다. 넥슨이 몸을 휙 돌렸고 그러자 나머지들도 그 뒤를 따랐다. 그때 칼이 고함을 질렀다. 저들에겐 들리지 않을 정도로, 그러나 폭포 소리를 뚫고 우리들에게는 들릴 정도로.

"지금이다!"

태앵! 화살은 급격히 튀어나와 불빛을 향해 야수처럼 날아갔다. 그리고 그와 함께 네 개의 빛화살이 튀어나갔다. 물 위를 날아가는 화살들의 광포한 비행이 횃불 빛에 번뜩거렸다. 이루릴이 쏜 매직 미사일은 검은 허공에 긴 선을 그어대었다. 콰콰쾅! 자크가 매직 미사일에 맞아 나가떨어지는 모습이 보였다.

"캬아악!"

레니의 비명소리. 그 순간 우리 셋은 앞으로 뛰어나가고 있었다.

"각오해라! 넥슨!"

"죽인다!"

하슬러가 펄쩍 뛰는 것이 보였다. 칼의 화살에 맞은 모양이다. 하슬러가 쓰러지면서 그가 들고 있던 횃불이 물 속에 떨어져버렸다. 삽시간에 주위는 다시 어두워졌다. 으악! 제기랄! 이걸 생각 못했잖아!

우리들은 욕지거리를 뱉으며 옆으로 몸을 날렸다. 나는 벽을 짚은 다음 한 손을 벽에 댄 채 달려갔다. 그러나 곧 앞에서 달려가던 샌슨과 엉켜버리고 말았다. 빌어먹을! 샌슨과 나는 조금만 몸을 잘못 놀리면 곧 호수에 빠진다는 것을 알았기에 몸부림을 치지도 못했다. 퍼억! 윽. 네리아가 우리들에게 걸린 모양이다. 네리아는 헐떡거리며 고함을 질렀다.

"멍청이들! 어디서 뒹굴고 있는 거야!"

"그 입을 조심하지 않으면 너부터, 크억! 어딜 밟아!"

"제발, 제발 먼저 일어나고 싸워! 머리가 비었어들!"

우리 세 명은 쓰러진 채 버둥거리며 서로들과 자신을 향해 동시에 욕을 퍼부어댔다. 그리고 곧 뒤에선 이루릴이 외쳤다. 윌로 위스프의 빛이 호수 위에 떠올랐다.

다시 주위가 밝아지면서 우리는 간신히 일어났다. 젠장! 작전 실패다. 불빛을 생각하지 못하다니. 그리고 다시 시야가 밝아지자 넥슨은 비틀거렸다. 하지만 곧 그는 험악한 얼굴로 레니를 붙잡으려 들었다.

"안 돼!"

"달아나, 레니!"

"꺄아아아아!"

레니는 비명을 지르며 앉은 채로 뒤로 물러났다. 넥슨은 그녀를 덮치려고 했지만 레니는 아슬아슬하게 피한 다음 다시 일어나서 비명을 지르며 우리들에게로 달려왔다. 그리고 우리들도 허겁지겁 그쪽으로 달려갔다. 그때 난 넥슨이 롱소드를 뒤로 당기고 있는 것을 보았다. 저 자식! 던지려고!

"레니! 엎드려!"

샌슨이 목이 터져라 고함을 질렀다. 그러나 공포에 질려버린 레니는 샌슨의 말을 듣고는 오히려 멈춰 서 버리고 말았다. 그녀는 눈물을 펑펑 쏟으며 의아한 표정을 지었다. 그녀가 멍청하게 고개를 돌리는 모습이 보였다. 제기랄, 안 돼! 넥슨은 발악 같은 고함을 질렀다.

"이 지독한 놈들! 너희들에게 넘겨주진 않는다!"

펑펑펑펑펑!

갑자기 대미궁 전체가 진동했다. 우리들은 제대로 서지 못하고는 황급히 주저앉았다. 자칫하다간 저 검은 호수에 빠져들 지경이었다. 그때 칼이 비명을 질렀다.

"호수가!"

호수에서 물이 솟구쳐오르고 있었다. 그리고 곧 호수 중심부의 물이 천천히 돌기 시작했다. 곧 호수 전체는 거대한 소용돌이로 바뀌고 말았다. 우리는 시야를 어지럽히는 빛에 눈을 들어올렸다.

사방의 거대한 벽에 쌓여 있는 무수한 종유석들이 제각기의 빛을 뿜어내기 시작했다. 깊은 바위틈으로부터 청록색, 푸른색, 그리고 밝은 갈색의 빛이 뿜어나왔다. 어지러웠다. 종유석들은 마치 거대한 쇳조각들을 가득 달아맨 것처럼 빛을 뿜었다. 그리고 역시 바람에 서로 부딪히는 쇳조각들의 소리처럼 맑고 경쾌한 소리가 울렸다. 딸그랑딸그랑. 동굴 전체가 기이한 빛을 뿜어내고 있었다.

주위의 사람들 얼굴 모두가 형형색색으로 물들었다.

종유석들에서 빛이 튀어나왔다. 마치 바람에 휩쓸리는 낙엽처럼 동굴 전체엔 빛들이 무리지어 춤을 추었다. 중앙의 호수는 매섭게 회전하며 거대한 물소리를 만들어내었고 그 위론 종유석들이 수천 개의 방울들처럼 딸랑거리고 있었다. 그 울림소리가 깊어짐에 따라 점점 많은 빛발이 쏟아져 나왔다.

마치 가을의 낙엽들처럼, 여름날의 소나기처럼 무수한 빛의 포말들이 헤엄치고 있었다. 노란색, 하얀색, 청백색의 빛방울들. 그리고 소용돌이를 만들어낸 바람이 허공의 빛무리들을 춤추게 만들고 있었다. 그러나 우리들에게는 아무런 바람도 불지 않았다. 그러나 우리는 이리저리 흔들리고 있었다.

나는 보았다.

그 빛의 포말들 속으로 과거의 얼굴들이 지나가는 것을. 힘센 전사의 당당한 어깨가 보였다. 즐거워 노래 부르는 청년의 모습, 그리고 고뇌에 잠긴 노인의 모습, 울부짖으며 전장을 달려가는 전사의 피묻은 검이 번득였다.

긴 밤을 지새우고 마침내 떠오른 태양을 바라보는 자의 피로한 얼굴이 보였다. 형제의 주검 앞에 오열하는 자의 모습이 보였다. 고귀한 얼굴, 슬픔에 잠긴 얼굴, 교활한 얼굴, 비통한 얼굴, 기쁨에 날뛰는 얼굴, 비장한 얼굴들이 있었다. 어떤 것은 얼굴이 보이지 않는 것도 있었다. 희미한 과거의 음영. 단지 과거로부터 여기에 투영되는 그림자들처럼.

그리고 그곳엔 울음소리, 전장의 말발굽 소리, 달리는 전차의 소리, 비명소리가 들려왔다. 어느 겨울 아침 창가에 맺힌 서리를 닦아내는 소리, 여름날 대지를 두드리는 소나기 소리. 봄을 찬미하는 새들의 지저귐이 들려왔고 쓸쓸한 가을 벌판의 쟁기질 소리가 들려왔다.

그러나 난 그것을 정확히 보았는지 모르겠다. 어쩌면 내가 본 것은 그저 허공에 마구 반사되는 빛무리뿐이었을지도. 내가 들은 것은 거세게 소용돌이치는 물소리였을지도.

그리고 주위가 하얗게, 혹은 완전히 검게 바뀌었다.

9

"아니, 그렇진 않아요."

"그래? 그럼 어떻게 되었는가?"

"예. 우리들 중엔 엘프가 있었다고 말씀드리지 않았습니까?"

이 목소리는 기억에 있는데.

"흐음. 그래서?"

이 목소리는 처음 듣는군. 누구지? 다시 아는 목소리가 들려왔다.

"그래서 엘프 이루릴이 저에게 간절히 부탁했지요. '제발! 진실한 길을 따르는 용맹한 프리스트여, 악의 힘으로부터 우리를 구원해 주세요!'."

이루릴이 저런 목소리는 아니었는데?

"흐음. 그래서?"

"전 품속에서 디바인 마크를 꺼내어들었지요. 우리의 일행은 처절한 공포의 암흑에서 떠오르는 태양을 바라보듯이 절 바라보았습니다. 물론 전 겸허히 테페리의 뜻을 따랐을 뿐입니다만. 어쨌든 전 외쳤지요. '우둔의 권능, 질병의 권능이여! 내 앞에 그 검은 손을 치워라! 난 이런 모욕을 참을 수 없노라!'."

"허허허……. 대단했겠군."

"예. 그래서 우리 일행은 저의 보호 아래 생존자의 수색에 나셨습니다. 하지만 그 상황에서 더 중요한 것은 생존자의 수색이 아니었지요. 샌슨은 강인한 전사답게, 아, 이 강인하다는 의미를 잘 헤아리셔야 되겠군요, 어쨌든 그는 생존자를 수색하자고 주장했습니다. 하지만 저의 힘 앞에 평정을 되찾은 엘프 이루릴은 상황을 올바로 직시할 수 있었지요. 저야 프리스트였으니 이미 알고 있었던 사실, 세이크리드 랜드를 해소시킨다면 모든 것이 원래로 돌아갈 것이라는 그 단순한 사실 말입니다."

"오호라! 그랬겠군?"

왠지 슬금슬금 화가 나려고 하는데?

"예. 저는 일행을 이끌어 세이크리드 랜드의 원인, 질병의 권능이 춤추게 만든 그 아티팩트가 묻힌 곳으로 향했습니다. 그 와중에서도 도시의 시민들은 픽픽 쓰러지고 있었습니다. 모두들 애끓는 비명을 지르며 저에게 치료를 갈구했습니다. 정말 가슴이 찢어지는 것 같더군요."

"음. 이해가 가네."

"예. 제가 영웅이라고는 말씀드리지 않겠습니다만, 저는 눈앞의 작은 일에 매달리는 범부는 아니라 자신합니다. 저의 가슴이 미어지는 것 같았습니다만 슬픔을 삭이며 생각했지요. 무슨 생각을 했는지 아시겠습니까? 지금 이 상황에서는 치료가 중요한 것이 아니다. 그것 때문에 시간을 낭비하기보다는 차라리 한시라도 빨리 세이크리드 랜드를 해소시키는 것이 피해를 줄일 수 있는 길이다!"

"음, 그렇지. 눈앞의 일에 발목이 잡히지 않는 자는 진실로 영웅의 자질을 가지고 있다 말할 수 있겠지."

"하하하. 과찬의 말씀입니다. 그래서 전 슬픔을 가슴에 묻어두고는 우리 일행을 다그쳐…….”

장황한 이야기는 계속되었다. 물론 계속해서 나나 다른 일행들의 이야기는 최소화되거나 건너뛰었고 오로지 한 사람의 업적만이 눈부시게 빛나고 터무니없이 과장되었다. 난 도저히 참을 수가 없어서 벌떡 일어나고 말았다.

“제레인트! 제발! 나 이미 정신차렸는데 다시 기절하겠다고요!”

자리에서 일어서자 주위가 한눈에 들어왔다.

내가 쓰러져 있던 장소는 대리석으로 된 바닥이었고 주위는 물속인 듯했다. 머리 위에서는 밝은 빛이 물살의 일렁거림에 따라 흔들리며 아래로 스며내려오고 있었다. 주위를 빙글 돌면서 얕은 계단이 세 단 놓여 있고 그 위로 기둥들이 서 있었는데, 기둥 외엔 아무것도 없었지만 물은 거기서 더 안으로 들어오지 않았다. 우리 일행들은 이 얕은 접시처럼 생긴 공간의 가장 아래쪽 바닥에 이리저리 쓰러져 있었다. 그리고 우리 배낭들도 모두 주위에 흩어져 있었다.

주위는 따스했다. 아니, 지금껏 추운 땅굴 속을 돌아다니고 있었기에 그렇게 느꼈는지도 모르겠다. 이 공간은 지나치게 춥지도, 지나치게 덥지도 않은 그야말로 적당한 온도였다. 공기 중에서는 아무런 냄새도 나지 않았다.

약간 떨어진 곳의 계단엔 웬 늙은이 하나가 앉아 있었다. 하얀색 로브를 입고 흰 수염을 늘어뜨린 백발 늙은이였는데 도대체 나이가 얼마나 될지 짐작도 되지 않았다. 얼굴 가득한 주름살이라든지 가슴을 온통 뒤덮는 수염과 백발로 미루어보아서는 꽤나 나이가 많을 듯했다. 하지만 떡 벌어진 어깨와 훌륭한 체격은 중년의 그것을 무색하게 만들고 있었다. 그리고 그 늙은이의 옆에는 지금껏 내 복장을 뒤집고 있던 사나이, 제레인트가 계단에 앉아 있었다.

나는 말도 못한 채 제레인트를 바라보았다. 쓰러져 있던 샌슨이 몸을 부스스 일으켰다. 그는 멍한 얼굴로 제레인트를 바라보다가 나에게 고개를 돌리더니 말했다.

"난 말이야. 지금껏 아주 고약한 환상을 보고 있다고 생각했거든. 제레인트의 이야기를 들으며 웃음이 나오려고 했지만 꿈속이니까 웃거나 말을 꺼내는 그런 일이 안 될 거라고 생각했어. 그런데 후치 넌 말을 하네? 이거 환상이 아니야?"

난 그 대답을 아주 이상하게 해버렸다.

"제레인트! 내가 죽었어요, 당신이 살았어요?"

제레인트는 밝게 웃으며 대답했다.

"그건 테페리의 권능도 필요없는 질문이군. 하하하! 물론 자네는 살아 있지."

"그럼 당신도 살아 있는 거예요?"

"확실히 그렇다고 말해 줄 수 있지."

샌슨은 몸을 벌떡 일으켰다.

"그럼 당신을 확실히 죽일 수가 있군! 우리 속을 몽땅 뒤집어 놓고, 너무 울어서 숨이 막히게 해놓고는 뭣이 어쩌고 어째? 강인하다는 말의 의미를 잘 이해하라고!"

제레인트는 멋쩍게 히죽 웃었고 그러자 그 옆의 늙은이는 기분 좋은 미소를 띠었다. 그리고 샌슨의 고함소리를 들으며 칼이 몸을 일으켰다. 그는 앞의 상황이 잘 이해되지 않는 듯 멍청한 얼굴로 우리들을 둘러보았다. 그때 네리아가 외쳤다.

"제레인트! 제레인트! 살아 있었어요?"

"그런 질문을 많이 받는군요. 하하하."

"정말 살아 있는 거예요?"

제레인트는 일어나 우리들에게 다가왔다. 네리아는 벌떡 일어서더니 제레인트의 어깨를 붙잡더니 뒤로 휙 돌려버렸다. 제레인트는 난처하게 웃으며 뒤통수를 긁었고, 우리들은 그의 등에 아무런 상처도 없는 것을, 정확하게는 로브에 아무런 자국이 없는 것을 발견했다. 네리아는 제레인트의 등을 만지작거리며 얼빠진 목소리로 말했다.

"안 아파요?"

뒤에 생각해 보니 어째 좀 이상한 질문이었지만 그때는 아무도 이상하다는 것을 느끼지 못했다. 다만 제레인트가 얼빠진 웃음을 지었을 뿐이다. 그때 이루릴이 천천히 일어나며 말했다.

"제레인트. 살아 있었군요."

이루릴의 그 말은 마치 우리들에게 확신을 심어주는 마지막 확인처럼 들렸다. 우리는 그제야 웃음을, 혹은 울음을 터뜨리며 제레인트를 껴안았다. 제레인트는 이사람 저사람에게 끌려다니고 포옹당하고 키스당하며 제정신을 못 차렸다. 샌슨은 그를 아주 과격하게 흔들어댔고 네리아는 열렬히 그의 뺨에 키스해 주었다. 칼은 눈물을 쏟을 듯한 얼굴로 그를 포옹했고 이루릴은 그의 손을 잡고 흔들었으며 난 눈을 닦은 다음 그를 노려보며 말했다.

"이야기 아주 멋지던데요? 하지만 살아 있으니 화내진 않겠어요. 하하하!"

제레인트는 계속 뒤통수만 긁어대었다. 그리고 우리는 그때까지 우리의 해후 장면을 보면서 미소를 띠고 있던 노인에게 고개를 돌렸다. 이루릴이 먼저 말했다.

"제레인트. 여기는 어디죠? 그리고 저분은?"

"아, 그래요. 제레인트! 레니는 어디 있지요? 넥슨은, 다른 녀석들은? 여기는 도대체 어디지요?"

샌슨도 다급하게 물었고 그러자 제레인트는 그제야 정신을 차린 듯했다. 그는 노인에게 목례를 하며 말했다.

"아, 이런 실례가. 소개하지요. 저분이 절 치료해 주셨습니다."

칼은 붉은 눈을 닦으며 고개를 숙였다.

"아, 감사합니다. 정말 감사드립니다. 그 구덩이에서 어떻게……."

제레인트는 곧 어두운 표정으로 말했다.

"아, 예. 구덩이로 정신없이 떨어지는데, 그건 정말 악몽 같은 기억이었습니다. 음. 등에서부터 느껴지는 고통보다는 끝없이 추락하는 것이 더 떨리더군요. 그런 무한히 계속되는 추락 끝에 마침내 저는……."

"여기가 어디냐는 것과 저분이 누구시냐는 말은 언제쯤 듣게 되지요, 제레인트?"

내 말에 제레인트는 머쓱한 표정을 지었다. 제레인트는 말했다.

"이런, 죄송합니다. 여기는 중앙 호수의 아랫부분입니다."

칼은 놀란 눈으로 말했다.

"호수 아래라구요?"

"예. 그리고 저분은 이곳의 주인이시지요."

아무래도 칼보다는 내가 더 입이 큰 모양이다. 내가 더 입을 크게 벌렸으니까. 샌슨은 어리둥절한 표정으로 제레인트를 바라보다가 갑자기 벼락을 맞은 표정을 지어보였다. 칼은 말했다.

"그, 그, 그럼 저, 저분이 바로……."

"드래곤 로드이십니다."

"꺄아아아악!"

네리아의 비명소리. 우리는 아무래도 드래곤 로드에게 예의 바르다는 평가는 받지 못하겠는걸.

드래곤 로드는 자리에서 움직이지 않은 채 희미한 미소만 띠고 우리들을 바라보았다. 나도 모르게 발걸음이 뒤로 물러났다. 샌슨의 손을 보니 불안하게시리 칼자루 근처에서 왔다갔다하고 있었다. 그러나 그 역시 나처럼 검을 뽑아들 용기는 없는 모양이다. 네리아는 칼의 뒤에 숨어버렸다. 그러나 칼과 이루릴은 꼼짝도 하지 않았다. 그런데 그 표정은 대조적이었다. 칼은 커다란 감동이 묻어나는 얼굴로 드래곤 로드를 바라보고 있었지만 이루릴은 별 표정 없는 얼굴이었다.

잠시 말이 없어졌다. 우리는 그저 숨을 죽인 채 드래곤 로드를 바라보고 있었을 뿐 어떻게 행동해야 할지를 몰라 주춤거렸다. 그때 이루릴이 목례하면서 말했다.

"이루릴 세레니얼이 영광스러운 드래곤 로드를 뵙습니다."

드래곤 로드는 자리에서 일어서며 말했다.

"숲의 딸을 만나게 되어 반갑군."

그러자 칼도 천천히 말했다.

"칼 헬턴트입니다. 허락없이 대미궁에 들어온 불청객의 무례를 용서해 주십시오."

"집을 오래 비워두어 손님맞이가 적절치 못했음을 사과하지."

샌슨은 침을 꿀꺽꿀꺽 삼키면서 말했다.

"샌슨 퍼시발입니다."

드래곤 로드는 가볍게 고개를 끄덕였다. 그의 깊은 눈이 날 바라보았고 난 덜덜 떨면서 말했다.

"후치, 후치 네드발입니다."

"반갑군. 후치."

네리아는 그때까지도 칼의 등 뒤에서 나올 생각을 하지 않았다. 칼이 고개를 돌려 네리아에게 눈짓을 보내자 네리아는 하얗게 된 얼굴로 말했다.

"네, 네리아에요. 절대로! 절대로 보석 하나도 가지고 나오지 않았어요! 모두 다 제자리에 두고 한 알도 건드리지 않았어요. 예. 그래요!"

드래곤 로드는 빙긋이 웃었다.

"손님의 예를 아는 자는 좋은 대접을 기대할 수 있을 테지."

그리고 드래곤 로드는 다시 계단에 앉았다. 우리들은 그 앞에 도열한 채로 그의 얼굴을 바라보았다. 드래곤 로드는 천천히 말했다.

"앉게나. 좋은 자리는 아니겠지만. 올려다보고 말할 순 없네."

그러자 이루릴은 살포시 웃더니 바닥에 앉았다. 그리고 다른 사람들도 그녀를 따라 바닥에 앉았다. 다만 네리아는 조금 떨어져서는 주위를 두리번거렸다. 그녀는 곧 울상이 되었다. 사방 벽이 모조리 물인데 어디로 달아날 수 있나. 그녀는 체념한 표정으로 칼의 등 뒤에 앉았다.

드래곤 로드는 편안한 자세로 계단에 앉아서는 말했다.

"그래, 이곳엔 무슨 용건으로 찾아왔는가. 이곳이 나의 집인 것은 알 텐데. 제레인트의 기지 넘치는 이야기는 잘 들었네만 그의 이야기하는 방식은 정보를 전달하는 데 있어선 적합하지 않더군."

우리는 머뭇거리며 칼을 바라보았다. 칼은 천천히 말했다.

"우리는 납치당한 어떤 소녀를 되찾기 위해서 이곳에 들어왔습니다. 그 소녀의 납치자가 이곳으로 들어왔기에 어쩔 수 없이 따라 들어온 것입니다."

"그런가. 그 대가로 목숨을 잃어도 말인가."

칼은 움찔할 뿐 대답하지 않았다. 드래곤 로드는 칼을 직시하며 말했다.

"이곳은 나의 집이고 자네들에게 허락된 공간은 아닐세. 난 허락한 기억이 없네."

칼은 천천히, 그러나 설령 드래곤 로드 앞이라고 해서 칼 헬턴트의 일부분이라도 달라질 것은 아무것도 없다는 태도로 퉁명스럽게 말했다.

"저희들의 구원을 필요로 하는 무력한 소녀가 시시각각 저희들로부터 멀어지는 상황이었습니다. 그런 상황에선 지금 밟고 있는 땅이 주인 있는 정원인지 거친 불모지인지 파악하고 있을 겨를이 없지 않습니까. 게다가 질문할 사람도 없고 말입니다. 그러니 달리는 도리밖에 없었습니다."

닐시언 전하를 접견할 때의 기억이 떠오르는 이유가 뭘까. 고개를 돌려보니 샌슨이 뭐라고 웅얼거리고 있었다. 입모양을 자세히 보니 이렇게 말하고 있었다. '드래곤의 저녁 식사.' 네리아는 쉴새없이 칼의 허리를 찔러대고 있었는데 딴에는 들키지 않고 그렇게 하겠다는 뜻이 있어 보였지만 그 동작은 너무 잘 보였다.

드래곤 로드는 빙긋이 웃었다.

"바이서스의 핏줄인가?"

"그렇습니다."

"자네들은 항상 자신들이 달리는 땅의 주인을 알아보는 데 게으르군. 300년 전이나 지금이나 똑같군."

칼은 입술을 적시고는 말했다.

"상황이 다릅니다."

"어떻게 다르지?"

"루트에리노 대왕께서는 당신과 대결하여 이 땅에 보다 어울리는 주인을 명확히 하고자 했던 것입니다. 당신께서 그 이전에 주인이었을지는 모르지만 당신은 패배했으며 그 패배에 대한 대가를 부정하셔서는 안 됩니다. 당신은 자신의 것을 지키지 못했습니다."

드래곤 로드의 눈이 번쩍거렸다. 그러나 그의 목소리는 한결같이 온건했다.

"그 간악한 녀석의 지혜를 찬양하고 싶은가?"

"간악한 녀석이라면……."

"핸드레이크가 날 패퇴시켰음을 나에게 다시 인식시켜 주고 싶은 건가?"

"그럴 마음은 없습니다. 설마 그의 일을 잊으셨으리라고는 생각하지 않습니다. 물론 당신의 패배도."

칼은 차분하게 말했고 샌슨은 이제 이렇게 중얼거리고 있었다. "드래곤의 디저트." 네리아는 곧장이라도 울 듯한 얼굴이었고 제레인트는 드래곤 로드와 칼을 번갈아 보며 불안한 표정을 지었다.

드래곤 로드는 여전히 차가운 얼굴로 칼을 바라보며 말했다.

"잊지 않았네. 나는 잊을 수가 없는 존재지. 유피넬과 헬카네스의 축복은 오로지 너희 종족에게만 있을 뿐이지."

"그렇습니다."

칼은 별로 자랑하는 기색도 없이, 그러나 겸양하는 기색도 없이 차분하게 말했다. 드래곤 로드는 칼을 바라보았다.

"그럼 이제 선택하게."

칼은 맑은 눈으로 드래곤 로드를 마주보며 말했다.

"무엇을 선택해야 됩니까."

"난 자네의 말 중 일부를 받아들이겠네. 자네에겐 이 카르 엔 드래고니안에 주인이 있는지 물어볼 시간도 없었거니와 알아볼 수도 없었다는 말에 동의하지. 아마 자넨 이곳이 나의 집이라는 것은 짐작했겠지만 그것에 관해선 말하지 않겠네."

드래곤 로드는 자리에서 일어섰다. 그는 평온한 눈으로 우리들을 내려보았지만 우리들은 소름이 돋았다.

"하지만 이제 자넨 이곳의 주인인 내가 여기 있음을 두 눈으로 보았어. 부정할 수 없겠지."

"그렇습니다."

드래곤 로드는 고개를 끄덕이며 여전히 부드러운 목소리로 말했다.

"자네가 카르 엔 드래고니안의 불청객이며, 따라서 나에겐 자네에 대한 정당한 추방 명령이 가능하다는 것도 부정할 수 없겠지."

"그렇습니다."

"그렇다면 내가 명령할 테니 선택하게. 이곳에서 지금 당장 나갈 것을 명하니, 명령을 받아들이겠는가?"

칼은 천천히 일어났다.

아마도 죽을 때까지 잊을 수 없을 것이다. 사방의 벽에선 빛을 모두 갈라놓는 부드러운 물의 출렁임. 그리고 이 푸르고 밝은 빛들. 대리석들의 하얀 빛은 눈을 시리게 만들 정도였다. 그리고 눈앞엔 300년의 시간을 뛰어넘어 다시 인간의 앞에 나타난 절대의 드래곤 로드가 엄격한 얼굴로 우리를 바라보고 있었다. 그 장대한 체구는 바라보는 것만으로도 우리를 위압하고 있었다. 그러나 그는 마치 돌덩어리 같았다. 아무런 감정도 느껴지지 않았고 아무런 생명이 느껴지지 않은 채 그곳에 다만 서 있었다.

그리고 그 앞엔 한 인간, 칼이 서 있었다. 그러나 칼은 왜소하지 않았다. 그는 꼿꼿이 선 채로 드래곤 로드를 마주보고 있었다. 그의 체구는 그대로였고 중년의 세월이 더해진 칼의 어깨는 축 처져 있기까지 했다. 하지만 그는 굽힐 수 없는 소나무처럼 서서 드래곤 로드를 마주보았다.

"전 따르지 않겠습니다."

"나의 정당한 권리를 부정하는 것인가?"

"저의 마음이 이끄는 길을 가로막는 이상 당신의 권리를 부정합니다."

"자네의 마음은 무엇으로 자네를 이끄는가?"

"저희들이 레니라고 부르는 소녀를 구출하여 나가기를 원합니다."

"그것 때문에 날 부정하겠다는 것인가? 자네들의 두루마리를 단번에 종말지을 수 있는 나에게?"

드래곤 로드의 말에서는 아무런 감정이 느껴지지 않았다. 바위가 말해도 지금의 드래곤 로드보다는 더 생동감 있게 말할 수 있을 것 같다.

칼은 갑자기 피로한 표정을 지었다.

그의 얼굴에 나타난 변화는 급격했다. 그는 갑자기 나이를 먹는 것 같았고, 그의 얼굴에 갑자기 급격한 세월이 흐르는 것 같았다. 그 빠르면서도 급격한 흐름이 멎자 그는 놀랍게도 드래곤 로드와 같은 연배로 보였다. 우리는 숨죽여 그들을 바라보았다. 드래곤과 인간을.

칼의 입이 힘없이 열렸다.

"날 데리고 장난치지 마라. 드래곤."

네리아는 그대로 기절해 버렸다.

나는 네리아를 안았다. 네리아의 몸은 가벼웠지만 내 팔이 너무 심하게 떨려서 그녀를 놓칠 뻔했다. 제레인트가 황급히 나를 도왔다. 나와 제레인트는 그녀를 부축한 채로 일어났다. 그리고 샌슨과 이루릴도 모두 일어났다. 그러나 자리에서 일어난다고 도대체 뭐가 바뀌는가? 우리들이 이렇게 드래곤 로드에게 대항하듯이 주욱 늘어서서 무엇을 하겠다는 말이지? 이건 차라리 저녁 식사 차례를 기다리는 꼴이잖아! 내가 식탁의 주인이 되지는 못하겠지만. 맙소사, 아버지. 아버지는 드래곤에게 아내와 아들 모두를 잃게 되실지 모르겠군요. 젠장!

우리는 숨소리를 낼 소박한 자유마저도 박탈당했다. 그래서 나와 제레인트, 그리고 샌슨은 질식할 듯한 중압감을 느끼며 칼과 드래곤 로드를 바라보았다. 드래곤 로드의 암석 같은 얼굴은 변함이 없었지만 칼은 이제 완연히 늙어버린 모습을 보여주었다.

아니, 그것은 신중히 감춰지고 위장된 그의 본모습이 표면으로 떠오른 것 같았다.

이루릴은 평온한 얼굴 그대로 약간 물러난 곳에서 두 존재의 대화를 듣고 있었다. 심지어 그녀마저도 드래곤 로드와 마찬가지로 차가운 암석처럼 보였다. 그리고 엘프와 드래곤 양자의 시선을 받고 있는 인간은 이제 힘없이 팔을 들어올리고 있었다.

칼은 머리를 쓸어넘기더니 그대로 목 뒤에 손을 대었다. 그는 그렇게 머리를 숙인 채로 고개를 이리저리 꺾었다. 방자한 태도였다. 그는 피로에 지친 표정으로 음울하게 드래곤 로드를 바라보았다.

"뜨거운 맛이 부족하지는 않았을 것이다, 드래곤. 그리고 넌 잊지도 못하니 그것을 망각해서 이러는 것도 아니겠지. 심심했나?"

입 안에 이상한 맛이 느껴진다. 이게 도대체 어떤 미친 녀석이 할 수 있는 말이지? 그러나 그것은 칼 헬턴트의 말이었고 그가 할 수 있는 말이었다. 칼은 팔을 늘어뜨리며 드래곤 로드를 바라보았다. 드래곤 로드는 변함없는 얼굴로 칼을 마주보았다. 그의 입이 열릴 기색이 없자 칼은 계속 말했다.

"그래. 너의 눈앞에 흘러가는 300년의 세월, 짐작도 할 수 없다. 그 눈으로 바라본 것이 무엇이었는지 상상도 안 되는걸. 하지만 생각해 보지. 나는 유피넬과 헬카네스의 축복을 받은 인간이니까 말이야."

칼은 여전히 방약무인한 태도로 팔짱을 끼더니 턱을 긁적거리며 말했다.

"무엇이었을까. 몸을 짓씹고 정신을 짓누르는 고독? 아냐. 그런 건 너의 관심사가 아니었겠지. 드래곤은 고독을 모르는 존재니까. 방대한 기억에 짓눌리는 것? 터무니없어. 잊지 못하는 존재는 기억에 휘둘리지도 않아. 난 모든 것을 잊어버렸기 때문에 오로지 남은 하나의 기억에 매달리는 남자를 보았지."

그때 칼은 잠시 말을 멈추고 자신의 내부로 빠져들어가는 표정을 지었다. 드래곤 로드는 말없이 그를 바라보고 있었다. 칼은 잠시 후 고개를 가로저으며 말했다.

"그래. 그건 아니야. 그렇다면 뭘까. 역시 내 생각대로 무료함이었나?"

드래곤 로드의 고개가 살짝 움직였다.

그것은 호의적으로 바라보았을 경우 고개를 끄덕였다고 말해줄 수 있을 정도의 몸짓이었다. 드래곤 로드는 천천히 말했다.

"그랬네."

"그랬군. 하지만 그것 때문에 날 장난감 취급하는 것은 좋지 않아."

"지적 자극을 받을 수 있는 존재로서 300년을 살아온 자를, 자네는 과연 이해할 수 있을까?"

"아니, 전혀. 300번의 개화, 300번의 낙엽, 전혀 이해할 수 없어. 하지만 솔직히 말하지 그랬나?"

"미안하군."

미안하다, 미안하다고? 지금 드래곤 로드가 칼에게 미안하다고 말했나? 난 믿을 수 없는 심정으로 그 광경을 바라보았다. 그러나 칼은 전혀 놀란 기색이 아니었다. 난 네리아를 안고 있었기 때문에 기절할 자유도 없었다. 샌슨의 얼굴에서 빠져나가는 핏기는 다 어디로 사라지는 것일까. 제레인트는 벌벌 떨면서 그 광경을 바라보았다.

그때였다.

갑자기 드래곤 로드의 얼굴이 바뀌기 시작했다. 그것은 눈에 익은 모습이었다. 드래곤 로드의 얼굴에 거대한 피로가 피어오르고 있었다. 아니, 순식간에 발톱 달린 악마가 그의 얼굴을 스치고 지나간 것처럼 보였다. 모든 것을 부수며 모든 의미를 무시하는 악마. 유피넬과 헬카네스의 자식, 시간이 순식간에 그의 얼굴을 쓰다듬었고, 마침내 드래곤 로드의 바위 같은 얼굴에는 황폐화된 폐허만이 떠올랐다. 그의 얼굴은…… 사막의 모래 틈으로 불쑥 드러난 어떤 몰락한 옛 나라의 석상처럼 보였다.

드래곤 로드는 고개를 끄덕였다.

"자네를 놀리려고 했다……, 그렇게 말할 수도 있네. 하지만 사실 난 아직도 이해하지 못한다네. 세계에 대한 자네들의 그 터무니없는 오만 말일세."

"아직도 이해하지 못하나?"

"그렇다네. 이건 뭐라고 말해야 할까. 자네들의 표현으로는 머리로는 알고 가슴으로는 알지 못한다고 말하던가? 조악하며 사실과는 터무니없이 먼 비유지만 어쩔 수가 없군."

칼은 팔짱을 끼며 고개를 끄덕였다.

"너무…… 다르지."

"그래. 너무 달라."

"어쩔 텐가?"

칼의 질문에 드래곤 로드는 고개를 들어 하늘을 보았다. 칼도 그 시선을 따라 하늘을 바라보았으며 나도 부지불식간에 위를 바라보았다.

왠지 빛이 줄어들고 있는 것처럼 느껴졌다. 주위의 물들은 보다 짙은 군청색을 띠기 시작했고 위에서 영롱하게 내리비치던 빛들도 그 위세가 약해지고 있었다. 드래곤 로드는 말했다.

"내가 먼저 물어보고 싶은 것이 있는데."

"무엇을 말인가?"

드래곤 로드는 칼에게 말하지 않았다. 그는 갑자기 고개를 돌려 제레인트를 바라보았다.

그의 아름다운 눈이 제레인트를 바라보고 있었다.

아름답다? 언제부터 그렇게 생각하게 되었지? 조금 전, 드래곤 로드의 표정이 변하고부터다. 이제 그는 한 자리에 300년 동안 서 있는 바위에서는 느낄 수 없는 느낌을 주고 있었다. 바위는, 그저 서 있을 뿐. 그러나 드래곤 로드는 바위처럼 선 채 사색했을 것이다. 그는 바라보며, 생각했을 것이다. 그가 바위라면 폭포 속에 서 있는 바위일 것이다. 수백 년의 물살을 맞으면서도 깎여나갈 줄 모르는 자존심 강하고 고집센 바위일 것이다. 깎여나간 부분이 있다면 그것은 그 스스로가 원해서 물살에 실어 흘려보낸 것뿐이다.

그는 말했다.

"제레인트 침버. 인간의 아들이며 테페리의 지팡이여."

"예? 아, 예?"

제레인트는 크게 당황하며 대답했다. 칼은 잠시 드래곤 로드를 바라보더니 그대로 뒷걸음질쳐 물러났다. 그래서 드래곤 로드는 제레인트를 똑바로 바라볼 수 있게 되었다. 물론 그 상황은 제레인트의 마음에 들지는 않았을 것이다. 제레인트는 식은땀을 좍좍 흘리면서 드래곤 로드를 바라보았다.

"자네가 세상에서 가장 중요하게 여기는 것이 뭔지 말해 줄 수 있겠나?"

"예? 아, 저 말씀이십니까? 제가 중요하게 여기는 거요?"

"물론 그렇다네."

"아, 저, 그것은 테페리의 뜻입니다."

"테페리의 뜻?"

제레인트는 당황하고 있었지만 지금 하고 있는 말에는 아무런 어려움이 없다는 태도였다. 그는 자연스럽게 말했다.

"예. 저는 테페리에게 저의 몸을 던진 자이며 그의 뜻에 따라 길을 선택할 수 있는 권능을 수여받았습니다. 제가 걷는 모든 길에 그분의 은총이 함께합니다."

"목숨보다도?"

"대답할 필요가 없는 질문입니다."

드래곤 로드의 질문도 빨랐고 제레인트의 대답도 빨랐다. 칼은 약간 떨어진 위치에서 대담하게시리 콧방귀를 뀌어대고 있었다. 왜 저러시지? 드래곤 로드는 칼을 돌아보며 미소를 지었다가 다시 제레인트를 바라보았다.

"좋네. 제레인트. 자네는 갈림길의 신 테페리의 지팡이일세. 그러니 선택하게. 난 자네들의 무리를 둘로 나누겠네. 자네와 그 외의 다른 자들로. 그리고 둘 중 하나만 살아날 기회를 주겠네."

그 음성은 평온했다. 비록 그가 사람 정도는 간단하게 잡아먹고 나서는 이빨 사이에 끼인다고 불평할 진면목을 숨기고 있다지만 음성만은 고요하고 안정되어 있었다. 그래서 공포는 조금 늦게 찾아왔다.

제레인트는 굳어버렸다.

"예?"

"이해가 어려운가? 다시 말해 주지. 자네가 죽는다면 다른 모든 사람은 살려 보내주겠네. 그러나 다른 모든 사람이 죽는다면 자네는 살려주겠네. 살 것인지 죽을 것인지를 선택하게."

제레인트는 멍한 얼굴로 드래곤 로드를 바라보았지만 드래곤 로드는 자기가 내뱉은 무시무시한 말에 아무런 자극도 받지 않은 듯이 태연하게 제레인트를 바라보았다.

제레인트는 폭소를 터뜨렸다.

"푸하하하!"

나와 샌슨은 허옇게 질린 얼굴로 제레인트를 바라보았다. 제레인트는 뭣 때문에 기뻐하고 있는 것일까? 다른 모든 반응이라면 이해가 되지만, 웃는다니? 혹시 충격으로 정신이 이상해진 것이 아닐까?

그때 제레인트는 박수를 딱 치더니 말했다.

"크크크큭. 우힛히! 그거 너무 쉽습니다. 내가 죽지요. 하하하하."

"쉽다고?"

"하핫! 예! 정말 간단한 질문이군요. 아니, 도대체? 어떻게 300년이나 살아오신 드래곤 로드께서 그런 질문을 하십니까? 아하! 그렇군요. 이제야 칼이 장난 어쩌고 한 말이 이해되는군요. 하하하!"

제레인트는 너무 웃어서 흘린 눈물을 닦아내더니 배를 잡고 말했다.

"드래곤 로드, 위대한 드래곤이여. 하하하. 당신은 인간을 아실 겁니다. 인간이란 그런 질문에 대해서 항상 똑같이 대답할 겁니다. 테페리에게 물어볼 필요도 없어요. 내가 죽습니다. 친구들을 내보내 주세요."

나와 샌슨은 넋을 잃고 제레인트를 바라보았다. 샌슨의 얼굴에 흘러넘치는 저 감동은 형언하기가 힘들다.

과연 인간이라면 모두 그렇게 대답할까?

아니다. 난 살짝 고개를 가로저었다. 제레인트 당신이기 때문에 그렇게 대답하는 것이다. 모든 인간을 믿는 당신이니 그런 얼빠진 대답을 하겠지. 그러나 왠지 나의 생각엔 확신이 없었다. 제레인트는 이제 유쾌한 얼굴이 되어 말했다.

"아니 왜 그런 한심한 질문을 하시는 겁니까?"

드래곤 로드는 제레인트의 질문에는 대답하지 않았다.

"테페리의 대답은 무엇이었지?"

드래곤 로드는 그렇게 물었고 그러자 제레인트는 갑자기 얼굴을 굳혔다. 그는 입술을 깨물면서 드래곤 로드를 바라보았다. 그는 말했다.

"뻔한 거 좀 그만 물어요. 젠장. 저 사람들은 테페리의 뜻을 실천하지 않고, 난 테페리의 뜻을 실천해요. 당신이 나를 죽이겠다는 것은 테페리를 죽이겠다는 것과 같아요. 테페리는 나보고 살라고 하겠지요."

샌슨의 얼굴은 다시 파랗게 변했다. 하지만 드래곤 로드는 차분하게 말했다.

"그럼 자넨 테페리의 뜻을 어기겠다는 것인가? 자네에게 가장 소중한 것을?"

제레인트는 말문이 막힌다는 표정으로 드래곤 로드를 바라보았다. 그러나 드래곤 로드는 제레인트를 냉정하게 바라볼 뿐 말이 없었다. 제레인트는 뭔가 알아들을 수 없는 말을 중얼거렸다. 잠시 후 그의 목소리가 명확해졌다.

"물론입니다. 난 테페리가 아니라 제레인트니까."

"자네에게 가장 중요한 것은?"

"테페리입니다."

"제레인트가 아니라?"

제레인트는 콧등을 긁적거리다가 말했다.

"헤헷. 어쩔 수 없어요. 내가 없다면 테페리를 섬길 수 없어요. 헤트로이처가 쓴 『신에게로의 사색적 산책』 한번 읽어보시죠. 여기도 있던데. 나라는 존재가 사라지면 신앙도 없어지게 되지요. 더 간단히 말할까요? 테페리께서는 그를 섬기는 노예를 원하시지 않아요. 노예를 원하셨다면 인간 같은 것은 자격 미달이겠지요. 노예는 생각할 필요가 없으니까."

드래곤 로드는 가만히 그를 바라보았다. 제레인트는 느릿하게 말했다.

"그러니까……, 뭐……, 이런 거죠. 내가 없으면 테페리를 향한 나의 신앙도 없다. 그러므로 나는 있어야 한다. 따라서 난 테페리를 섬기기 위해서는 테페리와 구분되는 제레인트로 남아야 하며, 그런 제레인트로서 당신의 질문에 대해 죽겠다고 대답할 수 있다, 이 말입니다."

"테페리의 뜻을 어기면서도?"

"내 삶은 테페리에게 바쳤으니, 내 죽음 정도는 제레인트를 위해 쓰지요. 테페리께서도 화내시지는 않을 겁니다."

제레인트는 장난스러운 어투로 말했고 드래곤 로드는 미소를 지었다.

"테페리라는 교사는 학생 제레인트에게 낙제점을 줄 듯하군."

"제 생각도 그렇습니다. 하하하."

"자네 대답은 잘 들었네. 고맙군. 그럼……."

드래곤 로드는 갑자기 고개를 돌렸다. 그는 샌슨을 바라보았다. 샌슨은 움찔해 버렸으나 동시에 적개심을 담은 눈으로 드래곤을 바라보았다. 그의 손이 또 칼자루 근처로 움직이는 것이 나를 불안하게 만들고 있었다. 샌슨의 어깨는 무섭도록 경직되어 있었다. 간단히 말해 수틀리면 치고들겠다는 뜻을 온몸으로 보여주고 있었다. 그러나 드래곤 로드 역시 그것을 보았을 텐데도 아무 변함없이 말했다.

"샌슨 퍼시발."

샌슨은 불안한 눈으로 드래곤 로드를 바라보더니 마침내 잔뜩 볼멘 목소리로 대답했다.

"예. 말씀하십시오."

그 목소리에 정말 모든 상황을 잊어버리고 웃음을 터뜨릴 뻔했다. 샌슨은 자기 손에 든 장난감을 빼앗으려 드는 어른에게 말하는 듯한 어투로 말해 버린 것이다. 불안과 적개심도 이렇게 표현되니 차라리 희극이다. 칼은 고개를 돌리고는 배를 떨고 있었고 제레인트는 갑자기 하늘을 매섭게 쏘아보았다. 기절한 네리아와 이루릴은 아무런 반응이 없었지만. 드래곤 로드는 말했다.

"자네에게 가장 중요한 것은 무엇인가?"

"저요? 에. 저 말씀이십니까?"

드래곤 로드는 고개를 끄덕였다. 잠시 모든 불안감을 잊을 수 있는 기회가 왔다. 우리들 모두는 샌슨이 무슨 대답을 할지 기대한다는 시선으로 샌슨을 바라보았다. 샌슨은 멋쩍게 뒤통수를 긁더니 곧 심각한 얼굴이 되었다.

그는 고민스러운 얼굴로 자신의 내부에 빠져들어갔다. 드래곤 로드와 우리들은 조용히 그를 바라보았다. 전사 샌슨. 헬턴트의 땅이 그의 유년을 형성했고 그의 성장은 피 묻은 검과 함께였을 것이다. 그가 그 생사의 틈에서 바라본 인생은 무엇이었는가. 그의 가장 깊은 내면에 자리잡은 것은 무엇인가.

마침내 깊은 성찰과 사색을 끝내고 헬턴트의 경비 대장 샌슨 퍼시발은 위대한 드래곤 로드의 질문에 대답했다.

"에이, 씨. 너무 어려워요. 한두 개라야지."

"파하하핫하!"

제레인트는 칼에게 매달려 웃어젖히기 시작했다. 칼은 위엄을 지키려 애쓰는 모습이었지만 그래도 입술이 실룩거리는 것은 어쩔 수 없는 모양이다. 제레인트의 맹렬한 웃음소리에 네리아가 눈을 떴다. 그녀는 어지러운 듯이 주위를 둘러보더니 모든 사람들이 웃고 있는 것을 발견했다. 그러자 그녀는 영문도 모른 채 덩달아서 빙긋이 웃었다. 그 얼굴을 보다가 나는 기어코 웃음을 터뜨렸다.

"푸히흐으흐어아하핫하!"

네리아는 웃는 내 모습을 보더니 다시 히죽이 웃었다. 그러다가 그녀는 자기가 어디 있는지 깨달은 모양이다. 그녀는 움찔하더니 몸을 돌려 드래곤 로드를 바라보았다.

드래곤 로드마저도 희미한 미소를 띠고 있었다. 그는 다시 점잖게 샌슨을 바라보더니 말했다.

"한두 개가 아닌가?"

"예. 제 고향도 중요하고, 조국도 중요하고, 우리 가족들은 말할 것도 없고, 또…… 에, 어떻게 생각하실진 모르겠습니다만 고향에서 기다리는 여자도 있는데요."

"성박 물레방앗간에……"

"그거 하지 마!"

샌슨은 내 목을 붙잡고 흔들기 시작했다. 칼은 샌슨의 대답에 한숨을 푹푹 쉬었다. 그리고 드래곤 로드는 다시 칼을 바라보며 빙긋 웃더니 샌슨에게 말했다.

"고향, 조국, 가족, 여자 이 모든 것 앞에 붙는 것이 있지 않은가?"

"예?"

"그 모든 것들 앞에는 '나의' 라는 말이 붙어야 되는 거 아닌가? 자넨 다른 사람의 고향이나 다른 사람의 조국을 말하는 것은 아닐 텐데."

"어? 아, 예. 그렇군요."

"그러므로 자네에게 가장 중요한 것은?"

샌슨은 고민하는 표정을 짓더니 말했다.

"아, 뭐. 그렇게 말한다면 저겠지요. 제가 가장 중요합니다."

"하지만 자네의 고향이나 조국, 또는 가족, 여자는 자네가 없어도 아무 일이 없겠지? 가족이나 여자라면 자네가 없어 슬퍼할 수 있겠지만, 그들에게 슬픔 외에 다른 해가 돌아가지는 않겠지? 자네가 없어도 그들은 그대로 존재할 수 있을 테지. 맞는가?"

"예? 아, 아, 그렇겠지요. 예. 그렇습니다."

"그렇다면 내가 이곳을 나서서 자네의 조국을 모두 파멸시키겠다면 어떻게 하겠는가. 그렇다면 자네의 고향도, 가족도, 그리고 그 여인도 틀림없이 죽게 될 테지."

샌슨은 입을 딱 벌린 채 드래곤 로드를 바라보았다. 갑자기 그의 눈에서 불꽃이 튀더니 그는 앞으로 한발 내디뎠다. 말릴 새도 없었다. 그는 맹렬하게 땅을 밟으며 칼자루를 불끈 쥐었다.

"목숨을 걸고 막겠습니다!"

샌슨의 얼굴엔 이제 불안이라든가 하는 것은 전혀 보이지 않았다. 순수하게 정리된 분노만이 드래곤 로드에게로 쏟아지고 있었다. 드래곤 로드는 꼼짝도 하지 않고 샌슨을 바라보았다.

그러나 잠시 후 드래곤 로드는 서서히 팔을 들어올렸다.

"나를 막겠다고? 나를? 드래곤 로드를?"

그리고 그의 음성은 천둥이 되었다. 그는 온세상이 울리도록 외쳤다.

"감히 나를 막겠다고!"

그의 고함소리에 귀가 터져나가는 듯했다. 제대로 서 있을 수도 없는 울림. 드래곤 로드는 온세상을 덮어버릴 정도로 거대해졌다. 하늘도 보이지 않았고 주위의 아무것도 보이지 않았다. 한없이 거대한 드래곤 로드가 있을 뿐이다. 주위는 모조리 암흑밖에 없었고 내 발로 딛고 있는 땅마저 느껴지지 않았다. 한없는 미친 바람이 불어 세계가 모조리 휘날려가 버렸다. 그리고 우리와 드래곤 로드만이 있을 뿐이었다. 그는 구름 위에서 외치듯이 말했다.

"네가! 나를! 막겠다고!"

나는 주저앉고 말았다. 이건 말도 안 돼. 젠장! 젠장! 세상이 없어져버렸어. 아무것도 없다구! 드래곤 로드, 드래곤 로드만이 남아 있었다. 고개 돌려보니 제레인트 역시 무릎에 힘이 풀리며 주저앉아 버렸고 네리아는 땅에 무릎을 꿇고는 팔 사이에 머리를 묻은 채 떨면서 흐느끼고 있었다. 칼의 얼굴은 백짓장처럼 바뀌었다.

나는 주저앉은 채 샌슨을 보았다.

샌슨은 떨고 있었다. 그는 이를 악문 채 뒤로 물러나려는 발걸음을 붙잡고 있었다. 그는 커다란 숨소리를 내며 헐떡거리고 있었다. 그러나 그는 검을 뽑아들었다. 온몸을 찢어버릴 듯이 불어닥치는 바람 속에 그는 검을 들어올렸다.

그는 가슴 앞에 검을 세우며 안간힘을 다해 외쳤다.

"반드시 그렇게 하겠소!"

그러자 곧 온세상이 붕괴되는 굉음이 들려왔다.

"죽어도 좋은가!"

멍청이! 틀림없이 죽게 돼! 난 샌슨을 바라보며 소리없이 악을 질렀다. 이 멍청한 작자야! 드래곤 로드가 당신의 조각 하나도 남겨두지 않을 거야! 부서진 몸의 가장 작은 조각마저도 감당할 수 없는 공포에 떨게 될 것이 분명해! 아니, 그 영혼까지도 공포에 질려 영원히 울부짖게 될 거야!

내가 뭐라고 말했는지 모르겠다. 말을 했는지 안했는지도 분명치 않았다. 하지만 난 짓눌릴 것 같은 공포 속에서 헐떡이며 샌슨을 바라보았다. 폭풍은 세상을 그대로 조각낼 태세였지만 그 조각날 세상이라는 것이 없었다.

그리고 샌슨이 말했다. 이 폭풍을 뚫고 그의 악 쓰는 목소리가 들려왔다.

"죽어도 좋아! 하지만 이 자식아, 내 의지는 꺾지 못해!"

순간 모든 것이 원래대로 돌아와 있었다.

드래곤 로드는 원래 모습으로 돌아와 있었다. 그리고 우리는 여전히 물 속의 건물에 서 있었다. 나는 손을 내려다보다가 장갑을 벗었다. 아아, 젠장. 손톱이 부러졌어. OPG를 낀 채로 바닥을 심하게 긁어서 그랬는지 손톱이 몇 개 부러져 있었다. 난 후들거리는 손을 붙잡았다.

네리아는 눈물로 범벅이 되다시피한 얼굴을 조심스럽게 들어올렸다. 그녀는 덜덜 떨면서 주위를 둘러보았다. 세상이 그대로인 것을 확인한 그녀는 훌쩍거리며 드래곤 로드를 바라보았다.

칼은 커다란 한숨을 쉬었다. 하지만 그의 얼굴엔 뭐라고 설명할 수 없는 희한한 표정이 떠오르고 있었다. 만족감? 슬픔? 모르겠다. 그 양쪽이 동시에 나타나는 것 같다.

제레인트는 고개를 숙이고 있는 것이 아무래도 뭔가 기도를 올리고 있는 것이 아닌가 한다. 그의 얼굴은 볼 수 없었지만 어깨는 심하게 떨리고 있었다.

그리고 이루릴은 조용히 샌슨을 바라보고 있었다. 나 역시 고개를 돌려 그를 바라보았다.

샌슨의 얼굴은 말할 수 없이 창백했다. 그는 어깨로 숨을 쉬고 있었고 검을 쥔 팔은 덜덜 떨리고 있었다. 그러나 그의 눈은 한 점 흐림이 없었다. 여전히 불타오르는 분노로 드래곤 로드를 노려보고 있었다.

드래곤 로드는 말했다.

"자네의 말은 앞뒤가 맞지 않아."

그 평온한 어조는 아무런 감정이 없었지만 마치 우리들을 쓰다듬는 듯했다. 난 헐떡거림을 멈추려 애쓰면서 드래곤 로드를 바라보았다. 가슴이 너무 뛰고 있었고 손의 떨림은 멈추지 않았다.

"자네에게 가장 중요한 것은 자네야. 자네가 있음으로 해서 자네의 조국, 자네의 고향, 자네의 가족, 자네의 여인이라는 것들이 이해될 수 있지. 그런데 자네 자신을 던지겠다는 말인가? 자네라는 한 개인이 없다면 아무런 의미도 없는 그런 것들을 위해?"

"아무런……, 아무런 의미가 없다고?"

"그래. 자네의 가족과 자네의 여인을 볼까. 그 사이엔 아무런 연관성이 없다네. 자네를 뺀다면 말이야. 세상의 모든 것들은 모두가 아무런 관계도 없는 타인들이지. 자네의 조국을 볼까. 자네의 조국과 저 헤게모니아는 똑같은 나라이며 서로 특별히 다를 것은 없어. 하지만 자네라는 존재가 있음으로서 바이서스는 자네의 조국이며 자네에게 중요한 존재가 되는 것이지 않는가. 세상 모든 것들은 기실 아무런 의미도 없는 거대한 쓰레기들이지. 하지만 자네가 있음으로서 거기엔 의미가 생기고 관계가 생기고 사랑이 생기지 않는가."

샌슨은 이마의 땀을 닦았다. 그는 창백한 얼굴로 드래곤 로드를 바라보았다. 드래곤 로드는 차분하게 말했다.

"그런데, 자네라는 존재가 사라지면 곧 아무런 의미가 없어지는 그런 것들을 위해 자네를 희생하겠다는 것인가?"

샌슨은 크게 심호흡을 하며 숨을 골랐다. 난 입술을 적셨다. 드래곤 로드의 말은 틀린 데가 없는 거 같다. 미칠 것같이 두근거리는 심장과 지독하게 뜨거운 머리 때문에 생각을 정리하기 어렵지만, 그래도 저 말은 맞는 거 같은데. 하지만 이상해. 뭔가 맞지 않는 말이야. 그게 뭘까? 샌슨은 말했다.

"제기……, 난 그런 거 몰라! 어려운 거 묻지 마. 하지만 내가 어떻게 대답할지는 잘 알고 있어! 잘 돌아가는 입술이 없어서 설명은 못해. 하지만 난 죽어도 막겠어!"

그러자 드래곤 로드는 천천히 고개를 끄덕였다.

"잘 알겠네. 성실한 인간이여."

성실한 인간? 샌슨이 뭐가 성실했지? 설명도 제대로 못했거니와 말도 마구 했는데? 샌슨은 어안이 벙벙해져서는 드래곤 로드를 바라보았다. 그러나 드래곤 로드는 이미 그를 보고 있지 않았다.

드래곤 로드는 네리아를 바라보고 있었다. 칼은 눈살을 찌푸렸다.

"네리아."

"하지 마세요!"

네리아는 비명을 질렀다. 그 비명소리가 어찌나 패악스러운지 우리는 질겁하고 말았다. 하지만 드래곤 로드는 그저 고개를 갸웃한 채 그녀를 바라보았고 그녀는 발악하듯이 말했다.

"그, 그런 거 하지 마세요! 세상을 다 없애버리고, 시커멓게 만들고, 마구, 마구 바람을 불게 하고! 어, 어, 그런 거, 그런 거 하지 마세요! 난 못 견딜 거예요. 제발! 난 한번 더 그런 것을 당하면 죽어버릴 거예요!"

"하지 않겠으니, 안심하게."

"아아! 제발, 제발 하지 마세요! 죽는 줄 알았어요. 어, 어흑! 난, 난 이런 것은 상상도 못했어. 제발, 그런 거 다시는 하지 마세요!"

"하지 않겠다."

네리아는 눈물을 줄줄 흘리면서 드래곤 로드를 바라보았다. 이루릴이 조용히 걸어가서 네리아를 부축하자 그녀는 후들거리는 다리로 힘겹게 일어났다. 이루릴은 차분히 웃으면서 네리아를 바라보았다. 네리아는 멍한 얼굴로 이루릴을 바라보다가 눈물을 닦았다.

드래곤 로드는 말했다.

"묻겠으니 성실히 대답해 다오."

네리아는 훌쩍거리며 대답했다.

"저, 저에게 가장 소중한 거요?"

"아니. 자네가 가장 증오하는 것에 대해 묻겠네."

"예?"

네리아는 입을 딱 벌리며 드래곤 로드를 바라보았다. 드래곤 로드는 딱딱하게 대답했다.

"그것에 대해서는 이미 많은 대답을 얻었으니 더 물을 필요가 없군. 난 자네에게 가장 증오하는 것에 대해 묻고 싶다네."

네리아는 당황한 얼굴로 드래곤 로드를 바라보았다. 그녀는 손으로 자신의 가슴을 가리키며 말했다.

"저……요? 제가 가장 싫어하는 거요?"

드래곤 로드는 고개를 끄덕였다. 네리아는 눈을 깜빡거리며 주위를 둘러보았다. 그녀는 우리 일행의 얼굴 하나하나를 다 들여다보고 나더니 다시 드래곤 로드를 바라보았다. 그러곤 고개를 숙여 자신의 가슴에 얹힌 손을 내려다보았다.

"내가 가장 싫어하는 것은……."

네리아는 말끝을 흐렸다. 드래곤 로드는 차분하게 기다렸다. 대화를 나누는 당사자들보다 우리가 더 초조해졌다.

"내가, 내가 싫어하는 건……."

난 침을 삼키며 네리아를 보다가 드래곤 로드를 보았다. 드래곤 로드는 전혀 초조한 기색이 없었다. 네리아가 자꾸만 머뭇거리는데도 그는 태평한 얼굴로 기다리고 있었다. 그는, 아아, 그래.

후치 네드발. 그걸 알아야 했어. 멍청이. 드래곤 로드는 우리와 달라. 그는 시간에 구애받지 않는 존재지. 대미궁 하나를 위해 50년쯤 간단히 기다릴 수도 있는 존재였지. 따라서 그는 초조하다는 것을 모르겠지. 그러나 초조해할 줄 모른다는 것은…….

나는 순간 칼을 바라보았다.

이제 알았다. 칼의 말이 무엇인지, 아까의 그 태도가 무엇인지 알았다. 나는 고개를 끄덕이며 한결 평온한 마음으로 네리아를 바라보았다.

네리아가 입을 열었다.

"내가 싫어하는 것은……, 등 뒤에서 말하는 사람이오."

드래곤 로드는 고개를 갸웃했다.

"무슨 의미지?"

네리아는 자신의 말에 당황한 눈치였다. 그녀는 더듬거리며 대답했다.

"그…… 그냥 그거예요. 예. 뒤에서 말하는 사람이 시, 싫어요."

"의미가 있을 듯한데. 설명해 주겠나?"

네리아는 갑자기 숨을 들이마셨다. 그리고 그녀는 고함을 질렀다.

"나를 똑바로 바라보지 않는 사람이 싫어요!"

그녀의 눈이 불타오르는 듯했다.

"도망다니고, 피해다니는 것이 싫어요! 언제 죽을지 모르는 것이 싫어요! 따뜻한 창 안쪽에 앉아 웃는 사람들이 싫어요. 자기들끼리 행복한 눈길을 보내면서 나에겐 냉담한 사람들이 싫어요!"

네리아는 가쁜 숨을 몰아쉬면서도 쉬지 않고 외쳤다.

"그걸 바라보다가 고개 돌려 걸어가야 되는 것이 싫어요! 그때 내 등 뒤에서 욕설을 던지는 것이 싫어요! 넘치는 행복은 조금도, 조금도 나눠주지 않고 자기들끼리 독식하고, 자기들끼리만, 자기들끼리만! 그리고 욕설과 무표정은, 차가운 말은 모두 내 등에 던지는 사람들이 싫어요! 그런 사람들이 싫어서 고슴도치처럼 가시를 곤두세우는 제가 싫어요. 담장 위와 어둠 속만 찾아다니게 된 제가 싫어요!"

네리아는 두 손을 올려 얼굴을 가리면서 말했다.

"만족하세요? 예? 이제 만족하세요? 다 설명드렸어요. 더 원하시는 것이 있어요? 그래요. 전 지저분한 도둑고양이 같은 계집애예요. 한 치의 어둠이라도 있으면 뛰어들어 달아나 버리고, 몰리면 쉭쉭거릴 줄밖에 모르고, 그래요. 그게 나예요."

우리들은 어찌할 줄을 모르고 네리아를 바라보았다. 네리아는 흐느껴 울고 있었다. 그때 드래곤 로드가 말했다.

"그건 사실이 아니군."

네리아는 고개를 들어 처연한 표정으로 드래곤 로드를 바라보았다. 드래곤 로드는 미소를 지었다.

10

갑자기 봄날의 바람이 불어오는 것 같았다.

주위는 따스했다. 모든 것이 부드러워 보였다. 난 눈을 비볐다. 이상한데. 분명히 아까 그대로의 차가운 대리석 건물인데. 하지만 지금은 그 위에 담쟁이 덩굴이 대롱대롱 매달린 것처럼 보였다. 담쟁이 덩굴들은 따가운 오후의 햇살에 졸음을 참지 못해 축축 늘어지며 그 뽀송뽀송한 잎들을 한껏 펼치고 있다. 그리고 바람에 실리는 꽃향기가 느껴졌다. 숨막힐 정도로 짙은 향기가 폐부를 온통 씻어내는 것 같았다.

멀리 떨어진 녹색의 산으로 날아가는 새들의 모습이 보였다. 주위에 피어오르는 아지랑이들. 그리고 저 멀리 햇살을 머금어 반짝이는 시냇물은 터무니없이 아스라했다. 반짝반짝하는 실을 들판에 대충 던져둔 것처럼 보인다. 꽃들 사이로 날아다니는 나비들의 움직임이 어지럽다. 그리고 덩굴풀이 가득 매달린 대리석 기둥 뒤에선 점잖은 사슴이 풀을 뜯고 있었다. 사슴의 순한 눈이 아름다웠다. 무장이라는 것은, 전쟁이라는 것은 모두 사라진 최후의 낙원에 돌아온 것 같았다.

드래곤 로드는 그 자리에 그대로 서 있었다. 하얀 옷을 입고 한없이 인자한 얼굴로 우리들을 바라보고 있었다. 요즘 천국 사정이 어떠냐는 질문을 해도 아무도 이상하게 여길 것 같지 않았다.

드래곤 로드는 말했다.

"당신은 따스한 마음을 가진 아가씨야."

네리아는 가만히 선 채 드래곤 로드를 바라보았다. 주위의 모든 사물은 그녀를 위해 존재하는 것 같았다. 젠장. 왜 갑자기 이런 질투심이 느껴지는 거지? 아니, 질투심이라기보다는 경외감에 가깝다. 난 네리아를 존경스럽게 바라보고 있었다.

세계는 그녀를 위해 존재하고 있었다. 네리아의 웃음에 새들이 노래했다. 네리아의 손짓에 꽃들이 피어올랐다. 네리아의 걸음걸음에 산들바람이 불었다. 여기에 이루릴이 있지만, 솔직히 타오르는 붉은 머리를 흩날리며 경쾌하게 걷는 네리아는 이루릴보다 더 엘프다웠다. 아니, 그것은 실제의 엘프라기보다는 엘프의 좋은 점을, 내가 생각하는 이상적인 엘프의 모습을 모조리 모아둔 것처럼 보였다. 엘프의 주위에선 나타나는 깊은 세월의 그림자들이 네리아에겐 나타나지 않았다. 그녀는 영원한 현재를 살고 있는 여신이었으며, 영원한 아이였으며, 영원한 주인이었다.

만물은 그녀를 위해 존재하고 있었다. 난 아무래도 네리아의 전속 초장이라도 되어야 할 것 같은데. 그리고 샌슨은 그녀를 위해 발 씻을 물이라도 대령해야 될 것 같고. 그러나 그것은 절대로 기분 나쁘지 않은 일이다. 기분 나쁘기는커녕 어서라도 그렇게 해주고 싶다. 네리아의 웃음을 위해서라면, 네리아의 즐거움을 위해서라면 뭐든 다 해주고 싶은 기분이 든다.

네리아는 환하게 웃으며 드래곤 로드를 바라보았다. 덩굴풀에 뒤덮인 폐허에서, 드래곤 로드는 인자한 눈으로 그녀를 바라보며 말했다.

"여기에 남겠는가?"

당연하지! 드래곤 로드가 왜 저리 멍청한 질문을 다 하는 거야? 도대체 살아온 세월이 얼마인데 그런 멍청한 질문을 하다니, 존경받기는 어렵겠어? 당연히 이 현실을 영원히 고정시켜! 세상은 이렇게 되어야 해. 네리아를 위해서. 그녀를 위해서 존재해야 해. 이것이야말로 천국이야. 다른 것들은 다 거짓말이야. 환상이라구. 우리는 기어코 도착한 천국의 입구에서 네리아를 바라보며 웃었다. 그래요. 네리아. 이겁니다. 어서 대답해요.

그러나 네리아는 갑자기 우울한 표정을 지었다.

우리들은 가슴이 덜컥 내려앉는 기분이 들었다. 세상이 갑자기 어두워지고 있었다. 우리는 어마어마한 불안감을 느꼈다. 안 돼요. 네리아! 세상을 어둡게 만들지 말아요. 이건 절대로 안 돼! 이 아름다운 세상을 버리지 말아요. 웃어줘요!

우리는 감히 그녀에게 명령을 내리진 못했다. 그래서 가슴이 죄어드는 불안감 속에서 우리의 여신이신 네리아의 안색만을 살펴보았다. 미칠 것 같은 세상의 거짓됨이 느껴졌다. 안 돼, 안 돼요.

네리아는 말했다.

"싫어요."

"싫다고?"

네리아는 깊이 한숨을 쉬었다. 그녀가 한숨을 쉴 때마다 우리는 가슴을 저미는 슬픔을 느꼈다. 안 돼요. 제발! 한숨을 쉬지 말아요. 네리아!

네리아는 이제 우물거리며 말했다.

"저, 음. 난 엘프가 아니에요."

"엘프가 아니라구?"

"예. 어어……. 그러니까 모든 것이, 모든 것이 나에게 조화를 이루는 이런 세상은……. 저, 그러니까 나는 충실한 나이트호크예요."

"충실한 나이트호크?"

"그래요. 음, 저, 그러니까 난 슬쩍할 수 있어야 돼요. 모든 것이 내 것이면 훔칠 수가 없는걸요."

드래곤 로드는 뜻 모를 미소를 지었다. 네리아는 얼굴이 빨개진 채로 말했다.

"저, 잘 설명하진 못하겠는데, 어쨌든 그래요. 예. 모든 것이 내 것이고, 모든 것이 날 위한 것이라면, 그건 삶이 아니에요. 제겐 그렇게 생각되어요. 이건 세상이 아니라구요."

"자넨 자네를 경멸하는 세상을 원하는가?"

네리아는 다시 한숨을 쉬었다.

"굳이 말하라면, 예. 그래요. 날 싫어하기도 하는, 날 죽여버릴지도 모르는, 날 타락시키기도 하는 세상을 원해요. 난 역경과 고난이 가득찬 세상을 원해요."

그런 지옥을 원하다니! 네리아, 도대체 제정신이에요? 우리는 모두 대경실색하여 창백한 얼굴로 네리아를 바라보았다. 그러나 네리아는 이제 확신을 얻은 얼굴로 자신의 말에 고개를 끄덕이며 말했다.

"전 저에게 맞추어진 세상은 싫어요."

다음 순간, 우리들은 다시 원래의 공간으로 돌아왔다.

주위는 차가운 물뿐이다. 아까보다 더 어두워진 것 같았다. 물은 이제 진파랑빛이었다. 차가운 대리석은 여전히 완벽한 건축미를 뽐내며 고고하게 서 있었다. 담쟁이 같은 것은 눈을 씻고 봐도 없었다. 드래곤 로드 역시 그 자리에 그대로 서 있었지만 아까처럼 이웃집 할아버지 같은 친근한 분위기는 없었다. 그는 드래곤의 제왕, 위대한 드래곤 로드였다.

난 네리아를 바라보았다.

네리아의 눈에서 눈물 한 방울이 또르르 굴러내리고 있었다. 그녀는 멍한 얼굴로 서 있었다. 그런 천국에 살 수 있었는데, 멍청한 네리아 같으니라구! 안타까워진 내가 뭐라고 말하려 할 때 네리아는 히죽 웃었다.

그녀는 손을 들어 자신의 볼에 흐르는 눈물을 훔쳐내었다. 그리고 두 손을 뒤로 모으고는 고개를 살짝 꺾으며 드래곤 로드에게 미소지었다.

"드래곤 로드. 너무했어요."

"그랬나?"

"예. 이건 샌슨에게 한 거보다 더 심하네요. 이잉. 이제 죽을 때까지 아까 그 장면을 잊지 못할 텐데. 허락하신다면, 당신이 밉다고 말하고 싶어요."

네리아의 표정은 안타까운 듯했지만 그녀의 목소리는 즐거웠다. 우리는 그제야 가슴이 통째로 날아가 버릴 정도의 깊은 한숨을 쉬었다.

그래. 그건 아니었어. 그건 지나치게 아름다웠고 몸이 녹을 정도로 따스했지만, 인간에게 주어질 수 있는 선물은 아니야. 내 생각이지만 아마도 그건 엘프에게 주어진 선물일 거야.

드래곤 로드는 날 돌아보았다. 가슴이 철렁 내려앉는데?

"후치 네드발."

"예."

이제 무슨 질문을 할 것인지? 난 칼에게 도와달라는 시선을 보내었지만 칼은 지금까지와 똑같이 가만히 서서 날 바라볼 뿐이었다. 젠장. 나 혼자서 드래곤 로드를 상대해야 되나? 난 드래곤 로드의 입이 벌어지기를 기다리며 내 맥박이 쾅쾅거리는 것을 느꼈다. 목구멍에서 뜨거운 김이 올라와서 크게 기침이라도 해버리고 싶지만 그럴 배짱은 없었다.

드래곤 로드는 말했다.

"자네가 원하는 소원을 말해 보게."

윽! 이건 또 무슨 질문이지? 난 주위를 돌아보았다. 칼은 약간 근심스러운 얼굴로 날 바라보고 있었다. 샌슨은 아랫입술을 크게 내민 채 날 바라보고 있었고 네리아는 궁금하다는 얼굴을 하고 있었다. 제레인트는 씨익 웃으면서 대답이 기대된다는 듯한 얼굴이었고 이루릴의 얼굴은 설명하기 어려웠다. 다만 불편해 보이는 얼굴은 아니었다.

자, 이거, 머리가 아파오는 질문이로군.

"그러니까, 제가 원하는 소원이오?"

"그렇다네. 말해 보게."

사실대로 말해야 되나? 난 침을 삼켰다.

"에, 그러니까 레니를 되찾고 여기서 나가는 거요."

드래곤 로드는 의아스러운 얼굴이 되었다. 대답을 잘못했나? 다른 사람들도 대부분 놀란 눈으로 날 바라보았다. 하지만 칼만은 미소를 띠고 있었다. 그는 나를 알겠지. 나는 자신을 되찾았다.

"그것뿐인가?"

"그것뿐이라니요? 그것 하나를 위해 나우르첸에서 여기까지, 영원의 숲을 지나서 카르 엔 드래고니안까지 들어왔는데요."

"자네 평생의 소원을 듣고 싶네만?"

"예? 그런 거 없어요."

"없다고?"

"예. 아직 평생을 다 살아보지 못해서 평생의 소원이 뭔지 모르겠어요."

드래곤 로드의 눈이 갑자기 깊어지는 듯했다. 몸이 조금씩 떨려오기 시작했다. 이거 짜릿하군. 뭐라고 말하지 않으면 못 견딜 것 같은 기분이 든다. 그래서 난 계속 말해 버렸다.

"레니를 만나기 전에는 그런 소원이 없었어요. 그리고 레니가 납치당하지 않았다면 역시 그런 소원은 없었겠지요. 하지만 레니는 납치당했고, 그리고 그녀는 중요해요. 그래서 여기까지 왔어요. 드래곤 로드께서 저에게 어떻게 질문하신다고 해도 전 요 며칠 동안의 절 부정할 수는 없어요. 요 며칠 동안의 전 그것 하나를 위해 달려왔고, 그리고 지금 여기 서 있는 거니까."

숨이 가빠져서 말을 멈추었다. 난 호흡을 고르며 드래곤 로드를 바라보았다. 젠장. 이건 사람과 이야기를 나눌 때와는 너무 다른데. 표정의 변화나 분위기의 변화 같은 것이 대화에 있어서 이렇게 중요한 것인지는 몰랐군. 도대체 대화를 나누는 기분이 들지 않았다.

그때 드래곤 로드가 말했다.

"자네에겐 그 소녀, 레니가 중요한가?"

"예……, 그래요."

드래곤 로드는 싱긋 웃었다. 평범한 대화에서라면, 다른 사람과의 대화에서라면 미소를 짓는 것은 퍽이나 대화에 도움이 되는 행동이겠지만 지금 드래곤 로드와의 대화에서는 아무런 의미가 없는 것 같다. 그는 말했다.

"그렇다면 결정하게. 레니와 자네 둘 중의 하나만 나갈 수 있다면 어떻게 하겠는가."

"예?"

"레니와 자네 둘 중에 하나는 카르 엔 드래고니안에서 생명을 끝내야 한다고 말하는 것이네. 그러니 선택하라는 것이야."

순간 울화가 치밀어오르면서 떨림은 사라져버렸다.

나는 차분히 그를 바라보았다. 드래곤 로드는 내 변화가 이상하다는 눈치였다. 그리고 다른 사람들도 모두 굳어버린 내 얼굴을 보는 모양이다. 이거 괜찮은 기분이군. 좋아. 내가 말할 테니 잘들 들어보라구.

"드래곤 로드. 아까부터 거의 비슷한 질문을 해오시는데요, 이렇게 말씀드리면 어떻게 생각하실지 모르겠습니다만 정말 느리시군요."

"느리다고?"

"아까부터 이런 질문이에요. '너와 다른 무엇 중에 하나를 선택하라.' 맞지요? 제레인트도 대답했고 샌슨도 대답했고 네리아도 대답했어요. 그런데 나에게까지 같은 것을 묻는 겁니까?"

"그렇다네. 그렇다면 자네의 대답은 무엇인가?"

"당연히 레니를 내보내라는 거지요."

"이유는?"

난 고함을 지르고 싶었다. 자, 진정해. 진정하라구. 난 나 스스로도 놀랄 정도로 낮고 차갑게 말했다.

"내가 나가면 난 죽는 것이지만 레니가 나가면 난 사는 거니까."

드래곤 로드는 의아한 표정을 지었다. 그리고 다른 사람들도 마찬가지였다. 그러나 칼만은 고개를 끄덕이고 있었고 그 끄덕임은 내게 힘을 주었다. 난 말했다.

"레니가 나가지 않으면 무수히 많은 사람들이 죽어요. 예, 그래요."

"그래? 하지만 무수히 많은 사람들이 죽는 것이지 자네가 죽는 것이 아니잖은가."

난 한심한 기분이 들어버렸다.

"이런 말을 언제 들어보셨는지 모르겠군요. 지금 그 말이 생각나고, 또 좋은 대답이 될 거라고 생각되어서 말씀드리니까 잘 들어보세요."

드래곤 로드가 이 말을 알까?

"나는 단수가 아니다."

드래곤 로드의 눈썹이 꿈틀거렸고 나는 질겁했다. 그렇군. 그는 알고 있었군. 드래곤 로드는 차갑게 말했다.

"그 간악한 녀석의 말이로군."

드래곤 로드의 목소리의 울림은 스산했다. 난 간신히 입을 열었다.

"예. 그리고 그것이 인간이에요. 당신이 아까부터 우리 일행에게 던져온 질문, 아마 당신은 우리를 아직 이해하지 못하셔서 그렇겠지요. 무례하다고 꾸짖지 않으시겠다면 설명드리겠습니다. 나는 하나가 아니에요. 따라서 당신은 아까부터 얼빠진, 죄송하지만 이렇게밖에 표현이 안 돼요. 예. 얼빠진 질문을 하고 있었던 셈이지요."

가슴이 쾅쾅거리는걸? 다행히도 드래곤 로드는 초장이의 맛이 어떨지 심사숙고하는 표정은 아니었다. 그는 차분히 말했다.

"나의 실수를 설명해 주겠나?"

"당신은 나눌 수 없는 것을 나눠놓고는 선택하라고 질문하셨어요."

"나눌 수 없는 것?"

제레인트는 호기심이 가득한 얼굴로 날 바라보고 있었고 네리아는 두 손을 꽉 쥔 채 날 바라보고 있었다. 샌슨은 파랗게 질려 있었고 이루릴은 무표정했다. 하지만 칼은 희미하게 웃고 있었다.

"그래요. 당신은 나눌 수 없는 것을 나누어서 질문하셨어요. 당신 보시기에는 나눌 수 있는 것처럼 보일지 몰라도 우리 입장에서는 그렇지 않아요. 드래곤 로드께서는 샌슨에게 이렇게 질문하셨지요."

샌슨은 덜커덩 하는 소리만 내지 않았을 뿐 그 외에는 심장이 내려앉은 사람의 모든 징후를 보여주고 있었다. 나는 그에게 미소를 지어주고는 계속 말했다. 손바닥에 땀이 나는걸? 난 슬쩍 그것을 바지에 닦아버리고 싶었지만 꾹 참으면서 말했다.

"샌슨의 가족들을 죽이겠는가, 샌슨을 죽이겠는가. 조금 달랐을지 몰라도 대충 그런 의미였지요. 하지만 그건 나눌 수 없어요."

"어째서지?"

"샌슨은 하나가 아니니까. 샌슨은 헬턴트의 경비 대장 샌슨이고, 나의 좋은 동료 샌슨이고, 샌슨의 아버지 조이스 씨의 사랑하는 장남이에요. 칼의 신뢰받는 길잡이이고, 그리고 그 아가씨에게는 사랑하는 연인인 샌슨이에요. 그리고 그 모든 것이 샌슨이지요. 이런 식의 이야기도 들어보셨겠지요? 어쨌든 당신은 샌슨 하나를 살려주는 대신 그 가족들을 죽이겠다고 말했지만, 그 가족들을 죽이면 샌슨도 죽는 셈이에요."

난 주먹을 꽉 쥔 채 말했다. 이마에 열기가 올라 쓰러질 것 같은 기분이 들어서 도저히 말을 멈출 수가 없다.

"그래요. 그 모든 것이 샌슨이에요. 당신이 헬턴트 영지를 파괴하면 헬턴트 경비 대장 샌슨은 죽는 셈이에요. 당신이 날 죽인다면 후치의 동료 샌슨을 죽이는 셈이구요. 당신이 조이스 씨를 죽인다면 조이스 씨의 아들인 샌슨은 죽는 셈이에요. 당신이 칼을 죽인다면 칼의 길잡이 샌슨이 죽지요, 그리고, 그리고 그 아가씨를 죽인다면 그 아가씨의 연인인 샌슨을 죽이는 셈이라구요."

"샌슨은 하나가 아닌가?"

난 기가 막혀서 고함을 빽 질러버렸다.

"하나가 아니에요!"

그러곤 곧 놀라서 입을 다물었다. 하지만 계속 다물 수가 없었다.

"영원의 숲, 영원의 숲 아시죠? 거기서는 자신이 자신을 죽이게 되어요. 그러면 어떻게 되지요?"

드래곤 로드는 침착하게 말했다.

"그건 안다만, 그것이 이 이야기와 어떤 상관이 있는지 말해주겠나?"

"나가면 그 사람은 사라져버려요! 나라는 존재가 아무리 남아 있어도 다른 사람들이 모두 잊어버리게 되면 그 사람은 없는 것과 마찬가지에요. 아직까지 그걸 모르세요? 나라는 것은, 나라는 것은 이 몸 안에만 있는 것이 아니라구요. 다른 사람들에게, 다른 모든 것들에 다 내가 있어요. 그것이라구요! 그 모든 것을 모았을 때 내가 있는 거라구요. 우리는 그렇게 살아요. 그것이 인간이에요!"

말을 마치고 나자 숨이 찼다. 너무 흥분해 버렸나 봐. 난 목을 타고 흘러내리는 땀을 닦아냈다. 지금 누군가 나에게 차가운 냉수 한 잔만 준다면 그를 위해 노래 100곡을 바치겠어. 농담이 아니라구.

드래곤 로드는 침울하게 나를 바라보았다.

"그랬군……. 그럴 거라고 짐작했지. 이제야 확신을 얻게 되었군."

드래곤 로드는 뭔지 모를 말을 중얼거렸다. 하지만 거기에는 감히 끼어들 수 없는 위엄이 있었다. 우리는 모두 조용히 그의 말을 기다렸다.

"너희들은 혼자가 아니로군."

드래곤 로드는 스스로의 말에 고개를 끄덕이며 말했다.

"그것이 나와 너희들의 차이였군. 그래서 루트에리노는 그렇게 나에게 달려들 수 있었군. 자신이 죽어도 그의 나머지들은 다른 인간들에게 남아 있을 테니. 그리고 핸드레이크는 그렇게 무모할 수가 있었군. 그의 나머지 역시 다른 인간들, 그를 아는 인간들에게 남아 있을 테니까."

드래곤 로드의 입술이 조금씩 올라갔다.

"너희들이야말로 불사의 생명이었군……. 하, 하하하, 핫하하하……."

드래곤 로드는 곧이어 온세상이 뒤흔들릴 정도로 웃었다.

"아핫하하하하!"

우렁찬 웃음소리. 천지가 울리는 웃음소리였다. 나는 갑자기 너무도 행복해져 버렸다. 샌슨을 돌아보니 온 얼굴로 웃고 있었다. 네리아의 눈은 꿈결 같았고 제레인트는 이미 배를 잡고 웃고 있었다. 그것은 온세상의 웃음이었다.

"핫하하하하하!"

드래곤 로드는 그렇게 세계와 함께 웃었다. 우리는 눈물을 줄줄 흘리면서 웃었다. 너무도 유쾌했다. 정말 이렇게 웃어보는 것은 태어나고 처음인 것 같았다. 칼마저도 얼굴을 형편없이 일그러뜨리고 있었고 우리는 그 얼굴을 보며 다시 숨이 막히도록 웃었다. 이루릴은 화사한 미소를 지으며 크크거렸다. 아름다웠다.

드래곤 로드는 마침내 웃음을 멈추고는 미소를 띤 채 말했다.

"300년 만에 대답을 얻었군. 내 패배의 원인을 이제야 알게 되었군."

칼은 눈물을 닦더니 숨을 고르려 애썼다. 그는 한참 후에야 그런 대로 정중하게 말할 수 있었다.

"드래곤이여……, 당신은 혼자서 오롯한 생물이십니다."

우리들도 서서히 웃음을 멈추며 드래곤 로드를 바라보았다. 아랫배가 당겨서 제대로 설 수도 없었다. 드래곤 로드는 고개를 끄덕였다.

"그렇다네. 난 하나인 생물이지. 다른 피조물에 투영된 나 같은 것은 전혀 이해하지 못한다네. 그래서 나의 죽음은 나라는 것 전체의 파멸이지."

"당신은……, 너무도 오랜 시간을 존재하는 분입니다. 당신에게 선사된 그 무한한 시간은 당신 개인만이 사용할 수 있습니다.

다른 누구와도 함께할 수 없지요. 그러나 우리는 그렇지 못합니다. 그래서 우리는 서로를 나누고 서로에게 자신을 건네야 됩니다."

드래곤 로드는 고개를 끄덕였다.

"그것은 자네들에게 내려진 선물일세. 그리고 나에겐 다른 선물이 내려진 것이고. 하지만 이제 서로의 선물을 비교하지는 마세나. 자네는 이미 이해했고, 나도 이제야 이해했네. 하지만 그 두 가지의 경중을 논하는 것은 우리들 중 누구도 할 수 없는 일이겠지."

드래곤 로드의 온화한 목소리에 칼은 겸손한 태도로 고개를 끄덕였다.

"옳으신 말씀입니다. 조금 전의 무례를 사과드립니다."

"아니야. 잘못은 나에게 있네. 이미 말했지만 자네는 이미 날 이해했고 난 그렇지 못했으니 그런 고약한 말들을 하고 받아들이기 어려운 시험들을 내어야 했지. 그래. 장난치는 짓거리였지. 용서해 주게."

드래곤 로드는 수염을 쓸어내렸다.

"자네들의 반응을 바라보는 것은 나에게 대단한 신비를 주었네. 이해할 수가 없었지. 하지만 후치 군. 자네의 대답에서 비로소 난 해답을 얻었네. 드래곤 로드의 이름으로 감사하지."

"아, 예. 하하. 당연, 아, 아니, 저, 음, 천만 부당한 말씀입니다."

평소의 날 잘 아는 사람이라면 이건 도저히 내가 한 대답이라고 생각지 못할 것이다. 윽. 난 간신히 그렇게밖에 대답할 수 없었지만 드래곤 로드는 그저 웃었다.

그는 우리 모두를 돌아본 다음 점잖게 말했다.

"자네들을 내보내 주겠네. 자네들과의 시간은 무척이나 즐거웠다네. 감사의 뜻을 표하고 싶군. 하지만 아까도 말했듯이 이곳은 자네들에게 허락된 장소는 아닐세."

칼은 정중히 고개를 숙였다.

"이해합니다. 저, 그런데 그 소녀와 다른 일행들은 어디 있습니까?"

"그 소녀와 나머지들은 모두 대미궁 밖으로 보냈다네. 제레인트에게 물어보니 그들은 동료가 아니라고 하더군. 난 이 장소에서 싸움이 이는 것은 원하지 않았네. 그래서 그들은 내보내고 자네들만을 만나기로 했지."

칼은 안타까운 모습으로 혀를 찼다.

"할 수 없지요. 주인은 자신의 집에서 무엇이든 마음대로 하실 수 있을 테니까. 하지만 그자는 이곳에 분명한 목적을 가지고 들어왔습니다. 아마 다시 들어올 거라고 생각되는데요."

"자네는 그의 목적을 아는가?"

"아니오. 모릅니다."

드래곤 로드는 차분하게 말했다.

"나는 그의 목적을 안다네. 그는 휴리첼 가문의 사나이였지?"

"예? 아, 예. 그렇습니다. 어떻게 아시는지요?"

"나는 카뮤 휴리첼이라는 사람을 알지. 그와 같은 기운이 느껴지더군."

칼은 눈을 크게 떴다.

"카뮤 휴리첼을 어떻게 아십니까?"

"카뮤 휴리첼은 크라드메서의 라자였지. 나는 드래곤 로드이지 않은가."

"아……, 그렇습니까? 그럼 저, 그가 왜 이곳에 들어왔는지 말씀해 주실 수 있겠습니까?"

드래곤 로드는 칼의 질문에 대답하지 않았다. 그는 다만 혼잣말처럼 말했을 뿐이다.

"거대한 불은 거대한 불씨에서 시작된다고 생각하는 자는 우둔한 자겠지. 덤불 깊은 곳에 숨겨진 미약한 불씨, 입김으로도 꺼뜨릴 수 있는 불이 온 세상을 태울 수도 있겠지."

드래곤 로드는 그냥 그렇게만 말한 다음 다시 우리들에게 고개를 돌렸다.

"그자는 다시는 오지 못할걸세. 걱정하지 말게나."

칼은 씁쓸하게 웃으며 말했다.

"그렇다면 저를 이만 나가보도록 허락해 주십시오. 그자를 뒤쫓아야겠습니다. 시간을 많이 낭비하게 되었습니다만, 거기에 대한 사과를 받는 것은 관두겠습니다."

드래곤 로드는 쓸쓸한 얼굴로 말했다.

"시간……, 난 그것도 이해할 수 없다네. 도저히 생각할 수 없는 마음의 모습이야."

칼은 빙긋 웃었다.

"말씀드렸다시피 그것이 우리의 선물입니다."

"그래. 그 무모해 보일 정도의 발걸음, 참으로 무섭군. 자네 덕분에 핸드레이크의 악몽을 다시 꾸게 되겠군. 그렇다면 나가보게. 시간을 빼앗은 데 대해서, 그리고 내게 해답을 준 것에 대해서 선물을 하고 싶군. 내 창고에서 내키는 것이 있다면 가져가도 좋네."

칼이 대답하기도 전에 네리아가 먼저 펄쩍 뛰었다.

"예엣?"

그녀는 비명처럼 고함을 질렀다가 곧 움츠러들면서 말했다.

"저, 저, 죄송합니다. 정말 죄송합니다. 저, 그런데 정말요? 정말 마음대로 가져가도 돼요?"

"가져갈 수 있는 만큼 내키는 대로 가져가게."

"고맙습니다! 정말, 정말 고맙습니다!"

네리아는 덩실덩실 춤이라도 추고 싶은 태세였다. 칼은 정중히 말했다.

"감사합니다. 이 모든 일이 끝나면 다시 들르도록 하겠습니다."

이제 눈에 확연히 확인될 정도로 빛이 줄어들었다. 드래곤 로드의 하얀 옷은 이제 청회색을 띠고 있었다. 그리고 주위의 물빛도 좀더 어두워졌다. 약간 떨어져 있는 드래곤 로드의 안색을 살피기 어려울 정도였다.

"나는 인간에게 내려진 선물 같은 것은 받지 못했다네."

순간 칼은 굳어버린 얼굴로 드래곤 로드를 바라보았다. 하지만 드래곤 로드는 빙긋이 웃고 있었다. 이제 그의 얼굴은 생동감 없는 바위가 아니었다. 그는 웃고 있었고, 그 웃음은 밝았다.

칼은 공손히 고개를 숙였다.

"무례를 용서하십시오, 드래곤 로드여."

드래곤 로드는 빙긋 웃었다.

"관두게. 관둬. 자네도 나도 어울리지 않아."

그러자 칼은 멋쩍은 표정을 지었다. 이렇게 말하면 어떨는지 모르겠지만, 그들의 대화는 내 눈에는 꼭 여든 살 먹은 노인 둘이서 장난을 치고 있는 것처럼 보였다. 해맑게 웃는 모습, 아무런 욕심도 욕망도 없이, 그런 것들은 모두들 잊어버린 채 장난스럽게 말을 나누고 있는 늙은이들처럼 보였다.

칼은 뜻모를 말을 했다.

"좋은 밤 되시길 바랍니다."

"고맙군."

그때 이루릴이 앞으로 한 발자국 내디뎠다. 그녀는 조용히 드래곤 로드를 바라보았고 그러자 드래곤 로드는 이루릴에게 고개를 돌렸다.

"할말이 있는가, 숲의 딸이여?"

이루릴은 공손히 고개를 숙였다. 그녀는 차분하게 말했다.

"두 분의 대화에 대해 묻고 싶습니다만 그것은 칼 씨에게 물어보면 되겠군요. 저에겐 당신께서 대답해 주실 수 있는 질문이 있습니다."

"무엇인가?"

"핸드레이크는 어디에 있습니까?"

드래곤 로드는 말없이 이루릴을 바라보았고 이루릴의 검은 눈 역시 꼼짝도 하지 않은 채 드래곤을 바라보았다. 드래곤 로드는 위엄 있게 말했다.

"그에게 무엇을 원하는가. 모든 것을 다 잃은 가련한 자에게."

"클래스 10의 마법을 원합니다."

드래곤 로드의 눈이 꿈틀거렸다. 그는 말했다.

"자네들은……, 이제 결심했는가?"

"그렇습니다."

"알았네. 유피넬의 어린 자식이여. 헬카네스는 어디다 열쇠를 숨기는지 짐작해 보게.”

이루릴의 얼굴이 환해졌다. 그녀를 만나고 나서 지금처럼 환한 표정을 짓는 것을 본 적이 없는 것처럼 느껴질 정도로 환한 얼굴이었다.

“정녕 그러합니까?”

“그렇다네.”

“감사합니다. 영광의 드래곤 로드여.”

드래곤 로드는 빙긋 웃었다. 그는 손을 들어 한쪽 방향을 가리켰다.

우리 모두가 고개를 돌리자 기둥들 사이로 빛의 판들이 죽 떠 있는 모습이 보였다. 그것은 이 바닥에서 시작하여 위로 일정한 간격으로 떠 있었다. 마치 계단 같은 모습이었다.

드래곤 로드는 더 이상 말할 태세가 아니었다. 왜 그런지 모르겠지만 그에겐 작별의 말이란 필요 없는 모양이다. 그런 생각이 들었다. 그래서 우리들 모두는 그저 목례를 보낸 다음 각자의 배낭을 들어올리고는 천천히 빛의 계단쪽으로 향했다.

나는 다시 한번 그를 돌아보았다. 그는 떠나가는 우리들의 모습을 보지 않고 가만히 다른 장소를 응시하고 있었다. 난 고개를 돌려 계단을 밟았다.

물 속으로 들어가게 되었다. 하지만 조금도 젖지 않았다.

우리는 빛의 계단을 밟고 올라섰다. 그것은 위로 나선을 그리며 뻗어 있었다. 숨을 쉴 수 있었지만 물 속에 있다는 것 때문인지 아무도 말을 하지 않았다. 그렇게 말없이 올라갈 때였다. 맨 뒤에서 오던 제레인트가 말했다.

“없어지네?”

고개를 돌려보니 우리가 지나온 계단들은 하나씩 희미해지고 있었다. 우리는 그 어두운 물 속에서 환하게 빛나는 계단의 끄트머리에 서 있었다. 그때 난 숨을 깊이 들이켜고 말았다.

저 아래의 호수 바닥에 거대한 황금의 용이 잠들어 있었다.

황금의 드래곤은 아찔할 정도로 거대했다. 한눈에 다 들어오지 않았다. 그래서 고개를 한참 돌려야 그 끝에서 끝까지를 볼 수 있었다. 마치 우리가 개미가 된 채로 사람을 바라보는 기분이다. 거무튀튀한 물 속에서 황금색은 그렇게 빛나지 않았지만 그것 때문인지 더 거대함이 느껴졌다. 눈앞이 어지러웠다.

황금의 드래곤은 그 거체를 호수 바닥이 모자랄 정도로 눕힌 채 웅크리고 있었다. 잠든 것처럼 보였다. 소란을 일으켜 그의 잠을 방해하는 것은 세상에 다시 없이 무례한 일이 될 것 같았다. 그래서 우리는 두번 다시 그를 돌아볼 생각을 못한 채 재빨리, 그러나 조용히 계단을 밟아 올라갔다. 마치 제왕의 침실에 무례하게 침범한 시종 나부랭이라도 된 기분이었다. 우와, 떨려.

계단을 올라감에 따라 주위는 더욱 어두워졌다. 캄캄할 정도였다. 꽤 멀어졌을 거라고 생각되어 난 다시 한번 고개를 돌렸다.

드래곤 로드의 모습은 어둠 속에서 희미한 윤곽밖에 보이지 않았다. 한없이 거대한, 그러나 과거에 속하는 무엇이 거기 있었다. 우리의 시간엔 존재할 수 없는 위대한 존재가 희미하게 사라지고 있었다.

갑자기 지독하게 슬퍼졌다.

물 밖으로 나오게 되자 이루릴은 먼저 윌로위스프를 불러냈다. 우리들이 서 있는 곳은 중앙 호수의 옆길이었다. 마지막으로 제레인트가 올라오고 나자 빛의 계단은 모조리 사라져버렸다. 그리고 다시 물은 검은 거울처럼 바뀌었다. 하지만 난 잊지 못할 것 같다. 저 아래에 잠들어 있는 그를.

곧이어 네리아는 팔짝팔짝 뛰면서 동굴이 무너질 듯한 환성을 올렸다. 그녀는 곧 한쪽 방향으로 무서운 속도로 달려갔다. 물론 복수의 방, 화렌차의 방이었다. 칼은 머쓱하게 우리를 바라보더니 곧 헛기침을 하면서 말했다.

"흠, 허흠. 침버 씨. 가실까요?"

"그러시지요. 칼."

제레인트도 더할 나위 없이 정중하게 말한 다음 둘은 곧 앞서거니 뒤서거니 하면서 순결의 방, 그랑엘베르의 방으로 총총히 사라져버렸다. 난 어깨를 으쓱거리다가 샌슨에게 말했다.

"음. 선물을 챙기는 것은 천천히 하고, 우리 왼쪽의 방에 가볼까?"

"아. 그러지."

그리고 샌슨은 이루릴을 바라보았다. 이루릴은 웃으며 우리와 함께 걸었다.

왼쪽에 있는 방들은 각자 파괴, 폭풍, 불이라고 적혀 있었다. 따라서 각자 레티, 에델브로이, 카리스 누멘의 이름을 말함으로써 들어갈 수 있었다. 검과 파괴의 레티의 방은 무기고였다. 온갖 종류의 무기들과 갑옷, 방패 등이 있었다. 생전 처음 보는 해괴한 무기들도 많았고 아무리 보아도 사람의 무기로는 보이지 않는 무기들도 있었다. 우리는 혹시나 마법검이 없나 싶어서 검들을 쥐어보았지만 잠시 후 포기하고 말았다. 아무리 쥐어봐도 쥐자마자 떠들기 시작하는 무기가 없었을 뿐만 아니라, 검만 잡아

본다고 해도 며칠은 걸릴 정도로 무기가 많았다. 게다가 이루릴이 말하기로 모든 마법검이 프림 블레이드처럼 떠드는 것은 아니라는 거였다. 샌슨은 입맛을 다시더니 말했다.

"뭐, 난 헬턴트 경비 대장이고, 영주님이 주신 롱소드면 충분해."

샌슨이 그렇게 말하고 나자 나도 별로 할말이 없어졌다. 이제껏 죽어라고 휘둘러대어 간신히 이 바스타드에 익숙해졌는데 다른 무기로 바꿀 생각을 하니 앞이 노랗다. 더군다나 나야 무기의 성능보다는 OPG에 더 기대는 놈이니 좋은 무기가 무슨 소용이 있겠나. 그래서 이루릴이 화살을 좀 챙긴 다음, 우리들은 그 방을 나섰다.

폭풍과 코스모스의 에델브로이의 방에 들어서는 순간 나는 레너스 시에서 보았던 아프나이델의 지하 연구실을 떠올렸다. 이루릴은 내 생각을 확인시켜 주었다.

"이곳은 마법 연구실이군요."

우리는 전혀 어울리지 않는 장소라서 멀뚱히 서 있다가 잠시 후 괴상하게 생긴 도구들을 붙잡고 장난을 치기 시작했다. 이루릴은 마법책으로 보이는 책들과 스크롤들을 뒤적거리기 시작했지만 얼마 있지 않아 그것들을 다 내려놓았다.

"이건 300년 전의 마법 체계로군요. 너무 오래되어 별로 필요없는 것이에요."

이루릴은 몇 개의 약병과 스크롤만을 가지고 나왔다. 우리는 어깨를 으쓱이며 마지막 방으로 향했다.

마지막 방인 드워프와 불의 카리스 누멘의 방은 아무리 보아도 연장실이었다. 가지가지 도구들과 연장들이 놓여 있었다. 굴 파는 데 쓰일 듯한 도구가 가장 많았지만 그외 각종 공사에 다 쓰일 만한 도구들이 있었다. 망치나 곡괭이, 톱, 드릴, 집게, 지렛대, 가위나 펜치 등등의 공구들. 엄청나게 많은 밧줄과 철사, 못, 나사들과 도르래, 기중기, 용도를 알 수 없는 온갖 해괴한 도구들이 다 있었다. 그 웅장한 연장의 천국에서, 나는 랜턴 하나를 들고 나왔다. 횃불이 있긴 하지만 내가 골라든 랜턴은 인간의 것보다 월등히 좋아보였다. 아무래도 드워프제인 것 같은데? 방 한구석에서 기름통을 찾아서 기름을 채우고 불을 붙여보니 과연 찬란한 불빛이 주위를 밝혔다.

"이루릴, 이제 윌로위스프를 돌려보내세요."

우리는 랜턴 불빛을 받으며 다시 우리 일행들이 있는 곳으로 돌아왔다.

칼과 제레인트는 참으로 가여운 모습들을 하고 있었다.

"이 노릇을 어찌 한다……. 참으로 고약한 지경이군……."

칼은 그렇게 한탄했고 제레인트 역시 한숨을 푹푹 쉬어대고 있었다. 책이라는 것은 썩 부피가 나가는 물건이다. 그리고 한 사람이 들고 다닐 수 있는 책의 수효는 그렇게 많지 않다. 따라서 이 거대한 도서관에서 들고 나갈 수 있는 만큼의 책을 고르라는 것은 그들에게 너무 가혹한 형벌이었던 모양이다.

네리아 역시 사정은 마찬가지였다. 보석들이라는 것은 책에 비하면 월등히 부피가 작다. 하지만 무게라는 면에서는 책보다 더 심했다. 네리아는 내가 들어서자마자 날 붙잡고는 모든 상자를 꺼내도록 명령했고, 그래서 나는 상당한 중노동을 해야 되었다. 마침내 칼이 들어와서 넥슨을 빨리 추적해야 된다고 말하고 나서야 네리아는 마지못한 얼굴로 다이아몬드들을 주머니에 쑤셔넣었다. 잠시 후 네리아의 주머니는 터져버렸고 그래서 한바탕 소란이 일어났다.

보석들을 옮겨가기 위해 나와 샌슨이 카리스 누멘의 방에서 가죽 주머니들을 찾아왔다. 칼은 대충 주머니 하나를 채우더니 말했다.

"이 정도면 10만 셀이 될 거야."

그리고 칼은 주머니 하나를 더 채워서 가졌다.

"이 정도면 죽을 때까진 쓰겠군."

나머지 사람들도 각자 챙겨들었다. 이루릴은 보석들에 별로 관심이 없는 모양인지 여비로 쓸 금화만 약간 가졌다. 제레인트는 희희낙락한 얼굴로 가죽 주머니들을 채워들고는 말했다.

"이 정도면 하이 프리스트도 기절하실 거야. 하하하! 대미궁의 침입자 제레인트. 그의 전설의 증거가 되겠지?"

나와 샌슨도 욕심껏 보석들을 챙겨들었다. 그래서 우리들은 모두 허리가 휘청할 정도였다. 샌슨은 무조건 큰 것을 선호했기 때문에 부피에 비해 가짓수가 많지 못했지만 그래도 엄청난 보물을 가지게 되었다. 하지만 네리아의 경우는 정반대였다. 그녀는 칼이 헛기침 소리를 심하게 낼 때까지 고르고 골라서는 부피가 작으면서도 가장 값비싸 보이는 보석들만을 골라가졌다. 그랬어도 그녀는 가죽 주머니 열다섯 개를 채우고야 말았으며 지금 배낭을 들어올리지 못해서 울상이 되어 있었다. 칼은 언짢은 목소리로 말했다.

"몇 개 덜어내시오."

네리아는 그만 울어버릴 듯했다. 그래서 내가 한숨을 쉰 다음 내 배낭과 그녀의 배낭을 바꿔들 것을 제안했다. 네리아는 기뻐 날뛰며 내게 키스를 퍼부어대었다.

우리들, 특히 네리아가 그토록 보물들을 가졌지만 방 안에 남겨진 보물들에는 덜어낸 흔적도 없었다. 정말 무시무시할 정도로 많은 보물이다. 네리아가 차마 떨어지지 않는 발걸음을 떼어놓은 것은 칼의 무수한 잔소리가 있은 다음의 일이었다.

어쨌든 우리들은 가까스로 다시 수로로 돌아왔다. 랜턴 불빛을 받으며 밖으로 나오는 길은 고달픈 길이었다.

아, 물론 모두들 평생 쓰고도 못다 쓸 보물을 가졌고, 게다가 나나 샌슨, 칼의 경우에는 우리 여행의 원래 목적까지 완수했다. 아무르타트에게 줄 보석을 장만한 것이다. 도대체 생각도 하지 못한 장소에서 생각도 하지 못한 방법으로 얻게 되긴 했지만 어쨌든 이제 우리 아버지, 그리고 영주님, 게다가 다른 병사들 모두의 목숨은 건지게 되었다.

하지만 우리는 레니를 아직 되찾지 못했고, 따라서 우리의 여행은 아직도 끝나지 않았다. 아무르타트에게서 풀려난 다음 크라드메서에게 죽게 된다면 결국 아무런 소용이 없다. 그리고……, 솔직히 말해서 허리가 너무 아파서 고달팠다. 거의 가진 것이 없는 이루릴은 가볍게도 걸어갔지만 칼이나 제레인트의 경우엔 책들의 무게 때문에, 그리고 나머지 사람들은 보석의 무게 때문에 모두들 허리가 아파서 낑낑거렸으며 특히 네리아의 엄청난 배낭을 짊어진 나는 OPG를 끼고 있어도 죽을 맛이었다.

폭포 소리가 가까워지면서 간신히 수로 입구로 돌아오게 되었다. 앞쪽에서 점점 발갛게 불타오르는 동그라미가 보였다. 걸어감에 따라 점점 붉어지는 동그라미는 황혼의 하늘이었다. 돌아나온 것이다.

바람이 심하게 불고 게다가 물살도 사납게 쏟아져 우리가 타고 내려온 밧줄은 허공에 흩날리고 있었다. 이루릴은 실프를 불러내어 밧줄을 우리 쪽으로 끌어왔다. 이루릴이 먼저 올라가고 나서 칼, 제레인트, 네리아가 올라갔다. 또 우리 둘이 마지막으로 남았군. 으으……, 그런데 내려왔을 때보다 훨씬 불안한걸.

"이거, 참. 배낭이 무거워서 밧줄이 끊어지지나 않을지 모르겠네."

내 혼잣말에 샌슨은 파랗게 질려버렸다.

밧줄은 끊어지지 않았지만 올라가는 것은 내려올 때보다 훨씬 힘들었다. 게다가 벌겋게 타오르는 절벽을 밟고 올라가려니 눈앞이 이상해지는 것 같았다. 절벽에 휘몰아치는 바람은 내 몸을 그대로 날려버릴 것 같았다. 배낭 때문에 어깨가 뒤로 처지고, 들어올리는 팔은 너무도 힘들었지만, 밧줄에 끝은 있었다. 난 절벽 위로 올라왔다.

절벽 위에선 이미 일행들이 모여앉아 내게 팔을 내밀어주었고 난 칼과 제레인트의 도움을 받아 쉽게 올라왔다. 그리고 난 숨을 좀 고른 다음 아래로 고함을 질렀다.

"샌슨! 밧줄을 몸에 묶어!"

그리고 나는 배낭을 내려 둔 다음 밧줄을 위로 잡아당기기 시작했다.

"후치! 칼! 아버지! 어머니! 할아버지! 영주님! 나의 님이여!"

아래에서는 처절한 비명소리가 들려오기 시작했지만 난 상관하지 않고 밧줄을 끌어당겼다. 그런데 그 비명소리 웃기네. 웬 사람 이름들을 저렇게 불러대는 거야?

"날 잊지 말아요!"

밧줄을 놓을 뻔했다.

이윽고 샌슨의 모습이 절벽 위로 나타났다. 샌슨의 얼굴은 석양의 하늘 아래에서도 쉽게 알아볼 수 있을 만큼 하얗게 질려 있었다. 샌슨은 아무 말도 하지 않고 그대로 절벽 위에 주저앉아 버렸다.

우리는 할슈타일 저택의 폐허에 주저앉아 이글이글 타오르는 해가 지는 모습을, 그리고 반대편으로부터 영원의 숲 위로 어둠이 내리는 광경을 바라보았다. 높은 지대에 앉아 있어 하늘은 끝없이 광막했다. 그 광막한 하늘 전체가 더 붉은 색을 찾을 수 없도록 붉어지는 모습은 장관이었다.

그리고 마침내 영원의 숲에 밤이 찾아들었다.

"오늘이 며칠이지?"

칼의 뜬금없는 질문이다. 우리는 곰곰이 생각해 보았지만 대미궁에서 잠을 두 번이나 잤더니 오늘이 정확하게 언제인지 모르겠다.

"어제 아침에 대미궁에 들어가고……, 오늘은 11월 19일입니다."

"그래요? 음. 저 아래에서 몇 년을 보낸 것 같은 느낌이 들더니."

그리고 우리는 다시 아무 말도 하지 않은 채 숲을 굽어보았다. 발 아래로는 폭포의 물소리가 땅을 울렸고 바람은 사방으로 치닫고 있다.

짙어가는 밤하늘에 별이 떠올랐다.

한없이 많은 별이었다. 이 높은 절벽 위에서 나는 세상에 우리 일행만 남겨진 채 수없이 많은 별들을 바라보는 기분을 느꼈다.

나는 말했다.

"드래곤 로드……. 직접 만나보았지만 아직 감상이 정리되지 않는군요."

칼은 피식 웃더니 말했다.

"드래곤 로드는 태양이지."

우리는 시원한 바람을 온몸으로 받으며 밤하늘을 바라보았다. 칼의 말은 조용히 이어졌다.

"그는 똑바로 바라볼 수도 없고, 그리고 그의 빛은 무서울 정도로 세계를 비추지. 그는 만물을 다스릴 수 있는 지혜와 권능을 가지고 있지. 하지만 그는 바라볼 수 없는 존재이며, 그 빛을 강요하는 존재야. 그는 자신의 빛 때문에 오히려 다른 어둠을 바라보지 못하지. 그는 너무나 위대하기 때문에."

나도 모르게 말했다.

"루트에리노 대왕은?"

칼은 여전히 밤하늘을 바라보며 말했다.

"그는 달이지."

"달이오?"

"우리가 어둠을 걸어갈 때 달은 우리를 비추지. 그의 빛은 똑바로 바라볼 수도 있고, 바라보지 않아도 느낄 수 있지. 그는 만물을 다스릴 정도로 위대하진 않을지 몰라도, 어둠 속을 걸어가는 사람들에게 조력이 되고 희망이 되는 존재였지."

"……우리는요?"

네리아의 약간 가냘픈 목소리였다. 칼은 빙그레 웃었다.

"우리 말이오?"

"예. 우리, 뭐, 예. 우리요."

"우리는 별이오."

"별?"

"무수히 많고 그래서 어쩌면 보잘것없어 보일 수도 있지. 바라보지 않는 이상 우리는 서로를 잊을 수도 있소. 영원의 숲에서처럼 우리들은 서로를, 자신을 돌보지 않는 한 언제라도 그 빛을 잊어버리고 존재를 상실할 수도 있는 별들이지."

숲은 거대한 암흑으로 변했고 그 위의 밤하늘은 온통 빛무리들뿐이었다. 칼의 말은 이어졌다.

"그러나 우리는 서로를 바라볼 줄 아오. 밤하늘은 어둡고, 주위는 차가운 암흑뿐이지만, 별은 바라보는 자에겐 반드시 빛을 주지요. 우리는 어쩌면 서로를 바라보는 눈동자 속에 존재하는 별빛 같은 존재들이지. 하지만 우리의 빛은 약하지 않소. 서로를 바라볼 때 우리는 우리의 모든 빛을 뿜어내지."

"나 같은 싸구려 도둑도요?"

네리아의 목소리는 슬프지 않았다. 그리고 칼의 대답도 평온했다.

"이제는 아시겠지? 네리아 양. 당신들 주위에 우리가 있고, 우리는 당신을 바라본다오. 그리고 당신은 우리들에게 당신의 빛을 뿜어내고 있소. 우리는 서로에게 잊혀질 수 없는 존재들이오. 최소한 우리가 서로를 바라보는 이상은."

어둠 속에서 네리아의 눈이 별처럼 아름답게 반짝였다. 나는 혹시 반짝인 것은 그녀의 눈물이 아닐까 따위의 생각은 관두기로 했다. 그래서 고개를 돌려 밤하늘을 바라보았다.

내가 바라보자, 별들은 나에게 빛을 주었다.

제10부

약속된 휴식

……그리하여 그는 말했다. '당신의 이름은 당신을 나타내는가? 당신의 이름은 정말 당신의 것인가? 그렇지 않다. 당신의 이름이라는 것은 타인 속에 있는 당신일 뿐이다.' 그러자 저 용맹 무비하며 동시에 비할 데 없는 지혜로움을 갖춘 전사이자 현자 샌슨 퍼시발은 엄숙한 얼굴로 대답했다. '그러나 그 이름을 책임지는 것은 접니다. 그리고 제가 걷는 이 길은 샌슨 퍼시발의 이름을 위해 걷는 길입니다.'

"품위 있고 고상한 켄턴 시장 말레스 추발렉의 도움으로 출간된, 믿을 수 있는 바이서스의 시민으로서 켄턴 사집관으로 봉사한 현명한 돌로메네 압실링거가 바이서스의 국민들에게 고하는 신비롭고도 가치 있는 이야기" 돌로메네 지음, 770년. 제12권 11쪽.

"은근히 춥구먼 그래. 그런데 넥슨 녀석, 도대체 뭘 생각하고 있는 거지?"

"'바위는 차갑구나.' 하는 정도?"

샌슨은 고개를 끄덕였다.

"그렇게 보이지? 나도 그래."

나 역시 고개를 끄덕여주었다. 그러다가 등에 덮어쓴 나뭇가지에 목덜미를 찔리고는 좀 투덜거렸다.

우리는 현재 고지에서 버터핑거의 흉내를 내고 있었다. 샌슨과 나는 등에 나뭇가지를 가득 덮어쓴 채로 땅에 엎드려 계곡쪽에 있는 넥슨 일행을 내려다보고 있었다. 샌슨의 경우에는 나뭇가지가 좀 많이 필요했다.

하슬러는 뭔지 모를 서류 같은 것을 들여다보고 있었다. 그는 그 서류를 들여다보다가 때때로 고개를 들어 넥슨을 바라보았다. 하지만 넥슨은 현재 아무 짓도 하지 않고 있었다. 그는 그저 커다란 바위 위에 앉은 채 생각에 골몰하는 모습이었다. 샌슨은 싸늘하게 말했다.

"엉덩이가 꽤 시리실 텐데."

"최종 결과물 배출구에 동상이나 걸리길 진심으로 기원하겠어."

"이하 동문이다."

우리는 이렇게 악담을 나누면서 다른 사람들의 모습을 살펴보았다.

조금 떨어진 곳에는 레니의 모습이 보였다. 레니는 세 명 중 누구의 옷인지 모르겠지만 어쨌든 커다란 바지를 입고 있었는데, 험하게 끌려다닌 모양인지 옷은 지저분하고 군데군데 찢어져 있었다. 여행 같은 것을 전혀 다녀본 일이 없는 레니가 험한 남자들에게 끌려서 산을 넘고 계곡을 돌아다니고 있으니 옷매무새 같은 것에 신경 쓸 수는 없겠지. 그녀는 무릎을 모으고는 그 위에 얼굴을 묻은 채 슬프게 앉아 있었다.

자크는 아침 식사 준비를 하고 있는 모습이었다. 그는 레니의 모습을 흘긋 보더니 잠시 넥슨의 눈치를 살핀 다음 모포를 가져다가 레니에게 덮어주었다. 그가 뭐라고 말하는 것 같기는 한데 들리지는 않는다. 그러나 레니는 고개를 들어 뭐라고 감사의 말을 하는 모양이다.

"자크 녀석. 마음에 드는군."

샌슨의 말이었다. 음. 나도 마찬가지야. 레니가 입고 있는 저 바지는 아무래도 자크의 것이 아닐까 생각된다. 자크는 어깨를 으쓱이더니 다시 자기 일로 돌아갔다.

"아무래도 지금 당장은 움직일 것 같지 않군."

"좋아. 돌아가자."

나와 샌슨은 비비적거리며 누운 채 뒤로 물러났다. 넥슨의 일행에게 보이지 않을 정도로 물러난 뒤에 우리는 일어나서 앞자락에 묻은 흙을 털었다. 샌슨은 말했다.

"그런데 저 녀석들 어디로 가지도 않고 도대체 뭐하고 있는 거지?"

"글쎄. 다시 대미궁으로 들어갈 생각을 하는 거 아닐까?"

샌슨은 고개를 돌려 대미궁의 폭포를 바라보았다.

꽤 떨어져 있어서 이제는 폭포의 모습은 꽤 작아져 있었지만 이 거리에서도 거대한 절벽과 폭포의 모습은 장관을 이루었다. 그리고 우르릉거리는 물소리도 꽤 작아지긴 했지만 그래도 여전히 들려왔다.

대미궁을 나서자 우리들은 곧장 넥슨의 자취를 추적했다. 주의 깊은 추적 끝에 폭포가 쏟아지는 계곡을 따라 좀 내려간 곳에서 야영중인 넥슨의 일행을 발견할 수 있었다. 사실, 뭐 그들이 피워놓은 불빛을 보고 찾아갔기 때문에 별로 어렵지는 않았다. 절벽 위에서 대충 훑어보자 계곡 아래에 있는 불빛이 바로 보였으니까.

그리고 우리들 역시 그 근처에 숨어서 야영을 했다. 샌슨적 저돌성에 의해 곧장 습격할 생각을 해봤지만, 아무래도 칼적 경계심은 저쪽은 OPG를 낀 남자들이 세 명이나 있는데다가 꽤나 삼엄하게 경계를 하고 있다는 점을 지적하게 되었다. 인질인 레니의 문제도 걱정이 되고 해서 우리들은 일단 그들이 움직이면 따라다니면서 기회를 노린다는 소극적인 계획을 통과시켰다.

그리고 밤이 지나고 나와 샌슨은 그들을 감시하러 이곳에 온 것이다. 그런데 지금 넥슨은 그저 멍청하게 바위 위에 앉아 있을 뿐 움직일 생각을 하지 않고 있다. 자크가 아침 식사를 준비하는 모습도 그렇게 급해 보이거나 하지는 않았다.

샌슨은 폭포를 바라보다가 고개를 저으며 말했다.

"그건 불가능하잖아. 미궁의 입구가 무너져버렸으니까. 혹시 우리들처럼 수로로 들어선다면 또 모르지만."

"혹시 그 생각을 떠올려 주면 좋겠는데. 녀석들이 밧줄에 대롱대롱 매달려 있을 때라면 레니를 구출하는 것도 퍽 쉬운 일이 될 거란 말이야."

내 대답에 샌슨은 고개를 끄덕였다. 하지만 나는 다시 말했다.

"하지만 말이야. 드래곤 로드가 말했잖아? 넥슨은 다시는 돌아오지 않을 거라고."

"도대체 무슨 근거로 그렇게 말한 걸까?"

"내가 그걸 어떻게 알아. 뭐, 그렇게 말했으니 믿을 수밖에. 그래도 드래곤 로드의 말이잖아."

"어휴, 나도 모르겠다. 가보자."

조금 떨어진 숲 속에서는 일행들이 우리를 기다리고 있었다. 으슥하고 후미진 곳이라 쉽게 발견되지 않을 위치였다. 우리들이 돌아가자 네리아는 스튜 냄비를 내밀면서 말했다.

"대미궁에서 가져온 재료야. 300년 묵은 재료일지도 모르겠지만 변질된 건 없던데."

잠깐? 이상한데? 네리아는 팔을 걷어붙인 채 머릿수건까지 하고 있는 게 아무래도 요리를 한 모습이었다.

"어라? 네리아가 요리를 했어요?"

네리아는 히죽 웃으며 말했다.

"헤헤. 사실은 제레인트가 했어. 난 옆에서 거들기만 했지."

난 고개를 돌려 샌슨이 이미 스푼을 꺼내어 스튜를 포식하고 있다는 것을 발견하고는 허겁지겁 냄비에 달려들었다. 다른 일행들은 이미 식사를 마치고 기다리고 있었다.

스튜를 먹는 짬짬이 샌슨은 칼에게 보고를 했다. 기회다!

"쩝, 그러니까 말이죠. 넥슨은 지금은 꼼짝도, 쩝쩝, 하지 않고 있습니다. 그냥 아침 식사를 준비하는, 꿀꺽, 모양인데요."

칼은 피식 웃으며 말했다.

"아, 그래? 그럼 급할 게 없으니 식사부터 마치고 보고를 듣세나, 퍼시발 군."

아아! 안 돼! 역시 내 예상대로 칼의 말이 떨어지자마자 샌슨은 두말 없이 식사에만 열정을 보내었다. 그래서 내 입에 들어온 것은 얼마 되지 않았다.

잠시 후 샌슨은 냄비를 박박 긁다가 침통한 표정으로 숟가락을 입에 물었다. 그리고 난 넌더리를 내면서 식기를 거둬모았다. 물통에 물도 얼마 없는데 계곡 쪽엔 넥슨이 버티고 있으니 설거지도 못하겠군. 젠장. 난 샌슨의 손과 입에서 냄비와 스푼을 뺏은 다음 식기들을 몽땅 짐보따리 속에 꾸려넣었다. 설거지는 천천히 해야겠군.

커다란 나무 밑동에 등을 기대고 앉아 있던 제레인트가 먼저 물어왔다.

"아, 그들은 움직이지 않는다고 했습니까?"

"예. 그렇습니다. 제레인트. 아침 식사를 마치고 움직일지는 모르겠습니다만, 하는 행동을 보아하니 그런 것 같지도 않습니다. 짐도 풀어둔 채 그대로였습니다. 뭐, 움직이려 들면 빠른 시간 안에 움직일 수야 있겠지만 분위기로는 그럴 것 같지 않습니다."

칼은 눈살을 찌푸리며 말했다.

"이상하군. 오늘은 벌써 11월 20일이네. 어디 보자, 그랜드스톰에서 아인델프 님이 크라드메서의 웨이크닝이 한 달 정도 남았다고 말씀하신 것은 10월 말이었지?"

샌슨이 고개를 끄덕이며 말했다.

"10월 27일이었습니다."

"그런가. 그렇다면 이제 3주 정도 지난 셈인가?"

그게 겨우 3주 전의 일인가? 히야. 벌써 몇 년은 된 것 같은데 말이야. 난 새삼 감회에 젖어 그때의 일을 돌이켜보았다. 그러나 칼은 감회에 허비할 시간은 없나 보다.

"정확하게 한 달이라고 생각한다면 크라드메서의 웨이크닝은 11월 27일이겠지. 물론 오차가 며칠 있겠지만 이제 시간이 얼마 남지 않았군. 일주일 정도 남은 셈인가. 그런데 넥슨은 왜 서둘러 갈색 산맥으로 달려가지 않는 거지? 퍼시발 군. 이곳에서 갈색 산맥까지는 얼마나 걸리겠나?"

샌슨은 곰곰이 생각에 잠겼다가 고개를 가로저으며 말했다.

"글쎄요? 이곳의 정확한 위치는 모르겠습니다만 일주일이라면 빠듯하겠는데요? 이스트 그레이드를 가로질러서 바이서스 임펠까지 돌아가는 데 닷새 정도로 잡고, 그리고 갈색 산맥으로 들어가는 데 역시 이틀 정도 잡는다면 딱 일주일이군요. 그것도 전속력으로 달렸을 경우 그렇게 될 것 같습니다."

"허허, 이런. 그렇다면 이제 즉시 출발해야 된다는 말 아닌가."

"예. 넥슨이 아니라 우리들로서도 이제는 갈색 산맥으로 출발해야 되는 겁니다. 넥슨에게 가서 며칠 남지 않았다고 경고라도 해줘야 할 지경이군요."

"그런데 넥슨이 서두르는 기색이 없다고? 도대체 뭘 생각하고 있는 것일까?"

나는 볼을 긁적거리며 말했다.

"아무래도 이상해요. 넥슨도 급할 텐데 갈색 산맥으로 가지 않고 이곳으로 온 거라든지, 지금 서두르지 않는 것이라든지. 혹시 넥슨 녀석은 크라드메서가 언제 깨어나는지 모르는 거 아닐까요?"

"아냐. 그렇지는 않을 거야. 그는 어쨌든 에델브로이의 재가 프리스트였고 또한 바이서스 임펠의 길드 마스터였지. 설마 그가 그런 정보를 모를 거라고는 생각되지 않는데."

"그러면 왜 서두르지 않는 거죠? 아, 그리고 또 이상한 것이 있어요."

"응? 뭐가 이상한가, 네드발 군?"

"그 뱀파이어는 도대체 어디로 간 거죠?"

"시오네 말인가?"

"예. 그 여자는 델하파에서는 분명히 넥슨과 함께 행동하고 있었어요. 그런데 나우르첸에서는 보이지 않았어요. 그리고 대미궁까지 오는 동안 한번도 보이지 않는데요?"

칼은 잠깐 고민하다가 곧 간단히 대답했다.

"그녀야 간첩이니까……. 뭐, 상부의 지시에 따라 움직이지 않겠나. 혹시 모르지. 넥슨과 헤어지고는 바이서스의 각 도시를 세이크리드 랜드로 만들 준비를 하고 있는지도."

칼은 대수롭지 않게 말했지만 듣는 우리들로서는 소름이 좍 돋는 말이었다.

"허, 허어, 음……. 그럼 어떻게 하지요?"

"가정에 대해 대책을 세우자는 말인가? 모르겠네. 트리키 공께서 전하께 그 사실에 대해 경고를 잘하기를, 그리고 닐시언 전하께서 훌륭한 대책을 세워주기를 바라는 정도밖에는. 우리 손은 두 개고 그 손들로는 지금 넥슨에게서 레니 양을 구출해 내기도 벅차군. 따라서 지금의 우리들로서는 시오네나 자이펀의 공작에 대해서까지 내밀 손이 없네. 우리 눈앞에 있는 일, 그리고 우리가 할 수 있는 일을 하는 수밖에."

"그렇긴 하군요."

칼은 고개를 끄덕이더니 주위를 둘러보며 말했다.

"복잡한 건 천천히 생각하고, 지금 우리에게 닥친 일은 넥슨의 손아귀에서 레니 양을 구출하여 일주일 내로 갈색 산맥까지 달려가는 것입니다. 넥슨이 갈색 산맥으로 향한다면 따라가면서 기회를 노려도 되겠지만 그가 움직일 기미가 없는 바에야 지금 당장이라도 레니 양을 구출해야겠습니다. 시간이 없어요."

그러다가 그는 갑자기 흠칫하면서 제레인트를 바라보았다.

"아……, 우리들은 그랜드스톰으로부터 의뢰를 받았기 때문에 이 일을 하는 겁니다. 하지만 침버 씨는 그렇지 않지요."

제레인트는 뚱한 얼굴로 칼을 바라보더니 갑자기 싱글거렸다.

"예. 그래서요?"

칼은 겸연쩍게 말했다.

"침버 씨는……, 대미궁에서 막대한 보물을 획득하셨는데, 혹시 신전으로 돌아가고 싶으시거나 하지는 않으십니까?"

제레인트는 계속 싱글거리며 말했다.

"어려운 때 함께한 동료를 버리는 짓은 안합니다. 여러분들을 따라오지 않았다면 그런 보물을 얻지는 못했을 테지요. 아, 그리고 저도 크라드메서의 마수로부터 대륙을 구하는 모험에 동참하고 싶은데요."

허헛. 제레인트는 대미궁에서 죽을 고비를 넘기고도 전혀 바뀐 점이 없군. 칼은 웃으며 그에게 목례했다.

"나머지 분들은 어떠십니까?"

칼은 나머지 분들이라고 말했지만 사실은 네리아를 바라보았다. 흠, 네리아는 그랜드스톰에서 약속한 보상 때문에 이 일에 동참했지. 하지만 그녀는 이제 막대한 보물을 얻었고 따라서 이 위험한 일을 계속할 필요는 없다. 하지만 난 그녀의 대답을 기다리며 불안하지는 않았다. 네리아는 역시 웃으며 대답했다.

"어머나? 칼 아저씨. 왜 저를 바라보는 거지요? 내가 '그 동안 즐거웠어요. 이제 안녕!' 하고 떠날 거라고 생각하신다는 것은 아니죠? 칼 아저씨도 드래곤 로드만큼이나 음흉한 데가 있네요."

칼은 머쓱한 표정을 지었고 네리아는 웃으며 대답했다.

"여러분과 함께하겠어요."

우리는 서로를 바라보며 히죽 웃었다. 이루릴 역시 미소를 띤 채 말했다.

"저 역시 여러분과 함께하겠습니다."

칼은 이루릴에게 고개를 끄덕였다. 나는 칼을 바라보며 싱긋 웃었다.

칼은 저 대답을 들어두고 싶었던 모양이다. 속에 너구리가 열 마리는 들어앉은 양반 같으니라구. 그도 설마 정말로 우리들이 이대로 헤어질 거라고는 생각하지 않았을 것이다. 그가 염려한 것은, 음. 아마도 우리들이 대미궁에서 획득한 보물 때문에 고달픈 길을 계속 걸으려는 의지가 약해질 것을 염려했겠지. 그래서 저런 질문을 하고는 스스로 자신의 마음을 굳히는 대답을 하게 한 것이다. 헤헤헷!

칼은 재빨리 말했다.

"자, 그럼 이제 계획을 짭시다. 저쪽에는 우리들도 잘 알다시피 OPG를 가진 남자들이 세 명이나 있소. 게다가 인질도 있으니 정면 대결은 힘들 것 같은데. 하지만 이런 지형에서라면 기습의 요건이 그런 대로 있습니다. 대미궁에서와 같은 방법으로 해볼까요?"

이루릴이 칼을 바라보며 말했다.

"자크와 하슬러를 저격하는 방법 말입니까? 하지만 그럴 경우엔 넥슨이 남지 않습니까. 그때는 주위가 어두워서 상당히 접근할 수 있었습니다만 이번에는 어려울 텐데요."

"그렇군요. 음……, 우리들 중 저격이 가능한 사람이 두 명인데 저쪽은 모두 세 명이라. 허어, 참. 한 명만 더 있다면 좋겠는데. 음. 퍼시발 군? 자네 활 다룰 줄 모르나?"

샌슨은 뒤통수를 긁으며 말했다.

"웬만큼 다룰 줄은 압니다만 명사수라고 자신할 수는 없는데요. 이런 계곡의 바람이 부는 곳에서, 그리고 두 방은 쏠 수 없는 상황에서라면 자신 없습니다."

그때 제레인트가 말했다.

"아, 저. 칼. 제게 그럴듯한, 아, 뭐 들어보시기 전에 판단하실 수는 없으시겠지만 제 생각에는 괜찮을 듯한 계획이 있는데요."

"듣겠습니다. 말씀해 보십시오."

"흠, 허음. 루트에리노 대왕의 이야기에 이런 것이 있지 않습니까?"

"예?"

"루트에리노 대왕이 그덴 산의 거인에게 도전했을 때의 이야기 말입니다. 그 이야기를 약간 각색해서 사용하면 어떨까요?"

칼은 눈썹을 잠깐 곤두세웠다. 그러다가 그는 의아한 표정으로 제레인트를 바라보았다.

"어, 그런 소설……, 프리스트나 수련사들에게는 금서에 해당할 텐데, 신전에서 읽게 해줍니까?"

그런 소설? 아, 창칼이 난무하고 살육이 상세히 묘사되는 거. 하긴 그덴 산의 거인과의 싸움……, 확실히 프리스트나 수련사들이 읽을 만한 내용은 아니다. 그러나 제레인트는 담백한 표정으로 말했다.

"물론 금서입니다. 그러니까 더욱 읽는 재미가 각별하더군요."

제레인트의 뻔뻔할 만큼 솔직한 대답에 칼은 너털웃음을 터뜨렸다.

"하하. 그러셨군요. 그런데……, 그 이야기를 어떻게 각색한다는 말씀입니까?"

제레인트는 진지한 태도로 설명을 시작했다.

"우타크와 차넬이 그덴 산의 거인을 속였던 것처럼 말입니다, 우리들도 위장 항복을 하는 겁니다. 우리들 중에 누군가가 그들에게 찾아가서는 합류하고 싶다고 속이는 거지요. 그러니까 우리 무리 중에서 내분이 일어난 것처럼 위장하면 될 것입니다. 음, 이게 좋겠군요. 대미궁에서 가지고 나온 보물 때문에 우리들이 서로 싸움을 일으키게 되었고, 그래서 그 와중에 도망치게 되었다고 말하면서 넥슨을 따르겠다고 속이는 겁니다. 그러고는 적당한 틈을 봐서 안팎에서 호응하여 레니 양을 구출하는 겁니다. 위장 항복을 한 사람이 레니 양을 데리고 도망칠 때 밖에서 도와주면 될 것입니다."

나와 샌슨은 제레인트에게 우리들의 입 크기를 비교할 수 있는 기회를 선사하게 되었다. 그러자 제레인트는 점잖게 말했다.

"아, 그렇게 놀랄 것들 없어요. 간단한 각색인데요."

윽. 제레인트는 우리가 그 말도 안 되는 계획에 감탄한 줄 아는 모양이다. 샌슨은 기가 막힌 표정으로 말했다.

"아니 그게 말이 된다고 생각하십니까?"

"예? 이상합니까?"

나도 기가 막혀서 말했다.

"넥슨이 비록 인간 같잖은 놈이긴 하지만 그렇다고 해서 오크도 믿지 않을 그런 이야기를 믿을 거 같지는 않은데요?"

제레인트는 내 표현에 언짢은 얼굴이 되었다.

"오크도 믿지 않을 거라구?"

"예. 그렇게 죽을 둥 살 둥 쫓아다니다가 이제야 항복이라구요? 게다가 우리 쪽이 훨씬 인원이 많은데 왜 인원이 더 적은 편에 서겠다는 거냐고 물어오면 어떻게 대답하지요?"

제레인트는 눈을 크게 뜨더니 잠시 머뭇거렸다. 칼은 미소를 지으며 말했다.

"그렌 산의 거인이야 우둔한데다가 자만심이 강해서 그 말에 속아넘어간 것이겠지요. 하지만 넥슨은 거인이 아니라 인간입니다. 아, 그야 기억을 많이 잃었다지만 하슬러나 자크가 있지 않습니까. 게다가 우리들 중에 누가 찾아가면 믿어주겠습니까? 세레니얼 양이 찾아가서 그런 식으로 말하면 아마 폭소를 터뜨리겠지요. 프리스트이신 침버 씨도 말할 나위가 없습니다. 그리고 퍼시발 군이야 침버 씨가 말씀하신 대로 강인한 전사이므로……."

"칼!"

샌슨은 콧김을 뿜어대었고 그러자 칼은 미안한 듯한 미소를 지으며 계속 말했다.

"하하. 예. 저쪽 사람들이라 해도 퍼시발 군이 태도를 바꿀 사람으로 보지는 않을 겁니다. 그는 곧은 성격의 전사이고 그건 척 보면 알 수 있는 거니까."

그러자 샌슨은 곧 자랑스러운 얼굴이 되었다. 음. 그게 칭찬인 줄 아나 보지? 뭐, 칭찬이라면 칭찬일 수도 있겠군. 칼은 이제 날 바라보았다.

"그리고 네드발 군? 아마 절대로 믿지 않을 겁니다. 17세의 소년이 일행을 버리고 어제까지 싸우던 자들에게 찾아간다는 것은 말이 안 되지요."

맞아맞아. 난 고결한 성품의 소유자거든. 칼은 네리아를 돌아보더니 다시 고개를 가로저었다.

"네리아 양도 물론 안 됩니다. 저쪽엔 자크가 있으니까. 네리아 양. 당신이 그런 식으로 전향하겠다고 말한다면 자크라는 그 청년이 과연 믿어줄까요?"

네리아는 어깨를 움츠렸다.

"잘 모르겠네요. 음. 자크가 날 어떻게 생각할지 모르겠어요. 하지만 난 나이트호크이고, 밤의 신사들의 죽음에 대해 화난 모습을 분명히 보여주었으니까 힘들겠지요."

그러자 칼은 빙긋이 웃으며 말했다.

"그렇다면 나밖에 없군요. 내가 찾아가서 그렇게 말해 볼까요?"

난 피식피식 웃으며 말했다.

"칼. 칼은 대미궁에서 넥슨의 속을 완전히 뒤집어놓았잖아요. 그러니까 그건 어려울 거예요."

제레인트는 입술을 잡아당기며 말했다.

"하, 하하. 그러고 보니 정말 갈 사람이 없군요. 음. 그 의견은 취소입니다."

"전 그 의견이 마음에 드는데요."

이루릴의 말이었다. 그리고 우리는 모두 눈을 크게 뜬 채 이루릴을 바라보았다.

"세, 세레니얼 양?"

칼은 말도 제대로 못했다. 그리고 네리아는 기막힌 표정으로 말했다.

"맙소사, 이루릴! 가서 뭐라고 말할 건데요? '제기랄, 망할 인간 녀석들이 내 보물까지 뺏어 갔어. 그놈들이 싫어졌어. 그러니 너와 손잡고 싶은데.' 뭐 이렇게 말할 거예요?"

네리아의 목소리 흉내는 그럴 듯했다. 그러자 이루릴은 반가운 표정으로 말했다.

"아……, 그렇게 말하면 될까요?"

이루릴의 대답에 우리는 기어코 할말을 잃은 채 그녀를 바라보았다. 이루릴은 우리들을 돌아보더니 이상하다는 표정을 지었다. 하지만 그녀의 목소리는 차분했다.

"그건 안 되나요?"

네리아는 숨가쁜 표정으로 말했다.

"하, 하아. 미안해요, 이루릴. 그건 안 되겠는데요."

"그렇습니까? 그렇다면 제 생각을 말씀드리지요. 제레인트 씨의 말대로 우리들 중 누군가가 찾아가는 겁니다. 그리고 레니 양을 구출하여 나오면 되겠지요."

칼은 놀라서 되물었다.

"예? 우리들 중에 저들이 믿을 사람이라도 있다는 말입니까?"

이루릴은 싱긋 웃으며 말했다.

"우리들 중엔 없지요. 하지만 보이지 않는 것은 잊혀지는 법이라던가요."

"예?"

"우리들 중 누군가가 인비저빌리티의 마법을 사용하여 접근하면 되지 않을까요? 전 오늘 아침에 그 생각을 하고서는 인비저빌리티를 몇 개 기주해 두었는데요."

우리는 조금 전과는 다른 경악에 휩싸인 채 이루릴을 바라보았다.

이루릴이 내놓은 계획은 그러니까 이러하다. 먼저 우리 일행들 중에 하나를 이루릴의 마법을 사용해 보이지 않도록 한다. 그러곤 보무도 당당하게 저쪽으로 걸어가는 것이다. 투명화된 상태이므로 레니에게 접근하는 것은 간단한 일이 될 것이다.

"그러곤?"

칼의 질문에 네리아가 손을 번쩍 들었다.

"간단해요! 레니에게 귓속말을 하는 거지요. 볼일이 있다고 말하라고 시키면 될 거예요!"

칼은 피식 웃으며 고개를 끄덕였다. 설마 아무리 막 나가는 저 녀석들이라고 해도 탁 트인 장소에서 그렇게 하라고는 말 못할 것이다. 혹 감시가 따라붙을지 모르지만 그때는 투명화된 사람이 뒤통수라도 후려치면 그만이다. 혹 들키게 될 경우를 대비하여 다른 일행들이 남아 있는다. 그러고는 뒤에서 넥슨 일행을 공격하여 레니와 그 침입자가 순조롭게 빠져나오도록 돕는다. 그러고 나서 레니 양의 안전을, 크라드메서의 안정을, 대륙의 평화를, 오, 빛나는 내일을 향해 희망의 발걸음을…….

칼은 고개를 갸웃거리며 말했다.

"상당히 일리 있는 말씀입니다만, 확실히 절대로 보이지 않습니까?"

이루릴은 고개를 끄덕였다.

"네. 물론 움직이다가 돌멩이를 걷어차거나 하면 소리는 날 겁니다. 하지만 그것은 주의를 기울이면 되겠지요. 그 외엔 특별히 들킬 일이 없습니다. 저들은 모두 인간이고 특별한 마법을 익힌 사람은 보이지 않더군요."

"넥슨 휴리첼은 에델브로이의 재가 프리스트 아닙니까? 프리스트의 권능으로 알아볼 수 있지 않을까요?"

"글쎄요. 특별히 경계한다면 다른 기운을 느낄 수는 있을 겁니다. 하지만 과연 누군가 투명술을 사용하여 접근할지도 모른다는 식으로 경계하고 있을까요?"

제레인트는 머리를 벅벅 긁더니 말했다.

"으흠. 그거 말이 됩니다. 그것도 상당히 되는데요. 실행해 볼 만합니다."

네리아는 골몰히 생각에 잠겼다가 말했다.

"괜찮은데요? 하지만 들키면 위험하다는 문제는 아직 해결되지 않았는데요."

"그때는 남은 사람들이 적극적으로 달려들든가 하면 될 겁니다. 우선 저쪽도 잠깐 동안은 당황 때문에 대응이 느려질 테니까요."

샌슨의 말에 칼은 고개를 끄덕였다.

"그럼. 흠. 위험하지만 시간도 없으니, 어쩔 수 없군. 에, 누가 투명술을……."

칼은 말꼬리를 흐렸다. 칼의 시선을 보다가 난 가슴이 덜커덩 내려앉는 것을 느꼈다. 어, 어? 뭐……, 어쩔 수가 없는 일이긴 하군. 그래, 당연하지. 다른 사람은 안 되는 일이야. 그러니까 내가 해야 하는 일이지.

하지만 나도 이건 싫어! 왜 변장이라고 하면 항상 나냐구!

"왜! 이라무스에서도 내가 변장했어요. 할슈타일 저택에 찾아갔을 때도, 어어억! 내가 여자로 변장했다고요. 그런데 왜 또 나냐구! 이번엔 좀 바꿔볼 때라고 생각하지 않아요?"

칼은 진지한 표정으로 내 말을 듣는 척하더니 손가락을 하나씩 꼽으면서 말했다.

"첫째, 마력과 신력은 어울리기 힘든 법이다. 여기서 침버 씨가 제외되네. 제 말이 맞습니까, 침버 씨?"

"아, 예. 마법을 받아들이는 것은 조금 위험할지도 모르겠습니다. 뭐, 실제로 해본 적은 없지만……. 한번 해볼까요?"

제레인트는 눈을 반짝반짝 빛내었지만 칼은 꿈쩍도 하지 않고 손가락만 꼽아대었다.

"둘째, 유사시 레니 양을 업고서 뛸 수 있을 정도는 되어야 한다. 도주는 상당히 위험하고 급박할 거 같으니까. 여기서 네리아 양이 제외되지. 셋째, 저격을 할 수 있는 사람은 남아 있어야 한다. 여기서 나와 세레니얼 양이 제외되네. 그렇다면 남은 것은 샌슨과 자네인데."

"내가 가야겠군요."

샌슨은 내 목을 졸라대더니 곧 자신도 거짓말과 사기와 변장 등의 악덕에 대해 남다른 조예가 있으므로 그까짓 투명화된 상태로 접근하는 일 따위는 식은 죽 먹기라는 식으로 떠들어대기 시작했다. 그는 심지어 자신이 약간만 신경을 쓰면 여자로 변장하는 것도 어려울 것이 전혀 없다는 식의 망발까지 서슴지 않았다. 이루릴 외엔 아무도 그 말을 귀기울여 듣지 않았지만.

이루릴은 샌슨의 의견을 듣다가 말했다.

"그럼, 샌슨 씨에게도 인비저빌리티를 사용할까요?"

칼은 잠시 더 고민에 휩싸였다. 아마 틀림없이 샌슨을 어떻게 말리느냐 하는 고민이죠, 칼? 칼은 고개를 끄덕이며 말했다.

"그럼 그렇게 하지요."

어억, 안 돼!

이루릴은 먼저 숲을 향해 말했다.

"친구들이여. 나에게로 돌아와서 함께해 줘요."

잠시 후 숲을 헤치는 우석거리는 소리가 들려왔다. 그리고 말발굽 소리가 들려오기 시작했다. 풀숲을 헤치고 가장 먼저 튀어나온 것은 에보니 나이트호크의 거체였다. 그리고 그 뒤로 슈팅스타의 모습도 보였다. 트레일은 역시 발을 좀 끌면서 나왔고 래셔널 셀렉션은 그 뒤에서 점잖게 걸어나왔다. 말들은 각자의 주인들에게 반갑게 달려갔다. 네리아는 환하게 웃으며 에보니 나이트호크의 목을 끌어안고 그 풍성한 갈기에 볼을 비벼대었다.

"오래간만이야! 그 동안 더 예뻐졌네?"

음. 말에게 하는 인사로는 좀 그렇군. 샌슨은 슈팅스타의 콧등을 쓸면서 히죽 웃었다.

"자식아! 나 보고 싶었지?"

희한한 우연으로, 마치 파리라도 쫓는 것처럼 슈팅스타는 고개를 가로저으며 갈기를 흩날렸다. 다른 사람들은 모두 낄낄거렸고 샌슨은 험악한 표정을 지었다. 칼은 점잖게 트레일의 볼을 쓰다듬었지만 별말은 건네지 않았다. 그리고 이루릴은 래셔널 셀렉션의 갈기를 쓰다듬으면서 말했다.

"그 동안 잘 지냈니?"

래셔널 셀렉션은 점잖고 품위 있는 동작으로 고개를 끄덕였다. 어라? 그런데 제미니는?

잠시 후 제미니는 입에 뭔가를 우물거리며 천천히 걸어왔다. 윽! 저 괘씸한 말 같으니라구. 뭔가를 먹느라고 늑장을 부렸군. 어째 사람이나 말이나 똑같냐!

"임마! 부르면 빨리빨리 와야지!"

제미니는 멀뚱히 날 바라보더니 이를 드러내며 푸르릉거렸다. 마치 비웃는 것 같잖아? 저 괘씸 무쌍한 말 같으니라구!

"오늘 저녁은 말고기를 시식해 볼까?"

내 의견은 다른 사람들의 반대로 실천되지는 못했다.

두 번째 단계. 우리는 말들을 조심스럽게 이끌면서 넥슨 일행이 있는 계곡 아래쪽으로 조심하며 접근해 갔다. 사람들은 모두 입을 꽉 다물었고 말들도 침묵을 지켰다. 간혹 제미니가 푸르릉거리려 할 때마다 내가 질겁하면서 녀석의 입을 틀어막은 일 외에는 조용히 접근하는 데 어려움은 없었다.

세 번째 단계. 마지막 얼마를 남겨두고 우리는 말들을 세워두고는 가만히 있도록 지시했다. 그리고 나와 샌슨은 이루릴 앞에

셨으며 이루릴은 나에게 캐스팅을 시작했다. 이루릴의 조용한 목소리가 울려퍼지는 동안 나는 눈을 부릅뜨고 긴장해 있었다. 뭐, 대단한 일이 있으려고? 설마 아프거나 하지는 않겠지.

"인비저빌리티."

역시 고통 같은 것은 없었다. 난 내 손을 내려다보았다. 응? 그대로인데? 난 고개를 갸웃거리며 이루릴을 바라보았다. 그런데 이루릴 뒤에 있던 칼과 제레인트, 네리아가 입을 쩍 벌리고 있는 것을 알게 되었다.

네리아가 숨막힌 목소리로 말했다.

"저, 저, 후치야?"

그런데 네리아는 완전히 엉뚱한 방향을 바라보며 말했다. 그녀는 이리저리 두리번거리면서 내 모습을 찾고 있었다. 어라? 내가 정말 안 보이나 보지? 난 살금살금 움직여보았다.

역시 아무도 나를 보지 못하는 모양인데. 난 살그머니 네리아의 옆으로 접근했다. 그런데도 네리아는 완전히 엉뚱한 방향을 바라보며 두리번거리고 있었다. 난 네리아의 귀에 대고 말했다.

"에비."

네리아는 펄쩍 뛰어올랐다. 그리고 난 장난을 친 대가로 턱을 얻어맞고 말았다. 네리아가 보이지도 않는 곳을 향해 마구 팔을 휘젓다가 내 턱을 깨끗이 명중시킨 것이다. 네리아는 자신의 손을 붙잡고 끙끙거렸으며 난 턱을 붙잡고 끙끙거렸다.

"좋아. 훌륭하군. 전혀 보이지 않는데, 네드발 군."

칼은 점잖게 말하고 있었지만 엉뚱한 방향을 보고 말하고 있는지라 그 모습이 우스웠다. 이루릴은 생긋 웃더니 곧 샌슨에게도 마법을 걸었다.

팟!

와! 우와! 샌슨이 사라졌다. 경사났네! 이제 그 성밖 물레방앗간의 가련한 아가씨는 오거의 마수로부터 벗어나……. 아닌가?

"샌슨? 어디 있지?"

"여기야. 그런데 넌 도대체 어디 있는 거냐?"

윽. 이거 문제군. 나와 샌슨도 서로 보이지가 않는 것이었다. 우리 일행들은 허공에서 들려오는 나와 샌슨의 대화에 기겁한 표정을 지었다.

잠시 비틀거린 끝에 나와 샌슨은 간신히 서로의 손을 쥘 수가 있게 되었다. 그 동안 우리 일행들은 불안해서 어쩔 줄 몰라했다. 간신히 칼이 먼저 정신을 차려서 우리는 마지막 단계로 들어섰다.

모습이 보이는 사람들과 보이지 않는 사람들은 모두들 그야말로 숨소리도 내지 않은 채 다가섰다. 눈앞을 가린 관목을 치우자 계곡의 바위들 틈에 앉아 있는 넥슨 일행의 모습이 보였다.

자크와 하슬러는 각자 손에 그릇을 들고는 뭔가를 먹고 있었다. 하지만 평화로워 보이는 식사 장면은 아니었다.

자크는 자주 그릇 위로 불안한 시선을 들어 넥슨을 바라보며 흠칫거리곤 했다. 그러곤 짜증난 태도로 사납게 스푼을 놀려댔다. 그리고 하슬러 역시 맛없는 태도로 그냥 입 안에 음식을 우겨넣고 있었다. 그도 때때로 입 안에 든 음식물을 우물거리며 넥슨을 향해 눈살을 찌푸리고 있었다.

바위 위에 정좌해 앉은 넥슨의 옆에는 그릇이 보였다. 아마 그에게 먹으라고 권하다가 듣지도 않자 그냥 거기 내버려둔 모양이다. 넥슨은 그릇에는 일별도 보내지 않고 그저 허공을 쏘아보고 있었다. 도대체 무슨 짓을 하고 있는지 구분도 되지 않았다.

칼이 고개를 갸웃거리며 나직하게 말했다.

"은자 흉내를 내는 건가?"

그러고 보니 정말 산에 틀어박혀서 수도하는 프리스트처럼 보이기도 한다. 아, 넥슨은 원래 재가 프리스트였지? 어쩌면 저 짓은 익숙한 짓일지도 모르겠군. 그러나 제레인트는 고개를 갸웃거리며 말했다.

"이상한데요?"

"뭐가 이상합니까?"

"아, 저 작자 에델브로이의 재가 프리스트라고 하지 않으셨습니까?"

"예. 그런데요?"

"에델브로이의 프리스트들은 묵상 자세가 저렇지 않습니다. 게다가 다른 어느 교단에도 저런 자세는 없습니다. 저렇게 방만한 자세를 취하는 것은 오히려 우리 교단의 묵상 자세 정도일까……. 저희 교단에서는 묵상 자세를 그렇게 까다롭게 지정하지 않거든요."

"그럼 명상에 잠긴 것도 아니고, 지금 뭘 하는 거지?"

샌슨이 갑자기 말했다. 뭐 특별히 갑자기랄 것은 없지만 모습이 보이지 않으니 깜짝스러웠다.

"옛이야기에 나오는 대로, 그가 입은 손실과 그의 레이디를 생각하며 고뇌에 잠긴 것 아닐까요?"

칼은 고개를 가로저었다.

"글쎄. 나로선 넥슨이 그런 낭만적인 나이트 흉내를 낼 시간도, 여유도, 성품도 가지고 있다고는 믿어지지 않는군."

나는 고개를 돌려보았다.

조금 떨어진 곳에서는 레니가 식사를 하고 있었다. 그녀 역시 행복한 식사 장면은 아니었다. 음식을 떠올리는 손길은 자주 멈추었고 목에서 무엇이 북받치는지 제대로 삼키지도 못했다. 공포와 서러움 때문에 음식을 먹을 엄두가 나지 않았지만, 그렇다고 굶을 수도 없어 간신히 먹고 있다는 것을 당장 알 수 있었다.

칼은 여전히 엉뚱한 방향을 향해 속삭였다.

"좋네. 퍼시발 군, 네드발 군. 시작하세."

그러자 샌슨의 목소리도 허공에서 나직하게 들려왔다.

"후치, 손을 잡고 움직일 수는 없으니까 놓는다. 넌 레니에게 접근해서 말해라. 그리고 난 다른 놈들을 경계할 테니까. 알았지?"

고개를 끄덕이려다가 그래봐야 보이지 않는다는 것을 깨달았다. 그래서 난 나직하게 대답했다.

"좋아, 가자구."

나는 조심스럽게 몸을 일으켰다.

바스타드를 뽑아들고 나서, 나는 되도록 수풀들을 건드리지 않도록 주의 깊게 발걸음을 옮겼다. 그러나 계곡의 안쪽은 모두들 커다란 바위들뿐이었고 관목이나 나무 등은 더 이상 없었다. 나는 크게 심호흡을 한 다음 앞으로 발을 내딛었다.

나는 마침내 완전히 노출되었다.

넥슨은 아직도 허공을 쏘아보고 있었다. 하지만 자크나 하슬러의 경우엔 고개를 약간 돌리기만 해도 내가 있는 곳을 보게 될 것이다. 난 쿵쾅거리는 가슴을 내리누르며 앞으로 걸어갔다.

갑자기 하슬러가 고개를 들자 난 기겁할 뻔했다. 그러나 하슬러는 내 쪽을 쳐다보고 있었음에도 그 얼굴 표정에 변화가 없었다. 그는 그저 이상하다는 얼굴로 내 쪽을 바라보았다. 난 꼼짝도 못하고 그 시선을 마주보았다. 그때 자크가 말했다.

"왜 그래요?"

"……아냐."

하슬러는 다시 고개를 숙이더니 맛없는 식사를 계속했다. 보이지 않아! 난 확실히 보이지 않는 것이다. 좋아. 난 놀랄 정도로 침착을 되찾았다.

아무리 내 모습이 보이지 않는다고 해도 계곡에 있는 작은 돌들이 내 발에 밟혀 움직이는 모습이 보인다면 저들은 기겁할 것이다. 난 커다란 바위들만 골라 밟으며 조심스럽게 하슬러와 자크가 앉아 있는 쪽으로 다가갔다. 레니가 있는 곳으로 향하려면 어쨌든 그들 옆을 지나야 했다.

내가 바로 옆으로 다가갈 때까지도 하슬러와 자크는 아무 느낌도 받지 못한 모양이다. 난 장난기가 치밀어오르는 것을 느꼈다. 이 작자들 면전에서 손이라도 한번 흔들어봐? 아니면 이 작자들의 밥그릇에 돌멩이라도 한 개 떨어뜨려 음식물이 얼굴에 튀도록……. 그런 욕망이 뭉게뭉게 부풀어올랐지만 난 간신히 참아내고는 조심스럽게 그들 옆을 지났다.

레니는 여전히 음식보다는 눈물을 더 많이 삼키는 듯한 얼굴을 한 채 앉아 있었다.

"흑."

갑자기 그녀는 도저히 더 먹고 싶은 생각이 없다는 듯이 그릇을 내려놓았다. 그러고는 다시 얼굴을 무릎에 묻었다. 자크가 이쪽을 한번 쳐다보았지만 별말은 하지 않았다.

좋아, 됐군. 난 최대한 주의 깊게 레니에게 다가갔다.

소리없이 크게 한숨을 쉰 다음, 난 레니의 머리를 붙잡으면서 동시에 그녀의 귀에 대고 말했다.

"고개 들지 말고 내 말 들어."

레니의 머리를 붙잡았기에 망정이지, 하마터면 레니는 고개를 불쑥 쳐들고 고함을 지를 뻔했다. 거세게 머리를 들어올리려는 레니의 움직임이 잘 느껴졌지만 미리 대비하고 있었던 참이라 난 레니의 머리를 그대로 고정시켜 둘 수 있었다. 레니가 난동을 부리기 전에 난 빠르게 말했다.

"나야, 후치. 들키면 안 되니까 꼼짝도 하지 말고 그대로 들어."

레니의 몸이 굳었다. 그녀도 눈치를 챈 모양이다. 난 레니의 머리에서 손을 치우며 말했다.

"자, 함부로 굴어서 미안해. 자연스럽게 고개를 들어. 하지만 내 모습이 보이지 않을 거니까 너무 놀라지는 마."

레니는 자연스럽게 고개를 들었다. 최소한 그녀는 그렇게 생각했을 것이다. 내가 보기엔 갑옷 입은 기사가 고개를 드는 꼬락서니였지만. 미리 준비하고 있었지만 그녀는 내 모습이 보이지 않자 크게 놀란 모양이다. 가까스로 비명을 억누르는 그 표정이 잘 보였다.

"마법이야. 마법. 마법을 써서 모습이 보이지 않도록 한 거야. 고개 끄덕이지 마! 아무런 대답도 하지 않아도 좋으니까 내 말 듣기만 해."

레니는 꼼짝도 하지 않고 허공을 바라보았다. 하지만 그녀의 눈동자는 상하 좌우로 빠르게 움직이고 있었고 조금씩 벌어지는 입술에선 하얀 입김이 술술 나오고 있었다. 그녀의 턱이 미세하게 떨리는 것을 보며 난 혀를 찼다.

"많이 기다렸지?"

곧 레니의 눈에 눈물이 그렁그렁해졌다. 최소한 떨지는 않으니 다행이군. 난 레니의 손을 붙잡았고 그러자 레니는 믿을 수 없다는 표정을 지으며 자신의 손을 내려다보았다. 난 빠르게 말했다.

"이제 가자, 레니. 저 작자들과 너무 오래 있었지. 내가 널 구출해 줄게. 하지만 너도 날 도와주어야 해."

레니는 하마터면 고개를 끄덕일 뻔하다가 간신히 참았다.

그때 자크가 갑자기 이곳을 바라보았기에 나와 레니 모두 기겁해서 굳어버렸다. 레니의 얼굴이 하얗게 질리며 그녀의 눈이 자크를 뚫어지게 바라보는 것을 보고는 난 급하게 말했다.

"그냥 다시 고개를 숙여. 그게 낫겠어."

레니는 힘없이 고개를 숙여 얼굴을 무릎에 파묻었다. 자크는 안쓰러운 표정을 짓더니 그릇을 내려놓고는 몸을 일으켰다. 이런! 젠장!

자크는 천천히 이쪽으로 걸어왔다. 난 다급하게 바스타드를 들어올렸다. 저 친구가 날 눈치챈 것일까? 그렇지 않다면 그저 레니가 걱정되어 오는 것일까? 만일 후자라면 괜히 소동을 일으킬 필요가 없다. 그런데 샌슨은 어디 있을까? 만일 샌슨이 소란을 일으키면 어떻게 하지?

샌슨의 모습은 보이지 않으니 도대체 아무런 짐작을 못하겠다. 하지만 자크가 지금 걸어오는 모습은 태연했다. 난 이를 악물었다. 좋아. 할 수 없지. 만일 잘못된다면 자크의 다리를 베어버리고는 곧장 레니를 들고 튀는 거야. 하지만 일단은 잠자코 있자.

자크는 이제 내 앞 3큐빗도 안 되는 위치에 섰다. 팔만 휘두르면 그대로 자크를 베어버릴 수 있는 위치였다. 팔만 휘두르면 돼. 그리고 레니를 들고 튀면 되는 거야. 그러면 이 떨리는 상황도 끝이라구. 제기, 엄청난 유혹이 느껴지는데? 참아야 돼, 참아! 억눌러라, 후치!

자크는 한쪽 무릎을 꿇으며 레니에게 말했다.

"이봐, 레니. 입맛이 없어? 반도 먹지 않았잖아."

난 마음이 가라앉는 것을 느꼈다. 저 차분한 음성은, 정말 여동생을 걱정하는 오빠의 목소리 같다. 하지만 난 레니가 근심스러워졌다.

예상대로 레니는 얼굴을 무릎에 묻은 채 꼼짝도 하지 않았다. 하지만 난 그녀의 귀가 벌겋게 변하고 있는 모습을 보았다. 이런, 안 돼! 그 귀 좀 어떻게 할 수 없어? 윽. 사람은 귀의 색깔을 마음대로 못 바꾸던가? 레니, 레니! 제발 지금은 그렇게 흥분하지 말란 말이야.

다행히 자크는 그 모습을 보지 못한 모양이다. 그는 그저 걱정스럽게 바라보더니 손을 뻗어 레니의 어깨를 짚으려 했다. 오, 맙소사. 이젠 끝장이야! 난 바스타드를 들어올렸다. 당장 후려친다. 어쩔 수 없어. 자크가 레니의 몸에 손을 대면 레니는 아마도 비명을 질러버릴 거다. 난 바스타드를 뒤로 힘껏 당겼다.

"레니……."

"신경 쓰지 말아요!"

레니가 갑자기 고함을 질렀다. 그녀는 갑자기 고개를 들어올리더니 자크를 표독스럽게 쏘아보았다. 자크는 얼떨떨한 얼굴로 레니를 바라보았고 난 하마터면 엉덩방아를 찧을 뻔했다.

레니의 눈이 발갛게 불타는 것 같았다. 레니는 얼굴이 붉어진 채로 고함을 질렀다.

"내가 굶어죽든 말든 무슨 상관이야! 내가 힘이 없으면 달아나기도 더 어려울 거 아니야!"

자크는 어이없는 얼굴로 레니를 바라보더니 곧 얼굴을 찌푸렸다.

"어, 이봐, 레니. 그런 의미가 아니잖아?"

"그런 의미고 저런 의미고 내가 알 게 뭐야! 어차피 이렇게 끌고 다니기도 귀찮을 거 아니야! 지금이라도 만일 나에게 아무런 필요가 없어지면 당장이라도 죽여버릴 거 아니야! 당장이라도 죽여버릴 수 있으면서 걱정하는 척, 위하는 척하지 말아요!"

자크의 얼굴에 마침내 분노가 떠올랐다.

"야!"

"으아아아아!"

레니는 울음을 터뜨리면서 고개를 숙여버렸다. 자크는 분노 어린 표정으로 레니를 내려다보더니 그대로 몸을 휙 돌려서 걸어갔다. 난 입을 쩍 벌렸다.

난 레니의 귀로 입을 가져갔다.

"진짜 울어?"

"으어, 으어어어어……. 천만에."

레니의 대답을 들으며 난 참으로 많은 생각을 하게 되었다. 허허, 이거 여성 동지들에 대한 무서운 공포감이 느껴지는 순간이군, 그래. 항구의 소녀라서 그런가? 음, 모르겠다. 한 가지 확신할 수 있는 것은, 만일 제미니라면 죽었다 깨어나도 이런 능청스러운 짓은 못할 거라는……, 잠깐. 정말 그럴까? 제미니도 혹시 급박한 순간이면 연극도 하고 가짜 울음도 터뜨릴까? 으허! 무서워라!

난 순수한 의도로 접근했다가 모욕을 당하고 돌아선 자크의 등을 향해 같은 남자로서 잠시 안쓰러운 시선을 보내준 다음, 거짓 울음을 계속하고 있는 레니의 귀에 대고 말했다.

"좋아. 계획은 이래. 잠시 후 자리에서 일어나서 소변 볼 일이 급하다고 말해. 알았지? 그러고는 저기 왼쪽으로 보이는 후미진 덤불 속으로 들어가."

레니는 울음을 억누르는 꺽꺽거리는 소리까지 내었다. 난 다시 한번 혀를 내두르고는 말했다.

"설마 저 녀석들도 따라오겠다는 식으로 말하지는 않겠지만 굳이 따라오겠다고 해도 거절하지는 마. 알겠지? 그냥 순전히 볼일이 급하다는 식으로 행동해. 따라오는 녀석은 내가 처리하면 되니까."

레니는 고개를 들어 눈을 닦아대었다. 역시 그 눈에는 눈물 자국이라고는 전혀 없었다. 난 씩 웃으면서 몸을 일으켰다.

"좋아. 시작하자."

2

레니는 천천히 몸을 일으키더니 우리 일행이 기다리는 풀숲 쪽으로 걸어가기 시작했다. 자, 지금부터 몇 분 안에 모든 것이 결판난다. 난 바스타드를 단단히 쥐었다. 어째 저곳까지의 거리가 이렇게도 멀어보이지? 그때 자크가 고함을 빽 질렀다.

"이 계집애야! 어디 가!"

"오줌 싸러 간다, 왜!"

레니……, 레니! 정말 대단해. 레니는 눈을 부릅뜬 채로 그야말로 표독스럽게 대꾸했고 그러자 고함을 지른 자크가 더 놀라버렸다. 그는 입을 딱 벌린 채 레니를 바라보다가 말했다.

"그, 그럼 멀리 가지 말고 그, 그 근처에서……."

그때 하슬러가 말했다.

"일어나서 따라가, 자크."

"예?"

하슬러는 두말하지 않았고 그러자 자크는 투덜거리며 일어났다. 레니는 차가운 눈으로 자크를 쏘아보다가 몸을 휙 돌렸다. 자크는 계속해서 투덜거리며 따라왔다.

"쌍. 별 우스운 직책을 다 맡게 되네."

난 레니를 보내고 자크까지 지나보낸 다음 천천히 자크의 뒤를 따라갔다. 자크의 뒤통수를 바라보다가 난 잠시 고개를 돌려 넥슨을 바라보았다. 넥슨은 그대로 바위라도 된 양 꼼짝도 하지 않고 앉아 있었다. 샌슨은 도대체 어디 있을까?

수풀 속으로 적당히 걸어 들어오자 자크는 말했다.

"거기서 볼일 봐. 달아날 생각은 절대 하지 마!"

그러고는 자크는 몸을 휙 돌렸다. 순간 나와 그는 서로를 마주보게 되었다. 가슴이 내려앉는 기분이군. 하지만 자크는 그저 기분 나쁜 얼굴로 팔짱을 끼었을 뿐이다. 그리고 그 뒤에선 레니가 혁대를 붙잡고는 어쩔 줄을 몰라하고 있었다. 좋아, 지금이다. 난 살짝 옆으로 움직인 다음 바스타드의 손잡이로 자크의 목 뒤를 내려찍었다.

퍽!

"크윽!"

완전한 불의의 기습을 당한 자크는 그대로 앞으로 쓰러졌다. 난 재빨리 레니에게 다가갔다. 그때 레니는 바지를 끌어내리려다가 기겁하면서 도로 올리는 참이었다. 난 두말하지 않고 그대로 레니를 들어 어깨에 둘러메고는 발바닥에 불이 나도록 달려가기 시작했다.

"뭐야!"

뒤를 돌아보니 하슬러는 우리를 보고는 잠시 창백한 얼굴이 되었다. 아마 하슬러가 보기에 레니는 허공에 떠오른 채 거꾸로 날아가고 있는 것처럼 보였을 것이다. 그러나 곧 하슬러는 이를 갈면서 외쳤다.

"인비저빌리티!"

하슬러는 즉시 롱소드를 빼들었다. 그 외침에 넥슨이 벌떡 일어났다. 넥슨은 내 쪽을 쏘아보더니 역시 검을 뽑아들었다. 스르렁! 그는 아무런 말도 하지 않았지만 무서운 속도로 달려오기 시작했다. 그리고 하슬러도 달려왔다. 그때였다.

"어어억!"

갑자기 하슬러가 땅에 굴렀다. 샌슨이구나! 넥슨은 주춤하더니 잔뜩 쉰 목소리로 말했다.

"한두 놈이 아니군! 받아라!"

넥슨은 하슬러의 근처 허공을 베어대기 시작했다. 그때 허공에서 웃음소리가 들려왔다.

"핫하하! 이 자식아. 뭐하는 거지?"

넥슨은 샌슨의 웃음소리를 듣더니 곧 검을 돌려 아무 말도 하지 않고는 그대로 허공을 베어내었다. 그러나 샌슨은 다시 웃을 뿐이었다.

"자세는 여전히 엉성하군. 좀 상대해 주고 싶지만 시간이 허락지 않는데."

좋아, 됐어! 난 그대로 앞으로 달려갔다. 레니는 내 어깨 위에서 바들바들 떨면서 비명을 토해 내었지만 난 신경 쓰지 않고 달려갔다. 이제 조금만 더 달려가면…….

바아우우웅!

갑자기 무서운 바람이 나를 스치고 지나갔다. 뭐, 뭐야? 말도 안 돼. 달리고 있는데 바람이 날 앞질러 분다고? 그때 갑자기 어깨가 허전해지기 시작했다. 어라? 갑자기 레니가 왜 이리 가벼워지는 거지?

"꺄아아악!"

"레니 양!"

칼의 고함소리. 놀라서 고개를 돌려보니 레니가 허공에 떠오르는 모습이 보였다. 저게 뭐야? 레니는 그대로 뒤로 떨어질 듯이 날았다. 마치 누군가 보이지 않는 사람이 그녀를 낚아채는 듯한 모습이었다. 그러나 그녀는 땅에 떨어지지 않고 그대로 둥둥 뜬 채 뒤로 움직이기 시작했다. 레니는 허공에서 허우적거리며 비명을 질렀다.

"꺄아악! 내려줘어!"

칼은 기가 막혀서 외쳤다.

"네드발 군! 무슨 짓인가?"

"예? 제가 아니에요! 샌슨? 샌슨이야?"

"어, 어, 나도 아닌데?"

샌슨의 목소리였다. 그것도 내 바로 옆에서 들려왔다. 어떻게 된 거야? 우리 둘 다 아니라면 레니가 왜 갑자기 새들과의 친척 관계를 주장하게 된 거지? 이루릴이 짧게 뭐라고 중얼거리자 샌슨의 모습이 갑자기 나타났다. 그는 내 옆에서 입을 딱 벌리고 선 채로 허공을 날아가는 레니를 바라보고 있었다. 나와 샌슨은 서로를 얼빠진 모습으로 바라보았으나 샌슨이 먼저 움직였다.

"자, 잡아!"

그제야 나도 정신을 차렸다. 레니는 어느새 꽤 멀어지고 있었다. 난 그녀를 붙잡으려 했다. 내뻗은 손이 레니의 발목에 닿으려는 순간, 레니는 내 손을 절묘하게 피해서는 다시 계속 날아갔다. 짧은 순간 공포에 질린 레니의 얼굴이 보였다. 나는 정신없이 달리기 시작했지만 레니는 빠른 속도로 멀어지고 있었다. 그리고 그녀가 날아가는 방향에는…….

넥슨이었다. 넥슨은 어느새 한쪽 무릎을 꿇고 서서는 롱소드는 땅에 꽂아두었다. 그리고 한 손을 자신의 얼굴 앞에 세로로 세우고 다른 손은 우리들 쪽으로 뻗고 있었다. 뒤에서 제레인트가 쥐어짜는 음성으로 말했다.

"에어 엘리멘탈! 맙소사, 저 녀석은 고작 재가 프리스트라고 하잖았습니까?"

칼이 미처 대답하기도 전에 이루릴의 낭랑한 목소리가 울려퍼졌다.

"그 숨결에 생명을 담고 모든 것을 바라보며, 종속될 수 없는 운명을 가진 자여. 구원을 원하는 소녀에게 날아가 그녀를 보호해요!"

덜컹. 소리가 났던가? 아니, 그렇지는 않았다. 하지만 레니는 허공에서 멈춰버렸다. 그리고 곧 사나운 바람이 그녀 주위에 몰아쳤다. 넥슨이 불러낸 바람과 이루릴이 불러낸 실프가 허공에서 싸우고 있는 모양이다. 눈에 보이지 않지만 보이는 실프는 맹렬할 바람이 되어 레니를 끌어당기려 했다. 그러나 넥슨의 바람 역시 무서운 힘으로 레니를 휘몰아 갔다. 순간적으로 레니는 허공에 뜬 채 양쪽으로 잡아당겨지게 되었다. 그녀의 붉은 머리가 붉은 불꽃처럼 흩날렸다.

"잡아!"

샌슨은 고함을 지르며 달리기 시작했다. 그리고 나 역시 발밑의 자갈을 마구 튀겨올리며 달리기 시작했다. 우리들은 허공에 뜬 레니를 붙잡기 위해 달려갔다. 그러나 저쪽에서도 하슬러가 달려오고 있었으며 자크도 어느 새 몸을 일으키더니 이쪽으로 달려오고 있었다.

"이야아아압!"

우리는 죽을 힘을 다해 달려갔다. 하지만 계곡에는 온통 바위와 돌덩어리뿐이었고, 그래서 우리는 계곡의 바위 틈을 제대로 달리지 못해 비틀거렸다. 이루릴과 넥슨은 각자의 위치에서 꼼짝도 하지 않은 채 눈을 감고 캐스팅을 계속하고 있었고 그들의 힘이 더해짐에 따라 허공에 뜬 레니 주위에는 무서운 회오리바람이 일어났다. 레니는 허공에서 숨이 막히는 표정을 지었다. 그녀 주위에 일어나는 회오리는 이제 모습을 드러내려 하고 있었고 넥슨의 바람의 포효 소리와 실프의 웃음소리가 계곡을 가득 메웠다.

"우루루루루루!"

"까르르르르르!"

저 웃음소리에 돌아버리는 기분이 든다. 실프들은 미친 듯이 웃고 있었고 바람은 계곡이 떠나가라고 고함을 질러대었다. 내가 다시 한번 비틀거린 순간 하슬러는 이미 레니에게 접근하고 있었다.

"가까이 오지 마!"

내 말을 들어줄 리는 없겠지만 그래도 난 무턱대고 고함을 질렀다. 역시 하슬러는 내 말을 전혀 듣지 않은 채 레니에게 손을 내뻗었다. 레니는 여전히 숨막힌 얼굴로 그 손을 공포스럽게 바라보고 있었다. 그때였다.

"받아랏!"

칼이 바위 위로 뛰어오르더니 그 위에 무릎을 꿇으면서 곧장 화살을 한 대 쏘아붙였다. 쉬이익! 순간 하슬러는 입을 꽉 다물었다.

뭐가 움직였지? 하슬러 주위의 공간에 잠깐 번뜩이는 빛이 휙 지나갔다. 요란한 울림 소리와 함께 화살은 두 동강이 난 채로 계곡 위의 하늘로 솟아오르고 있었다. 핑그르르르. 맙소사, 화살을 쳐냈어?

하슬러는 화살을 쳐내고는 그대로 도약해 올랐다. 그가 도약한 곳은 물론 레니가 떠 있는 장소였다. 그러나 그 사이에 난 충분히 달려가 있었다. 난 다시 한번 하슬러에게 정지를 명령했다.

"멈춰!"

하슬러가 레니의 다리를 잡기 직전, 난 온몸을 그에게 부딪쳐 가는 데 성공했다. 퍼어억! 우리 둘은 서로 엉킨 채 바위 무더기 사이로 곤두박질쳤다.

"크으윽!"

우리들은 바위 사이로 우겨넣듯이 처박혔고 난 숨이 턱 막히는 기분이 들었다. 아무래도 허리가 좀 상한 것 같은데. 간신히 고개를 들어보니 하슬러는 내 아래에 깔려 있었다. 하슬러는 바위에 틀어박힌 채 고통에 겨운 얼굴로 날 올려다보고 있다. 그때 난 후회할 짓을 하고 말았다. 난 하슬러를 깔아뭉갠 것이 미안해져서 히죽 웃었던 것이다.

퍼어억!

하슬러의 오른주먹이 멋지게 움직였고 내 턱은 오른쪽으로 급격하게 뒤틀렸다. 이 자식이!

"에에에라!"

난 머리가 오른쪽으로 돌아간 김에 그대로 반동을 주어서 다시 아래로 내려꽂았다. 두 손으로 하슬러의 어깨를 단단히 쥔 다음 그의 얼굴을 들이박은 것이다.

"커헉!"

아이고, 내 이마! 하지만 네 녀석도 앞니 몇 개는 나갔을 거다! 난 앞머리를 쥔 채 일어났다. 와, 계곡의 색깔이 희한하군.

그리고 하슬러도 얼굴을 감싸쥔 채로 일어났다. 우리들은 서로 한마디도 하지 않은 채 동시에 검을 뽑아들었다. 손을 치운 하슬러의 얼굴을 보니 아쉽게도 그의 앞니는 이상 없었다. 나는 하슬러에게 씨익 미소를 지어주었다. 하지만 하슬러는 무표정했다.

"이야아아압!"

기합 역시 나 혼자서 질렀다. 난 기합과 함께 온 힘을 다해 바스타드를 아래에서 올려쳤다. 바위 투성이라 발디딤이 불편하긴 했지만 난 최선을 다했다.

"이이일자무우우식!"

위로 두 번 올려치고 세 번째는 낮게 몸을 숙이며 옆으로 돌려쳤다. 그러곤 곧장 죽어라고 몸을 옆으로 날렸다. 그러지 않을 수 없었는데, 두 번의 공격을 피하고 마지막 하단 공격은 훌쩍 뛰어서 피한 하슬러가 그대로 공중에서 찍어 들어왔기 때문이다. 내 몸은 다시 한번 바위들 틈에 볼품없이 처박히고 말았지만 덕분에 허리가 날아가지는 않았다. 챙캉! 하슬러의 검에 맞은 바위가 불꽃과 함께 굉장한 소리를 내었다. 터텅! 내 몸이 바위에 부딪히자 내 눈에서도 불꽃이 튀었다. 끄윽. 바위 틈에 거꾸로 처박힌 바람에 일어나기가 쉽지 않았다. 간신히 고개를 들자 내 목을 향해 내리꽂히는 롱소드의 은광이 번뜩였다. 난 눈을 감으며 외쳤다.

"제미니!"

"시끄럽다!"

샌슨의 고함소리. 눈을 뜨니 뒤로 훌쩍 뛰는 하슬러의 모습이 보였다. 그리고 내 머리 위쪽에서는 샌슨이 롱소드를 든 채 서 있었다. 샌슨은 말했다.

"가서 레니를 잡아! 이야아합!"

샌슨은 곧장 바위를 밟으며 위로 뛰어올랐다. 샌슨은 온몸의 힘을 실어 하슬러를 내려쳤다. 그러나 하슬러는 OPG를 가지고 있었고 그가 검을 휘둘러 샌슨의 검을 쳐내자 샌슨은 거의 허리가 통째로 돌았다. 난 악을 쓰고 말았다.

"멍청아, 힘 차이가……."

그리고 난 말을 맺지 못했다. 허리가 돌던 샌슨은 그대로 다리를 끌어올려 하슬러의 옆구리를 걷어차 버린 것이다. 샌슨은 그대로 몸을 돌려 다시 제자리에 섰고 하슬러는 옆으로 나가떨어졌다.

"힘 차이가 어떻다고?"

"……없다고! 젠장. 사람이 아니었지."

샌슨은 피식 웃으며 곧장 하슬러에게 달려들었다. 난 레니 쪽으로 몸을 돌렸다. 그때였다.

"이놈!"

뒤통수 쪽에서 들려오는 자크의 고함소리, 이럴 때는! 나는 곧장 앞으로 굴러버렸다. 이거 왜 일어서기가 이다지도 힘든 거야! 바위들 위로 구르는 것은 온몸의 근육 전체를 해체시키는 기분이 들었다. 간신히 다시 일어나서 뒤를 돌아보자 바위를 찌른 채 날 올려다보는 자크의 모습이 보였다. 자크가 들고 있는 대거는 바위 속에 깊숙이 박혀 있었다. 젠장! OPG 가진 놈들은 사람도 아냐!

나는 그 욕설이 나에게도 해당된다는 사실을 무시하면서 바스타드를 바로 잡았다. 그리고 자크는 '끙!' 하는 소리를 내면서 일어났다. 대거는 간단히 뽑혀나왔다. 자크의 오른손 손가락이

기묘하게 움직이더니 그는 곧 대거를 거꾸로 쥐고는 오른손을 허벅지에 붙였다. 그리고 비어 있는 왼손은 앞으로 뻗어 나를 견제했다. 희한한 자세인데. 어쨌든 앞을 가리는 것이 없으니 그대로 돌진이다. 난 바스타드를 그대로 앞쪽으로 찔러넣었다. 그때였다. 네리아가 고함을 질렀다.

"무릎 꿇어!"

자크는 앞으로 내민 왼손을 급격히 몸 앞쪽으로 당기며 그대로 뒤로 반 바퀴 돌아서 오른손의 대거를 거꾸로 들이대었다. 내 바스타드는 자크의 몸 앞 허공을 찔렀고 난 오른쪽에서 내 목을 노리고 날아드는 대거를 만나게 되었다. 순간적으로 자크의 몸에 가려졌다가 나타나는 대거라서 무섭도록 빨랐다. 그러나 난 고함소리가 시키는 대로 무릎을 꿇었기 때문에 간신히 대거는 내 머리 위로 지나갔다. 쉬이익! 난 무릎을 꿇었다가 대거가 내 머리카락 몇 올을 잘라내면서 머리 위로 지나가자 그대로 몸을 튕겨 올렸다.

"턱 조심!"

난 바스타드를 당길 수가 없어서 그대로 오른팔 팔꿈치로 자크의 턱을 올려쳤다. 자크는 힘껏 돌고 있던 중이라 앞이 완전히 비어 있었다.

"쿠으윽!"

자크는 1큐빗 정도 솟아오르더니 그대로 뒤로 날아갔다. 네리아가 함성을 질렀다.

"멋지다, 후치!"

"고마워요, 네리아!"

난 즉시 레니를 바라보았다. 이루릴과 넥슨은 그때까지도 꼼짝도 하지 않은 채 호각의 싸움을 보여주고 있었지만 어느 새 제레인트와 칼이 레니에게 달려들었다. 그들은 레니를 붙잡아 끌어내리려고 애쓰고 있었다. 그러나 바람의 힘은 무서웠다. 칼이 온 힘을 다해 레니의 허리를 당기고 있는데도, 아니 칼과 제레인트 두 사람이 거의 레니에게 매달리다시피 했는데도 레니는 전혀 움직이지 않았다. 레니는 자지러지는 비명을 질렀다.

"아아아악!"

이런, 제기랄! 이 상황을 처리할 수 있는 가장 간단한 방법은…….

"넥슨!"

난 자크를 뛰어넘어 곧장 넥슨에게로 달려갔다. 자크는 날 잡으려 했으나 네리아가 재빨리 트라이던트를 내밀어 자크를 도망치게 만들었다. 그래서 난 지체 없이 넥슨에게 달려들 수 있었다. 넥슨은 얼굴이 벌겋게 될 만큼 화가 나서는 자리에서 일어났다. 그러자 바람은 곧장 사라졌다. 레니는 칼과 제레인트의 위에 떨어졌다. 레니의 비명소리가 칼과 제레인트의 비명과 섞여서 들어왔다.

좋아, 됐다! 난 바스타드를 어깨 너머로 완전히 젖혀들고 뛰어올랐다.

"받아랏, 넥슨!"

난 곧장 넥슨을 내리쳤다. 넥슨은 무서운 기세로 롱소드를 뽑아들었다.

콰앙!

나와 넥슨은 동시에 뒤로 밀려났다. 서로의 검이 부딪히는 순간 팔목이 부러져 나가는 고통이 느껴졌다. 눈앞이 번쩍하는데?

난 잠시 바스타드를 한 손으로 쥐고 다른 손으로 팔목을 열심히 주물렀다.

"우웅, 짜릿한데?"

넥슨 역시 눈앞에 불이 번쩍했던 모양이다. 그도 한 손으로 롱소드를 쥐고는 다른 손으로 팔목을 주무르고 있었다. 난 그 모습을 보며 히죽 웃었다. 그러자 넥슨 역시 날 보며 히죽 웃었다.

"죽인다!"

넥슨의 얼굴에 남아 있던 웃음이 채 사라지기도 전에 그는 사정없이 달려들었다. 어어엇! 난 재빨리 바스타드를 돌려 그의 검을 막아내었다. 넥슨은 쉴새없이 찌르고 베어 들어왔으며 난 팔이 빠져나가라고 그의 검을 막아내었다. 창창창창창! 이야! 내가 이걸 다 막다니! 내가 이렇게 대견할 수가 없는걸.

넥슨은 무리할 정도로 공격하다가 모조리 막히고 나자 곧 리듬을 잃기 시작했다. 좋아! 난 정신없이 그의 공격을 막아내면서도 빠르게 생각했다. 넥슨의 동작에서 한번, 딱 한번의 틈만 생기면, 그 틈을 노려 한 방의 수를 노리는 거다. 이 대결을 단번에 결정낼 수 있는 수법, 기회는 한번뿐이다! 잠시 후 내가 크게 몸을 뒤틀었을 때 넥슨의 검이 크게 허공을 베게 되었다. 그리고 넥슨은 커다란 빈틈을 노출했으며 그의 얼굴은 창백해졌다. 바로 지금이다!

"안녕!"

난 곧장 뒤로 돌아서 달리기 시작했다. 넥슨의 얼빠진 고함소리가 들려왔다.

"어? 어? 이 자식아, 서라앗!"

너 같으면 서겠냐! 칼과 제레인트는 간신히 일어나고 있었고 난 그들 옆에 있던 레니를 다시 낚아채어 들어올렸다.

"실례. 벌은 나중에 받을게."

레니는 비명도 지르지 못한 채 내 옆구리에 끼이게 되었다. 난 그녀를 옆구리에 낀 채 달려가면서 외쳤다.

"달아나요!"

제레인트는 잠시 내 말을 제대로 이해하지 못하고는 당황하여 얼떨떨한 표정을 지었다. 그러다가 그는 그제야 내 뒤로 육박해 오는 넥슨의 모습을 본 모양이다.

"테페리여!"

그리고 제레인트는 달리기 시작했고 그의 로브는 찢어져라 나풀거렸다. 칼은 아무 말 없었지만 역시 단호하면서도 확고한 태도로 도주하기 시작했다. 나는 달려가면서 외쳤다.

"샌슨! 네리아! 가자구요! 파티는 끝났어요!"

"좋아!"

하슬러와 그야말로 봐줄 만한 검격을 교환하고 있던 샌슨은 거세게 공격하여 하슬러를 물러나게 한 다음 역시 몸을 빼내어 달아나기 시작했다. 그리고 그 긴 트라이던트로 자크를 몰아세우고 있던 네리아 역시 다람쥐처럼 가볍게 몸을 돌렸다. 그러자 하슬러와 자크들 역시 사용 어휘의 상당 부분을 욕설에 할애하면서 우리들을 쫓아왔다.

"월 오브 아이스!"

이루릴의 낭랑한 캐스팅 소리와 함께 우리들 뒤로 굉장한 소리가 울려퍼졌다. 콰드드드득! 고개를 돌려보니 계곡이 없어져 있었다. 우리들 바로 뒤로 거대한 얼음의 벽이 생겨난 것이다. 그러나 잠시 후 그 뒤쪽에서 굉장한 기합소리가 들려왔다.

"으아아아아압!"

콰광! 기억이 있는 장면인데? 넥슨, 하슬러, 자크의 OPG 트리오는 대미궁에서 벽을 부수던 그 기세를 십분 발휘하여 얼음벽을 송두리째 박살내며 달려왔다. 계곡에 부는 바람에 무수한 얼음 입자가 흩날렸다. 햇살에 비치는 수천 개의 얼음조각들이 허공으로 비상하며 눈부시게 반짝였고 그 사이로 세 명의 추적자들은 무서운 기세로 달려왔다. 제레인트는 목이 터져라 외쳤다.

"테페리여! 테페리여! 당신의 성실한 지팡이를 구원해 주소서!"

그의 간절한 기원은 참으로 희한한 방법으로 보답받게 되었다. 우리들 뒤로 달려오던 세 명은 자신들이 부숴버린 얼음조각을 밟고 나동그라진 것이다.

"으아악!"

"으하하! 이러니까 당신을 좋아해요, 테페리!"

제레인트는 그렇게 불경스러운 말을 외치며 웃었다. 이윽고 앞쪽으로 수풀을 헤치고 뛰어들어가자 이루릴과 함께 말들이 대기하고 있었다. 네리아는 외쳤다.

"됐어! 후치, 내려!"

난 레니를 내려주었다. 레니는 그때까지도 혼이 나가버린 얼굴로 창백하게 질려 있었다. 그러나 그녀는 곧 눈물이 그렁그렁해지더니 네리아에게 매달렸다.

"네리아 언니!"

네리아는 레니를 안고는 그녀의 등을 쓸어내렸다.

"고생 많았지? 미안해. 일찍 못 구해 줘서. 하지만 이야기는 천천히 하자구."

그리고 네리아는 즉시 레니를 데리고 에보니 나이트호크에 올랐다. 칼과 이루릴도 각자의 말 위에 올랐고 제레인트는 슈팅스타 위에 뛰어올랐다. 나도 제미니 위에 올랐는데 제미니는 그 와중에서도 풀을 뜯고 있다가 내가 갑자기 뛰어오르자 발길질을 했다. 자칫 떨어질 뻔했지만 급히 고삐를 당겨서 다행히 낙마하지는 않았다. 이……, 정말 주인 속을 뒤집는 말 같으니라구! 예전에 나였다면 당장에 떨어졌을 거다! 이젠 말 타는 실력이 제법 되니까 괜찮지만. 난 제미니 위에 탄 채로 고개를 돌려 넥슨 쪽을 바라보았다.

넥슨과 하슬러, 자크들은 간신히 일어났다가 다시 미끄러지는 짓을 반복하고 있었다. 그들은 얼음에게 퍼부어줄 만한 욕설을 모른다는 것이 천추의 한인 양 고함을 질러대고 있었다. 간신히 일어난 자크와 하슬러는 이미 거리가 너무 멀다는 것을 깨닫고는 씁쓸한 얼굴로 우리들을 쏘아보았지만 넥슨은 우리 쪽을 향해 달려오기 시작했다. 그는 달려오면서 돌멩이들을 들어 집어던지면서 고래고래 고함을 지르기 시작했다.

"이 찢어죽일 녀석들아!"

마음대로 고함질러. 어차피 말이 없으니 우리들을 따라오지는 못할걸. 하하하. 칼은 기분 좋은 얼굴로 롱 보를 꺼내들더니 말했다.

"이별 선물이오! 휴리첼!"

칼은 경쾌하게 활시위를 놓았다. 탱!

"으악!"

넥슨은 비명을 지르며 앞으로 고꾸라졌다. 그리고 하슬러와 자크 역시 재빨리 앞으로 쓰러졌다. 칼은 빙긋 웃으며 몸을 돌렸고 난 가슴이 터질 듯이 웃었다. "푸하하하!" 칼은 화살을 걸지 않았던 것이다. 이제 됐어! 레니도 구출했고 넥슨들은 말이 없으니 우리들을 쫓아오지 못한다. 게다가 지금 그들은 화살이 날아오는 줄 알고는 머리를 들지 못한 채 바닥에 엎드려 있었다.

우리가 그들로부터 수백 큐빗쯤 떨어지고 났을 때 상처입은 거인이 고함을 지르는 듯한 무서운 굉음이 들려왔다.

"이놈들…… 이놈들…… 이놈들……!"

"반드시 죽일 테다…… 죽일 테다…… 죽일 테다!"

넥슨의 처절한 저주가 계곡을 쩌렁쩌렁 울리게 만들었다. 그러나 그 소리는 우리들로 하여금 더욱 말에게 박차를 가하도록 만들었고, 우리는 삽시간에 그들로부터 수천 큐빗 이상 떨어져버렸다.

"이제 좀 쉴까."

샌슨은 이마의 땀을 닦으며 피곤한 음성으로 말했다. 하지만 다른 사람들은 거의 말도 제대로 못 꺼낼 정도로 지쳐 있었다.

우리는 중간에 아주 잠깐씩 숨을 돌려가면서 그날 저녁까지 영원의 숲을 빠져나오고 말았다. 말도 사람들도 더 이상은 달릴 수 없게 되어 멈춰 선 것은 태양이 온 세상에 저녁 인사를 던질 무렵이었다.

영원의 숲을 빠져나오자 우리들은 붉은 산맥의 기슭 부분에 있는 것을 알게 되었다. 샌슨은 짐 속에서 지도를 꺼내어 주위를 둘러보다가 우리들이 붉은 산맥의 분수령, 흔히들 말하는 블러드혼의 아래쪽에 있다고 말해 주었다. 나는 블러드혼이라는 곳이 얼마나 아름다운 풍경과 유서 깊은 역사를 가지고 있는지에 대해서는 천천히 알아도 무방할 테니 지금으로선 이스트 그레이드로부터의 거리가 더 궁금하다고 말해 주었고, 샌슨은 블러드혼을 지나 조금 더 산맥을 따라 이동하면 붉은 산맥을 넘을 수 있는 고개 중 세피아파인 고개가 나타나며 그 세피아파인 고개를 넘어서면 바로 이스트 그레이드라고 말해 주었다.

"여기서 반나절 거리쯤 되겠는데. 음. 그럼 이대로 세피아파인 고개까지 전진할까? 그럼 내일은 곧장 이스트 그레이드에 들어설 수 있을 텐데."

샌슨의 의견에 대해서는 인간과 엘프와 말 모두가 거부의 의사를 표명했고 그래서 우리들은 그대로 멈춰 서서 야영 준비를 시작하게 되었다.

일행이 멈추게 되자 제레인트는 말에서 내리더니 신성한 로브 자락을 땅에 아무렇게나 던져버렸다. 그는 그렇게 드러누워 씩씩거리면서 붉어지는 노을을 바라보았다.

"도, 도대체 오늘 하루 동안, 푸우, 푸우, 얼마의 거리를 달린 겁니까? 헉, 헉."

샌슨은 지도를 들여다보며 골똘히 생각하더니 말했다.

"얼마 되지 않아요. 17펜큐빗 정도?"

17펜큐빗이라……, 그럼 17만 큐빗인가? 맙소사. 정말 많이도 달렸군. 네리아 역시 파랗게 질린 얼굴로 땅바닥에 구겨지듯이 앉았다. 칼은 하얗게 질려 있었고 레니의 얼굴은 노랗게 변해 있었다. 사람들의 얼굴을 들여다 보며 그 색깔을 감상하는 것만도 참 흥미로운 일이었다.

모두들 지칠 대로 지쳐버린 까닭에 상당히 뻔뻔스러워졌다. 그래서 샌슨은 혼자서 주위의 지형을 살피기 시작했다. 양심을 두드려대는 망치 소리가 귀에 들려오는 것 같아서(사실은 거칠게 뛰고 있는 내 맥박소리였을 것이다.), 난 간신히 일어나 그를 도와 야영 준비를 했다. 나와 샌슨은 잠시 후 산봉우리 아래에 형성된 숲에서 약간 으슥한 지형을 골라서 우리 일행과 말들을 숨겼다. 정말 뛰어난 명마라면 하루 30펜큐빗을 뛸 수 있다지만 우리 말들도 이 정도면 상당히 고생한 셈이다. 그래서 샌슨과 난 말들의 편의도 최대한 돌봐주었다.

우리들이 장작을 해서 돌아왔을 때에는 사람들은 모두 잠들어 있었다. 사람이 아닌 이루릴은 일행 옆에 앉은 채 노래를 부르고 있었다. 가사도 없이 그저 콧소리로 흥얼거리는 노래였는데 아마 자장가가 아닐까 싶다. 잠든 사람들은 이루릴의 노래를 들으며 히죽히죽 웃기까지 했다. 샌슨과 나는 장작을 내려놓고는 그 얼굴을 바라보며 속이 시원해지도록 웃었다.

"모두들 저녁 생각도 없는 모양이군. 나도 말을 너무 달려서 입맛이 없어."

난 샌슨을 노려보며 그렇게 말했고 그러자 샌슨은 불만스러운 표정으로 안장 주머니를 뒤졌다. 잠시 후 샌슨은 빵덩어리 하나를 들고서는 나무 아래에 주저앉았다.

레니와 네리아는 서로 꼭 껴안고 잠들어 있었다. 그녀들의 똑같은 붉은 머리 때문에 마치 자매처럼 보였다. 제레인트는 언제 나처럼 몸을 최대한 작게 웅크리고 새우잠을 자고 있었다.

장작불이 탁탁 소리를 내면서 불타오르고 우리 위에 지붕처럼 펼쳐진 나무들이 발갛게 변하기 시작했다. 이미 나뭇잎들은 떨어져 앙상한 가지를 드러내고 있었지만 모닥불빛이 엉겨붙은 나무들은 마치 다시 찾아온 가을을 누리는 듯하다. 칼은 몸을 뒤척이더니 눈을 떴다. 그는 잠시 갑자기 잠을 깬 사람 특유의 어리둥절한 표정을 짓더니 눈을 비비며 일어나 앉았다.

"아, 이런. 내가 잠들었군."

샌슨은 빵조각을 뜯으면서 말했다.

"그냥 주무세요. 나와 후치가 불침번을 서지요."

"자네들도 피곤할 텐데 그래서야 되겠는가. 난 잠깐 눈을 붙였으니 내가 먼저 불침번을 서지."

난 피식 웃으며 모닥불을 쑤셔 불이 잘 붙도록 하면서 말했다.

"사실 너무 흔들려서 잠도 오지 않아요. 아직까지 몸이 흔들리는 느낌인걸요."

"허허, 그런가."

칼은 모닥불 옆으로 당겨 앉으며 손을 펼쳐 불을 쬐었다. 난 불빛을 바라보며 말없이 앉아 있었다.

갑자기 지루해지는군. 난 칼을 바라보며 말했다.

"그럼, 이제 갈색 산맥으로 달려가면 되는 건가요? 바이서스 임펠에는 들를 필요가 없을까요?"

"특별히 그럴 일은 없겠지. 보급 이외에는 다른 볼일이 없지 않은가?"

"뭐, 엑셀핸드나 아프나이델과 합류해야 되지 않을까요?"

"하긴, 아인델프 님이 계셔야 크라드메서를 찾는 일이 수월해지겠지. 음. 우리들만으로 크라드메서의 레어를 찾는다는 것은 무리가 있을 테니까. 가는 길에 들러서 합류하도록 해야겠군."

우리는 다시 말없이 모닥불을 바라보았다. 한참 후 칼이 입을 열었다.

"세레니얼 양."

"네."

엘프란 참 이상하다. 칼이 갑자기 말을 걸었는데도 전혀 당황한 기색 없이 마치 기다리던 질문을 받는 것처럼 침착하게 말한다. 칼은 그것이 놀랍지도 않은지 평온하게 말했다.

"핸드레이크는 확실히 살아 있는 것입니까?"

난 칼의 질문에 정신을 차렸다. 대미궁에서 이루릴은 드래곤 로드에게 질문했다. 핸드레이크는 어디에 있느냐고. 어디에 묻혀 있느냐는 식의 질문도 아니었다. 그리고 몇 주일 전, 일스 공국에서도 이루릴은 비슷한 말을 했다. 클래스 10의 마법은 그 마법의 창시자에게 배우면 된다는 말이었다. 그렇다면 이루릴은 핸드레이크가 아직 생존해 있으며 그에게서 직접 클래스 10의 마법을 배울 생각이라는 말이 된다. 하지만, 핸드레이크는 역사라는 나라의 주민이지 현실이라는 나라의 주민은 아니지 않는가? 그러나 이루릴은 차분하게 대답했다.

"그렇습니다."

"믿기 어렵군요……. 300년 전의 인물이 살아 있다니요. 인간의 수명은 그렇게 길지 않습니다."

이루릴은 차분히 칼을 바라보았다. 그녀의 검은 눈동자는 불기운을 전혀 반사하지 않는 것처럼 보였다. 맑고 깊은 눈이다.

"마력은 신력을 거부하는 법이지요."

"그렇게 들었습니다만."

"그 말을 그대로 받아들인다면, 마나를 다루는 자는 결국 신의 율법도 뛰어넘을 수 있다는 말이 되겠지요. 혹은 핸드레이크의 말처럼 신을 속이는 것일지도 모르겠습니다만, 어쨌든 그 율법을 피할 수 있을 겁니다."

칼은 미간을 좁혔다.

"그게 가능할까요?"

"믿어지지 않으십니까?"

칼은 장작개비 하나를 모닥불에 던졌다. 불티가 위로 팍 튀어 올라 순간적으로 분수처럼 흩어져 날아갔다.

"인간은 유피넬과 헬카네스를 동시에 따릅니다. 유피넬의 추종자라면 헬카네스를 무시할 수도 있을지 모르겠습니다. 그리고 헬카네스의 추종자라면 또 반대의 경우가 가능할지도. 하지만 양자 모두를 따른다는 말은……."

"양자 모두를 거부할 수도 있다는 말이겠지요."

칼은 고개를 들어 앙상한 나뭇가지를 올려다보았다.

음. 유피넬과 헬카네스를 모두 무시한다라. 하지만 그게 가능할까? 유피넬은 질서고, 헬카네스는 혼돈이다. 그 양자가 아닌 상태라는 것이 있을 수가 있나?

칼은 불기운들이 어려서 마치 단풍나무처럼 바뀐 겨울 나무를 바라보며 말했다.

"인간들 중 어떤 이의 말이 생각납니다."

"어떤 말입니까?"

이루릴의 질문에 칼은 다시 시선을 내려 이루릴을 바라보았다.

"그자는 아주 과격한 논법에 의해 질서는 혼돈의 한 기형이라고 말했지요."

음? 질서가 혼돈의 기형이라구?

"그게 무슨 말이지요?"

내가 갑자기 끼어들자 칼은 조금 당황한 표정을 지었다. 그러나 그는 곧 인자한 표정으로 날 바라보며 말했다.

"네드발 군. 돌멩이 네 개를 주워 땅에 던져보게. 돌멩이들은 아무렇게나 흩어지겠지? 그것들이 별자리처럼 어떤 모양을 이룰지는 모르겠지만 그것은 던져보기 전에는 알 수가 없는 노릇이지 않은가."

"그렇지요."

"하지만 아주 우연히 그 돌멩이들이 완전한 정사각형을 이룰 수도 있겠지?"

"예? 어……, 우연히라면, 예. 그럴 수도 있겠지요."

"돌멩이들이 그리는 모습은 결국 하나의 혼돈일세. 어떻게 될지 알 수가 없다는 말일세. 하지만 그 돌멩이들이 어쩌다가 완전한 조화와 질서를 가진 정사각형을 그릴 수도 있는 문제이지 않은가? 그렇다면 우리는 여기서 질서라는 것이 혼돈 중의 한 특이한 형태임을 알 수 있지 않은가? 특이할 뿐이지만 결국 다른 것들과 별로 다를 것도 없다는 말일세."

잠깐, 잠깐. 이게 무슨 말이지? 어라. 말이 되는 것 같은데?

"어, 하지만 그것들이 완전히 정사각형을 그릴 확률은 없잖아요?"

"그렇지. 하지만 한번 그렸던 모양을 또다시 그릴 확률도 매우 드물지. 모양에 대해 특별히 생각하지 않는다면, 정사각형이든 비뚤어진 평행사변형이든 혹은 마름모이든 간에 그 모양을 특별히 생각하지 않는다면 돌멩이들이 그릴 수 있는 형태들은 모두 똑같은 확률을 가질 뿐이야."

"어, 어……, 그렇네요?"

칼은 고개를 끄덕이며 말했다.

"그렇다면 이렇게 말해 볼 수 있을 것이네, 네드발 군. 모든 것은 원래가 혼돈이며, 질서라는 것은 그 무수한 혼돈의 형태 중

하나일 뿐이다. 모래사장에 펼쳐진 무수한 모래알 중 한 알을 들어올려 거기에 이름을 붙인 것과 다를 바가 없다."

꽤나 설득력 있게 들리는걸? 난 그 다음에 나올 말을 생각해 보고는 놀라서 칼을 바라보았다. 칼은 웃으며 말했다.

"따라서 세계에 유피넬이라는 것은 없다. 그리고 유피넬의 반대 개념으로서의 헬카네스라면, 헬카네스 역시 존재하지 않는다."

난 놀란 얼굴로 칼을 바라보았다가 다시 이루릴을 바라보았다. 모닥불의 이글거리는 불빛에 비친 이루릴의 얼굴엔 깊은 그림자가 움직였다. 하지만 무표정한 얼굴이었다.

이거 괴이한걸. 이루릴은 엘프인데. 엘프라는 것은 유피넬의 어린 자식이잖아. 그런데 유피넬이 없다는 저런 말을 듣고도 별 반응이 없는걸. 하지만 이게 말이나 되는 소리인지? 난 고개를 심하게 가로저었고 결과적으로 머리가 아파졌다. 그러나 칼이 먼저 말했다.

"재미있는 생각이지? 하지만 말일세. 이건 관념의 유희 정도일 수밖에 없다네. 우리 눈앞에 유피넬의 어린 자식이 계시지 않은가?"

아! 그렇군! 쓸데없이 고민할 필요가 하나도 없었네? 그래서 이루릴도 별 표정이 없었던 모양이구나. 난 고개를 끄덕이며 이루릴을 바라보았다.

"하하, 그렇네요. 이미 엘프가 있는데 유피넬이 없다는 식으로 말하는 것은 말도 안 되겠네요."

그런데 이루릴의 표정이 이상했다. 지금껏 무표정하던 얼굴에 갑자기 미소가 떠오른 것이다. 그 미소라는 것이 정말 괴상했다.

미소라면 반드시 있어야 할 기쁜 느낌이 하나도 없는 것이다.

이루릴은 고개를 갸웃하면서 하늘을 올려다 보았다. 왜 갑자기 불안한 느낌이 드는 걸까? 칼의 얼굴을 쳐다보니 그 역시 조금 의아한 얼굴이 되어서는 이루릴을 바라보고 있었다.

"세레니얼 양?"

이루릴은 말없이 하늘을 바라보았다.

갑자기 무서운 느낌이 들었다. 이건 현실감이 하나도 없다. 이루릴은 여전히 저기 앉아 있는데, 그것이 나와 같은 시간, 나와 같은 공간을 숨쉬는 존재처럼 느껴지지 않는 것이다. 이게 무슨 괴상한 느낌이지? 심지어 이루릴이 바라보는 하늘마저도 내가 보는 하늘이 아닌 것처럼 느껴진다. 그녀는 마치 태초의 하늘, 창세의 첫 밤하늘과 첫 별빛을 바라보는 것처럼 앉아 있었다.

"네. 우리는 유피넬의 어린 자식이라고 하지요."

나와 칼은 아무런 말도 못한 채 이루릴을 바라보았다. 그러나 이루릴도 더 이상 말하지 않았다.

음. 왜 블러드혼이라고 부르는지 알겠군.

거대한 바위, 산봉우리가 전부 하나의 바위였다. 바위의 색깔은 갈색에 가까웠는데 희한하게도 꼭 말라붙은 피의 색깔처럼 보였다.

"으스스한 봉우리야."

네리아는 쌀쌀한 아침 공기 속에서 부르르 떨면서 말했다. 레니는 감탄한 표정으로 그 붉은 봉우리를 바라보았다.

블러드혼 좌우로 좌악 펼쳐진 붉은 산맥의 토질 전체는 불그스름한 빛깔을 띠고 있었다. 게다가 산맥의 거의 대부분을 뒤덮은

수림 역시 대부분 적송으로 이루어져 있었다. 땅의 빛깔을 빨아들여 자라난 나무가 아닐까 생각되는데.

일행들은 지친 말 위에 지친 기수로 앉은 채 서로에게 정말 딱하다는 시선을 보내었다. 제레인트는 한숨을 푹푹 쉬면서 말했다.

"가죠, 뭐."

"저희들이 가기 위해선 말의 동의가 필요할 것으로 생각되는데요."

이루릴의 말이었다. 사람들도 물론 지쳐 있었지만 말들 역시 며칠 동안 계속된 강행군에 모두들 지쳐 있었다. 제레인트는 이루릴의 말에 잠시 머리를 갸웃거리더니 말 위에서 뛰어내렸다. 다른 사람들이 의아한 시선으로 바라보는 가운데 그는 말들의 앞에 서서 거창한 동작으로 팔을 들어올리더니 말들을 축복하기 시작했다. 그 축복의 말을 잠시 들어보자.

"이봐, 난 어차피 바닷바람 부는 일스의 프리스트일 뿐이니까 너희들처럼 대지의 영혼에 닿아 있으면서 동시에 바람의 영혼에 귀 기울이는 우아한 짐승에 대해서는 잘 몰라. 하지만 내가 보기에 너희들은 어차피 네발짐승이니까 우리보단 발이 두 배인 셈이잖아. 왼쪽 앞발이 달릴 때 왼쪽 뒷발이 쉰다든지, 혹은 오른쪽 앞발이 달릴 때 왼쪽 앞발이 쉰다든지, 뭐 너희들만의 독특한 요령이 있을 거라고 생각돼. 머리를 써보란 말이야, 머리를. 아, 물론 내 생각이 단견일 수 있다는 것은 인정해. 게다가 우리들이 타고 있으니까 무거울 거라는 것도 이해해. 십분 인정한다구. 하지만 그렇다고 해서 우리들이 몸을 가볍게 만들 재주가 있는 것은 아니잖아. 우리들로서는 방도가 없으니까 다리 많은 너희들에게 부탁할 뿐이야. 아, 미안하다구, 미안해. 그렇게 푸르릉거리지 마. 다행히 소금기 물씬 배인 프리스트도 프리스트라는 사실은 변함이 없으니까 내가 할 수 있는 한 너희들의 편의를 돌보겠어. 테페리의 축복을."

저 길고 장황한 축복의 말이 끝나고 나서 제레인트는 두 손을 빛나게 만들어 말들의 머리를 쓰다듬었다. 에보니 나이트호크는 제레인트를 경계했지만 네리아가 그의 고삐를 쥔 채 안심시켰기 때문에 달아나지는 않았다. 제미니 역시 제레인트를 경계했으며 내가 녀석의 모가지를 틀어쥐고 윽박질렀기 때문에 달아나지는 못했다. 제레인트는 모든 말들을 축복한 다음에 다시 장엄하게 말했다.

"이거 보라구. 자, 너희들도 부정할 수는 없겠지. 난 할 도리를 다했어. 인정할 것은 인정해야 되겠지? 사실 인간들 중에서도 프리스트의 축복을 자주 받는 사람이라는 것은 없단 말이야. 그러니 이제 너희들도 최선을 다해 줘. 서로 돕고 사는 거 아니겠어? 게다가 같은 길을 걷는 동료로서 말이야. 같은 길을 걷고 있는 동료이니만큼 난 동료가 풀을 뜯든 네 발로 걷든 상관하지 않고 동료로 생각하겠단 말이야. 그러니 너희들도 내가 고기를 뜯든 너희들에 올라타 있든 상관치 말고 동료로서 최선을 다해 줘. 알았지?"

말들은 멀뚱히 제레인트를 바라보았고 칼은 웃으며 한 마디 했다.

"감동적인 설교였습니다."

"하하! 설교 연습도 많이 하니까요."

윽. 제레인트는 칼이 칭찬을 한 줄 아는가 보군. 제레인트는 자신의 설교에 깊은 감동을 받은 얼굴로 말에 올라탔고 샌슨과 나는 그를 외면한 채 히죽 웃었다. 샌슨은 웃음기를 거두고는 외쳤다.

"자! 출발!"

제레인트의 축복이 효험이 있었는지 말들은 꽤 상쾌한 속도로 달려가기 시작했다.

붉은 산맥의 붉은 흙먼지들이 하늘로 솟아오르기 시작했다. 흙들이 도대체 물기가 없는 것인지 메마르고도 팍팍했다. 마치 뼈처럼 단단한 땅인걸. 말들의 발굽이 걱정될 지경이다. 그러나 말들은 단단한 겨울 대지 위를 잘도 달려간다. 우리 왼쪽으로 붉은 산맥이 쉼없이 흘러갔다.

샌슨은 달리며 외쳤다.

"세피아파인 고개를 넘어서면, 이스트 그레이드 입구의 마을이 있습니다! 거기서 쉬면 될 것입니다!"

칼은 고개를 끄덕이며 말했다.

"달려! 우리들의 가장 믿지 못할 원수도 시간이고, 우리들의 가장 든든한 동지도 시간이오. 일주일 내에 무슨 일이 있어도 갈색 산맥에 도착해야 하오!"

"하, 하, 하아!"

"이랴아, 에, 하!"

두두두두두. 말들의 발은 쭉쭉 뻗어 대지를 당겼다가 힘차게 밀어내었다. 그때마다 우리는 무서울 정도로 남쪽으로 튕겨나갔다. 마침내 적송들의 붉은 기운이 더욱 짙어지면서 우리는 세피아파인 고개에 접어들었다.

고개 앞에서 우리들은 잠시 멈춰 서서는 우울한 기분으로 세피아파인 고개를 올려다보았다.

오전 동안 달려오면서 계속 우리 왼쪽으로 치달아 내려오던 붉은 산맥이 갑자기 낮아지면서 거대한 고개를 형성하고 있는 장소였다. 좁은 선상지를 돌아 들어가면서 굽어진 산등성이들과 절벽들이 첩첩히 계속되는 장소로서 사실 고개라기보다는 산맥 사이의 협로라고 불러야 더 정확할 것 같다.

"상당한 장소야."

네리아는 그렇게 말했다. 그녀는 고개를 돌려 뒤에 탄 레니를 돌아보았다. 레니는 창백한 얼굴을 하고 있었다. 칼은 한참 동안 고개를 바라보더니 샌슨에게 물었다.

"이 고개의 길이가 얼마나 되는가?"

"흠……, 약 4.8펜큐빗입니다."

그러자 칼은 일행에게 하마를 지시했다.

"잠시 쉬도록 하십시다. 저걸 넘어가려면 두 가지 방법이 있을 것 같은데, 난 그중 두 번째 방법을 택하고 싶소."

"그럼 먼저 첫 번째 방법을 말해 보세요."

"천천히 쉬어가면서 무리없이 넘어가는 것. 오늘 고개의 정상까지 올라가 쉬고 내일 아침에 쾌적하게 고개를 내려가는 거겠지."

"두 번째 방법은?"

"이를 악물고 단숨에 넘어가는 것. 오늘 해 안에 고개를 넘어 내일은 쾌적하게 평지를 달리는 것."

"……둘 다 뒷부분이 쾌적하다는 것은 마음에 드는군요."

"그런데 아무래도 고개를 내려가는 것도 말들에겐 쉬운 일은 아닐 거야. 그냥 오늘 고생해 버린 다음 내일 평지를 걸으면서 쉬도록 하세나."

모두들 조급한 마음을 가지고 있었으므로 칼의 의견에 찬성했다. 그래서 우리들은 중간에 휴식 없이 단숨에 고개를 넘기 위해 고개 아래에서 푹 쉬기로 했다. 말들도 모두 제멋대로 풀을 뜯게 내버려두고 우리들도 모두 마음대로 뒹굴었다. 제레인트는 싱긋 웃으면서 말했다.

"당신들 고향 사람들은 모두 이렇습니까?"

"무슨 말씀인지?"

"비록 오후에 저 고개를 단숨에 넘는다는 합리적인 계획이 있긴 하지만, 그래도 마음이 불안해서 어디 쉴 수가 있습니까?"

제레인트가 저렇게 말하는 이유는 아마도 샌슨 때문이겠지. 샌슨은 풀밭에 그야말로 온몸의 관절을 다 편 상태로 드러누워 마음껏 코를 골아대고 있었다. 누가 보더라도 미친 듯한 강행군을 시도하는 사람으로 보이지는 않는 태도다. 하긴, 그건 나도 마찬가지야. 난 마른 풀잎을 뜯어 잘 다듬은 다음 귀를 파고 있었으니까.

"다가올 일을 미리 걱정할 필요는 없어요."

칼 역시 그렇게 말하며 땅에 드러누워 버렸다. 제레인트는 어깨를 으쓱하면서 바닥에 앉았다.

네리아는 약간 떨어진 곳의 바위 위에 레니와 나란히 앉아 있었다. 그녀들은 서로 번갈아가며 서로의 어깨를 주물러주고 있었는데 서로가 상대의 손아귀 힘이 너무 세다고 투덜거렸다.

"아, 아아, 좀 살살, 살살 해애, 레니!"

"아아악, 아후; 네리아 언니, 좀……! 어깨 부서져요."

뭐 이런 식이다. 엄살들은. 이루릴은 약간 낮은 나무 위로 올라가 가지 사이에서 다리를 쭉 뻗고는 나무 등걸에 몸을 기댄 채 눈을 감고 있었다.

바람이 몇 차례 불어서 마른 풀잎들을 날려버릴 뿐, 모두들 완전히 편한 자세로 아무 일도 하지 않았다. 심심한걸. 난 휘파람을 불다가 그것도 지루해져서 누웠다. 바닥에 드러누우니 이루릴의 곧은 두 다리가 잘 보였다. 이루릴의 다리는 꼼짝도 하지 않고 있었다. 그러고 보니 신기하군. 이루릴은 쉴 때도 몸을 거의 움직이지 않는데. 평소에도 쓸모없는 행동이 거의 없지만 말이야. 샌슨을 보라구. 잠시도 가만히 누워 있지를 못해서 왼쪽 다리를 오른쪽 무릎 위에 올렸다가 오른쪽 다리를 왼쪽 무릎 위에 올렸다가 옆으로 누웠다가 바로 눕기도 하고, 어쨌든 가만히 누워 있지를 못한다.

레니는 칼에게 다가갔다.

"칼 아저씨. 힘드시죠?"

"아니, 괜찮소. 레니 양이야말로 우리들 탓에 정말 고생이 많아요. 우리들 따라나서서 한번이라도 재미있었던 적이 없지요?"

레니는 칼의 등 뒤에 무릎을 꿇고는 칼의 어깨를 주무르기 시작했다. 칼은 멋쩍은 표정이 되었다. 네리아는 깔깔 웃고는 칼 앞에 주저앉았다.

"칼 아저씨. 내 어깨 주물러줘요."

칼은 피식 웃고는 네리아의 어깨를 주무르기 시작했다. 그렇게 네리아, 칼, 레니가 앉아 있는 것을 보니 웃음이 나왔다. 레니는 말했다.

"뭐 지금까지 재미없었다고는 말 못하겠어요. 델하파의 술집에서 술잔을 나르던 레니가 어떻게 이런 여행을 할 것이라고 상상이나 했을까요."

"미안하오. 고생만 시키고."

"아뇨. 천만에요."

그때 위에서 이루릴의 목소리가 들렸다.

"누가 옵니다."

우리들은 천천히 일어나 앉았다. 이루릴은 나무 위에서 먼곳을 바라보고 있었고 우리들은 이루릴의 시선 방향을 가늠하다가 고갯길을 올려다 보았다.

지금 고갯길에서는 뭔가 굉장히 많은 것이 움직이고 있는 모양이다. 먼지가 자욱하게 일어나고 있었다. 그러고 보니 차츰 멀리서 웅성거리는 소리가 들려왔다.

"뭐야, 꽤 많은데?"

"어디의 군대인가?"

그러자 이루릴이 대답했다.

"저 군대의 지휘관은 막대기로 지휘를 하는군요. 그리고 병졸들의 투구의 뿔은 날카롭지만 모두 네 발로 걷고 있고."

막대기로 지휘하는 지휘관과 네 발로 걷는 병사들……이라구? 칼이 말했다.

"소떼로군."

그러고 보니 멀리서 들려오는 그 소리들 사이사이로 음메거리는 소리와 방울 소리 같은 것이 들려왔다. 웬 소떼가 고갯길을 넘어오는 거지?

3

우리는 잠시 앉은 채로 고개를 넘어오는 소떼를 바라보았다. 꽤나 큰 행렬인지 숲 전체가 움직이는 느낌이 들었다. 약 30분쯤 기다리자 마침내 그 선두의 소가 보였다.

그리고 소들 사이로 말을 타고 달려오는 남자의 모습도 보였다. 남자는 우리들 쪽으로 달려오고 있는 것으로 보아 확실히 우리를 발견한 모양이다. 우리는 그 남자를 바라보았다. 그런데 잠시 후 다른 남자 하나가 선두의 그 남자를 추격하듯이 따라오고 있는 것이 보였다.

선두의 남자는 무슨 동물의 것인지는 모르겠지만, 어쨌든 야만스럽게 보이는 털가죽 재킷을 걸치고 있는 20대 초반의 남자였다. 그슬린 얼굴과 거세게 생긴 근육이 인상적이었다. 허리에는 큼직하게 생긴 대거를 동물의 힘줄 같은 것으로 묶고 있고 등엔 상당히 세게 생긴 컴포짓 보를 메고 있었으며 손엔 쇠테를 두른 긴 막대기를 들고 있었다. 장화도 무슨 가죽인지 모르겠지만 웬만한 뱀이 물어선 이빨도 안 들어가게 생겼다. 남자가 타고 있는 말의 마구도 희한하게 생겼는데 주로 털가죽이나 나무 등으로 만들어진 것이었고 커다란 밧줄 사리가 잠시 눈을 끌었다. 남자는 꽤 좋은 솜씨로 말을 다루어 우리에게로 달려오더니 가벼운 동작으로 말에서 뛰어내렸다. 그리고 그 뒤에 거의 비슷한 복장을 하고 있는 또 다른 남자 하나도 달려오더니 역시 멋진 동작으로 뛰어내렸다. 샌슨이 부지불식간에 감탄을 토하는 소리가 들려왔다.

선두의 남자는 호의적으로 보이는 미소를 지으면서 말했다.

"반갑습니다. 모험가이십니까?"

어라? 저거 방언이라는 건가?

남자의 억양은 일스에서 들었던 것보다 더 거센 억양을 가지고 있어서 처음에는 외국어인 줄 알았다. 우리는 놀란 눈으로 남자들을 바라보았다. 하지만 다시 생각해 보니 바이서스어였다. 그때까지도 고개에서는 계속해서 꾸역꾸역 소떼들이 내려오고 있었고 그 중간중간에 드문드문 다른 남자들의 모습이 보였다.

우리들은 모두 일어섰고 이루릴은 나무 위에서 뛰어내렸다. 남자는 이루릴의 모습을 보더니 놀란 표정을 지었지만 별말은 하지 않았다. 칼은 남자를 바라보며 말했다.

"아, 그저 여행자들입니다. 세피아파인 고개를 넘기 위해 잠시 쉬고 있던 참입니다."

그러자 남자는 씩 웃으며 말했다.

"그러실 거라고 짐작되어 달려왔습니다. 제 이름은 리츄입니다. 두 가지 용건이 있습니다. 하나는 권고이고 하나는 요청입니다."

"지혜로운 자라면 요청과 권고 모두에 귀를 활짝 열 줄 알아야겠지요. 제 이름은 칼 헬턴트입니다."

리츄는 말하기 전에 잠시 자신의 뒤를 따라온 그의 동료를 바라보았다. 하지만 동료는 별로 대화에 끼이고 싶은 생각이 없는지 딴곳을 바라보며 서 있을 뿐이었다. 그러자 리츄는 다시 우리들을 바라보며 말했다.

"예. 저희들의 권고는 저 고개를 넘지 말라는 것입니다."

"고개에 무슨 문제가 있습니까?"

"고개에 괴물이 나타납니다."

"예에?"

우리는 모두 놀란 눈으로 리츄라는 그 남자를 바라보았다. 리츄는 우울한 목소리로 설명했다.

"먼저 말씀드리죠. 보시면 아시겠지만 우린 목동들입니다. 납품 계약에 따라 저 소들을 운반하고 있습니다. 군부와의 계약으로 전선에서 사용될 식용 소를 운송하고 있지요."

아, 이 사람들이 노스 그레이드의 목동들인가? 칼이 이런 사람으로 변장했던 적이 있지. 난 그때를 떠올리고는 피식피식 웃었다. 칼은 내 웃음의 연유를 모르겠다는 듯이 바라보았다.

리츄는 계속해서 설명했다.

"우리는 엊그제 고개를 넘다가 상인 무리를 만났습니다. 상인들도 지금의 우리들처럼 황급히 고개를 되짚어 내려오는 중이었지요. 이유를 물어보니 고개에 괴물이 나타나서 지나가는 자들은 모두 죽인다는 겁니다. 사람을 덮쳐서는 뼈만 남을 때까지 그 생명을 빨아먹는다는 겁니다."

생명을 빨아먹어? 우리는 놀란 얼굴로 리츄를 바라보았다. 리츄는 약간 쾌활한 얼굴이 되더니 말했다. 표정 변화가 다양한 사람이로군.

"뭐, 우리의 명성을 들으셨는지는 모르겠습니다만 목동들은 그런 괴물 이야기 따위 별로 무서워하지 않습니다. 소떼를 데리고 방랑할 때는 별 괴상한 몬스터들을 다 만나거든요."

"그러십니까. 예. 들어 알고 있습니다. 저 명궁 우타크도 목동

출신이었지요."

우타크의 이름이 나오자 리츄의 얼굴은 훨씬 부드러워졌다. 그리고 그 뒤에 있던 남자도 미소를 떠올렸다. 리츄는 계속해서 말했다.

"하하. 예. 그래서 우리는 코웃음을 치고는 그대로 고개를 계속 넘어갔습니다. 그런데 그저께 밤 기습을 당했습니다."

"기습이오?"

"예. 한밤중이었는데 갑자기 괴상한 고함소리와 함께 불덩어리가 날아들더군요."

"불덩어리요?"

"예. 저희들은 괴물이라고 하기에 그저 몬스터 나부랭이인 줄 알았습니다만 그렇지가 않더군요. 저와 다른 목동 몇이서 그놈에게 덤벼들려고 해보았습니다만 어둠 속에서 정말 잽싸게도 움직이더군요. 재수 없게도 친구 하나는 불에 맞아서 화상을 입었습니다. 그리고 소들도 한 20여 마리 죽었고. 그러자 소떼가 발광을 시작했습니다. 자칫했다간 소떼를 모조리 잃을 뻔했습니다. 소라는 것들은 한번 혼란에 빠지면 다시 진정시키기가 여간 어려운 것이 아닙니다."

"허어. 산속에서 그런 일을. 정말 고생하셨겠군요."

"예. 어쨌든 밤새도록 고생해서는 소떼를 다시 모으는 데 성공했습니다. 하지만 그 와중에 우리 동료 두 명이 놈에게 당했습니다. 숲을 뒤져서 발견된 시체는 그 상인들의 말대로 빼빼 말라서 뼈가 만져질 정도였습니다. 소지품을 확인하지 않았다면 도저히 우리 친구라고 알아볼 수 없을 정도였지요. 온몸은 시커멓게 변해 있었고 머리카락도 뭉텅이로 빠지더군요."

레니는 지금 당장이라도 리츄가 그 괴물로 변하기라도 할 듯이 네리아의 등 뒤로 숨었다. 리츄는 여자들 쪽으로 미소를 지어주고는 말했다.

"우리는 친구의 복수를 위해 소들을 안전한 계곡에 모아두고 어제 낮에 그 괴물을 잡으러 나섰습니다."

"흠. 그래서 어떻게 되었습니까?"

"놈의 자취를 추적하여 우리는 마침내 어느 산봉우리 아래에서 놈을 몰아넣을 수 있었습니다. 숲 속의 추적이라는 것이 정말 신경 곤두서는 일이지요. 상대의 모습은 보이지 않고 그 기척만 가지고 추적하는 것입니다. 어쨌든 우리는 퇴로를 봉쇄하고 놈을 몰아넣었습니다. 그런데 갑자기 내 앞의 숲 속에서 뭔가 튀어나오더군요. 뭔지 알아볼 사이도 없었지만 기억나는 것은 시커먼 모습과 붉은 눈뿐입니다. 전 놈을 베었지만 어찌나 잽싼지. 놈은 내 칼을 피하고는 내 손목을 덥석 쥐더군요."

"손목을 쥐어요?"

리츄라는 남자는 씩 웃더니 곧 활달한 동작으로 재킷을 벗었다. 그 뒤에 점잖게 서 있던 남자는 리츄의 행동이 마음에 들지 않는다는 듯이 눈살을 찌푸렸지만 리츄는 거리낄 것 없이 겉옷을 벗고는 소매를 걷어올려 팔을 내보여 주었다.

"히익?"

네리아가 숨막힌 소리를 질렀고 네리아의 등 뒤에서 고개만 내밀어 살펴보던 레니는 다시 파다닥 숨어버렸다.

드러난 팔은 가관이었다. 리츄의 건장한 몸에 어울리지 않게 그 팔은 뼈처럼 가늘었다. 게다가 시커멓게 변해 있는 것이 마치 죽은 자의 팔처럼 보였다.

"이건 도대체……?"

리츄는 쓰게 웃으며 다시 소매를 걷어내렸다.

"독은 아닙니다. 뭔지는 모르겠지만 어쨌든 팔 하나를 완전히 잃게 되는 줄 알았지요. 놈에게 팔을 잡힌 순간 늑대가 팔을 물어뜯는 줄 알았습니다. 창피하게시리 여자처럼 비명을 빽빽 질렀지요. 정신을 차려보니 놈은 이미 없어지고 이 팔은 이 지경이 되어 있더군요. 다른 친구들의 말을 들어보니 비명소리를 듣고 달려오자 그놈은 달아나 버렸다고 하더군요. 그래서 목숨이 날아가지는 않은 모양입니다."

그새 소떼들은 이미 우리 옆에 당도했고 그들 중에 서 있던 목동들은 우리들을 흘끔흘끔 바라보다가 소떼들에게 고함을 질렀다. 칼은 믿어지지 않는다는 얼굴로 리츄를 바라보다가 다시 말했다.

"그럼, 요청이라는 것은 무엇입니까?"

리츄는 잠시 머뭇거리더니 말했다.

"모험가들은 다재다능하지요. 저, 우리 친구 중에 화상을 입은 자를 좀 돌보아주실 수 없는지……."

그때였다. 등 뒤에서 가만히 서 있던 남자가 짧게 외쳤다.

"리츄!"

그러나 리츄는 웃으면서 말할 뿐이었다.

"하하! 결국 입을 열고 말았지? 여러분, 여기 과묵한 친구의 이름은 하이츄입니다."

우리는 인사를 못했다. 하이츄는 우리들에게 대충 목례만을 하고는 다시 리츄에게 말했기 때문이다.

"무슨 소리냐! 임마두와 이렇게 길게 잡담을 나누는 것은, 뭐 위험에 대한 경고의 의미였으니까 수긍할 수 있다. 하지만 우리 동료를 임마두에게 맡기겠다니, 그게 무슨 말이야?"

그러자 리츄는 난처한 표정을 지었다. 그는 여전히 사람 좋은 웃음을 띠면서 우리들에게 말했다.

"자, 자. 하이츄. 안 되겠군. 여러분 죄송합니다. 잠깐 우리들끼리 이야기 좀 하겠습니다."

그리고 리츄는 하이츄의 어깨를 둘러안아서 끌고 갔다. 그 둘은 우리들에게서 조금 떨어진 위치에서 뭐라고 이야기를 나누기 시작했다. 네리아는 눈을 찌푸리더니 말했다.

"칼 아저씨. 임마두라니오? 무슨 말인지 혹시 아시겠어요?"

"아. 예. 북부의 목동들은 상당히 폐쇄적인 사람들이지요. 그들이 목동이 아닌 자를 지칭하는 말이 임마두입니다. 그들은 자신들의 동료들끼리만 말을 나누고 꼭 필요한 경우가 아니라면 임마두, 그러니까 외부인과는 거의 이야기를 나누지 않습니다."

제레인트가 당혹한 얼굴로 말했다.

"아, 치료도 거부한다는 말입니까?"

"보시는 바와 같이. 생그렐, 그러니까 영혼의 아버지 이외에 목동들의 몸을 책임질 수 있는 자는 아무도 없소. 그런 이야기 못 들어봤소? 방목중인 목동들이 혹시 도시에 들렀다가 병에 걸리면 치료를 거부하고 죽는다는 이야기."

"글쎄요. 목동들은 도시에 잘 들르지 않아서 모르겠습니다. 정말 죽어도 치료를 안 받는다는 말입니까?"

"그렇다고들 하더군요."

뭐 저렇게 답답한 사람들이 다 있냐? 난 어이가 없어서 토론중인 두 목동을 바라보았다. 하이츄는 강직한 얼굴로 뭐라고 강변

하고 있었고 리츄는 되도록 웃으면서, 하지만 가끔씩 인상을 찌푸리며 말했다. 마침내 리츄는 뒤통수를 세차게 긁더니 외쳤다.

"이 자식아! 우린 생그렐에게 돌아가려면 몇 달이나 남았단 말이다. 그 동안 골고츄가 버틸 거 같아? 제기, 몇 달은커녕 오늘도 숨 넘길 지경이야. 여기서 모험가들을 만난 것은 엄청난 행운이라구! 입 좀 닥치고 나 하는 대로 내버려둬. 누가 지휘자냐고 꼭 말해야 돼?"

그러자 하이츄는 쓴 표정을 지으며 말없이 리츄를 바라보았다. 리츄는 넌더리를 내더니 다시 우리 쪽으로 걸어왔다. 그는 먼저 고개를 숙이며 말했다.

"죄송합니다. 녀석이 고집이 심해서……. 다시 한번 부탁을 드리는데, 저희 동료를 좀 돌봐주시겠습니까?"

칼은 제레인트를 바라보았고 그러자 제레인트는 고개를 끄덕였다. 그래서 우리들은 리츄의 안내를 받아 목동들의 무리가 있는 곳으로 걸어갔다.

우리들이 다가가자 소떼들 사이에 서 있던 목동들은 당장 험악한 표정, 혹은 어처구니가 없다는 표정을 지었다. 그중에서는 리츄에게 달려들 듯 으르렁거리는 표정을 지어보이는 자들도 있었다. 환영받지 못하는 집단에 다가가는 것은 참 신경 쓰이는 일이군, 그래.

리츄는 별말 하지 않고는 한 목동에게 다가갔다. 목동은 극히 불쾌하다는 시선으로 우리를 한번 쳐다보더니 곧 하늘을 쏘아보기 시작했다. 그 목동이 타고 있는 말의 안장에는 기다란 나무막대가 두 개 연결되어 뒤로 끌리게 되어 있었고 그 막대의 뒷부분에는 들것 같은 것이 만들어져 있었다.

들것은 밧줄과 덩굴, 털가죽 등으로 만들어졌는데 지금 그 안에는 한 남자가 누워 있었다. 남자는 언뜻 보기에도 환자처럼 보였다. 파리한 얼굴에 힘없이 늘어진 몸은 털가죽으로 꽁꽁 묶이다시피 되어 있어 볼 수가 없었다. 제레인트는 당장 혀를 찼다.

"이렇게 환자를 끌고 다니다니. 먼지를 얼마나 먹인 거야?"

그러자 말 위에 앉아 있던 목동은 헛기침을 뱉었다. 제레인트는 그에 신경 쓰지 않고는 털가죽을 들추었다.

드러누워 있던 남자는 약한 신음을 뱉더니 눈을 떴다. 하지만 우리는 그 얼굴을 볼 겨를이 없었다. 제레인트가 털가죽을 들추자 곧 화상을 입은 상체가 드러난 것이다. 몹시 타버린 피부의 상처들 사이로 진물이 흐르고 피가 말라붙은데다가 몹시 지저분해서 끔찍스럽게 보였다. 제레인트는 다시 혀를 찼다.

"차라리 관에 넣어 끌고 다니는 것이 낫지, 화상 환자를 털가죽으로 꽁꽁 묶어? 참 골치 아프군."

리츄는 뒤통수를 긁적였고 하이츄는 노골적으로 불만스러운 표정을 지었다. 제레인트는 혀를 차면서 기도에 들어갔다. 그러자 누워 있던 남자는 눈을 커다랗게 떴다.

"우……, 우우우! 저리 가!"

끔찍한 비명소리였다. 제레인트는 놀라서 기도를 멈추고 물러났다. 그러자 리츄는 다시 당황한 표정을 지으면서 누운 남자에게 몸을 굽혔다.

"이봐, 골고츄! 닥치고 가만히 있어. 제발. 널 살리려고 이러는 거야."

"아, 안 돼……. 생그렐이 아닌 자……, 물러나! 나에게 손을 대, 댈 순 없어!"

리츄는 머리 끝까지 화가 난 얼굴로 뭐라고 말하려 했다. 그러나 그는 갑자기 고개를 들어올렸다. 그리고 우리들도 갑자기 그림자가 지는 것을 알아차리고는 고개를 들었다.

주위에는 어느 새 목동들이 몰려서 있었다. 목동들은 험악한 얼굴로 우리들을 바라보았다. 검은 검집에 그대로 있었고 손에 들고 있는 것은 막대기뿐이었지만 아무래도 꼭 무기를 겨누고 있는 느낌이 든다. 리츄는 쉿소리를 내며 말했다.

"뭐 할말 있나?"

그러자 목동들 중에 한 사람이 말했다.

"리츄. 지금 뭘 하려는 거지? 설마 골고츄의 치료를 부탁한 것은 아니겠지?"

리츄는 잠깐 움찔하더니 다시 당당한 얼굴로 말했다.

"왜, 그러면 안 되나?"

그러자 입을 열었던 남자는 한심하다는 표정으로 리츄를 바라보았다.

"생그렐만이 우리를 보살필 수 있다. 넌 골고츄를 살리는 것이 아니야! 제길, 혹시 저자들이 골고츄를 치료할 수 있을진 몰라. 하지만 그런다고 골고츄가 행복할 것 같아?"

그러자 리츄는 턱을 쓱 들어올렸다. 그의 눈에서 불꽃이 튀는 것 같았다.

"살아 있어야 행복할지 아닐지 알 수 있는 거야, 멍청아! 덜 여문 머리로 멋대로 말하지 마."

그러자 말 위의 목동의 얼굴도 험악해졌다. 그가 뭐라고 말하려 할 때 리츄는 재빨리 치고들어갔다.

"네가 생그렐이냐? 출세했군. 언제부터 우리의 스마락츄가 생그렐이 되었지? 언제 그 머리띠를 만지고 나무패를 던지게 되었지? 좋아. 그렇다면 위대하신 생그렐 스마락츄가 판단하고 지시해 보시지?"

"……난 내가 생그렐이라고 말한 적 없다."

그러자 리츄는 곧장 말했다.

"그렇다면 내 말을 따라! 여기 지휘자가 누구야? 내가 생그렐의 징표를 가진 지휘자라는 것을 무시할 셈이냐! 목동들이 생그렐의 울타리를 벗어났을 때 지휘권은 누구에게 있지? 그리고 그 지휘권에 대한 거부가 있을 수 있는가?"

스마락츄라는 그 목동은 할말이 없는 모양이다. 흠. 사실 저런 식으로 말해 버리면 할말이 없겠지, 뭐. 스마락츄는 씹듯이 말했다.

"네가 지휘자고, 우린 거부할 수 없지. 굳건한 마음도 여린 몸도 너의 뜻대로. 하지만 생그렐의 울타리 안으로 돌아갔을 때……."

"그때는 네 녀석의 입을 마음대로 놀려! 지금은 입 닥치고!"

제레인트는 살벌한 분위기 속에서 치료를 하게 되었다. 주위의 분위기뿐만이 아니라 치료를 받는 당사자까지도 험악한 시선을 보내고 있으니 정말 치료할 기분 안 나겠는걸. 들것 속에 누워 있던 골고츄는 지휘자인 리츄의 명령이기 때문에 어쩔 수 없이 이 수치를 참고 견딘다는 식의 눈길을 보내고 있었던 것이다. 나라면 '황야에서 죽어넘어지든지 말든지 네 맘대로 해!' 라고 고함질러 버리고 말 텐데.

제레인트가 푸르게 빛나는 손으로 쓰다듬자 골고츄의 상처는 완전히 사라졌다. 목동들은 감탄한 얼굴이었지만 그래도 불안한 듯했다. 제레인트는 치료를 끝내고 나서 우리 짐 속에서 붕대를 찾아내어 골고츄의 상처를 감아놓고는 물러났다.

"뭐, 상처는 이제 괜찮으니까 며칠 있으면 다시 원래의 살로 돌아갈 거요. 당신들 위생 관념에 대해 좀 떠들어주고 싶지만 들어먹힐 것 같지가 않으니 관두겠소."

리츄는 히죽히죽 웃으며 말했다.

"정말 감사합니다. 프리스트 님."

"천만에요."

리츄는 고개를 숙여보이고는 다시 자신들의 목동들에게 험한 눈을 보내었다. 그러자 목동들은 우물거리다가 목례 비슷한 동작을 취했다. 몇 명은 진심으로 감사하는 듯했지만 대부분은 그저 형식적으로 고개를 끄덕였다. 그러자 리츄는 발칵 화를 내더니 그들의 이름을 주욱 소개해 주었다. 리츄, 네츄, 하이츄, 도츄, 스마락츄, 한탈츄, 기츄, 빌츄, 파빌츄, 날라츄. 그리고 누워 있던 골고츄.

난 그들의 이름을 소개받는 동안 계속해서 침이 튈까 봐 불안했다. 그들은 이름을 소개당하자 어쩔 수 없이 정중하게 인사해야 되었다. 그러니까 이런 식이다.

"여기 멍청하게 생긴 눈을 가진 놈은 도츄라 하지요."

"만나뵙게 되어 반갑습니다. 골고츄를 치료해 주셔서 감사합니다."

"아, 천만에요."

"그리고 여기 꺽다리는 한탈츄."

"……고맙습니다. 프리스트."

"해야 할 일이었습니다. 하하."

요런 식으로 해서 리츄는 그 많은 목동들에게서 모조리 감사의 말이 나오도록 만들었고 제레인트는 그 많은 사람들에게 일일이 겸양을 표시해야 되었다. 네리아는 웃으며 말했다.

"하아, 이상해요. 왜 모두들 감기 걸린 이름을 가지고 있지요?"

네리아의 말에 레니도 깔깔 웃었고 그러자 리츄의 눈살이 찌푸려졌다. 그가 뭐라고 말하기 전에 칼이 먼저 황급하게 말했다.

"아, 네리아 양. 이분들은 아마도 같은 영혼의 아들일 겁니다. 그러니까 형제인 셈이지요. 그렇지요?"

리츄는 놀란 눈으로 칼을 바라보았다.

"예? 아니, 대단히 박식하신 분이군요."

칼은 다시 리츄를 바라보며 말했다.

"아니, 천만에요. 저희 일행이 도움이 되어드려서 저 또한 기쁘군요."

그러자 제레인트가 다시 말했다.

"도와주려면 완전히 도와야지요. 어디, 당신 팔 좀 다시 내밀어 보십시오, 리츄."

그러자 리츄는 난색을 표시했고 주위의 목동들의 눈이 번쩍 빛났다. 특히 스마락츄라는 작자는 섬뜩한 눈으로 제레인트와 리츄를 번갈아 바라보았다. 리츄는 머쓱한 표정으로 말했다.

"아, 아니오. 이미 베풀어주신 것만 해도 충분합니다. 또다시 수고를 끼치고 싶지는 않습니다."

제레인트는 얼떨떨한 표정이었다. 그가 다시 뭐라고 하려고 할 때 칼이 그의 팔을 가볍게 잡는 것이 내 눈에 보였다. 제레인트는 고개를 돌렸고 칼은 미세하게, 하지만 분명한 몸짓으로 고개를 저었다.

제레인트는 의아한 얼굴이 되더니 말했다.

"뭐, 당신은 아마 죽지는 않을 거요. 그 팔은 아무래도 뱀파이어릭 터치 계통의 마법을 당한 모양이니 가만히 놔둬도 회복은 될 거란 말이오. 하지만 그 팔의 저항력이 몹시 약해져 있고 또 다른 합병증이 생기기도 쉬울 텐데. 게다가 이런 날씨에 그런 팔을 아무렇게나 놔두는 것도 위험하고."

'츄' 들은 제레인트의 말에 조금 놀란 표정을 지었고 그것은 우리들도 마찬가지였다. 다만 이루릴은 생긋 웃으며 말했다.

"네. 정확하신 눈이에요. 제레인트."

"확실하지요?"

"그런 것 같습니다."

리츄는 당황한 얼굴로 제레인트를 바라보다가 말했다.

"아, 저 이방인들의 마법에 대해서는 잘 모릅니다만, 당신은 이게 무슨 마법인지 알겠다는 말입니까?"

"하하. 그거 별로 대단한 마법은 아닙니다. 접근해서 생명력을 빨아들이는 마법이라 마법사들이 좋아하지도 않는 마법이고. 마법사들은 보통 좀 느리거든. 엘프라면 간단히 그렇게 할 수 있겠지만, 어디 유피넬의 어린 자식인 엘프가 그런 괴악한 짓을 할까요."

이루릴은 다시 생긋 웃었다. 리츄는 완전히 당황한 얼굴이 되어 말했다.

"아니, 저, 그럼 그게 사람이라는 말입니까?"

"불덩어리라는 걸로 봐서도 그렇고, 음. 아마 마법사인 모양이군요.”

그러자 ‘츄’들은 당황한 얼굴이 되어 서로를 바라보았다. 하지만 조금 후 그들의 얼굴엔 분노가 어리고 있었다. 한탈츄가 말했다.

“내가 그랬잖아! 그것이 사람이라면 겁먹을 필요 없어. 아라츄와 달츄의 복수를 해야 돼! 그리고 골고츄의 상처에 대해서도 빚을 받아내어야 돼!”

그러자 파빌츄가 고개를 가로저었다.

“어, 생그렐께서도 이방인의 전사는 건드려도 좋지만 마법사는 조심해야 된다고 항상 당부하셨다. 괜히 위험을 찾아갈 필요는 없다. 이대로 중부 대로로 내려가면 된다.”

그러자 화상을 입었는지 팔에 붕대를 하고 있던 기츄가 고개를 가로저었다.

“하지만 중부 대로를 이용하면 계약 날짜 안에 도착하기 어려워. 눈이 내리면 소를 끌고 가기 어렵단 말이다.”

‘츄’들은 격렬한 토론을 벌이기 시작했다. 우리들은 예의 바르게 그들의 토론에 대해서는 관심을 두지 않았다. 샌슨은 하늘을 바라보더니 말했다.

“해가 높아. 이제 출발해야겠군.”

그래서 우리들은 다시 말을 불러들여 마구를 얹고 출발 채비를 갖추었다. 그러자 리츄가 놀라서 말했다.

“아니, 어딜 가시는 겁니까?”

칼은 고개를 숙이며 말했다.

“물론 세피아파인 고개입니다.”

“예? 당신들은 그 마법사를 겁내지 않으십니까?”

"겁내지 않습니다. 듣자하니 그자는 밤에 기습하곤 하는 모양이군요. 하지만 우리들은 저기서 밤을 보낼 생각은 없습니다."

리츄는 이제 더 놀랐다.

"예? 밤을 보내지 않으시다니, 밤새도록 달리겠다는 말씀입니까?"

"아니오. 오늘 해 안에 고개를 넘을 생각입니다."

그러자 목동들은 모두 어이가 없는 표정을 지었다. 그중 한 둘은 고개를 돌리며 피식피식 웃기까지 했다. 리츄는 웃지는 않았지만 그래도 당혹한 얼굴로 말했다.

"아니, 제정신입니까? 세피아파인 고개를 말로 반나절 만에 넘을 수는 없습니다. 고갯길이 험하지는 않지만 엄청나게 길단 말입니다. 직선 거리로도 5펜큐빗은 되는데 평지의 5펜큐빗과 산속의 5펜큐빗은 엄청나게 다릅니다."

"그러니 빨리 출발해야겠지요. 하하하."

"허어, 이런 참……."

리츄는 어이없는 표정을 지었다. 그가 다시 말하려 할 때 칼이 먼저 말했다.

"그런데 저 고갯길에 대해서 다시 질문 좀 드리고 싶은데, 괜찮으시겠습니까?"

"예? 아, 얼마든지."

"여러분들이 추격하던 그 괴인은 여러 무리였습니까?"

"아니오. 한 놈이었습니다. 최소한 저희들이 본 것은 하나뿐입니다."

"음. 그렇다면 별로 어려울 것이 없겠군요."

리츄는 당황한 얼굴로 칼을 바라보다가 다시 우리 일행을 돌아보았다. 어떻게 설명해야 될진 모르겠지만 그의 얼굴은 '이런 조무래기들이 겁도 없이…….', 뭐 그렇게 말하는 듯한 얼굴이었다.

리츄는 샌슨을 흘긋 바라보더니 말했다.

"여러분들은 세피아파인 고갯길에 대해서도 무모하더니 생명의 위험에 대해서도 무모하군요. 싸울 수 있는 전사는 이분뿐이군요. 음, 뭐 무용이 대단하실 것을 의심하지는 않겠습니다. 하지만 저희들은 열두 명이었지만 놈에게 당했습니다."

샌슨은 무용이 대단한 남자의 자부심 어린 표정을 지으려 애썼다. 으윽. 그런데 여기 칼을 든 남자가 하나뿐이지는 않을 텐데. 난 리츄를 바라보며 말했다.

"내 이름은 후치 네드발이고 당신이 아직 확인하지 못했을까봐 설명해 드리는데 싸울 줄은 압니다."

리츄는 딱하다는 표정으로 날 내려다보았다.

"이봐, 꼬마. 어떻게 이분들을 따라다니는지 모르겠지만 이분들이 아직 말해 주지 않은 모양이구나. 하하하. 북부의 목동들 앞에서 함부로 잘난 척을 하다간 큰일난다."

갈수록……, 못 참겠군. 이 작자에게 내가 대미궁의 침범자라는 사실을 설명해 줄까 생각해 보았다. 하지만 왠지 내가 제레인트가 되는 느낌이라서 잠시 대답을 보류하고는 주위를 둘러보았다. 조금 떨어진 곳에 네리아와 레니가 앉아 있던 바위가 보였다.

난 리츄를 향해 말했다.

"저게 뭐지요?"

"뭐라구?"

"저게 뭐로 보입니까?"

리츄는 의아한 얼굴로 날 바라보더니 당연하다는 듯이 말했다.

"바위 아니냐?"

"틀렸어요."

난 바위 옆으로 다가가 잠시 숨을 골랐다가 주먹으로 힘껏 내려찍었다. 콰광!

"음메에에!"

"움메에에!"

소들이 질겁했다. 소들 중 바깥쪽, 그러니까 내 쪽 가까이에 있던 몇 마리의 소들은 발광하며 달려가기 시작했다. 목동들은 그렇게 소 몇 마리가 놀라 달아나는데도 내버려둔 채로 날 바라보았는데 모두들 질린 얼굴이었다.

쾅! 콰광! 몇 번 그렇게 쥐어박자 곧 바위는 산산 조각이 나면서 흩어졌다. 네리아와 레니는 환호를 지르면서 나에게 박수를 보내었고 칼은 웃으며 고개를 가로저었다. 리츄를 바라보자 그는 북부의 목동들이 크게 놀랐을 때는 어떤 표정을 짓는지 보여주고 있었다. 난 되도록 여유 있어 보이는 표정을 지으며 손을 탁탁 털었다. 아이고, 주먹이야! 눈물이 찔끔 나려고 하네. 하지만 난 차분하게 말했다.

"이건 보통 자갈이라고 부르지요."

리츄는 턱을 딱딱 부딪치고 있었다. 내 눈빛이 어때? 북부의 목동 친구. 난 그때 이루릴이 날 바라보며 이상한 표정을 짓고 있다는 것을 알게 되었다.

"이루릴, 왜 그래요?"

이루릴은 날 지그시 바라보다가 타이르듯이 말했다.

"후치. 당신이 질문하던 시점에서는 그것은 바위가 맞아요. 대답이 나오고 나서 문제의 형태를 바꾸는 것은 공정하지 못해요."

으윽. 난 이루릴에게 사과하고 또한 리츄에게도 사과했다. 문제를 바꿔서 죄송합니다.

목동들이 크게 놀란 눈으로 바라보는 가운데 우리는 출발 준비를 갖추었다. 리츄는 마지막 순간까지도 우리들을 말리려 했지만 우리들은 정중히 사양했다. 그러자 리츄는 말했다.

"여러분들은 대단히 급한 용무가 있는 모양이군요."

"예. 그렇습니다."

"허어. 이런. 감사의 표시로 소라도 몇 마리 드리려고 했는데. 그것 외에는 드릴 것이 없거든요."

"하하. 데리고 갈 수가 없습니다. 도움이 되어드렸으니 그것이 기쁠 뿐입니다. 즐거운 여행 되시길 바랍니다."

리츄는 안타까운 표정으로 우리를 보더니 말했다.

"예. 여러분들이 모두 무사히 저 고갯길을 넘게 되기를 기원하겠습니다."

그리고 우리들은 그들을 떠나왔다. 목동들은 움직이지 않은 채 우리들을 바라보고 서 있었다. 그들에게서 충분히 떨어지고 나자 제레인트는 칼에게 질문했다.

"저, 칼. 왜 리츄를 치료하는 것을 말린 겁니까?"

"저 목동들은 자신들의 가치관과 윤리를 퍽 소중하게 생각하는 사람들입니다. 소수이기 때문에 더욱 그럴지도 모르지요. 골고츄가 죽을지언정 치료를 받지는 않겠다고 말하는 것은 잘 보셨지요?"

"예. 그렇습니다."

"하지만 그 우두머리인 리츄는 합리적인 사고를 할 수 있는 자입니다. 물론 합리적이니까 자기들의 윤리나 관습을 마구 무시하고 행동하지는 않겠지만 아까의 경우와 같이 필요할 경우 윽박질러서 그들의 관습을 무시하게 만들 수도 있지요."

"예. 그렇게 보이더군요."

"하지만 그는 리더이기 때문에 그런 위험한 일을 할 수 있는 겁니다. 골고츄는 리더가 아니라 그저 일행이므로 침버 씨에게 치료를 받는 것이 큰 허물이 안 되지만 리더인 리츄의 경우엔 큰 허물이 될 수도 있지요. 어쩌면 리더 자리가 위험해질 수도 있을 테고. 그렇다면 그의 독단적인 행동들에 대해서 큰 대가를 치르게 되겠지요."

"음……, 무슨 말인지 대충 알겠습니다."

"리츄라는 저 사람도 만일 무리의 다른 사람들이 없는 장소에서라면 얼마든지 당신에게 치료를 받았을 겁니다. 하지만 동료들이 보는 앞에서는 안 되지요."

거 참. 생각할수록 답답한 사람들이군. 우리들은 모두 칼의 말에 수긍하고 고개를 끄덕였다. 나 역시 고개를 끄덕이려다가 문득 한 사람은 도저히 수긍하지 못했을 거라는 생각이 들었다.

고개를 돌려 이루릴을 바라보니 그녀는 과연 너무나도 복잡하다는 표정을 지은 채 멍하니 앉아 있었다. 난 킥킥 웃으며 말했다.

"자! 골치 아픈 이야기는 관둬요. 저 사람들도 자신들의 관습이 그런 대로 참아줄 만하니까, 그리고 그것을 지키는 것이 마음에 만족을 주니까 지켜나가는 거겠지요. 만일 자신들이 생각하기에도 정말 답답한 관습이라고 생각되면 그걸 깨뜨리겠지요. 그 사람들이 알아서 할 일이에요."

칼은 감탄한 얼굴로 말했다.

"네드발 군. 정말 좋은 말일세."

"그럼 이만 달려볼까요? 리츄 씨는 우리가 이 고개를 오늘 안에 못 넘을 거라고 했는데."

"그렇지 않다는 것을 확인하세나. 이랴! 해가 지기 전까지!"

우리는 고개를 향해 돌진하기 시작했다.

우리는 무서운 속도로 달려갔다. 옆을 지나가는 나무들의 모습은 도저히 분간되지 않았고 모든 것들이 그저 녹색과 회색, 갈색의 흐름으로 보였다. 우리는 구덩이를 뛰어넘고 급한 경사로를 치달아 올랐으며 좁은 오솔길을 갈랐다. 두두두두두! 우리는 절벽 위를 맹렬히 달렸고 산바람을 앞서 달렸다. 제레인트는 목청껏 말들을 축복했다.

"임마들아! 테페리의 이름으로, 너희들의 다리를 축복한다! 다리가 떨어져 나가라고 달려라!"

그리고 이루릴은 역시 끝없이 말들을 독려했다.

"달려요! 그대 주인들의 마음을 받아들여요! 쾌속의 다리를 가지고, 무한한 속도에 도취되는! 정열적인 영혼을 가진 바람의 아들들이여, 달려요!"

말을 탄 것이 아니라 정말 산바람을 탄 것 같다. 산의 지독한 경사로와 구불구불한 길 위로 우리들은 바람이 되어 날았다. 길을 가로지른 개울물을 건너뛰고 굽은 길을 맹렬하게 돌았다. 말들의 발굽 소리가 온 산을 울리게 만들었고 말들이 뿜는 콧김에 안개가 서릴 것 같았다.

"이힝힝힝힝!"

에보니 나이트호크는 포효하면서 달려나갔다. 네리아는 몸을 말등에 딱 붙인 상태였고 레니는 네리아의 등에 딱 붙어 있었다. 슈팅스타는 추월을 도저히 용서할 수 없다는 듯이 에보니 나이트호크를 추적했다. 샌슨의 등 뒤에 있는 제레인트는 거칠게 휘날리는 로브 때문에 거의 보이지도 않을 정도였다. 트레일은 도저히 발을 끄는 버릇이 있는 말로는 보이지 않았다.

"이힝힝힝!"

오! 제미니! 약속하마. 내가 아무리 배가 고파지더라도 절대로 말고기에 대한 꿈은 꾸지 않겠다! 제미니는 다른 말들의 질주에 고무된 것인지 흥분하여 달려갔다. 한쪽으로 까마득한 절벽이 보일 때조차도 제미니는 끄떡도 하지 않고 달려갔다.

그런 무서운 질주 끝에 차츰 고개가 완만해지기 시작했다. 나무들이 보이지 않는 고원과 구릉을 넘어서고 절벽길을 따라 달렸다. 어느새 구름이 휘감아 도는 절벽길로 들어섰다. 말들은 미친 듯이 질주했다.

투투투투투!

절벽의 좁은 길을 따라 달리며 허공으로 돌멩이를 튕겼다. 길을 가로질러 쓰러진 나무 등걸을 뛰어넘을 땐 몸의 중량감이 다 사라졌다. 머리 위로 무섭게 지나가는 나뭇가지들은 내 목을 노리고 날아오는 칼날처럼 보였다. 그때였다.

"멈춰요!"

계속해서 말들을 고무하고 있던 이루릴이 갑자기 외쳤다. 그리고 느닷없이 옆의 숲 속에서 빛의 화살들이 튀어나왔다. 파파파파팟!

"그으으악!"

빛의 화살들은 모조리 샌슨을 명중시켰다. 샌슨은 슈팅스타 위에서 나가떨어지며 관성에 의해 앞으로 몇 바퀴 더 굴러갔다. 제레인트는 느닷없이 말을 책임지게 되자 비명을 질렀다. 간신히 고삐를 당기긴 했지만 슈팅스타가 갑자기 멈춰 서자 곧 제레인트도 굴러 떨어졌다. 당황한 우리들은 거의 오륙십 큐빗은 더 달려가고 나서야 간신히 멈추었다.

"그 목동들이 말하던!"

칼은 고함을 질렀고 이루릴은 말 위에서 그대로 뛰어내렸다. 그녀는 공중에서 에스터크를 뽑아들더니 땅에 내려서자마자 덤불을 찔렀다. 파파밧! 덤불이 급격하게 움직였다. 난 말을 돌려 그 움직임쪽으로 달려갔다. 그러곤 말 위에서 바스타드를 내리쳤다.

푸스석! 덤불들이 잘려나갔지만 다른 뭔가가 맞은 느낌은 없었다. 난 말에서 내려 다시 덤불을 몇 번 후려치고는 그 속에 뛰어들었다. 하지만 아무것도 없었다. 그리고 주위는 고요해졌다.

"이런, 제기랄. 숨어버렸어!"

그때였다.

"후치, 뒤를 봐!"

네리아의 고함소리가 들려온 순간 난 뒤로 돌면서 그대로 바스타드를 후려쳤다. 완전히 도는 순간 뒤로 펄쩍 뛰면서 내 바스타드를 피하는 자의 모습이 보였다. 그러나 그의 윤곽을 보는 것이 어려웠다. 놈은 무서운 속도로 움직이고 있었는데 도대체 눈이 따라갈 수 없을 정도였다. 이루릴이 외쳤다.

"헤이스트 스펠이야!"

슈슈슈슛! 도대체 뭔지는 모르겠지만 그자의 손에서 눈부신 빛이 움직였다. 발톱 아니면 나이프다. 그런데 무슨 나이프를 저렇게 빨리 휘둘러! 난 죽어라고 뒷걸음질치며 바스타드를 휘둘렀지만 그자는 간단히 피했다. 너무나 빨리 움직여서 그런지 검은 윤곽밖에 보이질 않아 사람인지 뭔지도 모르겠다. 어쨌든 그자는 마치 검 옆으로 일어나는 바람처럼 내 바스타드 옆으로 스며들어 오더니 곧장 내 팔을 붙잡으려 했다. 이런! 잡히면 당한다!

"트라이던트의 네리아!"

쉬시익! 네리아가 트라이던트를 찔러들어왔고 그러자 그 검은 윤곽은 내 팔을 잡으려던 손을 당기며 다시 뒤로 물러났다. 네리아는 멈추지 않고 계속해서 트라이던트로 그 그림자를 찔러대었지만 그자는 물러나는 것이 너무도 빨랐다. 정말 바람을 상대하는 기분이다. 그때 칼이 외쳤다.

"이것도 피할까!"

씨융! 칼이 화살을 쏘아붙였다. 피했다! 놈은 우습다는 듯이 화살을 피해낸 것이다. 그러나 칼의 활은 멈추지 않았다.

쓩쓩쓩! 연거푸 발사된 화살들은 그 그림자를 향해 무섭게 날아갔다. 너무 빠르게 움직이고 있어서 화살들은 모두 그놈의 뒤로 지나쳤다. 나와 네리아가 찔러들어갔지만 화살마저 피해 버리는 놈의 바람 같은 움직임을 잡는다는 것은 어려웠다. 네리아는 악에 받쳐서 트라이던트를 크게 휘저었다. 풀잎과 몇 개의 나뭇가지를 잘라내는 데는 성공했지만 놈의 근처에도 가지 못했다.

"이야아앗! 너무 빨라앗!"

네리아는 급격히 달려가다가 트라이던트를 찔렀으나 놈은 땅위 2큐빗 정도의 높이로 날아서 피했다. 그러자 네리아는 곧장 그 뒤의 나무를 걷어차면서 몸을 뒤집어 트라이던트를 찔러넣었다.

"타아앗!"

공중에서 완전히 펼쳐진 네리아의 몸길이와 트라이던트의 길이가 합쳐져서 네리아의 공격은 무섭도록 길어졌고 그 길이는 놈과 네리아의 거리를 단숨에 지워버렸다. 피윳! 치직!

그러나 네리아의 그 무서운 공격은 놈의 옷자락을 찢는 데 그치고 말았다. 그리고 놈은 곧바로 뒤로 날며 나이프를 집어던졌다. 쉬익!

네리아는 기겁하면서 머리를 돌렸다. 그리고 어디선가 나타난 이루릴의 팔이 매섭게 움직였다. 타탕! 이루릴의 에스터크가 네리아에게 날아들던 나이프를 쳐내었다. 좋아! 저 녀석은 이제 빈손이야! 난 놈의 이동 방향을 막아서며 바스타드를 찔러넣었다. 그러나 놈의 몸은 도대체 잡을 수 없는 바람과 같았다. 이루릴은 입술을 꾹 다문 채 허리를 낮게 두고는 바람처럼 놈의 다리를 찔러들어갔다. 그리고 내가 놈의 상체 방향을 향해 마구잡이로 공격을 퍼부었고 네리아는 조금 떨어진 위치에서 놈이 빠져나가지 못하도록 찔러들어왔다. 잠깐 동안 무기 휘두르는 소리가 폭풍처럼 몰아치면서 먼지가 일어날 정도였다. 우리들이 모든 방향을 공격했지만 놈은 그것을 모조리 피했다. 게다가 우리 공격권에서 빠져나가지도 않은 채로! 좋아. 그렇다면 할 수 없군. 샌슨, 잘 보라구!

"에라, 이거 먹어봐! 샌슨화!"

네리아가 갑자기 입을 틀어막으며 킥킥거리는 가운데 난 샌슨에게 배운 모든 기술을 딱 3초만에 다 시도했다. 앞으로 튀어나가면서 어깨 위에서 앞으로 검을 뻗어내자 놈은 옆으로 피했다.

하지만 곧 좌우로 두 번 베는 공격에 의해 놈의 동선(動線)은 뒤로 몰렸다. 야? 이거 신기하네. 그 다음은 올려쳐서 확실히 뒤로 밀어붙였다가 다시 앞으로 뛰어 치고 발을 빼며 검을 어깨 위로 올려 상단 막기, 어라? 막은 보람이 없는걸? 놈은 공격을 하지 않았던 것이다. 놈은 멍하니 날 바라보는 모습이 마치 저 바보 녀석 공격도 안하는데 왜 막고 있냐는 듯한 모습이다. 하지만 배워 익힌 공격은 그대로 튀어나갔다.

"반대로 돌며 뒤로 베기!"

"크어억!"

우와! 우와, 신기해라! 반대로 돌 때만 해도 바보짓을 했다는 느낌이 들었다. 그런데 놈은 마치 빨려 들어오듯이 내 검의 궤도에 들어왔다. 분명히 검을 통해 느낌이 온다!

"맞았어! 이젠 기름 젓기!"

끝까지 샌슨화로 밀고 갈걸! 놈은 팔을 움켜쥐며 뒤로 피했던 것이다. 그러곤 그대로 풀숲 속으로 들어가 사라졌다.

"이 자식, 어딜 도망가!"

"추적하지 말게, 네드발 군!"

젠장! 난 혀를 차며 멈춰 섰다. 망할 놈, 도대체 뭐가 저렇게 빨라? 벌써 풀숲의 움직임은 없어졌고 주위는 고요해졌다. 이루릴은 조용히 주위를 둘러보며 에스터크를 다시 꽂아넣었다.

일행들은 일단 낙마하여 땅에 처박힌 채 끙끙거리는 샌슨에게 달려갔다. 나는 가까이 있던 제레인트를 부축하여 일으켰다. 제레인트는 힘들게 미소를 지었지만 다리를 절뚝거리고 있었다. 네리아는 트라이던트를 단단히 쥔 채 겁먹은 표정으로 주위를 경계했다.

"이거 낮에도 기습을 하네?"

"샌슨 오빠, 샌슨 오빠! 괜찮아요? 괜찮아요?"

레니는 당황해서 샌슨을 일으키려 했지만 레니의 힘으로 일으킬 수 있는 샌슨이 아니다. 제레인트는 헉헉거리며 기도를 시작했다.

제레인트가 치료를 시작하자 샌슨은 간신히 정신을 차렸다. 그는 주위를 둘러보다가 말했다.

"매직 미사일이었어……. 마법사다."

"그래. 맞아. 마법사야. 젠장. 그것도 무지무지하게 빠른 마법사야. 마법사가 느리다는 말은 못하겠군. 그런데 그 마법사 녀석, 왜 산적 흉내를 내는 거지?"

제레인트가 샌슨을 치료하고 자기 자신도 치료하는 동안 칼은 눈살을 찌푸리며 주위를 둘러보았다.

"마법사가 단독으로 산속에 숨어서 여행객을 기습한다라……. 그래가지고 뭘 얻을 수 있지? 돈? 마법사들은 돈에 대해서라면 안전하고도 좋은 방법이 훨씬 많은데."

이루릴은 고개를 끄덕이더니 잠시 제자리에 서서 캐스팅을 시작했다.

"그 숨결에 생명을 담고 모든 것을 바라보며, 종속될 수 없는 운명을 가진 자여. 그대가 듣는 것을 나에게도 들려줘요."

우리들은 잠시 입을 다물고 이루릴을 바라보았다. 이루릴은 가만히 선 채로 눈을 감고 집중했다. 잠시 후 그녀는 눈을 뜨고는 한쪽 방향을 가리키며 말했다.

"약하군요……. 흔적을 잘 감추고 있는 것인지……. 어쨌든 지금 가장 가까이서 들리는 숨소리는 약 천 큐빗 정도 떨어져 있군요."

"예? 천 큐빗이라니오. 그 새 그렇게 멀리까지 달아났다는 말입니까?"

"네. 그 빠른 속도를 보셨지요?"

"허어, 이런. 그렇다면 다시 돌아오는 것도 순식간이겠군요."

마법사란 역시 무섭군. 으으. 어쨌든 잠시 후 샌슨은 다시 원기 왕성하게 일어났다. 그는 아직 고통이 남아 있는 모양인지 간혹 눈살을 찌푸리긴 했지만 별 내색하지 않고 말했다.

"전 이제 괜찮습니다. 추적하고 싶지만 우리 용무가 급하니까 놔두고 가지요."

"하지만 달려가다가 또 사고를 당할 수는 없네. 곤란한 문제로군. 게다가 자넬 노렸다는 걸로 봐서는 상당히 계획성 있게 움직이는 놈이야."

"예?"

"우리 일행 중에서 얼핏 보기에 전사처럼 보이는 자는 자네뿐이지. 그렇다면 놈은 우리들을 잘 관찰한 다음 가장 어려울 듯한 상대인 자네를 먼저 공격한 것이겠지."

"아, 그렇겠군요."

"그렇다면 다시 공격할 수도 있겠지. 이 작자가 뭐하는 친구인지는 모르겠지만 아무런 대비 없이 그냥 달려갈 수는 없군 그래."

"말이 없으니 더 따라오진 못할 텐데요."

"글쎄……. 순식간에 천 큐빗을 달아나는 놈인걸. 골치 아프게 되었는데."

할 수 없이 우리들은 대형을 갖추고 주위를 경계하면서 나아가게 되었다. 칼은 한숨을 푹푹 쉬었지만 어쩔 도리가 없는걸. 늦게 걸어가니 해가 더 빨리 지는 것 같아.

오후 늦도록 더이상의 습격은 없었다. 그래서 칼의 얼굴은 어느 누구도 섣불리 말을 걸지 못할 표정을 떠올리게 되었다. 어쩔 수 없이 우리는 고개를 넘지 못하고 고갯길에서 약간 떨어진 계곡으로 내려가서 야영 준비를 갖추게 되었다. 계곡에는 가느다란 물줄기가 졸졸 흘러내리고 있었다. 아직 물이 얼어붙지는 않아서 다행이다. 휴.

4

"그래서 솔로처는 말했지요."

"뭐라고 했어요? 예?"

"아가씨. 난 오늘 세상에서 가장 위험한 것을 만났지. 당신의 사랑은 위험해. 아가씨의 사랑은 너무도 격렬히 타오르기 때문에 주위의 모든 것을, 심지어 내 차가운 가슴까지도 타오르게 만드는군."

"와아……."

네리아는 레니의 등 뒤에서 그녀를 안은 채 칼이 들려주는 옛날 이야기에 넋을 잃고 있다. 그리고 네리아에게 안겨 있는 레니 역시 마찬가지였다. 레니는 입을 딱 벌린 채 칼의 이야기를 듣고 있었다. 그런데 저런 이야기가 재미있나? 닭살이 돋아오르는군 그래. 칼은 웃으며 말을 이었다.

"그리고 솔로처는 100명의 데스나이트가 기다리는 콜로넬 계곡으로 찾아간 것이오. 천공의 3기사를 위해서도, 오렘의 저스티스 기사단을 위해서도 아니고 오로지 한 시골 처녀의 애인을 구하기 위해."

네리아와 레니는 숨쉬는 것마저 잊은 채 칼의 이야기에 빨려들어갔다. 난 피식 웃으며 바스타드를 손질하는 작업을 계속했다.

숫돌을 가볍게 움직이며 날을 고른다. 젠장. 넥슨 녀석과 싸울 때 이가 많이 빠졌어. 이게 검날인지 톱날인지 구별도 안 되는군 그래. 난 날을 직선으로 만들기 위해 무진장 애를 썼다.

"그거 용광로에 집어넣고 다시 녹이기 전에는 제 날을 찾기 어려울 거야. 너무 오래된 검이라서 어려워."

샌슨의 조언이었다. 난 한숨을 쉬고는 바스타드를 다시 꽂아넣었다. 그때 칼이 나에게 말했다.

"여보게, 네드발 군. 그 노래가 어떻게 되지? '콜로넬 계곡에 솔로처라는 번개가 치던 날'."

"……싫어요."

"응? 왜 그러나."

"그 노래는 너무 조야해서 싫어요."

그러자 네리아는 눈썹을 곤두세웠고 레니는 반대로 눈썹을 축 처지게 만들었다. 그녀들의 저 음험한 눈길이라니.

"아, 좋아요, 좋아! 젠장."

난 목소리를 가다듬었다. 하지만 이 노래는 정말 조야한데. 씨이.

사우스 그레이드에 석양이 내리고
밤의 여왕의 옷자락이 펼쳐질 때.
콜로넬 계곡 아름다운 수원에도
이슬의 전달자들이 눈꺼풀을 들어올릴 때.
공포, 절망, 어둠의 데스나이트,
그들의 검이 소리높이 피를 부른다.
'얼어붙은 마음! 핏빛 깃발! 데스나이트의 율법!'
피리새의 가는 숨결도 잦아든다.

올빼미의 밝은 눈도 캄캄해진다.

'얼어붙은 마음! 핏빛 깃발! 데스나이트의 율법!'

병사들의 전율, 투구끈은 풀려버리고

검집 속의 검이 조각조각으로 부러진다.

공포, 절망, 어둠의 데스나이트,

그 앞에 누구도 똑바로 설 자 없다.

그러나

지켜지지 못한 소중한 약속과

이루어져야만 하는 사랑이

지평선, 그 끝을 넘어 한 사나이를 부른다.

잿빛 황야, 빗발이 지평선을 세로로 쪼개고

마침내 하늘에 거대한 아치가 그려질 때

무지개의 솔로처. 그는 손을 들어올린다.

결국 나는 레니와 네리아의 환호를, 제레인트의 감탄을, 샌슨의 한숨소리를, 그리고 이루릴의 신비한 미소를 받으며 그 긴 노래를 다 부르고야 말았다. 으으. 사우스 그레이드 전체를 그들의 공포만으로 얼어붙게 만들었다가 솔로처의 마법 한 방에 노래 속의 공포로 바뀌어버린 100명의 데스나이트를 위해 묵념. 레니는 모포 속에 들어가서도 콧노래로 '솔로처라는 번개가 치던 날'을 웅얼거림으로써 내 볼이 화끈거리게 만들었다.

모포 속에서 뒹굴던 나는 샌슨의 손아귀에 코를 붙잡혀서 깨어나게 되었고, 하품을 하면서 주위를 둘러보자 모두들 곤히 잠들어 있었다.

난 눈을 비비며 모닥불 옆에 주저앉았다. 피곤한걸. 오늘 낮에 말을 너무 많이 탔어. 말들도 선 채로 잠들어 있었고 주위는 고요했다. 샌슨은 모포 속으로 들어가기 전에 말했다.

"잊지 마. 우리를 노리던 고약한 마법사가 있어. 다시 덤벼올지도 모르니까 철저하게 경계해."

"알았어."

"다음 차례는 칼이야. 별을 보다가 적당한 시간에 깨워."

"으음."

샌슨은 곧장 코를 골아대기 시작했다. 난 나무에 기대어 앉아서는 무릎 위에 바스타드를 올려놓은 채 주위를 매섭게 노려보기 시작했다. 올 테면 와라! 박살을 내어주지!

하지만 5분도 지나기 전에 곧 지겨워지기 시작했다.

주위는 캄캄했고 우석거리는 숲의 잠꼬대 외엔 별다른 소리가 들리지 않았다. 이런 싸늘한 밤에 숲 속에 앉아 있는 것은 주의를 산만하게 만들기에 최적이다.

캄캄한 밤하늘을 날카롭게 찢어버리는 별빛들, 휘황찬란하다. 밤하늘이 손에 만져질 듯 낮아보인다. 별이 머리 위까지 내려온 것 같다. 따스한 모포 속이 아니라 차가운 공기 속에서 더 잠이 잘 오는 이유가 뭘까. 난 무의식적으로 모닥불에 장작을 던져넣으며 공상에 잠겨 들어갔다.

그래서 부스럭 소리가 들렸을 때는 머리가 곤두서는 느낌이 들었다.

이루릴이었다. 이루릴이 갑자기 몸을 일으켜 앉은 것이다. 그녀는 날 보더니 생긋 웃었다. 난 어느새 꽉 쥐었던 바스타드의 손잡이를 놓으며 작게 한숨을 쉬었다.

"휴우. 이루릴, 왜……?"

"글쎄요. 잠이 오지 않는군요."

이루릴은 그렇게 말하더니 곧 짐 속에서 책을 꺼내어들고는 윌로위스프를 불러내었다. 그녀는 땅바닥에 앉아서 책을 읽기 시작했다. 이 싸늘한 겨울밤에 숲 속에 앉아 여유 있게 책을 읽을 수 있는 자가 엘프 이외에 어디 있을까.

난 다시 하늘을 바라보며 공상에 잠기려 했다. 그때 한 생각이 들었다.

"이루릴, 저 방해가 될지 모르겠는데요."

"하고 싶은 말이 뭔가요?"

"아, 저, 핸드레이크가 살아 있다는 것은 이젠 믿어야겠군요. 드래곤 로드의 말에 비춰봐도 그가 살아 있다는 것이 확실해지는 것 같으니까. 그런데 그에게 배우고 싶다는 클래스 10의 마법은 뭐지요?"

"그 마법 말인가요……."

그때 칼이 천천히 일어나 앉았다. 나와 이루릴은 칼을 바라보았고 그러자 칼은 차분하게 웃으며 말했다.

"나 역시 그게 궁금한데요, 세레니얼 양."

이루릴은 조용히 책을 덮어놓고는 윌로위스프를 돌려보내었다. 우리 세 명은 모닥불 주위에 둘러앉았다. 이루릴은 조용히 불길을 응시하다가 갑작스럽게 말했다.

"어제도 이런 자리가 있었지요."

"그렇습니다."

"그 대화 마지막에 칼은 뭐라고 말하셨나요."

"예? 어, 그러니까 엘프는 유피넬의 어린 자식이라는 말 아니었습니까?"

이루릴은 웃었다. 하지만 웃음기가 하나도 없는 웃음이다. 이루릴은 무릎을 모아 가슴 앞에 끌어안았다. 추위를 타는 듯한 모습이었지만 그녀의 볼은 모닥불 때문에 발그레하게 물들어 있었다.

그녀가 말했다.

"우리는……."

이루릴의 꿈결 같은 목소리가 울려퍼지는 순간.

우리는 갑자기 현실에서 단절되어 버렸다.

마치 엘프식의 시간 흐름 속으로 들어와버린 것 같다. 공간은 마구 물결처럼 흐르고 비틀려지고 있었다. 모닥불과, 나와, 칼과, 그리고 이루릴을 제외하고는 모든 공간들이 사라져버렸다.

이루릴은 그러한 망각의 흐름 속에서 계속 말했다. 아니, 말했나?

"유피넬의 어린 자식…… 어린 자식…… 어린 자식이지요."

아무런 감정도 느껴지지 않는다. 이루릴이 말하는 동안 난 아무런 소리도 빛도 느끼지 못했다. 그저 이루릴의 목소리만 들렸다. 아니, 이루릴은 말을 하지 않았다. 그러나 나는 듣고 있었다.

"영원히 홀로 설 수 없는…… 영원히 자신을 책임지지 않는…… 영원히 살 수 없는…… 우리는 처음으로 만들어진 자이며…… 처음으로 걸었던 자이며…… 처음으로 사라져야 할 자……."

아무런 생각도 할 수 없다. 그저 듣고 있을 뿐이다. 모든 것이 뒤죽박죽이 되는 느낌이다.

"사라진다고요!"

칼의 고함소리. 그리고 갑자기 세계가 원위치로 돌아왔다.

우리는 여전히 약간 싸늘한 11월의 밤 공기 속에 앉아 모닥불을 쬐고 있었다. 주위는 우석거리는 소리가 가득한 숲이었고 우리는 별로 대단할 것이 없는 여행자의 몰골로 모닥불 주위에 앉아 있었다.

털썩. 고개를 돌려보니 샌슨은 모포를 걷어차며 뒤척이고 있었다. 난 피식 웃으며 다시 이루릴을 바라보았다.

칼의 얼굴이 왜 창백하게 바뀌어 있지?

그때 칼의 마지막 말이 기억났고, 그러자 이루릴의 말도 기억났다. 잠깐, 사라진다고? 사라지다니, 엘프가 사라진다는 말이야?

이루릴은 한결같이 흐트러짐 없는 자세로 앉아 있었다. 그래서 칼은 마치 별일도 아닌데 당황해서 외치는 노인처럼 보였다.

"사라지다니, 누가 말이오? 숲의 종족들이 사라진다는 말이오?"

이루릴은 싱긋 웃었다. 마치 세월을 적잖이 훔친 노인의 경박스러움을 꾸짖는 것 같았지만 지금 그 노인 역할을 맡은 칼은 정신이 없는 얼굴이었다. 이루릴은 차분하게 말했다.

"우리는 정원사지요."

"예?"

이루릴은 다시 고개를 들어 앙상한 나뭇가지를 바라보았다. 나는 문득 이상한 기분을 느끼고는 위를 바라보았다.

맙소사! 나뭇가지에 꽃잎이 피어나고 있었다!

"정원사들이 그들의 정원을 완전히 이해하듯이, 우리는 세상을 완전히 이해하는 종족으로 만들어졌지요."

태양이 떠오르고, 다시 지기 시작했다. 밤하늘의 별들이 움직였다. 그리고 달이 뜨고, 다시 달이 지고 나자 태양이 떠올랐다.

봄이 오고, 꽃들은 앞다투어 피어난다. 여름이 오자 푸르름이 사방에 가득하다. 가을은 죽어가는 것들의 신비로서 아름답고, 다시 백설이 부드럽게 대지와 나무들의 눈꺼풀에 키스하면 봄의 눈뜸을 기다리며 만물은 잠든다.

"그리고 우리는 한없는 조화를 부여받았지요. 인간이 하늘을 보면 별자리가 만들어지고, 인간이 숲을 걸으면 오솔길이 생겨난다던가요. 우리는 그런 것을 모르지요. 우리 몸에 쏟아지는 별빛을 느낄 때 우리는 별이 됩니다. 숲을 악기 삼아 노래부르려는 바람을 만날 땐 우리는 허공을 날리는 나뭇잎이 될 뿐입니다."

대지 위로 산이 솟아오른다. 자유로이 떠다니던 구름은 산에 걸리게 되고 마침내 높은 산의 이마를 적시는 빗물이 되어 사라진다. 계곡을 타고 흐르는 물은 대지에 이르러 마침내 강이 된다. 물살의 흐름에 계곡은 더욱 깊어지고, 산은 더욱 늙어간다.

"우리는 세상에 아무런 일도 하지 못하는 존재입니다. 세상을 향해 손을 내밀 수 없는 존재들이지요. 정원사들은 한없이 정원을 이해하며 아름답게 가꾸지만, 그것을 파헤쳐 곡식을 심어 내일을 대비한다는 것은 전혀 생각하지 못하듯이."

계곡을 타고 흘러내려 온 격한 물살이 대지를 적실 때 아름다운 꽃들이 피어난다. 바람은 거리낌 없이 만물을 질리도록 애무한다. 그러나 꽃들이 피어나던 대지는 어느덧 황야가 되고 바람은 광폭해져서 흙먼지만을 피워올린다. 그리고 황야 위로 마지막 꽃잎이 떨어지고, 세상은 청초함을 잃는다.

그리고 거친 황야 위로 인간의 잿기가 떨어진다. 시무니안의 가슴의 온기로 덥혀지던 대지는 식은 흙덩어리가 되어 부서져 나간다.

"유피넬과 헬카네스 양자는 공존을 위해 시간을 만들었습니다. 하지만 시간은 유피넬과 헬카네스의 딸이자 모든 것을 무로 돌리는 광포한 힘을 가진 위대한 존재. 그것이 유피넬과 헬카네스의 실패라고 봅니다."

"실패라구요?"

"예. 그들은 한 가지를 깨닫지 못했던 것일까? 무 앞에서는 질서도 혼돈도 존재할 수 없다는 것을 말입니다."

무 앞에서는……. 아무것도 없다면 어지럽힐 수도, 정리할 수도 없다.

"그들은 공존이 아니라 공멸의 원인을 만든 것이라고 생각합니다."

"공멸이라고 하셨습니까?"

"네."

태양의 뜨고 짐에 따라 이루릴의 얼굴에는 빠른 속도로 그림자가 움직였다. 주위는 우리를 내버려둔 채 미친 듯이 흘러가고 있었다. 그때 칼이 말했다.

"클래스 10의 마법은 무엇입니까?"

이루릴은 곰곰이 생각하는 표정이 되었다.

"인간의 말로는 옮기기 어렵군요. 굳이 말하자면……."

이루릴은 적당한 어휘를 찾으려고 애쓰는 모양이다. 그녀는 잠시 후 말했다.

"창조입니다……. 우주 창조."

다시 싸늘한 11월의 겨울밤으로 돌아왔다.

발가락의 저림까지도 돌아왔어. 음. 오랫동안 말을 타서 그래. 불쌍한 내 엉덩이 같으니라구. 요즘 들어 의자나 침대에 앉아본 것이 얼마나 되지? 항상 딱딱한 안장 아니면 차가운 바닥이로군.

우주 창조라구?

뭐라 말하고 싶은 기분이 안 드는걸.

"우주 창조라면……."

칼의 목소리는 희미했다. 이루릴은 혼잣말처럼 말했다.

"그곳엔 은행나무에 보라색 석류가 열리고, 그곳엔 땅이 하늘 위에 있고, 그곳엔 일곱 개의 태양이 있지만 낮은 없고, 그곳엔 강이 상류로 흐르고, 그곳엔 비가 하늘로 쏟아져 오르겠지요. 단풍잎들 사이로 나비가 날아다니고, 수탉이 곰을 쪼고, 장미 꽃잎 한 장에 백만 개의 이슬이 맺히는 땅, 붉은 바다 위에 푸른 눈이 내리는 곳……."

칼은 떨떠름한 얼굴로 말했다.

"모든 법칙을 새로 만들고 모든 피조물을 새로 만든다는 말입니까? 그곳에는 시간이라는 개념이 없을 수도 있고 시간이 없다면 그곳에는 인과가 없을 수도 있는, 결과만 있고 원인은 없는, 존재하지도 않는 것들이 존재를 겨루는……."

"항상 그러시지만 이번에도 정확하세요."

이루릴은 상냥하게 웃으며 말했다. 음. 칼은 정확하지. 난 괜히 웃어버렸다.

"그건 신이라도 불가능한 일이 아닙니까!"

웃다가 혀를 깨물 뻔했다. 칼의 고함소리가 너무 컸다는 것보다는 그 내용 때문에 놀랐다. 신이라도 불가능하다고? 이루릴은 평온하게 말했다.

"마력은 신력을 거부하는 법이지요."

"그러나, 그래도, 허나……."

칼 맞나? 난 의심스러운 얼굴로 칼을 바라보았다. 칼이 저런 머저리 같은 화법을 쓰다니. 할 수 없군.

"그걸로 뭘 할 생각인데요?"

"네?"

이루릴은 날 바라보았다.

"그러니까, 그 클래스 10의 마법을 가지고서 무엇을 하려는 것인가요? 이 세상이 마음에 안 들어서 새로운 세상을 하나 만드시겠다는 건가요?"

이루릴은 가만히 날 바라보았다. 언제나 그렇지만, 그녀와 눈을 마주하고 있으면 아무것도 보이지 않는다. 빛을 완전히 흡수해 버리는 새카만 눈동자만 있을 뿐이다.

"세상이 마음에 들지 않는다기보다는 우리들이 세상에 어울리지 않는다는 것이 정확할 겁니다."

웃어야 되나?

"어울리지 않는다, 어울리지 않다니. 세상에 그렇게 심한 농담이 도대체 어디 있지요? 엘프가 어울리지 않는다니오? 모든 것과 조화를 이루는 엘프가?"

난 기막힌 표정으로 이루릴을 바라보았다. 이루릴은 슬프게 고개를 숙였다.

"어울리기 위해선 달라야 하지요."

"예?"

이루릴은 고개를 숙여 자신의 발을 내려다보듯이 한 채로 말했다.

"유피넬은 그것을 알지 못했던 것입니다. 우리들도 이제야 알게 되었지만."

"어, 괜찮다면 나도 이제 알게 해주겠어요?"

이루릴은 고개를 숙인 채 쿡쿡 웃었다.

"당신은 불완전한 존재니까 제 말을 이해하긴 어렵겠지요. 하지만 생각해 보세요. 단단한 흙벽을 만들려면 어떻게 해야 되나요?"

"예? 어, 자갈과 모래, 지푸라기 등을 적당히 섞어서 반죽을 잘 하면……."

"예. 그것을 보면 알 수 있을 거예요. 흙만 쌓아서는 단단하지 못하지요. 모래만으로는 쌓을 수조차 없고. 자갈들을 쌓아올리기는 어렵지요. 하지만 그것들을 모두 적절히 섞으면 단단한 흙벽이 되지요. 서로 조화를 이루기 위해서는 먼저 서로가 달라야 된답니다."

"조화를 위해서는…… 달라야 한다?"

"그래요."

이루릴은 갑자기 일어났다. 그녀는 약간 떨어진 나무로 다가갔다. 그녀는 나무의 거친 껍질이 마치 어린 새의 깃털이라도 되는 양 만지작거리며 말했다.

"후치, 당신은 칼과 달라요. 그리고 당신은 샌슨과도 다르지요. 그래서 당신은 칼과 샌슨과 조화를 이룰 수 있어요. 하지만 당신은 영원의 숲에서 보았겠지요."

이루릴은 나무를 올려보며 말했다.

"그때 전 조금도 증오심 같은 것을 느끼지 않았지요. 하지만 여러분들은 맹렬한 증오심을 느꼈어요. 넥슨의 일행들 같은 경우에는 그 증오심 때문에 모두들 죽기까지 했지요. 슬픈 일이었습니다만, 동시에 여러분들의 특징을 알 수 있는 일입니다. 당신들은 자신과 똑같은 존재라는 것을 받아들일 수 없도록 만들어졌지요."

이루릴은 갑자기 몸을 빙글 돌렸다.

검고 긴 머리가 한순간 떠올랐다가 내려앉았다. 그녀는 손을 뒤로 돌린 채 나무에 기대어 서더니 말했다.

"우리들을 만들 때 유피넬은 그것을 알지 못했어요. 그래서 유피넬은 우리들로 하여금 모든 것과 하나될 수 있게 만들었지요. 조화롭고도 평화로운 세상을 바라는 선량한 마음으로. 하지만 선량한 마음이라도 무지의 아궁이에서는 좋은 물건을 만들어낼 수 없지요. 우리는 실패작이라고 할 수 있을 거예요."

이루릴은 마치 재미있다는 듯이 고개를 기울여 웃으며 자신이 실패작이라고 말했다. 그녀는 한 손을 앞으로 돌려 뺨을 만지작거리며 말했다.

"예……. 그래요. 그래서 유피넬은 저희들의 경우를 통해 알게 되었죠. 조화는 먼저 구별을 전제로 한 것임을. 그래서 그는 절대 스스로 다른 자와 같아질 수 없는 지성을 만들려고 했지요. 그것이 당신들이에요."

칼은 입을 벌린 채 이루릴을 바라보았다. 거울이 없어도 내 표정을 알 수 있다. 칼의 얼굴을 보면 되니까.

"그러나 그것은 유피넬로 하여금 이율 배반에 빠지게 만들었지요."

이루릴은 심술궂은 표정을 짓지는 않았다. 그녀의 차분한 목소리는 한결같았다. 하지만 왜 나에겐 그녀가 신의 실수를 꼬집고 있다고 느껴지는 거지?

“그는 조화의 유피넬. 다른 자와 항상 달라지려 하는 지성이라는 것은 그의 전체에 대한 부정. 재미있지요? 그래서 그는 헬카네스와 손을 합쳐 당신들을 만들 수밖에 없었지요. 결과적으로 당신들은 무슨 일이 있어도 다른 자들과 같아지기를 거부하는, 그러나 항상 다른 자들에게 자신을 나눠주기를 바라는 지성이 되었어요. 유피넬과 헬카네스 양자의 관심을 받아서.”

그런가?

멋지게 조화를 이룬다. 이 말은 둘이 같다는 말이 아니다. 멋지게 어울린다. 역시 둘이 동일하다는 의미는 절대로 아니다. 조화라는 말은 두 개가 다르다는 걸 전제한다. 그렇군. 이제 알겠어.

“이해하겠어요……. 아마 거짓말이 될 확률이 높지만, 그래도 일단 이해했다고 말해 두지요. 그래서 당신들은 어쩔 생각인가요?”

이루릴은 여전히 나무에 기대어 서 있었다. 호리호리하고 탄탄한 그녀의 몸이 왠지 가냘파 보인다.

“글쎄요. 그 사실을 알게 되었으니 우리들에게 남겨진 길은 두 가지로 좁혀집니다.”

“두…… 가지요?”

“네. 우리는 엘프. 끝없이 조화를 이루는 존재들입니다. 하지만 우리의 모습 자체가 이미 거짓된 조화, 가식적인 조화를 체현하고 있으니만큼 우리들은 지속적인 조화를 위해 다른 존재들과 달라지려고 애쓰든지, 아니면 우리 스스로 조화로운 엘프라는 위치를 버려야 됩니다. 하지만 양쪽 어느 것도 우리의 길이 되기엔 어렵더군요."

칼이 조심스럽게 말했다.

"그래서……, 세계를 버리시려는 작정이시오?"

난 흠칫해서 칼을 보다가 다시 이루릴을 바라보았다. 이루릴의 머릿결이 물결치고 있었다.

"버리는 것이 아니에요. 탈출하는 것이지요."

"핸드레이크에게서 클래스 10의 마법, 우주 창조를 배워서 새로운 세계를 하나 만들겠다는 말인가요? 그리고 이 세계를 버리고 새로운 세계로 떠나겠다는 말인가요?"

이루릴은 대답 없이 칼을 바라보았다. 갑자기 그녀의 모습이 흔들렸다.

난 흘러내리기 시작하는 눈물을 무시하면서 말했다.

"우리를 버릴 건가요?"

이루릴은 조금 슬픈 표정을 지었다. 난 흐느끼면서 말했다.

"그렇군요. 우리를 버리고, 당신들은 이 세계를 버리고 떠날 생각이군요. 당신들의 새로운 세계로 갈 생각이군요."

"후치……. 이 세계는 엘프를 원하지 않아요. 우리는 모든 것과 조화를 이루는, 따라서 있어도 그만이고 없어도 그만인 존재에요."

"그럼 그대로 있어요. 당신들은 아름다워요. 들판에 핀 꽃 한 송이는 세계를 위해 피지 않아요. 왜 당신들이 세계에 대해 책임을 지려고 들지요? 당신들 스스로를 위해 살아요."

바람이 분다.

밤의 바람은 검은 머릿결에서 무수한 이슬을 떨어뜨린다. 지금 이루릴의 머리가 꼭 그러하다. 그녀의 머리카락은 밤바람이 되어 물결치고 있었다.

"우리는 엘프. 유피넬의 어린 자식입니다."

이루릴은 아주 희미한 미소를 지었다.

"그 호칭은 얼마나 정확했는지……. 어린 자식들은 부모의 품에서는 영원히 행복합니다. 부모는 아무런 대가를 바라지 않으면서 오직 어린 자식을 기쁘게만 해주려 하지요. 하지만 어린 자식은 그 행복을 알면서도 끝내 부모를 버리게 되지요. 시무니안의 아들들이 시무니안의 품을 떠나 그림 오세니아에게 달려가듯이."

이루릴은 도저히 더 이상의 말을 꺼낼 수 없는 어조로 말했다.

"우리는 떠나갈 것입니다."

이루릴이 다시 모포 속으로 들어가 버리고 칼은 허공을 응시한 채로 앉아 있었다. 난 우울한 마음에 바스타드를 뽑아 그 검신을 바라보았다. 싸늘한 검광이 모닥불빛에 물들어 불길처럼 타올랐다.

바스타드를 다시 꽂아넣으며 난 칼에게 말했다.

"난 이해하지 못하겠어요. 엘프들은 왜 떠나가려 하는 걸까요?"

내 질문에 칼은 고개를 다시 숙였다. 그는 잠시 이루릴을 훔쳐보다가 몸을 움직여 내 옆에 앉았다.

"나도 이해하지 못하네. 네드발 군. 하지만 말일세. 이런 점을 생각해 볼 수 있지."

"들려주세요."

칼은 턱을 만지작거리다가 말했다.

"우리가 흔히 호인이라 부르는 사람이 있네. 누구와도 싸우지 않고 어떤 일에도 얼굴 붉히는 일이 없는 사람. 누가 뭐라고 말해도 '그래, 좋은 말이야.', 다른 자가 또 다르게 말해도 '그래, 그렇군.', 이렇게 말하는 자가 있지."

"몇 사람 알아요."

"그런 작자들이 다른 사람과 싸우는 것을 본 적이 있는가?"

"아뇨. 그런 사람들은 절대로 싸우지 않아요."

"그렇지. 호인이라 불리는 사람은 사실은 자신의 색깔이 없는 사람이네. 그리고 그런 자는 흔히 영웅이 될 수도, 위대한 인물이 될 수도 없는 작자이기가 쉽지. 심하게 말한다면 있어도 그만이고 없어도 그만인 자가 되기 쉽네."

"엘프가 그러하다는 말씀이세요?"

칼은 자신의 말에 자신이 웃는 듯한 표정을 지으며 말했다.

"너무 조악한 비유라 말하기 창피스러울 정도지만, 그걸 생각해 보면 조금 이해가 될 듯도 하네. 엘프들은 모든 것과 조화를 이루는 자들이지. 하지만 만물은, 아니 세계 자체는 서로 부딪히며 성장하는 거야. 물론 조화를 이루면서 발전하는 경우도 있기야 하겠지만 그런 경우는 드물지. 간단히 말해 볼까. 매일같이 화목하기만 한 두 나라 사이에 무슨 역사가 만들어지겠는가. 그들은 모두 행복하게 살다가 행복하게 죽어가고 그걸로 끝이야. 하지만 서로 피로써 피를 씻는 두 나라, 두 집단 사이에는 역사가 만들어지는 법이지."

"전쟁을 찬양하세요?"

칼은 음울한 눈으로 날 바라보며 말했다.

"내가 그럴 사람으로 보이는가?"

"아니죠……."

"꼭 전쟁만을 말하는 것은 아니야. 예가 이상했군. 이런 경우를 생각해 보게. 스승이 어떤 위대한 연구를 했네. 그 제자들이 모두 그 스승의 업적을 찬양하지. 하지만 그중 어느 특출한 제자 하나가 스승의 연구에 반대해서 새로운 해석을 내어놓는다면, 자넨 그것을 어떻게 생각하겠는가?"

"그게 제대로 된 해석인지 아닌지 알아봐야겠죠."

"그래. 그 도발적인 제자는 최소한 우리들에게 새로운 방식, 새로운 해석이 가능할지도 모른다는 점을 일깨워준 셈이지. 그것이 발전 아니겠는가? 모든 제자가 스승에 찬성해 버리면, 결국 그 연구는 거기서 끝나고 더 이상의 진척은 있을 수 없겠지."

"이제 무슨 말씀인지 알겠어요. 엘프에서는 그런 당돌한 제자가 나올 수 없다는 말씀인가요?"

"내가 엘프가 아니라서 잘 모르겠지만, 아마 그렇지 않을까 생각하네. 그 영원의 숲에서 세레니얼 양은 분열된 자신을 보고도 전혀 놀라지 않았네. 세레니얼 양은 통일성, 동일성에 익숙한 것이 아닐까 하네."

"일리 있는 추리 같군요."

나와 칼은 잠시 나란히 앉아서 모닥불을 바라보며 각자의 상념에 잠겼다.

탁, 타닥. 가느다란 가지에 불이 붙어 탁탁거린다. 나는 허리를 숙여 커다란 나무를 뒤집어 불이 잘 붙도록 해놓고 다시 제자리로 돌아오려고 했다.

뭐지?

분명히 봤어.

난 다시 편하게 앉았다. 그리고 졸리는 표정을 지으며 칼의 어깨에 기대었다.

"졸리나, 네드발 군?"

"아뇨. 웬 녀석이 우릴 감시하고 있을 땐 졸음이 달아나는군요."

칼이 움찔하는 것이 느껴졌다. 난 다시 일어나 앉으며 기지개를 켰다.

나무를 뒤집느라 허리를 숙였을 때 분명히 보았다. 수풀 속에서 모닥불의 빛에 반사되어 번쩍인 나이프의 모습. 녀석이 누군지 모르지만 비반사 처리도 모르는군. 그 마법사인가? 자, 이걸 어쩌면 좋지?

"칼! 활 쏘는 법 좀 가르쳐 줄래요?"

"응? 활 말인가?"

"예. 어디 보자."

난 일어나서 칼의 짐에서 활과 화살을 하나 뽑아들었다. 그러곤 칼 앞에서 활을 잡아보이면서 말했다.

"자, 어떻게 하면 되지요?"

칼이 눈치를 채야 할 텐데. 칼은 침착하게 말했다.

"그럼 일단 서 보게."

나와 칼은 천천히 일어났다. 칼은 지시했다.

"먼저 발을 어깨 넓이로 벌리게. 사선, 그러니까 화살이 날아가는 선과 직각 방향으로 서는 거지. 그렇지. 그렇게 서게."

난 되도록 자연스럽게 보이려 애쓰면서 조금 전 나이프의 빛이 번쩍였던 방향에 직각으로 섰다. 요 녀석, 맛 좀 봐라.

"먼저 어깨에 힘을 쭉 빼고 등을 똑바로 펴게. 그렇지. 그리고 그 다음 노킹일세."

"노킹? 그게 뭔데요? 보여주세요."

난 칼에게 활을 건네주었다. 자, 칼. 조금 전에 내가 방향을 가르쳐줬죠? 역시 칼은 내가 섰던 방향과 똑같이 섰다. 난 칼의 옆으로 물러나며 슬그머니 땅에 놓았던 바스타드에 발을 가져갔다.

"노킹은 스트링에 노크, 그러니까 화살 뒤의 여기 걸리는 부분을 끼우는 것을 말하네. 여기까지 활이나 몸이 움직여서는 안 되지. 그 다음엔……."

칼은 순식간에 활을 들어올리며 외쳤다.

"그 다음엔 과녁의 확인, 넌 누구냐!"

그러자 곧장 풀숲에서 뭔가가 움직였다. 그것은 그대로 옆으로 움직여나갔고 칼은 활을 옆으로 틀면서 외쳤다.

"다 건너뛰고 릴리스!"

칼은 수풀 속으로 활을 쏘았다. 푸스석! 화살이 수풀을 뚫고 지나가면서 괴상한 소리가 났지만 맞지는 않은 모양이다. 그리고 그와 동시에 난 발로 바스타드를 차올려 두 손으로 잡았다.

"교습은 다음에 받지요! 모두 기상!"

난 검집을 뽑아 팽개치며 앞으로 달려들었다. 땅! 하필이면 날아간 검집은 샌슨의 머리를 강타했다.

"으윽! 뭐야?"

그리고 샌슨의 잠이 덜 깬 듯한 고함소리, 네리아는 일어나자마자 아무 말 없이 트라이던트를 거머쥐었다. 난 수풀을 후려치며 외쳤다.

"손님이야! 일어나서 친절하게 환영!"

파사삿! 덤불이 베어지며 나뭇잎과 잔가지가 하늘로 솟아올랐다. 그 순간 난 시야 왼쪽에 무엇이 움직이는 느낌을 받았다. 거기 있나? 그때 칼이 외쳤다.

"네드발 군, 움직이지 마!"

쓩쓩쓩! 칼은 내 왼쪽으로 화살을 쏘아붙였다. 우화! 왼쪽으로 뛰었다간 화살꽂이 될 뻔했다.

"크으윽!"

"맞았어!"

난 뒤로 물러났다. 그때 신음소리 같은 캐스팅이 들려왔다. 등골이 쭈뼛해진다. 저놈, 화살에 맞고도 캐스팅을 하는 것인가? 막아야 해! 난 다시 앞으로 달려들려고 했지만 뒤로 물러나던 동작 때문에 몸이 흐트러지고 말았다. 그리고 그때 캐스팅이 끝나고 고함소리가 들려왔다.

"스톤 스킨!"

순간 수풀 속에서 번쩍이는 빛이 뿜어져나왔다. 난 눈을 가리며 주춤주춤 물러났다. 갑자기 세찬 바람이 불어 모닥불에서 불티가 미친 듯이 휘날렸고 그러자 제레인트가 얼굴을 가리며 물러났다. 네리아가 외쳤다.

"저 녀석! 무슨 마법이야!"

그때 샌슨이 앞으로 뛰어드는 것이 보였다. 그는 수풀을 향해 힘차게 롱소드를 찔러넣었다.

쨍그렁!

"크윽!"

샌슨이 뒤로 물러났다. 그는 고통스러운 표정으로 손목을 떨고 있었다. 이게 어떻게 된 거야? 샌슨은 신음을 흘렸다.

"뭐야, 이건! 철판도 아니고."

"피부가 돌이 됐어요! 칼은 소용이 없습니다!"

"예? 칼이 소용이 없다고요?"

그때 수풀 속에서 뭔가가 튀어나왔다.

나와 샌슨은 주춤거리며 물러났다. 수풀 속에서 뛰쳐나온 것은 검은 로브를 입고 있는 가냘파 보이는 사람이었다. 머리에 후드를 깊이 눌러쓰고 있어서 얼굴을 볼 수는 없었다. 그런데 그의 몸 주위로 황금빛의 반투명한 기운이 어려 있었다. 그는 달려나오더니 그대로 모닥불 쪽으로 뛰었다. 난 얼떨떨하게 녀석을 바라보다가 그놈이 모닥불을 걷어차려고 한다는 것을 깨달았다. 무슨 짓을!

"하아앗!"

난 바스타드를 거칠게 휘둘렀다. 놈은 나에게 신경 쓰지 않고는 모닥불을 걷어차기 위해 다리를 들어올렸다. 피부가 딱딱해져서 칼이 두렵지 않나 보다. 하지만 그건 실수야!

퍼어억!

"쿠와앗!"

검은 남자는 그대로 나가떨어졌다. 이 자식아. 이건 날붙이로 치는 것이 아니라 힘으로 때린 거다! 샌슨은 탄성을 질러올렸다.

하지만 데굴데굴 굴러간 검은 남자는 별로 충격도 받지않은 듯한 모습으로 일어나 앉았다. 네리아는 혀를 내두르며 트라이던트를 뻗었다.

"움직이지 마!"

트라이던트는 남자의 가슴을 겨냥했다. 그러나 검은 남자는 네리아의 말에 신경도 쓰지 않고 그대로 일어나려 했다. 네리아는 입술을 깨물며 남자의 복부를 찔렀다. 철그렁!

네리아는 트라이던트를 놓칠 뻔했다. 네리아가 찌른 트라이던트는 남자의 황금빛 기운에 부딪혔을 뿐 남자에게는 전혀 타격을 주지 못했다. 아니, 아예 근처에도 가지 못했다. 네리아는 당황하며 뒤로 물러났다. 그럼 저 녀석을 상대할 수 있는 것은 나뿐인가? 제기! 전사도 아니야. 그저 단단한 마법으로 보호되는 마법사라구! 너 맛 좀 봐라.

"이야아아아!"

난 재빨리 앞으로 달려들어 상대를 걷어찼다. 검은 마법사는 나의 공격에는 당황한 모양이었다. 콰아앙! 뒤로 우아하게 날아간 마법사는 그대로 아름드리 나무에 몸을 부딪혔다.

"케에엑!"

그러나 부딪히는 그 순간 마법사는 손을 앞으로 내밀면서 외쳤다.

"매직 미사일!"

이런, 젠장! 부아아악! 허공에 떠오른 빛의 화살 다섯 개가 순식간에 나에게로 날아왔다. 어떻게 하지? 난 머리를 가슴에 묻고는 두 팔로 머리를 감싸서 완전한 대응 자세를 갖추었다. 그리고 충돌.

텅텅텅텅텅!

우와, 우와, 머리 울려. 팔과 어깨에 세 발, 그리고 허리와 다리에 한 발씩 맞았다. 다리 다섯 개 달린 말이 날 걷어차는 느낌이 든다. 다리가 꺾이고 말았다. 난 주저앉으면서 팔을 치웠다.

마법사는 나무 밑동 아래에 처박혀 있었고 난 한쪽 무릎을 꿇은 채 그를 노려보고 있었다. 순간적인 시선의 교환. 그러나 마법사는 후드를 깊이 눌러쓰고 있는데다가 얼굴을 무슨 가면인지 복면인지로 가리고 있어 보이지 않았다. 다만 보이는 것은 시뻘건 눈뿐이다. 모닥불의 불빛 때문인지, 아니면 원래 붉은 것인지 구별이 되지 않는다.

"센데……?"

아무런 의미도 없는 말이 입술 사이로 새어나왔다. 말을 하지 않으면 기절해 버릴 것 같았으니까. 그때 왼쪽으로 샌슨이, 그리고 오른쪽으로 이루릴이 다가섰다. 샌슨은 마법사를 견제하면서 날 일으켰다. 내 겨드랑이를 붙잡아 올리는 샌슨에게 난 감사의 말 대신 신음소리를 좀 들려주었다.

"괜찮아?"

"시원찮아."

그때 검은 마법사도 스르르 일어났다.

우리 세 명은 각자의 무기를 앞으로 내밀면서 마법사를 겨냥했다. 마법사는 나무를 등진 채 우리들을 쏘아보았다. 뒤쪽에서 칼의 목소리가 들려왔다.

"왜 우리들을 공격하는 거요? 당신은 누구시오?"

마법사는 대답이 없었다. 대신 그는 손을 들어올려 가슴 앞에 세우더니 캐스팅을 시작했다. 샌슨이 고함을 지르면서 앞으로 달려들었다.

"캐스팅을! 막아야 해!"

병신! 스톤 스킨인지 뭔지 하는 마법으로 완전히 보호되고 있는데! 생각대로 샌슨이 휘두른 롱소드는 마법사의 주위에도 가지 못하고 그 황금빛의 기운에 막혀버리고 말았다. 터텅! 샌슨은 손목이 부러지는 표정을 지으며 물러났다. 내가 가야 돼. 하지만 다리가 후들거려 바스타드를 휘두를 수가 없다. 제기랄. 마법사는 캐스팅을 끝내고 외쳤다.

"파워 워드 블라인드!"

번쩍! 마법사의 손에서 눈부신 빛이 번뜩였다. 바로 그 순간.

"프로텍션 프롬 매직!"

이루릴의 고함소리가 거의 동시에 울렸다. 그리고 샌슨은 비명을 질렀다.

"으아아아! 눈, 눈이!"

샌슨은 눈을 가리며 뒤로 물러나다가 넘어지고 말았다. 그리고 내 뒤쪽에서도 비명소리가 들려왔다. 고개를 돌려보니 칼은 두 손으로 눈을 거칠게 문지르고 있었다.

"보, 보이지 않아!"

네리아는 땅으로 주저앉으며 주위를 더듬어대었다.

"안 보여! 칼 아저씨? 레니! 어디 있어!"

그러나 제레인트는 어느새 디바인 마크를 꺼내어 든 채 레니를 가슴에 안고 있었다. 제레인트는 침착하게 칼과 네리아를 뒤로 잡아당겼다. 난 왜 보이는 거지? 그러고 보니 이루릴이 어느새 내 어깨를 짚고 있는 것이 보였다. 이루릴이 그녀와 날 보호한 모양이다. 그리고 제레인트는 자신의 디바인 파워로 마법사의 마법을 막았고. 순간적으로 생각을 정리한 난 샌슨에게 달려가 그의 손을 붙잡아 당겼다. 급한 마음에 거의 샌슨의 팔을 뽑아놓을 뻔했지만 간신히 마법사의 공격 범위 내에서 빼낼 수 있었다.

"으아앗!"

"나야! 안심해!"

나의 이 거짓말. 난 샌슨에게 안심하라고 말해 놓고는 그대로 그를 뒤로 집어던져 버렸다.

"이 망할 자식아! 쿠엑!"

샌슨은 제레인트가 있는 곳으로 날아갔다. 난 그를 집어던져놓고는 다시 앞을 바라보았다.

마법사는 이제 한결 여유 있는 모습으로 우리를 바라보았다. 젠장. 공격할 수 있는 사람은 이루릴과 나뿐인가? 뒤에는 장님이 된 세 명이 제레인트와 레니의 보호를 받고 있을 뿐이다. 하지만 제레인트는 싸울 능력이 없다. 레니는 말할 나위도 없고.

이루릴은 검을 뽑지 않고 대신 두 손을 앞으로 내밀고 있었다. 검으로는 공격이 되지 않으므로 마법을 쓸 작정인 모양이다. 난 그녀의 앞을 막아서며 마법사를 노려보았다.

"이놈! 도대체 무슨 짓이야!"

마법사는 대답이 없었다. 남은 우리들을 어떻게 요리할까 고민하는 모양이다. 그때 뒤에서 레니의 목소리가 들려왔다.

"마, 마법사님은, 우릴 죽일 생각은, 그런 생각은 없는 거예요? 그렇죠?"

마법사는 꼼짝도 하지 않았다. 레니가 도대체 무슨 말을 하는 거지? 하지만 뒤를 돌아볼 여유가 없다. 그때 제레인트가 조금씩 떨리는 목소리였지만 말했다.

"레니 양의 말이 맞아요. 이 정도의 마법사라면 우리를 죽이는 것은 훨씬 간단할 텐데. 어, 그러니까 잠들어 있는 우리들 위로, 뭐, 미티어 스웜이라도 쏘아버리면 간단한 해결 방식이 될 거요. 그, 그런데 아까 낮에도 마법사답지 않게 헤이스트를 사용하여 접근전을 하더니, 에, 지금도 스톤 스킨을 사용하면서 접근전을, 마법사답지 않게 접근전을 펼치는군. 그리고 파워 워드 킬 같은 마법 대신 실명을 시키고."

뒤에서는 네리아와 샌슨이 신음을 뱉어내고 있었다. 하지만 칼은 힘없는 목소리로나마 제레인트의 말에 찬성했다.

"침버 씨의 말이 맞군. 당신의 목적은 도대체 뭐요? 우릴 죽일 의도는 없는 거요?"

그렇다면 저 작자는 그렇게 나쁘지 않은 의도를 가지고 접근했다는 말인가? 하지만 살의가 없다 해도 나이프를 휘두르고 눈을 멀게 만드는 것이 호의일 수야 없지.

그때 처음으로 마법사가 대답했다.

"……식탁에 돌을 던지는 바보는 없지."

잔뜩 쉰 목소리였다.

식탁? 식탁이라구? 엉뚱한 말을 들어서 난 잠시 말을 잃고 마법사를 바라보았다. 그때 다시 뒤에서 칼의 미약한 목소리가 들려왔다.

"그 목동들은 생명력을 빼앗겼지. 당신이 우리를 죽이지 않는 까닭이 설마……."

그러자 제레인트가 비명을 질렀다.

"너, 너! 새, 생명력을! 사람이 아닌가? 뱀파이어?"

"꺄아악!"

"레니야! 목, 목 좀 놔! 켁켁!"

마지막 비명은 네리아의 것이었다. 마법사는 대답하지 않았다. 그렇다면 저놈이 힘들여 가면서도 나이프로 찌르려 들고 실명 마법을 사용하고 한 것은 모두 우리들이 죽지 않은 상태로 무력화되게 하기 위해서인가? 설마 저놈이 목적이…….

"우리의 생명력을 흡수하겠다는 말이군요."

이루릴의 침착한 말은 기분을 대단히 이상하게 만들었다. 난 침을 퉤 뱉은 다음 마법사를 노려보았다.

"어디 해볼 테면 해봐!"

난 바스타드를 단단히 고쳐쥐며 말했다.

"그까짓 스톤 스킨! 아까 맞아봤지? 기분이 어땠어? 이번엔 온 힘을 다해 치겠어. 네 녀석의 그 몸이 조각날지 안날지 두고 보자구!"

마법사는 조용히 날 쏘아보았다. 녀석, 캐스팅하는 흔적만 보였단 봐라. 바로 치고 들어간다. 캐스팅하는 순간이면 달아나지도 못하겠지! 그때 후드 아래에서 다시 잔뜩 쉰 목소리가 들려왔다.

"제안을 하나 하고 싶다."

제안? 제안이라니? 이루릴이 말했다.

"무슨 제안이지요?"

"너희 일행은 모두 일곱 명이군. 그중 두 명만 나에게 넘겨주면 나머지 일행의 안전을 보장하지."

우리는 잠시 말을 잃은 채 그 검은 사나이를 바라보았다. 저 녀석 도대체 무슨 말을 하고 있는 거야? 그때 제레인트가 말했다.

"어, 만일 내어주지 못하겠다면 어쩔 거요?"

"네가 말한 대로 모두 죽이는 수밖에. 하지만 그건 나로서도 손해야. 난 살아 있는 사람이 필요하니까."

"이놈! 확실히 사람의 생명력을 노리는 것이구나!"

"그건 네가 알 바가 아니다. 제안을 받아들이지 않겠다면 모두 죽이겠다."

남자의 침착한 말에 제레인트는 입을 다물어버렸다. 하지만 내

입은 열려버렸다.

"누가? 누구를?"

난 마법사를 향해 악을 쓴 다음 아래를 바라보았다. 발밑에 돌멩이가 만져진다. 난 허리를 굽혀 돌멩이를 든 다음 허공에 몇 번 던졌다가 받았다.

"할 테면, 해봐! 하지만 네 마법과 내 돌멩이 중 어느 것이 더 빠를까?"

"그까짓 돌멩이로 어쩌겠다는 거냐."

난 대답하지 않고 대신 그 마법사가 등지고 있는 나무를 향해 돌멩이를 던졌다.

콰자자작! 나무가 조각나는 소리가 들려왔다. 돌멩이는 나무에 깊숙이 박혔다. 뒤쪽에서 레니의 헐떡거리는 소리가 들려왔다.

"보이지도 않을 정도로 들어가 버렸어……."

마법사는 뒤를 돌아보지 않았다. 그는 여전히 쉬어버린 목소리로, 하지만 미미한 울림이 있는 목소리로 말했을 뿐이다.

"……OPG인가. 이런 아티팩트를 가진 진짜 모험가를 만나본 것도 정말 오래간만이군."

헤헷. 진짜 모험가라구? 난 남은 돌멩이 하나를 던졌다 받았다 하면서 마법사를 노려보았다. 성질 같아서는 바스타드로 후려치고 싶지만 함부로 달려들 수가 없다. 만일 나까지 쓰러지면 남는 것은 이루릴과 제레인트, 레니뿐이다. 할 수 없지. 캐스팅만 해봐. 그러면 돌멩이를 던지고 단숨에 뛰어든다.

저놈도 아마 그 생각인 모양이다. 뜻밖에도 스톤 스킨을 무시하면서 공격하는 내가 있기 때문에 함부로 캐스트를 할 수가 없어서 주저하는 모양이다. 제기랄. 하지만 이런 골치 아픈 대치 상태라니. 그때 이루릴이 말했다.

"물러나세요."

이루릴은 자신이 정중하게 말하면 모든 사람들이 마음을 열고 그 말에 귀를 기울여줄 것이라는 아름다운 착각에 빠진 모양인데. 저 마법사도 이루릴의 말을 받아들일까? 난 그런 생각을 하다가 돌멩이를 놓칠 뻔했다. 이루릴은 계속해서 말했다.

"저야말로 당신이 물러나지 않으면 죽이는 도리밖에 없습니다."

이루릴이? 어떻게? 칼은 들어가지도 않는데, 마법으로? 하지만 상대도 마법사이니만큼 만만하지는 않을 텐데. 마법사는 말없이 이루릴을 바라보았고 이루릴은 조용히 말했다.

"죽이고 싶지 않습니다. 당신의 이유 없는 공격이 아니었다면 친구가 되자고 말할 수도 있었겠지요. 하지만 그건 이미 불가능할 것 같습니다. 그러니 저도 공격하겠습니다."

다시 잔뜩 쉰 목소리가 들려왔다.

"엘프……, 느린 종족. 네가 인간 마법사를 마법으로 상대하겠다는 건가."

"말씀하신대로 전 느리지만, 그래도 120년 이상 마법을 수련해왔습니다."

"난 그 두 배 이상 마법을 수련했지."

순간 이루릴의 얼굴이 창백해져 버렸다. 뭐라구? 120년의 두 배 이상 마법을 수련했다고? 그게 무슨……, 뭐야!

난 얼빠진 얼굴로 그 마법사를 바라보았다. 저 친구가 돌았나? 아니, 잠깐. 혹시 엘프인가? 아냐. 엘프가 저런 목소리를 낼 까닭이 없다. 아니, 엘프가 엘프를 공격할 리가 없다. 그들은 조화의 자식들이지 않은가! 그렇다면 분명 인간이다. 그런데 이게 무슨 소리야?

이루릴은 창백한 얼굴로 더듬더듬 말했다.

"당신은……."

마법사는 말없이 우리를 바라보았다. 이루릴은 침을 삼키며 다시 말하려 애썼다.

"당신은……, 설마……."

설마……, 설마? 난 머리로부터 냉수 한 동이를 뒤집어쓴 기분이 들었다. 나는 몸을 부르르 떨면서 검은 마법사를 바라보았지만 마법사는 꿈쩍도 하지 않았다. 설마? 설마?

그때였다.

"파이어볼!"

먼곳에서 느닷없이 고함소리가 들려왔다. 그리고 숲 속의 허공을 뚫고 불덩어리가 날아들고 있었다. 부아아아! 불덩어리의 궤도에 있는 나뭇가지들이 마구 꺾이며 불 붙은 채로 흩날렸다. 나무들 사이를 뚫고 날아온 불덩어리는 곧장 그 마법사를 향했다.

"호핑!"

콰아앙! 마법사가 등지고 있던 나무는 불덩어리에 맞아 폭발을 일으켰다. 나무가 통째로 불타오르기 시작했다. 그러나 마법사는 나무에서 조금 떨어진 위치에 다시 나타났다. 누구지? 누가 마법사를 공격한 것이지? 캐스트 소리가 끝나자마자 질주하는 말발굽 소리가 들려왔다. 두두두두두! 마법사는 주춤했다. 마법사를 공격한 그자가 이곳으로 오고 있는 것이다. 그것도 한 둘이 아니다. 됐어!

마법사는 불만스러운 어조로 말했다.

"방해자가 있군. 지금은 물러나지. 하지만 너희들에게 안식은 없을 것이다."

그리고 마법사는 뒤로 물러났다. 캄캄한 수풀 속으로 그가 사라지자 잠시 후 아무것도 보이지 않았다. 나는 바스타드를 내렸다.

"갔군요."

이루릴도 힘없이 팔을 내렸다. 두두두두두. 말발굽 소리는 계속해서 커졌다. 잠깐, 그런데 지금 다가오고 있는 것은 누구지? 레니가 말했다.

"저, 누가 오는 거지요? 물어볼까요?"

난 어깨를 으쓱이고는 말발굽 소리를 향해 고함을 질렀다.

"이봐! 당신들은 누구인가?"

그러자 대답이 돌아왔다.

"우리가 누군지 알면 깜짝 놀랄걸? 와핫하하!"

그런데 그 대답하는 목소리가 왠지 낯익은 목소리다. 이루릴과 나는 서로를 돌아보았다.

"어라, 저 친구 꼭 엑셀핸드처럼 말하는데요?"

"그렇군요."

그리고 잠시 후, 우리들 앞쪽으로 달려오는 말들과, 그리고, 음, 황소의 모습이 보였다.

우리는 얼빠진 얼굴로 빙글빙글 웃으면서 길시언과 운차이, 아프나이델, 그리고 엑셀핸드의 모습을 보게 되었다. 엑셀핸드는 아프나이델의 등 뒤에 바싹 붙어 있었다. 아프나이델은 반가운 목소리로 말했다.

"오래간만입니다, 여러분."

5

황소에서 뛰어내린 길시언은 먼저 칼에게 반갑게 악수를 청했다. 그러나 칼은 눈이 보이지 않아서 허둥거렸다. 길시언은 눈살을 찌푸리며 칼을 바라보았고 그러자 제레인트가 먼저 치료에 들어갔다. 잠시 후 칼은 눈을 비비다가 길시언의 얼굴을 보게 되었다.

"길시언!"

"반갑습니다. 칼."

칼은 길시언의 손을 붙잡고 흔들었다. 그는 기쁜 표정을 지으면서도 의아한 듯이 물었다.

"어떻게 된 겁니까?"

"나야말로 물어보고 싶은 것입니다. 여러분들이 영원의 목욕탕으로 향했다는……, 이거 봐! 에, 영원의 숲 방향으로 향했다는 이야기를 듣고 즐거워 한잔 술을 그대에게……, 그만해!"

칼은 고개를 가로젓고는 아프나이델을 바라보았다. 아프나이델은 웃으며 말했다.

"반갑습니다. 칼. 우리는 스카일램 트리키 대장의 연락을 받고 여러분들과 합류하기 위해 영원의 숲 방향으로 달려가고 있었던 것입니다."

"아니, 어떻게 영원의 숲에 대해서 알고 계시지요?"

"엑셀핸드께서 설명해 주었습니다."

엑셀핸드는 고개를 끄덕였다. 그리고 그의 등 뒤에 있던 운차이는 싸늘한 얼굴 그대로 시무룩하게 말 위에서 뛰어내렸다. 다시 눈이 보이게 된 샌슨은 그에게 다가가 반갑게 손을 내밀었다. 운차이는 샌슨의 손을 쳐다보더니 픽 웃으며 그 손을 잡고는 정다운 말을 건네었다.

"아직 살아 있구나."

"교수대는 어떻게 피했냐?"

샌슨과 운차이는 곧 서로를 쏘아보기 시작했다. 네리아는 반가운 얼굴로 아프나이델의 손을 잡으며 말했다.

"이젠 괜찮아요?"

"예. 이젠 많이 괜찮아졌습니다."

아프나이델은 미소를 지으며 고개를 숙였다. 우리들은 모두 법석을 떨면서 그를 안고 흔들어대었으며 이루릴은 웃으며 엑셀핸드에게 손을 내밀었다.

"반갑군요. 엑셀핸드."

엑셀핸드는 의아한 얼굴로 이루릴을 바라보다가 그 손을 잡았다. 훤칠한 이루릴이 허리를 숙인 채 엑셀핸드와 악수하는 모습은 참으로 볼 만했다. 엑셀핸드는 이루릴의 손을 적당히 흔들고는 말했다.

"자네 많이 바뀌었군."

"제가요?"

"그래. 이젠 먼저 손을 내밀 줄도 아는군."

어라? 그랬나? 그러고 보니 이루릴이 악수를 청하는 모습은 처음 보는 것 같다? 이루릴은 조금 당황해서는 엑셀핸드를 바라보다가 자신의 손을 내려다보았다. 그러다가 그녀는 웃으며 말했다.

"시간은 만인의 교사니까요."

"허흠. 흠. 괜찮은 교사로군."

칼과 반갑게 이야기를 나누던 길시언은 레니와 제레인트를 바라보았다. 그리고 그들은 감탄한 얼굴로 길시언을 마주보고 있었다. 칼은 웃으며 그들을 소개시켰다.

"견실한 테페리의 지팡이를 뵙게 되어 길시언 바이서스의 커다란 영광입니다. 필요할 때를 위한 작은 행운을."

이 그럴듯한 인사(게다가 왕자가 하는 인사다. 비록 황소를 타고 있는데다가 조화를 대담하게 무시한 갑옷들을 걸치고 있기는 하지만)는 제레인트를 크게 기쁘게 만든 모양이다. 제레인트는 정중함을 다해 인사했다.

"마음 가는 길은 죽 곧은 길. 테페리의 지팡이 제레인트 침버가 바이서스 왕가의 정화를 뵙습니다."

"왕가의 정화라니요. 왕실의 수치에 가깝습니다."

몇 마디 말이 더 오고가고 난 후 칼은 레니를 길시언에게 소개했다.

"레니 양입니다. 드래곤 라자의 자질을 가지신 분입니다."

그러자 길시언의 얼굴엔 커다란 빛이 떠올랐다.

"크라드메서의……?"

"그렇습니다."

그러자 길시언은 정중히 한쪽 무릎을 꿇으며 레니에게 인사했다. 우리는 놀라서 그 광경을 바라보았고 레니는 얼굴이 발갛게 되어 어쩔 줄을 몰라하다가 치마를 살짝 들어올리면서 인사했다.

"길시언 바이서스가 대륙의 희망을 뵙습니다."

"아, 저, 네. 과분한 영광입니다."

뭐야, 이건? 제레인트는 찬탄이 담긴 얼굴로 그 광경을 바라보았다. 하지만 이건 정말 난롯가의 옛날 이야기의 한 장면이군. 그러니까 세피아파인 고개에서 방랑 왕자와 드래곤 라자 레이디의 만남인가? 갑자기 우리 일행의 품격이 한 세 배는 올라간 것 같군 그래.

……솔직히 그 동안 너무 무식하게 여행했어. 그래도 대륙의 희망을 호송하는 여행인데 말이야.

"암살 기도라구요?"

칼은 놀라서 몸을 일으키다가 허리를 삘 뻔했다. 샌슨은 마시고 있던 술병의 주둥이를 씹어버리고는 이빨이 아파서 죽는 표정을 지었다. 그리고 네리아는 모닥불에 발을 집어넣을 뻔했다.

길시언은 침통한 표정으로 말했다.

"여러분의 이야기대로라면 그 시오네라는 뱀파이어는 델하파에서의 공작 이후 넥슨과 헤어져 바이서스 임펠로 돌아온 것 같군요. 그러고는 궁성에 잠입하여 국왕 시해를 기도한 것입니다. 간악한!"

물론 길시언은 프림 블레이드를 풀어서 상당한 협박을 해놓은 다음이라 제대로 말을 할 수 있었다. 칼은 얼떨떨한 얼굴로 길시언을 바라보다가 말했다.

"그래서……, 그래서 어떻게 되었습니까?"

"아프나이델이 그녀를 막았습니다."

우리는 입을 쩍 벌리고 아프나이델을 바라보았으며 아프나이델은 멋쩍은 얼굴로 고개를 숙였다. 길시언은 웃으면서 말했다.

"우리가 헤어질 때 아프나이델은 위중한 상태였지 않습니까. 그래서 그의 스승인 조나단 아프나이델의 치료를 받기 위해 우리들은 궁성에 체류하고 있었습니다. 그 시오네로서는 정말 불운한 일이었지요. 하하. 드워프의 노커와 톱메이지 아프나이델이 궁성을 지키고 있을 줄……."

"길시언!"

아프나이델은 톱메이지라는 말에 질겁하면서 비명을 질렀다. 그는 당황해서 운차이를 가리키며 외쳤다.

"저, 저는 그저 운차이 씨의 말을 듣고 싶어했을 뿐입니다. 모든 공은 운차이 씨의 것입니다."

칼은 팔짱을 낀 채 웃으며 말했다.

"정황을 확실히 들어본 다음이라면 누구의 공인지 판단할 수 있겠지요. 도대체 어떻게 된 겁니까?"

아프나이델은 빠른 어조로 설명했다.

아프나이델은 책에서 눈을 들어 창문으로 들어오는 황금빛 노을을 바라보았다.

그는 패밀리어의 죽음으로 커다란 정신적 충격을 입은 상태였지만 그의 스승인 조나단 아프나이델의 치료로 어느 정도 상태를 회복하고 있던 중이었다. 치료를 제대로 받기 위해 그는 지금 궁성 임펠리아에 들어와 있었다.

아프나이델은 노을에서 고개를 돌려 테이블 위를 바라보았다.

테이블 위의 화병에는 각양각색의 꽃들이 수더분하게 꽂혀 있었다. 이 계절에 꽃을 본다는 것은 임펠리아가 아니라면 불가능할 것이다. 물론 환자를 위한 데미 공주의 선물이다. 아프나이델은 꽃잎에 부서지는 노을빛을 바라보며 미소를 지었다. 평화로운 기분이다.

그때 문이 벌컥 열렸다.

"이봐, 스카일랜인가 하는 그자가 돌아왔다는데?"

엑셀핸드는 방문을 열고 들어오며 말했고 그러자 아프나이델은 책을 내려놓으며 몸을 일으켜 침대 위에 앉았다. 그는 반가운 얼굴로 말했다.

"그럼 그들도 돌아왔겠군요?"

"아니, 이상해. 그들의 모습은 보이지 않아."

"예?"

엑셀핸드는 팔짱을 낀 채 턱수염을 쓰다듬었다.

"워낙이 꽁무니에 사고를 달고 다니는 친구들이니, 또 무슨 사고를 만났겠지. 조금 전 길시언과 만났는데 잠시 후에 와서 설명해 주겠다던걸."

그리고 잠시 후 길시언이 문을 열고 들어섰다. 그는 자신을 애타게 바라보고 있는 드워프와 마법사의 얼굴을 보고는 먼저 웃음을 머금었다.

"많이 기다리셨지요. 어차피 인생은 기다림의 연속, 푸른 하늘에 뜬구름과도 같은……, 아냐!"

길시언은 성난 몸짓으로 프림 블레이드를 풀어두고는 의자에 앉았다. 아프나이델은 침대에 걸터앉았고 엑셀핸드는 두 다리를 딱 벌린 채 서서 길시언을 바라보았다. 길시언은 말했다.

"일스에서 그들은 드래곤 라자로 추정되는 소녀를 찾는 데 성공했습니다."

"역시! 그 친구들답군."

엑셀핸드는 만족한 얼굴로 수염을 쓰다듬으며 고개를 끄덕였다. 아프나이델은 조급하게 질문했다.

"그럼 그들은 바로 갈색 산맥으로 달려간 겁니까?"

"아니오. 그들에게 사고가 발생했습니다. 넥슨 휴리첼이 일스에 있었던 모양입니다."

"뭐야?"

엑셀핸드는 기겁해서 수염을 잡아뽑을 뻔했다.

"넥슨 휴리첼이 그들에게서 소녀를 납치했답니다. 그래서 그들은 트리키 공과 헤어져 넥슨을 추적하기 시작했답니다."

"이런, 빌어먹을! 그 인간 녀석은 곳곳에서 해악만을 불러일으키는군!"

엑셀핸드는 그러고 나서 드워프어로 몇 마디 욕설을 내뱉었다. 드워프어의 욕설을 알지 못하는 나머지 두 사람은 그저 찬성의 의미로 고개를 좀 끄덕였다. 아프나이델은 피로한 얼굴로 말했다.

"좀더 정확한 이야기를 들어보고 싶군요. 어디 보자……, 트리키 공은 지금 어디 계십니까?"

"보고를 마치고 자택에 돌아갔습니다. 이야기를 들어보고 싶다면, 어디 보자. 호위에 나섰던 병사들도 다 돌아갔으니 지금은 안 되겠군요. 아, 그렇지. 운차이가 있습니다."

"운차이? 그 간첩 말씀이십니까?"

"그렇습니다. 지금 궁성 감옥에 구금되어 있습니다. 그자에게 물어보면 되겠군요. 그렇지 않아도 나 역시 직접 이야기를 들어보고 싶었습니다."

"예. 좋은 생각이시군요. 지금 가볼까요?"

"음. 저녁 식사 후에 만나보도록 하지요."

저녁 식사가 끝나고 그들은 궁성의 지하 감옥으로 향했다. 감옥의 간수장은 전하의 명령 없이는 죄수의 면회를 허락할 수 없다고 말했지만 길시언은 간단히 처리했다.

"형제는 한 몸이오."

간수장은 그들을 운차이에게 안내했다.

간수장이 든 횃불이 감옥의 음침한 돌벽을 붉게 물들였다. 마치 피로 물든 것처럼 보여 아프나이델은 섬뜩한 기분이 들었다. 하지만 엑셀핸드는 가소롭다는 듯이 주위를 둘러보며 말했다.

"허엇, 돌 다듬은 솜씨하곤. 이건 어린애 나무집인가?"

간수장은 불퉁한 얼굴이 되었지만 길시언의 면전이라 투덜거리지는 않았다. 감옥의 통로가 대부분 그러하듯이 이곳의 통로도 그렇게 넓지 않은데다가 굽이굽이 꺾이는 길이 많았다. 어쨌든 꽤 아래로 내려가고 나자 삼엄하고 무시무시한 인상의 간수들이 엄청난 불신감을 가지고 그들을 바라보았다. 하지만 간수장과 함께 있었기 때문에 별다른 제지를 받지는 않았다.

"그 간첩은 국사범이기 때문에 최하층에 있습니다. 엄중한 경계를 받고 있지요. 돌벽에도 땅굴을 팔 줄 아는 드워프가 아닌 바에야 달아날 수 없습니다."

간수장은 그런 식으로 엑셀핸드에게 복수했지만 엑셀핸드는 콧방귀를 뀔 뿐 상대하지 않았다. 깊숙한 감옥으로 들어서자 간수장은 단단해 보이는 철창을 가리키며 말했다.

"이곳입니다."

그는 철창 안으로 외쳤다.

"이봐, 면회다!"

그러자 어두어두한 감옥 안에서 뭔가가 움직였다. 잠시 후 모포를 걷으며 운차이가 얼굴을 내밀었다. 그는 모포 속에서 얼굴을 반쯤 내밀었을 뿐 그대로 누워 있었다. 그러자 간수는 당장 고함을 질렀다.

"이 자식! 일어나지 못해?"

운차이는 들은 척도 하지 않고는 다시 모포를 뒤집어썼다. 간수장은 머리 끝까지 화가 나서는 검을 뽑아들려고 했지만 길시언이 그를 말렸다.

"내가 이야기하겠습니다."

간수장의 뒤에 있던 길시언은 앞으로 나서서는 감옥 안으로 말했다.

"보시오. 나 길시언이오."

"……그 바보 왕자로군."

엑셀핸드는 키들거리기 시작했지만 간수장은 입에 거품을 물고는 철창을 향해 돌격 자세를 취했다. 길시언은 다시 그를 말리고는 말했다.

"그렇소. 칼 일행에 대해 정겹게 악담이나 좀 나눕시……, 젠장! 그들에 대해 물어보고 싶어서 그러는데, 좀 일어나 주겠소?"

킥킥거리는 소리가 들리고 나서 잠시 후, 운차이는 일어나 앉아서는 이마에 손을 붙이며 말했다.

"눈이 부신데."

운차이는 간수장이 든 횃불의 불빛을 가리며 말했다.

"왜 그러지?"

"말했잖소. 칼 일행의 이야기를 듣고 싶다고."

"그건 트리키인가 하는 해파리가 이야기를 했을 텐데."

"해파리? 바다 생물이오? 우리는 그 생물에 대해 잘 알지 못하니 당신의 인용은 넘어갑시다. 정확한 이야기를 좀 듣고 싶은데."

운차이는 바닥에 앉아 무릎을 모은 채 우울한 눈으로 철창 밖을 바라보았다. 그는 한동안 입을 다문 채 바라보기만 했고 그러자 아프나이델은 속이 탔다. 그가 뭐라고 말하려고 한 순간 운차이가 입을 열었다.

"당신, 국왕의 형이지?"

길시언은 얼떨떨한 얼굴로 고개를 끄덕였다. 그러자 운차이는 말했다.

"그 옆의 병신을 좀 치워주지 않겠소?"

그 옆의 병신은 이제 열쇠 꾸러미를 바쁘게 뒤지기 시작했다. 당장이라도 철창을 열고는 운차이를 검으로 꿰어놓을 태세였다. 길시언은 좋은 말로 그를 말려서 조금 떨어지도록 명령했다.

"위험합니다. 저의 입회가 없는 상태에서 죄수와 단독 면담을 허락할 수는 없습니다."

"저자가 정말 날 위협할 정도라면 당신이 있어도 소용 없소. 당신은 설마 내 검의 위명을 잊지는 않았을 텐데."

간수장은 이후로도 한참 떠들었지만 결국 길시언에게 횃불을 넘겨주고는 물러나게 되었다. 간수장이 멀어지고 나자 길시언은 말했다.

"자, 그는 갔소. 도대체 무슨 말이 하고 싶은 거지?"

운차이는 철창으로 바싹 다가왔다. 그는 그러고도 낮은 목소리로 말했다.

"이거 봐. 그 이야기를 해줘 봤자 나에겐 도움될 것이 없어. 당신이 사식이라도 넣어줄 건가? 고맙지만 지금 배를 곯지는 않

아. 난 지금 식사가 아니라 다른 것에 대해 굶주리고 있으니까."

"자유?"

"제기랄. 일스까지 갔던 이유는 자유 때문이야. 결국 헛고생만 한 셈이지."

"그건 어쩔 수 없는 일이지."

"그래서 말인데, 내가 정보를 하나 주지. 대신 날 석방시켜 주지 않겠나."

그러자 아프나이델이 고개를 갸웃거렸다.

"당신은 당신이 내놓을 정보가 당신의 자유를 보장할 만큼 값진 거라고 생각하나 보지요?"

"그래. 난 바보가 아니야. 내 정보의 가치를 잘 알아. 그러니까 말하는 거야. 말해 주면, 날 석방시켜 주겠나?"

길시언은 고개를 가로저었다.

"말했다시피 그건 불가능하오. 난 일개 모험가일 뿐이니까."

그러자 운차이는 차가운 얼굴로 길시언을 바라보며 말했다.

"그렇다면 용무는 없어. 이만 꺼져주시지."

길시언은 침울한 표정으로 운차이를 바라보았다. 그러자 아프나이델이 말했다.

"이거 보시오. 그 정보를 듣지도 못한 상황에서 어떻게 함부로 당신의 자유를 보장한단 말이오? 그러니 먼저 말해 보시오. 그리고 당신 말대로 그게 정말 당신의 자유를 보장할 만큼 중요한 정보라면 우리가 굳이 애쓰지 않아도 당신은 자유로워지지 않겠소?"

운차이는 어두운 얼굴로 아프나이델을 바라보았다. 잠시 후 그는 피곤함이 물씬 배어나는 목소리로 말했다.

"어차피 갈 데까지 간 몸이야."

길시언은 가만히 운차이를 바라보았다. 운차이는 피곤한 듯이 말했지만 그 눈빛만은 형형하게 빛났다.

"시간도 별로 없으니 내가 배짱을 부릴 계제도 못 되는군."

"시간이 별로 없다니?"

"오늘 밤 안에 닐시언 국왕의 암살이 저질러질 거요."

길시언은 순간 철창을 콱 움켜쥐었다. 아프나이델은 놀란 얼굴로 운차이를 바라보다가 재빨리 주위를 살폈다. 그중 그래도 안정을 유지하던 엑셀핸드가 말했다.

"무슨 근거로?"

길시언은 자신이 하고 싶었던 말을 엑셀핸드가 대신 하자 말없이 운차이를 쏘아보았다. 운차이는 목소리를 더 낮추며 말했다.

"짜릿한 살기가 느껴진다. 바이서스에는 살기를 감지하는 자가 없기 때문에 암살자들은 살기를 지우지도 않고 있어. 살기에 대해선 길시언 당신도 알 테지?"

길시언은 말없이 고개를 끄덕였다. 운차이는 고개를 끄덕이며 말했다.

"살기의 방향은 모두 닐시언 국왕의 침실로 집중되고 있어."

"네가 국왕의 침실을 어떻게……, 그렇군."

운차이는 쌀쌀맞게 웃으며 말했다.

"그래. 난 간첩이었으니까. 난 최소한 당신만큼은 이 궁성의 지형을 잘 알고 있지. 그래서 국왕의 침실 위치도 대충 짐작할 수 있다. 그리고 그 살기 중엔 익숙한 것도 있군. 시오네가 이곳에 와 있어."

"그 뱀파이어!"

아프나이델이 기겁한 목소리로 말하다가 자신의 입을 가렸다.

"시오네가 거기로 갔군! 그래서 영원의 숲이나 대미궁에서는 그녀의 모습이 보이지 않았어."

칼은 고개를 끄덕이며 말했다. 나는 운차이를 바라보았다. 운차이는 느긋한 얼굴로 하늘만 쏘아보고 있었다. 운차이는 지금 어떤 기분일까. 한 가지 확실한 것은 자랑스러운 기분은 아닐 거라는 점이다. 네리아가 무심코 그에게 이야기를 걸었다.

"어쩌다가 그런 일을 할 생각을 했어?"

충분히 비난으로 들릴 수 있는 내용이다. 하지만 네리아는 그저 별 의미 없이 순수하게 물었던 것이다. 운차이는 네리아를 쏘아보다가 우물거리듯 말했다.

"일스의 일이 엉망이 되었으니 뭐라도 해야 살 수 있는 거 아니냐고 전해 줘. 후치."

샌슨은 입을 쩍 벌린 채 운차이에게 말했다.

"히야, 너 정말 제법이다. 그게 느껴지냐?"

그러자 운차이는 평정을 되찾고는 피식 웃었다.

"난 누구 같은 곰이 아니니까."

샌슨은 으르렁거렸고 아프나이델은 계속 이야기했다.

운차이는 아프나이델의 말에 고개를 끄덕였다.

"심심해서 궁성에 잠입하지는 않았겠지. 어쩌면 서류나 다른 걸 노리는 걸까? 그렇게 생각되지는 않는군. 그런 거라면 살기를 뿜어낼 필요가 없으니까. 그러니 암살이다. 이 정도가 내가 말해 줄 수 있는 전부야."

길시언은 잠시 뚫어지게 운차이를 바라보다가 말했다.

"왜 그걸 간수장이나 다른 자에게 말하지 않았지?"

운차이는 싸늘하게 웃었다.

"난 간수를 믿지 않아. 솔직히 말하자면 조금 전까지 국왕이 죽기를 바라는 마음도 있었지. 그렇게 되면 이 나라는 자이펀에게 넘어갈 테고 나 역시 자유를 되찾을지도 모르지."

"그런데?"

"그런데 아무래도 너희들이 나에게 보복할 것 같다는 생각이 들더군. 국왕이 암살된다면, 과연 궁성에 갇혀 있던 자이펀 간첩이 안전할 수 있을까?"

"무슨 말인지 알겠다."

"그리고 당신이라면 말귀가 통할 것 같다는 생각도 들더군. 당신은 살기에 대해서도 알고, 또한 하루도 안 되는 짧은 시간이지만 나와 함께 여행했지. 무엇보다……."

"무엇보다?"

운차이의 눈에 잠시 신비한 미소가 지나쳤다. 하지만 그는 여전히 쌀쌀맞게 말했다.

"우린, 같은 사람들을 친구로 알고 있지."

길시언은 빙긋 웃었다. 운차이는 헛기침을 몇 번 하고는 말했다.

"그 친구들이라면 내 말을 믿어줬을 거다."

길시언은 마음을 굳혔다.

"좋아. 알겠어. 이봐요, 간수장!"

멀찌감치 떨어져 있던 간수장은 길시언의 부름에 달려왔다. 길시언은 곧장 말했다.

"이 죄수를 오늘 밤 동안만 풀어주시오."

"예?"

갑자기 길시언은 두 다리를 쫙 편 채 크고 고압적인 자세로 간수장을 내려다보았다. 그는 낮지만 울리는 목소리로 말했다.

"두 번 말하진 않겠소. 대신 설명을 할 테니 내 설명이 끝나면 즉각 철창을 여시오. 첫째, 당신은 왕족의 이름으로 내려진 명령을 거부할 만한 위치에 있지 않소. 내가 원하는 것은 방면이 아니라 잠시 동안의 가석방이고 그 정도는 나에게도 요구할 권한이 있소! 따라서 만일 당신이 거부한다면 당신은 왕족에 대한 반역을 일으키는 셈이오. 둘째, 이 죄수에 대한 모든 책임은 나 길시언 바이서스가 지겠소. 이것은 왕자의 이름으로 하는 맹세이며 당신은 어느 누구에게라도 그 맹세에 대해 거론함으로써 당신의 무죄를 증언할 수 있을 것이오. 셋째, 당신이 만일 거부한다면 난 당신을 무력화시키고 열쇠를 회수하여 저 죄수를 꺼내겠소. 난 급하다는 말의 의미를 잘 알고 있고, 이곳엔 내 행동을 도울 톱메이지와 드워프 최고의 도끼잡이가 있소."

운차이와 엑셀핸드는 놀란 눈으로 길시언을 바라보았다. 도대체 어떻게 저 긴 말을 정확하게 했을까! 간수장은 뭐 씹은 얼굴이 되었지만 동시에 질려버렸다. 그는 길시언의 위엄에 상당 부분, 그리고 그의 협박에 적당 부분 굴복해 버렸다. 하지만 그는 체면을 아는 자였다.

"국왕이 임펠리아의 주인이듯, 이곳의 주인은 나입니다."

길시언의 얼굴이 잠깐 험악하게 바뀌었다. 그러나 간수장은 말했다.

"따라서 이곳의 죄수는 내 소관이오. 길시언 왕자님께 내어드리겠습니다. 맹세까지 요구하지는 않겠으니, 명예를 아는 기사답게 내일의 해가 뜨기 전까지 이 죄수를 다시 데리고 오기를 바라겠습니다."

길시언은 빙긋 웃으며 프림 블레이드를 뽑아 가슴 앞에 세워들고 말했다.

"당신은 왕자에게 대한 예의로 맹세를 요구하지 않았겠지만, 난 이곳의 주인인 당신에 대한 경의로써 맹세하겠소. 저 죄수는 내일 아침까지 이곳으로 돌아와 있을 거요."

그러자 간수장은 두말없이 철창을 열었다. 운차이는 음울한 얼굴로 길시언을 바라보았다.

"어쩌려는 거지?"

"도와주려면 완전히 도와줘. 너의 그 감각으로 암살자들의 위치를 찾아라."

암살자라는 말에 간수장은 대경실색했다. 운차이는 이를 갈면서 말했다.

"제기랄. 알았어."

"자, 잠깐! 지금 암살이라고……."

길시언은 황급히 간수장의 입을 틀어막으며 말했다.

"조용히 하시오! 지금 궁성 안에 국왕 시해의 음모가 있소. 그리고 우리는 저 자이펀인의 감각을 이용하여 그들을 잡아낼 생각이오. 소란을 일으키면 안 된다는 것 정도는 충분히 알 수 있겠지요?"

간수장은 고개를 끄덕였다.

"특별히 명령하실 것은?"

"평상시처럼 행동해 달라는 것입니다."

"알겠습니다."

그리고 네 명은 황급히 감옥을 빠져나왔다. 가파른 지하 감옥의 계단을 오르며 아프나이델은 헉헉거렸고 엑셀핸드는 투덜거렸다. 길시언과 간수장, 그리고 운차이들은 바람처럼 달려 올라갔다. 중간중간 궁성 경비 대원들이나 감옥의 경비병들이 놀란 눈으로 그들을 바라보았지만 간수장이 나서서 함구령을 내렸다. 계단을 다 오르고 지하 감옥을 빠져나오자 아프나이델은 숨을 고르고는 궁금함을 도저히 참지 못하고 말했다.

"지금 이런 질문이 어울릴진 모르겠지만, 도대체 아까 간수장에게는 어떻게 그렇게 정확하게 말씀하셨습니까?"

길시언은 별것 아니라는 태도로 말했다.

"프림 블레이드가 불러준 대로 말한 거요. 나였다면 그렇게 거만하고 고압적인 말을 할 자신이 없지요."

"……그랬군요."

네 사람은 황급히 궁성의 본관으로 들어갔다. 밤이 깊은지라 궁내부원들의 움직임도 드물었다. 1층의 홀로 들어서자 길시언은 운차이를 바라보았다. 운차이는 눈을 감고 정신을 집중했다.

"바깥에 있는 몇 놈은 별것 아니야. 신경 쓸 필요없어. 침실 주위의 세 놈이 문제로군."

길시언은 다급하게 말했다.

"궁성 경비대에 연락을……."

"아니, 좋지 않아. 침실 주위의 놈들이 문제라고 그랬잖아. 소란을 일으키면 즉각 닐시언의 목을 베어낼 것이다. 당신 동생이니 잘 알겠지. 자기 몸을 지킬 만한 남자인가? 그것도 밤중의 기습으로부터."

"어렵겠지. 그럼 어떻게?"

"조용히 올라가자."

길시언은 고개를 끄덕이더니 벽에 걸린 장식용 검을 뽑아들었다. 그는 검과 방패를 운차이에게 내밀었다.

"맨손으로 암살자와 싸울 순 없지."

운차이는 의아함 반, 감탄 반의 얼굴로 길시언을 바라보았다.

"내가 당신을 치고 달아나면 어쩔 건가?"

"해볼 텐가?"

"관두지."

네 명은 조용히, 그러나 신속하게 국왕의 침실로 향했다. 길시언에겐 자신의 집이었고 운차이 역시 별로 거칠 것이 없다는 태도였다. 아프나이델과 엑셀핸드는 그들의 뒤를 조용히 따랐다.

2층 중앙 복도로 들어서기 직전, 운차이는 계단에 멈춰 서서 길시언에게 말했다.

"말해 두겠는데, 계단을 올라서서 만나는 자는 모두 베어버려. 알았지?"

"알았다. 가도 되나?"

길시언과 운차이는 셋을 센 다음 광포한 태도로 중앙 복도로 돌진했다.

"꺄아아악! ……왕자님?"

"이런, 빌어먹을!"

길시언은 산통 다 깨진다는 생각이 들어 부지불식간에 혀를 찼다. 하필이면 그들의 앞에 시녀 하나가 엉덩방아를 찧은 채 주저앉은 것이다. 그녀는 파랗게 질린 채 일행들, 무장한 두 전사와 험악하게 생긴 드워프와 무시무시한 마력을 숨긴 톱메이지라는,

정말 공포스러운 모습의 일행들을 올려다보았다. 그녀는 다시 비명을 지를 태세였고, 그러자 길시언은 그녀의 입을 막기 위해 황급히 검을 치우고 손을 내밀었다. 그때였다.

"멍청한 왕자!"

운차이가 낮게 외치며 그의 옆을 스쳐지나갔다. 길시언이 말릴 사이도 없이 운차이는 쓰러진 시녀를 노리고 찔러 들어갔다. 순간 시녀는 주저앉은 자세에서 그대로 솟구쳤다. 아프나이델이 숨 막힌 탄성을 질렀다.

시녀는 뒤로 날아올라 공중제비를 넘고는 치맛자락으로 손을 집어넣었다. 다시 튀어나온 그녀의 손엔 롱소드가 들려 있었다. 운차이는 아무 말 없이 시녀를 베어 들어갔다.

챙챙챙챙챙!

순간적으로 불꽃의 폭포가 복도를 환히 비추었다. 운차이와 가짜 시녀는 지극히 짧은 순간 동안 셀 수도 없는 공격을 교환했다. 두 사람의 검이 부딪힐 때마다 복도의 명암이 바뀌었다. 파파팟! 자이펀의 병영이나 전쟁터에서 겨우 볼 수 있는 무섭도록 빠르고 경쾌한 자이펀식 검법이었다. 그러나 그 동안에도 두 사람은 아무런 소리를 내지 않았다. 길시언은 감탄했지만 그 감탄보다 빠르게 앞으로 돌격했다.

"암살자!"

운차이의 빠른 롱소드에 몰리고 있던 가짜 시녀는 길시언의 묵직한 공격에 미처 대비하지 못했다. 시녀는 이를 악물면서 뒤로 빠져나갔다. 그때 아프나이델이 외쳤다.

"그리스!"

시녀는 뒷걸음질치던 자세 그대로 다리를 하늘로 솟구치더니 나가떨어져 버렸다. 길시언과 운차이가 무서운 속도로 쇄도했지만 시녀는 뒤통수를 부딪히고는 뇌진탕을 일으킨 모양인지 기절해 있었다. 길시언은 이마의 땀을 닦다가 운차이가 자신을 쏘아보고 있다는 것을 깨달았다. 운차이는 사납게 으르렁거렸다.

"이것 봐. 내 목숨과 자유는 모두 당신에게 달려 있어. 당신이 죽어넘어지기라도 하면 내 제안도 모두 소용이 없단 말이야. 그러니 칼자루와 검신도 구분 못하는 견습 기사처럼 일일이 돌보게 만들지는 않아줬으면 좋겠는데."

길시언은 얼굴을 붉혔다. 운차이는 앞서 계단에서 만나는 자를 모두 공격하라고 경고했던 것이다. 길시언은 솔직한 태도로 고개를 끄덕이며 말했다.

"미안해, 조심하지."

순간적으로 운차이의 눈에 이채가 지나쳤다. 운차이는 잠시 길시언을 바라보더니 곧 앞으로 달려가기 시작했다.

"비명소리가 들렸을 거야. 강행 돌파다!"

"제기랄! 다리 짧은 자에게 돌파를 요구해?"

엑셀핸드는 투덜거리면서도 잘도 달려왔다. 길시언은 이 긴박한 순간에도 웃음을 머금었다. 그때였다.

콰광! 그들이 지나가던 복도 옆의 문이 열리면서 궁내부원 하나가 롱소드를 들고 뛰어나왔다. 사나이는 두말없이 엑셀핸드를 노리고 뛰어들었다. 아프나이델이 비명을 질렀다.

"엑셀핸드!"

엑셀핸드는 옆을 흘긋 바라보고는 그대로 도끼를 휘둘렀다.

"카리스 누멘!"

바우웅! 거대한 곡선을 그린 도끼는 그대로 짓쳐 들어오는 롱소드에 맞았다. 절그렁! 길시언의 행동은 빨랐다. 궁내부원이 롱소드를 떨어뜨리자마자 재빨리 그의 팔을 붙잡아 들어올리며 벽에 밀어붙였다. 쾅! 그는 프림 블레이드의 칼자루로 남자의 복부를 찌르곤 곧장 목에 검끝을 겨냥했다.

"한 놈은 어디 있어!"

남자는 고통스러운 표정이었지만 그 얼굴에 경멸을 담고 길시언을 바라보았다. 길시언은 소용이 없다고 여기고는 그대로 검을 내려 남자의 다리를 베었다. 남자는 신음을 흘리며 쓰러졌다. 길시언은 그를 내버려두고는 국왕의 침실로 달려갔다.

침실 앞에는 이미 운차이가 서 있었다. 그런데 그는 꼼작도 하지 않고 가만히 선 채로 문을 노려보고 있었다. 길시언이 이상하게 여겨 말을 걸려고 한 순간, 문 안에서 말소리가 들려왔다.

"다시 말한다. 한 놈이라도 들어오면 국왕의 목숨은 없어!"

앙칼진 여자의 목소리였다. 운차이는 신음을 흘렸다.

"시오네……."

"운차이! 네놈이군?"

운차이는 괴로운 얼굴로 길시언을 바라보다가 말했다.

"그렇다고 전해 주시겠소? 아니, 관두지."

길시언은 말없이 운차이를 바라보다가 다시 문을 바라보았다. 안쪽이 어떤 상황인지 알 수가 없다. 하지만 시오네의 말이 저렇다면 국왕은 아마도 시오네에게 인질로 잡혀 있을 것이다. 길시언은 입천장이 타는 느낌이 들었다. 잠시 고요가 지나가고 나서 안에서 다시 말소리가 들려왔다.

"문 앞에서 모두 물러나."

길시언과 운차이는 모두 물러났다. 그런데 길시언은 물러나면서 이상한 것을 보았다. 갑자기 엑셀핸드가 복도에 놓여 있던 작은 테이블 아래로 들어가는 모습이었다. 그것은 사람이라면 절대로 들어가지 못할 작은 테이블이었지만 엑셀핸드가 들어가자 흔적도 보이지 않았다. 길시언은 다시 한번 입술을 적셨다.

삐이걱.

문이 열리며 두 사람이 밖으로 나왔다. 앞쪽은 잠옷 차림의 닐시언 국왕이었고 시오네는 그의 등 뒤에 붙어서 닐시언 국왕의 목에 대거를 들이대고 있었다. 닐시언 국왕의 얼굴은 조금 창백해져 있었지만 위엄을 잃지는 않았다.

"형님. 불민한 동생의 모습을 보여드리는군요."

길시언은 이를 갈면서 고개를 숙였다.

"전하. 죄송합니다. 제가 늦어서 옥체에 이런……."

시오네는 킬킬 웃더니 말했다.

"뜨거운 형제애의 발출을 방해해서 미안한데, 어서 비켜!"

길시언은 시오네를 쏘아보다가 뒤로 물러났다. 시오네는 안정을 되찾고는 주위를 둘러보았다. 그녀의 눈이 아프나이델에게 닿자 아프나이델은 찔끔했지만 잠시 후 적의를 가득 담은 눈으로 시오네를 쏘아보았다. 시오네는 차갑게 웃더니 운차이를 쏘아보았다.

운차이는 우울한 얼굴로 시오네를 바라보았다. 시오네는 매서운 눈으로 운차이를 바라보다가 말했다.

"일스에서는 제법 잘 떠들었더군……."

운차이의 얼굴이 확 붉어졌다. 시오네는 지금 운차이가 일스에서 행한 고발, 그러니까 자이펀이 행한 세이크리드 랜드에 대한 고발을 거론하는 것이다. 시오네는 할말이 많은 얼굴이었지만 시간을 낭비하는 타입은 아니었는지 그대로 말했다.

"뒤로 물러서라. 복도에 등을 붙여."

세 사람은 뒤로 물러났다. 길시언은 쳐다보지 않으려 애썼지만 시선은 자꾸 테이블로 향하려 했다. 그는 간신히 자신을 억누르고는 뒤로 물러났다.

시오네는 세 명을 경계하면서 천천히 움직였다. 그녀는 흘긋 복도 끝의 창문을 바라보았다. 아프나이델은 속으로 생각했다. 낭패다! 만일 시오네가 창문까지 갈 수 있다면 그녀는 국왕을 죽이고 박쥐로 변해 도망가 버릴 것이다. 아프나이델은 속이 바작바작 타는 것을 느꼈다.

한 걸음, 한 걸음. 이제 잠시 후면 시오네는 그들의 앞을 완전히 지나치게 된다. 길시언의 팔이 부들부들 떨렸지만 시오네의 대거가 사나운 움직임을 보여주자 꼼짝도 하지 못했다. 그때였다.

엑셀핸드가 테이블 아래에서 천천히 기어나오는 것이 아프나이델의 눈에 보였다. 아프나이델은 질겁하면서 시선을 다시 시오네에게 향했다. 지금 들키면 만사 끝장이다. 시오네는 이상하다는 눈으로 아프나이델을 바라보았고 그러자 아프나이델은 가슴이 덜컹 내려앉는 기분이 들었다. 시오네는 천천히 고개를 돌리기 시작했다.

순식간에 많은 일이 일어났다.

"카아압!"

엑셀핸드는 기합과 함께 배틀 액스를 휘둘렀다. 그러나 시오네는 이미 그를 보고 있었다. 그때 닐시언 국왕은 믿을 수 없을 정도로 몸을 세차게 흔들며 팔꿈치로 시오네의 복부를 찍었다.

"커헉!"

시오네는 숨막힌 소리를 내며 물러났다. 시오네는 간신히 엑셀핸드의 도끼를 피했고 닐시언 국왕은 앞으로 몸을 던졌다. 그리고 길시언의 프림 블레이드가 무서운 속도로 허공을 갈랐다.

씨융! 갑자기 시오네의 모습이 사라졌다. 아프나이델이 비명을 질렀다.

"호핑!"

시오네는 프림 블레이드로부터 2큐빗 떨어진 위치로 간신히 호핑했다. 박수를 받아 마땅할 것이다. 그 많은 공격을 당하면서도 호핑에 성공했으니까. 그러나 다음 순간 운차이가 무서운 속도로 달려들었다.

"Colkodachi, K'nmaii!"

채챙! 시오네의 레이피어와 운차이의 롱소드가 부딪혔다. 그러나 운차이는 그대로 시오네를 벽으로 밀어붙였다. "야아아압!" 시오네가 벽에 닿기 직전, 그녀의 입술이 달싹거렸다. 그리고 갑자기 운차이는 앞으로 곤두박질치고 말았다. 콰당! 시오네가 희미한 안개로 변해 버린 것이다. 길시언이 이를 갈았다.

"이 뱀파이어!"

프림 블레이드가 무서운 속도로 안개를 향했다. 프림 블레이드는 마법검이며, 만일 맞았다면 시오네는 그대로 세상 구경은 다 하게 되었을 것이다. 그러나 안개는 간신히 프림 블레이드의 공격을 피하고는 그대로 흘러가 창문을 향했다. 길시언은 그 뒤를 쫓아가려다가 멈칫하면서 닐시언에게 다가갔다. 그는 닐시언의 팔을 잡아 일으켰다. 안개는 이미 창 밖으로 날아가 버렸고 창문까지 달려간 엑셀핸드는 허공을 향해 드워프어로 갖가지 욕설을 퍼부어대고 있었다.

“괜찮으십니까, 전하.”

닐시언 국왕은 헐떡거리면서 길시언을 바라보았다. 그는 갑자기 길시언의 두 팔을 잡으며 말했다.

“영원히 형님께 폐만 끼치는군요.”

“천만의 말씀입니다. 전하. 제가 미욱하여 전하를 이런 곤경에 빠지게 한 죄, 어떤 벌이든 달게 받겠습니다.”

시오네는 사라져버렸고 복도에 남은 것은 기절한 가짜 시녀와 다리를 베이고 끙끙거리는 가짜 궁내부원뿐이었다. 길시언은 먼저 닐시언 국왕을 침실로 모시고는 황급히 궁성 경비대를 출동시켰다.

그는 그 밤 동안 경비대를 지휘하여 경비 대원들에 대한 완전한 함구령을 실시하면서도 궁성에 잠입한 암살자들을 색출하고 경계를 강화했다. 전시의 국가에서 국왕의 암살 소문은 무슨 효과를 가져올지 몰랐다. 하지만 길시언은 그들을 잘 단속했다. 그의 탁월한 지휘에 아프나이델은 혀를 내둘렀다. 궁성 경비대는 완전히 국왕의 직속이었지만 아무도 길시언의 지휘에 대해 정당성을 의심하거나 반대를 표시하지 않았다. 비록 지휘하는 도중 프림 블레이드의 방해를 받아 몇 번씩이나 헛소리를 하곤 했지만 길시언은 썩 위엄 있는 태도였다.

긴 밤이었다.

궁성 내에 잠복해 있던 암살자들의 다른 패거리는 경비대에 의해 대부분 체포되었지만 체포 과정에서 격렬히 저항하여 많은 수의 경비 대원이 사망했으며 암살자들 역시 마찬가지였다. 궁성에서 비명소리와 검 부딪히는 소리가 요란하게 나던 그날 밤은 바이서스 임펠의 시민들에게도 퍽이나 불안한 밤이었을 것이다. 길시언은 거의 강제에 가깝게 귀족원 회의를 소집했고 귀족원의 귀족들을 장악하는 데 성공했다.

"왜 귀족들을 장악해야 하는데요?"

잠깐의 틈을 탄 내 질문에는 칼이 대신 대답했다.

"암살의 헛소문 때문에 왕가에 대한 귀족들의 충성의 맹세가 흐려질 것을 대비한 것이지. 아마도 길시언께서는 귀족들에게 닐시언 전하가 안전한 것을 확인시키고는 왕가에 대한 귀족의 충성이 변함없음을 서약하도록 강요하셨겠지. 아마 겉으로는 국왕의 집에 어두운 손길이 미친 것에 대해 유감을 표시하는 식이었겠지만 말이야. 어쨌든 그렇게 해두지 않으면 어느 야심만만한 귀족이 엉뚱한 생각을 품게 될지도 모르지 않는가."

"아, 그런 거예요? 뭐가 그렇게 어려운지."

길시언은 미소를 지었고 아프나이델은 설명을 계속했다.

결국 길시언의 영웅적인 분투노력으로 바이서스 임펠의 시민과 귀족들 모두가 안정되었다. 길시언은 귀족원을 거의 완전하게 장악한 후 그랜드스톰에 재빨리 연락을 취했다. 길고 긴 밤 동안 많은 사람들이 애쓴 끝에 바로 그 다음날 그랜드스톰에서는 대규모 승전 기도회가 열릴 수 있게 되었다. 이 대목에서 제레인트는 크게 감탄했다.

"하루 만에요?"

"정확하게는 하룻밤 안이지요."

그 기도회에서 닐시언 전하와 귀족들은 시민들 앞에 모습을 드러냄으로써 시민들을 안정시켰다. 그랜드스톰에서 호화스러운 대규모 기도회가 벌어지는 가운에도 길시언은 드러나지 않는 궂은 일을 마무리했다. 그는 왕실의 돈을 거리낌없이 끄집어내어서는 사망한 궁성 경비 대원들의 가족들에게 전달했고 궁내부장 리핏 트왈리전 씨는 울상이 되었다. 그는 감히 반항을 시도하기까지 했다.

"그런 식으로 왕실 유지비를 탕진했다가는 전하께서는 수프 한 접시와 빵 한 조각으로 식사를 하시게 될지도 모릅니다!"

그러나 길시언은 뻔뻔하게 대답했다.

"난 그런 식사라도 세 끼만 먹을 수 있다면 만족이오."

"기, 길시언 전하가 아니라 국왕 전하 말씀입니다!"

"형제는 한 몸이오."

리핏 트왈리전 씨는 결국 왕실 유지비의 가용 자금 전부를 길시언에게 내주고 말았다. 이후 며칠 동안 궁성에서는 리핏 트왈리전 씨가 궁성의 으슥한 정원에서 하늘을 우러러 그 암살자들과 함께 길시언을 저주하곤 한다는 헛소문이 퍼졌다. 하긴 왕실 유지비를 모조리 내놓은 리핏 트왈리전 씨가 궁성의 살림을 어떻게 수행할지는 정말 의문이다.

그리고 길시언은 붙잡힌 포로들을 심문했다.

길시언은 냉혹한 사람은 아니었지만 현재의 상황에서 어느 정도의 인정을 베풀 수 있는가를 판단하는 데에는 어려움이 없었다. 포로들에게 가해진 무자비한 고문을 묘사하는 아프나이델의 말에 네리아는 눈살을 찌푸렸고 레니는 얼굴이 하얗게 되어버렸다. 그러면서도 아프나이델은 말했다.

"들으실 만한 이야기가 아니라 간략하게 말씀드린 겁니다."

이루릴은 눈을 동그랗게 떴다.

하지만 포로들로부터 알아낸 사실은 별로 없었다. 그들은 조무래기들이었기 때문에 포로로 잡힌 것이 아닐까 의심될 정도였다고 한다. 결국 알아낸 바에 의하면 시오네는 거의 모든 계획을 단독으로 수행하며 필요에 따라 부하들을 모아서 사용한다는 것이다. 그 점은 운차이도 확인해 주었다.

"나도 당시 칼라일 영지에 거점을 마련하고 시오네를 기다리라는 지시 외에는 아무런 설명을 받지 못했다. 시오네는 항상 단독으로 움직이는 셈이지. 우리들은 그녀의 도구일 뿐이고. 그 친구들도 아마 궁성에 들어오기 전까지는 아무 이야기도 못 들었을걸."

"진짜 거물이란 말이군?"

"그렇지."

운차이의 확인이 끝나자 길시언은 더 이상의 무의미한 고문을 중단하고 포로들을 모두 감금시켰다. 시오네가 국왕을 암살하려고 한 시점으로부터 만 하루 동안, 길시언은 이 모든 일을 처리하고는 쓰러질 지경이 되어서는 회의에 참석했다.

6

회의는 비공식적인 것이었으며 주로 길시언의 요구에 따라 실제적인 필요성으로 모인 것이다. 즉 궁성의 대단히 비밀스러운 장소에서 닐시언 전하와 길시언, 그리고 엑셀핸드와 아프나이델, 그리고 전시 내각 몇 명이 모였다고 한다.

닐시언 국왕은 먼저 충혈된 눈을 한 채 의자에 반쯤 기대어 앉은 그의 형 길시언에게 충심으로 감사를 표했다.

"정말 수고가 많으셨습니다, 형님. 감사합니다."

길시언은 피로한 얼굴이지만 씩 웃으며 말했다.

"천만에요, 전하. 필부들의 집안에서도 형제는 서로 돕는 법입니다. 하물며 왕실의 근친들끼리야 당연한 일이 아니겠습니까. 비록 야인으로 떠돌고 있지만 저는 언제라도 전하를 보필하려는 마음가짐을 잃지 않습니다."

아프나이델은 다시 경악할 뻔했지만 곰곰이 생각해 보고는 저 매끄러운 말은 틀림없이 프림 블레이드의 작품일 거라고 단정지었다. 닐시언 국왕은 그 사실을 짐작도 못한 채 길시언에 감동의 눈길을 보내었다.

정보부의 국장이 간략하게 사태를 설명했다.

"수도의 여론은 이제 안정적입니다. 헛소문의 유출은 거의 없었고 귀족들의 움직임에도 수상한 점이 없습니다. 사태는 진정국

면인 셈입니다. 하지만 말씀드렸다시피 포로들로부터 입수한 정보가 퍽 적습니다."

"시오네라는 그 여자를 잡았어야 했는데……. 아쉽군요."

말을 꺼낸 것은 내무장관이었다. 그러나 그는 곧 길시언에게 머리를 조아리며 말했다.

"아, 전하를 비난하는 것은 아닙니다."

"예. 저로서도 아쉽습니다. 그녀의 몸매가 지금도 눈앞에……, 빌어먹을!"

아프나이델은 픽 웃었다. 프림 블레이드의 장난기가 다시 도진 모양이다. 테이블 주위의 각료들 사이로 가벼운 웃음이 번지고 나서 길시언은 말했다.

"이 암살건에 대해 자이펀에 항의할 수는 있겠지만 별로 소득은 없을 겁니다. 그리고 일스 공국에 고발하는 방법도 역시 소용이 없겠지요. 스카일램 트리키의 보고에 의하면 사절은 임무에 실패했다고 하니까요."

외무장관은 기분 나쁜 표정으로 턱을 쓸어내렸다.

"그 약삭빠른 일스 대공은 정의가 별로 필요없을 때만 정의를 부르짖습니다. 하지만 정말 정의가 필요할 때는 꽁무니를 빼지요."

"오렘의 이름이 아깝군요."

"하지만 우리들이라도 세이크럴라이즈의 위협을 받는 마당에 다른 나라를 도울 수는 없을 겁니다. 그의 입장도 이해해 주어야겠지요."

"역시 한 나라를 책임지는 자이니만큼."

"평소의 행실이 문제란 말입니다. 평소엔 정의의 화신인 양 떠

들지 않습니까."

몇 마디 한담이 오고간 다음 정보부 국장이 다시 발표했다.

"시오네라고 알려진 그 뱀파이어 여자는 상당히 위험한 여자입니다. 그녀는 뱀파이어이며 고급한 마법에 익숙해 있습니다. 대륙 곳곳에 발이 넓지만 발자취를 숨기는 데도 능합니다. 저번 131 전선의 키다린 장군의 암살건도 이 여자의 소행이 아닐까 추측되고 있습니다. 그것도 암살자의 정체를 전혀 알 수 없다는 이유로 그런 추측을 하는 겁니다."

다른 각료 하나가 책망 섞인 표정으로 말했다.

"행적은 물론 파악이 안 되겠군요."

그러자 정보부 국장은 인상을 찌푸리면서 말했다.

"파악이 되었다면 당장 붙잡았을 겁니다. 이 여자는 악마입니다. 우리 정보부에서도 이 여자에게 많은 전사들을 잃었습니다."

길시언은 턱을 쓸어내렸다.

"의외로 유명한 여자인가 보군요? 하긴 운차이도 그렇게 말했지요."

"그렇습니다. 대단히 유명하지요."

"그래요……. 뭐 잡을 수 없다면 지금으로선 정보부의 계속적인 활약을 기대할 뿐입니다."

"알겠습니다."

그리고 길시언은 닐시언을 바라보았다.

"어떻게 생각하십니까? 전하. 어젯밤에 밝혀진 바와 같이 이곳의 궁내부원들은 음탕합니……, 이이잇! 위험합니다. 궁내부원의 전통적인 심사, 그 엄정함이 크게 의심받게 되었지요."

궁내부장 리핏 트왈리전은 붉은 물이 뚝뚝 떨어질 것 같은 표정을 지어보였지만 길시언은 냉정하게 말했다.

"그러니 전하께서는 한궁으로 옮기시는 것이 어떻겠습니까."

닐시언 국왕은 씨익 웃었다.

"기사가 성을 비울 수야 없지요. 형님께서는 우제를 시험하지 마십시오."

그러자 길시언도 웃었다. 국왕은 기사 중의 기사. 그가 전시에 본성을 비운다는 것은 전선의 전사들에게 어떤 영향을 줄지 모른다. 그는 전사들의 마음의 고향인 장엄의 홀의 호스트로서 이곳에 있어야 한다. 이 성은 루트에리노 대왕의 아들 세류델헨 왕자의 작품이며, 루트에리노 대왕의 혼이 서린 성지인 것이다.

"알겠습니다. 그럼 저에게 다른 것을 허락해 주시겠습니까?"

"무엇을 원하십니까?"

"전 일스로 갔던 사절인 칼 일행을 만나보고 싶습니다. 뼈에 사무치는 연정이……, 젠장! 에, 어쨌든 그들을 만나려 합니다. 제게 동료를 선발할 수 있는 권한을 허락해 주십시오."

그러자 다른 각료 하나가 말했다.

"그 사절은 임무에 실패하자 그를 그 영화스러운 자리로 끌어올려주신 국왕 전하의 은혜를 잊고 도주했다지 않습니까? 그자를 만나서 어쩌실 생각이십니까?"

길시언은 잠시 말을 꺼낸 자를 싸늘하게 바라보다가 말했다.

"그 사절 일행은 지금 자이펀과 바이서스의 전쟁 따위는 상대도 되지 않는 중요한 일 때문에 황야를 방랑중이오. 그들은 바이서스의 도움도, 아니 세상 그 누구의, 그 어떤 종족의 도움도 받지 않은 상황에서 그들 자신들의 힘만으로 대륙을 위기에서 구하기 위해 애쓰고 있는 것입니다."

각료들은 잠시 놀란 눈으로 길시언을 바라보았지만 길시언은 팔짱을 낀 채 그 시선들을 모조리 되받아 주었다. 그때 닐시언 국왕이 말했다.

"형님. 저도 트리키 공으로부터 그 칼 일행의 여정과 목적에 대해서는 이미 들었습니다. 뿐만 아니라 오늘 낮 그랜드스톰에 들렀을 때 하이 프리스트로부터 언질을 받았지요."

"그럼 잘 알고 계시겠군요."

"예. 형님께서는 모험가이고 모험가가 오고 가는 것은 모두 그의 의지에 있을 뿐입니다. 마음대로 하십시오. 제 욕심 같아서는 형님께서 계속 이 우제의 옆에 계시면서 일깨움을 주셨으면 좋겠습니다만……. 이미 형님께 커다란 은혜를 입은 참에 다시 그런 송구스러운 말을 드릴 수가 없군요."

길시언은 말없이 고개를 숙여보임으로써 닐시언 국왕의 말에 대답했다. 그리고 닐시언 국왕은 말했다.

"그런데 모험가가 동료를 고르는 데 있어 국왕의 허락이 필요하지는 않으실 텐데요. 왜 그런 말씀을 하셨습니까?"

"제가 원하는 동료 중의 하나가 현재 왕실 여관 0층에 있기 때문입니다."

왕실 여관 0층이라는 말에 내각들은 실소했다. 물론 그들도 그 말의 의미는 잘 알고 있다. 궁성의 지하, 그러니까 지하 감옥을 말하는 것이다. 닐시언 국왕도 미소를 머금은 채 말했다.

"형님께서는 죄수를 원하시는 겁니까?"

"그렇습니다."

"죄수를…… 그 법의 지엄함으로부터 사사로이 방면하는 것은 국왕으로서도 함부로 할 수 있는 일은 아니라고 생각됩니다만.

하지만 우제는 형님께서 누구를 거론하는지 짐작할 수 있습니다. 형님께서는 운차이라는 그 자이펀 간첩의 이야기를 하시는 것이겠지요?"

"그의 공은 이미 말씀드렸습니다."

"예. 그의 고발이 아니었던들 암살자들의 추악한 음모가 사실로 진행될 뻔했지요. 그리고 어젯밤의 그의 활약은 제 눈으로도 직접 확인했습니다."

"죄 있는 자 공을 이루었으니 죄도 공도 없어지도록 하는 것이 어떨까 합니다."

"알겠습니다. 그런데 형님께선 왜 그자를 원하십니까?"

"전 그자에게 정보의 대가로 자유를 약속했습니다. 그는 국사범이지요."

그러니까 길시언은 이렇게 말한 셈이다. 왕자 길시언이 그의 신병을 책임질 것이니 간첩 운차이를 풀어달라는 의미이다. 법무장관과 국방장관의 불평(아무리 공이 있으되 간첩을 풀어줄 수는 없다는 불평)에 대해 왕자 길시언의 명예를 대가로 바치는 것이다. 닐시언 국왕은 고개를 끄덕였다.

"어차피 그에겐 더 이상 얻어낼 것도 없으며 해될 것도 없습니다. 그는 이미 우리들에게 완전히 협조하기로 했으나 일스에서의 성과가 만족스럽지 못해서 그 신병 처리에 애를 먹고 있던 참입니다. 그가 형님을 도울 수 있는 재목이라면 얼마든지 내어드리겠습니다."

"감사합니다."

그래서 일행은 바로 그 다음날로 빛의 탑에 들러서는 마법사들에게 우리의 위치를 투시하도록 의뢰하여 우리가 영원의 숲 방향에 있다는 것을 알아내었다. 그러곤 영원의 숲으로 향하는 이 세피아파인 고개를 향해 달려온 것이다. 아프나이델은 바이서스 임펠에서 이스트 그레이드를 대각선으로 크게 가로질러 세피아파인 고개를 넘는 그 질주의 대목에 대해서는 간단하게 요약했다.

"죽는 줄 알았습니다."

아프나이델의 간결하고도 정확한 설명이 끝나자 우리들은 잠시 침묵했다. 칼은 관자놀이를 심하게 문지르다가 말했다.

"시오네, 그 여자가 그렇게 유명한 자입니까?"

"나도 그 여자에 대한 보고서를 읽어보고는 정말 놀랐습니다. 과거가 상당히 화려하더군요. 기밀이라 알려드리지는 못합니다만 지금 칼 씨가 생각하시는 것보다는 훨씬 대단할 겁니다."

"놀랍군요."

그러나 길시언은 푸근하게 웃으며 말했다.

"그러나 이제는 괜찮습니다. 저희들은 여러분들이 레니 양을 납치당하고 곤경에 빠졌을까 봐 도움을 드리기 위해 달려온 것입니다만 여러분들은 이미 레니 양을 구출하셨군요. 역시 여러분답습니다. 이제 갈색 산맥으로 달리기만 하면 되겠군요."

그때까지 참으로 대단한 인내심을 발휘하기 위해 턱수염을 잡아뜯고 있던 엑셀핸드가 마침내 더이상 참지 못하게 되어버렸다.

"잠깐!"

우리는 놀란 눈으로 엑셀핸드를 바라보았고 그러자 엑셀핸드는 자신의 목소리에 놀라버렸다.

"커험, 허흠. 흠. 그러니까, 에, 자네들 정말 대미궁에 들어갔나?"

"예?"

"시치미 떼지 말게! 그 빛의 탑인지 뭔지 하는 장난꾸러기 소굴에서 자네들이 영원의 숲에 있다는 말을 듣고는 내가 얼마나 놀랐는 줄 아나? 가슴이 뛰어 쓰러지는 줄 알았네. 영원의 숲, 오! 대미궁이 잠들어 있는 그곳! 자네들 설마 그곳에 들어가 보지도 않고 영원의 숲을 빠져나온 것은 아니겠지?"

"아……, 예. 하하. 그곳에 들어갔습니다."

엑셀핸드의 얼굴은 확 밝아졌지만 아프나이델과 길시언은 크게 놀란 얼굴이 되었다. 아프나이델은 당황한 목소리로 말했다.

"어, 저, 그러니까 드래곤 로드가 잠들어 있다는 그 대미궁 말씀입니까? 그것이 실제로 있다는 말입니까?"

"예. 그렇습니다."

"믿을 수 없군요."

그러자 네리아가 톡 튀어나오면서 말했다.

"증거를 보여드릴까요?"

우리들이 그녀를 바라보는 가운데 네리아는 안장에서 묵직한 주머니 하나를 꺼내었다. 우리는 그 주머니를 알아보고는 쓴웃음을 지었지만 길시언과 엑셀핸드, 아프나이델, 운차이 등은 고개를 갸웃거렸다. 그러나 잠시 후 그들은 얼굴을 후려갈기는 황금빛에 졸도하는 표정을 지어보였다.

"인원이 얼마 없어서 조금밖에 못 가지고 나왔어요."

"그, 그, 금화! 그 금화는! 제발, 네리아! 그중 하나만 좀 보여주겠나?"

엑셀핸드의 간곡한 말에 네리아는 히죽 웃으며 금화 하나를 꺼내어주었다. 엑셀핸드는 눈빛으로 금화를 녹일 듯이 바라보았다.

"이건 익시노아 크레벤 시대의 금화야! 이걸 마지막으로 본 것이 100년도 더 되었는데!"

엑셀핸드는 당장 300년 전의 열정으로 돌아가서는 우리들을 안내역으로 삼아 대미궁에 돌아가자고 외치려 했다. 할 수 없이 내가 그를 현실로 끌어내렸다.

"노커여! 크라드메서는 어쩌고요?"

"……Aaaaak! Kzaht! Choracairam hened ailsh!"

"맞아요, 맞아. 참 좋은 말씀이세요."

"욕한 거야."

"참 훌륭한 욕설이셨어요."

우리 둘 다 앉아 있었기 때문에 엑셀핸드는 별 부담없이 내 뒤통수를 가격할 수 있었다. 그러고 나서 드워프들의 위대한 노커 엑셀핸드는 그야말로 눈물을 뚝뚝 흘릴 듯한 얼굴이 되어 동북쪽의 밤하늘을 쏘아보았다. 가만 내버려두면 동북쪽의 하늘을 바라보며 노래라도 한가락 할 태세였다. 그러나 그는 간신히 자신을 억누르고는 말했다.

"우리가 버린 집이야……. 어쩔 수 없지. 그러나 이 모든 일이 끝난다면! 자네들은 내 안내가 되어주어야 해."

"뭐 어려울 것은 없지만, 왜 직접 찾아가지 않으세요?"

엑셀핸드는 처연한 얼굴이 되어 말했다.

"모든 기억, 모든 비밀 암호가 다 사라졌지. 우린 자네들 인간처럼 열심히 기록하는 종족은 아니거든. 대미궁의 드워프들은 거의 생존자가 남지 않았고 그래서 기억은 잊혀졌네. 게다가 우린 숲, 그것도 영원의 숲을 쏘다니면서 대미궁을 추적할 재능은 없다네.”

“아, 그러세요?”

엑셀핸드는 신세타령처럼 혼잣말을 계속했다.

“난 대미궁의 공사에 동원되지 않았기 때문에 환란의 시대를 피할 수 있었지. 난 당시에는 젊은 드워프, 아니 어린 드워프였고 대미궁의 공사에는 드워프 최고 기술자들만이 동원되었거든. 게다가 난 돌의 혼, 그러니까 광부 부족이라고 할 수 있기 때문에 그 공사에 참여할 기회는 전혀 없었지.”

“자, 잠깐 잠깐. 당시라구요? 그럼 그때 살아 계셨단 말인가요?”

“이놈아! 그러니까 지금 노커를 해먹고 있지 않느냐? 넌 내가 무슨 나이에 노커가 되었다고 생각하는 게냐?”

“어? 아, 그렇겠군요. 으음.”

으으……. 그러고 보니 엑셀핸드는 루트에리노 대왕과 같은 시절의 인물인 셈이잖아? 역사가 삽시간에 현실의 내 인생에 끼어드는군 그래.

아프나이델이 말했다.

“그런데 이제 묻겠습니다. 아까 그 사람은 누구였습니까? 여러분들과 대치하고 있는 것을 보고는 일단 공격하기는 했습니다만.”

그러자 길시언과 엑셀핸드도 궁금한 표정을 지었다. 운차이는 조금 떨어진 곳에서 음울하게 우리를 노려보고 있을 뿐이었다.

칼은 우리들을 습격하던 마법사에 대해 길시언에게 설명했다. 그러자 가만히 듣고 있던 아프나이델이 고개를 갸웃거렸다.

“이상하군요.”

"예?"

"이런 말씀 우습습니다만, 굳이 습격할 의도가 있다고 볼 때 저 같으면 파이어볼 몇 방으로 간단히 끝내겠습니다. 그러면 여러분들은 빈사 상태에 빠질 테니 간단히 뒷처리를 할 수 있습니다."

아프나이델의 말에 제레인트가 고개를 끄덕였다.

"예. 저도 그 사실에 대해 물어보았지요. 그자의 목적은 우리의 생명이었습니다."

"생명이라구요?"

"그렇습니다. 우리 앞에 일을 당한 그 목동들은 생명력이 모두 고갈되어 버렸답니다. 그리고 리츄라는 그 목동의 리더 역시 뱀파이어릭 터치 계통의 마법을 당했다고 하더군요. 그리고 우리들에게 직접적인 해는 입히지 않으려고 애썼습니다. 그 이유는 우리를 죽여버리면 생명력을 빨아낼 수가 없기 때문이겠지요."

아프나이델은 입을 딱 벌렸다.

"생명이라구요? 인간이 아니라는 말씀입니까?"

"아니, 인간처럼 보이더군요. 하지만 그 목적이 생명력을 빨아내는 데 있는 것은 확실합니다."

"확실한 겁니까?"

우리 일행은 당장 맹렬한 토론에 빠져들었다. 아, 사실 맹렬한 토론에 빠져든 것은 우리 일행이 아니라 칼, 아프나이델, 제레인트의 세 명이었고 샌슨과 네리아, 길시언은 주로 옆에서 들으며 고개를 끄덕이는 일에만 전념했다. 그리고 엑셀핸드와 운차이는 별 관심이 없이 주위를 경계하는 축에 속했다. 그러자 남는 것은 레니와 나, 이루릴이었다. 우리 세 명은 뭘 했냐고? 레니의 경우엔 다시 잠이 들었고 나는 이루릴을 관찰했다.

이루릴은 일행에게서 좀 떨어져서 깊은 고민에 빠진 얼굴이었다. 내가 그녀 옆으로 다가갔는데도 조금도 움직이지 않았다. 난 조용히 말을 꺼내었다.

“아까 그 마법사……, 120년의 두 배 이상 마법을 수련했다고 했지요?”

이루릴은 고개를 돌리지 않고 앞을 바라보며 말했다.

“그랬지요.”

“그가…… 그라고 생각하세요?”

이루릴의, 깎아 만들어도 저렇게 만들 수 있을까 의심스러운 얼굴에는 아무런 표정 변화가 없었다. 그녀의 얼굴은 정말 유리로 만들어진 조각처럼 보였다.

“무슨 말을 하고 싶은 거지요, 후치?”

“어, 그러니까. 음. 그 마법사가…… 그러니까…….”

“모르겠군요.”

이루릴의 말은 여러가지 의미를 내포하고 있었다. ‘나로서도 의혹은 있다. 하지만 당신이 그 말을 입 밖에 냄으로써 내 생각이 어느 한쪽 방향으로 쏠리게 되는 것을 원하지는 않는다. 따라서 어떤 확인의 의미를 띨지도 모르는 말은 꺼내지 말아달라.’ 이런 복잡한 의미의 말을 ‘모르겠군요.’라는 한 마디로 다 말해버렸다. 그러자 나는 할말이 없어졌다.

난 그녀가 자신의 상념에 빠지고 싶어한다는 것을 눈치채고는 조용히 물러났다.

이것 참. 그 마법사가 정말 그일까?

난 머리를 가로젓고는 운차이에게 다가갔다. 운차이는 웅크린 자세로 나무에 앉아 있었지만 조용히 주위를 경계하는 것은 확실했다. 그리고 엑셀핸드는 여전히 동북쪽 하늘을 쳐다보고 있었다. 나는 그의 옆에 주저앉았다.

"그럼 길시언이 당신의 보증을 선 건가요?"

음. 이거 정말 무턱대고 말을 해버렸군. 운차이는 슬쩍 고개를 들어 날 바라보더니 다시 고개를 숙이며 말했다.

"그렇다."

"언제까지지요? 무슨 약속이 있어요?"

"길시언은 이 일이 끝날 때까지 도와달라고 하더군. 그 다음엔 자유를 약속했다."

"아, 그래요? 그러니까 크라드메서에게 레니를 데려갈 때까지?"

"그렇게 되겠지."

"기쁘시겠군요?"

운차이는 대답을 하지 않았다. 그는 그저 멀리 바라보았을 뿐이다. 그래서 난 말을 더 못 잇고는 떠들고 있는 사람들을 바라보았다. 흐음. 시끌벅적하군. 어쨌든 11명이나 되는 대인원이니 안전은 이제 확실하다고 봐야 되겠는걸. 어느 몬스터라도 가까이 왔다가는 큰일 나겠군. 그러고 보니 레니도 그것 때문인지 안심한 얼굴로 잠들어 있었다. 난 대륙의 희망의 잠든 얼굴을 바라보며 미소를 지었다.

각자 마력, 신력, 그리고 학력(?)을 대표하여 토론에 들어간 세 명은 결국 결론을 내렸다.

"거의 확실한 것 같습니다. 그자는 리치일 겁니다."

"리치가 특별히 타인의 생명력을 빨아들인다는 것은 좀 의아스럽습니다."

"아뇨. 고문(古文)에 희귀하지만 몇 가지 예가 있습니다. 리치의 부작용에서 중대한 것 중에 하나인데, 리치가 자신의 생명력을 동결시킨 용기가 불완전한 경우가 있습니다. 그경우 보존되어 있던 생명력이 서서히 고갈되는 경우가 발생합니다."

"허엇. 술병 같은 것이 새는 것처럼 말입니까? 흐음. 마나에 대한 설명으로는 좀 그렇군요."

"분명히 그런 예가 있습니까?"

"예. 그렇습니다. 그럴 경우 생명력의 고갈을 막기 위해 마법을 적당히 응용하여 타인의 생명력으로 용기를 다시 채우는 방법이 있다고 하더군요."

"허어! 참으로 괴악한 짓이 아닐 수 없군요!"

"리치가 된다는 것 자체가 이미 극도로 사악에 물든 행위라 하지 않을 수 없습니다."

"옳은 말입니다. 그럼요."

거의 정신을 빼놓은 상태로 세 사람의 대화를 듣고 있던 길시언, 샌슨, 네리아도 고개를 끄덕였다. 리치. 리치라면 죽지 않는다. 아까 그 마법사는 분명히 그렇게 말했다. 자신은 120년의 두 배 이상 마력을 연구했다고. 그렇다면 그가, 그가 그일까?

과연 정말 그가 그일까? 나는 다시 한번 이루릴을 바라보았다. 이루릴은 여전히 주위의 모든 사물과 격리된 듯한 모습으로 밤하늘을 바라보고 있었다.

기습을 받은 장소에 계속 야영을 하는 것은 바보 같은 일이다. 그래서 우리는 밤중이지만 다시 걸어가기로 했다. 좀더 으슥한 위치나, 그렇지 않으면 아예 밤중에 고개를 넘어버릴 생각이다.

이루릴이 윌로위스프를 불러내어 앞길을 밝히게 한 다음 앞쪽에서는 샌슨과 제레인트가 탄 슈팅스타, 그리고 길시언이 탄 선더라이더가 선도했다. 그리고 그 뒤로 네리아와 레니, 엑셀핸드와 아프나이델이 따랐으며 운차이와 이루릴이 양 옆에 벌려섰다. 뒤쪽으로는 칼과 내가 따랐다.

뒤쪽에 칼과 나란히 선 김에 나는 칼에게 물었다.

"어떻게 생각하세요?

"뭘 말인가, 네드발 군?"

"리치, 그 리치 말이에요."

"그 리치가 왜?"

"리치란, 불사마법사잖아요."

"그렇지."

"그렇다면, 어쩌면 300살쯤 먹었을지도 모르지요?"

칼은 잠시 말을 멈추고는 내 얼굴을 바라보았다. 그러다가 그는 앞에서 걸어가는 이루릴의 뒷모습을 바라보았다. 칼은 나지막하게 말했다.

"자네……."

"그럴지도 모른다고 생각되는데요. 가능성이 있다고 볼 수 있잖아요."

칼은 턱을 쓸었다.

"리치라는 것이 희귀하긴 하지……. 그러니 그럴 가능성을 배제할 수는 없겠지. 하지만 그가 그런 선택을 했을 것이라고는……. 그가 살아간 방식은 그런 것이 아니었네. 흠. 아냐, 아니지. 사람이란 알 수가 없는 동물이지."

칼과 나는 동시에 마음이 무거워졌다. 정말 그일까? 그 리치가 정말로?

그때 네리아가 말을 조금 천천히 걸리더니 우리 위치까지 처졌다. 그녀의 등 뒤에 있는 레니는 졸음을 참지 못하고 말 위에서 잠들어 있어 불안해 보였다. 네리아는 칼에게 질문했다.

"저, 아까는 너무 어려운 말씀들을 나누셔서들 질려서 질문을 못했는데요. 리치가 도대체 뭐지요? 전 그게 무시무시하다는 것 외에는 잘 알지 못하거든요."

"아, 리치란 대단히 높은 수준의 마법사 중에 불사의 길을 선택한 일부의 마법사를 말하는 것입니다."

"불사? 죽지 않아요?"

"그런 셈이라고 봐야겠지요. 대마법사라 불릴 만한 마법사가 자신의 모든 마력을 집중하여 만든 특수 용기에 자신의 생명력을 모두 주입시키면 리치가 됩니다. 혹자는 마법사의 언데드를 리치에 포함시키기도 합니다만 지금 우리가 말하는 리치는 내가 말씀드린 대로입니다."

"어, 어, 그러니까 은행에 재산 넣어두는 것처럼요?"

"그렇지요. 그리고 은행에 넣어두었을 경우와 마찬가지로 생명력은 안전하게 보관되는 셈입니다. 따라서 그 몸에는 생명력이 남지 않기 때문에 그 몸을 아무리 공격해도 다시 부활해 버립니다. 그 용기를 파괴하지 않는 이상 절대로 죽지 않습니다."

"우우우와! 좋은 거네요?"

그 말에 나와 칼이 동시에 쓴 미소를 지었다. 네리아는 미간에 세로 주름을 만들더니 말했다.

"두 사람 다 표정이 이상해. 음. 좋은 거 아니에요?"

"네리아 양. 영생을 원합니까?"

"음. 뭐, 죽는 게 좋은 사람은 없잖아요."

"그렇긴 합니다. 예. 그들도 죽음의 공포 때문에 그런 길을 선택한 것이겠지요. 하지만 그런 생에 어떤 즐거움이 있을지 모르겠습니다."

"예? 어떤 즐거움이라니오?"

"루트에리노 대왕이 한 말이 있지요."

"뭐라고 했는데요?"

"그가 말하길……."

칼은 말을 끝맺지 못했다. 갑자기 이루릴이 낮게 외쳤기 때문이다.

"모두들 주의하세요!"

그리고 그와 동시에 조금 앞쪽에 있던 제레인트도 허둥지둥 말했다.

"어, 심상치 않습니다. 이건, 이 기운은……."

모두들 잔뜩 긴장하면서 멈춰 섰다. 뭣 때문이지? 제레인트와 이루릴은 아까와는 달리 충분히 경계하고 있었기 때문에 뭔가를 느낄 수 있었을 것이다. 그런데 뭘 느낀 것일까?

운차이는 황급히 주위를 둘러보더니 곧 혀를 찼다.

"빌어먹을 지형이군!"

난 허둥지둥 주위를 둘러보았다. 그러고 보니 우리들이 서 있는 장소는 두 개의 절벽 사이로 난 소로였다. 이런 젠장. 좌우가 막힌 셈이잖아? 앞이나 뒤로밖에 움직이지 못해. 앞쪽에서 샌슨이 빠르게 말했다.

"후치. 뒤를 주의해라. 일단 여기서 빠져나가도록 하지."

"빠져나간다고?"

이것은 내 대답이 아니다. 갑자기 허공에서 들려온 누군가의 쉰 목소리였다.

"이힝힝힝!"

말들이 놀라서 뒤로 물러나려고 버둥거렸다. 위를 올려다보자 새카만 밤하늘에 뭔가가 떠 있었다. 그것은 양쪽의 절벽 사이로 보이는 검은 하늘에 떠 있었는데 별들이 가려지는 모습을 보고서야 거기 있다는 것을 깨달을 수 있었다. 네리아가 비명을 질렀다.

"그 리치다앗!"

모두들 당황하며 뒤로 물러났다. 하지만 상대는 공중에 떠 있고 우리들이 있는 곳은 완전히 노출된 지형이니 어떻게 숨을 도리가 없다.

리치라는 소리를 듣자 그자는 완전히 쉬어버린 목소리로 말했다.

"헤어진 지 얼마 되지 않았는데, 그 새 나에 대해 몇 가지를 짐작해 낸 모양이군."

"어, 어쩔 셈인가?"

칼의 말이었다. 그런데 공중에 떠 있는 상대가 대답하기도 전에 다른 목소리가 말했다.

"이 목소리를 알아. 하지만 지금 듣고 있다는 사실은 믿어지지 않는데."

길시언의 목소리였다. 그러자 하늘에 있는 검은 마법사도 놀란 기색이었다.

그는 천천히 땅으로 내려오기 시작했고 우리는 더 물러났다.

하지만 길시언과 선더라이더는 전혀 물러나지 않았다. 그자는 우리 앞 30큐빗 정도의 높이까지 내려오더니 길시언을 바라보았다. 아래로 내려오자 윌로위스프의 빛이 닿았기 때문에 그 모습을 확실히 볼 수 있었다. 역시 우리들을 공격했던 그 검은 로브의 마법사였는데 지금은 어깨에 무언가 커다란 자루 같은 것을 걸머지고 있었다. 그 마법사는 길시언을 향해 탁한 목소리로 외쳤다.

"너, 넌…… 길시언!"

어라? 둘이 아는 사이인가? 길시언은 프림 블레이드를 높이 들었고 그러자 프림 블레이드는 마구 울어젖히기 시작했다. 웅웅웅웅!

"어쩐지, 선더라이더의 저주가 풀리지 않았지. 제기랄. 네놈이 살아 있었군! 리치몬드!"

리치몬드라구?

길시언은 프림 블레이드로 리치몬드를 겨냥하면서 외쳤다.

"하지만 넌 분명히 죽지 않았나! 스네어트레일의 네 간악한 탑 꼭대기에서 널 집어던졌어. 그때 절벽으로 떨어져 몸이 산산 조각나며 굴러내려가는 네 모습을 똑똑히 보았다. 그건 착각이 아니야. 도대체 어떻게 된 거냐?"

리치몬드라는 그 마법사는 부들부들 떨고 있었다. 그는 간신히 입을 열었다. 탁한 목소리에다 나지막하게 말하니 알아듣기가 정말 힘들었다.

"정말 고통스러웠지. 난 죽음을 초월한 존재지만, 거기에도 단점이 있지. 그 끔찍한 고통, 몸이 산산 조각나는 고통을 산 채로 맛보며 신음해야 했지. 네놈 때문에!"

"죽지도…… 못해? ……너!"

옆에서 제레인트가 입술을 물어뜯으며 말했다.

"당신, 역시 리치인가!"

리치몬드는 대답하지 않고 가만히 공중에 떠 있었다. 길시언은 이를 악물면서 말했다.

"제에기랄! 네녀석이 리치였구나! 난 네놈이 죽은 줄 알고는, 그래서 물러났는데. 빌어먹을! 어쩐지 선더라이더의 저주가 풀리지 않은 까닭이 있었군. 저주의 시전자, 저주의 주체인 네녀석이 죽지 않았기 때문에!"

리치몬드는 갑자기 웃기 시작했다.

"크흐흐흐……, 크핫하하하!"

"뭐가 좋아서 웃는 거냐?"

리치몬드는 통쾌하게 웃더니 다시 음울한 목소리로, 하지만 이를 북북 갈면서 말했다.

"복수의 때가 원하지도 않았을 때 찾아오는군. 내게 화렌차의 가호라도 있었나? 도대체 네녀석이 어떻게 여기 온 것이지? 믿을 수가 없군, 길시언! 하지만 잘됐어. 네녀석 때문에 난 다른 놈의 생명력이나 빨아들이는 신세가 되었지!"

"무슨 말이냐!"

"그 빌어먹을 마법검!"

리치몬드는 날카롭게 외치며 손을 뻗어 프림 블레이드를 가리켰다. 그리고 프림 블레이드는 거세게 울기 시작했다. 웅웅웅웅웅!

"그 빌어먹을 마법검! 그건 도대체 뭐로 만들어진 거지? 그 마법검 때문에 내 용기에 커다란 타격이 있었지. 생명력이 새어나가고 있어! 그래서 매일같이 사람을 죽이는 귀찮은 일을 해야 돼."

"역시……, 그랬군. 부작용이 아니라, 프림 블레이드 때문에……."

아프나이델이 떨면서 혼잣말 비슷하게 말했다. 그러나 리치몬드는 그 말을 듣지 못했는지 계속해서 말했다.

"정말 안됐군. 너희들 말이다. 그 지저분한 생명이나마 사용할까 생각했기에 상처 없이 붙잡으려고 애썼지. 하지만 저 길시언 녀석이 있는 한 그 계획은 수정해야 되겠군. 모두들, 모두들 가장 끔찍스러운 죽음을 맛보게 해주지!"

길시언이 무서운 눈으로 말했다.

"난 이미 너를 한 번 죽였다. 그것도 나 혼자서! 이번에는 나보다 우수한 동료들도 함께 있지. 다시는 부활하지 못할 죽음으로 널 인도해 주마! 화렌차의 가호라구? 천만에! 아샤스의 가호가 나에게 있음이다. 이번에야말로 널 확실히 죽이고 선더라이더의 저주를 풀겠다!"

"크그그긋. 언제나 그렇듯이 자신감이 넘치는 모양이군, 왕자여."

그때 이루릴이 앞으로 나섰다.

이루릴은 허공에 떠 있는 리치몬드를 바라보았다. 그녀는 두 손을 옆으로 벌리며 힘들게 말을 꺼내었다.

"리치몬드 씨. 당신의 이름은 그것뿐입니까?"

다시 냉수 한 양동이. 떨리는군. 일행들 중 몇 명은 이루릴의 질문에 의아한 얼굴이 되었다. 하지만 난 잘 삼켜지지도 않는 침을 힘겹게 삼키며 리치몬드를 바라보았다. 후드에 뒤덮여 있는 리치몬드의 얼굴은 알아볼 수가 없다. 그러나 목소리는 들려왔다.

"이름?"

"네. 당신은 처음부터 리치몬드였습니까?"

"난 많은 세월을 살아왔고 그래서 많은 이름을 가졌지."

이루릴은 가슴이 덜컹 내려앉는 표정을 지었다.

"설마……."

설마, 설마 그 이름 중의 하나가 아주 유명한 어떤 이름이라는 말인가?

"설마, 당신이……."

일행들은 모두 당황하여 이루릴을 바라보았다. 그런데 이루릴은 말을 맺지 못했다. 그녀는 갑자기 리치몬드에게서 고개를 돌리더니 하늘의 한 방향을 바라보았다. 그러자 리치몬드는 말했다.

"엘프, 역시 귀가 좋군. 알아차린 모양이군."

"왜 그러십니까, 세레니얼 양?"

칼이 물었을 때 이루릴은 창백한 얼굴이 되었다. 그녀는 갑자기 리치몬드를 바라보았다.

"이 소리는……, 설마?"

리치몬드는 대답하지 않았다. 그런데 그는 갑자기 어깨에 메고 있던 그 커다란 꾸러미 같은 것을 들어내렸다.

모두들 질겁해서 물러나는 가운데 리치몬드는 그것을 아래로 떨어뜨렸다. 으악! 폭발하는 건가? 아니면 불덩어리가 일어난다든가 지진, 화산, 혹은 태풍이…….

그런 것은 일어나지 않았다. 리치몬드가 던진 것은 그냥 툭 떨어져 땅에 뒹굴 뿐이었다. 우리는 의아한 얼굴로 땅에 떨어진 그것을 바라보다가 다시 리치몬드를 쳐다보았다. 리치몬드는 말했다.

"크핫하하하! 죽음이 무엇인지 경험해 보라!"

그리고 리치몬드는 위로 솟아오르더니 그대로 밤하늘 어딘가로 날아가 버렸다. 저게 뭐야? 우리는 서로를 의아스러운 눈으로 바라보다가 리치몬드가 던지고 간 물건으로 조심스럽게 접근했다.

샌슨과 길시언이 먼저 말에서 내려서는 검을 뽑아든 채 그 물건으로 접근했다. 마법사가 주고 간 물건에 섣불리 접근하는 것은 바보짓일 것이다. 우리는 최대한 주의 깊게 접근했다. 그런데 가까이 다가감에 따라 이상한 냄새가 났다. 이게 무슨…… 피냄새?

우리는 리치몬드가 던지고 간 물건 주위에 모여섰다. 윌로위스프의 창백한 빛 아래에 드러난 것은 큼직한 도마뱀의 시체처럼 보이는 것으로서 원래는 푸른색의 몸이었을 듯하지만 지금은 피투성이가 되어 있었다. 한 가지 특이한 점이 있다면 날개가 달려 있는데다가 이마엔 뿔도 돋아나 있었다. 우리는 정신이 나간 표정으로 그것을 바라보았다.

칼이 신음을 흘렸다.

"맙소사……! 웜링이다."

그러자 제레인트는 곧 입을 감싸쥐었다. 아마 혀를 깨문 모양이다. 그는 입을 틀어막은 채 숨가쁜 목소리로 말했다.

"으거, 어, 워리이라며, 그러다며?"

곧 우리 모두는 기가 막힌 얼굴로 이루릴을 바라보았다. 엑셀핸드가 덜덜 떨면서 물었다.

"이, 이거 봐. 무슨 소리를, 무슨 소리를 들은 거야?"

이루릴은 대답할 필요가 없었다. 그 거대한 소리는 우리들의 귀에도 들려오기 시작한 것이다.

그것은 거대한 날갯짓 소리였다.

웜링은 드래곤의 어린 새끼. 드래곤은 자신의 보물을 훔쳐간 자와 자신의 새끼를 공격한 자에 대해서는 무자비한 복수를, 목숨을 건 복수를 한다. 혹 선한 드래곤이라면 자신의 보물을 영웅이나 현자들에게 선물하기도 한다고 들었다. 우리는 영웅이나 현자는 아니지만 어쨌든 드래곤 로드에게 보물을 선물받았지. 하지만 아무리 선한 드래곤이라 하더라도 자신의 새끼를 공격한 자는 절대로 용서하지 않는다. 가장 확실한 자살의 방법이 있다면 드래곤의 새끼를 건드리는 것이라던가.

그런데 우리 앞에는 그 웜링이 피투성이가 된 채로 떨어져 있었고 하늘 저편에서는 날갯짓 소리가 들려오는 것이다. 멋진 밤이로군. 최고야!

모든 사람의 입에서 동시 다발적으로 고함소리가 터져나오기 시작했다.

"제, 제기랄, 이걸 먹어! 아, 아니 치워!"

"먹어치우라구요?"

"으아아아! 없애버려요! 아, 아니 달아나!"

"날아오는 것으로부터 도망갈 순 없어! 어, 어서 저 웜링 시체를 없애!"

"어, 어떻게 없애죠? 땅을 파나? 태울까요?"

우리 일행은 혼란에 빠져버려 우왕좌왕하기 시작했다. 모두들 무턱대고 고함이나 비명을 지르기 시작했고 말들 역시 무턱대고 푸르릉거렸다. 드래곤이, 드래곤이 날아오고 있는 것이다! 그것도 새끼의 죽음 때문에 아마도 눈이 뒤집혀 있을 것이 확실한 드래곤이! 우와, 이거 미치겠네! 그때였다.

"카아아아아아!"

무서운 포효 소리. 귀가 찢어져나가는 것 같다. 레니는 땅에 무릎을 꿇고는 귀를 틀어막았다. 서 있는 사람들도 모두 귀를 틀어막았다. 젠장! 다리가 떨려! 도망가야 되는데, 도망가야 되는데? 어디로 도망가지? 하늘에서 광포한 바람이 불어오기 시작했다. 말들은 비명을 지르며 난동을 부리기 시작했다. 이힝힝힝! 하늘에서 내려오고 있으니, 하플링처럼 땅을 파고 숨는 것이 아니라면 숨을 도리가 없잖아?

"카아아아아아!"

우리가 당사자가 아니라면 폐부를 찢을 정도로 가슴 아픈 소리라고 느낄 수 있었을지도 모르겠다. 드래곤은 목놓아 울부짖고 있었다. 다만 우리 스스로가 그 분노와 울분의 대상자가 되어 있었기에 동정의 마음이 생기지는 않았다.

이윽고 하늘의 별이 다 사라져버렸다.

드래곤의 거대한 몸이 절벽 사이의 하늘을 모조리 가려버린 것이다. 그때문에 별은 하나도 보이지 않았다. 어디가 머리고 어디가 꼬리일까? 이 황당한 상황에서 난 그것을 궁금하게 여겼다.

"카아아아아!"

이번에는 정말 포효 소리에 날아가버릴 뻔했다. 그때였다. 난 드래곤의 머리가 어느쪽에 있는지 알 수 있었다.

타오르는 선홍색의 눈, 그리고 입 안에서 뿜어져 나오는 밝은 빛 때문에 그림자로 보이는 검은 이빨들이 보인 것이다. 그것은 마치 새카만 밤하늘이 입을 벌리는 것 같은 모습이었다. 입 안이 왜 밝은 거지? 입 안에 불이라도 피워놓고 있나? 잠시 후 나는 그것이 마구 불타오르는 번개의 덩어리라는 사실을 알게되었다. 탓탓탓탓탓!

"벼, 벼락의 브레스! 블루 드래곤이다!"

그때 칼이 앞으로 달리기 시작했다. 그리고 블루 드래곤의 입 안에서 튕겨지는 번개는 점점 더 강렬해졌다. 바아 바아아 바아아아 바아아아아앗. 이윽고 블루 드래곤은 우리들을 향해 번개의 폭포를 쏟아놓을 준비를 갖추었다. 그때였다.

"우리를 공격하면 이놈을 당장 죽이겠소오오!"

칼? 오, 맙소사!

칼은 웜링의 시체를 안아들고는 그 목에 나이프를 들이대고 있었다. 나이프로 찌르든 말든 이미 죽은 웜링이 또 죽을 리가 있나!

하지만 블루 드래곤은 웜링이 죽었다는 사실을 모른다.

"쾌애애애애!"

블루 드래곤은 브레스를 뿜기 직전 급격하게 목을 틀었다. 콰자자자작! 눈알이 타버리는 느낌이다. 블루 드래곤이 토해 놓은 벼락의 강은 암흑의 밤하늘을 발기발기 찢으며 우리 머리 위를 지나쳤다. 모두들 되지도 않는 비명을 지르며 땅에 몸을 던졌다. 땅이 내 몸을 호되게 후려친다. 그러나 우리 일행들이 제각기 질러댄 비명소리는 벼락의 굉음 때문에 하나도 들리지 않았다. 벼락의 폭포는 아슬아슬하게 우리들의 위를 지나쳐서 옆의 절벽에 명중했다.

"캬아아악! 벼락이다!"

네리아는 찢어지는 비명을 지르며 나뒹굴었다. 그리고 절벽이 무너져내리기 시작했다.

쿠…… 쿠…… 쿠…… 쿠웅!

쏴르르르. 자갈 굴러내리는 소리가 요란하다. 그리고 쨍! 쨍! 하는 바위 깨지는 소리도. 자욱한 흙먼지가 일어난다. 난 땅에 엎드린 채 눈을 꼭 감고 그 모든 소리가 사라지기만을 기다렸다.

잠시 후 흙먼지가 가라앉기 시작하는 것 같았다. 난 천천히 고개를 들어올렸다.

맙소사!

벼랑의 모양이 바뀌어 있었다. 조금 전만 해도 수직에 가깝던 벼랑이 거대하게 무너져 경사를 이루고 있었다. 무너진 벼랑에서 쏟아져내린 바위덩어리와 흙무더기는 우리 등 뒤의 길을 완전히 막아버렸다.

고개를 다시 앞으로 돌린 순간 난 눈을 감고 말았다.

짐작했어, 짐작했다구! 뭘 보게 될 건지는 분명히 짐작했어. 하지만 정말 저런 모습이라니! 난 속으로 제미니의 이름을 다섯 번 정도 부른 다음, '이 시점에서 제미니를 부르다니 난 완전히 코가 꿰인 녀석이구나.', 어쩌고 하는 말을 역시 한 다섯 번 정도 웅얼거리고 나서 다시 눈을 떴다.

눈앞에는 꼿꼿하게 서 있는 칼의 뒷모습이 보였다. 그리고 그 앞에는 거대한 푸른 발이 보였다. 발을 따라 시선을 올리니 곧 실팍한 다리와 가슴, 고개를 더 들어올렸으나 목의 아랫부분만이 간신히 눈에 들어왔을 뿐이다. 그 위로 목이 더 이어지고 거대한 머리가 달려 있을 것은 확실하지만 아무리 고개를 뒤로 꺾어도 그 윗모습은 볼 수가 없었다. 이 자리에서 천 큐빗 정도 떨어지지 않는다면 저 거대한 몸 전체를 본다는 것은 불가능할 것 같았다.

그러나 난 그 위에서 암흑을 배경으로 번득이는 붉은 눈은 볼 수 있었다. 두번 다시 바라볼 엄두는 나지 않았지만.

블루 드래곤의 발 크기와 비슷한 칼은 안간힘을 다해 기절하지 않고 서 있었다. 이렇게 가까운 거리, 드래곤이 고개를 좀 숙이기만 한다면 그 웜링이 이미 시체인 것을 알 수 있을 것이다. 그 사실을 들킨다면……. 말도 하기 싫다. 칼은 뼛조각 하나도 남지 않게 되겠지만 그건 나도 마찬가지겠지.

칼은 말했다.

"……!"

하나도 안 들린다. 칼은 잠시 숨을 고르고는 간신히 들릴 만한 목소리로 다시 말했다.

"뒤, 뒤로 물러나시오!"

"크르르르……."

오, 맙소사. 기절해 버릴 것 같아. 이건 드래곤 로드와 만났을 때와는 전혀 다르다. 드래곤 로드의 위압감은 너무 강렬해서 오히려 현실감이 없었다. 완전히 포기하게 되는, 그래서 오히려 안심이 되는 위압감이랄까? 하지만 눈앞의 블루 드래곤은 그야말로 박진감 넘치는 위압감을 선사하고 있었고 그래서 까무러치지 않는 내 정신이 불만스러울 지경이다. 젠장.

블루 드래곤은 천천히 발을 들어올렸다. 으악! 칼, 이제 한 때는 칼이라 불렸던 시체가 되시겠군요. 아니, 나도 곧 한 때는 후치라고 불렸던 뼛조각과 고깃덩어리로 바뀔 테니…….

블루 드래곤은 뒤로 물러났다.

간신히 일어설 수 있었다. 그래서 자존심의 미약한 끄트러기나마 잡을 수 있었다. 주위를 돌아보니 모두들 죽다가 살아난 얼굴을 하고 있었다. 네리아는 벼락에 놀라서 웅크린 채 펑펑 울고 있었고 레니는 네리아의 등 위에 엎드린 채 그녀를 달래고 있었다. 네리아는 번개를 무서워했지.

"네리아 언니, 괜찮아요. 끝났어요. 이젠 괜찮아요."

글쎄. 과연 정말 이제 괜찮을 걸까?

난 후들거리는 팔에서 바스타드를 떨어뜨리지 않으려 애쓰면서 칼에게 다가갔다. 겨우 대여섯 걸음밖에 되지 않는 거리가 헬턴트에서 델하파까지의 거리보다 더 길게 느껴졌지만 난 간신히 칼의 옆에 설 수 있었다.

칼의 몸은 그대로 부서져버릴 듯이 떨리고 있었다. 하긴 그건 나도 마찬가지지. 난 칼에게 말을 걸었다.

"조, 조금 물러나는 것이 어떨까요?"

"아, 안 되네, 네드발 군. 그, 그러니까, 에, 자신 없는 모, 모습을 보였다간……."

"아, 알겠어요. 그런데, 그런데 이제 어떻게 하지요?"

블루 드래곤은 뒤로 다섯 발자국쯤 떨어졌다. 드래곤의 다섯 발자국이다 보니 거리는 삽시간에 100큐빗 정도로 떨어져버렸다. 하지만 여전히 무시무시한 크기였다. 이윽고 길시언과 샌슨도 우리 곁으로 다가왔다. 우리 네 명은 사이 좋게 떨면서 블루 드래곤을 바라보았다. 샌슨이 칼의 귀 가까이 대고 속삭였다.

"카, 카, 칼. 어, 어, 어떻게 하지요?"

"제길, 제기랄! 왜 모두들 그걸 나, 나한테 물어보는 거지? 나도 모, 모, 모르겠다구!"

그때 이루릴이 입을 열었다.

후우, 후우. 자, 이 노릇을 어떻게 한다? 이미 죽어버린 웜링을 가지고 인질극을 벌이는 데도 한계가 있다. 뒤쪽은 무너진 절벽 때문에 막혀버렸고 앞쪽은 블루 드래곤이 떡하니 막고 있다. 요행히 여길 빠져나갈 수 있을지 모르지만 그렇게 되었다가는 우리는 남은 평생 동안 블루 드래곤에게 쫓겨다니는 신세가 될 것이다(그리고 틀림없이 그리 오래 살지는 못할 것이다.). 그렇다면 남은 방법은 드래곤에게 사실을 설명하는 방법뿐이다. 하지만 그걸 믿어줄까? 이미 인질극을 벌이고 있는 마당에 '사실대로 말하자면, 이 애는 이미 죽었는데요, 우리가 죽인 건 아니에요.' ……이런 말이 통할 수 있을까? 혹시 통할 수 있을지 모르지만 블루 드래곤이 새끼가 죽었다는 사실을 알게 된다면 머리 끝까지 화가 나서 우리 같이 하찮은 생물을 단숨에 밟아죽이려들지 않을까?

어떻게 이렇게 빨리 생각할 수 있는지 모르겠다. 이루릴이 말을 시작한 것은 칼의 말이 끝나고 곧장이었는데 그새 이렇게 많은 생각을 떠올린 것이다.

"위대한 드래곤이여."

이루릴의 말은 평온했다. 도대체가 말이야! 엘프와 순결한 소녀를 보호하시는 그랑엘베르여! 좀 너무한다고 생각되지 않습니까? 왜 엘프는 드래곤을 앞에 두고도 저렇게 심드렁하게 말한단 말입니까?

블루 드래곤이 고개를 숙였다. 보나마나 그 눈은 지글지글 타고 있을 테지만 감히 올려다볼 엄두가 나지 않는다. 그래서 난 고개를 돌려 이루릴을 바라보았다.

이루릴은 천천히 앞으로 걸어나왔다. 그녀가 내 옆을 지나칠 때 그녀의 머리카락이 물결치는 모습을 잘 볼 수 있었다. 왠지 그녀는 밤의 여왕처럼 보이는군. 나도 큰일이야. 이런 상황에서 이런 생각이나 하고 있다니.

이루릴은 블루 드래곤 앞에 섰다.

검은 폭포수 같은 그녀의 머릿결이 매끄럽게 쏟아져내리다가 아름답게 흩날린다. 한결같은 평온함. 우리는 한조각 희망을 품고 그녀를 바라보았다. 그녀의 확고하고 흔들림 없는 태도는 우리를 불안에서 끄집어내었다. 그녀는 두 팔을 옆으로 조금 벌리며 부드러운 목소리로 말했다.

"저 웜링은 이미 죽었습니다만."

……역시 그녀는 엘프다.

7

"달아나아앗! 네드발 군! 세레니얼 양을 붙잡아!"

칼은 윌링을 떨어뜨리고는 부리나케 몸을 돌렸고 난 앞으로 달려나갔다.

"이야이야이야아압!"

이루릴의 왼쪽으로 달려들어가서! 그녀의 앞을 돌아! 오른쪽으로 빠져나오면서! 오른팔로 이루릴의 허리를 감아당긴다. 그녀의 가벼운 몸은 아무 저항 없이 공중으로 떠올랐고 난 오른팔에 그녀의 허리를 걸친 채 목숨을 걸다시피 달려갔다. 아니, 진짜 목숨을 걸었다.

"파이어볼!"

아프나이델의 고함소리. 그의 파이어볼이 길을 막고 있는 바위덩어리에 작열했다. 하지만 흙먼지와 돌멩이들이 조금 튀어올랐을 뿐 바위들은 꼼짝도 하지 않았다. 낭패다! 샌슨은 그 위로 뛰어넘을 생각을 한 모양이지만 말들이 뛰어넘을 수 있는 장애물이 아니다. 그때 난 눈앞이 캄캄해지는 광경을 보았다.

레니가 일행들과 떨어져 천천히 이쪽으로 걸어오고 있는 것이다. 젠장! 팔이 하나 남아 있지! 레니는 왼팔로 잡아내야겠군! 난 여전히 오른팔 안쪽에 이루릴을 걸친 채 레니 쪽으로 달려갔다.

그때 레니가 손을 들었다.

"후치. 괜찮아. 멈춰."

응? 뭐지? 난 제자리에 멈춰 섰다. 그러자 이루릴은 두 손으로 내 팔을 짚고는 가볍게 공중을 돌아 땅에 내려섰다. 그녀는 레니처럼 가만히 서 있었다.

주위를 둘러보자 다른 일행들 역시 모두 입을 벌린 채 내 등 뒤를 바라보며 서 있었다. 뭐지? 난 천천히 고개를 돌렸다.

"우…… 우우…… 우……."

블루 드래곤은 땅에 팽개쳐진 윔링 앞에 서 있었다. 그(그녀? 드래곤은 부모가 모두 새끼에 대해 각별하다고 한다. 어미인지 아비인지 알 수가 없지만, 음. 아무래도 여성대명사로 불러줄 엄두는 나지 않는걸.)는 하늘로 길게 목을 뻗어올린 채 울고 있었다.

그것은 가냘프고도 아름다운 목소리였다. 늑대나 다른 맹수들의 울음소리와는 비슷하지도 않았다. 그 소리는 맑고도 잘 울리는 소리였다.

"우루루루루……."

"우루루루루……."

샌슨도, 길시언도 멈춰 섰다. 아프나이델은 캐스팅을 위해 모아올린 두 팔을 천천히 내렸다. 긁힌 정도의 상처도 주기 힘들 화살이나마 쏘아보기 위해 활을 당기고 있던 칼도 시위를 놓았다. 어느새 고개를 든 네리아는 두 손을 모아 입을 가렸고 제레인트는 멈춰 선 채 고개를 숙이고 기도하는 모습이 되었다. 운차이는 냉엄한 눈을 조금 내리깐 채로 다른 방향을 바라보고 있었다. 엑셀핸드는 도끼를 허리에 꽂아넣는 동작을 상당히 과장되게 실행하고 있었다. 거기에 신경 씀으로써 드래곤을 보지 않으려

드는 것 같았다. 그리고 이루릴은 평온한 얼굴로 드래곤을 올려다보고 있었다.

난 레니를 보았다.

위를 올려다보고 있는 레니의 눈은 크게 흔들리고 있었다. 그녀의 눈 가득 맺힌 눈물은 바라보고 있기가 어지러울 정도였다. 또르륵. 마침내 눈물 한 방울이 흘러내렸다. 눈물은 쉽없이 떨어졌다. 그리고 그 동안에도 드래곤의 아름다운 울음소리는 계속되었다.

"우루루루루……."

"우루루루루……."

레니의 입술이 조금씩 열렸다. 뭐라고 말하는지 알아듣기가 힘들었다. 그래서 난 그녀의 입 가까이로 귀를 가져갔다. 레니는 말했다.

"……아파."

"응? 뭐라고, 레니?"

"가슴이 아파."

"가슴이 아프다니?"

"드래곤이…… 드래곤이 슬퍼하고 있어. 그걸 보니 가슴이 아파……."

난 잠시 겁먹은 얼굴로 레니를 바라보았다. 레니의 눈에서는 계속해서 눈물이 흘러내리고 있었지만 그녀의 얼굴 자체는 무표정하다고 말하는 것이 정확할 듯하다. 그녀는 그렇게 무표정하게 울고 있었다. 순간 나는 한 가지 잊었던 사실, 아니 알고 있었지만 느끼지는 못하던 사실을 깨달았다.

레니는 드래곤 라자다.

음? 울음소리가 멈췄어. 나는 고개를 돌려 블루 드래곤을 바라보았다.

블루 드래곤은 고개를 숙여 웜링의 시체를 바라보고 있었다. 그는 주둥이로 시체를 건드렸다가 혀로 핥기도 했다. 하지만 시체는 시체일 뿐이다. 블루 드래곤은 갑자기 입을 크게 벌렸다.

"카아아악! 카아아악! 카아아악! 카아아악! 카아아악!"

블루 드래곤은 목이 통째로 떨어져 나가라고 포효했다. 난 귀를 막으며 주저앉았다. 털썩, 털썩. 다른 사람들도 마찬가지였고 이루릴도 귀를 막으며 무릎을 꿇었다. 그러나 레니는 꼼짝도 하지 않고 그대로 서 있었다.

"크롸라라라라락!"

산맥 전체가 울리는 것 같다. 온몸이 울린다. 귀의 고통은 말로 표현하지 못할 정도이다. 나는 이를 악물었지만 머릿속에서 계속 불꽃이 튀는 것은 어쩔 수 없었다. 눈앞이 하얗게 바뀌었다가 원래대로 돌아왔다를 반복했다. 그때마다 레니의 모습은 똑바로 보였다가 음영이 반전된 모습으로 보였다가를 반복했다. 그러나 레니는 여전히 꼼짝도 하지 않고 서서 울고 있었다.

"크롸라라라라라……."

드래곤의 마지막 포효 소리가 거대한 산울림으로 사라져갈 때, 드래곤은 힘없이 고개를 늘어뜨렸다. 산울림이 사라지고 나자 우리 일행들의 신음소리가 들렸다. 난 무거운 머리를 휘저으며 다시 일어나려고 애썼다. 하지만 도대체 다리에 힘이 안 들어간다.

드래곤은 우리를 쏘아보고 있었다.

찌이이잉. 무슨 소리지? 블루 드래곤은 입을 꾹 다문 채 우리를 바라보고 있었는데 어디선가 날카로운 진동음 같은 것이 들려왔다. 그런데 잠시 후 그 소리는 알아들을 수 있는 소리로 바뀌었다.

"프리스트인가?"

드래곤이…… 말한 건가?

우리는 드래곤을 올려다보았다. 블루 드래곤은 꼼짝도 하지 않고서 우리를 쏘아보고 있었다. 난 고개를 돌려 제레인트를 바라보았다.

제레인트는 손을 들어 자신을 가리키며 말했다.

"저 말씀입니까, 드, 드래곤이여?"

"그렇다. 프리스트인가?"

"예. 테페리의 지, 지팡이인 제레인트 침버라고 하, 합니다. 위대한 드래곤이여."

"부활을 사용할 수 있는가?"

부활? 부활이라구? 제레인트는 황망한 얼굴로 대답했다.

"저, 드, 드래곤이여. 제가 그렇게 느, 늙어보이십니까? 아, 아니. 그런, 그런 막강한 권능은 대단히 오랜 연륜을 가지신 프리스트들이나 사용할, 사용할 수 있는 거, 것입니다."

드래곤은 우울하게 우리를 내려다보았다. 갑자기 그는 이빨을 드러내며 외쳤다.

"그럼 아무 짝에도 쓸모 없는 놈들이 아닌가!"

히이익! 큰일이다! 드래곤이 화났어. 블루 드래곤은 간단히 목소리만으로 계곡을 쩌렁쩌렁 울리게 만들고 있었고 그래서 우리는 가만히 서 있지 못하고 비틀거렸다.

그때 무릎을 꿇고 있던 이루릴이 일어나 앞으로 걸어나갔다.

이루릴은 레니의 등 뒤에 섰다. 그녀는 레니의 어깨를 짚더니 조심스럽게 가슴 쪽으로 잡아당겨 안았다. 레니는 계속해서 울고 있었다. 그녀는 측은한 얼굴로 레니를 껴안았다.

이루릴은 위를 올려다 보며 말했다. 블루 드래곤과는 전혀 달리 이루릴의 목소리는 산들바람처럼 약했다. 하지만 블루 드래곤의 목소리처럼 똑똑하게 들렸다.

"드래곤이여. 당신의 슬픔을 어떻게 위로해야 될지 모르겠습니다."

"닥쳐랏!"

"드래곤이여……."

"누구냐!"

"네?"

"누구냐! 감히 드래곤의 자식을 죽인 놈이 누구냔 말이다! 너는 아니겠지! 엘프가 드래곤의 자식을 죽일 까닭이 없다. 그러나 이 시체가 이곳에 있으니 너희들은 그 살해자의 모습을 보았겠지. 너희들의 눈과 입에 고마워해라! 너희들이 아직 죽지 않은 까닭은 너희들에게 그 살해자를 확인한 눈과, 그것을 말해 줄 수 있는 입이 있기 때문이다! 말해라, 누구냐!"

분노에 젖어 반쯤 미쳐버린 것 같은 모습임에도, 저 위대한 종족은 역시 현명하다. 드래곤은 드래곤인 것이다. 블루 드래곤은 계속해서 미친 듯이 외쳤다.

"부활을 시킬 수 없는 데다가 그것마저 대답할 수 없다면 너희들은 아무런 가치도 없다. 당장 죽여도 상관없는 버러지들! 그러니 너희들의 입으로 너희들의 목숨을 보존하라! 어서!"

칼은 크게 한숨을 쉬고 나서 조심스럽게 말했다.

"저, 그럼 그걸 말씀드리면 저희들은……."

"닥쳐라, 인간!"

조금 전부터 목소리에 맞아 멍이 든다는 말이 실감나게 되는 걸. 블루 드래곤의 고함소리는 정말 우리들의 몸을 아프게 만들고 있었다. 블루 드래곤은 계곡이 무너져라 고함질렀다.

"네놈들이 간특한 줄은 이미 알고 있지만, 감히 드래곤에게 흥정을 하는 것이냐!"

칼은 두말 못하고 입을 다물어버렸다.

"네놈들이 감히 드래곤에게 무엇을 요구하겠다는 거냐! 묻는 말에 대답할 뿐이다. 말해라! 너희들 모두 말을 할 수 있겠지! 말할 때까지 한 놈씩 죽여야겠느냐!"

그리고 블루 드래곤은 곧장 우리들을 둘러보기 시작했다. 히이익? 설마 누구부터 죽일 것인지 고르는 거야?

그때 레니가 이루릴의 팔을 풀어내더니 천천히 앞으로 나섰다. 레니, 맙소사. 레니? 뭘 할 생각이야! 나서면 곧장 죽는단 말이야!

우리는 모두 굳어버렸다. 그리고 블루 드래곤 역시 마찬가지였다. 레니는 우리들과 블루 드래곤 사이의 그렇게 멀지 않은 거리를 한평생처럼 걸어갔다. 레니가 우리와 드래곤의 중간까지 가는 동안 나는 몇 번 숨을 쉬었지?

레니는 울먹이면서 말했다.

"슬퍼하지 않았으면 좋겠어요."

블루 드래곤은 레니를 내려다보았다. 시야 양쪽으로 쭉 펼쳐진 절벽, 그리고 그 사이의 밤하늘을 배경으로, 그가 숨만 좀 거세게 쉬면 당장 날아가 버릴지도 모르는 가냘픈 소녀를 묵묵히 내려다보는 거대한 푸른 드래곤의 모습은 한 폭의 그림 같았다.

블루 드래곤은 말했다.

"드래곤 라자인가……."

블루 드래곤은 하늘을 올려다보았다. 그의 혼잣말이 띄엄띄엄 이어졌다.

"왜 여기에, 왜 여기에 드래곤 라자가……. 도대체 어떻게? 300년의 약속의 기한은 이미 지나간 것이 아니었다는 말인가……."

레니는 블루 드래곤의 말을 제대로 듣지 못하는 모양이다. 그녀는 그저 흐느끼면서 말했다.

"슬퍼하지 말아요. 제발, 제발 울부짖지 말아요. 가슴 아프게 하지 말아요. 하늘을 울리게 하지 말아요……."

블루 드래곤은 레니를 가만히 굽어보았다.

"내 감정에 대해 지배하려 들지 마라. 드래곤 라자의 운명을 가진 소녀여."

레니는 입을 다물고 드래곤을 올려다보았다. 하늘 저 높은 곳에서 드래곤의 말은 계속 이어졌다.

"나는…… 지골레이드."

지골레이드? 이상하다. 어디서 들었던 이름인 것 같다? 길시언이 꿈틀하는 것이 보였다. 하지만 생각에 잠길 여유가 없었다. 그 블루 드래곤은 복받치는 슬픔을 참듯이 한참 동안 말없이 서 있었고 그 얼마 안 되는 시간은 수명이 짧아지는 느낌이 대단한 현실감으로 다가오는 시간이었다.

이윽고 지골레이드는 입을 열었다.

"드래곤 라자의 운명을 가진 소녀여. 말하라. 이것은 드래곤에게 숙명으로 짐지워진 언약이며 난 그것을 거부하지 않는다. 날 받아들이겠는가?"

지독히 혼란된 머리 때문에 잠시 나는 드래곤 지골레이드가 무엇을 말하는 것인지 알지 못했다. 받아들인다? 받아들인다고? 뭘 말이지? 그때 아프나이델이 잔뜩 쉰 목소리로 낮게 외쳤다.

"드래곤 라자의 계약!"

그러자 곧 나도 지골레이드의 말을 이해할 수 있었다. 지골레이드는 지금 레니에게 그것을 묻고 있다. 레니가 자신의 라자가 될 것인지를 묻고 있는 것이다. 피붙이의 죽음으로 가슴을 저미는 슬픔에 빠졌음에도, 숙명의 부름을 무시하지 못하는 저 드래곤 지골레이드가, 지금 레니에게 자신의 드래곤 라자가 될 것인지를 묻고 있는 것이다.

레니는 눈물을 줄줄 흘리면서도 의아한 얼굴이 되어 드래곤을 올려다보았다.

"전, 전 레니예요. 그런데 뭘 받아들인다는 말씀이세요?"

지골레이드는 천천히 고개를 내려 레니를 바라보았다. 마치 고개를 숙여 레니를 관찰하는 듯한 모습이었지만 난 순간적으로 그가 야식 생각이 난 것인가 생각하고는 숨막히는 소리를 내었다.

지골레이드는 레니를 관찰하다가 다시 죽어 있는 웜링을 바라보았다. 그는 잠시 말없이 웜링의 시체를 바라보고 있었으며 그 모습은 마치 슬픔을 억누르는 것처럼 보였다.

잠시 후 지골레이드는 그런 대로 침착함을 되찾은 목소리로 말했다.

"드래곤 라자의 운명을 가진 소녀 레니여. 그대는 드래곤 라자가 되어 나를 저 인간들과 연결지어 줄 수 있다. 그대는 정당한 죽음이 너와 나를 갈라놓을 때까지, 혹은 너와 나 양자의 요구에 의해서 우리가 서로 다른 길을 걷게 될 때까지 그 임무를 수행할 수 있으며, 나 또한 그대에게 충실하며 그대가 연결지어준 인간들에게 충실한 친구로 남을 것이다. 그 임무를 받아들이겠는가?"

"안, 안 되오!"

칼이 갑자기 허겁지겁 앞으로 달려나가며 외쳤다. 레니를 바라보는 지골레이드의 부드러운 눈에서 갑자기 불꽃이 튀었다. 간신히 억제된 분노가 다시 폭발하는 모양이다.

"감히 어디서 떠드느냐!"

부우우웅! 으아! 제기랄! 지골레이드의 거대한 앞발이 위에서 내리꽂혔다. 칼은 그 무서운 기세에 피할 엄두도 내지 못하고는 제자리에 멈춰 서 버렸다. 이런, 안 돼!

콰아아앙!

난 원래 이런 체질은 아니야. 음. 아니라고 생각했어. 하지만, 역시 이렇게 행동해 버리는군.

난 달려가서 칼을 걷어차면서 두 팔을 머리 위로 들어올렸다. 그리고 하늘에서 떨어지는 지골레이드의 앞발을 엇갈려 든 두 팔로 막아내었다. 순간적으로 머릿속에서 불꽃이 튕기며 눈앞이 하얗게 변했다. 도대체 내 몸에 달린 것인지 의심이 될 정도로 멀게 느껴지는 무릎에서 관절이 박살나는 느낌이 아련하게 전해져 왔다. 아마도 한쪽 무릎을 꿇은 것 같다. 입안이 찝찔하군. 이런……, 입술 사이로 피가 흐르는 건가?

화끈거리는 관자놀이 때문에 눈이 불타오르는 기분이다. 난 힘들게 머리를 들었다. 역시 아무것도 보이지 않았다. 난 드래곤의 앞발을 두 팔로 막아낸 것이다. 아래를 보니 꿇어버린 무릎이 땅속으로 손가락 한 마디쯤 들어가 있었다. 어쩐지 무릎이 깨지는 느낌이 들더라.

저 멀리 나동그라진 칼이 힘겹게 몸을 돌리며 외쳤다.

"네드바알 군!"

내 이름의 두 번째 음절은 그렇게 길지 않은데요, 칼. 강세는 첫 번째 음절에 두고.

"임마아, 후치, 이 미친 자식아!"

샌슨의 고함소리. 흐음. 유니크한 호칭이라고는 부를 수 없군. 난 꼼짝도 하지 못하고 있었다. 위에서 지골레이드의 앞발이 내리누르고 있었기 때문에 몸 중에서 움직일 수 있는 것이라고는 머리에 붙어 있는 몇 가지, 그러니까 눈이라든가 입, 목 등이 고작이었다.

갑자기 지골레이드가 발을 들어올렸다. 내가 지금껏 쓰러지지 않은 이유는 위에서 지골레이드가 누르고 있었기 때문인데 지골레이드가 발을 들어올리면? 세상이 옆으로 기울어지기 시작했다. 어라? 왜 저러는 거지? 세상이 옆으로 쓰러져버렸다.

"후치잇! 아아악! 후치잇!"

자꾸 내 이름을 이상하게 부르는군. 난 옆으로 쓰러진 채 두 팔을 가슴 앞에 모으고는 덜덜 떨고 있었다. 끝내주는 기분이 드는군. 팔은 무감각했고 고통은 주로 어깨에서 전해져 왔다. 난 그렇게 무력하게 쓰러진 채 꿈틀거리고 있었다.

달려오는 발소리, 그리고 정신이 나가버릴 정도로 혼란스러운 여러 가지 비명과 고함소리. 날 끌어올리는 것은, 음. 이 거친 손놀림으로 미루어보아 샌슨임에 분명하다. 난 샌슨에게 안긴 채 떨고 있었다. 눈앞에 보이는 제레인트의 얼굴은 자꾸 빙빙 돌고 있었다. 제레인트. 어지럽지 않아요? 킥, 키긱.

"어라? 이놈 웃고 있네? 정신이 나갔나 보군."

엑셀핸드의 말이었다. 그리고 그 뒤로 날 걱정스럽게 바라보는 아프나이델의 모습도 보였다.

"이봐, 후치! 괜찮아? 내가 보여? 내가 누구야?"

"아, 아아. 당신은…… 오래간만이에요, 할아버지! 돌아가신 이후로 처음 뵙는군요."

아프나이델은 얼빠진 얼굴로 날 바라보았다. 샌슨은 피식 웃고는 말했다.

"괜찮은 모양이군."

목이 부러지는 것 같았지만 간신히 고개를 조금 돌리자 사람들 틈 사이로 칼을 부축하는 길시언과 네리아의 모습도 보였다. 그런데 지골레이드는? 레니는?

지골레이드의 목소리가 들려왔다.

"용감한 소년이로군. 경의를 표하지."

오우, 좋았어! 경의를 표한다고? 끝내주는군. 하지만 그 전에 박살난 것 같은 내 팔이나 허리에 대해 경의를 표해 주면 더 좋겠는데. 샌슨이 지골레이드 대신 경의를 표했다.

"어디 보자, 팔 괜찮은 건지."

"꾸으으……윽!"

으아, 으아앗! 이 망할 오거야! 너무 아파서 비명도 못 지르겠다. 제레인트가 기도에 들어가는 모습이 아련하게 보였다. 졸도할 것 같아. 여러분. 잠시 졸도할 테니 내가 깨어나거든 그 모든 것이 꿈이었다고 말해 줘요. 아니, 다 집어치우지. 나 이대로 잠들었다가 일어날 테니까 그때는 내 옆에서 아버지가 날 내려다보고 있어야 돼. 그리고 집 밖에서는 새들의 아침 노래 사이로 제미니의 외침이 들려와야지.

'후치야, 벌집 따러 가자!'

'벌집을 딴다? 똑바로 말하시지.'

'응응. 넌 벌집 따고, 난 벌꿀 먹고. 이힛히히히!'

아무렴. 그게 정상이지. 그게 헬턴트 영지의 초장이 후보 후치 네드발의 아침의 눈뜸이야. 거어럼! 그럼 아제 졸도해 보실까…….

아쉽게도 졸도하지는 않았다. 제레인트의 기도가 끝나고 잠시 후 몸의 고통들이 사라지기 시작한 것이다. 몸속을 씻어내리는 듯한 상쾌한 기분이 든다.

"괜찮아?"

"그런 대로."

난 주위의 환호를 받으며 일어났다. 엑셀핸드는 내 등을 철썩 쳤고 네리아는 날 껴안았다. 하지만 앞에 서 있는 지골레이드 때문에 주위의 환호는 별로 높지 못했다. 우리는 다시 겁먹은 얼굴로 지골레이드를 바라보았다.

푸른 드래곤 지골레이드는 칼을 노려보며 험하게 말했다.

"저 소녀는 아직 대답하지 않았고 따라서 그녀는 나의 드래곤 라자가 아니다. 감히 드래곤의 대화에 끼어들다니, 산산이 조각내어 죽일 놈! 저 소년의 용기에 감사해라. 저 소년의 용기에 대한 경의로서 널 용서하겠다!"

칼은 길시언의 부축을 조용히 물리치며 힘겹게 말했다.

"죄송합니다. 위대한 드래곤이여. 하지만 저 소녀에게 한 마디만 조언하게 해주시겠습니까?"

"이놈!"

칼은 간신히 주저앉지 않았다. 그래서 상당히 엉거주춤한 자세가 되어버렸다.

"이 건방진 녀석! 조언이라구? 이것은 드래곤과 드래곤 라자의 대화이다. 제삼자의 조언 따위는 용납할 수 없다! 비천한 목숨이 아깝지 않다는 말이냐? 죽여야 입을 다물겠느냐?"

칼의 얼굴이 창백해졌다. 그러나 그때 레니가 말했다.

"지골레이드 님. 제발 칼 아저씨의 말을 듣게 해주세요. 제발요."

그러자 지골레이드는 묵묵히 레니를 바라보았다. 그리고 칼도 다시 힘을 내어 조심스럽게 말했다.

"드래곤이여. 제발. 당신의 현명함으로 어리석은 우리들을 판단하지 말아주십시오. 우리는 어리석고 불쌍한 존재입니다. 그래서 서로의 어리석음을 돌보아주기 위해서라도 서로에게 조언을 해야 할 필요가 있다는 것을 이해해 주시기 바랍니다. 부디, 부디 은혜를 베풀어 주십시오."

지골레이드는 대답하지 않았다. 하지만 그는 갑자기 고개를 들어 우리들을 외면하기 시작했다. 칼은 그것이 무언의 승낙이라고 생각했는지 레니에게 조심스럽게 다가섰다. 그 동안에도 그는 몇 번이나 지골레이드의 눈치를 살폈지만 지골레이드는 여전히 외면한 채였다. 칼은 나지막하게 말했다.

"레니 양."

"예. 칼 아저씨."

"승낙하지 말아요."

"예? 하지만……."

"당신은 크라드메서의 드래곤 라자가 되어야 합니다. 우리는 그 때문에 여기까지 달려왔고 다시 달려가려는 것입니다."

"아? 아. 그, 그렇군요."

그때 아프나이델이 재빨리 끼어들면서 말했다.

"잠깐만요. 칼. 만일 레니 양이 거절하면 저 지골레이드는 우리들과 아무런 상관이 없어지게 됩니다. 그렇다면 그는 그 분노 때문에 우리를 단숨에 죽여버릴지도 모릅니다. 저 드래곤에게는 우리가 언제 죽여도 상관없는 미물입니다. 게다가 난폭한 블루 드래곤, 거기다가 웜링의 시체까지 앞에 둔 블루 드래곤 아닙니까?"

"이런……!"

칼은 낭패스러운 얼굴이 되었다. 다른 사람들도 마찬가지였다. 이런 골치 아픈 경우가 다 있나. 샌슨이 눈에서 불똥을 튀기면서 말했다.

"모두 얻거나, 모두 잃거나입니다. 레니 양. 걱정하지 말고 거절해요. 제가 목숨을 걸고 당신을 지키겠습니다."

그러자 칼은 곧 혀를 차다.

"이건 드래곤 슬레이어가 나오는 옛날 이야기가 아니네, 퍼시발 군!"

칼은 침통한 얼굴이 되었다. 레니는 어쩔 줄을 모르고 주위를 둘러보았다. 그러다가 그녀는 뭔가 결심을 굳힌 얼굴이 되었다. 레니는 고개를 휙 돌려 지골레이드를 바라보았다.

"저, 지골레이드 님."

웜링의 시체를 내려다보고 있던 지골레이드는 한숨처럼 말했다.

"말하라."

"제가 거절하면, 우리들을 다 죽이실 건가요?"

우리는 바짝 긴장해서 지골레이드의 대답을 기다렸다. 지골레이드는 쌀쌀맞게 말했다.

"네가 거절한다면 난 여전히 자유로운 드래곤이다. 너희들과의 우정의 의무가 없다."

무슨 말인지 알겠군! 저놈, 우릴 죽일 모양이군!

그때 어디선가 바득 하는 소리가 들려왔다. 고개를 돌려보니 그것은 길시언의 입 속에서 나는 소리였다. 길시언, 희한한 소리를 내시는군요? 길시언은 목청껏 외쳤다.

"네가 어떻게 자유로운 드래곤인가!"

어라? 길시언, 무슨 말을 하는 것이지? 지골레이드는 그 커다란 목을 길시언에게 휘었다. 저 커다란 목이 휙휙 움직이는 것을 보니 정신이 하나도 없는걸.

"지골레이드라는 이름이 널 가리킨다면, 넌 바이서스 왕가의 드래곤이다! 캇셀프라임이 그러하듯이 넌 왕의 드래곤이란 말이다!"

뭐라구? 길시언은 프림 블레이드로 지골레이드를 곧장 겨냥하면서 말했다.

"너! 넌 분명 돌맨 할슈타일을 너의 라자로 가질 것이다! 그런데 네가 어떻게 자유로운 드래곤인가! 어찌하여 네가 자이펀과의 전선이 아닌 이곳에 있다는 말이냐!"

돌맨 할슈타일? 할슈타일……. 지골레이드?

잠깐, 잠깐만. 생각을 좀 정리해 보자구. 그랜드스톰에서, 그래. 그렇다. 할슈타일 가의 돌맨, 분명히 들었던 기억이 난다. 자이펀 전선에서 싸우고 있다지? 돌맨은 역사상 최약의 드래곤 라자라지? 어, 어쨌든 그렇다면 저 지골레이드는 드래곤 라자를 가진 드래곤이다.

그런데 저 드래곤이 여기서 도대체 뭘 하고 있는 것이지?

지골레이드는 길시언을 바라보았다. 그는 갑자기 고개를 갸웃거리더니 말했다.

"넌……, 어디선가 본 기억이 있는데. 누구지?"

"네가 날 보았을 때는 내가 아주 어릴 때였지. 지금과는 모습이 다를 것이다. 하지만 아직 어릴 때의 모습이 조금 남아 있나 보군."

지골레이드는 다시 그 거대한 목을 숙여 길시언에게 향했다. 길시언은 놀란 얼굴이 되어 프림 블레이드를 거세게 들어올렸지만 지골레이드는 괘념치 않았다. 묵묵히 길시언을 바라보던 지골레이드는 말했다.

"그렇군. 누구인지 대충 짐작하겠군. 그 망나니 왕자로군? 너희 인간들은 너무 빨리 자라는군."

지금은 웃으면 안 되겠지. 하지만 웃고 싶은걸. 길시언은 불만스러운 얼굴로 말했다.

"날 기억한다면 내 말에 대해 대답해서 바이서스 왕가의 적손인 날 설득해라! 왕의 드래곤이여!"

지골레이드는 이빨을 드러내며 으르렁거렸다. 그런데 그게 꼭 웃는 것처럼 보였다.

"누구에게 명령하는 것인가!"

휘이익! 갑자기 시야 오른쪽에서 뭔가가 움직이기 시작했다. 그것은 순식간에 우리 머리 위를 스치고 지나갔다. 바람 때문에 머리카락이 다 뽑혀 나갈 것 같다. 위이이잉! 우리 머리 위를 지나간 지골레이드의 꼬리는 절벽에 부딪쳤고 거대한 진동음이 울려퍼졌다. 콰아아앙!

오늘은 정말 가만히 서 있는다는 지극히 간단한 동작을 취하는 것이 힘든 날이군. 난 엎드린 채 땅에 부딪힌 코를 쓰다듬으면서 고개를 들어 옆을 보았다. 옆에서는 네리아가 나와 비슷한 자세로 엎드려 있었다. 좌르르르르. 지골레이드의 꼬리에 강타당한 절벽에서 돌멩이들이 요란한 소리를 내면서 떨어져내렸다.

조금 앞쪽에 있던 길시언은 무릎을 꿇지 않기 위해 애쓰고 있었다. 하지만 떨리는 턱까지는 어떻게 할 수 없는 모양이다. 길시언은 흐르는 땀 때문에 달라붙은 머리카락을 거칠게 떼어내었다.

지골레이드는 호통치듯 말했다. 그냥 말해도 호통치는 것 같다.

"감히 누구에게 명령하는 것인가! 왕의 드래곤이라고? 허튼 소리! 난 누구의 소유물이 아니다!"

"무, 무슨 말인가? 설명해…… 주시오."

지골레이드는 날카롭게 말했다.

"드래곤과 드래곤 라자는 양자의 동의에 의해 서로 다른 길을 걸을 수 있다. 그 덜 떨어진 녀석을 떠나고 싶었던 것은 녀석과 계약을 할 때부터였다! 숙명의 잔혹함이 일신을 구속하게 된 그 때부터! 그리고 나의 자식이 생겼을 때 이후로는 매일같이 떠나게 해달라고……."

지골레이드는 잠시 말을 멈추고 구슬픈 눈빛으로 윌링을 바라보았다. 우리들도 잠시 숙연한 얼굴로 그것을 바라보았다. 지골레이드는 다시 우리들에게 말했다.

"하지만 여태껏 놈이 동의하지 않아서 떠날 수 없었지."

칼이 질린 얼굴로 말했다.

"돌맨 할슈타일이 허락하지 않았으니, 떠나실 수 없었다는 말이군요. 그런데 과거형으로 말씀하시는군요. 그렇다면 지금은……?"

지골레이드는 음울하게 말했다.

"녀석이 동의했다는 말이지. 그래서 난 나의 자식과 함께 어리석기 짝이 없는 그 인간들의 전쟁이라는 것을 등질 수 있게 되었다. 나 역시 넌더리가 났지만……, 무엇보다도 고귀한 내 자식이…… 인간들의 쓸모 없는 싸움박질을 보지 않게 된 것이 가장…… 즐거웠다."

지골레이드는 하늘을 바라보며 포효했다.

"소중한 시간은 어찌 이리도 빨리 끝난다는 말이냐아! 유피넬과 헬카네스의 딸 시간이여! 이것은 너무 잔혹하지 않은가!"

아무래도 귀가 이상해질 것 같군. 목소리만으로 땅을 울리게 만드는 존재하고 너무 오랫동안 이야기했어. 지골레이드는 활활 타오르는 눈으로 우릴 내려다보았다.

"내 자식의 살해자도 틀림없이 인간이겠지!"

어? 어? 섬뜩한 기분이 드는데?

"너희들을 어떻게 할 것이냐고! 교만하게 두 다리로 서 감히 하늘을 쏘아보는 너희 간악한 놈들을 어떻게 할 것이냐고오! 저 소녀가 거절한다면!"

지골레이드는 무서운 눈으로 우릴 노려보며 다시 한번 외쳤다.

"저 소녀가 거절한다면!"

제길! 압력을 가하면 터지는 법이야! 난 바스타드를 뽑아들었다. 속에서 악 쓰는 소리가 막을 수도 없이 튀어나왔다.

"레니가 거절하면! 나 역시 너에게 우정의 의무가 없다! 난 자유로운 인간으로 너 같은 이상 비만 도마뱀을 죽일 수 있다구!"

지골레이드는 날 내려다보았는데 저 표정은 아무래도 드래곤식으로 어처구니없다는 표정일 것 같다. 다른 사람들도 결심을 굳힌 얼굴이 되었다. 네리아는 떨면서 트라이던트를 들어올렸다.

"쓸쓸한 죽음이 아닌 것만 해도 다행이야."

엑셀핸드 역시 배틀 액스를 꽉 움켜쥐었다.

"선조들께서는 지하의 곳곳에서 드래곤과 맞서 싸우며 아름다운 동굴을 만드셨다. 그리고 그 피는 불민한 후손인 나에게까지 흐르고 있다."

"길지 않은 생. 화려하게라도 끝내면 좋겠지요."

아프나이델은 만사 포기한 얼굴이 되어 그렇게 말했고 반대로 제레인트는 크게 흥분하고 있었다. 그는 신나는 표정으로, 오, 맙소사. 신나는 표정이라니. 아무리 언제 죽어도 상관없는 테페리의 프리스트라지만……. 어쨌든 그런 표정이 되어서는 말했다.

"세피아파인 고개, 제레인트의 파멸. 노래 하나 될 거야. 이런, 제기랄! 안타깝게도 목격자가 없잖아?"

운차이는 우리를 쏘아보더니 이빨을 드러내고 으르렁거렸다.

"미친 북부 놈들."

하지만 그 역시 롱소드를 힘있게 들어올렸다.

칼은 황당한 얼굴이 되었다. 그는 우리들을 돌아보며 어이없는 표정을 지었다. 그러나 그가 여태껏 무슨 말을 해야 할지 고민하고 있던 샌슨에게 말했을 때 난 웃고 말았다.

"퍼시발 군. 레니 양을 부탁한다. 우리가 혈로를 뚫겠다. 레니 양을 갈색 산맥까지 안전하게 호송하도록."

"카, 칼!"

"반대는 용납하지 않아. 경비 대장 퍼시발! 나는 헬턴트 영지의 전권 대리인이다. 레니 양이 갈색 산맥에 도착하지 못하면 대륙 전체가 끝장이다. 자네가 여기선 가장 빠르니 자네에게 명령하는 것이다."

그리고 칼은 활을 들어올렸다. 샌슨은 이를 부드득부드득 갈아대기 시작했다. 레니는 두손으로 입을 틀어막은 채 어쩔 줄 모르고 주위를 둘러보았다. 지골레이드는 그야말로 할말이 없다는 듯이 우리를 내려다보았다.

"그 불쌍하도록 작은 머리가 미치기까지 했군……."

윽. 저 자식이 목숨 팽개치고 싸울 사람에게 경의를 표하지는 못할망정. 레니는 어찌할 줄을 모르고 주위를 둘러보다가 고개를 가로저었다. 그녀는 갑자기 외쳤다.

"아, 안 돼요!"

우리들은 지골레이드에게 무기를 겨눈 채 경악한 눈으로 레니를 바라보았다. 놀란 나머지 아무도 말릴 생각을 못하는 가운데 레니는 서슴지 않고 외치기 시작했다.

"저, 전 당신을 받아……."

"레니 양."

레니를 말린 것은 지금껏 조용히 있던 이루릴이었다.

그녀는 천천히 레니의 어깨를 짚었다. 레니는 말을 멈추고는 눈물로 범벅이 된 얼굴을 들어 이루릴을 바라보았다. 이루릴은 말했다.

"저 사람들은 당신을 갈색 산맥으로 보내기 위해 하나뿐인 목숨을 걸었습니다. 당신이 거절하면 저 사람들은 주인 없는 드래곤을 만난 존재. 따라서 모두 죽겠지요. 하지만 그런 것에 신경쓰지 말아요."

"예……에?"

"당신이 승낙하면 그것은 당신 속에 있는 저 사람들을 죽이는 것입니다. 전 대미궁에서 그렇게 배웠습니다. 아니, 그 전부터 저들과 함께 하면서 배워온 사실이지요. 당신에게 기대하고, 당신을 사랑하는 사람들의 소망을 뿌리치지 않는 것이 좋을 것 같아요."

"이루릴 언니……."

"저 사람들이 무엇 때문에 일스까지 당신을 찾아가고, 그리고 영원의 숲으로, 대미궁으로 당신을 따라갔는지를 생각해 보세요. 그들은 어차피 목숨을 돌보면서 당신을 추적한 것이 아닙니다. 당신이 결론을 내리기 어려울 것 같지만, 지금 이 상황에 대한 대답은 오래 전에 이미 나와 있는 것이 아닐까요?"

레니는 이루릴을 망연히 올려다보았고 이루릴은 미소를 지었다.

레니는 다시 고개를 돌렸다. 그녀는 지골레이드를 올려다보았고 지골레이드는 그녀를 내려다보았다. 레니는 몇 번이나 숨을 몰아쉬고는 간신히 말했다.

"저, 저, 전 다른 드래곤을 찾아가는 중이에요."

"나도 들었다. 그래서?"

"그래서, 어, 그래서……."

레니는 다시 말을 끊고는 우리들을 둘러보았다. 내 얼굴에 미소가 떠올랐다면 좋겠는데 말이야.

"난, 저, 죄송해요. 이런 이야기, 언짢으시겠지만……."

"말해라."

"그러니까. 어, 전 그 동안 쭉 생각했어요. 밤에 모포에 누울 때, 아침에 눈을 뜰 때, 네리아 언니의 등 뒤에 앉아서 말을 달릴 때. 드래곤의 라자가 된다는 것은 어떤 것일까를 생각했어요."

난 조용히 레니를 바라보며 놀람에 젖어드는 가슴을 달래었다. 그렇군. 레니는 당사자야. 난 그녀는 당연히 드래곤 라자일 것이라고 생각했고 그 사실에 대해서는 아무런 의심이 없었다. 단지 어떻게 갈색 산맥에 도착하는가 하는 것이 나의 관심사였지. 하지만 레니는 다르겠군.

"이분들은 저를 데리고 가면서도 그런 이야기는 전혀 들려주지 않았어요. 드래곤을 부리게 되면 큰 돈을 구하겠다느니, 나라를 세우겠다느니, 그런 말씀들이 전혀 없었어요. 마치 아무것도 바라는 것이 없는 것 같았어요. 그래서 저도 드래곤 라자가 된다는 것이 도대체 뭔지 이해할 수 없었어요."

레니는 잠시 가쁜 호흡을 가다듬고 말했다.

"이분들은 그저 절 그곳에 데리고 가서 크라드메서라는 드래곤을 만나게 하기만 하면 모든 것이 끝나는 것처럼 행동하셨어요. 그래서 저도 '아무 일도 하지 않아도 되는 모양이구나, 시시하네.', 그렇게 생각했어요."

지골레이드는 말없이 레니를 내려다보았다. 레니는 점점 호흡이 힘들어지는지 가슴을 크게 들썩거리며 말했다.

"하지만 전 지금 알게 되었어요. 아니, 한 가지는 알게 되었어요. 여기 이분들은 목숨을 걸고 그 일을 한다는 거요. 그러니까, 그러니까 그건 대단히 중요한 일일 거예요. 그러니까 저 같은 계집애는 상상도 할 수 없을 만큼 중요한 일일 거예요."

레니는 마지막으로 비명을 토하듯이 급하게 말했다.

"저, 그래서, 당신의 라자가 될 순, 그럴 순 없어요. 하지만 우릴 죽이지 말아요!"

좋았어! 레니, 허락한다면 키스해 주고 싶은데? 전투 준비! 이제 아무나 돌격 신호만 외치라구. 그럼 죽으러 달려갈 테니까. 긴장된 근육은 끊어져 나갈 듯한 느낌을 보내왔고 심장은 쾅쾅거렸다. 입안에서 단내 같은 것이 나며 머릿속은 윙윙거린다. 호흡을 고르자, 호흡을. 난 바스타드를 가볍게 쥐기 위해 애썼다. 어느 부위를 노리고 들어갈까. 흠. 덩치가 크니까 때릴 곳도 많군, 그래. 어떻게 쳐도 빗나갈 염려는 없는걸?

지골레이드는 말했다.

"그렇다면 내 차례인가."

좋아, 시작할까? 세피아파인 고개. 후치의 파멸, 그 멋진 시작이다.

"누가 나의 자식을 죽였는가. 말한다면 너희들을 고이 보내주겠다."

이제 돌격! 아니아니, 정지! 정지! 잠깐, 뭐라구? 고이 보내준다고?

우리는 당황하여 지골레이드를 바라보았다. 지금 드래곤이 우리에게 조건을 제시하는 것인가? 우리를 찢어발겨서 진실을 짜내는 것이 아니라, 정중하게 흥정을 시작하는 것인가? 우리 같은 미물에게? 칼은 활을 내리며 말했다.

"그, 그렇게 말씀하신 뜻은……."

칼은 말을 맺지 못했다. 팽팽해진 물주머니가 터지듯이 네리아의 목소리가 쏟아져나왔기 때문이다.

"리치몬드요! 마법사요! 새까만 마법사요! 그러니까 리치몬드인 리치요! 아니, 리치인 리치몬드요! 에엑! 이름이 리치몬드니까 아마 애칭도 리치일 거예요! 그러니까 리치요! 리치인 리치요!"

모든 사람(엘프, 드워프, 그리고 드래곤도 포함해서)들의 시선이 네리아에게로 쏠렸다. 지골레이드는 호통을 쳤다.

"도대체 몇 명인가!"

네리아는 겁먹은 목소리로 조그맣게 말했다.

"리치몬드요오……."

"그건 누구인가?"

"마법사인데요. 그 녀석이 갑자기 우리 앞에 저 웜링을 던지고 날아가 버렸어요. 우리에게 덮어씌우려고……."

"어느 방향으로?"

"저어기, 저쪼옥……."

"알았다. 이젠 너희들에게 용무가 없다."

지골레이드의 고개가 휘익 움직였다. 그는 땅에 떨어져 있던 웜링의 시체를 노려보았다.

갑자기 땅에 떨어져 있던 웜링의 시체가 천천히 떠오르기 시작했다.

산들바람들이 몰려와 낙엽을 떠오르게 만들듯이, 그 시체는 부드럽게 떠올라 지골레이드의 머리 높이까지 떠올랐다. 웜링이 떠오르는 것과 동시에 떨어진 물방울은……. 한 가지는 분명하다. 드래곤은 눈물을 흘릴 줄 아는 존재다. 크라드메서가 미드 그레이드를 황폐화시키다가 붉은 산맥으로 날아갈 때 눈물을 흘리며 날아갔다는 이야기를 이제는 믿을 수 있을 것 같다.

그리고 지골레이드의 날개가 서서히 움직이기 시작했다.

천천히 움직이며 밤하늘을 가려가는 날개, 언제까지라도 계속

될 듯한 날개의 움직임이 멈출 때까지 나는 숨도 제대로 쉬지 못했다. 마침내 지골레이드의 날개가 절벽 위의 하늘을 거의 가려버렸다.

거센 광풍. 그리고 지골레이드가 떠오르기 시작했다. 드래곤들은 말이야! 도대체! 시무니안은 얼마나 신경질이 날까. 저런 거대한 몸이 제멋대로 땅에서 떠오르다니.

어쨌든 지골레이드는 그렇게 말도 안 되도록 떠오르기 시작했다. 그가 떠오름에 따라 웜링의 시체 역시 똑같이 떠올랐고 우리는 바람에 흩날려 이리저리 비틀거렸다. 말들은 다시 비명을 질러대기 시작했다.

이윽고 지골레이드는 계곡 위로 떠올랐다. 공중에서 잠시 멈춰선 지골레이드는 우리들을 내려다보았다. 갑자기 그의 말소리가 들려오기 시작했다.

"소년. 나에 대한 호칭, 재미있더군."

소름이 쫙 돋으면서 동시에 얼굴이 붉어지니까 기분이 정말 이상한걸. 지골레이드는 조용히 웃었다.

"하하하하……."

지골레이드는 그렇게 웃더니 곧 리치몬드가 사라진 방향으로 날아가기 시작했다. 그 순간 그의 눈에서 밤하늘을 붉게 물들일 것만 같은 불길이 쏟아졌다. 그리고 포효 소리가 우렁차게 울렸다.

"단언한다! 리치몬드는 지골레이드에게 죽을 것이다! 유피넬과 헬카네스도 이를 막진 못할 것이다!"

잠시 후 그 거대한 몸은 절벽 너머로 사라져 보이지 않게 되었지만 그 굉장한 날갯짓 소리는 한참 동안이나 계곡을 울리게 만들었다. 하지만 그 소리도 잦아들더니 이윽고 계곡 사이로 부는 바람 소리만 남게 되었다. 고요한 밤이다.

"갔네?"

제레인트의 말소리. 왠지 섭섭하다는 느낌이 스며 있다.

"갔군."

이건 엑셀핸드의 말로서 허탈한 기분이 스며 있었다.

"갔어!"

이건 네리아다. 네리아는 곧장 샌슨의 손을 덥석 잡더니 빙글 빙글 돌면서 춤을 추기 시작했다.

"갔어! 갔어! 살았어, 살았다구! 으핫하, 핫, 으하하하!"

나머지 일행들 모두의 고함소리. 모두들 정신없이 웃기 시작했다. 이루릴은 레니의 어깨를 그러안았고 레니는 이루릴을 껴안은 채 펑펑 울고 있었다.

"죽는 줄, 죽는 줄 알았어요! 으아아아앙!"

칼은 고개를 숙인 채 심호흡을 하고 있었다. 길시언은 이마를 닦으며 검을 꽂아넣었고 아프나이델은 결국 주저앉아서 창백한 얼굴을 두 손으로 가리며 한숨을 쉬었다.

"후우. 살았어. 후우우."

갔어! 블루 드래곤은 그냥 가버렸어! 이야호! 난 엑셀핸드의 손을 붙잡고 말도 안 되는 노래를 부르며 춤을 추었다.

"성밖 물레방앗간에는! 으싸으싸! 방아소리 요란한데! 우라차차!"

노래를 이상하게 바꿔 불렀지만 상관 없었다. 엑셀핸드 역시 시뻘건 얼굴로 전혀 알아듣지 못할 드워프의 노래를 고래고래 부르고 있었기 때문에 내 노래는 하나도 들리지 않았으니까. 살았어!

엑셀핸드를 다시 말 뒤에 태워 출발하는 것은 여간 성가신 일이 아니었다. 그는 원래 드래곤의 위협으로부터 살아난 드워프는 반드시 노래 100곡을 불러야 되는 것이 아닌가 싶을 정도로 흥분해 있었으니까. 어쨌든 우리들은 간신히 진정하고는 다시 세피아 파인 고개를 횡단할 준비를 갖추었다. 출발 직전, 말 위에서까지 노래를 불러대고 있던 엑셀핸드가 말이 갑자기 출발하자 그대로 굴러 떨어지는 사소한 사고가 있었지만 그런 대로 부드러운 출발이었다.

모두들 너무 웃고 나서 힘이 빠진 상태였지만 살아났다는 기쁨 하나만으로 힘차게 말을 출발시켰다. 샌슨은 심술궂은 얼굴로 말했다.

"리치몬드 녀석, 자기 꾀에 자기가 빠졌군. 블루 드래곤에게 쫓겨다니게 되었으니 따분할 틈은 없겠는걸?"

모두들 쾌활하게 웃었다. 말을 천천히 걸리면서 칼은 길시언에게 말했다.

"천만 다행한 일입니다."

"예. 그렇습니다. 드래곤이 우리 같은 미물에게까지, 뭐 그는 그렇게 생각할 테니까요. 어쨌든 논리로써 대해 준다는 것이 너무도 놀라웠습니다."

"예. 그런데 말입니다. 지골레이드가 자유로운 드래곤이 되었다는 것, 신기한 일이군요."

"그렇습니다. 도통 이해할 수가 없군요. 돌맨이 왜 계약을 파기한 것일까요?"

"양자 모두의 동의가 아니면 그 계약은 불가침이라지요? 지골레이드의 경우는, 조금 전 나눠본 이야기로는 그 드래곤 라자로서의 권능이 약한 돌맨에게 매여 있는 것이 싫었을 뿐 아니라 그 자식을 위해서도 자유로운 드래곤이 되길 원했던 것 같습니다. 그러나 돌맨은 왜 그것을 허락해 주었을까요? 자이펀과의 최전선에서 싸우는 드래곤을 자의로 풀어줄 수는 없을 텐데요."

"예. 그가 혹 지골레이드의 요청을 받아줄 마음이 들었다고 하더라도 전선 지휘관들이 허락해 줄 까닭이 없는데. 정말 이상한 일이군요."

으음. 정말 이상한 일이군. 지골레이드는 최전선에 있어야 되는 드래곤인데 왜 자유로운 드래곤이 되어 여기서 얼쩡거리는 거지? 왜 돌맨은 그를 자유롭게 놓아준 것이지? 길시언은 갑자기 후미에서 걸어오던 운차이를 바라보았다.

"이봐, 운차이. 자이펀 쪽에서는 지골레이드를 어떻게 평가하지?"

운차이는 음울한 눈으로 길시언을 바라보다가 한숨처럼 말했다.

"지골레이드의 출격 정보는 1급 비상 사태였다. 하지만 자주 있지는 않았지."

"자주 있지는 않았다고?"

"난 주로 바이서스 내부에서 활동해서 정확한 정보는 모른다. 하지만 듣기로 지골레이드는 그렇게 열성적으로 싸웠던 것 같지는 않다. 드래곤은 하늘을 날 수 있고 벼락을 뿜는다. 그 이동속도를 따라잡으면서 반격을 준비하는 것은 극히 어렵다. 하지만 아직껏 자이펀이 바이서스와 대등한 싸움을 하고 있다는 것을 본다면 짐작할 수 있지 않은가?"

"흐음. 그도 그렇군. 지골레이드는 확실히 달갑지 않은 싸움을 하고 있었단 말이지."

길시언은 고개를 끄덕였다. 하지만 그는 의아한 얼굴이었다.

"하지만 그렇다고 돌맨이 그를 자유롭게 놔줬다고? 이해하기 어렵군."

"저……, 몰래 놔준 것이 아닐까요?"

내 질문에 칼과 길시언은 날 바라보았다.

"저, 디트리히 할슈타일 말이에요. 캇셀프라임의 라자였던 소년. 그 소년은 캇셀프라임이 굶고 있으니까 밤중에 산 속을 돌아다니는 일도 마다하지 않던데요. 라자는 드래곤을 사랑하는 것이 아닐까요? 그러니까 돌맨 할슈타일도 지골레이드가 측은해서 놔준 것이……."

칼은 빙긋 웃었다.

"글쎄. 그럴듯한 추리로군, 네드발 군. 하지만 밤중에 산 속을 뒤지는 것과 지골레이드를 함부로 전선에서 물러나게 하는 것은 커다란 차이가 있을 것 같은데."

"그렇긴 하지만."

"전쟁터에서? 아냐, 네드발 군. 아무래도 이상해. 옆에서는 많은 병사들이 죽어가고 있어. 그 상황에서 죽을 염려도 별로 없는 드래곤이, 단지 싸우기 싫어한다는 이유만으로 물러나게 허락한다는 것은 아무래도 이상해."

난 머리를 긁적이다가 래셔널 셀렉션 위에 앉아 있는 이루릴을 돌아보았다.

이루릴은 고민에 잠긴 모습이었다. 살아난 것이 별로 기쁘지도 않은 것인가?

"이루릴, 왜 그런 얼굴이세요?"

"예? 아, 그자의 다른 이름을 듣지 못한 것이 아쉽군요."

다른 이름이라구? 어, 그렇군. 그러고 보니 그것을 확인하지 못했는걸. 리치몬드가 과거 어떤 다른 이름으로 불렸는지를. 으으. 이거 고민거리가 한두 개가 아니로군.

"천천히 고민하지요. 음. 일단은 살아난 것을 기뻐해야 되는 거 아닐까요?"

이루릴은 미소를 지었다. 그러나 그녀는 다시 굳은 표정이 되었다.

계곡을 빠져나와 다시 숲 사이로 난 길을 지나게 되었을 때, 이루릴은 갑자기 목소리를 높여서 말했다.

"저, 여러분."

우리들은 모두 이루릴을 바라보았다. 이루릴은 차분한 목소리로 말했다.

"여러분과 헤어져야겠습니다."

"예?"

샌슨이 비명처럼 말했다. 어, 어? 무슨 말이야? 제레인트는 눈을 동그랗게 떴고 네리아는 입을 딱 벌렸다.

"이루릴 언니?"

"어, 세레니얼 양? 갑자기 무슨 말씀이십니까?"

이루릴은 우리들을 바라보며 말했다.

"전 그 리치몬드를 쫓아가고 싶습니다. 그가 과연 누군지를 확인해야겠습니다."

칼은 당장 이맛살을 찌푸렸다.

"리치몬드가 핸드레이크일 것이라고 생각하십니까?"

아프나이델이 눈을 커다랗게 떴다. 그리고 길시언과 엑셀핸드도 당황한 표정이 되었다.

"어, 예? 핸드레이크라니요? 갑자기 무슨 말을 하시는 겁니까?"

아프나이델의 질문에 칼은 난감한 표정을 지었다. 짧게 설명할 수 있는 이야기가 아닌 것이다.

"천천히 설명드리겠소. 그런데 세레니얼 양. 단지 그가 리치라는 이유만으로 그를 핸드레이크라고 생각할 수는 없습니다."

"아니라고 단정할 수도 없습니다. 따라서 확인해야 합니다. 만일 시간이 늦어 리치몬드가 지골레이드에게 살해당한다면 영영 확인할 길이 없을지도 모릅니다."

"허어, 이런……."

"만일 그가 핸드레이크가 아니라면, 곧 여러분들에게로 돌아오겠습니다."

"저에겐 세레니얼 양의 자유를 간섭할 권한은 없습니다. 오히려 지금껏 함께해 주시고 도움을 베풀어 주신 것에 고마워해야 마땅한 일이지요. 알겠습니다."

네리아는 울상이 되어 이루릴을 바라보았다.

"정말, 정말 갈 거예요?"

"예. 네리아. 제가 여행을 시작한 목적이었으니까요."

"알겠어요. 응……, 하지만 저 못된 마법사가 핸드레이크일 것이라고는 생각되지 않는데요."

"확인하지 않은 이상 뭐라 말씀드릴 수가 없군요. 하지만 헬카네스는 문제 옆에 열쇠를 숨기는 법이지요."

"드래곤 로드의 말이오?"

"예."

이루릴은 다른 사람들과도 모두 작별 인사를 나누었다. 샌슨은 말이 제대로 나오지 않아서 그저 간단하게 좋은 여행이 되기를 바란다고 말했다. 엑셀핸드는 잘 가라고 말했고 아프나이델은 만나자마자 헤어져서 섭섭하다고 말했으며 제레인트는 곧 다시 보자고 말했다.

나는 뭐라고 했냐고?

"귓가에 햇살을 받으며 석양까지 행복한 여행을."

그러자 이루릴은 방긋 웃었다.

"웃으며 떠나갔던 것처럼 미소를 띠고 돌아와 마침내 평안하기를."

그리고 이루릴은 래셔널 셀렉션을 되돌렸다.

"갈까요, 래셔널 셀렉션."

푸르르릉. 이힝힝! 래셔널 셀렉션은 전혀 밤새도록 걸어왔던 말답지 않았다. 래셔널 셀렉션은 앞발을 높이 구르더니 곧 힘차게 달려갔다. 이루릴은 그렇게 뒤도 돌아보지 않고 절벽 옆을 따라 난 숲 속으로 사라져갔다. 잠시 후 다각거리는 말발굽 소리만이 들려오다가 그것마저 사라져버렸다.

어둠 속에서 그녀의 모습이 순식간에 사라져버리고 나자 엑셀핸드가 투덜거리듯 말했다.

"한 번 돌아보지도 않는군."

"다시 만날 테니까 떠날 때 시간을 끌 이유는 없습니다."

길시언의 대답이었다. 엑셀핸드는 수염을 쓸어내리며 고개를 끄덕였다. 나는 램프를 꺼내면서 다시 한번 이루릴이 사라져간 방향을 바라보았다. 주위와 똑같이 캄캄한 숲이었지만, 왠지 다르게 보인다.

난 입맛을 다시면서 램프에 불을 붙였다.

"그거 드워프제잖아! 300년 전의 디자인이야!"

엑셀핸드의 고함소리. 아, 이 램프 대미궁에서 가지고 나온 거였지?

우리 등 뒤로 동쪽 하늘이 장밋빛으로 물들어 갈 무렵, 우리는 밤새도록 달려서 겨우 세피아파인 고개를 넘게 되었다.

주위는 약간 파르스름한 빛이 도는 아침 안개가 꿈결처럼 흐르고 있었다. 그리고 그 사이사이로 훤칠한 적송들이 언뜻언뜻 나타났다 사라졌다를 반복하고 있었다. 살갗에 닿는 아침 공기는 촉촉했다.

안개 속을 걸어가는 우리 일행의 모습은 유령처럼 보였다. 뚜걱거리는 말발굽 소리도 안개 속으로 사라져 희미해져 갔다. 모두들 밤새도록 달려서 피로한 모습이었다. 레니는 네리아의 등 뒤에서 졸고 있었고 네리아는 레니의 앞에서 졸고 있었는데 두 사람이 타고 있는 에보니 나이트호크마저도 졸음에 겨운 발걸음으로 걸어가고 있었다.

잠시 후 등 뒤로 뜨끈한 느낌이 들었다. 고개를 돌려보니 우리가 지나온 세피아파인 고개 위로 아침 해가 얼굴을 내밀고 있었다.

난 입이 찢어져라 하품을 하며 칼에게 말했다.

"음냐, 쩝. 그런데 그자는 왜 리치가 되었을까요?"

칼은 잠시 대답할 마음이 없는 것처럼 멀리 바라보았다. 그러다가 그의 입이 조심스럽게 열렸다.

"글쎄. 역시 죽음이 두려워서이지 않을까."

"글쎄. 루트에리노 대왕의 말에 의하면 그런 것도 아니지요, 뭐."

"나도 그렇게 생각한다네."

그때 졸고 있던 네리아가 갑자기 고개를 들었다. 그녀는 약간 부은 눈을 비비면서 말했다.

"아, 그거. 어젯밤에도 들려주시려다가 말씀하지 못했지요. 으하아암. 냥냥, 대왕이 뭐라고 했는데요?"

"아, 예. 네리아 양. 대왕께서는 이렇게 말씀하셨지요."

칼은 웃으면서 루트에리노 대왕의 이야기, 하지만 범죄에 속할 만큼 아름다운 나이트호크는 모르는 이야기를 들려주었다.

"축제를 앞둔 농부는 몇 배로 열심히 일할 수 있을 것이다. 약속된 휴식이 있으니까. 그리고 우리에겐 죽음이라는 약속된 휴식이 있다. 따라서 몇 배로 맹렬하게 살아갈 수 있다."

"휴식이 약속되어…… 죽음이?"

"그렇지요. 그것이 우리 인간에게 주어진 선물이지요."

네리아는 고개를 양쪽으로 까딱거리다가 느닷없이 말했다.

"그럼 죽음이 축제라는 말이에요?"

네리아의 톡 튀는 듯한 질문 방식에 칼은 미소를 지었다.

"축제가 일상에서 벗어난 것을 의미한다면, 그리고 일상의 괴로움을 모두 잊고 자신마저도 잊을 수 있는 의미에서의 축제라면 죽음은 곧 축제인 셈이지요."

"……너무 어려워요."

엑셀핸드의 굵은 눈썹이 희한하게 움직이는 것을 보며 난 빙긋 웃었다. 그리고 난 다시 한번 고개를 돌려 아침 해가 떠오르는 세피아파인 고개를 올려다보았다.

네리아는 혼잣말처럼 말했다.

"약속된 휴식이라……."

〈6권에서 계속〉

드래곤 라자 작업을 도와주신 분들

저작권 감수 | 김병수
세트 지도 작업 및 드래곤 문양 | 홍연주
독자편집자 | 이호, 박든든나름

드래곤 라자 5

1판 1쇄 펴냄 2008년 11월 26일
1판 27쇄 펴냄 2024년 7월 23일

지은이 | 이영도
발행인 | 박근섭
편집인 | 김준혁
펴낸곳 | 황금가지

출판등록 | 2009. 10. 8 (제2009-000273호)
주소 | 06027 서울 강남구 도산대로 1길 62 강남출판문화센터 5층
전화 | **영업부** 515-2000 **편집부** 3446-8774 **팩시밀리** 515-2007
홈페이지 | www.goldenbough.co.kr

도서 파본 등의 이유로 반송이 필요할 경우에는 구매처에서 교환하시고
출판사 교환이 필요할 경우에는 아래 주소로 반송 사유를 적어 도서와 함께 보내주세요.
06027 서울 강남구 도산대로 1길 62 강남출판문화센터 6층 민음인 마케팅부

ISBN 978-89-6017-262-3 04810 (5권)
ISBN 978-89-6017-270-8 04810 (세트)

㈜민음인은 민음사 출판 그룹의 자회사입니다.
황금가지는 ㈜민음인의 픽션 전문 출간 브랜드입니다.

사진 · 조선희

이영도

1972년생. 경남대학교 국어국문학과 졸업. 1998년 여름, 컴퓨터 통신 게시판에 연재했던 첫 장편 『드래곤 라자』가 출간되어 100만 부를 돌파함으로써 한국에 판타지 시대를 열었다. 『드래곤 라자』는 일본, 중국, 대만, 홍콩, 태국 등에서도 출간되어 세계 독자와 만난다. 라디오 드라마, 만화, 온라인 게임, 모바일 게임 등으로 만들어졌을 뿐 아니라, 이후 『퓨처워커』, 『폴라리스 랩소디』, 단편집 『오버 더 호라이즌』을 차례로 발표하였으며, 장대한 구상 위에 집필하여 2003년 내놓은 대작 『눈물을 마시는 새』는 한국적 소재를 자연스럽게 녹여낸 판타지 대하 소설로 이영도 붐을 새롭게 했다. 2005년에는 후속작 『피를 마시는 새』가 출간되었다.